6.95

ELISABET VAN RANDENBORGH

HELGA PÄTZOLD

Die harte Herrlichkeit

R. Brockhaus Verlag Wuppertal

R. Brockhaus Taschenbuch Bd. 240

Umschlagfoto: Alfred Schwarz, Wuppertal
Gesamtherstellung: Breklumer Druckerei Manfred Siegel
ISBN 3-417-00637-6

Gottes Taten gehen
über die Erde hin,
wandeln das Weltengeschehen,
ändern der Menschen Sinn.

Gehen vorüber am Denken
unserer klugen Zeit,
gehen dahin und lenken
Zeiten wie Ewigkeit.

Hören nicht unser Streiten:
»Sind sie wahr oder nicht?«
Unbekümmert schreiten
sie zum großen Gericht.

All unser menschliches Meinen
scheitert da und zerschellt
an dem Gewaltigen, Einen,
Ihm, dem Herrn der Welt.

Seine Taten gehen
über die Erde hin.
Keiner kann widerstehen
ewigem Ziel und Sinn.

Seit jener Nacht im Frühsommer, da du beim ersten Morgenschein zu mir alten Frau ins Bett schlüpftest, habe ich mir vorgenommen, dir, mein liebes Annekind, etwas aus meinem Leben aufzuschreiben. Nächtliche Ängste hatten dich erschreckt, darum suchtest du bei mir im Altenteil Zuflucht und Geborgenheit. Und da geschah es in den frühen Morgenstunden, daß sich unsere Herzen einander auftaten und ich dich an meines Lebens Kümmernissen teilnehmen ließ, dich, du junges Kind. Dein Aufmerken und deine warme Anteilnahme damals in der Nacht machen mir Mut, dir noch mehr zu erzählen.

Nach meinem Tode sollst du das Folgende lesen. Und wenn du einmal ein eigenes Kindlein haben wirst, dann wirst du mich, so hoffe ich, noch besser verstehen. Vorher wird dir meine Geschichte vielleicht zu einfach sein, denn du bist wie alle jungen Menschen auf das Große und Einmalige bedacht. Mein Leben aber war klein und alltäglich. – Immerhin, es ist schwerer, den grauen Alltag und ein kleines Tagwerk zu meistern und zu gestalten als ein großes Schicksal. So flachwellig wie das gradstrichig aufgeteilte Land vor meinem Fenster, scheinbar ohne Reiz und Schwung, so ging mein Leben dahin. Und doch ist auch dieses Land, wenn es von der Sonne beschienen wird, heiter und lieblich und liegt weit gebreitet unter einem Himmel voller Güte. Die Sonne aber ist auch über meinem Leben aufgegangen.

Und dennoch – wenn auch innerlich alles anders geworden war, derselbe sorgen- und leidvolle Alltag hielt uns zeit unseres Lebens gefangen. Ich sah auf Gott und meinte, er müsse mir dienen, weil ich ihm dienen wollte. Immer noch war ich in meinem Stolz gefangen, der etwas vor Gott sein wollte. Mir genügte oftmals die Sonne seiner Liebe und Gerechtigkeit nicht, irdisches Glück und sichtbare Beweise seines Wohlgefallens erwartete ich. Sollte ich mich nicht gründlich genug bekehrt haben? Oft denke ich es, wenn ich an den geraden und steilen Weg deines Großvaters selig nach seiner Umkehr denke. Er wandte sich ab von seinen Sünden, kräftig und unerbittlich. Ich mußte mich von meiner Gerechtigkeit abwenden, und das ist ungleich schwerer.

Durch die Kummerwolken, die auch jetzt noch mein altes Leben umhüllen, kann ich nicht hindurchsehen. Und du kannst es auch nicht, so sehr du dich auch in jener Nacht bemühtest, mein liebes Enkelkind. »Die Sonne, die mir lacht, ist mein Herr Jesus Christ«, ganz allein. Ja, und ein kleines, liebes Licht ist daneben in meinem Herzen aufgegangen, das leuchtet aus deinen und deiner Geschwister Augen, aus deinen aber zumeist. Denn ob auch deine Schwestern von derselben sinnigen und innigen Art sind wie du – deine Augen sehen weiter, dein Geist dringt tiefer, dein Herz schlägt stärker dem Leben entgegen. Und so hoffe ich, daß dein Leben und das Leben deiner Kinder noch sichtbarer und greifbarer von Gottes umgestaltender Wirklichkeit Zeugnis gebe, als es das meine getan. Das ist mir ein Trost im Blick auf das Leben hier auf Erden. Obgleich ich eigentlich nicht stolz auf euch sein kann, denn eurer Mutter, meiner Tochter, artet ihr nicht nach, sondern eurem Vater, meinem lieben Schwiegersohn – und vielleicht doch ein klein wenig den Großeltern? Siehst du, so tief steckt der Stolz in meinem Herzen. Ja, mir kommt der Zweifel: daß ich dir hier mein einfaches Leben aufschreibe, ist das nicht auch nur Hoffart und Eitelkeit? Will ich einfältige Frau etwas daraus machen, was es gar nicht ist, will ich ihm seine Niedrigkeit nehmen? Doch nein, das weiß ich, daß mein Wille rein ist, daß du es lesen sollst, um Gott die Ehre zu geben und Gesetze deines Lebens im Lichte meines Lebens deutlicher zu erkennen.

Neu ward mein Tagwerk

So begann mein Tagwerk

Ich könnte dir von meiner Kindheit in einem abseits gelegenen Ravensberger Dorfe erzählen, die einsam und traurig war und voll strenger Nüchternheit, seit die Mutter in meinem sechsten Lebensjahre gestorben war –, von dem Schulweg, über dem für mich ein starker Glanz liegt, so daß noch heute ein leises Heimweh zu ihm hingeht. Ich meine durch taufrisches, von der Morgensonne beschiedenes Gras über den Hofweg zu gehen bis hin zum Gattertor, und dann mit kleinen Schritten auf der einsamen Landstraße, Hetweg genannt, weiterzulaufen, an gelben Weizen- und rötlichen Roggenfeldern vorbei, hügelauf und hügelab. Windmühlenflügel drehen sich sorgenleicht im Winde, herb und süß zugleich duften die mit Pfennigblumen, Sürkenkraut und Goseblumen bestandenen Wiesen. Und das Land liegt so offen und blank da in Erwartung des neuen Tages, wie mein ahnungsloses Gemüt den Schulstunden entgegenharrte, die für mich das Schönste des Tages waren.

Der Heimweg aber war meist staubig und mühsam, alles erschien mir wie verbrannt und abgenutzt. Zu Haus warteten tausend Pflichten voller Widerhaken auf mich: das Jäten der Quecken im Flachsfelde, das Spinnenlernen mit seinen Mucken und Tücken, das Helfen beim Kettenscheren für den Webstuhl, das Kartoffelaufsuchen in nasser Erde mit steif verklammten Fingern. Das Kühehüten war noch das beste, wenn die Tiere nicht gerade allzu störrisch durch die Fliegen und im Hochsommer bei dem kurzen Gras zu begierig waren. Einer Mutter zuredendes Wort, ihre freundliche Anerkennung, ja, auch ihr würziger Tadel fehlten uns Geschwistern. Das machte unser Leben reizlos und schwer. Und wenn wir auch auf dem Heimweg lustig waren, meine Freundin Marie Ilsabein und ich, so wurde ich ein leichtes Würgen im Halse nicht los. Das machte die Freudlosigkeit unseres Hauses. Zwar ging unsere Großmagd Wieschen wohl polternd und einfältig, jedoch gutmütig durch Haus und Hof, niemandem zuliebe und niemandem zuleide. Sie war uns gleichgültig und schmacklos wie abgestandenes Wasser. Aber des Vaters Art lag schwer auf uns. Wir waren ihm alle nur Dinge, mit denen er rechnete, so schien es mir damals wenigstens. Erst seit du auf der Welt bist, Anne, weiß ich, wie Väter zu ihren Kindern sein können, und ich möchte weinen über meine verlorene Kinderzeit, wenn ich nicht wüßte, daß Selbstmitleid das jämmerlichste Gefühl ist, das es gibt.

Eine Kirchfahrt, aus der nichts werden sollte

Aber weil das alles nicht wesentlich ist für das, was du von mir wissen sollst, will ich nichts einzelnes davon berichten, sondern gleich von dem absonderlichsten und denkwürdigsten Tag meines Lebens erzählen.

Es war an einem Sonntagmorgen im Juni des Jahres 1836, ich wurde bald neunzehn Jahre alt. Wie jeden Morgen war ich bei beginnendem Tag aufgestanden, hatte die Kühe gemolken und war gerade dabei, die gefüllten Milchsetten in den alten Schapp auf der Deele zu stellen. Da ging mein Vater mit meinem ältesten Bruder Kasper Henrich draußen an der geöffneten niederen Tür vorüber, und ich hörte, wie er ihm befahl, den Wagen zur Kirche anzuspannen. Das war seit Jahr und Tag nicht mehr geschehen, bei der Einsegnung meines jüngsten Bruders Jobsthenrich zum letztenmal. Wohl durften wir am Sonntag zur Kirche gehen. Wie fast alle Leute im Kirchdorf, gingen wir dann im Alltagszeug hin, standen in Gruppen schwatzend und lachend auf dem Kirchplatz, bis die langweilige Predigt über die Ernte oder das Wetter begann, bei der die Alten schliefen und die Jungen einander zulachten und Unsinn trieben. Heute aber sollte es anders sein, gerade so wie an einem großen Festtag. Mir kam es nicht einmal absonderlich vor – so hell hatte der heitere Morgen mein junges Herz gemacht, daß mir die Kirchfahrt dazu zu gehören schien.

Schnell eilte ich in mein kleines Kämmerchen und legte mit viel Sorgfalt die lange vernachlässigte Kirchentracht an. Der weite Faltenkragen aus echter Spitze, Poltenkragen genannt, die dicke Bernsteinkette – Erbstücke von meiner Mutter – auf dem dunkelgrünen feinen Tuchkleid mit den eingewebten Blümchen versetzten mich in eine so andächtige und festliche Stimmung, wie ich sie lange nicht erlebt hatte im Einerlei meiner täglichen Arbeit.

Und meine liebe blonde Freundin Marie Ilsabein Dinkeloh, die seit kurzem in eine andere Bauernschaft auf einen großen Bauernhof geheiratet hatte, würde ich wohl auch heute wiedersehen, denn sie kutschierte Sonntag für Sonntag mit ihrem Mann ins Kirchdorf, um Bekannte oder Verwandte aus der Heimat zu treffen. Wie mochte das Heimweh sie verzehren, die zärtliche, spielerische Seele, die so ganz und gar nicht für die schweren Hausfrauenpflichten auf dem finsteren Hof und für den kargen und gemütsarmen Mann geschaffen war. Aber wenigstens schien er auf ihre helle Schönheit stolz zu sein, sonst würde der Geizpeter gewiß nicht jeden Sonntag den Wagen anspannen –. Dieser Gedanke erfüllte mich mit einer kleinen Genugtuung. Wir zwei, Marie Ilsabein und ich, waren ja immer Abseitige gewesen, nicht wie die anderen, äußerlich und innerlich nicht. So empfand ich alles, was sie anging, lebendig und stark mit ihr.

Als ich auf die Deele trat, saßen alle beim ersten Frühstück, beim »Imt«, um den großen niedergeklappten Eichentisch. Ich fürchtete des Vaters Augen und schämte mich meiner guten Kleidung so sehr, daß ich ohne aufzusehen schnell an meinen Platz ging, hastig den Löffel ergriff und die Grütze zu essen begann. Verstohlen sah ich auf, aber des Vaters Gesicht war so unbeweglich starr auf die Schüssel gerichtet, daß ich es wagte, meiner inneren Freude weiter nachzugehen. So lieblich und schön erschien mir mit einem Male das Leben zu Hause, unter dem ich oftmals geseufzt und gebangt hatte. Die niedere Tür am anderen Ende der Deele stand weit auf, die Morgensonne strömte wie eine lichte Flut herein, die Schwalben flogen zwitschernd in dem Lichtstrom hin und her, und die am Sonnabend von mir blankgeputzten Kupferkessel und zinnernen Teller glänzten unnatürlich hell und stark. Auf den geschnitzten Schränken und Laden und der bemalten Sitztruhe, der »Seele«, lag es wie ein heimlicher Schein, so daß es mir feierlich zumute ward wie in unserer alten Kirche mit dem geschnitzten Holzaltar.

Da dachte ich daran, daß unser Haus die schönsten Schränke und Truhen weit und breit besaß und daß sie alle von meinem Vater geschnitzt und bemalt waren. Gewiß, es gehörte gewissermaßen zu seinem Beruf – er war nicht nur Landwirt, sondern auch Zimmermeister und Holzhändler –, aber wer würde glauben, daß es Stunden und Tage gegeben hat, die ihn bei einer solchen unnützen, zeitraubenden Arbeit gesehen haben – Stunden und Tage, in denen er alle seine Gedanken und Kräfte an dieses Werk der Schönheit hingab? Das konnte mein karger Vater nicht gemacht haben. Und doch waren die feinen Figuren, die mit großer Liebe geschnitzten Weintrauben und Rosen, die zierlichen Linien und Ornamente sein eigenes Werk. Zum erstenmal in meinem Leben fing ich an zu ahnen, daß seine Härte abwehrende Schale sein mochte für ein feines und gutes Innenleben, das vielleicht mit meiner Mutter gestorben oder doch durch ihren Tod verschüttet lag. Ich sah die vielen Fältchen in seinem pergamentenen Gesicht, und mir schienen sie nun wie ein fein gefaltetes Tuch über eine Kostbarkeit gebreitet zu sein. Sonst vernachlässigte er oft sein Äußeres, was mich mit Widerwillen erfüllte. Heute, wo er glatt rasiert in seinem langen blauen Tuchrock mit den vielen silbernen Knöpfen verschlossen und schweigend am Tisch saß, erschien er mir anders als sonst. Die schmale, gebogene Nase, das vorspringende eckige Kinn sahen mehr kühn und eigengewachsen als hart und kalt aus wie sonst.

Erschrocken fuhr ich zusammen. Daß ich es nicht lassen konnte, meinen Gedanken nachzuhängen! Ein erstaunter und spöttischer Blick meines Vaters rief mich in eine Wirklichkeit zurück, die ich eben hatte auslöschen wollen, die aber hart und unerbittlich da war. »Du hast dich ja fein herausgeputzt für deine Arbeit, du bleibst zu Haus. Wieschen fährt mit. Gutes Essen wirst kochen und das Tischtuch auflegen. Am Nachmittag gibt's einen richtigen

Kaffee, keine Zichorie, hörst du? Und Pfannkuchen werden gebacken wie bei einer Löfte (Verlobung).« Dabei kniff er sein linkes Auge ein ganz klein wenig ein, wie er es bei einem vorteilhaften Holzgeschäft zu tun pflegte. Er sah dann listig und verschlagen aus. Wieschens gutmütige Kuhaugen wurden rund und runder. Ihr Löffel blieb in der Grütze stecken. Das derbe Gesicht wurde blaurot vor Scham und freudigem Schrecken. »Chott, o Chott nee, o Chott, o Chott nee –«, mehr brachte sie nicht heraus. Dann lief sie in ihre Kammer, um sich anzuziehen.

Ich sah die beiden Brüder an. Jobsthenrich, der jüngste, war damals schon auf der hohen Schule in der Stadt. Kasper Henrichs leichtsinnige Augen sprangen vor Übermut fast aus dem schmalen, gebräunten Gesicht heraus. Er zwinkerte mir lustig zu. »Alte Gans«, murmelte er, und zu mir gewandt, ganz leise: »Dich geht's an.« Willems rundes, gutes Gesicht wurde vor hilfloser Verlegenheit rot und röter.

Steil stand der Vater auf, reckte seine herrische Gestalt und holte seinen Dreispitz für die Kirchenfahrt, während die Brüder in den Pferdestall gingen.

Ich saß völlig ratlos da und verstand nicht, was vor sich ging. Sollte der Vater wirklich vorhaben, wieder zu heiraten? – Und mit der lustigen Fahrt an den blühenden Frühwiesen und blauen Flachsfeldern vorbei würde es nun nichts geben.

Obgleich – das war es nicht eigentlich, was mich bekümmerte, sondern des Vaters eckige Fremdheit, der ich in keiner Weise nahekommen konnte. Hätte ich nur der Mutter gute Rundlichkeit gehabt! Sie war eine so »glatte Deern«, wie mir die Leute erzählten, blau und sanftäugig, mit gerundeten, roten Backen, mollig, klein und blank. So wie deine Mutter ist, Anne. Sie artet ihrer Großmutter nach. Mein nach außen herbes Wesen war ihm zu verwandt. Und das Dunkle in meiner äußeren Gestalt, die ihm mehr glich als der Mutter, mochte ihm irgendwie nicht behagen. Der dickgefütterte, weite Rock der damaligen Tracht paßte wenig zu meinen hochaufgeschossenen, etwas mageren, »spuchtigen« Gliedern, in den grauen

Augen – oh, wie wünschte ich mir damals die hellblauen meiner Mutter – stand, so glaubte ich, selten ein liebreizendes Lächeln, viel weniger eine ausgelassene Lustigkeit. Wäre ich anders gewesen, vielleicht hätte ich ihn gewonnen. Zu einem so hartkantigen Mann paßte nur eine weiche und glatte Frau. Jobsthenrich, der Jüngste, welcher der Mutter am meisten glich, war sein Liebling, dem er sich, zwar karg und gemessen, aber immerhin ein wenig mitteilte.

Nun fuhr er dahin – eben verklang das Rollen des Wagens – und trug absonderliche Pläne in seinem Kopf, ohne daß ich etwas davon ahnte. Sollte er wirklich Wieschen heiraten wollen, die alte Närrin, vielleicht, um den Lohn zu sparen?

Aber ich durfte das Zurichten des Mittagsbrotes nicht vergessen. Wie ich nun, um etwas Petersilie für die Hühnersuppe zu holen, durch die obere Tür in unseren kleinen Blumengarten ging, den ich zu versorgen hatte, wurde plötzlich die Dumpfheit meines Gemütes wieder seltsam aufgelockert und die Trübe aufgehellt. Der Junitag war nach einer regnerischen Woche strahlend und hold. Reseda und Nachtviolen dufteten so süß, und der warme Sonnenschein durchdrang mich so hell und zwingend, daß mir ganz wohl und warm davon ward. Da setzte ich mich ein wenig auf die kleine, einfach gezimmerte Holzbank unter dem Wohnstubenfenster und sah ins Land hinaus und hörte dem Summen der Bienen zu, das die sonntägliche Stille nur noch fühlbarer machte. Niemand war im Hause.

Der Flachs stand schon in Blüte, leuchtend sah ich im sanft gewellten, weiten Land die Felder wie kleine Teiche liegen, in der blauen Klarheit, die ich so sehr liebte.

Der Kirschenbaum, der immer dabei war

Da fiel mir mein Traum ein, und ich erschrak, wie jedesmal, wenn ich ihn träumte. Ich stand unter dem Kirschenbaum in unserem Grasgarten, der Grasboden war rings mit weißen Blütenblättern wie mit Schnee bedeckt, und vor mir stand Marie Ilsabeins Bruder, der Kandidat. Er hielt meine Hand in seiner, dann erwachte ich.

Ich erschrak, weil ich dachte, daß ich ihn längst vergessen hätte, und nun sah ich wieder, wie tief er doch mit meinem Wesen verwachsen war. Oh, wie ich mich danach sehnte, von diesen Träumen loszukommen, obgleich ich damit meiner Jugend glücklichste Zeit verleugnet hätte.

Aber sei es drum! Eine ganz starke Wirklichkeit mußte kommen, um mich daraus zu erlösen. Ich würde »ja« zu ihr sagen und würde sie in Leid und Not und Tod führen.

Meine kindliche kleine Geschichte aber war folgende:

Marie Ilsabein hatte außer ihrem rothaarigen Bruder Johan Henrich noch einen viel älteren Stiefbruder aus der ersten Ehe ihrer Mutter, welcher, da er nicht erbberechtigt war, »auf den Pastor lernte«. Nach dem Examen sollte er sich ein wenig auf dem elterlichen Hof erholen, da seine vom Vater ererbte zarte Gesundheit angegriffen war. Der Pfarrstellen gab es damals wenige, der Pfarrer aber viel. Die meisten Kandidaten nahmen Hauslehrerstellen an. So kam es, daß Gottfried Bultmann zwei Jahre auf dem elterlichen Hof blieb, von allen nicht anders als »der Kandidat« genannt.

Da nun Jobsthenrich, ein ungewöhnlich begabtes Kind, vom Vater früh dazu ausersehen war, hohe Schulen zu besuchen, war nichts natürlicher, als daß er zur Vorbereitung für die höheren Klassen vom »Kandidaten« unterrichtet wurde. Für meinen Vater war es außerdem wesentlich, daß die Stunde nur drei Silbergroschen kostete. Ich war damals fünfzehn Jahre alt, und die Schulstunden fehlten mir so sehr, daß ich mich schlecht an mein eintöniges Tagewerk gewöhnen konnte. Darum war ich immer begierig, etwas Neues zu sehen und zu hören. Ich freute mich also auf den neuen Lehrer, den ich von früher her kannte, wie auf ein sehr ungewöhnliches, mich selbst betreffendes Ereignis.

Er kam zum ersten Male an einem Tag im Januar, da ein kühler, lichter Hauch über der braunen Erde lag wie an einem schönen Vorfrühlingstag. Der schwarze Stamm unseres kahlen Kirschenbaumes glänzte rötlich in der Nachmittagssonne –, auch das weiß ich noch, denn der Kirschenbaum fällt mir sogleich ein, wenn ich an mein kindliches Erleben denke. Er war eben immer dabei, auch nachher in den Träumen.

An den Winternachmittagen war nicht viel auf dem Hofe und im Hause zu tun, so saßen Wieschen und ich in der warmen Wohnstube und spannen für meine Aussteuer. In der nebenan liegenden kleinen Besuchsstube sollte mein Bruder unterrichtet werden. Als der Vater mit dem neuen Lehrer in die Wohnstube trat, sprang ich neugierig auf, erschrak aber dann heftig, als mich der Kandidat etwas gemacht feierlich mit »Guten Tag, Fräulein Anna Marie Niedermeier« begrüßte. Nie war ich so angeredet worden, und dieses an sich bedeutungslose Grußwort veränderte mit einem Male meine Stellung zu dem jungen Lehrer. Es zwang mich zu einer Haltung ihm gegenüber, die mir noch vor einigen Minuten völlig fern lag. Aus dem neugierigen Kinde wurde im Augenblick das junge Mädchen, das dem jungen Manne gegenübertritt. Ich reichte ihm dumm und stumm die Hand und freute mich, als er die Stube gleich wieder verließ.

Die Tür zwischen den beiden Stuben aber blieb wegen der Wärme offenstehen, und ich nahm aus der Ferne regelmäßig am Unterricht meines Bruders teil. Und das ist nun mein Geheimnis, von dem du noch nichts weißt, kleine Anne. Aber hier hast du einen – wenn auch nur einen – Schlüssel zu meinem so »anderen Wesen«, wie du es immer nennst, und das du an mir zu lieben scheinst. Du entsinnst dich wohl auch, daß die Frauen der reichen Leinenkaufleute aus der Stadt, die von deinem Großvater das Leinen kauften, sonntags nachmittags beim Kaffeetrinken oft meinten, ich wäre gar nicht wie eine einfache Frau vom Lande, ich wäre gewiß jahrelang in der Stadt gewesen. Dabei bin ich noch nicht einmal mit der Eisenbahn gefahren und nur früher zur Kirmes und später zu Einkäufen ein paar Stunden in der Stadt gewesen. Du siehst, das Städtische tut es nicht.

Aber ich richtete es – zuerst heimlich – so ein, daß ich

zumindest am Deutsch- und Geschichtsunterricht durch die offene Tür teilnehmen konnte. Eine herrliche neue Welt tat sich mir auf.

Aus der Franzosenzeit hatte ich oft erzählen hören, wenn auch mein Vater, obgleich er alles selbst miterlebt hatte, beharrlich darüber schwieg. Wie wurde unser armes Land, zum Königreich Jeromes gehörig, geknechtet, bedrückt und ausgesogen! Noch schlimmer aber war es, daß die Jungens unserer Dörfer – auch ein Bruder meines Vaters war dabei – von den Franzosen ausgehoben wurden und gegen ihre Landsleute kämpfen mußten. Da wurden viele Geschichten von Deserteuren erzählt, wie sie sich versteckt hielten, von einem Schlupfwinkel zum andern verjagt und dann gefangen und erbarmungslos erschossen wurden.

Mich hatte es als Kind immer bis zu Zorn und Tränen empört, wenn ich an diese Grausamkeiten dachte, und in der Schule hatte ich mit großer Genugtuung den Erzählungen des Lehrers aus den Freiheitskriegen gelauscht.

Jetzt aber lernte ich die geschichtlichen Zusammenhänge ganz neu sehen und erfassen. Den Freiherrn vom Stein, der uns von so vielen Lasten befreit, ja uns Landleute erst wirklich leibfrei gemacht hat, liebte ich von ganzem Herzen. Und an Ernst Moritz Arndt entzündete sich meine Begeisterung zu einer geradezu leidenschaftlichen Hingabe an das Vaterland, während des Kandidaten zarte, feine Art und sein leichter Hang zur Schwermut besser zu Schenkendorf paßte, den er besonders verehrte. Körner liebten wir alle wegen seines heldenhaften Sanges im Lützower Freikorps, den er mit dem Tode besiegelte – –

Immer noch nahm ich in aller Heimlichkeit an allem teil, bis es eines Tages doch herauskam, daß der Kandidat eigentlich zwei Schüler unterrichtete. Er sprach in der Religionsstunde von den geistlichen Liedern und fragte nach einem Lied von Schenkendorf. Wir hatten zwar im Konfirmandenunterricht nur zwei Lieder gelernt, die auch immer abwechselnd Sonntag für Sonntag in unserer Kirche gesungen wurden: »Liebster Jesu, wir sind hier« und »Allein Gott in der Höh' sei Ehr«. Andere kannte die Gemeinde gar nicht. Und wir hatten in der Kinderlehre wohl durchgenommen, wie viele Kartoffeln man für den Winter einkellern müsse und wieviel Land man haben müsse, wenn man heiraten wollte – von dem Reichtum in unserem Gesangbuch hatten wir keine Ahnung. Ich aber hatte irgendwo zufällig dieses Weihnachtslied entdeckt, das ich bisher noch nicht kannte. So eifrig war ich nun an dem Tage bei der Sache, und so stolz war ich auf mein Wissen, daß ich mein heimliches Zuhören vergaß und laut rief: »Brich an, du schönes Morgenlicht!«

Wieschen fuhr erschrocken aus einem kleinen Dämmerschlaf in die Höhe und machte ihre dümmsten großen Augen. Der Kandidat aber tat, als habe mein Bruder geantwortet, und half mir über meine peinliche Verlegenheit hinweg, indem er antwortete: »Ganz richtig, Jobsthenrich.«

Wie war ich ihm dankbar! Aber gleichzeitig durchfuhr mich ein bitterer Gedanke: »Du bist also gar nicht für ihn da. Er zeigt es dir ausdrücklich: Du hast keinen Teil an unserer Welt, du darfst gar nicht mitsprechen.« Das tat meinem Stolz bitter weh.

Ich sah darum hartnäckig auf das weiße Leinen auf der Bleiche herunter, das ich gerade begoß, als er nach Hause ging. Da kam er auf mich zu, in seinem hellen Gesicht stand ein kleines Lächeln: »Hörst du immer zu, Annemarie?« »Ja, ich richte es so ein, daß ich nebenan bin«, sagte ich verlegen. »Macht dir der Unterricht denn Freude?« »Ach«, sagte ich, »ich kann es Ihnen nicht sagen, wie sehr.«

Da sah ich sein Gesicht in Freude aufleuchten. Er faßte meine Hand und lächelte. Da lächelte ich auch. Wir waren plötzlich wie zwei Kinder, die ein Geheimnis miteinander haben, von dem niemand etwas weiß und mit dem sie die andern überlisten.

»Von nun an unterrichte ich euch beide in der großen Stube.«

»Wenn's nur der Vater nicht merkt!«

«Der ist ja meistens auf dem Holzhandel oder bei seinen Neubauten, ich sehe ihn kaum. Ich will schon dafür sorgen, daß er nichts sagt.«

»Und wenn es Sommer wird, dann habe ich den ganzen Tag zu tun und darf nicht in der Stube sitzen.«

»Dann kommst du am Feierabend zu uns und besuchst Marie Ilsabein. Ich erzähle euch beiden dann all das Schöne und lese euch vor. Oder willst du lieber zum Tanzen gehen?« »Nein, nein« stotterte ich, »ich freue mich so und danke Ihnen«, reichte ihm die Hand und lief fort.

Ich merkte bald, daß ich auch ihm eine große Freude machte, denn wenn Jobsthenrich auch ein fleißiger und aufmerksamer Schüler war – ihm war lateinische Grammatik und Mathematik dasselbe wie Geschichte, Deutsch und Religion, ihm war alles Mittel zu dem Zweck, weiterzukommen. Mir aber lag es an der Sache. Und der Kandidat war einer von jenen Lehrern, die sich an den Stoff, an irgendeine andere Welt verlieren können. Das verband uns innerlich, und er war unermüdlich.

Ich hatte ihn gern, weil ich ihm so viel verdankte. Die harte Tagesarbeit machte mir in jener Zeit nichts aus. Die sanften Abende, da wir, bis die Sterne kamen, miteinander lasen und sprachen, immer geschützt und gehegt von der guten Mütterlichkeit seiner Mutter, der stillen Dinkelohbäuerin, sind die lichtesten und schönsten meines Lebens geblieben. Und immer war Marie Ilsabein dabei, aufgeschlossen und zärtlich, zu jedem Lachen und Scherzen bereit. Wir waren ihr oft und oft zu ernst.

Da geschah es eines Sonntagabends, daß die Dorfjugend zu uns zum Tanzen auf die Deele kam. Es geschah nicht oft, weil unsere Stätte wie Dinkelohs Hof zu abseits lag. Ich mußte daheimbleiben und mittanzen, und Marie Ilsabein sollte dafür zu uns kommen. Ich tanzte gerade mit einem jungen Burschen »Kumm tau mi«, als die große Tür aufging und Marie Ilsabein mit dem Kandidaten hereinkam. Ich erschrak, tanzte aber ruhig weiter. Da sah ich, wie seine hellen Augen mich aufmerksam verfolgten, sein Blick ebenso zugleich gesammelt und gefesselt war wie bei irgendeinem besonders schönen Gegenstand der Unterrichtsstunde.

Ich täuschte mich nicht. Jeder meiner Bewegungen folgte er mit jener Freundlichkeit, die ihm eigen war, ja mit offenbarem Wohlgefallen.

Ich tanzte gern und gut, trotz meines frühen Ernstes.

Denn im Grunde war ich voller Lebenslust und Freude am Schönen, nur haßte ich alles Derbe, was mich von den andern abschloß und mit Marie Ilsabein von frühester Jugend an zusammenführte. Die Tänze aber waren damals derb und ausgelassen.

Die Ziehharmonika begann nach einer kleinen Pause von neuem zu spielen. Da sah ich des Kandidaten etwas zarte Gestalt lebhaft und froh auf mich zugehen, um mich zum Tanzen zu holen. In dem Augenblick befiel mich junges Ding eine so starke, unerklärliche Angst vor seiner Berührung, daß ich mich hastig zu meiner Nachbarin umwandte und mit ihr davontanzte.

So machte ich's an jenem Abend dreimal. Bis ich zuletzt nicht mehr ausweichen konnte und mit ihm tanzen mußte. Aber schon nach einer Tour sagte ich: »Ich kann nicht mehr«, ließ ihn stehen und lief davon. Leise stahl ich mich in den Grasgarten, wo der Kirschenbaum gerade in voller Blüte stand. Da stand ich ganz still unter dem hellen Himmel in tiefer Ergriffenheit. Bis ins Innerste aufgewühlt hatte mich des reifen und klaren Mannes innig bewegter Blick, der meiner Gestalt und meinen Bewegungen galt. Nun wußte ich, daß seine Vorliebe für mich nicht nur von meinem lebhaften Interesse an seinen Gedanken und seiner Welt herrührte. Ich hätte ihm an dem Abend nicht wieder begegnen können. In der Nacht schlief ich nicht. Immer wieder sah ich sein helles Gesicht unter dem etwas rötlichen Haar beim Tanzen mir zugeneigt, die gerade, feine Nase scheinbar ein wenig hochmütig gehoben, wie es seine Gewohnheit war. Wir waren gleich groß.

Von jenem Tage an wußte ich, was es heißt, aus einem Mittelpunkt heraus zu leben. Alles bezog ich auf ihn, und alle meine Tagesstunden bekamen ihren Wert nur von der Erwartung des Abends. Es war mir klar, daß ich ihn lieb hatte, mit jener jungen und entschlossenen, reinen und alles erfüllenden Liebe, die nichts weiter will, als dem andern nahe sein, aus ihm heraus und für ihn leben.

Jeder körperlichen Berührung wich ich wie an jenem Abend ängstlich aus, und er verstand, daß ich nicht anders konnte.

Nur suchte er in meiner Nähe zu sein.

Und auch der Gedanke kam mir nie, daß irgendein Ernst dahinter stecken könne. Er war zehn Jahre älter als ich. Bei uns aber war es Sitte, daß Gleichaltrige einander heirateten. Ich dachte gar nicht nach, sondern nahm jeden rauhen Arbeitstag, dessen Ende ein Zusammensein mit ihm brachte, und jeden jener wunderbar erfüllten Sommerabende in einem tiefen Glücksgefühl hin.

Als die Kirschen reif waren, standen wir einen kurzen Augenblick lang unter unserem Kirschenbaum, er faßte meine beiden Hände und sah mich mit einem guten Versprechen an. Da hielt ich seinen Blick fest.

Und als der Kirschbaum kahl stand und alle seine Blätter verloren hatte, da brach die Krankheit des Vaters bei ihm aus. Er reiste ab in den Süden –, noch ein Gruß ging hin und her, dann kam die Nachricht von seinem Tode. –

Drei Jahre waren nun bis zu dem hellen Junitag des Jahres 1836 vergangen, und ich lernte bei harter und nüchterner Arbeit tagsüber vergessen. Aber die Träume kamen immer wieder, erst wie ein wohltätiges Geschenk, dann wie eine quälende Fessel, die mich an meinem mir eigenen Leben hinderte. Ich konnte keine Werbung annehmen. Nicht, daß ich zu stolz gewesen wäre, wie mein Vater und die Brüder glaubten. Aber die Burschen unseres Dorfes waren entweder abelhansig und tollpatschig oder aber, wenn sie keine »Mucker« waren, leichtsinnig und gewissenlos wie mein ältester Bruder Kasper Henrich, der schon während seiner Schulzeit in den Wirtshäusern herumsaß und die Stunden versäumte. Viel Kummer hat mein Vater mit ihm gehabt, mehr als ich damals ahnte. Ja, er schrieb in seinem Tagebuch, das zugleich sein Abrechnungsbuch war und das ich nach seinem Tode gelesen habe, wie er sich lange mit Selbstmordgedanken getragen habe um dieses seines Sohnes und Erben willen. Zwei uneheliche Kinder hatte er schon damals, für die er sorgen mußte.

Und fast alle jungen Leute trieben es wie er. Die Handelsleute vermieden es, unser Kirchdorf zu berühren, sie waren nie vor Schlägereien und Raufereien sicher. Die

Fuhrleute fuhren schnell an allen Wirtschaften vorbei, da die Pferde sonst mit Steinen beworfen wurden.

Ich aber stand bald in dem Ruf, eine tüchtige Deern zu sein, und da mein Vater auch als vermögend galt, so hatte der Fögesmann schon mehrere Male bei uns angeklopft. Nie aber waren ihm Pfannkuchen vorgesetzt, was geschah, wenn der Freiwerber Aussicht hatte. Meine standhafte Weigerung verstimmte meinen Vater jedesmal aufs heftigste.

Mein Tagwerk, das ich verrichtete, wurde mir in jener Zeit immer lieber. Zuerst war es mir nur ein Mittel, mein Leid zu vergessen, dann aber wurde es meines Lebens einziger Zweck. Ich setzte meinen Stolz darein, es trotz meiner Jugend den tüchtigsten Hausfrauen gleich zu tun. Und ohne die Anleitung der Mutter lernte ich alles aufs sorgfältigste zu verrichten, die Milchwirtschaft vorteilhaft zu betreiben, den Flachs zu bereiten, den feinsten Faden zu spinnen. Die Ordnung und Sauberkeit von Haus, Hof, Dingen und Tieren befriedigten mich tief. Ich glaubte nun, das wirkliche Leben, seinen Sinn und sein Ziel gefunden zu haben –, törichtes Ding, das ich war. Ich kann aber verstehen, wie viele Frauen nicht darüber hinaus kommen. Auf mein geordnetes inneres und äußeres Leben, das im Gegensatz zu manchen unordentlichen Verhältnissen in unserm Dorf stand, war ich von Herzen stolz. Ich habe auch diesen Sinn für peinlichste Ordnung nie verloren. Nicht um mich zu rühmen, sage ich das, Anne, ich möchte dir nur zeigen, wie die liebe traurige Geschichte in meiner frühen Jugend mit an mir geformt hat.

Eigentlich wollte ich sie dir gar nicht erzählen. Ich sehe aber rückblickend, daß mein Leben dir sonst nicht verständlich wäre, auch nicht jener denkwürdige Junitag, zu dem ich nun zurückkehre.

Als es etwa zwölf Uhr war, hörte ich von fern einen Wagen herankommen, und um mich zu vergewissern, ob es der Vater sei, lief ich an den Gartenzaun, wo ich die Landstraße übersehen konnte.

Es war Dinkelohs Wagen, und im gleichen Augenblick ging Dinkelohs Kötter Papenbrink mit seiner Frau auf dem kleinen Pattweg hinter dem Garten vorbei, sie in einem kleinen Abstand hinter ihm her.

Als sie mich sah, rief sie ihrem Manne befehlend zu: »Vatter, warte mal ein bisken«, und dann, ganz nahe an den Zaun herankommend, zu mir gewandt: »Wir gratulieren auch.« Dabei sah sie mich über den Zaun weg mit ihren kleinen Augen, die sich in dem verschwommenen Gesicht immer schwer zu öffnen schienen, so begierig an, daß mir angst und bange wurde, auf welche Neuigkeit sie es nun abgesehen habe und was sie aus mir herauslocken wolle.

Ich sah sie erschreckt an: Sollte sie etwas von des Vaters Plänen wissen? – und fragte nur etwas gedehnt: »Gratulieren, wozu?«

Ach, da traf mich ein solcher Blick grenzenloser Mißgunst und Verachtung: »Da sieh einer die Deern, tut, als könne sie nicht bis drei zählen, macht alles heimlich ab und weiß von nichts. Wann war denn die Löfte?«

»Nein, Papenbrinks Mutter«, sagte ich ernst, »ich weiß wirklich nichts. Sagt mir schnell, mit wem denn?«

Nun aber gebärdete sie sich ganz unsinnig. Sie lachte und lachte grell und mißtönig und erinnerte plötzlich an ihre etwas schwachsinnige Tochter, die in meinem Alter war, ein Gespött der Dorfjugend.

»Jetzt mußt du nur noch sagen, du kenntest Heidekamps Hermen Diedrich von der niederen Heide nicht.«

»Doch, den kenne ich«, sagte ich erleichtert, nun auch darüber lachend, wie sie mit einem Male auf diesen jungen Mann verfiel. »Aber, was hat der damit zu tun?«

Da ging es wie ein Verstehen über ihr einfältiges Gesicht. »Lüt!« sagte sie, »am Ende weißt du's wirklich nicht, daß ihr heute aufgeboten seid, du und Hermen Diedrich?«

Ich muß weiß wie Kalk geworden sein, als ich dieses hörte, und zitterte am ganzen Leibe, wandte mich langsam und ging ins Haus und hörte nur noch, wie Papenbrinks Vatter in seinem gedehnten, singenden Tonfall sagte: »Die arme Deern!« und dann immer wieder: »Der Fuchs, der Fuchs –, nein so was, sie wußte nichts davon!«

Die ungeheure Neuigkeit, die ich gehört hatte, wurde mir noch nicht in der ganzen Tragweite bewußt. Ich war nur erfüllt von einem mich fast erstickenden Gefühl von Scham. Und in diesem Gefühl ging ich wie geistesabwesend im Hause herum, nicht wissend, was ich tun sollte. Immer nur dachte ich: in den Erdboden versinken, mich verkriechen und verstecken, daß ich niemandem mehr in die Augen zu schauen brauchte.

Oh, wie war ich so ganz und gar verlassen! An meine tote Mutter dachte ich, die es gewiß nie zugelassen hätte, daß mir dieses angetan wurde. Ich saß auf dem Rand meines Bettes, das mir allein noch etwas wie Heimat zu sein schien, und barg meinen Kopf in dem rauhen Bettvorhang. Dann wieder kletterte ich die Leiter zum oberen Boden hinauf und wühlte mich tief hinein in das Stroh, in dem großen Verlangen, nicht gefunden zu werden, ausgelöscht zu sein.

Da hörte ich, daß der Wagen vorfuhr. Mit einem Ruck fuhr ich auf. Nein, sie würden alle gut von mir versorgt werden. Ich straffte mich: Äußerlich mich verstecken wie ein Kind? Das nicht, aber verstecken würde ich mich. Innerlich. Ich kapselte mich ein. Nur mein Stolz, mein Trotz, mein Haß gegen den Vater sollten übrigbleiben.

So ging ich stolz und den Kopf hocherhoben – wenn auch innerlich zitternd und bebend – den Gästen und dem Vater entgegen, dem Vater, der mich immer geduckt hatte, dem ich immer demütig begegnet war. Er sah sofort, daß ich alles wußte und blickte mich zum ersten Male in meinem Leben seltsam ungewiß und unsicher an. Ich war so voller Abwehr, daß niemand das Geschehnis erwähnte. Hermen Diedrichs offenes Jungmannengesicht mit der feinen, nur zart braun getönten Haut überflog eine flammende Röte, doch in seinen Augen stand bewundernde Achtung. Da war es mir, als wenn eine kleine verborgene Tür aufspringt, die allzulange verschlossen bleiben mußte. An das Tanzen dachte ich, da mir Marie Ilsabeins großer, nun seliger Bruder zugeschaut hatte.

Ich hatte in der Wohnstube gedeckt, Hermen Diedrich saß mir gegenüber, ich blieb aber gleichsam abwesend, mit allen Äußerlichkeiten mechanisch beschäftigt, ohne daß ein Wort oder ein Blick mich innerlich berührt hätte. Es war die einzige Möglichkeit, mich zu behaupten, so daß ich nicht vor Scham vergehen mußte. Nur das tat mir gut, daß Hermen Diedrichs sonst so keckes und sicheres Gesicht eine fast hilflose Angst und Verlegenheit zeigte.

Kasper Henrich machte einige anzügliche Witze, die ich nicht beachtete. Und als niemand darauf einging, schwieg auch er.

Endlich war das qualvolle Mittagessen zu Ende. Erlöst stürzte ich mich auf die Hausarbeit, während Kasper Henrich sich mit Hermen Diedrich aufmachte, ins Wirtshaus zu gehen. Der Vater rief ihnen noch nach, daß am Nachmittag gleich die Verschreibung stattfinden solle, sie möchten nicht zu lange bleiben.

Ich muß es gestehen: es war mir schmerzlich, daß Hermen Diedrich mit den andern fortging, dachte ich doch, ich sei es wohl wert, daß er wenigstens die Sache mit mir berede. Und nun tauchte der quälende Gedanke auf: »Warum will er mich überhaupt heiraten? Bin ich nur die äußerlich passende Frau für ihn, tüchtig, gesund, arbeitsam, mit etwas Vermögen, wie es sich gehört? Oder hat er mich gern? Sollte er mich wohl gern haben?«

Ich dachte an die Male zurück, da ich ihm begegnet war, immer beim Tanzen. Eines Sonntags war er in unserem Dorf aufgetaucht, den meisten fremd, nur Kasper Henrich bekannt und bald befreundet. Seitdem traf ich ihn jedesmal, wenn ich zum Tanzen ging, und jedesmal tanzte er auch einige Male mit mir.

Nein, er war nicht wie die Burschen unseres Dorfes, sondern stattlicher, viel sorgfältiger gekleidet und feiner im

Benehmen. Das hatte ich gleich innerlich festgestellt, ohne weiter darüber nachzudenken. Eigentlich war er wohl schön zu nennen. Hochgewachsen –, einen halben Kopf war er größer als ich – und doch von zartem Gliederbau, war er von einer lichten Blondheit, die ihm ein etwas sanftes Aussehen gegeben hätte, hätte die große kräftige und kühne Nase unter einer reinen und hohen Stirn diesen Eindruck nicht in das Gegenteil verkehrt.

Es wurde mir bewußt, daß ich das alles schon längst bemerkt hatte und daß ich auch immer besonders gern mit ihm getanzt hatte. Nein, wenn es einer sein mußte, so war dieser schon recht. Nur so verhandelt werden und – ach, du lieber Gott, wenn er mich nun bloß aus Berechnung heiraten wollte!?

Die andere Möglichkeit, daß er mich gern hätte, so gern wie ein Junge sein Mädchen hat, durchfuhr mich plötzlich mit einem heißen und süßen Schrecken.

Während der Verschreibung, die Stunden um Stunden dauerte, da mein Vater jeden Gegenstand, den ich mitbekommen sollte, einzeln aufführte, war ich bei der Dinkelohbäuerin, die mich in ihre guten Arme nahm und und mich ausweinen ließ, die mir aber so gütig zusprach und von ihrem beglückenden Hauswesen erzählte, daß ich getröstet nach Hause lief.

Dort ging ich gleich in mein Gärtchen, im stillen hoffend, Hermen Diedrich würde endlich ein gutes Wort für mich finden. Da stand er auch schon vor mir, still und ernst, wie ich ihn gar nicht kannte, und sagte zaghaft – ich weiß noch jedes Wort genau, als wäre es heute gewesen –: »Mädchen, Deern, Amrie, verzeih mir. Ich dachte, ich würde dich sonst nicht bekommen, und ich wollte dich so gern. Aber wenn du mich nicht magst –, du kannst immer noch zurück, ich mache das schon. Soll ich nun? Dann ist's, als wäre es nicht geschehen.« Dabei sah er mich mit seinen klaren, blauen Augen, von denen die Leute später immer sagten, wer ihm hineingeschaut habe, vergäße sie nicht, so treuherzig und ernst an, daß ich leise und zaghaft »nein« sagte und wir uns so dennoch auf richtige Weise verlobten.

Ich bin ihm mein Leben lang dankbar dafür gewesen, daß ich kein »ja« zu sagen brauchte, denn das hätte ich in meinem törichten Stolz nicht fertiggebracht.

Brautzeit

Der dämmernde Abend war klar und mild. Sonntagsruhe lag über dem feiernden Land, nur ab und zu hörte man das Muhen unserer Blesse aus dem Stall. Die blauen Flachsblüten hatten sich geschlossen. Die dichten, bunten Wiesen und die noch grünen Getreidefelder atmeten einen so tiefen Abendfrieden, daß wir uns innig von ihm durchdringen ließen und ganz froh davon wurden. So gingen wir schweigend nebeneinander her durch den großen Grasgarten. Hermen Diedrich wagte nicht, meine Hand zu nehmen.

Schließlich sagte er unbeholfen: »Du, dein Vater, das ist ein ganz Schlauer.«

Peinlich berührt sah ich ihn an. Warum das jetzt? »Ja, er rechnet sich einen großen Brautschatz heraus. Alles ist bei euch einen Gulden oder ein paar Silbergroschen teurer als bei uns. Er ist mir noch über, obgleich ich auch etwas rechnen kann.«

Also doch –, da war wieder der Argwohn: um des Geldes und des praktischen Nutzens willen will er dich zur Frau.

Schroff und kalt meinte ich: »Dann laß es doch überhaupt. Ist es dir nicht genug, kannst du jeden Augenblick gehen.«

Ich spürte, wie ich von Kopf bis Fuß eisige Abwehr wurde.

Ach, die große, lichte Freude war grau und kalt geworden, so wie die Dinge und Blumen um uns herum im Dämmern plötzlich stumpf und leblos aussahen.

»Lieber Gott«, sagte er gequält lachend, »was bist du für ein stacheliges Häkelbrett! (Hechelbrett zum Hecheln des Flachses.) Mit dir wird's nicht leicht sein.«

»Dann laß es doch«, zornig funkelte ich ihn an, wandte mich um und ging schnell durch den Grasgarten fort.

An meinem Kirschbaum hatte er mich eingeholt. Ich blieb stehen, neugierig und gespannt, wie er mich nun versöhnen würde. Nein, das war kein gutes Gefühl, jämmerlich war es.

Er aber langte seelenruhig mit seinen langen Armen zum Kirschbaum hinauf, pflückte ein paar Kirschen und sagte in einem kindlich herzlichen Ton:

»Amrie, guck, die ersten Kirschen sind reif.« Damit steckte er mir eine in den Mund und aß die andere.

Ich mußte lachen, weil ich etwas ganz anderes erwartet hatte.

Und wie ich die Kirsche aß, fest, süß und saftig, wie sie war, und ihn so gleichsam andächtig kauen sah, kam eine solche festliche Ruhe über mich, daß ich ihm die Hand gab und ihm dankte.

Da nahm er mich zum ersten Male in die Arme. Und ich dachte, so müsse dem Samenkorn zumute sein, das ich frühlings in die sonnige und doch feuchte, wunderbar gute und sorgsame Erde lege, so frei von allem Eigensein und Sichquälen, so ganz bereit, zu warten und Frucht zu bringen.

Und wie wir zurück ins Haus gingen, wußte ich, daß diese meine Gegenwart keine Untreue gegen die Vergangenheit war, sondern kommen mußte, wie die Kirschfrucht der Blüte folgt. Meine kleine kindliche Geschichte kommt mir beim Zurücksinnen vor wie die weiße Kirschblüte, schön und hold, aber ohne eigentliche Wirklichkeit. Mein Leben mit deinem Großvater aber war das Eigentliche und Wesentliche, und es war trotz aller Not von jener Sommer-Süße und festen Kernigkeit, von jener schmackhaften Alltäglichkeit, wie sie der Kirschfrucht eigen sind.

Jetzt aber, da ich allein in meinem kleinen Stübchen sitze, grau und verwelkt, und dein Großvater von mir ging, will mich mein gegenwärtiges Leben ansehn wie ein Kirschbaum im Winter, kahl und kalt, hart und unbarmherzig.

Ich warte aber eines neuen Himmels und einer neuen

Erde, wo nicht mehr verweslich, sondern unverweslich gesäet wird. –

Am nächsten Morgen ging ich frisch und fröhlich an die Arbeit. Die ganze Welt war verändert, von einem neuen, strahlenden Leben erfüllt, wie es mir gänzlich fremd geworden war. Aber ich hielt meine Freude so tief innen in mir verborgen, daß sie nicht an die Oberfläche drang. Neugierige Blicke konnte sie nicht vertragen, dazu war sie noch zu jung und zu scheu.

Mein Vater sah mich weiter verstohlen von der Seite an, und Kasper Henrich war so unerträglich wie je. Er pries laut die Vorzüge seines Freundes, so daß ich ihm aus dem Wege ging, soviel ich konnte.

Willem schien mich nicht zu beachten. Er arbeitete stetig und treu, wie immer. Aber als ich mittags im Gemüsegarten die Kohlblätter für die von der Weide heimgekehrten Kühe pflückte, kam er aus dem Stall zu mir und sagte verbissen: »Mach schnell, du drömmelst so.« Und als ich ihn verwundert ansah, da er mir sonst nie einen Vorwurf machte und wir beide uns in die Hand arbeiteten, wie sonst nur Eheleute es vermögen, fuhr er befehlend fort: »Heute abend kannst du das Leinen mit den Mägden bewachen.«

»Heute abend?« fragte ich, während ich langsam eine Raupe von einem Kohlblatt absuchte, sie nachdenklich beobachtete und zertrat.

»Ja, heute abend, denn der Kerl wird doch nicht heute schon wiederkommen.«

Nun sah ich auf und sah auf seinem Gesicht eine verbissene Wut, wie ich sie nie an ihm gekannt hatte. Sein ganzes Wesen schien wie aufgewühlt.

»Ich täte es nicht, nein, ich an deiner Stelle täte es nicht.«

»Du nicht? – Gegen den Vater?« –

Da duckte er sich unwillkürlich. Des Vaters Hand lag stark auf ihm. Er beugte sich ihm in allem blindlings, wie Kasper Henrich ihm immer entglitt.

Sein aufgewühltes Wesen ergriff mich seltsam. Er war mir immer wie ein gutes und sanftes Geschöpf erschienen, das nichts als die täglichen Notwendigkeiten sieht, ein

Landmann, der seiner Erde, dem Lande hörig geworden ist, so, als wäre er ein Teil des Bodens. Er tat instinktiv immer just das, was unserer Landwirtschaft gut war, er war so innig mit Vieh und Land, mit Saat und Ernte verwachsen, daß ich nun mit Erstaunen wahrnahm, daß er Gefühle und Gedanken hatte wie wir andern.

»Ach, Willem«, tröstete ich, »du wirst einmal eine gute Frau kriegen.«

»Gute Frau!« sagte er beinahe höhnisch. »Es geht ja um dich. Willst du diesen Kerl heiraten, Kasper Hinnerks Freund?« Er betonte den Namen absichtlich. Da spürte ich, wie groß meine Liebe schon war. Nichts würde mich mehr von diesem Manne trennen können.

»Ach, sei still«, sagte ich. »Ich kann nicht mehr zurück.«

Da sah er mich so entsetzt an, daß ich hell zu lachen anfing.

»Du«, sagte ich, »was denkst du eigentlich? Wir kennen uns seit gestern. Aber ich habe mich ihm versprochen.«

Er stöhnte leise, indem er die Kohlblätter auf die Karre lud und murmelte nur:

»Du weißt nicht, wie sie sind.«

Mir aber war es, als habe ich zu allem neuen Reichtum in mir noch ein zweites unscheinbares, aber dennoch kostbares Geschenk hinzubekommen, die Liebe dieses stillen, jungen Menschen, der mein Bruder war. Und wie ich ihn mit jenem etwas wiegenden und schwerfällig gemessenen Gange, der dem Landmann unserer Gegend eigen ist, vor mir hergehen sah, war es mir einen Augenblick lang, als sei bei diesem Menschen meine Heimat, und der andere, der, den ich doch liebte, sei mir fern und fremd.

Und doch wartete ich den ganzen Tag, sah immer wieder zur Tür hinaus, ob ich ihn auf dem weißen gewundenen Hetweg, der mal verborgen und mal sichtbar hügelauf und -ab führte, entdecken könnte. Aber erst, als ich im abendlichen Stall die nach frischer Weide und rotem Klee riechenden Kühe molk, stand er plötzlich hinter mir.

Er war so glücklich und zärtlich, voll ausgelassener Knabenfreude. Wir gingen nach dem Abendbrot in den nahen Erlenbusch, über dem ein Stern nach dem andern am blassen Himmel auftauchte. Er riß mich in einen Strom von Zärtlichkeit hinein, der mein ganzes Wesen bis ins Tiefste lockerte und löste. Nach einer Weile ließ er mich los und sah mich an. »Nun«, sagte er, »sei du einmal gut zu mir.«

Da stand ich vor ihm, steif und ungeschickt, die Glieder hingen mir wie leblos herab. Ich hätte ihm so gern gezeigt, daß ich ihn liebhatte, ihm innig gut war, aber ich konnte es nicht. Die Arme schienen an der großen Kattunschürze wie angeklebt zu sein. Ich wollte sie heben, sie waren wie gelähmt. Ich konnte nicht gut zu ihm sein.

»Wir wollen nach Hause gehen«, sagte er in einem so traurigen Ton, daß auch mich eine namenlose schwere Traurigkeit befiel und ich zu schluchzen anfing. »Du mußt wissen«, sagte ich weinend, »ich kann nicht immer, wie ich will.«

»Nein«, sagte er da ernst, »das kann ich auch nicht. Du wirst es schon früh genug sehen.« Und wir faßten uns an den Händen. Dergestalt getröstet, gingen wir durch die abendnassen Wiesen unserem Hause zu.

Aber seine Zärtlichkeit hatte trotzdem etwas in mir ausgelöst, das wie prickelnder Wein mein Blut durchrann, das mich nicht schlafen ließ und in fiebernde Unruhe versetzte. Vorher war alles gut und stark wie kräftiges Landbrot und frisches Quellwasser gewesen. Die prickelnde Unrast empfand ich selbst als etwas mir Fremdes und Ungesundes.

Nur konnte ich mich nicht davon befreien. Und während ich bisher mein Gefühl tief vor allen verstecken konnte, leuchtete es mir jetzt aus den Augen, sprach es aus allen meinen Bewegungen.

Denn mein Bruder Kasper Henrich sagte am nächsten Morgen spottend zu mir: »Du hast wohl heute morgen schon Branntwein getrunken? Endlich weißt du auch mal, was ein kleiner Rausch ist.« Und meines Vaters unsichere, von der Seite mich anglupende Augen waren von einem listigen Triumph ganz hell geworden.

In Willems Gesicht aber stand deutlich eine kleine Verachtung, die mich am meisten schmerzte.

Aber meines Lebens Wesenheit ist stets bis heute köstliche, oft zermürbende, oft erfreuende Alltäglichkeit gewesen. War ich je in solcher unnüchternen Weise dem wirklichen Alltag fremd geworden, so wurde ich immer wieder unsanft auf die Erde, und zwar mitten in die Dornen und Disteln hineingestellt. Das war meines Lebens Gesetz. Vielleicht ist es das Gesetz aller Menschen, aber je größer die Untreue gegen das eigene Wesen ist, desto stärker rächt es sich.

Meine Sehnsucht nach Hermen Diedrich ließ mich den ganzen Tag nur mit Mühe die Arbeit verrichten.

Endlich kam der Abend heran, und ich setzte mich wartend auf die Holzbank in meinem kleinen Garten, von wo aus ich die weite, große Straße übersehen konnte. Aber Hermen Diedrich kam nicht. Es wurde dämmrig und dunkel. Ich hatte nicht die Ruhe, eine Arbeit vorzunehmen. So tat ich allerlei kleine Scheinarbeit, die meine enttäuschte Erwartung verbergen sollte. Kaspar Henrich war fortgegangen, wie jeden Abend. Willem ging noch mal ums Haus, und ich meinte, einen ganz kleinen schadenfrohen Schimmer in seinem Gesicht zu entdecken. Er sagte aber nichts.

Als ich gerade zu Bett gehen wollte, hörte ich von ferne ein gröhlendes Singen, ohne es weiter zu beachten. Da es näher kam, sah ich vom Gärtchen aus, daß es Kasper Henrich und Hermen Diedrich waren. Untergehakt und torkelnd sangen sie die Straße entlang. Hermen Diedrich hatte mich entdeckt und winkte mir mit seinem gedrechselten Stock zu, den er geschultert getragen hatte. Sein schwarzer, breitkrempiger, niedriger Hut saß ihm im Nacken, und sein sonst so korrekter und feiner Anzug war beschmutzt. Schnell entschlossen ging ich in meine Schlafkammer und schob den Riegel vor.

Auf der Deele angekommen, fing Hermen Diedrich an, mich zu suchen. Schließlich rüttelte er an meiner Tür. Bald bettelnd und flehend, bald schimpfend und fluchend beschwor er mich, zu öffnen. Ich antwortete nicht. Alle seine Triebe schienen hemmungslos befreit zu sein. Vor Empörung starr, kroch ich ins Bett und zog die Decke über die Ohren, um das häßliche Gerede nicht weiter zu hören.

An dem Abend weinte ich mich in den Schlaf. Die Ernüchterung war gekommen. Grau und trübe war die Wirklichkeit. Ich dachte an all die kleinen guten Züge, die mir an Hermen Diedrich so gut gefielen, ich dachte an sein treuherziges Wesen, seine schöne helle Gestalt und seine peinliche Sauberkeit. Aber immer schob sich dies letzte, so andere Bild dazwischen.

Nicht, als ob ich nicht oft genug betrunkene Burschen gesehen hätte. Kasper Henrich kam jeden Tag so nach Haus, nein, oft schlimmer, wenn er Mädchen bei sich hatte. Und die meisten anderen Jungen unseres Dorfes trieben es ebenso. Aber ich hatte mir ein Bild von Hermen Diedrich gemacht, das diesem Jammerbild von betrunkenem Burschen in keiner Weise glich. Ich betete etwas an, was nicht der Wirklichkeit entsprach. Und ich habe es erst sehr schwer im Laufe der Zeit lernen müssen, dem wirklichen Leben immer ganz gehorsam zu sein, das heißt, es in jedem Teile so zu sehen, wie es ist, und ihm nicht eine selbstgemachte Maske vorzusetzen. Das aber ist schwerer, als du vielleicht denkst, Annekind.

Es war nun nicht so, daß ich im Ernst daran dachte, wieder von Hermdieder loszukommen. Dazu war mir mein ihm gegebenes Wort viel zu heilig. Ich hatte es gesagt, und nun war es von mir losgelöst, außerhalb meiner Macht und Gewalt, etwas Unpersönliches, über mir Stehendes geworden. Und ich hatte ihn ja dennoch lieb wie bisher. Was von mir abfiel, war eine berauschte, blinde Verliebtheit. Und das war gut.

Aber am nächsten Abend hätte ich ihm doch nicht begegnen können. Darum lief ich am Feierabend schnell hin zum Dinkeloh-Hofe. Und ich hatte das Glück, Marie Ilsabein zu treffen. Sie saß mit ihrer Mutter in der holzgetäfelten Wohnstube mit den vielen blühenden Geranien vor den kleinen Fenstern. Es tat so gut, diese Luft zu atmen, die mit Frieden und wohliger Wärme wie gesättigt schien.

Aber es war schwer zu sagen, warum ich kam. Ich fühlte ihre Bereitschaft, zu hören, und das machte mich nur verlegener. So sprachen wir vom Wetter und vom Korn, von Blumen und vom Flachs. Bedrückt und befangen wollte ich wieder gehen. Da sagte Marie Ilsabein in ihrer stillen Lieblichkeit: »Ich gehe noch ein Stück mit dir.«

Draußen auf dem schmalen Weg zwischen den Feldern wandte sie mir ihr Gesicht zu, das so glücklich in einer neuen Erwartung war. Liebreizend war ihr weiches Gesicht mit dem rötlich-blonden, krausen Haar, das jetzt in einer sonderbaren Gegensätzlichkeit unter der schwarzen Frauenhaube hervorsah, immer gewesen. Ihre unschuldigen, blauen Kinderaugen hatten mich von jeher bezaubert. Aber jetzt leuchteten sie so tief und glückbewußt, daß ich sie immer ansehen mußte. Es mußte doch etwas Wundergutes sein, was ihr widerfahren war.

»Wollt ihr bald heiraten?« fragte sie, um den Anfang zu machen.

Da fiel mir der gestrige Abend ein, und tief erschaudernd in dem Gedanken: Wenn wir verheiratet gewesen wären, dann hätte ich nicht abriegeln können, antwortete ich: »Ach, wenn überhaupt!« Und ich erzählte ihr von meinem Erleben am Tage vorher.

»Du kleines dummes Mädchen«, sagte sie lachend, als ich geendet hatte, »nun will ich dir mal was sagen. Immer warst du mir über, immer warst du klüger als ich. Du warst – Gott segne dich dafür – mein Verstand und mein Gewissen. Aber nun bin ich stolz, daß ich dir voraus bin, denn ich habe nun schon einen Mann und bald, so hoffe ich, ein Kindchen.

Und ich sage dir: Wenn es mehr nicht ist!? Ich möchte manchmal« – sie seufzte komisch auf – »mein Ernst Hinnerk wäre ab und zu ein wenig betrunken. Aber dazu ist er zu sparsam, zu nüchtern, zu ernst, zu eng, und was weiß ich. Aber das macht nichts. Ich habe Heimweh gehabt auf dem dunklen Hofe da unten nach unserem Hofe auf der Höhe, nach meiner lieben Mutter, ach, du kannst es dir nicht denken –, das war Leid. Aber meinst du, ich möchte jetzt zurück?

Seitdem ich diese Hoffnung habe, weiß ich, daß da unten bei dem kargen Manne meine Heimat ist und daß mein liebes Kind mich fest binden wird an den dunklen Hof und an den finsteren Mann. Es brauchte nicht gerade dieser Mann zu sein, bisher, weißt du. Aber dann, wenn das Kind da ist, dann gehören wir zusammen, ganz fest. Und es gibt nichts Schöneres, glaube es mir.« Aber ich dachte in meinem Sinn, sagte es jedoch nicht: »Nein, bei mir könnte es kein andrer sein. Und darum nehme ich die Sache so schwer.«

Aber die gute kleine Marie Ilsabein hatte mir allen Mut und alle Freudigkeit wiedergegeben. Es gab wohl kein Glück, das nicht irgendwie mit Leid erkauft werden mußte.

Mein lieber Bräutigam kam am nächsten Tag und bat mir ab. Er sagte, er könne das Trinken und Kartenspielen nun mal nicht lassen, aber wolle nicht mehr in diesem Zustand zu mir kommen. Das war nur ein schwacher Trost, aber in einer mir sonst fremden, versöhnlichen Güte war ich demütig und fügsam und fragte nur schüchtern, wie es dann aber in der Ehe gehen würde, worauf er mir lachend versicherte, dann habe er mich, dann brauche er keinen anderen Rausch mehr. »In der Tat«, fügte er bestimmt hinzu, »du wirst mich schon zu Hause halten, wenn du nur gut zu mir bist.« Ja, das wollte ich, und so glaubte ich törichtes Mädchen selbst an eine Wandlung durch meine Liebe. Und ich hätte es doch an so vielen Beispielen in unserem Dorfe merken können, daß keine menschliche Liebe eines anderen Menschen Leidenschaft zu besiegen vermag.

Wir verstanden uns an dem Abend so gut wie noch nie. Und Hermdieder glaubte, da er mich fügsam und liebevoll sah, mich nun als seine eheliche Frau halten zu dürfen. Aber ich setzte es durch, daß wir der Sitte nicht nachgaben und bin damals und Jahr für Jahr stolz darauf gewesen, daß wir reine Brautleute geblieben sind. Und wenn ich auch höchlich erfreut darüber bin, daß die alte, schlechte Dorfsitte jetzt im Schwinden ist, so muß ich doch rückblickend sagen, daß mein Verdienst damals wahrlich gering war und mein Hochmut verkehrt. Ich war bloß stolz und feige. Denn es sollte mir auf keinen Fall so gehen wie jenen armen, alten Mädchen bei uns, deren

Bräutigam vor der Hochzeit gestorben oder deren Ehe sonst aus irgendeinem Grunde nicht zustande kommen konnte. Verachtet wurden sie von den ehrsamen Bäuerinnen, die es nicht anders, oft schlimmer getrieben hatten als jene, denen das Glück aber hold war. Ein Gespött der Jugend, lebten sie auf dem elterlichen Hofe, zu jeder niederen Arbeit ausgenutzt. Ich war so maßlos stolz. Schon der Gedanke an eine solche Möglichkeit ließ mich alle Liebe und Leidenschaft vergessen. Er wachte wie mit eiserner Faust über meinem Liebeserleben und hielt es nieder und geduckt, wo es nötig war.

Nein, du siehst, ich hatte keinen Grund, darauf auch noch stolz zu sein. Und doch erhob ich mich hochmütig über die Verfehlung anderer, bis ich es lernte, barmherzig zu sein.

Das einzige, was Hermen Diedrich erreichte, war, daß wir in zwei Monaten, im September, heiraten wollten, womit auch der Vater einverstanden war. Da das kirchliche Aufgebot gegen mein Wissen zustande gekommen war, hatten wir die Erlaubnis bekommen, uns nicht an die kirchliche Ordnung halten zu brauchen, nach der die Hochzeit vier Wochen nach dem Aufgebot stattfinden mußte.

Ich wartete nun darauf, daß mich mein Bräutigam aufforderte, seines Vaters Haus zu besuchen, wie es Sitte war. Gern hätte ich mir das Haus, in dem ich schalten und walten würde, auch von innen vorher angesehen. Aber jedesmal, wenn ich davon sprach, wehrte Hermen Diedrich ab. Seine Mutter war, wie die meine, in seiner und seines jüngeren Bruders früher Jugend gestorben. Das schloß ein starkes, schicksalhaftes Band um uns und half uns zu gegenseitigem Verstehen. Sein Vater war krank und zur Zeit bettlägerig. Deshalb sei mein Besuch nicht erwünscht. Nun, weiter darum bitten konnte und mochte ich nicht.

Einmal brachte Hermdieder seinen einzigen Bruder Johann Friedrich mit, der kleine Heidekamp genannt, du weißt, deinen Großonkel Stolte, den jetzigen Herrn auf Stoltenhof. Er war kleiner als dein Großvater, aber seine

Erscheinung noch aparter und schmucker. Auch seine feine Tuchkleidung mit den vielen echten silbernen Knöpfen und Schnallen wirkte, wie die meines Bräutigams, trotz des ländlichen Schnittes elegant und vornehm. Aber er trug sie bewußter und hochmütiger.

Ich merkte bald, daß ich ihm als Schwägerin nicht gerade hochwillkommen war. Trotz des listigen Rechnens meines Vaters ließ sich meine Mitgift nicht höher schrauben, als sie war. Hanfried mußte später von seinem Bruder ausgezahlt werden, und er hatte wohl auf die Mitgift einer reichen Bauern- oder Kaufmannstochter gehofft.

Er war sehr einsilbig und ließ alle bäuerliche Höflichkeit außer acht. Ich würde mit ihm in einem Hause zu leben haben, bis er heiratete, ich mußte mich bemühen, in Frieden mit ihm auszukommen, darum übersah ich seine Unhöflichkeit. Als er aber seine Geringschätzung unserem Besitz gegenüber, auf den wir doch alle stolz waren, einmal allzu deutlich zeigte, stellte sich mein Vater in seiner ganzen hageren Größe drohend vor ihn hin, maß ihn von oben bis unten mit so hochmütig abwertenden Blicken, daß der selbstsichere Hanfried in sich zusammensank und sein protzenhaftes und haltloses Wesen deutlich zum Vorschein kam.

An dem Nachmittag machte ich zum ersten Male die Entdeckung, daß Hermdieder zwei Gesichter hatte. Sah ich sein Gesicht von rechts, so war es gestrafft, energisch, treuherzig und kühn, ach, so unendlich liebenswert. Sah ich es von links, dann war da eine Gelockertheit und Weichheit, die mich hätte bange machen können, wenn ich nicht so selbstsicher in meiner Liebe gewesen wäre.

Aber immer sah ich ihn später lieber von rechts an, obwohl ich wußte, daß auch die linke Seite zu seinem Wesen gehörte. Übrigens hat kein anderer vor mir und nach mir je die kleine Ungleichheit der beiden Gesichtshälften bemerkt, und im Alter glich sich beides aus.

Die Wochen bis zur Hochzeit waren mit viel Vorbereitungen ausgefüllt. Die alte Näherin Hanne Kathrin saß Tag für Tag in der Dönse, um die noch fehlenden Hemden zu nähen, zweimal sechzig mußten es sein, für Hermdieder und mich. Denn ein Hemd, das nur durch die zweiwöchentliche Wäsche gegangen war, schien uns damals nicht sauber genug zu sein, wir würden es so nicht wieder angezogen haben. Erst mußte die ganze Wäsche noch einmal gebükt werden (die Wäsche wurde in *Buchen*holzfässern mit kochender Holzaschenlauge überschüttet), was einmal im Jahre geschah. So mußte man allermindestens zweiundfünfzig Hemden haben.

Die zwanzig Paar weißen Strümpfe mit buntem Rand für meinen zukünftigen Mann hatte ich fertig im Schrank hängen. Auch das Leinen lag zum Verbrauch bereit da, von den rotkarierten Bettbezügen mit dem Hochzeit- und Begräbnis-Muster (es war schwarz-weiß mit kleinen roten Streifen) bis zum Leichlaken mit den eingewebten Tannenbäumen und den Leichhandtüchern.

Die Näherin Kathrin, die »Neierske«, wie sie überall im Dorfe hieß, nähte jede Aussteuer, weniger weil sie besonders fix und geschickt, als weil es einmal so Sitte war. Sie war auch eines jener alten sitzengebliebenen Mädchen, aber »Gott hatte gesegnet«, wie sie immer mit einem frommen Augenaufschlag erzählte, er hatte ihr die lütte Deern wieder genommen. »Sie ist gut aufgehoben«, pflegte sie mit betonter Mütterlichkeit fortzufahren. »Was hatte sie denn auch vom Leben?«

Dieses Schicksal söhnte alle ehrbaren Bauersfrauen mit ihr aus. Sie wurde in Ehren wieder angenommen. Und sie sah selbst ihren Wert und ihre Aufgabe darin, daß sie alle Neuigkeiten wußte und weiter erzählte. Wozu ließ man sie sonst ins Haus kommen? Beim einen haspelte sie, beim andern schlug sie ein. (Bei dem einen erfuhr sie die Neuigkeit, bei dem andern brachte sie sie an.)

Bei der Näharbeit half ich ihr, so oft ich Zeit hatte. Kam dann Kasper Henrich mit seinem losen Mundwerk spottend und scherzend in die Dönse, so sah sie verschämt in den Schoß und bat mich auch einmal, sie nicht mit ihm allein zu lassen. »Wenn er mir auch«, so fügte das alte Mädchen jetzt tugendstolz hinzu, »nicht gefährlich werden kann.«

Ich merkte bald, daß sie mir etwas mitteilen wollte, eine

Neuigkeit, die mich anging. Aber ich fürchtete ihren Klatsch und Tratsch und wich ihm tagelang aus.

Sie lag nun beständig auf der Lauer. »Ja«, konnte sie seufzend sagen, »es ist nicht alles Gold, was glänzt.« »Nein«, antwortete ich, »und es ist nicht alles gut, was gut gemeint ist.« »Zum Beispiel Dinkelohs Mosbenken« (Abkürzung von Marie Ilsabein), fuhr sie unbeirrt fort, »was für 'nen glänzenden Hof ist das und was für 'nen Ribbelappen (Lederlappen, auf dem der Flachs gerieben wurde) von Mann!« »Oh«, sagte ich abwehrend, »das weiß ich besser, Marie Ilsabein ist glücklich verheiratet.« »Ja, aber manches Mädchen, wenn das wüßte, was auf sie wartet.« Ich unterbrach sie schnell und sah auf ihre Arbeit: »Was hast du denn da geprünt, zeige mal her!« Voller Ärger machte sie die Naht wieder los, den Kopf tief über die Arbeit geneigt, denn vor meinem Nähen hatte sie Respekt und ließ sich darum etwas von mir blutjungem Ding sagen.

Oder sie fing an: »Euer Flachs ist dieses Jahr ›brautgelb‹« – besonders gelber Flachs sollte darauf hindeuten, daß eine Braut im Hause war –, »das wird 'nen feinen Staat für den Hochzeitswagen.« »Ja, ich freue mich, daß er so gut geraten ist. Anderswo aber doch auch.« »Ja, anderswo auch«, sagte sie höhnisch, »aber der kommt nicht auf den Brautwagen. Was heute die jungen Leute sind, die kennen keine Treu und Ehre nicht, die tun die armen Mädchen einfach sitzen lassen, und wenn sie auch nach außen noch so fein und schmuck sind, wie dein Bräutigam.«

Ich stand hastig auf, um nach der Hausarbeit zu sehen.

Aber schließlich ist es ihr doch gelungen. An unserem Fenster ging Willem mit Marie Ilsabeins jüngerem Bruder Johann Hinnerk vorbei. Seine roten Haare leuchteten noch besonders hell im roten, versinkenden Abendschein. Da sagte die tugendsame Jungfrau Kathrin mit triumphierender Verachtung: »Rote Haare, nee, die habe ich nie leiden können, wenn ich nur an die rote Theribee (Therese Ilsabein) denke, das schlechte Frauenzimmer!«

Ich hatte viel von diesem leichtsinnigen, rothaarigen

Mädchen, die rote Theribee genannt, gehört und sie auch manchesmal gesehen, sie wohnte, wie Hermdieder, auf der niederen Heide. Sie war mir, ich wußte nicht recht, weshalb, aufs äußerste zuwider.

»Was hat sie denn nun wieder gemacht?« fragte ich gedankenlos. »Gemacht?« war die Antwort. »Weißt du das denn nicht? Sie ist deines schmucken Bräutigams Geliebte.«

Im selben Augenblick fuhr sie erschrocken zusammen, so drohend war ich aufgestanden, und klein und mühsam fügte sie hinzu: »Oder war.«

»So«, sagte ich, »oder war, dann war sie es wohl. Das geht mich nichts an. Im übrigen«, log ich stolz, »sagst du mir nichts Neues, das weiß ich längst. Aber du brauchst nicht wiederzukommen, die Hemden nähe ich allein fertig.«

Damit verließ ich das Zimmer und war die alte Trine los, wenn auch nicht ihren erbitterten Zorn.

Als ich allein war, verließ mich aller künstlicher Stolz. Nur Bitterkeit blieb. Es war nicht einfach, die Nachfolgerin der roten Theribee zu werden. Ich konnte mir auch nicht erklären, wie ein äußerlich so peinlich sauberer und sorgsamer Mann eine solche Dirne lieben könne. Nein, geliebt würde er sie wohl nicht haben.

Mir fiel der Abend ein, als er betrunken zu mir gekommen war. Und von hier aus konnte ich mir sein Verhältnis zu Theribee erklären –, vorausgesetzt, daß es überhaupt wahr war, was die alte Haspel gesagt hatte. Ein betrunkener Mann kennt keine Überlegung und keinen Stolz mehr, alles ist ihm recht.

Auch das kränkte mich, daß ich seine geheimen Wege von andern erfuhr und nicht von ihm selbst. Und ob wirklich alles der Vergangenheit angehörte?

Das feine und gute Bild, das ich trotz allem von meinem Bräutigam im Herzen trug, bekam arge Risse und Flecke, aber ich biß die Zähne aufeinander und sagte: »Dennoch will ich zu dir halten, und ginge es noch durch größeren Schmutz, und wäre sie heute noch deine Liebste.«

So völlig und schicksalhaft zu ihm gehörend fühlte ich mich schon.

Natürlich, Willem wußte davon, es würde also wahr sein, und darum wollte er mich warnen. Und dem sauberen Kasper Hinnerk war es gerade recht, daß sein Schwager nicht besser zu sein schien als er selbst. Dann konnte er wenigstens von dieser Seite her vor Vorwürfen sicher sein.

Der Vater – was fragte er nach solchen Menschlichkeiten, wenn es nicht gerade Kasper Henrich war, sein Sohn, der sein eigenes gutes Geld vertrank und verspielte.

Er war von einer sonderlichen Milde zu mir bis zur Hochzeit. Ihm paßte der feine Schwiegersohn, der zwar keinen großen Hofbesitz, aber ein gutes Einkommen hatte und ein ansehnliches Vermögen besaß. Die große Molle mit Bargeld und Wertpapieren, die der alte bettlägerige Heidekamp unter seiner Bettstelle stehen haben sollte – was auch auf Wahrheit beruhte, wie ich mich bald genug überzeugen sollte –, machte ihm einen tiefen Eindruck. Damals blühte die Handweberei. Und dein Großvater, der feinstes Garn von den Handspinnern aufkaufte und den Webern zum Weben austeilte, dann die fertige Leinwand abgeliefert bekam und den Leinenkaufleuten in der Stadt verkaufte, verdiente ein gutes Stück Geld, wovon er den größten Teil allerdings in jener Zeit verjubelte. Auch mir machte er kostbare Geschenke davon, goldene Ringe und Ohrringe, Brustschnallen und Gürtel, Ketten und seidene Bänder, womit ich mich gern und oft herausputzte.

Mit Eifer machte sich mein Vater an meiner Aussteuer zu schaffen. Und siehe, mit einem Male sprang eine lange verschüttet gewesene Quelle wieder in ihm auf und machte ihn fröhlich wie ein Kind, das ein langersehntes Spielzeug endlich geschenkt bekommt. Er schnitzte Früchte und Blumen in die große Bettstelle mit dem Betthimmel, unbeholfener zwar und schwerfälliger waren sie als die Schnitzereien seiner Jugend, aber trotzdem von sonderlicher Ausdruckskraft. Vorzüglich aber gelang ihm die Gruppe von Adam und Eva zu Häupten der Bettstelle, denn wenn auch die einzelnen Figuren roh und plump waren, so drückte ihre Haltung und das Zusammenspiel solchermaßen das Geschehnis aus, daß es mir ans Herz griff, als ich es zuerst sah. Und auch ihr Kinder habt ja immer so großen Gefallen daran gefunden.

Auch Schapp, Anrichte, Kleiderschrank und sogar ein Bücherschrank mit gläsernen Türen, alles wurde mit besonderer Sorgfalt gearbeitet, bemalt und geschnitzt –, allerdings auch entsprechend hoch im Preise bei der Mitgift berechnet, was du alles in deines Großvaters Kontobuch, das in dem genannten Bücherschrank liegt, nachsehen kannst. –

Inzwischen war der blaue Flachs verblüht, bräunte sich der Same, und der Frauen Gedanken waren auf nichts anderes als die Zubereitung des Flachses gerichtet. Mir war es recht so, denn ich suchte gern den sorgenden und schweren Gedanken zu entfliehen, die mich im Blick auf die Zukunft allzuoft lästig überfielen.

Das fröhliche, ausgelassene Treiben, das nun unseren Hof beherrschte und dem ich in den anderen Jahren zu steuern versucht hatte, nahm dieses Mal auch dergestalt Besitz von mir, daß ich mich ganz hineingleiten ließ und mitmachte, wo ich hätte wehren sollen. Mit tiefer Beschämung denke ich noch heute an jenen Augustmonat vor meiner Hochzeit zurück, da kein Hausherr und keine Hausfrau der wilden, ausgelassenen Jugend, unseren Mägden und Knechten, zu denen in jener Zeit noch einige Tagelöhnerinnen hinzukamen, in ihrem tollen Treiben Einhalt gebot.

Eine aufreizende Schwüle lockerte Zucht und Sitte. Mich zermürbte sie fast. Hart war die Arbeit des Reepens und Bokens, des Hechelns und Brechens, aber lustig sangen wir unsere Lieder, und die Branntweinflasche kreiste. Kam ein Mann in unsere Nähe, so wurde er unter lautem Kreischen und Juchzen mit dem Flachs festgebunden und mußte sich durch einen Schluck Branntwein loskaufen. Kasper Henrich war der lauteste und wildeste und machte oft gemeine Witze. Mit zornigen Tränen in den Augen funkelte ich ihn an: »Ich schäme mich, daß du mein Bruder bist«, worauf er nur gelassen antwortete: »Und kein Rhein wäscht es dir ab.« Dann lief ich verzweifelt in die Küche, um nach dem Gestpickert (das Ravensberger Nationalgericht, eine Art Kartoffelreibekuchen) zu sehen, den ich auf dem Pickert-Deckel auf dem Herde hatte. Gegen Abend kam dann Hermdieder und neuerdings auch sein Bruder Hanfried, der sich trotz seiner Vornehmheit gern an die Mädchen heranmachte und sich einen kleinen schwarzen Schatz bei uns ausgesucht hatte. Nach dem Pickertessen zogen die Burschen und Mädchen paarweise fort in die Wirtschaften, in den Wald und auf die Wiesen, während Hermdieder und ich auf der Bank in unserem Gärtchen saßen. Von fern hörten wir bis spät in den Abend hinein das Gröhlen der Jungen und das Kreischen der Mädchen. Ich wagte nicht, mir auszudenken, was alles geschah. Mir war das ganze laute, ausgelassene Treiben in der Seele zuwider. Aber ich konnte nichts dagegen tun, mir waren die Hände gebunden. Spott und Hohn fielen über mich her, sobald ich etwas zu sagen wagte. Das machte Hermdieders Vergangenheit. Und ich wollte nichts davon hören, dazu war ich zu stolz. Darum schwieg ich.

Es war schon schlimm genug für mich, wenn etwa einer der Burschen beim Trinken zu meinem Bräutigam sagte: »Auf deine Liebste!« Und ein anderer lachend fragte: »Auf welche?« Dann wurde Hermdieder rot, und seine Augen wurden dunkel vor Zorn, jedoch sagte er nichts.

Hochzeit mit Pauken und Trompeten

Aber auch diese schwülen Monate voller Schmach und Erniedrigung gingen vorüber. Der Vortag meiner Hochzeit war gekommen. Die schweren Möbel waren schon mit dem größten Teil der Aussteuer auf einem großen Wagen von meinem Vater selbst zu Heidekamps auf die niedere Heide gebracht worden. Am nächsten Morgen würde mich Hermdieder mit dem Wagen holen. Die Hochzeit sollte dem Brauche gemäß in seinem Hause sein.

Nach einem unruhigen Tag saßen wir alle auf der Deele beim Abendbrot. Am Morgen war Jobsthenrich gekommen, mein lieber jüngster Bruder und Lernkamerad. Er war lange nicht zu Hause gewesen, da er in den Ferien Verwandte besucht hatte. Hochaufgeschossen, mit rundem, rosigem Gesicht war er zur Tür hereingestürmt und hatte uns alle mit einer städtischen Höflichkeit, wie sie bei uns nicht Mode war, begrüßt. Der Vater hatte dazu gebrummt, aber in der Tiefe seiner Augen hatte ein leises Lächeln gestanden. Er hatte sich jedoch sogleich abgewandt und wollte nichts weiter damit zu tun haben.

Mir aber hatte des lieben Jungen herzliche Aufgeschlossenheit so wohl getan, daß ich ihn warm in meine Arme nahm. Nur er, unser Jüngster, konnte sich geben, wie es ihm ums Herz war, wir andern standen immer steif und schwerfällig da, sobald uns etwas ans Herz griff und uns innerlich bewegte.

»Und du willst wirklich fort, Amrie«, hatte Jobsthenrich gefragt, »und wer schickt mir nun die schönen Würste und wer ist in den Ferien hier und kanzelt mich ab, wenn ich heimkomme?« Dabei hatte er ganz traurig ausgesehen.

Daran dachte ich, als wir jetzt beim Abendbrot saßen. Der goldene Abendschein machte alle unscheinbaren Dinge so hold und lieblich, der kühle und klare Septemberabend war so tröstlich heimatlich und wohltuend, als gäbe es kein alles wandelndes Morgen. Das Herz war mir schwer.

Alle waren schweigsam, und ich wartete, wartete so von Herzen auf ein gutes Wort des Vaters, daß ich ihm fehlen würde. Aber es kam nicht. Auch die Brüder sagten nichts. Willem würde mich vermissen, es aber nie über die Lippen bringen, wie sehr.

Da unterbrach der Vater die Stille, und ich merkte, wie er wieder beim Rechnen gewesen war.

»Jetzt muß ich dich noch unterbringen, Kasper«, sagte er lauernd, »und zwar möglichst bald. Willem kriegt den Hof, und du, dachte ich, könntest eine Witwe heiraten, dann hast du gleich Hof und Eigentum.«

Da lachte Kasper Henrich schallend auf. »'ne alte wohl gar? Das wäre was für mich!« Prahlerisch stellte er sich hin und sah an sich herunter: »Sehe ich so aus? Nee, das Leben ist lustig genug. Es gefällt mir so ganz gut.«

»Aber mir nicht«, sagte der Vater und reckte sich. In knochiger Wucht stand er da, drohend: »So geht's nicht weiter. Du verspielst mir Haus und Hof.«

»Aber deine Frau täte mir leid«, sagte Willem gelassen.

Da fuhr der leichtsinnige junge Mensch jähzornig auf. »Und Amrie?« schrie er unbeherrscht, »tut euch die nicht leid?«

Mir stand das Herz fast still, aber ich sagte scheinbar ruhig und gelassen, und ich wußte nicht, woher mir dieser Glaube kam: »Hermdieder ist nicht mit dir zu vergleichen. Äußerlich macht er manches wie du, er trinkt, spielt Karten, gibt sich mit Mädchen ab, aber sein Herz ist wie Gold und deines wie Blech.«

Drohend fuhr er auf mich los, und wäre Wilhelm nicht dazwischen gesprungen, wahrhaftig, er hätte mich ins Gesicht geschlagen.

Jobsthenrich aber stand blaß mit gesenktem Blick dabei und sagte leise: »Die Mutter, die Mutter.«

»Was soll das Geplärre«, schnauzte der Vater, »was willst du mit der Mutter?«

»Uns allen fehlt die Mutter«, sagte der Jungste still, und mein Vater wandte sich ab und ging zur Tür. Wir aber gingen voller Scham auseinander.

Das war der Abend vor meiner Hochzeit. Ja, wie anders wäre alles gewesen, hätte einer von uns, Hermdieder oder ich, die Mutter noch gehabt!

Aber am nächsten Morgen in aller Frühe kam die Dinkelohbäuerin und war meine Mutter an meinem Hochzeitstage. Das habe ich ihr zeitlebens gedankt. –

Noch lag jener hauchartige feuchte Nebel über den Feldern und Wiesen, der im Herbst einen klar-blaugoldenen Tag verspricht, als der Hochzeitswagen, mit Blumen geschmückt, in unser Hoftor einfuhr.

Ich saß schon in der Hochzeitstracht im Kreise der Brautjungfern und der Brüder, schön geschmückt mit einem echten, sechzehn Ellen weiten Spitzenkragen über dem dunkelbraunen feinen Tuchkleid, der dicken Bernsteinkette und dem Brautschmuck, den mir Hermdieder geschenkt hatte. Feierlich war mir zu Sinn. Und als nun

Hermdieder im feinsten Tuchrock stattlich und glücklich auf mich zukam, öffneten sich mir Herz und Sinne, so daß ich seinen innig zärtlichen Blick beglückt und fest erwiderte.

Nachdem er mit seinen Begleitern das Frühstück eingenommen hatte, nahm ich von allen feierlich der Sitte gemäß Abschied, obgleich ich sie ja bald bei der Hochzeit wiedersehen sollte. Nüchtern und klar reichten wir einander die Hand, und nur, als die Dinkelohbäuerin mich bewegt in die Arme schloß, schluchzte ich einmal auf. Sie war mir mehr Heimat als mein Vater.

Vorn neben mir auf dem Wagen saß ein Verwandter Hermdieders, der mich als Trecker (Begleiter der Hochzeitsleute) begleitete. Hinter mir saß Hermdieder mit dem Dinkelohbauern, der einen verheirateten Verwandten von meiner Seite vertrat, weil der verhindert war zu kommen. Dann folgten die Brautjungfern mit dem Spinnrad und der von meinem Vater besonders schön geschnitzten und bemalten Haspel. Flachs, Leinen und das Bettzeug wurden aufgepackt, und los ging die lustige Fahrt.

Obgleich ich mich durch meinen fremden Begleiter in meinen Gedanken etwas befangen fühlte, konnte ich bald dem glückhaften jungen Morgen nicht mehr widerstehen. Klar-blau war inzwischen der Himmel geworden, und in der etwas matten Septembersonne lagen die Stoppelfelder und Wiesen, die frisch gepflügten, herb duftenden Äcker so erwartungsvoll jung und unberührt da, daß sich mein Herz der großen Hochzeitsfreude, die alles ringsum zu erfüllen schien, willig öffnete. Hügelauf, hügelab ging die Fahrt durch mein liebes Heimatländchen, zuerst den Schulweg entlang, und tausend Erinnerungen gingen mir durch den Sinn.

Oh, wie lieb war mir alles! Wie vertraut und heimatlich tauchten hier und dort, da oben auf einem Berge, dort unten im Wiesengrund die bekannten Häuser und Höfe auf, umstanden von Eichen oder Obstbäumen. Blaugrau lag in der Ferne der Teutoburger Wald. Und hinter mir saß mein lieber Liebster und sah mich unverwandt von der Seite an.

Nie vorher empfand ich ein so reines und großes Glück. Nein, wären wir keine Brautleute mehr gewesen, wir wären jetzt nicht so unsagbar glücklich gewesen.

Pistolenschüsse knallten, Kinder und Erwachsene juchzten auf den Wegen uns entgegen, es juchzten die Brautjungfern und die jungen Burschen auf dem Hochzeitswagen. Hier und da wurde gehalten und Wein und Branntwein ausgeteilt an die Leute, die Glück wünschend am Wege standen. Je näher wir der niederen Heide kamen, um so lauter erklangen die Pistolen, um so mehr Häuser waren geflaggt, um so mehr Geld mußten wir den Kindern hinauswerfen, die am Wege »schatteten« (so bezeichnet man das Ziehen eines Seils vor den Hochzeitswagen).

Mein lieber Bräutigam und ich waren still in all der lauten, jauchzenden Freude. So fast, als ginge uns das alles nichts an. Und doch kam uns das fröhliche Leben und Treiben nur wie die natürliche Äußerung unseres großen inneren Glückes vor.

In der Nähe der Kirche meiner neuen Heimat hielten wir und stiegen vom Wagen. Ein großer Teil der Hochzeitsgäste war dort schon versammelt, um uns in die Kirche zu begleiten.

Unter Glockengeläut betrat der feierliche, lange Hochzeitszug den großen, von alten Häusern umstandenen weiten Kirchplatz. Die Linden hatten zum Teil schon ihre gelben Blätter verloren, sie funkelten wie mattes Gold unter unseren Füßen. Nur einige Blätter hingen noch lose an den Lindenzweigen, die leuchteten ganz matt in einem kalten und stumpfen Gelb in der Septembersonne.

Der greise Pfarrer, der uns zusammengab, sprach vom Sparen und Sichbescheiden. Das andere habe ich vergessen. Aber nicht das, daß mich Hermdieder bei den Worten »Reichet einander die rechte Hand«, entgegen der Sitte lange und innig ansah, wie er ja selbstsicher und unabhängig immer seinen eigenen Lebensausdruck fand.

Vor dem Hochzeitshause stutzte ich einen Augenblick, und Hermdieder erschrak. Ein breiter Weg, mit Häcksel bestreut, führte straßenlängs zu einem Hause, wo also wohl die rote Theribee wohnte. (Nach alter Ravensberger

Sitte wurde der Weg zu einer früheren Geliebten mit Häcksel bestreut.) Wir taten beide, als achteten wir nicht darauf, während alle Nachfolgenden sich lachend darauf aufmerksam machten.

Im Hochzeitshause war alles von Nachbarinnen und Verwandten aufs beste vorbereitet, eine lange Tafel auf der Deele gedeckt, an deren oberem Ende Hermdieder und ich mit dem Vater, den Treckern und den nächsten Verwandten Platz nahmen.

Von da an war es mir, als sähe ich nur durch einen Schleier hindurch. So fern und unwirklich war alles. Da saß ich in meinem eigenen Hause und aß Hühnersuppe und Rindfleisch, dicken Reis und Pflaumen und trank süßen Muskatwein. Und morgen würde ich als Hausfrau hier schalten und walten. Ach, du lieber Gott.

Als aber die Gäste nach dem Mittagessen und Kaffeetrinken sich ein wenig vertraten, um neuen Appetit für das Abendessen zu bekommen, bat ich meinen lieben Mann, mich endlich zu seinem Vater zu führen, der krank und allein im Hochzeitshause zu Bett lag. Er tat es zögernd, und ich trat in die kleine Altenteilkammer, in der jetzt mein Bett steht, voller Furcht und guten Willens, voll ehrlicher Vorsätze und doch schüchternen Herzens.

Ich sah einen alten Mann mit aufgedunsenem, tiefrunzligem Gesicht im Bett liegen und hörte, wie stark ihn der Dump, das Asthma, plagte. Teilnehmend wandte ich mich zu ihm, als Hermdieder sagte: »Vater, da bringe ich Euch meine Frau.« Der Alte bewegte sich nicht, angstvoll krampften seine Finger über die Bettdecke, kurz und mühsam ging der Atem. Nur seine Augen richteten sich auf mich, kleine, sehr mißtrauische Augen. Prüfend musterten sie meine Gestalt, schienen meinen ganzen Staat unzufrieden abzuwerten, wurden wieder gleichgültig und matt. »Willkommen auch«, sagte er endlich mühsam. Da nahm ich warm die unruhige, feuchte rechte Hand in meine beiden jungen und sagte herzlich: »Vater, ich will Euch eine gute Tochter sein.«

Wie ich so an sein Bett trat, merkte ich, wie schlecht er gebettet lag. Das Kopfkissen war eingesunken und flach, ich richtete es ihm zurecht. Aber auch sonst – oh, wie sah es hier aus! Schmutzig war das Bett, unrasiert und grau vor Schmutz des Alten Gesicht. Die Luft war muffig und dumpf, und die Fenster waren so trübe, daß man nicht hindurchsehen konnte, Spinnweben hingen in den Fensterecken. Nicht einmal zum Hochzeitstag hatte man diese Kammer reingemacht.

Ich fragte: »Darf ich das Fenster etwas öffnen, es ist draußen so schön warm?« Da schrie mich der Alte an: »He, daß ich sterben soll. He? Ihr kriegt mein Geld noch früh genug.« Damit zeigte er auf die Molle unter seiner Bettstelle.

Ich war zusammengefahren. Aber Hermdieder sagte tröstend: »So redet er immer. Er ist so geizig und mißtrauisch. Mußt dir nichts daraus machen.«

Ich aber fürchtete mich nicht nur, nein, mir graute vor meinem Schwiegervater.

Gegen Abend wurde die Stimmung an der Hochzeitstafel immer lustiger und ausgelassener. Ich sah wie durch einen Nebel ein großes Durcheinander. Bier und Branntwein wurden in Mengen ausgeschenkt. Kinder liefen über Tische und Bänke, zuchtlos, ohne ermahnt zu werden. Junge Burschen nahmen die Mädchen auf den Schoß. Es quiekste und lachte und juchte um mich herum.

Willem, der uns gegenübersaß, suchte in jungenhafter Ungezogenheit, aufgeregt vom Branntwein und Bier, meinen Mann mit Fußtritten zu bearbeiten. Ich sah Hermdieder flehend an, so daß er tat, als merke er es nicht. Mir suchten die Burschen nach altem Brauch Schuhe oder Schmuck zu entwenden, was die Trecker dann wieder mit Branntwein loskaufen mußten, ich hatte mich also ständig zu wehren.

Unten am Tisch sah ich Kasper Henrich mit einer über dreißigjährigen Frau sitzen. Er hatte den Arm um ihren fleischigen Nacken gelegt. Sie lachte ihn mit den etwas glotzenden Augen zärtlich und verliebt an. Das strähnige Haar lockerte sich immer wieder aus dem Scheitel und fiel über die niedrige Stirn unordentlich fast bis in die Augen.

Auf meine Frage sagte mir Hermdieder, daß das unsere

Nachbarin, eine Witwe Schwarze sei, die wohl gern wieder heiraten wolle. Ich dachte an des Vaters Worte und mußte lachen. Sollte er auch da seine Hand im Spiel haben, oder war es Zufall?

Plötzlich sah ich Messer blinken. Kasper Henrich stand jähzornig auf. Ein früherer Liebhaber der Witwe hatte sie beleidigt, wie ich später hörte. Er ging an ihr vorbei und sagte nur: »Fünf Männer hat sie gehabt, und den sie jetzt hat, das ist nicht ihr Mann!« Und als Kasper Henrich wütend aufsprang und sein Messer zog, sagte er gelassen: »Na, die Bibel darf man doch wohl im Munde führen.« Dabei aber zog er auch blank, und es wäre zu einer blutigen Auseinandersetzung gekommen, wäre nicht der Dinkelohbauer dazwischengesprungen.

Nach dem Abendbrot begann der feierliche Brauttanz, den Hermen Diedrich und ich zu führen hatten, und als dann noch die Alten mit viel Gefühl ihren »Sanften Heinrich« abgetanzt hatten, hub die wilde Lust des Tanzens an.

Gegen Mitternacht brachten uns die Trecker und Brautjungfern unter allerlei Scherzen und Schabernack in die Schlafkammer, wo das Brautbett schön geschmückt längs der Wand den Fenstern gegenüberstand, hoch getürmt mit den vielen neuen Federkissen, die mein Stolz waren. Noch lange hörten wir draußen die ausgelassenen Hochzeitsgäste toben und schreien.

Mir war elend und glückselig zugleich zumute. Hermdieder hatte mir zuliebe nicht viel getrunken, und wir waren uns einig, daß der klare goldene Septembermorgen das Schönste des Hochzeitstages gewesen war, feierlicher als die Feier in der Kirche und tausendmal schöner als die Feierei im Hause mit den trunkenen Hochzeitsgästen.

Die junge Frau im Hochzeitshaus

Da ging ich nun am anderen Morgen in aller Frühe durch das morgendunkle und kalte Haus, das nun meines war. Noch niemand war auf, allein tastete ich mich zurecht. Draußen lag der dämmrige Morgen fröstelnd und fremd vor den kleinen Fenstern. Doch ich ging frohgemuten Sinnes von einer Tür in die andere, glückerfüllt und warm bis ins innerste Herz hinein. Der liebste Mann auf Gottes Erden würde nun immer bei mir sein, mit seinen zwei Gesichtern, jawohl.

Nach vielem Suchen fand ich das Holz zum Anmachen des Herdes, der am Ende der Deele stand, fand ich einen Topf, um die Morgengrütze zu kochen. Da stand Hermdieder neben mir, jung und glücklich. »Aber Deern«, sagte er sanft und vorwurfsvoll, »du stehst hier am Herde und läßt die Magd schlafen?« »Laß nur«, sagte ich, »heute morgen essen wir beide den Imt allein, dort hinten in der Wohnstube.«

Da lachte er mich glücklich an, und wir mußten schnell noch einen Hochzeitstanz auf der dämmrigen, kalten Deele tanzen.

Die große Wohnstube, die rechts am oberen Ende der Deele lag, heimelte mich mit ihren vielen kleinen Fenstern, die nach zwei Seiten gingen, und der hohen Holztäfelung sogleich ein wenig an. Wundervoll waren die handgroßen Trauben und Traubenblätter darin geschnitzt, ein Meister mußte das gemacht haben. Stolz zeigte mir Hermdieder eine prächtige Standuhr, die sein Vater für sechzig Taler, dem Verdienst an einem Stück Leinen, das an den russischen Zarenhof gegangen war, gekauft habe. Er erzählte mir, daß sein Großvater dieses Haus für seinen jüngeren Sohn, meinen Schwiegervater, der nicht Hoferbe war, habe bauen lassen, damit er neben einer kleinen Landwirtschaft zum eigenen Bedarf sein Geschäft als Garn- und Leinenhändler oder Kommerziant, wie man es damals nannte, darin betreibe. Der Großvater sei sehr reich gewesen, stolz und hochmütig, ja, voller Prahlerei. Über dieses neue Haus, das hübsch ausgestattet gewesen sei, wie ja die Holztäfelung noch zeige, habe er den Spruch setzen lassen: »Dies Haus ist gebaut aus Übermut, denn wir haben Geld genug.« Ein Brand habe nach einigen Jahren das Haus fast vernichtet, die Holztäfelung sei unversehrt geblieben.

»Gut«, sagte ich, »daß der Spruch nicht mehr da ist. Er würde mir wie ein Fluch vorkommen.«

»So abergläubisch bist du?« lachte Hermdieder etwas gezwungen, »dann wirst du dich kränken, daß er doch noch da ist.« Und er zeigte mir an einem Deelenbalken den frevelhaften Spruch, der allerdings nur mühsam, und wenn man sich tief bückte, zu erkennen war. Man hatte nur den Balken wieder verwenden wollen. –

Inzwischen war es Zeit geworden, Knecht und Magd zu wecken, die verschlafen und unlustig an ihre Arbeit gingen. Es war nun heller Morgen. Da es recht kühl war, wollte ich den Ofen in des Vaters Stube, der von außen her geheizt wurde, anmachen. Ich suchte den Feuerhaken und fragte die Magd Hannegretsken danach. »Der ist wohl im Kotten drüben«, antwortete sie. »Im Kotten? Was soll er denn da?« »Wir haben gar keinen und leihen ihn uns da.« Ich starrte sie ungläubig an. »Gewisse«, sagte sie, »wir haben keinen. Der Alte rückt kein Geld heraus.«

Ich sollte an dem Morgen noch meine Entdeckungen machen. Es fehlte am nötigsten Geschirr. Alles war im Kotten. Wem es aber gehörte, das wußte kein Mensch.

In der Molkekammer hing ein großes Handtuch, an dem ich mir die Hände abtrocknen wollte. Ich erschrak, was war denn das? Ein schönes Damasttischtuch hatte ich in der Hand. Da kein Aufhänger daran war, hatte man den dickköpfigen Nagel, an dem es hing, einfach durch das feine Leinen gepikst. Mir tat das in der Seele weh. Solche Dinge konnten mich schrecklich grämen. Ich sah auch bald, daß alles nur für die Hochzeit nach außen aufgeräumt und gereinigt war. Alle Dinge, die im Wege gelegen hatten, waren in irgendeine Ecke gestopft. Die Tischtrecken waren nicht mehr zu öffnen, so angefüllt mit allerlei Kram waren sie.

Des Vaters Schlafkammer hatte ich ja gestern mit Befremden gesehen. In Hermdieders kleinem Schreibzimmer, das rechts unten an der Deele neben unserer Schlafkammer lag, brach der Mörtel von den Wänden und hingen Spinnweben an der Decke.

»Hier hältst du es aus, du feiner Mann?« fragte ich ihn bestürzt, als ich zu ihm ins Zimmer kam.

»Ja, Amrie, du wirst tüchtig zu tun haben, bis bei uns alles wieder in den Fissen ist. (Die Fissen sind Bänder zum Abteilen und Ordnen des Garns.) Solche Mannswirtschaft taugt nun mal nicht, und Hannegretsken kann man nichts sagen. Soll ich dir jetzt die Ställe zeigen?« lenkte er ab.

In einem Anbau war das Vieh untergebracht, wie es ja noch heute bei uns ist. Das war mir etwas Neues, da die Ställe sonst längs der Deele liegen. Ich fand es jedoch schön.

Aber wie sahen die Ställe aus! Wie lange mochte der Kuhstall nicht ausgemistet sein, die Kühe standen viel zu hoch vor der Krippe, und ihre Köpfe reichten fast bis an die Decke. Sie standen so im Schmutz, daß sich eine Schmutzkruste an ihren Flanken gebildet hatte, die nicht so schnell weggehen würde. Hermdieder stellte sie mir feierlich vor: die Blesse, die Bunte und der Wittfaut. Mit ihnen würde ich mich schon anfreunden, darum war mir nicht bange. Der warme Stallgeruch kam mir gut und heimatlich vor, trotz der Unsauberkeit. Ich dachte fast ein wenig mit Heimweh an unsere beiden Kühe zu Haus, die sich gar nicht an eine andre Hand beim Melken gewöhnen konnten. Sie würden mich heute gewiß vermissen. Darüber mußte ich nun wieder lachen, daß ich nur Heimweh nach den Kühen hatte.

Der Schweinestall war zu kalt, es waren Löcher in den Wänden, durch die der Wind kam. Nein, wie man alles so verwahrlosen lassen konnte!

Ich sagte aber nichts, um Hermdieder nicht zu kränken. Nur die beiden Pferde waren gut untergebracht. Dafür sorgte Hanfried, wie ich merkte, da er ein leidenschaftlicher Reiter war.

Die Hühner, die ich ja wie die Kühe in meine besondere Obhut zu nehmen gedachte, waren auch in einem elenden Zustand. Weiß sollten sie der Rasse nach sein. Schmutziggrau und mager waren sie, mit unglatten Federn. Unappetitlich würden mir ihre Eier sein, ging es mir durch den Sinn.

Wir gingen in den Garten, der einmal hübsch angelegt sein mochte, ein richtiger Blumengarten unter den Wohnstubenfenstern, wie zu Hause. Ein gerader Weg, gänzlich mit Unkraut überwachsen, führte zu einer alten Buchenlaube, die muffig und dumpf war. Die Beete und Rabatten waren kaum mehr zu erkennen. Der Buchsbaum überwuchs die kleinen Wege breit und wild. Blaue Herbstastern blühten tröstlich in die Wildnis hinein, es schien aber, als schämten sie sich selbst ihrer blauen Blütensterne, so blaß waren sie.

Der Garten aber würde mir schon Freude machen. Ja, wenn man es recht überlegte, war es gut so, wie es war, wie sollte er sonst mein eigen werden?

»Dir gefällt der Garten wohl?« meinte Hermdieder befriedigt, froh, daß er anscheinend etwas aufweisen konnte, was mich freute.

»Ja, gewiß«, sagte ich, »du hast wohl nichts dagegen, wenn ich mich manchmal etwas darin aufhalte und darin promeniere?«

Da sah er mich doch unsicher von der Seite an. Ich blieb aber todernst.

Das Gemüseland war gut im Stande, dafür sorgte der Knecht, der auch das weiter von unserem Hause entfernt liegende Land bearbeitete.

Ich sah mich draußen um. Wie anders war es als zu Haus! Da wohnten wir auf einer Anhöhe in heller und klarer Freiheit, ganz allein, weit und breit sah man nichts als hügelige Felder und Wiesen, den strichförmigen Wald und fern die blaue Bergkette des Teutoburger Waldes. Vor dem Hause war ein breiter, großer Hof mit alten Eichbäumen.

Dieses Haus lag nahe an der Straße, wie du ja weißt, kein Tor, kein Zaun grenzte es ab. Schräg gegenüber, an der anderen Seite der Straße lag gleich wieder ein Haus, das damals der Witwe Schwarze gehörte. Und an die Rückseite stieß, nur durch einen kleinen Pattweg getrennt, sogleich unser Kotten. Zwar sah man im Süden die Kette des Teutoburger Waldes höher und näher als bei uns und davor die Kirchtürme der nahen Stadt, und nach Osten hin ging der Blick über kleine, abgeteilte Felder, Gemüsegärten und Kartoffelland. Es war mir nicht klar, woran es lag: Mir schien hier alles enger, nützlicher, alltäglicher zu sein. Es fehlte die sonnenhafte Weite und die Ferne von den Menschen. Ja, auch die Stille. Wie ein Druck lag es auf mir, und ich meinte, hier nicht frei atmen zu können. Aber deines Großvaters liebe Gestalt erfüllte dann all die alltäglichen Dinge mit jenem Zauber, der von der Nähe eines geliebten Menschen ausgeht und auf alles ausstrahlt, so daß ich jetzt in meinem Alter meine, es gäbe kein lieberes Wohnen als hier bei uns, in unserem alten Hause auf der niederen Heide. Und ich glaube, Anne, du merkst manchmal etwas von diesem verborgenen Leben unserer Dinge, sonst wärst du nicht sonntags immer so gern zu uns gekommen. – –

»Der Vater!« fiel mir mit einem Male ein, »er muß gewiß seinen Kaffee haben.« Als ich mit Kaffee und Hochzeitskuchen an sein Bett kam, sah er mich erstaunt an, sagte aber nichts. Nur, daß ich den Ofen angemacht hatte, darüber fing er an zu räsonieren. Ich wäre wohl auch so eine Verschwenderin wie das Gretsken. Die Jugend wäre heute nun mal so, Hermdieder zum Beispiel. Ja, natürlich, »achter 'n Häger kummt faken 'n Fäger.« (Nach dem Geizhals kommt oft ein Verschwender.) Dann aber ließ er sich den Kaffee gut schmecken. Ach, daß ich so einen Abscheu vor ihm hatte! Ich kam mir ordentlich schlecht vor, bedachte ich, daß er Hermdieders Vater war.

Gegen elf Uhr kam die Magd Hannegretsken vom Kartoffellande heim, ging an den Herd und füllte sich ihren Teller auf mit dem Mittagessen, das ich aus den Resten des Hochzeitsmahles zubereitet hatte. Ich fragte sie, ob sie denn nicht bis zum gemeinsamen Essen warten wolle. »Nee«, sagte sie gedehnt, »das is hier nich Mode. Hier nimmt sich jeder, was ihm zukommt, und ißt für sich allein. Und ich habe Hunger«, fügte sie noch etwas schnippisch hinzu.

Dann kam Hanfried, der seinen Rausch endlich ausgeschlafen hatte. Er machte es wie Hannegretsken, und als ich ihn fragte, ob wir denn nicht von nun an gemeinsam essen wollten, fuhr er auf, daß ich ihm keine Vorschriften zu machen habe, er wolle weiter tun und lassen, kommen und gehen, wie es ihm gefiele. »Neue Moden führen wir nicht ein.«

Das lautete ja fast wie eine Verschwörung. Obgleich ich wußte, daß keiner mit dem andern darüber gesprochen hatte, dazu war Hanfried zu stolz. Aber ich sah, daß ich einen schweren Stand haben würde. Wie einfach hätte alles sein können, wären Hermdieder und ich allein gewesen!

Hermdieder kam spät. Jeder schien wirklich seiner eigenen Ordnung oder vielmehr Unordnung nach zu leben. Vielleicht brachte es auch der Beruf so mit sich, ich wollte nicht ungerecht sein. Er war aufgeräumt und heiter und froh, mit mir zusammen essen zu können.

»Mein liebe lütte Deern«, sagte er zärtlich und gut, »wie danke ich dir, daß du mich genommen hast. Jetzt werde ich auch ein ganzer Kerl.« »So«, neckte ich, »bist du das noch nicht? Dann muß ich ja bereuen, dich genommen zu haben.«

»Gott gebe, daß du es nie tust«, meinte er ernst, ohne auf meinen Scherz einzugehen.

»Aber weißt du, was die Leute heute sagten?« fuhr er stolz fort, »wir wären das stattlichste und hübscheste Paar weit und breit gewesen.«

Ich kann es dir sagen, Anne, das war meinem eitlen Herzen ein süßes Zuckerbrot. Wir waren beide, Hermdieder und ich, eitel und stolz und schmückten uns gern. Du kannst es auch in deines Urgroßvaters Tagebuch nachlesen, wie er uns Vorwürfe macht, daß wir uns so sehr herausputzten. Aber so gern ich es damals hörte, daß wir ein schönes Paar seien, als die Leute auch in unserem Alter noch sagten, wir beide wären schöner und gepflegter, stattlicher und vornehmer als eines unserer Kinderpaare, da war ich tief betrübt und traurig. Denn keiner echten Mutter ist es recht, ihre Kinder zu übertrumpfen. Vielmehr sollten die Kinder in allem und jedem über die Eltern ein wenig hinauswachsen, äußerlich und innerlich. Ich sehnte mich je und je danach, in meinen Kindern eine Erfüllung zu sehen, die mir selber nicht zuteil wurde. Ich habe sie, und das ist meines Lebens Leid, nicht in ihnen gefunden. Nun aber hoffe ich auf euch, meine Enkel, wenn auch Gott die Sünden der Väter bis ins dritte und vierte Glied heimsucht. Seine Barmherzigkeit aber kann Fluch in Segen verwandeln.

Am Nachmittag räumte ich Laden und Schapp und Schränke ein. Nein, die Heidekamps hatten wirklich kein Recht, auf die neue junge Frau herabzusehen, dachte ich stolz, als ich meine Aussteuer, das Leinen und die Wäsche in die großen leeren Schränke packte. Dann und wann überkam mich die Freude an all den schönen Sachen so sehr, daß ich zum Vater in die Kammer eilte und ihm dieses und jenes besonders wertvolle Stück zeigte.

Ich sah, wie er ein wenig auftaute. Für das Leinen, das Garn und den Flachs hatte er ein großes Interesse. Er befühlte und musterte alles genau, und wenn er auch kein Wort sagte, so merkte ich an einem leichten Verziehen des Mundes, an einem interessierten und fast habgierigen Blick seiner kleinen tiefliegenden Augen, wie sehr er alles schätzte. Er hatte einen schönen Nachmittag, der Alte, und wie ich das merkte, überwand ich meine Scheu mehr und mehr und zeigte ihm soviel nur möglich war.

Als ich einmal in die Wohnstube ging, sah ich am Gartenzaun den Fenstern gegenüber eine Frauengestalt stehen, im Arbeitskleid und ohne Mütze, die neugierig und starr zu den Fenstern herübersah. Sie trug ein etwa zehn Monate altes Kind auf dem Arm und hatte seine Füßchen in ein dunkles Umschlagtuch gewickelt, das sie um die Schultern trug. Als ich ans Fenster trat, sah ich zu meinem großen Schrecken, daß es die rote Theribee war. Zwar war sie arg verändert. Ihr einst so weißes, helles Gesicht sah gelblich und verfallen aus. Schamlos erschienen mir ihre sonst nur kecken und lustigen Augen. Die freche Verkommenheit ihrer Züge trat noch stärker als früher hervor. Das rote Haar hing in glatten Strähnen um das eckige und magere Gesicht, dessen einzige Schönheit früher die sanftte, weiße Haut gewesen war.

Schnell trat ich vom Fenster zurück. Was hatte sie dort zu suchen? Wollte sie etwas ausspionieren, wollte sie

Hermdieder sprechen? Sollte er etwa – –. Ach nein, das war nicht auszudenken. Ich schalt mich innerlich wegen meines Mißtrauens.

Fieberhaft arbeitete ich weiter. Aber die scheußlichen Gedanken ließen mich nicht los. Immer wieder trat ich an eines der Fenster, die zum Garten gingen, und sah hinaus. Und immer sah ich sie da stehen, starr und stumpf, oder auf- und abgehen, als wenn sie ihr Kind ein wenig spazieren trage. So sollten Vorübergehende denken. Unheimlich ward mir zumute.

Niemand war zu Hause als nur der alte Vater. Zu ihm konnte ich nicht flüchten. Was würde werden, wenn sie plötzlich ins Haus käme, mir gegenüberträte, Rechenschaft forderte für etwas, wozu ich nichts konnte.

Meine Unruhe wuchs von Minute zu Minute. Ich meinte, das Gesicht vor unserem Hause würde mich verfolgen, wohin ich gehen würde. Immer noch starrte es von Zeit zu Zeit unbeweglich herüber. Jetzt wünschte ich fast, sie käme herein und wir könnten ein Wort zusammen sprechen, damit ich merkte, daß es nur ein Mensch und kein Gespenst war, das mich erschreckte.

Allmählich verwirrten sich die unerträglichen Angstgedanken so sehr, daß ich meinte, draußen stünde das böse Schicksal, das unserem Hause etwas anhaben wolle. Ich dachte an den Balken mit der schrecklichen Inschrift. Und immer stärker fühlte ich auch die Widerstände innerhalb des Hauses, die Gereiztheit der Magd, Hanfrieds Aufsässigkeit, des Alten wortkarge und stumpfe Ablehnung sich dicht zusammenballen, um mich langsam zu erdrücken.

Schließlich war ich mit meiner Kraft und meinem Widerstande zu Ende. Draußen war es mit der Dämmerung herbstlich kühl und windig geworden. Nachdem die Sonne untergegangen war, sahen alle Farben tot und erloschen aus. Aus dem Steinboden der Deele drang eine feuchte Kälte. Die herstliche Dämmerung verkroch sich in alle Ecken, die mir noch unbekannt waren. Ich fühlte die Fremdheit des Hauses wie ein Kind, das zum ersten Male von zu Hause fort ist und dem es über dem Spielen unversehens Abend geworden ist, der es ins fremde, unheimlich fremde Bett schickt.

Ich lief in die Schlafkammer, warf noch einen scheuen Blick zum Zaun, an dem die Gestalt in der Dämmerung nun mit vom Winde zerzausten Haaren stand.

Ich hatte nur die eine Sehnsucht, mich aufs Bett zu werfen, niemanden und nichts mehr zu sehen und mich auszuweinen. Aber da sah ich des Kindes kleine Hand wie verlangend über den Zaun reichen. Es versuchte wohl, nach den blauen Sternen der Herbstastern zu greifen. »Das arme Kind«, dachte ich, »es wird Hunger haben.« Und ehe ich den Gedanken ganz zu Ende gedacht, war ich schon draußen und stand mit einem Stück Hochzeitskuchen vor der Mutter mit dem Kind.

»Sucht Ihr hier etwas?« fragte ich nun gefaßt und freundlich, »oder wartet Ihr auf jemanden?« Dabei reichte ich dem Kinde den Kuchen, den es begierig zu essen begann.

»Nee, nimm nich», eiferte künstlich die Frau, die im Grunde über den Kuchen froh war.

»Nee«, fuhr sie verlegen fort, »nee, nee, ich meine man bloß, ich wollte bloß mal zugucken, war Ihr macht. Ist der Mann nicht zu Hause?«

Und als ich es verneinte, kam sie schmierig vertraulich näher, glupte mich in einem niederen Triumphe von der Seite an: »Guck«, sagte sie, »das is sein Kind. Jetzt is er noch gut mit dir, aber deine Wähldage (Tage des Wohllebens) werden auch nicht lange dauern. Dazu kenne ich Heidekampen zu gut. Das wollte ich Euch man bloß sagen. Nehmt Euch in acht. Ja, ja«, sie seufzte wehleidig: »De Eine makt dat Bedde, un dei Annere legt er sick in.«

»Nun geht nach Haus«, sagte ich, mich zu einem freundlichen Wort überwindend, »das Kind friert ja. Gute Nacht.« Damit wandte ich mich dem Hause zu, mit meiner Selbstbeherrschung war es zu Ende.

Weinend warf ich mich aufs Bett, dem einzigen Ort, wo ich vor den neugierigen Augen Hanfrieds und der Magd sicher sein würde. Das Heimweh packte mich mit einer Gewalt, wie ich es nie für möglich gehalten hätte. Warum mußte Hermdieder am ersten Tage unserer Ehe so viel fort sein? dachte ich voller Bitterkeit. Willenlos und hemmungslos gab ich mich dem Mitleid mit mir selbst und einem Gefühl der Verlassenheit hin, das jeden Trost und Ausweg von vornherein ausschloß. Was mochte Theribee nur gewollt haben? Wollte sie mir nur triumphierend das Kind zeigen?

Laut und angeheitert kam Hermdieder heim und brachte einige seiner Kameraden mit. Sie wollten zusammen den übriggebliebenen Kamum (Kardamomlikör) austrinken. Als er mich schließlich in der Kammer fand, ernüchterte ihn mein verzweifeltes Weinen doch etwas. Ich sagte, ich sei müde und habe Heimweh. Da ließ er mich und machte sich mit den Freunden in der Wohnstube einen lustigen Abend.

In meine Verzweiflung hinein gellten die derben Lieder, erklang das Gläserklirren und das Gelächter; heute würde sich Hermdieder sternhagelvoll betrinken, das wußte ich.

Auch diese Nacht der Erniedrigung ging vorüber. Der helle Tag forderte sein Recht. Mit schweren Gliedern und trübem Sinn tat ich meine Arbeit, die ich am Tage vorher mit so taufrischer Freude begonnen hatte.

Unter der Arbeit ging ich in Hermdieders Schreibstube, wo er ziemlich zerknirscht über seinen Büchern saß. Ich trat zu ihm und sah ihm über die Schultern. Da hatte er mit feiner, zierlicher Gelehrtenhandschrift seine Eintragungen gemacht, mit einer Schrift, die an die des Kandidaten erinnerte, ja, ihr eigentlich, besah man es recht, ganz gleich sah. Und wie sollte sie auch nicht? Hatten doch beide dieselben schlanken, feinen und doch festen Hände, Hände, die man lieb haben mußte und die mir gleich wieder, als ich sie sah, ein neues Vertrauen zu ihm gaben. So gern wollte meine Liebe an ihn glauben.

»Amrie«, sagte er aufsehend, »bist du mir böse?« »Nein, aber ich muß dich noch etwas fragen, die rote Theribee war hier«, sagte ich ohne Umschweife. Ich konnte keine Umwege machen. »Nun sag mir, wie du heute zu ihr stehst.« »Gar nicht«, sagte er, jungenhaft und etwas leichtfertig lachend. »Sie ist das widerlichste Frauenzimmer, das ich kenne.« »Und das sagst du von ihr, die deines Kindes Mutter ist?« Überrascht und erschreckt sah er auf. »Woher weißt du? – Aber das ist nicht sicher. Ich habe es in meiner Gutmütigkeit übernommen, für das Kind etwas zu sorgen. Aber sicher ist das nicht bei der.«

»Wenn du sie so verachtest, warum war sie denn deine Liebste?«

»Ach, Amrie, das kannst du nicht verstehen. Lieb hatte ich sie nie. Laß dir das genug sein. Ich habe sie nur gehabt, wenn ich betrunken war. Wenn ich nüchtern war, war sie mir zuwider.«

»Kannst du denn nun wenigstens das Trinken etwas lassen?« eiferte ich moralisch, »sonst ist man ja bei dir nie sicher, was du tust.«

»Und du bist deiner immer sicher, Amrie, ja», nachdenklich sah er vor sich hin, »das ist schlimm. Du bist deiner zu sicher. Du wirst unsereinen immer verachten.«

Nein, das hatte ich nicht erwartet. Er kehrte den Spieß einfach um und traf mich, die ich ihn treffen wollte.

War es denn nicht gut, daß ich immer wußte, was ich verachtete? Und hatte er es nicht in der Hand, daß ich ihn nicht verachtete?

Ich sagte es ihm. – »Das ist nun wieder leichter gesagt, als getan», meinte er ehrlich. »Das grausam öde und graue Leben hier konnte ich nicht ohne etwas Lustiges und Leichtes ertragen. Ich hielt es nicht aus ohne die Karten, das Trinken, das Tanzen, die Mädchen, ich mußte ab und zu einen kleinen Rausch haben. Aber nun, wo du da bist –, es wird gewiß anders werden.«

Doch, das verstand ich, daß man es in diesem Hause nicht gut allein aushalten konnte, ohne Freunde, ohne andere Menschen, die einen aufmunterten.

Und wenn ich ihn so ganz verstehen würde, ja, dann würde er sich gewiß zusammennehmen, und es würde alles gut werden.

Ich konnte das Leben wieder ertragen. Ja, ich fühlte, daß ich in diesem Hause eine Verantwortung und Aufgabe hatte.

Ein halbes Jahr war ich nun verheiratet. Das Eingewöhnen ging schwer und langsam, ja, stellenweise gar nicht, denn an manche Eigentümlichkeiten dieses Hauses würde ich mich nie gewöhnen.

Ich hatte mir das Verheiratetsein nicht so schwer vorgestellt, ach nein, das Verheiratetsein war es ja nicht, sondern das Übernehmen eines fremden Haushaltes mit seinem ihm eigenen Gange und seinen besonderen Menschen.

Mit Hannegretsken hatte ich es gleich verdorben. Als sie am zweiten Tage nach der Hochzeit gefragt hatte, was sie kochen solle – was schon viel bei ihrer Selbständigkeit war – und sie hinzufügte, ob sie für drei Tage oder eine ganze Woche kochen solle, hatte ich hell aufgelacht und scherzend gesagt: »Na, du bist mir schon ein faules Gretsken, für eine ganze Woche auf einmal kochen!« Sie hatte den Scherz ernst genommen und drei Tage lang nichts mehr gesagt. Nur die eine Bemerkung hatte sie noch hinzugefügt, daß es der Vater immer so gewollt habe. »Trotzdem«, sagte ich, »wird jeden Tag etwas Neues gekocht, ich will es wohl übernehmen.«

Nein, es war wirklich schwer mit ihr. Man wußte nicht, wer die Herrin und wer die Magd war, keiner befahl und keiner gehorchte. Jeder suchte sich seine Arbeit aus und vermied dabei ängstlich das sorgsam abgegrenzte Gebiet des anderen. Es war ein wahres Glück, daß sie faul war, so daß sie mir gern das Vieh und den Haushalt überließ. Mir war mein Tagwerk Trost und Halt, wie es das schon einmal in meinem Leben gewesen war, vor vielen, vielen Jahren. Nur füllte es mich innerlich nicht mehr aus.

Der Herbst kam in diesem Jahre früh. Der Regen peitschte an die kleinen Fenster, und der Boden der Deele war immer feucht. Die Kühe standen nun rein und ordentlich im Stall und hatten sich an meine Hand gewöhnt. Die Hühner waren gut gefüttert. Äußerlich war alles so ziemlich in Ordnung. Wenn es nur nicht ein so ungutes Arbeiten gewesen wäre! Hannegretsken neidete mir die Hausfrauenstellung und erst recht Hermdieders Liebe.

Sie konnte auf einen Befehl von mir ruhig antworten: »Da mische ich mich nicht herein« und ihre Arbeit weiter tun, ohne sich an mich zu stören. Alles, was ich im Haushalt anders machte, als sie es gewohnt war, wurde mitleidig belächelt und im Kotten lang und breit besprochen.

Ich merkte bald, daß sie meine ihr so fremde Art einfach albern fand.

Waren Fremde da – und es kamen viele Leute durch das Geschäft ins Haus –, nörgelte sie in meiner Gegenwart über ein angebranntes oder versalzenes Essen, das nur in ihrer Einbildung bestand, über graue Wäsche, schmutzige Milch, ranzige Butter oder ähnliche kleine Dinge. Langsam und wichtig, mit beleidigter Miene brachte sie das alles vor, als sei sie eine wahre Märtyrerin.

Nein, nie würde ich zu ihr in ein gutes Verhältnis kommen. Ich mußte versuchen, sie loszuwerden. Hermdieder aber hatte seine Bedenken, weil sie so lange bei ihnen war.

Auch das grämte mich tief, daß ich mit keinem Mittel Ordnung in den unordentlichen Gang des Haushalts hineinbringen konnte. Immer noch aß jeder zu der Zeit, da es ihm beliebte. Beide Söhne führten ihr Junggesellenleben so weiter, wie sie es gewöhnt waren. Sie betrieben eifrig das Geschäft, indem sie sich dabei einen vergnügten Tag machten. So stark waren sie an das Wirtshausleben gewöhnt, daß sie es nicht mehr entbehren konnten. Auch meine Liebe vermochte da nichts. Das war eine schmerzliche Erfahrung.

Wohl blieb Hermdieder gut zu mir. Aber ich lebte sein Leben nicht mit ihm zusammen. Wir meisterten und gestalteten nichts in echter Gemeinsamkeit. Ich dachte oft bitter: Jetzt hat er eine Frau, wie er ein Pferd und eine Kuh besitzt. Er hat seine Freude daran und auch seinen Vorteil davon, manchmal aber ist ihm die Bindung lästig, dann schüttelt er sie innerlich für kurze Zeit ab. O nein, verliebt war er schon. Und lieb hatte er mich auch, zutiefst im Herzen. Er selbst würde nie verstehen, was ich bei ihm entbehrte. Das Trinken konnte er auch nicht lassen. Es geschah häufig genug, daß er angeheitert nach Hause kam, dann war er mir wie ein Fremder, vor dem sich mein Herz verschloß.

Nur in einem war ich etwas weiter gekommen, hatte ich ein kleines Stücklein Boden gewonnen. Der Vater stand tageweise auf, wenn ihn der Dump nicht so arg plagte, und humpelte im Hause herum, mißtrauisch und mißmutig alles erspähend, ohne ein Wort zu sagen.

Er mochte nun doch alles zum Guten verändert finden, er sah die vollen Schränke, die guten Möbel, den feinen neuen Glasschrank mit den paar Büchern und den goldgeränderten, bauchigen Porzellantassen und Tellern, den kristallenen Gläsern und den silbernen, in den Holzeinschnitten hängenden Löffeln. Er sah wohl auch mein sorgsames und sparsames Wirtschaften. Das Essen schmeckte ihm besser, und als er sich abends nach dem ersten Aufstehtag ins Bett legte, war seine Kammer heller und freundlicher geworden, waren die Fenster geputzt, die blauweiß karierten »Knechtsbüren« vom Bett abgezogen und durch feinere blauweißrot karierte ersetzt.

Ich bemerkte seine Zufriedenheit daran, daß er abends, als ich ihm das Abendbrot brachte, über Gretsken zu schimpfen begann und auch über die Söhne, die sein Geld verschwendeten, ihn betrögen und in die eigene Tasche wirtschafteten.

Später bot er mir sogar etwas Geld für den Einkauf von allerlei fehlenden Haushaltungsgegenständen, »Baktebeeren«, an, die immer aus dem Kotten geliehen werden mußten, was für Gretsken jedesmal eine schöne Gelegenheit zum Schwätzen war.

Als ich ihm aber sagte, daß ich durch den Verkauf von Butter und Eiern an den »Butterkerl«, der wöchentlich einmal ins Haus kam, schon einiges Geld verdient und dafür zurückgelegt hätte, sah ich ein leises, zufriedenes Schmunzeln um seinen eingefallenen Mund spielen, was mich sehr stolz machte, stolzer als das Lob, das mir Hermdieder reichlich zuteil werden ließ. Um den Vater war mir nun nicht mehr bange, zumal er Gretsken nicht leiden konnte.

Ach, Annekind, welche Kleinigkeiten erzähle ich dir!

Aber so war mein Leben, eng und voll kleiner Widerhaken, die doch so tief peinigen und quälen und verwunden könen, ja, oft bitterer sind als große Schicksalsschläge, wenn auch nicht schwerer, wie man manchmal sagt.

Mir war es in jenen ersten Monaten meiner Ehe oft so, als müsse ich durch ganz feuchtes, tief gepflügtes Ackerland gehen. Schwer ist jeder Schritt, mühsam kommt man weiter, und viel Schmutz bleibt an einem hängen. Zu jedem neuen Schritt gehört neuer Mut und neue Willenskraft. Zäh und klumpig bleibt die Erde.

Nicht nur im eigenen Hause fühlte ich diesen nach unten ziehenden Widerstand. Auch unter den Nachbarinnen blieb ich fremd und scheu, ihre verhaltene, aber kräftige Ablehnung mehr ahnend als wirklich erfahrend. Damals bestand noch die Sitte, daß man von Süne Marten (St. Martin) an abends zum Spinnen zusammenkam, sei es im kleinen Kreise, sei es in großer Gesellschaft, wie in der »langen Nacht« (die Nacht vom 21. zum 22. Dezember).

Dann wurde aller Dorfklatsch erzählt, und da ich bei meinen sonstigen Fehlern und Untugenden, die mir – Gott weiß es – in reichlichem Maße zu eigen sind, doch nie neugierig gewesen bin und ich die Durchgehechelten alle nicht kannte, hatte ich keinen Teil an ihren Gesprächen. Das zu merken, war ihnen unangenehm. Sie fühlten sich bei mir unbehaglich. Hermdieder saß dann dabei, rauchte und machte seine scherzhaften Bemerkungen und war verstimmt, daß er nicht stolz auf mich sein konnte, weil ich steif und vor Verlegenheit hochmütig erschien, wozu ich ja wahrlich keinen Grund hatte.

Das Singen war noch das Schönste und zuletzt das Tanzen auf der Deele mit Hermdieder. Aber ich war so eigen, daß ich nicht gern mit anderen Burschen tanzte. Am Schluß mußte ich oft alle mit Kaffee und Pickert bewirten. Derb und ausgelassen ging es dabei zu.

Oft waren wir auch, Hannegretsken und ich, bei der Kötterfrau zum Spinnen. Wäre die Magd nicht dabei gewesen, so hätte es schön und heimatlich sein können. Die alte Brinkmannsche, wie sie allgemein hieß, war eine gute und verschüchterte Seele, etwas abgeblaßt und matt freilich und ohne Eigenart, allen fremden Einflüssen zugänglich. Obgleich sie Hannegretskens Vertraute war, war mir ihre unverfälschte, echte Gutheit ein kleiner Trost, wie eine verflogene Schwalbe dem sommersehnsüchtigen Menschen im Winter.

Muhme Karline und ihr Garten

Und von meiner lieben neuen Muhme Karline muß ich dir noch erzählen, die ich oft besuchte. Sie wohnte mit ihrem Manne, dem Bruder meines Schwiegervaters, und einigen Söhnen auf dem eigentlichen Erbhof der Heidekamps, der in unserer Nähe lag.

Sie hatte auf unserer Hochzeit gekocht und gebacken, hatte lachend und schwitzend, schimpfend und übermütig scherzend zwischen den Mägden gestanden und sie von einer Ecke in die andere gejagt. Am darauffolgenden Sonntag besuchte ich sie, um ihr für alle Mühe zu danken und zum Nachmittag mit den anderen Helferinnen zusammen einzuladen, wie es Sitte war.

Der Hof des Oheims lag auf einem kleinen Brinke, es ist der jetzige Tubbesinghof. Die rundliche Muhme ging gerade, die Hände über dem Leib gefaltet, durch ihr kleines Blumengärtchen, jede Blume sorgfältig und innig zufrieden betrachtend, als ich den Weg von unten heraufkam.

Ja, dieser Garten sah anders aus als unten der verwilderte bei uns. Auch anders als die meisten Bauerngärten mit den ganz gerade abgeteilten Beeten und den sparsam verteilten Blumen neben den nützlichen Gewürzpflanzen und Obststräuchern. Oh, so bunt und lustig war dieses Gärtchen, wie seine Besitzerin. Am Haus entlang wuchsen hoch und steif in leuchtenden Farben die Stockrosen, die freilich am Verblühen waren. Die buntesten und dicksten Georginen, die man sich denken kann, schienen das Gärtchen fast zu sprengen, so in Hülle und Fülle standen sie da, kunterbunt durcheinander, dazwischen die weißen Christi Kreuzblumen (weißer Phlox), die zartfarbigen Astern und mannigfaltige Strohblumen.

Durch alle die bunte Fülle ging die Frau in tiefster Zufriedenheit mit sich selbst und der Welt ringsherum, Herrin und Magd zugleich der bunten Lebensfülle, zugleich gebend und empfangend, mit all dem Blühen und Wachsen ringsum aufs innigste verwachsen und doch auf eine freie und leichte Art davon entfernt und darüberstehend.

Als die runde, kleine Frau mich bemerkt hatte, trocknete sie eifrig ihre Hände an der Schürze ab, obgleich sie ja ganz sauber waren, und kam mir so froh und herzlich entgegen, daß es mir ganz warm und sonntäglich zumute ward.

Sie führte mich ins Haus, das sich auch wie das Gärtchen in jeder Weise von den anderen Bauernhäusern unseres Dorfes unterschied. Alle ordentlichen Frauen, die ich bisher kennengelernt, sorgten in ihren Häusern für äußerste Ordnung und Reinlichkeit. Kleinlich genau mußte alles an seinem bestimmten Platz stehen, zumal am Sonntag. Hier lag alles auf der Decke in lustiger Freiheit durcheinander, ohne daß es unordentlich oder unsauber gewesen wäre. Eher konnte man es malerisch nennen. Die Stuben waren mit allerlei städtischem Kram gefüllt, Nippsachen, wie sie Kindern Freude machen, hohen Glasvasen und gehäkelten Deckchen. Sie waren keine reinen Bauernstuben. Sogar ein Kanapee war da, was damals eine große Seltenheit war.

Auf dieses nötigte mich behend die gute Muhme, immer auf mich losschwatzend. Wie ich mich eingewöhnt habe, was Hannegretsken mache und derlei Fragen mehr.

Ich merkte aber mit tiefem Staunen, daß diese Frau mit dem etwas lauten Wesen, dem breiten Gesicht und den etwas zu roten Lippen nicht nur ihre Blumen und Pflanzen ungewöhnlich liebte und kannte, sondern auch in einem besonderen Verhältnis zu den Menschen stand.

Sie waren ihr alle nahe, und sie schien sie von innen her zu verstehen, und doch war sie wiederum ganz unabhängig von ihnen.

Das machte ihre oft boshaften Bemerkungen liebenswert und lustig.

»Nimm nur nicht alles so wichtig«, ermahnte sie mich immer wieder – wieviel gute Ratschläge hat sie mir in meinem Leben gegeben – »du hast so ernste Augen, die sehen zu tief in alles hinein. Laß nur manches am Grunde liegen, wo es liegt. Zumal bei deinem Hermdieder. Ich weiß ja«, sie hatte eine eigene Art, etwas mitleidig und spöttisch zu seufzen, doch so, daß es nicht wehe tat, »der gute Junge! Alle haben ihn gern und ich auch. Aber paß ihm etwas auf die Finger, besonders im Geschäft, woher hat er all das Geld? Nee, brauchst nicht so zu erschrecken, gräsig dumme Deern du. Den Alten führt er an, nicht andere Leute. Aber warum sitzt der auch auf seinem Gelde wie eine brütende Henne auf ihren Eiern, nur, daß nichts dabei herauskommt? Fordere bloß kein Geld von ihm, dann hast du's mit ihm verdorben.«

»Und Hanfried? Dieses hohle Gänse-Windei?« fuhr sie fort, »sitzt er immer noch auf'm Kotten-Abtritt?«

Als ich sie lachend und erstaunt ansah, erzählte sie mir, daß sich Hanfried, um sich vor der Arbeit zu drücken, als Junge immer an diesen Ort, wo er nicht gesucht wurde, zurückgezogen habe.

»Ja, so ist er, auf etwas mehr oder weniger Gestank und Schmutz kommt's ihm nicht an, so fein er äußerlich ist, wenn er nur nicht zu arbeiten braucht.«

Sie fragte mich auch nach allem aus, und ich erzählte ihr von dem Zustand des Hauses, von dem alten Vater und Hannegretsken – nur von Hermdieder und Theribee erzählte ich nichts. Das hätte ich nicht fertig gebracht.

Die Zeit verging wie im Fluge. Es war so lustig, ihr zuzuhören, und es tat so gut, die ganze Welt und alle Menschen wie ein großartiges Kinderspielzeug anzusehen, das nicht viel wert und nicht so wichtig ist, sondern im Grunde nur recht vergnüglich.

Sie schalt mich später immer wieder, daß ich Hannegretsken nicht richtig behandelt hätte. Den Mädchen gegenüber müsse man manchmal lospoltern, sonst häufe sich zuviel kleiner Ärger an und mache bitter. Oh, wie hatte sie recht! Ich wagte dem Mädchen nichts zu sagen, weil ich ihr zimperlich beleidigtes Wesen fürchtete. Und jede Nachlässigkeit und Faulheit, jede ihrer kleinen Bosheiten grub sich doch tief ein in mein Herz, bis es allmählich eine nicht mehr zu tragende Last war. Ihr sanftes, rundes Gesicht mit den matten, blauen Augen, ihr gemessener, langsamer Gang –, wie war mir das alles in der Seele zuwider. Daß ich sie dann los wurde, habe ich auch meiner Muhme zu verdanken.

Auf ihren Rat bot ich dem Vater an, alle Arbeit allein ohne Magd zu verrichten, so daß wir die zwanzig Taler im Jahr sparen könnten.

Wider Erwarten ging er sofort darauf ein. »Ja, wenn du meinst«, sagte er nur.

Jetzt war viel gewonnen, ich konnte im Hause nach Belieben und frei schalten und walten. Von einem großen Druck war ich freigeworden. –

Der März war gekommen. Die Luft war so verheißungsvoll licht trotz der Kälte, die dieses Jahr nicht weichen zu wollen schien. Noch immer lag Schnee in den Furchen der Felder und an den schattigen Abhängen, aber eines Abends sang die Schwarzdrossel so sehnsuchtsvoll und lockend ihr Tirili, daß es mir eigen zu Sinne ward und ich auf eine neue Weise mein Herz auftat, allem Schönen und Verlockenden der Erde entgegen.

Hermdieder hatte eine neue Freude an mir, das merkte ich. Er nahm mich auch auf seinen Wegen mit, so viel es möglich war. Wir gingen zum Tanzen und zu Festen, wir waren jung und froh und ausgelassen. Die Freude stieg mit dem steigenden Jahr, mit dem Wachsen und Blühen ringsum. Mein Gärtchen sah frisch und frühlingsfroh aus.

Nur eins quälte mich im geheimen, daß noch immer keine Hoffnung auf ein Kindchen da war.

Das Starcksche Gebetsbuch

Es war am Sonntag vor Pfingsten. Am Montag wollten wir zur nahen Stadt fahren. Hermdieder mußte die nach dem Verkauf an die städtischen Leinenkaufleute übriggebliebenen ungebleichten Leinenstücke zur großen Bleiche bringen, von wo sie in unser Lager in der Stadt zum Verkauf kamen. Ich mußte noch allerlei Haushaltungsgegenstände auf der Pfingstkirmes in der Stadt besorgen.

Die Muhme wollte uns für ihren Sohn, der in der Stadt bei den Soldaten war, ein Paket mitgeben. Darum ging ich am Sonntag nachmittag zum Heidekampshof. Es war der erste wirklich schöne Frühlingstag in diesem Jahre. Im April hatte es zehn Tage lang noch so geschneit, daß aller Verkehr zwischen den Häusern im Dorfe abgebrochen war, der ganze Mai war kühl und naß gewesen. Aber die Hecken waren nun doch lichtgrün geworden und dufteten würzig und frisch. Im Gärtlein der Muhme blühten, obwohl es bald Pfingsten war, nur erst die gelben Tiljösken (Narzissen) und die blauen Perlblumen, ja, und die roten samtigen Marienblumen.

An dem Nachmittag erzählte mir die gute alte Muhme aus ihrem eigenen Leben, aus der ersten Zeit ihrer Ehe, wie sie gewartet habe auf ein Kindlein, das zunächst nicht kommen wollte. Sie schien also genau zu wissen, was mich ein wenig quälte. »Und schließlich nahm ich«, so fuhr sie in ihrer Erzählung lachend und sich selbst verspottend fort, »das Starcksche Gebetsbuch zur Hand, das übrigens auch in deinem neuen Schrank steht, aber ihr werdet es ja nicht kennen, ihr jungen Leute. Schlimm genug! Ich suchte und fand nach längerem Suchen ein ›Gebet für Unfruchtbare‹, ja –, damals war ich ein Jahr verheiratet und neunzehn Jahre alt«, sie lachte belustigt auf, »und las es nun Tag für Tag, bis ich es auswendig konnte. Und dann?«, sie seufzte wehleidig, »dann hat es zu gut genützt. Später suchte ich ein Gebet für das Gegenteil, aber das stand nicht drin.« Ich mußte so lachen, daß alle meine grübelnden Gedanken fortflogen, daß sie klein und winzig, ja, lächerlich wurden und ich ganz getröstet war. Nein, das mit dem Gebetsbuch, das war so eine richtige Muhme-Idee. Das würde ich nie fertigbringen, und wenn ich ohne Kinder bleiben würde. Wenn ich Kinder bekommen sollte, würde ich sie auch schon so kriegen.

Der Montag brach strahlend froh an. Hermdieder gab noch seinem Bruder Anweisungen, daß er genau auf das Garn der Spinner achten solle, ob es die nötige Länge habe, welchen Preis er bezahlen solle, auf welche Fehler er bei den abgelieferten Webstücken aufpassen solle. Er befahl ihm das Leinen auf der Bleiche und das Garn und den Flachs auf dem Boden, und dann fuhren wir in den hellen Frühlingsmorgen hinein.

Bald sahen wir die Kirchtürme der Leinenstadt, die lieblich zwischen den Bergen eingebettet liegt, damals noch von hohen, mit Roßkastanien und Linden bepflanzten Wällen umgeben. Durch das Niedertor, das seit kurzem neu aufgebaut war, weil der Siegeswagen 1814 auf seiner Rückfahrt von Paris nach Berlin durch die gewölbten Bogen nicht hindurchkonnte, fuhren wir in die Stadt ein, die ich zum ersten Male in meinem Leben sah. Mein Vater war nicht für das Reisen.

Ich staunte über die schönen Straßen, durch die wir zur Kaserne gingen, nachdem wir in einem Gasthof gleich am Niedertor ausgespannt hatten. Wie nah und eng die Häuser zusammenlagen! Und fast jedes Haus war schmal und sehr hoch, ganz anders als unsere Bauernhäuser. Nur zwei neue breite standen dazwischen, die bekannten Leinenkaufleuten gehörten.

Das Rathaus war ein schönes, großes, neues Gebäude, aber um den Marktplatz herum standen alte, mit steilen durchbrochenen Giebeln, durch die der klare blaue Junihimmel sah, und daneben solche mit runden, gebogenen Verzierungen, die gefälliger und anschmiegsamer aussahen. Aber mir gefielen die steil aufstrebenden mit den spitzbogigen Fenstern noch besser. An manchen Häusern standen bunte und goldene Inschriften, die in der Sonne leuchteten. Mit größter Bewunderung aber sah ich die großen Kirchen, die eine mit massigem Unterbau und einer hohen, runden in der Sonne ganz grün funkelnden Turmhaube und eine andere, die sogar zwei gewaltige Türme hatte.

Nur einen schmalen Streifen Himmel sah ich in den Straßen, und die Häuser hatten keine Gärten. Nein, wie man hier wohnen konnte! Ich würde dort nicht atmen können.

Nachdem wir den Vetter aufgesucht und ein einfaches Mittagsbrot in unserem Gasthof verzehrt hatten, fuhren wir zur Bleiche, die hinter dem großen Kirmesplatz lag. Sie war neu angelegt und so ungeheuer groß, daß sie wie ein riesiges Schneefeld aussah. Sechzehntausend Stück Leinen zu je zwanzig Ellen Länge hatten hier zum Bleichen Platz.

Auf dem großen Kirmesplatz, dem Kötelbrink, drängten und schoben sich die Menschen vor den Buden, übertönte ein gellender Lärm den andern. Wir machten uns ein Vergnügen daraus, wie Kinder im Karussell zu fahren, die Buden zu bestaunen, beim billigen Jakob stehen zu bleiben und über seine Witze zu lachen, bis wir zuletzt ins Tanzzelt kamen. Mir war ganz wirr im Kopf von allem bunten und lustigen Treiben. Aber es war mir schon recht. Je lustiger, desto besser. So tanzten wir, bis es dämmerig wurde.

Da sah ich plötzlich die rote Theribee mit zwei Männern hereinkommen. Ach, wie sah sie aus! Ihre Bauerntracht hatte ihr noch etwas Solides und Biederes gegeben trotz ihres frechen Gesichtsausdruckes. Jetzt war sie städtisch und modisch gekleidet, trug einen Hut und Sonnenschirm und ging stolz an uns vorbei.

Aber ich merkte im Laufe des Abends, wie windig dieser Stolz war, und ich fühlte an jenem Tag, daß das arme Mädchen doch eigentlich trotz ihrer städtischen Kavaliere nach niemandem als nach Hermdieder fragte. Ich spürte ihre verstohlenen Blicke, ich sah ihren Neid und ihre Eifersucht, und Hermdieder tanzte nur und immer mit mir, und sie mußte sehen, daß wir uns von Herzen gern hatten.

Einmal ging sie an uns vorbei und sagte laut – sie hatte das Gespräch schlau so eingerichtet – »Besser ledig ein Kind, als einen großen Besitz haben und keinen Erben.«

Und nun fiel mir ein, wie sie in der letzten Zeit wieder so oft mit ihrem Jungen an unserem Hause vorbeiging, ihn gleichsam stolz vorzeigend. Ja, sie triumphierte. Ein Jahr waren wir verheiratet, denn die Zeit vor der Hochzeit rechnete sie auch mit, und kein Erbe schien zu kommen.

Mitten im Tanzen befiel mich mit einem Male wieder eine solche große Traurigkeit und Müdigkeit, daß ich dachte, nichts im Leben könne wieder gut werden. Alle die kleinen Mühsale meines Tagwerks und Hermdieders Leichtsinn, des Vaters Wortkargheit und Geiz, das Haus mit seinem grauen Alltag und dem vielen Alleinsein, alles legte sich wie eine drückende Last auf mich, so daß mir die Füße schwer wurden wie Blei.

Auf mein Bitten fuhren wir gleich heim. Ich war so zerschlagen und müde und fühlte mich so elend wie nie im Leben. Immer unfaßbarer und unsagbarer wurde meine Traurigkeit. Sie ging nun nicht mehr von meinem Haus und meinem Geschick aus, sondern sie lagerte da irgendwo in den dunklen Gründen der Nacht um mich her, stieg aus den Finsternissen der Bergtäler und glitt lautlos vom sternenklaren Himmel hernieder in meine Seele hinein. Sie erfüllte die ganze Welt und würde nie mehr von mir weichen.

Krank kam ich zu Hause an. Aber eine Zeit darauf wußte ich in froher Zuversicht, daß wir ein Kindchen haben würden.

Das Kind

Nun hatte mein Leben einen neuen Sinn bekommen, der über mein eigenes hinauswies. Das war so befreiend, daß ich in glücklicher Dankbarkeit durch manche neue Schwierigkeit hindurchging. Mir schien alles gering und unwichtig neben dem einen, das uns geschenkt werden sollte.

In jener Zeit bemühte ich mich so von Herzen, gut zu sein. Aus Dankbarkeit gegen Gott und auch aus Angst, es möchte dem Kindchen sonst etwas zustoßen. Wir glaubten ja fest an Gott, den Schöpfer und Erhalter unseres Lebens, nur rechneten wir nicht mit ihm.

Mit besonderem Eifer ging ich damals zur Kirche, warf mehr Geld als sonst in den Klingelbeutel, half manchen armen Spinnersleuten, immer mit dem Hintergedanken, Gott auf meine Seite und damit auf die meines Kindes zu bekommen.

Nein, für mich wäre ich nicht so besorgt gewesen, da fürchtete ich nichts. Aber was konnte dem Kinde alles zustoßen! Wieviel hatte man davon gehört, daß die Frauen sich »versahen« und dem Kinde dadurch ein Schaden angetan wurde. Ich hütete mich ängstlich vor Hunden, vor Mäusen, vor Kranken und Krüppeln.

Ja, mir schien alles ausgelassene und übermütige Wesen geradezu frevelhaft zu sein. Es kam mir vor, als beleidige es Gott. Und so war ich still und ernst und sanft, dabei von einer inneren Heiterkeit und Zufriedenheit, wie ich sie nie gekannt.

In meinem Gärtchen blühten die Rosen und verblühten, reiften die Himbeeren, deren rote und sanfte Süße mich an einen lieblichen Kindermund erinnerte, blühten die Astern und verblühten. Der strahlend angebrochene Herbst kümmerte schließlich dürr und müde in den Winter hinein.

Es war mir schwer, daß Hermdieder mir in dieser Zeit wieder mehr entglitt. Er konnte meine Freude nicht verstehen. Er hatte nie daran gezweifelt, daß wir Kinder bekommen würden. Das gehörte für ihn dazu wie das tägliche Brot. Was für mich ein Gnadengeschenk war, war für ihn eine Selbstverständlichkeit, über die man keine Worte verliert.

Da ich ihn zu seinen ausgelassenen Vergnügungen nicht mehr begleitete, ging er allein. Alltags war er fast immer unterwegs, in der Stadt, bei den Spinnern und Webern, auf der Bleiche und im Wirtshaus beim Kartenspiel.

Öfter als je kam er betrunken nach Haus. Trotzdem war alles nicht so schwer wie im Anfang.

Der Vater stand stundenweise auf, so war ich nicht so viel allein. Ich hatte mich jetzt ganz an ihn gewöhnt. Oft klagte er über seine Söhne, die ihm mit ihrer Verschwendungssucht viel Kummer machten. Und ich klagte mit, das band uns zusammen. Ja, es war gewiß nicht alles in Ordnung bei dem Geschäftsbetrieb. In mir sah er die sparsame Erhalterin des Erbes, obgleich er auch manchmal über meine Putzsucht und Eitelkeit murrte, weil ich viel auf meine Kleidung hielt.

Jetzt, da es Winter geworden war, sah er mich oft besorgt und liebevoll von der Seite an, doch so, daß ich es nicht merken sollte. Über das, was mir bevorstand, sprachen wir nicht. Aber eines Sonntags, als einige bekannte Familien von Leinenkaufleuten mit dem Schlitten zu uns herausgefahren waren und wir in der gemütlichen Wohnstube am festlich gedeckten Kaffeetisch saßen, sah sich der Vater suchend im Kreise um, und da er mich nicht gleich sah, fragte er, das Gespräch über allerlei Neuerungen im Leinenhandel unterbrechend: »Wo ist denn Anna Marie? Sitzt sie auch wohl kommod und gut?«

Da fühlte ich in tiefer Rührung, daß des Alten sorgende Gedanken um mich herum waren, fast wie gute Muttergedanken, obgleich er es nicht aussprechen und zeigen konnte.

Und am nächsten Tage fragte er: »Kannst du's denn weiter allein schaffen, sollen wir nicht wieder eine große Magd nehmen?« Ich hatte nur eine kleine zur Hilfe. Und obwohl er sichtlich erleichtert aufatmete, als ich ihm versicherte, ich schaffe es schon noch, war ich stolz darauf, daß ich ihm doch wichtiger zu sein schien als sein Geld.

An einem grauen Märzabend hielt ich dann zum ersten Male unser kleines Bübchen, den wir Wilhelm nannten, in den Armen. Am nächsten Morgen lag ich in tiefem Frieden, matt und abgespannt nach den schweren Stunden, aber ohne Schmerzen im Bett neben der von meinem Vater geschnitzten Holzwiege, einem Stück aus meiner Aussteuer. Der helle, lustige Haarschopf des kleinen Burschen, der ihn schon so menschlich machte, lugte gerade noch aus seinen karierten Kissen heraus, und die winzigen kleinen Händchen sah ich sacht auf der Decke liegen. Und sie erfüllten mich mit einer geradezu närrischen Freude.

Der Himmel war grau verhangen, aber die Wolken waren dünn und durchsichtig. Die Sonne machte sie so hell und grell, daß man nicht hineinsehen konnte. In verhaltener Glückseligkeit schienen sie von innen her zu leuchten. Die Vögel zwitscherten lustig und frühlingsmäßig durcheinander, von fern krähte dann und wann ein Hahn.

Ich kam mir vor wie ein frommes, träumendes Kind, gut und unwirklich. So, dachte ich, müsse es im Himmel sein, wenn man die Todesschmerzen hinter sich habe und zur Seligkeit einginge.

Hermdieder kam dann und wann, nahm zärtlich meine Hand, aber den Buben sah er sich nicht gerade viel an. »Ach«, sagte er, »alle kleinen Kinder sehen einander gleich«, und verletzte mich, ohne es zu wollen, da ich doch meinte, kein Kind sehe dem meinen gleich, es sehe so ganz besonders aus.

Dem Großvater aber standen Tränen in den Augen, als er zum ersten Male den Jungen sah, immer wieder ging er leise zur Wiege, schaukelte sie ein wenig, sah das Gesichtchen lange an und nahm seine winzigen Hände zwischen seine groben und rauhen. Ach, wie war ich dem kargen alten Manne mit dem abstoßenden Äußeren so innig gut dafür.

Hermdieder fand auch in der nächsten Zeit, daß ich zuviel aus dem Jungen mache. Aber jeder mußte doch sehen, daß Wilhelmchen mit sechs Wochen so gut entwickelt war wie ein anderes Kind mit einem Vierteljahr und so wesentlich aussah wie ein halbjähriges. Unsere gute neue Magd, Jettchen, eine frische Deern, stimmte mir bei, und der Großvater fand des Bewunderns kein Ende.

Aber allmählich konnte ich mir nicht verhehlen, daß das Kind nicht mehr so frisch aussah, daß es abmagerte und die Haut an den Beinen und Armen, die über festem Fleisch gelegen, Falten warf. Der Gesichtsausdruck wurde matt und müde.

Eine jähe Angst überfiel mich. Niemand wollte den Rückgang in der Entwicklung wahrhaben. Hermdieder lachte mich aus, ich sähe Gespenster. Hanfried tat überhaupt von Anfang an, als sei das Kind nicht da.

Doch die Magd mußte mir recht geben. Ich konnte mir nicht erklären, woran es lag, denn das Kind trank soviel wie bisher. Der Doktor kam und fand zuerst keine Ursache des Rückganges, bis er auf den Gedanken kam, daß meine Milch nicht gut sei für den Kleinen. Er untersuchte sie und sagte, sie sei zu mager und gäbe keine Kraft her.

Ach, wie grämte ich mich da! Mein Herzblut hätte ich für den Jungen gegeben, und das, was Gott allen Müttern für die Kinder schenkt, daß sie gedeihen und groß werden, bekam dem Kinde nicht. Der Junge der roten Theribee strotzte vor Gesundheit, zwei Jahre hatte er nur Muttermilch bekommen. Sie war imstande, zu geben, was mein Kind entbehren mußte.

Jetzt begann eine schlimme und sorgenvolle Zeit, die aber, wenn ich nun zurückschaue, nie wieder zu Ende gegangen ist, denn eine Sorge löste die andere ab, »Gott führte von einer Not in die andere«, wie dein lieber Vater, Anne, zu sagen pflegte. Und auch heute noch ist sie da. Allmählich nahm ich alles gelassener, hatte auch mehr Kraft zum Tragen, aber zuerst warf mich die Sorge und Angst fast um.

Das Kind sollte nun die Flasche haben, aber damals gab es noch keine Gummisauger. So nahmen wir einen runden Knochen, in den ein Loch gebohrt wurde. Nach endlosen Bemühungen trank das Kind.

Damit es die verdünnte Milch immer frisch habe, molk ich alle paar Stunden, selbst des Nachts. Wie kalt und anstrengend waren jene Nächte!

Aber eines Nachts stand das gute Jettchen da mit einer Schüssel frischgemolkener Milch und übernahm das Melken Nacht für Nacht. So teilten wir uns in die Pflege.

Nach anfänglichem weiteren Dahinsiechen fing nun das Kind an zu gedeihen. Es rundeten sich die Gliederchen, die mattrosa Farbe kehrte in das zarte Gesicht zurück, die blauen Augen wurden lebhaft.

Meine Freude war grenzenlos. Es lachte mich schelmisch und liebreizend an, wenn ich an seine Wiege trat. Ich war so hingenommen von dem Kind, daß mir nichts anderes mehr wichtig war.

Hermdieder ging darum, wie im Anfang unserer Ehe, seine eigenen Wege allein weiter. Ich lebte mit dem Kind wie auf einer Insel für mich allein, er am jenseitigen Ufer. Ab und zu bemerkten wir uns flüchtig und grüßten uns friedlich. Aber Welten trennten uns. Der Großvater jedoch war jetzt, da der Junge verständiger wurde, nicht von der Wiege wegzubringen. Das Kind hatte auch eine sichtliche Vorliebe für den alten Mann.

Als es ein Jahr alt war, trippelte es mir nach in den Garten; sich an meinem weiten Rock festhaltend, jauchzte es den Schmetterlingen nach, griff in die samtenen Stiefmütterchenbeete hinein.

Da geschah es im Juli des Jahres 1838 – das Kind war sechzehn Monate alt –, daß Hermdieder und ich über Land zur Hochzeit geladen wurden, zu Kasper Henrichs Hochzeit mit der Witwe Schwarze, die in meines Vaters Haus gefeiert wurde, obgleich sie nachher auf die Schwarzen-Stätte ziehen würden.

Ich befahl Jette den Knaben, und wir wanderten zu Fuß in den sonnigen Julimorgen hinein. Als wir ein Stück gegangen waren, fiel mir ein, daß ich Jette nicht gesagt hatte, daß der Junge nur Milch haben dürfe und etwas Weißbrot, da sein Magen nicht ganz in Ordnung sei. Schon wollte ich schnell zurücklaufen, als Hermdieder mich zornig anfuhr: »Gehst du noch mal um, dann bleibe ich hier. Du kannst einen verrückt machen mit deinem Gehabe um den Jungen. Er ist so schon sünnerk (verwöhnt) genug. Du kommst augenblicklich mit.«

Ganz eingeschüchtert blieb ich stehen und ging dann schweigend mit ihm weiter, im stillen hoffend, Jette würde trotzdem richtig für ihn sorgen. Je näher wir der Heimat kamen, desto mehr vergaß ich die Sorge. Hermdieder tat sein Zorn leid, er war liebevoller als je die letzte Zeit zu mir, und wir hatten einen vergnügten Tag.

Spät abends machten wir uns beim Mondschein auf den Heimweg. Als wir das Dorf von einer Anhöhe aus liegen sahen, befiel mich plötzlich eine große Bangigkeit. Zuletzt rannte ich spornstreichs unserem Hause zu, so daß mein Mann kaum nachkommen konnte.

Am Hause angelangt, hörte ich leises Wimmern und Weinen. Jette ging mit dem jammernden Kind in der Wohnstube auf und ab und sang es in den Schlaf. Als ich es aufnahm, schmiegte es sich einen Augenblick lang befriedigt fest in meine Arme und hörte zu schluchzen auf. Aber ich sah seine Blässe und spürte seine Schmerzen und ein Zucken, das krampfweise durch seinen Körper ging.

»Jette, was ist geschehen?« stöhnte ich auf, »was hat er gegessen?« Da berichtete das unglückliche Mädchen, daß es eben zur Brinkmannschen gegangen sei und sich da etwas länger aufgehalten habe. Als es zurückgekommen sei, habe der Großknecht das Kind auf dem Schoß gehabt und mit Speckwürfeln gefüttert. »Alle hat er mir aufgegessen, er mag sie so gerne«, hatte er stolz gesagt. Jette hatte ihn angefahren, er aber hatte sie nur ausgelacht. Jetzt habe das Kind Leibschmerzen, aber es würde sich sicher bald geben, tröstete Jette. »Ach, was ist schon dabei, wenn ein Kind Leibschmerzen hat«, sagte Hermdieder ungeduldig und ging verstimmt zu Bett.

Ich aber kannte mein zartes Pflänzchen besser. Gegen Morgen stellten sich Erbrechen, Durchfall und Fieber ein. Der Doktor war ernst und bedenklich. Tag und Nacht wich ich nicht von seiner Wiege, trug es auf den Armen und tröstete es. Manchmal streckte es mir die Arme entgegen und sah mich hilfeflehend an, dann wieder wimmerte es und war ganz gleichgültig, um wiederum in neue Krämpfe zu verfallen. In der dritten Nacht wurde es ruhiger, war aber matt und elend, dazu bläulich im Gesicht mit kalten Füßchen und Händchen. Die Tranfunzel schwelte, ich drehte sie an der langen drehbaren Stange über die Wiege, damit mir keine Veränderung entging. Die Nacht lag so gleichgültig mutlos vor den Fenstern. Konnte denn nichts helfen? Da faltete ich die Hände und schrie zu Gott um das Leben des Kindes. Aber ich bat nicht demütig, sondern klagte Gott an und rechnete ihm etwas vor. Warum nahm er mir mein Kind, das ich so grenzenlos liebte und so sorgsam gepflegt hatte, wie keine Mutter im ganzen Dorf ihr Kind? Ich hatte mich so ausdrücklich bemüht, Gott für mich und mein Kind zu gewinnen. Warum wurde der roten Theribee Junge nicht krank und starb? Wahrlich, ich versuchte in meiner Torheit, Gott zu diesem Tausch zu bewegen.

Nein, ich merkte, daß ich nicht beten konnte. Da holte ich das Gebetsbuch aus dem Bücherschrank, das unbenutzt dort verstaubte, und ich versuchte, von Herzen mitzubeten: »Herrgott, Vater im Himmel, erbarme dich über ihn, du hast ihn erschaffen zu deinem Ebenbild, er ist deine Kreatur, er ist auch dein Kind, welches du in der heiligen Taufe zu Gnaden aufgenommen hast, ach! Darum erbarme dich über ihn. Siehe, dein Kind ist krank, siehe, dein Kind will sterben, ach! Laß es anjetzt sein Kindesteil erlangen, nämlich das Erbe im Himmel, der Seele Seligkeit.« »Nein«, schrie ich auf, »nein, leben sollst du, Kind.« Dem Tode würde ich mich entgegenwerfen und ihn an seinem Werke hindern. Steil lehnte ich mich auf gegen Gottes Willen. So zwischen Bitten und Auflehnung ging ich verzweifelt im Zimmer auf und ab. Da hörte ich ein kleines, hilfloses Röcheln, und als ich in besinnungsloser Angst an die Wiege lief, war das Kindchen schon zum ewigen Schlaf eingeschlafen.

Nun hätte ich alle Hausbewohner der Sitte gemäß wekken müssen, aber ich war wie gelähmt und ließ mich, erstarrt von hilfloser Traurigkeit und Müdigkeit, in den Lehnstuhl am Fenster fallen. In der ersten Morgendämmerung fingen die Vögel bereits an, munter zu werden und zu zwitschern, wachten die Blumen vor dem Fenster zu neuem, buntem Leben auf. Wie durch einen Nebel sah ich die Welt nach dunkler Nacht neu erstehen und konnte es doch nicht fassen, daß alles blieb wie sonst, nur mein Kind mit der aufgehenden Sonne nicht wach und munter werden sollte. Ich weinte nicht. In der großen Müdigkeit meines Herzens schlief ich schließlich ein und träumte, daß mein Kind jauchzend in die weißen Blütenblätter eines Kirschenbaumes griff.

Ach, wie glückselig war mir zumute, und wie fröhlich wachte ich auf! Ich dachte nicht anders, als daß alles wieder gut geworden sei. Da hörte ich die Magd auf der Deele hantieren, und solchergestalt wieder auf die Erde gestellt, sah ich mein Kind im fahlen Morgenlicht bleich und leblos in seiner dunklen Wiege liegen.

Der alte Vater konnte am wenigsten fassen, was geschehen. Der kleine Wilhelm hatte ihm sein Herz abgewonnen, wie nie ein Mensch zuvor. Was waren ihm schon seine Kinder dagegen! Aber er klagte und jammerte nicht. Ja, er mied es, mit den andern an die Wiege und dann an den kleinen weißen Sarg zu treten. Aber einmal, als er niemanden in der Nähe wußte, sah ich ihn mit den kalten, leblosen Kinderhänden wie gedankenverloren spielen.

Am Beerdigungstage kamen die Verwandten und Bekannten, und die Hökenfrauen, die Trauerfrauen in ihrer besonderen Tracht, hatten viele gute Trostworte für mich. »Nun ist es im Himmel und hat es gut, es ist wohl versorgt und bei Gott gut aufgehoben.« »Für die, die im Himmel sind, brauchen wir keine Angst und Sorge mehr zu haben.« So glatt die Trostworte dahinglitten, so schnell und leicht glitten sie auch an mir ab. Sie hatten alle viele Kinder daheim und alle welche verloren. Sie trösteten sich selbst mit ihren guten Worten.

Aber draußen schien die Julisonne stark und warm. Die Felder lagen goldgelb in mittäglicher Sonnenstille und warteten des Reifens. Im Garten reiften die süßen Himbeeren und dufteten köstlich die roten Rosen. Auf der Erde war es so schön und lieblich, und das Kind gehörte mit seinem feinen Körperchen so ganz in diese liebliche Welt hinein. Nun würde es die dunkle Erde aufnehmen, und einsam und kalt würde ihm sein, wo es immer so sehr nach der Mutterwärme verlangte. Nein, vom Himmel und seinem Trost wollte ich nichts wissen.

Aber noch weniger davon, daß ich noch Ersatz genug bekommen könne, womit Kasper Henrich mich trösten wollte.

Erst, als wir vom Kirchhof ins Haus zurückkamen, war es mir, als habe ich das Kind unwiederbringlich verloren, bisher konnte ich nicht daran glauben.

Und immer wieder träumte ich so glückselig, um dann um so elender zu erwachen.

Als der Kandidat starb, war es mir, als sei ein Zweig meines Lebensbaumes abgehauen, dessen Schnittwunde lange Zeit nicht heilen wollte.

Jetzt schien es mir, als sei die Axt an die Wurzel meines Lebens gelegt, und es sei mir nicht möglich, weiter zu leben und mein Tagwerk zu tun.

Vom Leid, das nicht läutert

Aber es war nicht Sitte bei uns, daß wir unsere Gefühle einander zeigten. Nur Hermdieder ahnte etwas von meinem großen Schmerz, und er war gut zu mir, still und abwartend. Manchmal, wenn ich ein wenig verloren dasaß, legte er seine Hand auf meine Schulter und versuchte, mir etwas zu erzählen, das mich ablenken sollte.

Dennoch war ich nicht gut zu ihm. Ach, Anne, wie hart und schlecht kann uns das Leid machen! Nur wenigen Aufgeschlossenen und Aufgelockerten ist es zum Segen.

Wahrlich, ich gab ihm, Hermdieder, die Schuld an meinem Unglück. Er hatte mich an jenem verhängnisvollen Unglückstage gehindert, wieder zurückzugehen. Wäre ich noch einmal umgekehrt, nie und nimmer wäre der Junge krank geworden, und er liefe noch heute jauchzend durch den Garten.

Und eines Tages sagte ich es ihm.

Ich saß in der sonntäglichen stillen Wohnstube und sah gleichgültig zum Fenster hinaus. Hermdieder wollte gern mit mir durch die Felder gehen. Als ich auf seine Bitte nicht einmal antwortete, nahm er den Hut und sagte ärgerlich: »Wahrhaftig, du treibst einen selbst zum Haus hinaus mit deinem Getue. Jetzt geh ich ins Wirtshaus.«

»Geh nur«, antwortete ich hart und kalt, »geh nur und vergnüge dich, du hast dir ja nie etwas aus dem Jungen gemacht. Darum ist alles so gekommen, wie es gekommen ist.«

Bis in seine helle Stirn flammte da die Zornesröte in seinem Gesicht auf. Er wußte sogleich, was ich meinte, und es konnte mir nicht verborgen bleiben, daß sein Gewissen ihn schon oftmals verklagt hatte. Aber ich half ihm nicht. Am liebsten wäre mir gewesen, er hätte sich hinreißen lassen, mich dafür zu schlagen. Dann durfte ich ihm grollen nach Herzenslust, wie ich es so gern wollte.

Aber er sah mich nur mit seinen zornblitzenden blauen Augen unheimlich lange an, also, daß ich mich abwenden mußte, und sagte dann ganz ruhig: »Was kommen soll, kommt doch. Von Schuld kann keine Rede sein.« Ohne ein Grußwort ging er hinaus.

Von da an wurde es immer schlimmer mit uns. Mein gutes Gewissen machte mich hart, ungeduldig und lieblos gegen ihn. »Was kommen soll, kommt doch«, ja, grübelte ich weiter, so dachten alle Leute im Dorf, und so mochte es ja wohl auch richtig sein. Aber warum sollte es kommen? Doch nur, weil Hermdieder soviel Sünde getan und er und sein ganzes Geschlecht so frevelhaft leichtsinnig waren. Ich dachte an den Hausbalken mit der prahlerischen Inschrift.

Nein, Hermdieder konnte wirklich nicht verlangen, daß Gott ihn besonders schonen sollte, nach allem, was er getan hatte und noch tat. Den Vater betrog er, die Spinner belog er, sein Geld vertrank und verspielte er. Die verkommene rote Theribee war seine Geliebte gewesen. Dies letzte, lieber Gott, das war gewiß das Schlimmste und schon wert, so hart gestraft zu werden. Ja, im Grunde hast du recht, du gerechter Gott.

Ich hatte sie wohl im Leichenzug gesehen, die rote Theribee. Und trotz meines Schmerzes war mir ihre seltsam erregte Art aufgefallen. Es war gewesen, als sei sie in irgendeiner geheimnisvollen Weise an dem Geschehenen beteiligt, vielleicht so, als habe sie ihre Hände dabei im Spiele gehabt und dürfe es nur niemandem sagen, oder auch, als wisse sie genau, warum Gott gerade dieses Kind habe sterben lassen, sie sage aber nichts, beileibe nicht, sie werde doch ihre Zunge zu hüten wissen.

Ja, das war der Zusammenhang: Gottes Strafe für Hermdieders Schuld. Und als ich das ergrübelt hatte, wurde es in meinem Herzen kalt und leer. Der feine Mann mochte nun so schmuck aussehen, wie er wollte, und so fein und lieblich tun, wie es niemand sonst im Dorf verstand, für mich war er meines Kindes –. Nein, ich vermag es nicht aufzuschreiben, wohin mich mein verzweifelter, fiebriger Wahn schließlich führte.

Daß Hermdieder in jener Zeit des blühendsten Leinenhandels – es war die letzte Höhe vor dem allmählichen Abstieg – immer seltener zu Hause war und erst spät nachts heimzukehren pflegte, war damals wahrlich zum geringsten Teil seine eigene Schuld. Mein unzugängliches Wesen, meine Härte und Abwehr trieben ihn mit Gewalt aus dem Hause.

Der Vater war seit Wilhelms Tod nicht mehr aus dem Bett aufgestanden. Wir beklagten oft gemeinsam unser Unglück und bestärkten uns darin, daß »die Söhne« an allem schuld seien.

Armer Vater, eine letzte Liebe war in dir aufgewacht an der Wiege des lieben kleinen Kindes, das mein eigen war, und nun nährte sich deine Seele von Kummer und Groll, ja, von Groll zumeist. Und ich war es, die das Feuer schürte und die deines Herzens Härtigkeit härter und der Seele Bitterkeit nur noch bitterer machte. Und so bist du dahingegangen, ohne vergeben zu haben, ohne daß dir vergeben wurde, in das Land, in dem du nicht beheimatet warst, das dir fremd und kalt erschien, aus dem es keine Rückkehr gibt.

Denn eines Morgens fanden wir den Vater tot im Bett liegen.

Allein und verlassen war er gestorben, so allein und verlassen, wie sein Leben war, bis die kleine Blume es licht und schön gemacht hatte, der er nun in das andere Land gefolgt war. Gott aber, der ein Gott der Barmherzigkeit ist, möge seiner armen Seele gnädig sein und auch mir um Christi willen nicht zurechnen, was ich an ihm gesündigt habe. –

In der Muhme Garten blühten die dunkelroten Fuchsschwänze, hoch und verwegen. Zwischen den dichten, bunten Blumen saß ich oft in jenem Sommer, um der Muhme gutes, tröstendes Wort zu hören. Nur bei ihr fand ich ein wenig Frieden und Ruhe. Dann band ich Kränze, einen kleinen und einen großen bunten für die beiden Gräber auf dem Kirchhof, während der Muhme Stricknadeln klapperten und ein scharfes Geräusch der mähenden Sensen die Sommerstille unterbrach. So saßen wir oft, bis die Betglocke zu uns herüberklang. Und die Muhme erzählte mir aus ihrem Leben und versuchte mich zu trösten, indem sie von dem Vater im Himmel sprach, der ihr Leben immer just so gelenkt habe, wie es gut gewesen sei.

Sie lebte in einem so guten und festen Vertrauen zu Gott, dem Vater, daß nichts ihre kindliche Seele erschüttern konnte. Sie sagte mir, daß jedes Leben und Sterben einen festen und klaren Sinn in dem Plane Gottes hätte wie die Sterne am Himmel, wie Wolken, Luft und Winde, die er regiere. Und auch meines kleinen Sohnes Tod sah sie im Lichte der Regierung Gottes als notwendig und darum gut an.

Es ging ein tiefer Friede von ihrem also gefaßten und zufriedenen Wesen auf mich über. Aber er dauerte nur so lange, wie ich mit ihr zusammen war. Es war wie ein frommes Gefühl, das sich auflöst, sobald das Tagwerk sein Recht verlangt.

Daheim lebte ich weiter in harter Verschlossenheit. Es hätte jetzt alles so gut werden können. Wie hatten wir es uns anfangs ersehnt, allein in unserem Hause leben zu können! Hanfried störte ja nicht, da er nicht nach uns fragte.

Hermdieder konnte nun sein Geschäft auf eigene Rechnung führen. Ein beträchtliches Vermögen stand ihm zur Verfügung. Nun, da der Vater gestorben war, begann auch in unserem Hause ein anderes, vergnüglicheres Leben. Immer reger wurde der Geschäftsbetrieb.

Spinner und Weber, Käufer und Verkäufer kamen und gingen. Sonntags hatten wir stets vornehme Gäste aus der Stadt. Abends brachte Hermdieder seine Freunde und Kameraden zum Trinken und Kartenspielen mit. Dabei hörte ich manches, was mir nicht gefiel. Nicht nur von leichtsinnigen Erlebnissen mit Mädchen und Schlägereien war die Rede, nein, auch von Geschäftspraktiken, die ich nicht gutheißen konnte.

Ich merkte bald, worauf es hinausging. Den armen Spinnern, die kaum ihr täglich Brot hatten, wurde ihr Lohn herabgedrückt, so daß sie hungern und darben mußten. Zwei Freunde verabredeten sich etwa, die Spinner nacheinander zu besuchen, wobei der zweite das erste geringe Angebot noch unterbot, so daß der erste immer zum Ziele kam.

Oder, was mir noch häßlicher erschien, man legte den armen Spinnern den niedrigen Preis für das Garn schon auf den Tisch und ging noch einmal fort. Die hungrige Familie konnte dem Geld nicht widerstehen und ging auf das Angebot ein. Zwar betrogen auch die Spinner, soviel sie konnten, und verkauften falsch gehaspeltes Garn, hatten eine falsche und eine richtige Haspel, ließen den Flachs zu kurze Zeit in der Röste liegen, damit das Garn schwerer wurde und ähnliches mehr.

Den Webern wiederum wurde jeder kleine Webfehler zum Verderb. Mit rotem Garn wurden die schlechten Stellen bezeichnet und der Lohn dementsprechend herabgedrückt.

Oftmals sah ich Hermdieder an und schämte mich seiner.

Wie konnte dieser aufrechte und gerade Mann, der er im Grunde seines Wesens war, so krumme Wege gehen! Immer noch tiefer redete ich mich in Groll gegen ihn hinein.

Kasper Henrich, der uns nun gegenüber wohnte, bestärkte ihn in seinem lockeren Lebenswandel. Nachdem er sein Geld, das er vom Vater als Mitgift mitbekommen hatte, vertrunken und verspielt hatte, lebte er nur noch von Hermdieders Geld, der gutmütig genug war, ihm immer und immer wieder etwas zu leihen. Meine neue ältliche Schwägerin aber war in die leichtsinnige blond- und lockenhaarige Schönheit und Jugend Kasper Henrichs so verliebt, daß sie ihn nie tadelte und froh und dankbar war, wenn sie einen guten Blick von ihm bekam.

Im übrigen war sie liederlich und faul und saß am liebsten in unserer Wohnstube, um sich mit Kaffee und Zwieback von mir bewirten zu lassen.

So war ein Jahr in Trotz und Abwehr, in Unruhe und Unfrieden dahingegangen. Jeder lebte sein eigenes Leben für sich. Nichts verband uns mehr, obgleich wir uns nicht zankten und stritten. Nicht einmal dazu reichte es noch, so schien es mir damals wenigstens.

Eine Pfingstwanderung – und wohin sie führen kann

Wieder wurde es Pfingsten, und da mein jüngster Bruder Jobsthenrich, der Student, in den Ferien zu Hause sein würde, machte ich mich am Tage vor dem Fest auf, um die Feiertage zu Hause zu sein. Ich sehnte mich nach seiner herzlichen Fröhlichkeit, ja, und auch nach meines Vaters knorriger Härte. Das leichte und verschwenderische Wohlleben in meinem Hause war ich so von ganzer Seele leid. Und Willem würde mich still und froh durch Felder und Wiesen führen, ach, so gut und heimatlich würde mir zumute sein.

Als dürfte ich aus schwüler, stickiger Stubenluft endlich in einen frischen Sommerwind hineinlaufen, taunasses Gras unter den Füßen, so war mir zumute, da ich heimwärts wanderte.

Als ich im versinkenden Abend auf der letzten Höhe vor meinem heimatlichen Dorf angekommen war, fingen gerade von fern die Kirchglocken an, das Pfingstfest einzuläuten.

Ich setzte mich an den Abhang eines steilen Wiesenhügels, an dem ein kleiner vergißmeinnichtbestandener Bach vorbeifloß. So gut war es, in das langgewachsene, kühle Gras hineinzufassen und die blauen, friedlichen Vergißmeinnichte anzusehen. Festlich ward mir zu Sinn. Ich freute mich so auf das Nachhausekommen.

Da sah ich auf dem Fußweg, der am Hügel vorbeiführte, einen Weber herankommen, mit weißem, langem Rock und einem Holster auf dem Rücken. Er hatte ein zwei- bis dreijähriges Bübchen an der Hand. Das stürzte sich fröhlich auf die Vergißmeinnichtblumen am Bach, und der Weber blieb stehen, um auf den Jungen zu warten. Er fragte mich nach dem Woher und Wohin, und es stellte sich heraus, daß wir den gleichen Weg hatten.

Unterdes war das Kind glücklich mit den Blumen zum Vater zurückgekommen und setzte sich müde ins Gras. Als ich es näher ansah, erschrak ich süß und heftig, meinte ich doch, meines kleinen Wilhelm Augen sähen mich an. Geradeso klar und hell und so ein wenig weit auseinanderstehend waren sie gewesen. Überhaupt sah das Büblein hier meinem kleinen Jungen sehr ähnlich, zart war es und rosig, gar kein echter Bauernjunge. Ich zog es heran und fragte es bewegt, wie es heiße. »Willem«, war die Antwort. Da nahm ich es auf den Schoß und fest in meine Arme, und das Kind umschloß meinen Hals, drückte sich innig an mich und sagte leise und froh: »Mama?«

Tränen stürzten mir aus den Augen und auf sein helles, weiches Haar. Und der stille Mann an meiner Seite mit den sonderbar tiefen Augen wandte sich ab, um sein Weinen zu verbergen.

Einen Augenblick glaubte ich zu träumen, ich wäre im Himmel. Der Mann an meiner Seite war Hermdieder mit seinem ihm eigentlich eigenen guten Wesen, das jetzt verschüttet war, und das Büblein mein Wilhelm, den ich verloren hatte.

Aber alles war ja Wirklichkeit, und nichts von alledem gehörte mir.

»Ihr müßt wissen«, begann ich zaghaft, »ich hatte einen kleinen Jungen, der Wilhelm hieß und dem Euren sehr ähnlich sah. Er wäre jetzt so alt wie dieser, aber er starb vor einem Jahre.«

»Und der Junge«, antwortete der Mann, »hat vor einem Jahr seine Mutter verloren. Sie war zart und kränklich, nicht so frisch und gesund wie Ihr. Aber im Ton ihrer Stimme war etwas, das an Euch erinnert. Und keine Frau hat ihn noch seither auf den Schoß genommen. Er meinte wohl, seine Mutter wäre wiedergekommen.«

Der Mann erzählte mir weiter, wie er der zweite Mann

seiner Frau wäre, der erste sei an der Schwindsucht gestorben. Auch einen Jungen aus dieser Ehe habe die Frau verloren. Die Frau habe sich angesteckt und sei nach längerem Siechtum gestorben. »Und nun«, fuhr er ruhig und gleichmütig fort, »trage ich den Todeskeim in mir. Ich habe aber Lust, abzuscheiden und bei Christo zu sein, denn Gott wird für meinen verlassenen Jungen sorgen.«

Des Webers stille, sanft in sich gekehrte Augen schienen noch einmal die ganze Schönheit des Sommerabends zu umfassen, gingen vom satten Gras in den Wiesen zum rötlich blühenden Apfelbaum am Wege, vom Vergißmeinnichthügel, auf dem wir saßen, zur fern blauenden Bergkette des Teutoburger Waldes.

Nun ging der kleine Junge zwischen uns, und wie wir so meiner Heimat zuwanderten, meinte der Weber, ich wäre wohl auch auf dem Wege nach Hillenbech, um morgen die Pfingstpredigt des schon weitbekannten neuen Pfarrers zu hören.

Erstaunt sah ich ihn an. Wohl hatte ich davon gehört, daß mein heimatliches Kirchdorf seit zwei Jahren einen neuen Prediger habe, der viel von sich reden mache und viel Staub aufwirbele, aber ich hatte nicht darauf gehört, so erfüllt von meinem eigenen Schicksal, wie ich war.

Und nun erzählte mir der Weber, der auf den Wolthof in meiner jetzigen Heimat geheiratet hatte, aber noch auf eigene Rechnung webte, daß er mit einigen wenigen anderen aus unserem Dorf fast sonntäglich die mehrstündige Wanderung zu dem neuen Pastor antrete.

»Ja«, erzählte er weiter, »sogar aus dem Hannoverschen und Lippischen kommen sie, um den Geistesgewaltigen zu hören. Die Kirche ist viel zu klein, um die Menge der nach Gottes Wort Hungernden zu fassen. Unter den Einheimischen ist eine starke Bewegung entstanden. Viel Feindschaft ist noch lebendig, aber ein Sieg nach dem andern ist schon errungen.«

Ich wußte, daß meine Leute daheim zu seinen Feinden zählten. Ich selbst hatte alles für Schwärmerei gehalten, was ich davon gehört, und nicht ernst genommen.

Dieses Mannes schlichtes und ernstes Wesen ließ mich

aufhorchen. Ja, was war mit ihm? Er möge doch mehr erzählen.

Und nun berichtete er, während wir der Heimat und Pfingsten zuwanderten, wie dem Kommen des Pfarrers große Schwierigkeiten entgegengestanden hätten. Kleine Kreise frommer Christen wünschten ihn sich so sehr als ihren neuen Pastor, daß sie nicht aufhörten, darum zu beten. Pfarrer Wilkening aber habe damals in einer segensreichen Arbeit in einer kleinen westfälischen Heidestadt gestanden, in der neues Leben durch ihn geweckt sei. Die mochte ihn nicht gehen lassen, und die Regierung wollte ihn nicht in Hillenbeck haben. Er selbst entschied sich dafür, in dem Heidestädtchen zu bleiben. Aber eine Deputation, geführt von einem Blinden, der weit und breit als gläubiger Christ einen guten Namen hatte, habe sich eigens darum zum König nach Berlin begeben, und was unmöglich erschien, sei Wirklichkeit geworden.

Triumphierend hatte man den neuen Pastor mit Wagen und Pferden eingeholt, hoch zu Roß war an der Spitze des Zuges der Blinde geritten. Noch einmal schien es, als sei alles Beten und alle Arbeit vergeblich gewesen. Die Pferde scheuten, nur durch einen Sprung aus dem Wagen wurde der Pfarrer gerettet. Am anderen Tage konnte er, zwar schwer am Kopf verwundet, dennoch predigen.

»Und nun kommt morgen in die Kirche«, fuhr der Mann bittend fort, »da werdet Ihr selbst sehen, was es um den neuen Pfarrer ist.«

Ja, dazu hatte ich wohl Lust. Mir war es, als sei ich aus einer dumpfen Welt in eine andere, hellere hineingehoben.

Nun lag mein Heimathof vor mir. Mein etwas verwildertes Gärtlein schien im Abendlicht friedlich den Feiertagen entgegenzuharren.

Ich sagte dem Mann Lebewohl, den ich nie mehr hier auf Erden sehen sollte und der mir doch einen so großen Dienst getan hatte. Schweren Herzens ließ ich das Kind los, das durch Gottes gute und gnädige Führung doch noch mein lieber Sohn geworden ist – wenn auch erst nach zwanzig langen Jahren –, denn es war dein Vater, Anne.

Daheim waren alle so gut zu mir, nun, da Kasper Henrich nicht mehr da war und Jobstens liebes, frisches Wesen alles Schwere bannte. Nur befremdet waren sie, daß ich gleich am nächsten Tage in die Kirche gehen wollte. Sie alle wollten mit diesem Mucker von Prediger nichts zu tun haben.

Am nächsten Morgen machte ich mich früh auf den Weg zur Kirche. Der gute Wilhelm begleitete mich dennoch.

Es war ein Pfingstmorgen, wie man ihn sich nicht schöner denken kann. Durch das helle Grün der Birken und Erlen im bunten Wiesengrund ging ein sanftes, leichtes Wehen. Die jungen Apfelbäume am Weg standen rötlich in Blüte. Als wir auf den Hetweg kamen, sahen wir Scharen von Menschen denselben Weg mit uns zur Kirche wandern. Die Frauen gingen in ihrer schönsten Kirchentracht in langen Reihen zusammen, das silbrige und goldige Geschimmer der Mützen leuchtete hell in der Junisonne, und die bunten Bänder wehten fröhlich im Morgenwind. Aber auch die Männer gingen einzeln oder in Reihen bedächtigen und doch zielbewußten Schrittes ihres Weges, junge und alte.

Aus jedem Hause gesellten sich neue hinzu. In den meisten Häusern blieb wohl nur ein Einhüter daheim. Vollbesetzte Wagen fuhren an uns vorbei, dann wieder überholten wir müde Fußgänger, die am Wege saßen und, wie sie erzählten, schon zehn Stunden Weges hinter sich hatten.

Gingen sie aus Neugier oder aus Schwärmerei zur Kirche?

Je näher wir dem Kirchdorfe kamen, desto heller und feierlicher erklang das Pfingstgeläut, desto eifriger eilten die Scharen der Kirchgänger dem Gotteshause zu. Nicht standen sie wie früher in Gruppen umher, um miteinander zu plaudern. Die Wirtshäuser am Kirchplatz waren leer.

Nein, wer noch einen Platz bekommen wollte, durfte nicht zögern und sich aufhalten.

Ich fand noch ein Plätzchen in den Frauenbänken, die in

drei Reihen besetzt waren. Die zweite Reihe saß der ersten auf dem Schoß, und davor stand eine dritte. Von Zeit zu Zeit wechselten sie ihre Plätze. Die Gänge standen dicht gedrängt voll von Männern, und immer noch strömte es in die Kirche hinein, bis die von der Regierung verordneten Wächter den Eingang verwehrten. Da wurden alle Türen und Fenster geöffnet, die Menge der Zuhörer stand auf dem Kirchplatz bis zur Straße hin, an die Fenster wurden Leitern gelehnt, die im Augenblick dicht besetzt waren.

Machtvoll brauste der Gesang durch die alte Kirche »O heil'ger Geist, kehr bei uns ein«, aufgenommen von den draußen Stehenden und weitergetragen hügelauf, hügelab in das Ravensberger Land hinein. Es schien, als erzittere das Kirchlein unter der Gewalt der Stimmen drinnen und draußen. Jeder Alltag schien wie ausgelöscht, jede Einsamkeit vergessen, jedes Tagwerk neu geworden. Und dann horchten wir alle in gespannter Erwartung auf das Evangelium des ersten Pfingsttages, das ein wahrhaft Bevollmächtigter auslegte: »Und als der Tag der Pfingsten erfüllet war, waren sie alle einmütig beieinander, und es geschah schnell ein Brausen vom Himmel wie eines gewaltigen Windes und erfüllte das ganze Haus, da sie saßen. Und es erschienen ihnen Zungen, zerteilt wie von Feuerflammen und setzten sich auf einen jeglichen unter ihnen. Und sie wurden alle voll des Heiligen Geistes.«

Wir vermeinten an jenem Morgen das Brausen des Windes zu vernehmen. Von draußen kam es her, von dort, wo die letzten Reihen der Zuhörer standen, und verstärkte sich von Menschenreihe zu Menschenreihe, bis es das ganze Haus erfüllte, da wir saßen. Und die heilige Flamme ernstester Gottesbegeisterung glühte aus dem Herzen des gewaltigen Predigers dort vor uns auf der Kanzel, dessen helle Augen unsere geheimsten Gedanken zu lesen schienen, und glühte wider in den Herzen der Tausende, die kein Auge von ihm abwandten.

Ja, dort war einer, der in der Vollmacht des Heiligen Geistes sprach, der unser Wünschen und Sehnen, unser Irren und Verblendetsein aufdeckte, so daß wir leer und arm wurden und uns inbrünstig ausstreckten danach, mit dem Heiligen Geist gefüllt zu werden.

Und als der Pfarrer zum Schluß die Gemeinde mit tiefem, heiligem Ernst eindringlich bat, die Herzen nicht zu verstocken, sondern dem Wirken des Gottesgeistes zu öffnen, damit er aus verlorenen Sündern selige Gotteskinder mache, da sah ich Tränen selbst über harte, runzlige Männergesichter rinnen, da sah ich heilige Entschlossenheit auf jungen Angesichtern.

Langsam und ruhig leerte sich die Kirche. Ernst und still gingen die Zuhörer auseinander. Man hörte kein lautes Wort. Niemand ging ins Wirtshaus. Ach nein, das war keine Augenblicksbegeisterung.

Ich selbst ließ mich tragen von dem Strom des gemeinsamen Erlebens und fühlte mit tiefer Befriedigung, wie gut es ist, einmal von sich und seinem eigenen kleinen Erleben loszukommen. Ich ahnte etwas von einer neuen, ganz anderen Wirklichkeit, die mir bisher nur totes Wort gewesen, die aber vielen dieser Menschen hier wichtiger war als alles in der Welt.

Wie ich noch sinnend dastand, dicht zur Straße gedrängt, kam Marie Ilsabein auf mich zu: »Ach, Annemarie«, sagte sie, so herzlich erfreut, daß es mich warm durchrann, »du bist hier? Dann mußt du aber heute mit zu uns kommen, wir haben uns so lange nicht gesprochen.«

Und als sie noch weiter inständig bat, konnte ich ihrer Freundlichkeit nicht widerstehen, ließ Wilhelm allein nach Hause gehen mit der Botschaft, daß ich am Nachmittag wieder dort sein wolle, und ging mit Marie Ilsabein durch die Felder ihrem Hofe zu.

Sie war eine glückliche Frau geworden, das sah ich ihr gleich an. Ich fühlte mich ihr gegenüber alt und lebensunfroh, auch erschien sie mir in irgendeiner Art so selbständig und klar, und doch wiederum von Herzen demütig.

Zwei liebe kleine Kinder hatte sie nun, einen Jungen und ein Mädchen, gleich würde ich sie ja sehen. Inzwischen fragte sie nach meinem Ergehen und dem Tod meines kleinen Wilhelm.

Mit einem Male wachte angesichts ihres Glückes alle Bitternis wieder in mir auf, und ich fing an, Hermdieder und alle anderen, ja auch Gott selbst zu beschuldigen, der meine Mühe und Arbeit und mein Beten nicht angenommen habe.

Ein kleines Lächeln spielte bei meinen anklagenden Reden über Marie Ilsabeins Gesicht. Gereizt sagte ich: »Ja, du hast es auch wohl verdient, daß du deine Kinder behalten hast.«

»Verdient?« sagte sie da langsam in tiefem Ernst, wie ich ihn gar nicht an ihr kannte. »Nein, ich bin nicht wert der Barmherzigkeit und Treue, die der Herr an mir getan hat, das denke ich jeden Morgen von neuem. Und verdient hätte ich, daß man mir alles nähme, Mann und Kinder, Heimat und Hof.«

Erstaunt blieb ich stehen und sah sie fragend an. »Ach, Annemarie«, sagte sie da, »wenn man erst weiß, wie man sich jeden Tag von neuem vor Gott schuldig macht, dann hat man kein Recht mehr, von ihm etwas zu fordern, dann nimmt man jedes Geschenk von ihm als seine Gnade an.«

»Du«, fragte ich lachend, »du gute, unschuldige Seele, spielst dich als große Sünderin auf?«

»Nein, es ist mir nicht zum Scherzen«, sagte sie da bestimmt. »Und all dein Beten konnte dir nichts helfen, weil deine unvergebene Sünde wie eine Mauer zwischen dir und Gott stand. Es gibt kein Bitten und Gewähren von Mensch zu Mensch, wenn ein Unrecht dazwischensteht, das nicht vergeben wurde. Aber auch Gott gegenüber ist es so.«

»Du tust immer«, antwortete ich jetzt erbost, »als hätte ich wer weiß was getan. Ich weiß aber nichts davon, daß ich sündig bin, nur, daß ich wie alle Menschen vor Gott ein Sünder bin. Natürlich, wir können eben nicht so heilig und vollkommen sein, wie er ist.«

»Ach, so faßt du das auf.« – Da wurde unser Gespräch unterbrochen, weil eine Nachbarin sich zu uns gesellte.

Ich sollte aber an dem Tage aus dem Staunen nicht herauskommen, denn als wir auf ihrem Hofe angekommen waren, merkte ich gleich, daß sie mit ihrem früher ungeliebten Manne, dem kargen und geizigen, in einer wahrhaft glücklichen Ehe lebte. Und ich dachte voller Beschämung an mein Leben daheim mit Hermdieder, der doch der schönste Bursch weit und breit gewesen, der jetzt ein so stattlicher und kluger Mann war mit einem feinen und geraden Wesen, trotz allem, und den ich so sehr lieb gehabt, ja, wohl auch noch hatte.

Aber die gute kleine Ilsabein hatte ja auch ihre lieben Kinder. Darum war sie gewiß so innig zufrieden und glücklich, ebenso wie ihr Mann.

Ich sagte es ihr. »Ach nein«, meinte sie, »die Kinder machen mich wohl glücklich, aber sie sind nicht meines Lebens allerinnerlichste Freude. Mein Mann und ich wissen, was es heißt, Gotteskinder zu werden durch das Wirken des Heiligen Geistes, von dem der Pfarrer heute sprach.« –

Damit konnte nun wiederum ich nichts anfangen.

Als ich nach diesen denkwürdigen Pfingsttagen des Jahres 1840 wieder zu Hermdieder zurückkehrte, sah ich am Amtshaus die Botschaft angeschlagen, daß unser König Friedrich Wilhelm III. gestorben war. Zwei Dokumente waren da zu lesen. Das eine: »An Meinen Sohn Fritz«, das andere: »Mein letzter Wille«.

Und es machte nach den Erlebnissen dieses Pfingstfestes einen tiefen Eindruck auf mich, als ich die letzten Worte des von mir so sehr verehrten Königs las: »Meine Zeit mit Unruhe, Meine Hoffnung in Gott.«

»Gott wolle mir ein barmherziger und gnädiger Richter sein und meinen Geist aufnehmen, den ich in seine Hände befehle. Ja, Vater, in deine Hände befehle ich meinen Geist.«

Das war der König, der sein Volk nach bitteren äußeren und inneren Leiden zum größten Befreiungskampf aufgerufen, der je ausgefochten wurde. Und das war der König, der den gewaltigen Prediger, den ich Pfingsten in der Kirche gehört hatte, in mein Heimatdorf gebracht hatte, entgegen den Anordnungen der Mindener Regierung. Er hatte als König Macht, zu tun, was er wollte. Er hatte immer, so schien es mir, in innerlichster Verantwortlichkeit gehandelt. Und dennoch ist er vor Gott nichts als ein Sünder, der um Barmherzigkeit und Gnade fleht. –

Hermdieder stand an der Deelentür, als ich nach Hause kam. Er schien auf mich gewartet zu haben. »Gut, daß du da bist, es war verflixt langweilig ohne dich in den Festtagen, warum mußtest du auch gerade zu Pfingsten fort sein?« Halb ärgerlich, halb glücklich polterte er das heraus. Ich aber sah nur seine Liebe und seine Sehnsucht nach mir, die ich ihn immer so schlecht behandelt hatte. Ich schämte mich. »Weißt du schon, daß der König gestorben ist?« »Ja«, sagte er, »und nun kriegen wir einen noch frommeren, der Kronprinz soll ein richtiger Mucker sein. Der wird uns gewiß auch noch mal einen gläubigen Pastor vor die Nase setzen, der uns immer am Rockknopf festhält und fragt, ob wir bekehrt seien.«

Sonst hätte ich zu Hermdieders Rede nur gelacht, heute aber trieb es mich, ihm zu erzählen, was ich erlebt hatte. Und wie ich es tat, in unserer stillen getäfelten Wohnstube, in der meine Fuchsien und Geranien vor den Fensterbänken blühten, da sah mich Hermdieder plötzlich so glücklich an wie früher. Er hörte wohl kaum darauf, was ich sagte, sondern fand nur, daß ich wieder seine Annemarie von früher war. Und ich nahm mir vor, allen Groll und alle Bitterkeit fahren zu lassen und das Leben mit ihm von neuem und anders wieder anzufangen.

Nach drei Wochen – es war am 10. Juni des Jahres 1840 – kam Hermdieder lachend zu mir herein: »Was habe ich gesagt? Unser alter Pastor hat einen neuen Hilfsprediger gekriegt, und das soll ein Erweckter sein. Sonntag wird er ordiniert.« »Na, Gott sei Dank«, sagte ich lachend, »ich freue mich und gehe am Sonntag zur Kirche.«

Die Gemeinde sollte es bald merken, daß ein anderer Geist als bisher in der Kirche lebendig zu werden begann, andre Kräfte wirksam wurden. Zwar ging es nur langsam voran.

Als Pastor Holtermeier ordiniert wurde, saßen in jeder Bank der großen Kirche etwa zwei bis drei Menschen. Und tags darauf, so erzählte er uns später einmal, stand er müßig und unentschlossen am Fenster seines Arbeitszimmers. Auf den Wiesen draußen waren die Leute emsig und fleißig beim Heumachen. Wohin er blickte, überall sah er sich's regen und bewegen in geschäftiger Arbeit. Nur er hatte nichts zu tun, denn Besuche konnte er nicht machen, da alle draußen an der Arbeit waren. Wie trostlos war der gestrige Kirchenbesuch gewesen, wie entmutigend für die kommende Arbeit!

Da klopfte es unerwartet an seine Zimmertür, und ein Kranker ließ ihn um seinen Besuch bitten. Erstaunt sah er auf. Wer mochte gerade ihn, den unbekannten jungen Hilfsprediger wünschen? Es war aber mein Wandergefährte von Pfingsten, der Kolon und Weber Woltmeier, der infolge der großen Überanstrengung bei der Wanderung einen Blutsturz bekommen hatte, von dem er sich später allerdings noch einmal erholen sollte.

Der Besuch bei diesem Manne hatte den jungen Pastor wunderbar gestärkt. Er war nicht nur der Gebende, sondern auch der Empfangende gewesen.

Bald fingen auch andere Leute an aufzuhorchen. Wie eindringlich und ernst sprach der neue Pastor mit den Kranken! Die alten Pfarrer kamen etwa zu einem Sterbenden, fragten, ob er fleißig die Kirche besucht habe, und wenn er es verneinte, sagten sie, Zylinder und Stock wieder zur Hand nehmend, dann könnten sie auch nicht helfen. Und auf ein »Ja« hin versicherten sie eifrig, nun sei alles in bester Ordnung.

Ach nein, der neue zeigte zum ersten, wie so gar nichts in Ordnung war.

Und die Kirche füllte sich langsam, sehr langsam. Wer

einmal da war, mußte auch zuhören, denn die Predigt ging ihn persönlich etwas an. Es handelte sich um nichts Geringeres als um das eigene Leben und Sterben und nicht mehr um vernünftiges oder unvernünftiges Handeln und Wandeln.

Außerdem predigte er frei im Gegensatz zu den anderen Pfarrern, die ihre Predigt eintönig ablasen. Ein gutmütiger Bauer, so erzählte der Pastor später einmal, wollte ihm am Anfang seiner Wirksamkeit Mut zusprechen und meinte, ihm könne es nicht fehlen, da er ja auf der hohen Schule alles so wunderschön auswendig gelernt habe.

Unterdessen gingen wir traurigen Zeiten entgegen. Der Sommer und Herbst waren so naß, daß die Felder zur Wintersaat nicht richtig bestellt werden konnten. Außerdem ging der Leinenhandel schlecht. Infolge der Kontinentalsperre waren die Engländer genötigt gewesen, selbst Leinen zu produzieren, und hatten Maschinen zum Spinnen und Weben erfunden. Ihr maschinenmäßig gesponnenes Leinen war gleichmäßiger und weißer als das westfälische handgesponnene und wurde mit einem ähnlichen Stempel wie das unsere versehen. Diese Konkurrenz machte sich nach Aufhebung der Kontinentalsperre bemerkbar und wirkte sich erst jetzt in unserer Gegend aus.

Die folgenden Jahrzehnte sind in unserer Heimat gekennzeichnet gewesen durch den Kampf der Handarbeiter, Spinner und Weber, gegen die Maschinen. Die Entwicklung ließ sich nicht mehr aufhalten.

Der Königsbesuch und was sich dabei ereignete

In diesen Jahren fing die Not bereits an. Spinner und Weber hatten keine Arbeit, die Nässe des Sommers kam noch erschwerend hinzu. Teuerung und Arbeitsmangel schufen eine Notlage, die sich immer noch verstärken sollte. Da ging es noch einmal wie ein freudiges Aufatmen durch unser Dorf: »Der König kommt, der neue König kommt selbst zu uns, um unsere Verhältnisse an Ort und

Stelle zu prüfen.« Auf einer Reise in die Rheinprovinz wollte er unser Dorf besuchen.

Ach, wie jauchzten ihm unsere Herzen, die immer, selbst in den schlimmsten Stürmen der Revolutionszeit von 1848, königstreu geblieben sind, so stark und froh entgegen! Wir Frauen und Mädchen plünderten unsere Gärten und saßen tagelang in fröhlicher Geschäftigkeit zusammen, endlose Laub- und Blumengirlanden zu winden. Jeder alltägliche Klatsch ging in unserer freudigen Begeisterung unter.

Der König würde den Hagemeierschen Hof besuchen, sich dort berichten lassen und den Leinenbetrieb ansehen. Das beste, feinste und glänzendste Stück Leinen hatte Hermdieder aus seinem Leinenvorrat ausgesucht, es sollte dem König als Geschenk überreicht werden.

Und dann wehten die Fahnen, läuteten die Glocken, dufteten die Rosengewinde in den hellen Sommertag des Jahres 1842 hinein. Und unter dem Jubel seiner getreuesten Untertanen zog der König durch unser Dorf zu Hagemeiers Hof, wo Bauern und Bäuerinnen in der bunten Landestracht versammelt waren, ihn zu begrüßen.

Ich konnte nicht dabei sein, denn als Hermdieder am Abend in großer Freude über die Huld des Königs nach Hause kam, wartete ein kleines Töchterchen auf ihn, das unter Glockengeläut und festlichem Jubel an dem hellen, freudigen Sommertag geboren war.

Wohl hätte ich an Stelle des schwarzhaarigen und dunkeläugigen kleinen Mädchens, das wir Hanna nannten, lieber einen zarten und blonden Jungen gehabt. Es wäre mir dann eher so gewesen, als hätte ich mein geliebtes erstes Kind wiederbekommen. Aber auch dieses war gut, und obgleich es zart und kränklich war und seine Pflege wieder dieselben Anforderungen an mich stellte, wie damals bei Wilhelm, wuchs meine Liebe zu ihm von Tag zu Tag. Oder vielleicht gerade deswegen.

Es hätte dann später alles so schön und klar sein können wie der erfüllte Septembertag draußen, der früchteschwer über dem welligen Lande lag, wäre nicht diese neue Kluft zwischen uns Eheleuten aufgebrochen.

Ich hatte nicht viel gelernt in all den Jahren, Annekind. Und ich merkte in jenen Wochen deutlich einen inneren Mangel bei uns, der uns nicht zu einer rechten und glücklichen Ehe kommen ließ, ohne doch zu wissen, worin er bestand.

Alle Gemeinsamkeit war deshalb nur äußerlich gewesen und nur mit krampfhafter Mühe von beiden Seiten erreicht worden. Sie war nicht quellfrisch und ursprünglich einfach da, also daß wir einander nur an der Hand zu fassen brauchten, um einem gemeinsamen Ziele in Freuden entgegenzuwandern. Nicht umschloß uns der gleiche Strom innerer Lebensfreude. Nicht gingen wir in selbstverständlichem Gleichmaß der Schritte durch unsere Tage. Jedes Mißverstehen riß uns wieder auseinander, so daß jeder sein eigenes Leben lebte und unser Tagewerk welk und grau wurde.

Und nun war es so gekommen. – Noch erfüllt von der erhebenden Begegnung mit dem König, feierte am Tage nach dem Königsbesuch das ganze Dorf das große Ereignis in Wirtschaften und Schenken, auf den großen Höfen und den kleinen Stätten, im Weber- und im Heuerlingshause. Bauern, Kötter, Weber und Spinner, alle waren einig in dem Bewußtsein, Preußen und Deutsche und Untertanen dieses guten Königs zu sein.

Hermdieder sah ich nicht vom frühen Morgen an. Flüchtig hatte er mich und sein kleines Töchterlein bei beginnendem Tag begrüßt. Und nun wartete ich auf sein Heimkommen, vom Morgen zum Mittag, vom Mittag zum Nachmittag, vom Nachmittag zum Abend. Draußen hörte ich das Johlen und Lärmen der Betrunkenen, hörte sie ihre Vaterlandslieder gröhlen und verkroch mich in die Kissen. Heiß war der Augusttag gewesen, unerträglich stickig die Luft in der Kammer, in der dem Rat der Hebamme gemäß kein Fenster geöffnet werden durfte. Gegen Abend, als es dämmrig wurde, erhob sich ein milder Wind. Ich sah vom Bett aus das ansteigende Land in beinahe überirdischer Klarheit daliegen, in den Fenstern der vereinzelten Häuser spiegelte sich die Abendröte. Immer dunkler wurde es. Der Mond würde bald aufgehen, und von dem Vorahnen seines Scheines waren die Getreidefelder ganz licht und weiß geworden.

Ach, wie kühl mußte der Wind sein und wie erfrischend der Sommerabend! Ich hielt es nicht mehr aus, und da niemand im Hause war, indem ich Jette für eine Stunde hatte gehen lassen, stand ich auf, stieß das Fenster auf und atmete wie ein Verdurstender die herrlich frische Abendluft ein, die mit einem fast betäubenden Duft von Heu und Nachtviolen erfüllt war. Dann legte ich mich ermattet hin, hörte den wilden Lärm noch deutlicher und steigerte mich immer mehr in die Erregung des Wartens hinein.

Die Nacht lag ich schlaflos und fiebernd. Gegen Morgen hörte ich Hermdieders Schritte – Hanfried war noch nicht einmal da – zu seiner Kammer schwanken. Ich schlief noch ein wenig ein, denn auch das Kind, das unruhig gewesen war und dem ich ein paarmal zu trinken gegeben hatte, war jetzt ruhig geworden.

Da hörte ich ein lautes Poltern an der Deelentür. »Hermdieder, mach auf, Hermdieder«, so klang es immer unheimlicher in den blassen Morgen hinein. So angstvoll klang es, so erregt und unabweisbar. Da rief ich auch laut Hermdieder und Jette, Hanfried und die Knechte, aber niemand hörte. Schließlich pochte der Rufer an mein Kammerfenster, immer lauter, das Kind fing an, jämmerlich zu schreien. Ich rief, wer da sei und er möge an den Fenstern der anderen Hausseite pochen.

Schließlich hörte ich Lärm im Hause. Hermdieder sprach aufgeregt mit einem Mann auf der Deele. Und dann stand er blaß und übernächtig vor mir: »Amrie«, sagte er, »mein Freund, der Tönsing, mit dem ich gestern zuletzt zusammen war und der mich bis zu unserm Haus gebracht hat, ist nicht nach Haus gekommen. Er sagte, er wolle noch im Johannisbach baden, ich lachte ihn aus und habe es nicht ernst genommen. Nun müssen wir ihn suchen.«

Ich lag in hilfloser Angst, bis die Männer gegen Mittag wiederkamen und die Leiche geborgen hatten. Hermdieder war blaß wie der Tod, aber ruhig. Ach, daß das überschwengliche Fest so für uns enden mußte!

Ich aber lag gegen Nachmittag in hohem Fieber und hatte in den Fieberphantasien gegen einen furchtbaren Feind anzukämpfen; das war der Branntwein, der Menschenleben vernichtete, Menschenglück untergrub, der auch mir schon Leid um Leid gebracht und nun wieder dieses Opfer gefordert hatte.

Als ich einmal etwas klar wurde, sah ich Hermdieder und Kasper Henrich an meinem Bett sitzen und hörte mit halbem Bewußtsein den Bruder sagen: »Der vermuckte Hilfsprediger hat ihr das in den Kopf gesetzt, das mit dem Branntwein. Laß sie doch nicht immer in seine Kirche laufen. Du bist doch wahrhaftig Herr im Hause.«

Hermdieder aber sagte nichts, saß, den Kopf in die Hände gestützt, mit sturen Augen und einem ganz hilflosen kleinen Lächeln da. Die Angst sprach so sehr aus seiner ganzen Haltung, daß er mir leid tat und ich mühsam sagte: »Nein, ich gehe noch nicht von euch, aber bitte, geh und hol mir den Hilfsprediger.« Dann deckte mich wieder dunkle Nacht der Bewußtlosigkeit.

Aber in den Phantasien wartete ich immer auf den Pastor, der mit mir beten sollte. Ich hatte so ein starkes Verlangen danach, daß jemand meine Hände nähme, mich vor Gott führte und mit mir zu ihm spräche. Das Verlangen wuchs und wuchs und wurde übermächtig.

Da hörte ich eine fremde Stimme, und erfreut rief ich: »Ach, gut, daß Sie da sind, nun beten Sie mit mir!« Aber es war nur der Doktor, und enttäuscht wandte ich mich ab. Dann rief ich wieder: »Holt mir den Hilfsprediger.« – Aber er kam nicht. Warum kam er nur nicht? Und dann war der andere Pfarrer da, der, von dem mir der Weber Woltmeier gesagt, er sei ein Feind des wahren Evangeliums. Und er sprach ein Vaterunser und tröstete mich, es würde wohl wieder besser werden und ich solle verständig und ruhig sein.

Die Luft war wieder so dumpf und stickig, und ich bat, die Fenster zu öffnen. Da ging Hermdieder und machte alle Fenster weit auf, obgleich die anderen ihn hindern wollten. Und es kam ein so guter und frischer Balsaminenduft herein, daß es mir mit einem Male war, als stünde ich mit Wilhelm und Hanna, die ich beide an der Hand hielt, auf einer schönen grünen Wiese, die herrlicher war, als ich je eine gesehen, und stünde vor Gott. Und in dieser Freude wachte ich auf und war von einer stillen Heiterkeit erfüllt. Das Fieber, das durch die mannigfachen Erregungen gekommen war, wurde gebrochen durch diese heitere und stille Ruhe.

Die falsche Gerechtigkeit

Als ich wieder genesen war und der Alltag sein Recht bekommen hatte, dachte ich oft an jene Krankheitsnacht zurück und konnte es nicht begreifen, warum man mir meinen großen Wunsch nicht erfüllt habe. Man hatte in der Tat nicht nach dem Hilfsprediger geschickt.

Und wenn ich an meine furchtbare Angst und mein himmelstürmendes Verlangen nach einem rechten Beter in jener Nacht dachte, so waren alle Entschuldigungen demgegenüber hinfällig. Ja, so mochte es gewesen sein: Kasper Henrich wollte keinesfalls etwas mit dem Mucker zu tun haben. Er haßte ihn, weil er in sein lustiges Leben eingreifen wollte. Hermdieder aber hatte gedacht, ich würde sterben, wenn dieser Pastor käme.

Ich wollte jedoch seine Entschuldigung nicht hören. Obgleich ich tief im Herzen wußte, daß Hermdieder nur an mich gedacht hatte, wenn er meinen Wunsch nicht erfüllte, in törichter Verblendung allerdings, aber doch auf mein Bestes bedacht, redete ich mich immer tiefer in Groll und Bitterkeit hinein.

Hart und trotzig ging ich nun gerade in Pastor Holtermeiers Predigt und saß in einem gewissen Triumph da: Nun lebe ich und kann mir selbst meinen Pfarrer aussuchen, bin nicht auf euch Mannsbilder angewiesen. Ich hielt mich auch immer mehr zu der kleinen Zahl der Frommen, äußerlich wenigstens, wenngleich ich ihre Versammlungen nicht besuchte. Ich wußte damals noch nicht, wie wenig ich im Grunde eigentlich zu ihnen gehörte, da ich noch fern von der Wahrheit war. Denn ich hatte meine Lieblosigkeit und mein hartes Grollen noch nicht als Schuld erkannt und bereute sie nicht. Ich kam mir in meinem Trotz noch gut und ehrbar vor, ging ich doch so viel zur Kirche und tat ich auch sonst viel Gutes. Ja, ich liebte die Sünde geradezu, es wäre mir unangenehm gewesen, meine bittere Selbstgerechtigkeit und mein trotziges Michbehaupten aufzugeben.

Hermdieder brauchte mir dabei nicht leid zu tun. Hätte er unter mir gelitten, so, daß ich's gemerkt hätte, ich hätte meine stolze Einsamkeit sogleich aufgegeben. So aber war er scheinbar übergenug mit sich selbst beschäftigt und schien gar nicht auf meine Stellung zu ihm zu achten, was mich immer mehr erbitterte.

Er hatte viel in der Stadt zu tun. Ihn bewegte die Sorge für die Zukunft. Er sah keinen Ausweg für sich und sein Dorf, wenn nun mechanische Spinnereien und Webereien errichtet werden würden, die den Handarbeitern das Brot nahmen. Wenn er zum Vermessen der Leinenstücke, zum »Leinenleggen«, in die Stadt fuhr, verhandelte er viel und lange mit den städtischen Kaufleuten. Auf seinen Wegen zu Spinnern und Webern sah er größte Not. Damals begannen die selbständigen Weber, die vorher von uns das Garn gekauft und auf eigene Rechnung gewebt hatten, von uns abhängige Lohnweber zu werden. Vorerst wurde noch handgesponnenes Garn verwebt und den Webern gegeben, die es gegen einen bestimmten Lohn verarbeiteten. Da es eineinhalb bis zwei Jahre dauerte, ehe man das Geld für die gewebte Ware wieder von den Kaufleuten hereinbekam, konnten nur vermögende Leute diese Lohnweberei anfangen. Ich freute mich immer wieder, daß wir den Webern in jener Zeit durch diese Umstellung aus ihrer bittersten Not helfen konnten. Später mußte Hermdieder dazu übergehen, Maschinengarn aus England in großen Ballen kommen und gegen Lohn verweben zu lassen. Damit kamen die Handspinner zwar in noch größere Not, den Webern aber war fürs erste geholfen, da das Leinen nun konkurrenzfähig blieb und die maschinengewebte Ware übertraf.

Alle diese geschäftlichen Sorgen ließen Hermdieders ernstes und gewissenhaftes Wesen wieder hervortreten, nachdem es solange von einem Leichtsinn verdeckt gewesen, den die günstige Geschäftslage, das schnelle und viele Geldverdienen nur noch gesteigert hatte. Sein Gesicht mit der kühnen Nase und dem weichen Zug um den Mund wurde männlicher und ernster. Für das Wirtshauslaufen und Kartenspielen hatte er nicht mehr so viel Zeit.

Eines Morgens kam Kasper Henrich in sein Schreibstübchen, ein wenig angetrunken und liederlich. Der Bursche verkam geradezu, da ihm seine törichte und verliebte Frau in allem nachgab und kein harter Manneswille ihm entgegenstand. Da war die Zucht des Vaters noch heilsam gewesen. Plötzlich hörte ich einen scharfen Wortwechsel. Wie ich später erfuhr, wollte Kasper Henrich noch eine Hypothek auf sein Haus haben, das damit völlig verschuldet war, und Hermdieder, der ihm bisher immer gutmütig zu Willen gewesen war, schlug es ihm rundweg ab, da er sein Geld unbedingt für sein Geschäft nötig hatte. Immer wieder hatte Kasper Henrich gebettelt und gefleht. Selbst der Vater hatte ihm schließlich jedes Mal noch nachgegeben. Als Hermdieder hart blieb, war er aufgesprungen. »Ist das dein letztes Wort?« hatte er wütend geschrien, »du willst nun wohl auch so ein Tugendbold werden, du scheinheiliger Mucker, du? Hinter allem steckt bloß euer verflixter Pastor, dem ich die Knochen einhauen möchte. Amrie ist schon fast eine Heilige geworden, die unsereinen samt Frau und Kind nicht mehr ansieht – er hatte übrigens nur uneheliche Kinder –, aber einen Sohn kann sie bei ihrer Heiligkeit nicht zur Welt bringen.«

Da war Hermdieder zornig aufgefahren und hatte ihm die Tür gewiesen: »Laß meine Frau aus dem Spiel, die hat genug unter dir gelitten«, und er faßte ihn am Kragen und warf den Angetrunkenen mühelos zur großen Deelentür hinaus. Sinnlos vor Wut brüllte der: »Dann behalt dein dreckiges Geld für deine Hurenkinder.«

Kasper Henrich kam nun nicht mehr zu uns ins Haus. Wir blieben verfeindet und boten uns nicht einmal mehr die Tageszeit.

Am Sonntag darauf ging Hermdieder zu meiner großen Überraschung mit mir in die Kirche zum neuen Pastor, sonst war er nur zu dem alten gegangen. Er sagte zwar kein Wort darüber, als wir nach Hause kamen, ich spürte ihm aber dennoch ab, daß die Predigt ihn innerlich beschäftigte.

Trotz allem wurde das Verhältnis zwischen uns nicht wieder so natürlich und herzlich, wie es früher einmal gewesen war, denn ich klammerte mich noch immer fest an meinen Groll und meine Gerechtigkeit, hegte und pflegte sie und wollte sie nicht loslassen.

Ich hütete mich, meine Sünde vor mir aufzudecken und sie mir innerlich einzugestehen, sondern ich suchte sie durch gute Werke zu überdecken. Nicht nur, daß ich fleißig in die Kirche ging, nein, ich fing an, die armen Weberfamilien und auch einige Berufsspinner, deren es aber in unserer Gegend nicht soviel gab, zu betreuen und zu versorgen. Erschreckt von der Not der Kinder, die in stickigen, verrauchten Stuben unter angestrengtester Arbeit aufwuchsen und doch oft nicht einmal trockenes Brot zu essen bekamen, half ich aus, wo ich konnte, und betäubte mein Gewissen dergestalt, daß ich mich für eine besonders gute und barmherzige Frau hielt. –

Nach einem Jahr bekam die kleine dunkle Hanna, die mir äußerlich, aber nicht im Wesen zu gleichen schien, ein Schwesterchen, das wir Lisette nannten, ein helles, hübsches, mollig rundes Kind, deine Mutter, Anne.

Es war ein hartes Jahr, das Jahr 1843, in dem Lisette geboren wurde. So groß war die Teuerung infolge der Dürre im Jahre vorher und so furchtbar die Armut bei der schlechten Lage des Leinenhandels, daß viele Familien nicht wußten, wie sie dem Hungertod entrinnen sollten. Trockenes Brot war ein Leckerbissen, manche Kinder aßen Baumrinde, so hungrig waren sie. Die Säuglinge starben dahin, weil die unterernährten Mütter keine Milch mehr für sie hatten.

Wir selbst lebten von Grütze, Milch und Brot, so karg und einfach, wie es eben möglich war, und gaben alles ab, was übrigblieb.

In dieser Not griff Pastor Holtermeier entschlossen ein. Er sammelte Lebensmittel bei den Wohlhabenden und richtete von der Kirche aus eine Speisung ein, so daß die ärgste Not gelindert wurde und keiner den Hungertod zu sterben brauchte. Das dankten wir ihm von Herzen.

Wende

Aber das Jahr blieb ein Schreckensjahr. Im September brachen die Masern, die »Frieseln«, unter den Kindern aus. Infolge der Unterernährung und der mangelhaften Pflege konnten viele der Krankheit nicht widerstehen. Das kleine Bimmelglöckchen, das bei Kinderbeerdigungen geläutet wurde, erklang in jener Zeit Tag für Tag. Die Dorfleute kannten keine Furcht vor Ansteckung, und darum erschien ihnen jede Vorsichtsmaßregel lächerlich. »Wer es nicht haben soll, der kriegt es auch nicht«, sagten sie und ließen die Gesunden ruhig mit den Kranken zusammen sein, das war ihnen das Bequemste.

Ich selbst hütete die Kinder zwar vor der Berührung mit anderen, dennoch wurde Hanna eines Tages sehr krank, nachdem sie einige Zeit lurig und unlustig gewesen. Sie hatte hohes Fieber. Die kleine, sechs Wochen alte Lisette hatte ich damals an der Brust.

Aber schon nahte ein neuer, größerer Schrecken. Während die armen kleinen Kinder im Dorf noch sterbenskrank daniederlagen, brach unter den Erwachsenen eine viel schlimmere Seuche aus, das Nervenfieber, der Typhus.

In der Mitte des Dorfes fing es an, und bald gab es kaum noch ein Bauernhaus oder einen Kotten ohne einen Kranken. Der alte Doktor wußte vor Arbeit nicht aus noch ein. Die Pflege war geradezu mangelhaft, ja, in manchen Fällen konnte gar nicht einmal davon die Rede sein, da es weder ein Krankenhaus noch Gemeindeschwestern gab. Einige Kranke wurden ins Armenhaus gebracht, in dem nun die Seuche am meisten wütete.

Manche aber verkamen geradezu in ihren Häusern. Die

Mägde hatten zumeist sinnlose Angst vor der Ansteckung, jetzt war es mit einem Male nichts mehr mit dem alten Wort: »Wer es nicht kriegen soll, der kriegt es auch nicht.« Sie ließen ihre Herrschaft einfach im Stich. Andererseits wurden wiederum kranke Mägde und Knechte kurzerhand und mitleidslos in ihre Heimat oder ins Armenhaus geschafft.

Nur die nächsten Verwandten pflegten einander, wenn sie nicht selbst schon von der Seuche erfaßt waren. Ich schickte unsere Magd Jette, die gut und mutig war, jeden Tag in einige Häuser, wo keine Pflege war, damit sie ein wenig helfen sollte. Aber mehr konnte ich auch nicht tun, und es war wie ein Tropfen auf den heißen Stein.

Eines Abends nun war Hanna so unruhig und das Fieber so hoch, daß ich Jette bat, bei den Kindern zu bleiben, und mich aufmachte, ein besonderes Mittel gegen die Frieseln bei der Kräuterjette zu holen, die am anderen Ende des Dorfes wohnte. Hermdieder war von einer Fahrt in die Stadt noch nicht zurückgekommen.

Sternlos war der Abend, ein kalter Herbstwind wehte. Das Dunkel lag so dicht in den engen Feldwegen, daß ich mich mit den Händen an den Hecken entlang tasten mußte. Plötzlich stolperte ich und bemerkte in eisigem Entsetzen, daß ein Mensch halb hingesunken an der Hecke lag. Er atmete und fühlte sich warm an. Ich wußte sogleich, daß es einer von den Erkrankten war, die plötzlich auf der Straße im Gehen zusammenbrachen und so vom Nervenfieber im wahrsten Sinne des Wortes ereilt wurden. Wie oft hatte ich in den letzten Tagen davon gehört! Und nun war ich mit dem todkranken Menschen hier in der Nacht allein, umgeben von einer harten, grausamen, feindlich geballten Finsternis.

Ich konnte ihn nicht seinem Schicksal überlassen, obgleich ich mit allen Fibern nach Hause zu meinem kranken Kinde verlangte. Und den Tee hatte ich ja auch noch nicht bekommen. Gleichviel, das hatte diesem Geschehen gegenüber Zeit.

Was sollte ich aber tun? Männer müßten mit einer

Karre kommen und den Unglücklichen fortfahren. So eilte ich über ein endlos langes Stoppelfeld, einem Lichtschein an der Straße zu. Dort würde ich wohl Hilfe finden.

Ich ging in das Heuerlingshaus, aus dem das Licht drang. Der Mann saß in der Stube und rauchte seine Pfeife, während die Frau auf der Deele Runkeln schnitt. Trübe schwelte die Tranfunzel. Als ich mein Anliegen vorgebracht hatte, stand der Mann schwerfällig auf, löste die Lampe und wollte die Schubkarre holen. Aber die Frau schrie so gellend auf, er wolle sie wohl alle ins Unglück stürzen, er sei ein rechter Familienvater, seine unschuldigen Kinder wolle er ins Grab bringen, und sie gebärdete sich so über alle Maßen töricht und aufgebracht, daß der Mann schließlich wehleidig mit dem Kopfe schüttelte und sagte: »Ihr seht, ich kann nicht.«

Im nächsten Haus erging es mir nicht viel anders. Nur, daß der Mann von vornherein entschlossen war, nicht mitzugehen. Er lachte mich aus: »Was kümmert Ihr Euch um den? Laßt ihn doch liegen. Ihr kennt ihn ja gar nicht.«

In einem anderen Hause war der Mann krank oder die Frau, und der Mann wollte sie nicht allein lassen.

Oder ich traf junge Burschen, die mir hohnlachend nachsahen und bei Branntwein und Kartenspielen lustig waren, während die Eltern sterbenskrank in der Kammer lagen.

Wir standen erst am Beginn der Krankheit, und schon hatte sie die Menschen hart und selbstsüchtig gemacht.

Mir blieb nun nichts anderes übrig, als den weiten Weg nach Hause noch einmal zu machen. An den Doktor hatte ich wohl gedacht und an unseren Pfarrer. Beide wären mit mir gegangen. Aber beide würde ich gewiß nicht zu Hause angetroffen haben, ging doch auch der Pastor von Haus zu Haus, um in jeder seelischen und besonders auch leiblichen Not zu helfen.

Wie ich gehofft hatte, war Hermdieder bereits zurückgekommen. Ich erzählte ihm schnell von dem Kranken am Wege. Ehe ich ausgesprochen hatte, ging er, ohne ein Wort zu sagen, auf die Deele hinaus und nahm den kleinen Handwagen. Wir zogen ihn zusammen, unsere Hände berührten sich, und wir waren in dem Augenblick beide von einem klaren Glücksgefühl erfüllt, das einem zumal dann geschenkt wird, wenn man sich mit seinem liebsten Menschen in einem guten, aber schweren Entschluß ohne Worte einig ist.

Und so gingen wir in den sternlosen Herbstabend hinaus, unser Schicksal heimzubringen.

Inzwischen nämlich war es Nacht geworden, und wir sahen keinen anderen Ausweg, als den Kranken in unserem Hause in eine der Kammern aufzunehmen, die neben dem Altenteil an der anderen Seite der Deele lagen.

Am nächsten Morgen stellte es sich heraus, daß unser Gast ein herumziehender Schneider war, der von Hof zu Hof, von Haus zu Haus ging, einige Wochen hier, einige Wochen dort blieb und arbeitete, aber keine Heimat hatte. Da das Armenhaus überfüllt war und wenig Hilfskräfte hatte, ließen wir den sterbenskranken Mann bei uns, wohl wissend, welch eine große Gefahr für uns damit verbunden war.

Am Morgen nach jener ereignisreichen Nacht war das Fieber der kleinen Hanna gebrochen. Lebhaft und klar sahen die lieben dunklen Augen mich an, und ich dankte Gott für die Hilfe aus der Not.

Aber schon nahte eine neue.

Mit zerfledderten Haaren und gänzlich aufgelöst, im Unterrock und verkehrt zugeknöpftem Mieder kam meine Schwägerin, Kasper Henrichs Frau, am nächsten Morgen zu uns gelaufen, obgleich wir verfeindet waren; das hatte sie in ihrer Not ganz vergessen.

Schreiend und weinend stieß sie hervor, Kasper Hinnerk sei so komisch, so verworren und benommen im Kopf, wisse nicht, was er täte, und dann sei er wie rasend und werfe ihr die Teller an den Kopf und rede Unsinn und habe starke Kopfschmerzen.

Ja, das war der Anfang des Nervenfiebers. Jetzt nahm die unbeherrschte Frau ihre Schürze und heulte laut hinein.

Da umfaßte ich mit großer Kraft ihre groben Handgelenke und sagte bestimmt: »Sofort hörst du auf zu schreien, oder ich bekümmere mich um nichts. Du tust ja, als wärest du ein kleines Kind.« Da stellte sie sofort das Weinen ein und sagte ganz erleichtert:

»Ach ja, tu das, Amrie, nimm ihn in dein Haus, ich gehe dann in meine Heimat zu meiner Mutter.«

Ich wußte nicht, was ich hörte. Sie, die Frau, wollte ihren Mann verlassen, den sie so himmelstürmend liebte?

Und als sie wieder anfangen wollte zu schreien und zu heulen: »Ich sterbe, bestimmt, ich sterbe«, da nahm ich sie wie ein Kind an die Hand und führte sie nach Hause.

Acht Tage lang lag Kasper Hinnerk in großer Benommenheit, so daß er kaum etwas von sich wußte. Dann setzte hohes Fieber und der eigentliche Typhus ein. In seinem Körper, der nicht durch Arbeit gestählt, sondern durch den Branntwein wenig widerstandsfähig war, wütete die Krankheit in heftigster Weise.

Da legte sich auch die Frau. Und während sich unser Gast, der Schneider, auf der Besserung befand und von Jette besorgt wurde, war ich soviel wie möglich in meines Bruders Hause, beide Kranken zu pflegen. Dazwischen mußte ich alle paar Stunden nach Hause gehen, um die kleine Lisette zu stillen und nach Hanna zu sehen.

Mit Kasper Henrich wurde es immer schlimmer. Sein Körper bäumte sich gegen das Sterben auf, und sein kranker Geist klammerte sich krampfhaft an das Leben. Seine Phantasien waren so gierig und lüstern, daß ich in den an seinem Bett durchwachten Nächten oft dachte, in des Teufels Nähe zu sein. Noch nie hatte ich die Macht des Bösen so greifbar nahe gefühlt.

Hermdieder war oft bei mir. Er wollte mich nicht allein lassen. Sein großzügiges Wesen, sonst verdeckt durch allerlei Leichtsinn, kam jetzt in der Not deutlich ans Licht. Er fürchtete sich nicht und tat immer selbstverständlich, was die Pflicht erforderte.

Kasper Hinnerks Phantasien, sein Toben gegen den Tod, gegen Gott und den neuen Pfarrer erweckten in ihm ein solches Grauen, daß sein Gesicht oft von tiefen Furchen leidvollen Abscheues durchzogen wurde.

Als es mit meinem Bruder zu Ende ging, waren wir beide, Hermdieder und ich, bei ihm. Ich konnte keinen

Pastor holen, da er es sich in einem lichten Augenblick zornig verbeten hatte. Noch einmal schien alles Böse in der Welt sich in seiner armen Seele zu verkrampfen, die sich gierig daran ansog, während der Tod schon sein gebietendes Nein gesprochen hatte.

Erschüttert sahen wir uns an, als der Tod ihn endlich besiegt hatte. Leiderfüllt und beschwert war mein Herz, wie es nie gewesen. So harmlos war meines Bruders Lustigkeit doch oft erschienen trotz alles Schlechten und Häßlichen, das er tat. Und die ganze Gewalt des Bösen steckte dahinter. Hermdieder fühlte diese dämonische Auflehnung des Bösen gegen Gott in der ganzen Tiefe mit.

Die Frau war auf der Besserung, als wir Kasper Hinnerk begruben. Der Hilfsprediger sprach an seinem Sarge schonungslos und furchtbar ernst über das Wort: »Die Sünde ist der Leute Verderben«, also daß einige, erschüttert ob dieser Gerichtspredigt, im Innersten erfaßt wurden, andere jedoch über seine Härte empört waren. Mein Vater aber ballte in ingrimmigem Zorn die Hände, denn er hatte diesen seinen ältesten Sohn mit der hohen Gestalt und dem lichten krausen Haar, dem leichtsinnigen Mund und den lachenden Augen doch lieb gehabt, so lieb, daß ihn sein Wandel schwermütig bis zu Selbstmordgedanken gemacht hatte.

Bei der Beerdigung konnte ich mich kaum noch aufrecht halten, so erschöpft war ich und so verworren im Kopf. Ich mußte mich hinlegen, und bald war es soweit, daß wir beide, Hermdieder und ich, von der Krankheit befallen wurden. Sterbensmatt und unfähig, einen klaren Gedanken zu fassen, bat ich Hanfried, Marie Ilsabein herbeizuschaffen. Und er machte es möglich. Noch am gleichen Tage kam sie, gut und ruhig, und nahm die beiden Kinder mit sich heim, mit dem Versprechen, die kleine Lisette, die schon ganz schwach und ausgehungert war, mitzustillen, da sie vor kurzem ein drittes Kindlein bekommen hatte.

Dann schwanden mir alle Gedanken an meine Kinder. Hermdieder lag in der Kammer seines Vaters. Der Arzt ging zwischen uns hin und her. Nach den ersten Tagen der Benommenheit waren wir beide trotz des hohen Fiebers am Abend und der entsetzlich schwächenden Durchfälle immer von Zeit zu Zeit bei klarer Besinnung, besonders des Morgens. Täglich besuchte uns Pastor Holtermeier.

Durch alle meine Phantasien ging der Gedanke an den Tod, an die Tatsache, daß ich mich dann vor Gott irgendwie verantworten müsse. Immer stand ich vor einem Felsen, den ich hinaufklimmen mußte, um zu Gott zu kommen, der meinen kleinen Wilhelm an der Hand gefaßt hielt.

Und immer kletterte ich wenig hinauf, glitt ab und fiel in die Tiefe. Mit einem dumpfen Schreck erwachte ich dann.

Aber auch die klaren Augenblicke waren nur damit angefüllt, daß ich versuchte, mich vor Gott zu rechtfertigen. Ich meinte, mit allen meinen guten Werken vor ihm bestehen zu können. Zuletzt zeigte ich dann wie im Triumph unseren seuchekranken Gast vor, dessen ich mich erbarmt hatte. Aber Frieden kam nicht in mein Herz. Die Angst wich nicht von mir, wie es sein möchte, wenn Gottes Gericht über mich erginge.

In alle meine selbstgerechten Gedanken hinein erklangen dann die Worte Gottes durch den Mund unseres jungen Pfarrers. Und sie verurteilten mich. Ach, daß das Wort Gottes so scharf wie ein zweischneidig Schwert war und alle meine schönen Gedanken durchschnitt! »Das Dichten und Trachten des menschlichen Herzens ist böse von Jugend auf.« »So wir sagen, wir haben keine Sünde, so betrügen wir uns selbst.« »Wir sind allzumal Sünder und mangeln des Ruhmes, den wir vor Gott haben sollten.« Ja, stand denn gar nichts anderes in der Bibel als immer dieses eine?

Da wachte ich eines Morgens nach einer fieberheißen Nacht ganz frisch und klaren Bewußtseins auf. Und mein vergangenes Leben lag plötzlich schonungslos offen vor mir, dergestalt, daß alles Verborgene ans Licht kam. Es war gleichsam, als sei eine oberflächliche Decke von allen Taten und Dingen herabgezogen und die Tiefe werde offenbar.

Da erkannte ich meinen Stolz und mein Eigenwollen als Auflehnung gegen Gott, dessen Geschöpfe wir sind, von dem wir in jedem Augenblick abhängig sind. Da sah ich meine Bitterkeit, mein Trotzen und mein Grollen, alle meine selbstgerechten und harten Gedanken, da sah ich endlich meine unerfüllte Ehe mit Hermdieder so, wie sie eigentlich war. Und alles klagte mich an.

Ich erkannte, daß ich Sünde getan und der Gnade bedürfe, und ich bekannte Gott meine Schuld.

Aber die Gnade Gottes konnte ich noch lange nicht fassen. Jetzt erst, da ich mich sündig wußte, wurde die Not bittergroß, ja, schier unerträglich, also daß ich um Erbarmen schrie und mein Lager mit Tränen netzte.

Gott aber bekannte sich zu meiner Not und Tiefe und sprach mir durch sein Wort so eindringlich seine Barmherzigkeit zu, daß es mich schließlich wie ein helles, unwiderstehliches, mächtiges Licht ganz und gar erfaßte und durchdrang und die Gewißheit mir ward: Gott ist mir Sünder gnädig, durch Jesus Christus, seinen Sohn. Da erfüllte mich ein tiefer, beseligender Friede.

Pastor Holtermeier war täglich gekommen, jedesmal ging er auch zu Hermdieder. Als ich nach meiner Genesung zum erstenmal an sein Bett trat – er war aber auch schon auf der Besserung –, sah er mich mit einem so seltsam klaren und entschlossenen Blick an, daß es mir ganz feierlich zumute ward. Dann reichte er mir die Hand und zog mich an sein Bett: »Amrie«, sagte er mit freudig bewegter, ernster Stimme, »ich habe den Herrn Christus gefunden und ihm Gehorsam gelobt.«

Ich aber antwortete zu seinem Erstaunen: »Ja, Gott sei uns Sündern gnädig.« Und wir reichten uns beide Hände, erfüllt von der Gewißheit, daß uns beide weder Tod noch Leben, weder Gegenwärtiges noch Zukünftiges je wieder scheiden könne von der Liebe Gottes, die in Christus Jesus ist, unserem Herrn.

Mir aber war es zugleich wie ein neues Verlöbnis, das nun erst zu einer rechten Ehe und einem neuen Tagwerk führen würde.

Der Pfarrer aber hat zeitlebens seine geheime Herzensfreude daran gehabt, wie zwei Eheleute, getrennt voneinander, innerlich denselben Weg gegangen sind und er nichts davon dem andern verraten hat. Sein Werk ist ihm wohl gelungen. Denn es war im Himmel getan.

Der neue Anfang

Mein ernstes Gemüt war von einer so strahlenden Freudigkeit aufgehellt, daß ich nun das Leben vor mir sah wie einen hellen Maientag, auf den wohl Nachtfröste folgen können, dessen sieghaftes Frühlingsgeschehen aber nicht mehr ernstlich bedroht werden kann. Nein, diese Freude lag weitab von jeder leichten, sicheren Weltfreude, wie ich sie früher gut gekannt, oder gar von jener leichtsinnigen Lust, die nur auf Irdisches gerichtet ist. So klar und stark und rein war sie, daß ich nichts dergleichen bisher erlebt hatte, selbst nicht, als mein liebes Söhnchen Wilhelm geboren wurde. Denn es war die Freude in Christo, die Freude über die Gerechtigkeit des Sünders vor Gott.

Dein lieber Großvater dagegen, der immer fröhlich, ja ausgelassen und lustig gewesen war, war von einem so heiligen und tiefen Ernst durchdrungen, daß sein von der Krankheit blasses und durchgeistigtes Gesicht von männlicher Entschlossenheit ganz angespannt erschien. Aber sein neuer Wille war nicht ein menschlicher Wille voll guter neuer Vorsätze, die doch nicht nützen können, wie wir es leidvoll an uns selbst erfahren hatten. Sein Wille war nichts als die selbstverständliche Wirkung einer neuen, veränderten Stellung zu allen Dingen und Menschen, zu Erde und Himmel, und die war geistgewirkt.

Nur darum konnte er sein äußeres Leben so von Grund auf ändern, wie er es getan, und vierzig Jahre lang – dein Großvater war damals dreißig Jahre alt – die Richtung des Weges einhalten, die er in jenen Oktobertagen des Jahres 1843 erstmalig eingeschlagen hatte. All sein Leben, so schwach und sündhaft es auch blieb, stand fernerhin ganz unter dem lebendigen Wirken des Gottesgeistes, also, daß ich nicht aufhöre, dafür zu danken, daß ich gewürdigt wurde, sein Leben zu teilen.

Vorerst jedoch standen wir wie Kinder vor einem weiten großen Feld mit vielen verschiedenen Wegen und Pfaden und wußten nicht, welchen wir einschlagen sollten. Aber schließlich kam alles wie von selbst, so, wie ein neugeborenes Kindlein, das sich in der Welt noch nicht zurechtfinden kann, alles nacheinander lernt, was ihm förderlich ist, und wie von selbst heranwächst.

Es war an einem Dienstagmorgen, als Hermdieder das Bett verlassen konnte. Beide waren wir noch etwas schwach und elend. Ehe wir uns zum Imt an den Eichentisch auf der Deele setzten – denn es war ein selten schöner Herbsttag –, ging Hermdieder an den Bücherschrank und holte das Starcksche Gebetsbuch heraus. Jette, die kleine Magd, und den Knecht riefen wir hinzu und auch Hanfried, der aber noch nicht fertig war und auch sonst nicht gekommen wäre. Das Herz klopfte mir hörbar. Was würde Jette, was würden die Nachbarn, die Kötter, die Verwandten sagen? Und wie würde Hermdieder dieser neuen Lage gewachsen sein, er, der noch so wenig Erkenntnis hatte und geistliche Übung, wie ich es bei mir nannte. Er blätterte und blätterte, und siehe da, er fand ein Morgengebet für den Dienstag, das er nun mit bewegter, ernster Stimme vorlas. Ach, wie griff es mir ans Herz, was da geschrieben stand. Meinten wir doch beide, es sei eigens für uns gesagt, damit wir das Beten erlernten. Wir mußten ja wie die unvernünftigen Kinder erst tasten und fühlen, ob es richtig war. Und es begann so:

»Wache auf, der du schläfst, und stehe auf von den Toten, so wird dich Christus erleuchten. Ich opfere mich dir ganz zu deinem Dienst auf mit Leib und Seele, laß mich nichts wollen, nichts vornehmen und gedenken, als was dir gefällt: Ja, laß mich allzeit so leben, reden und tun, als ob ich heute noch sterben müßte. Und da ich nach der finstern Nacht, darin ich als dein Kind in deinem Arm gelegen, nun wiederum von neuem lebe, so weiß ich nirgend hin als zu dir. Gib mir guten Rat, wenn ich Rat bedarf, richte meine Anschläge und mein Vorhaben nach deinem Willen. Entzünde in mir die Flamme deiner göttlichen Liebe. Ja, richt' mein ganzes Leben – allein nach deinem Sinn – und wenn ich es soll geben – in's Todes Rachen hin – wenn's hie mit mir wird aus –, so laß mich selig sterben – und nach dem Tod ererben – des ew'gen Lebens Haus. – Amen.«

Aus der Tiefe unseres Herzens beteten wir mit, während Jette andächtig und still zuhörte. Morgens lasen wir nun immer aus dem Gebetsbuch und abends die Bibel. Hermdieder kannte nur den einen Wunsch, jetzt der lebendigen Quelle selbst, dem Worte Gottes, nahezukommen, um die Gewißheit der Sündenvergebung bestätigt zu sehen und zu klarer Erkenntnis zu kommen. Ihn hungerte nach dem Worte Gottes wie die ungepflügte, feuchte Erde im März danach hungert, den Samen und Regen und Sonnenschein in sich aufzunehmen, um Frucht zu tragen.

Wir begannen mit dem Matthäusevangelium als dem ersten Buch des Neuen Testamentes und wollten eigentlich jeden Abend ein Kapitel lesen, aber Hermdieder las und las immer weiter, und wenn wir längst wieder an unser Tagewerk gegangen waren, saß er noch vor seiner geöffneten Bibel. Oft erfaßten ihn die Worte mit einer solchen Gewalt, so etwa in den ersten Kapiteln die Predigt des Johannes des Täufers: »Welcher Baum nicht gute Früchte bringet, wird abgehauen und ins Feuer geworfen« oder »Die Spreu wird er verbrennen mit ewigem Feuer« – daß er aufsprang und in der Stube auf und ab ging, immer leise oder auch lauter mit Gott redend. Bis ihm dann das Wort aus der Bergpredigt wieder die Bestätigung seines Friedens mit Gott gab: »Selig sind, die da hungert und dürstet nach der Gerechtigkeit, denn sie sollen satt werden.« »Sieh«, konnte er dann sagen, wenn ich ihn darum mahnte, »ich weiß wohl, daß ich durch Christus gerecht vor Gott bin, obgleich ich ein Sünder bin, aber die Gewißheit ist mir noch so neu und muß mir immer wieder geschenkt werden. Ringe ich nicht mehr darum, dann bin ich geistlich tot.«

Wahrlich ihn hungerte und dürstete nach der Gerechtigkeit, darum verlangte es ihn auch, am ersten Sonntag nach seiner Genesung das Abendmahl mit mir in der Kirche zu feiern. Es sollte gleichzeitig ein öffentliches Bekenntnis zum Evangelium sein, denn sonst waren wir nicht zum Abendmahl gegangen, unser alter Pfarrer legte keinen Wert darauf.

Neugierige Augen sahen uns aus allen Fenstern und Türen nach, als wir – entgegen der Sitte Arm in Arm, da wir beide noch schwach waren – in unserer dunklen Abendmahlstracht zur Kirche gingen. Manche lachten, manche spotteten, andere gingen still wieder ins Haus hinein. Besonders schlimm war es an den Wirtschaften. Hermdieders Freunde und Bekannte riefen ihn an, er möge doch nicht so fromm tun, morgen wäre er doch wieder ihresgleichen. Sonst war er auch auf dem Kirchweg immer zu ihnen hineingegangen. Die Abendmahlstracht und Hermdieders entschlossenes blasses Gesicht offenbarte allen allzu deutlich die Besonderheit dieses Ganges.

Als wir durch den Genuß des Brotes und des Weines noch einmal so recht inne geworden waren, daß Gottes Gnade an uns mächtig geworden und wir nun teilhaben sollten am Leben, Leiden und Sterben Jesu Christi, und da wir dieses also vor der Gemeinde bekannt hatten, da sah ich, wie über Hermdieders Gesicht Tränen der Freude und Dankbarkeit rannen, ganz still und sacht, so wie ein guter Frühjahrsregen sanft herunterrieselt, die harte Erde aufzuweichen. Noch nie aber hatte ich ihn weinen sehen. Da saß ich still und ergriffen in der hellen weiten Kirche und meinte, sie wäre zu klein, meine innere Freude und meinen Dank zu fassen.

Dann kam der Alltag, und er ging dahin wie sonst, nur daß doch im Grunde alles verändert war. Mein lieber Mann hatte viel Spott und Hohn zu erdulden – von seinen Freunden und Bekannten, nicht zuwenigst von seinem Bruder Hanfried. Einmal kamen ein paar Freunde und meinten: »Nun, wenn du so'n Kopfhänger geworden bist, daß du nicht mehr ins Wirtshaus gehst, dann kommen wir eben zu dir und wollen hier ein Spielchen machen. Rauswerfen tust du uns ja wohl nicht, und 'nen guten Tropfen wirst du auch wohl noch im Hause haben.« Dabei zog der eine mit breitem Grinsen ein Kartenspiel heraus und legte es, wie unabsichtlich, gerade auf die Bibel, die auf dem Tisch lag, breitete sie mit Fleiß auseinander, so daß das Buch ganz davon bedeckt wurde.

Zornroten Gesichts sprang da Hermdieder auf, ergriff das neue Kartenspiel, stieß die Ofentür auf und warf es in das Feuer, so daß die Flammen hell aufflackerten. »Möge mich das ewige Feuer des Gerichts verzehren«, sagte er mit hocherhobener, starker Stimme, »wenn ich das Teufelszeug noch einmal im Leben anfasse.«

Verlegen eine Entschuldigung murmelnd: »Na, na, es war ja nicht so schlimm gemeint«, ergriffen die beiden schnell die Flucht. Man sah es ihnen an, wie unangenehm ihnen dieser feierliche Ernst war. Sie sind nicht wiedergekommen, wenn auch immer von neuem andere ihn verlocken wollten, das alte Leben wieder anzufangen.

Ein Kartenspiel ist zeit seines Lebens nicht mehr in unserem Hause geduldet worden.

Die Bernsteinkorallen und die Meerschaumpfeife

Als wir uns etwas gekräftigt hatten, dachten wir daran, unsere Kinder wieder nach Haus zu holen. Da mich gleichzeitig danach verlangte, in meinem heimatlichen Kirchdorf wieder einmal eine Predigt des Pastors Wilkening zu hören, so fuhren wir an einem Sonntagmorgen im November in meine Heimat, in aller Frühe, da es noch dämmerig war. Leiser Regen fisselte langsam und stetig hernieder und drang tief in die schon aufgeweichte Erde, dichter Nebel verhüllte alle Ferne, so daß wir uns wie in einer engen und vertrauten Welt befanden, in der alles Ferne und Fremde wie ausgeschlossen erschien. Grau und öde lag das Land da, fahl war das Gras, so klebrig zäh die Erde, daß unser Brauner, regentriefend, wie er war, sich schwer und mühsam durch den Schmutz des Weges hindurcharbeiten mußte. Sein Atem stand jeweilig wie eine helle Wolke in der dämmrig naßkalten Luft.

Wir fuhren schweigend nebeneinander dahin, jeder mit seinen Gedanken beschäftigt. Schließlich aber wurde es erkennbar, daß sie den gleichen Weg gegangen waren. An unseren Hochzeitstag dachten wir, als wir dieselbe Straße zusammen gefahren waren, an einem strahlend blaugoldenen Septembertag, da alle Bäume schwer von Früchten hingen. So glücklich und jung waren wir gewesen und voller guter Vorsätze. Das alles war uns in Scherben zerbrochen. Wir waren beide nicht schlecht gewesen vor den Augen der Menschen und in unseren eigenen Augen, solange sie nicht sehend geworden, und doch konnten wir nicht einmal eine zufriedene und glückliche Ehe miteinander führen.

Wir waren aber voll der Gewißheit, daß eine Kraft, die nicht unser eigen war, uns nun zusammenführen würde zu einer neuen Gemeinschaft, deren tragender Grund Jesus Christus war.

Und so fuhren wir in einem verklärten und geheiligten Glück dahin.

Wir schwiegen eine Zeitlang, bis ich meinte, Hermdieder solle doch einmal aussteigen und sich durch einen kleinen Trunk erwärmen, da es so kalt und naß wäre. Da sagte er mir, daß er auf seinem Krankenbette gelobt habe, keinen Tropfen Branntwein mehr zu trinken.

Und in all den vierzig Jahren, Anne, ist seines und meines Wissens kein Branntwein mehr in unser Haus gekommen.

Ich dachte an unseren jungen eifrigen Pastor Holtermeier, wie der in unserem Dorfe und landaus und landein für die Enthaltsamkeit eintrat, weil er eingesehen hatte, daß ein großer Teil unseres Elends im Ravensberger Lande vom Schnapstrinken kam. Und mochten andere Pfarrer von Gesetzlichkeit reden – in Barmen gab es einen hochberühmten, der es tat –, für unser Land und unser Geschlecht war es das Richtige so.

Sieben Jahre waren seit unserem Hochzeitstag vergangen. Und einmal sah mich Hermdieder glücklich an: »Siehst immer noch aus wie damals, Amrie, so jung und –«, nein, Anne, ich will es nicht aufschreiben, was er mir sagte, obgleich ich mich noch jetzt in meinem Alter darüber freue, so gewiß es eine recht weltliche und eitle Freude ist. Aber dann fügte er hinzu: »Nur bist du so ernst gekleidet, gar keinen Schmuck trägst du heute.«

»Ich konnte es nicht, Hermdieder«, erwiderte ich leise, »sieh, ich habe so große Freude an all dem Schmuck, den du mir schenktest und den ich von meiner lieben Mutter erbte, ich lasse mich so gern darin bewundern. Heute aber soll nichts an mir sein, das mich verschönt und putzt. Christi Blut und Gerechtigkeit, das ist mein Schmuck und Ehrenkleid, sonst soll nichts an mir sein, gar nichts. Aber glaube nicht, daß ich meinte, ich dürfe ihn nicht mehr tragen. Wenn ich freier von Eitelkeit bin und es mir nicht mehr soviel ausmacht, dann ist es gleichgültig, ob ich vor Gott äußerlich geschmückt bin oder nicht. Ja«, mir kam ein neuer Gedanke beim Sprechen, »ja, es könnte sein, daß ich ihn Gott zu Ehren tragen kann.«

Ich sah, wie erstaunt und erfreut Hermdieder mich ob dieser langen Rede von der Seite anblickte, und wurde ordentlich froh in seinem Wohlgefallen.

»Aber du«, fuhr ich nun noch mutiger fort, »wo hast du denn deine schöne silberbeschlagene Meerschaumpfeife, die du sonntags immer rauchst? Du willst doch wohl nicht auch das Rauchen drangeben, du merkwürdiger Mann?«

»Nein«, sagte er nun lebhaft, »das nicht. Aber es ergeht mir wie dir mit deinem Schmuck. Die Pfeife macht's mir so recht behaglich, und das habe ich so gern. Heute aber sollte es mir wahrlich nicht behaglich sein, sondern ich will in ganzer Gesammeltheit das Wort Gottes hören. Später, ja, ein andermal kann ich auch wieder rauchen.«

Da mußten wir über diese unsere innere Gemeinschaft recht von Herzen lachen und fuhren fröhlich dahin, er ohne seine Meerschaumpfeife und ich ohne die Bernsteinkorallen.

Auch heute waren viele Wagen und Fußgänger auf dem Wege zur Kirche, obgleich das Wetter herzlich schlecht war. Nein, die nach dem Wort Gottes Hungernden ließen sich nicht abhalten von ein bißchen Regen. Wieder war die Kirche gedrängt voll, wieder fanden wir kaum ein Plätzchen. In stiller Sammlung harrte die Gemeinde.

Wir aber spürten beide zum ersten Male, was es heißt, von einer Gemeinschaft getragen zu werden, in eine Gemeinschaft eingegliedert zu sein, deren Haupt Christus ist.

Auf dem Kirchplatz sahen wir uns nach Marie Ilsabein und ihrem Manne Ernst Hinnerk um, fanden sie aber nicht in dem dichten Gedränge, das die Kirche umwogte. Es stellte sich auch heraus, daß sie bei den Kindern zu Haus geblieben war, während er sich schon auf dem Heimweg befand, als wir aus der Kirche kamen.

Der Pfarrer hatte über das Wort gesprochen: »Gehet ein durch die enge Pforte, denn die Pforte ist weit, und der Weg ist breit, der zur Verdammnis abführet . . . aber die Pforte ist enge, und der Weg ist schmal, der zum Leben führet, und wenige sind ihrer, die ihn finden.«

Es war uns beiden gewesen, als hätten seine durchdringenden Augen gerade uns angesehen und seine Worte vor allen besonders uns beide gemeint. Unser eigenes Leben wurde dergestalt vom Worte Gottes beleuchtet, daß uns erst jetzt ganz klar und deutlich wurde, was uns geschehen war und was die enge Pforte und der schmale Weg für uns bedeuteten.

Darüber sprachen wir auf dem Wege zu Grotejohanns. Je näher wir aber dem Hofe kamen, desto mehr trieb ich Hermdieder an, schneller zu fahren. Am liebsten wäre ich aus dem Wagen gesprungen und wäre spornstreichs quer über die Felder gelaufen, meinen Kindern zu. Harte Gedanken quälten mich.

Sollte gar eins krank sein, weil Marie Ilsabein nicht in der Kirche war?

Der Regen hatte aufgehört und war einer fahlen Helle

gewichen, die alle Umrisse sonderbar scharf machte und alle Dinge viel näher erscheinen ließ, als sie waren. So sahen wir den Hof schon längst vor uns liegen, und ich meinte, in einigen Augenblicken da zu sein, aber es dauerte noch eine halbe Stunde, die mir zur Ewigkeit wurde. Endlich hielt der Wagen. Ich lief durch die niedere Seitentür ins Haus, und als ich auf der Deele niemanden sah, stracks in die Wohnstube hinein, wahrhaftig, ohne anzuklopfen.

Und da sah ich meine kleine Hanna mit den beiden älteren Kindern des Hauses einträchtiglich und vergnügt spielen, in ihrer stillen und sachten Weise, während Marie Ilsabein die kleine Lisette an der Brust hatte. Ihr kleinstes Kind schlief in der Wiege.

Da lief ich freudestrahlend auf Marie Ilsabein zu, die da so gut und mütterlich saß, hell und rötlich, wie sie war, und küßte sie auf den Mund. Ehe sie sich's versah und ehe ich mich besonnen hatte, war's geschehen. Wir waren beide so beschämt davon, daß wir schnell auf die kleine Hanna heruntersahen und sie erstaunt fragte: »Aber Annemarie, wo kommt ihr her?« Denn in dem Augenblick kam auch Hermdieder zur Tür herein. Ich aber antwortete gar nicht, sondern nahm Hanna in die Arme, die sich jedoch heftig wehrte und schrie und nichts mit mir zu tun haben wollte.

Ach, da stand ich mit meinem großen Verlangen. Die kleine Lisette wurde von einer anderen Frau gestillt und ruhte wohlig an deren Brust, und Hanna wollte nichts von mir wissen.

Nein, sie drängte sich zu Marie Ilsabein hin und verkroch sich in ihren Rockfalten.

Alle trösteten mich, es würde sich schon bald geben, ich sollte nur bis zum Abend warten. Das Kind würde sich dann gewöhnt haben.

Aber ich konnte mich nicht zufriedengeben und sang leise vor mich hin:

»Suse, Kindken, suse
dat Kindken, dat hört use.
Wär dat Kindken use nich,
dann wär't in unsen Huse nich.«

Das hatte ich immer gesungen, wenn ich sie auf den Armen wiegte und sie beruhigen wollte, sei es, daß sie sich weh getan hatte oder daß sie nicht schlafen wollte.

Und siehe, das Kind kam langsam aus seinem Versteck hervor und näher zu mir heran. Und wie ich es nun auf meinen Arm nahm und es wiegte nach meiner Gewohnheit und den Vers dazu sang, sagte es »Mama« und schlang seine Ärmchen fest um meinen Hals und wollte auch den ganzen Tag nicht von meinem Schoße fort.

Aber Lisette konnte ich nicht gewinnen. Sie schrie mich an und wollte nichts von mir wissen und verlangte nach ihrer Nährmutter. Wie rund und mollig das Kind geworden war! Hübsch war es anzusehen mit den frischen Bakken, dem hellblonden feinen Haar, den klaren Augen und dem ganz kleinen roten Mund. So ein gesundes und strahlendes Kind hatte ich noch nicht gehabt. Ich konnte mich nicht satt an ihr sehen.

Traurig dachte ich daran, daß ich keine Milch für sie hatte und daß das Kind gewiß bald wieder elend und blasser aussehen würde.

Marie Ilsabein sah mich an und verstand gewiß meine Gedanken.

Ach, ich hätte sie jetzt sehr gern gebeten, ob das Kind nicht bei ihr bleiben könne, eine Zeitlang, aber ich mußte doch warten, bis sie etwas sagte.

Sie aber schwieg nachdenklich und verlegen. Ich sah es ihr an, wie sie darum rang, was sie sagen solle. Und ich kannte sie zu gut, um nicht zu fühlen, wie sie aus Furcht, mich zu verletzen, schwieg. Sie dachte, es wäre demütigend für mich, daß ich meinem eigenen Kinde nicht die richtige Pflege geben konnte. Sie kannte ja meinen leidigen Stolz von jeher.

Nun aber drückte sie die kleine Lisette plötzlich innig an sich, und, bis in die Haarwurzeln errötend, sagte sie eifrig: »Ach, wie wird es mir schwer werden, wenn ich dich hergeben soll, du kleines, süßes Putk.« Und wie scherzend fuhr sie fort: »Ihr könntet sie mir eigentlich noch ein bißchen lassen. Sie ist mir just wie mein eigenes.« Und leise zu mir gewandt: »Amrie, hör mal, das Kind ist mir auch not, daß es mir die Milch abtrinkt. Unser Junge kann den Vorrat nicht allein aufkriegen.«

Ach, Marie Ilsabein, du Gute! Wie lieb hatte ich sie schon immer, lieb um ihrer selbst willen, lieb um ihres Bruders willen und nun noch viel lieber um meines Kindes willen!

»Ilsabein«, sagte ich, dankbar bewegt, »du brauchst nicht zu fürchten, ich sei zu stolz, etwas von dir anzunehmen. Mir geziemt kein Stolz. Und darum bitte ich dich von Herzen, behalte das Kind, das bei dir gedeiht, bei mir aber nicht.«

Erstaunt sah sie von mir zu Hermdieder hinüber, und als nun Ernst Hinnerk hinzukam, erzählten wir ihm, daß Gott uns seine Gnade geschenkt habe, als wir in Krankheit und Not sein Gericht erwarteten.

Da sagte der Mann feierlich: »Von dem Herrn ist das geschehen und ist ein Wunder vor unseren Augen. Gelobet sei sein herrlicher Name.«

Am Nachmittag nahmen die beiden Männer die Bibel zur Hand, und Ernst Hinnerk, der aus einem kargen, geizigen Menschen ein in Gott reiches Menschenkind geworden, legte uns das Wort Gottes aus und beantwortete, so gut er konnte, Hermdieders Fragen, indem er immer wieder auf das Wort Gottes zurückgriff.

Am Spätnachmittag fuhren wir mit der gutverpackten kleinen Hanna, die den ganzen Weg auf meinem Schoße schlief, wieder nach Hause. Kalt und klar war es geworden, und Mond und Sterne beschienen friedlich unseren Weg.

Hanfried

Das Jahr 1844 brachte ein neuerliches, stärkeres Wiederaufflackern der Seuche, die schon erloschen schien. Viele starben, andere wurden im Geist so verwirrt, daß sie nicht mehr wußten, was sie taten. So kam am Neujahrstage eine Webersfrau aus der Nachbarschaft schreiend zu uns gelaufen, um Hermdieder zu holen. Ihr Mann, der für uns webte, hatte sich mit der Sense den Hals durchgeschnitten.

Einige Tage später wollte mein Schwager Hanfried sich beim Schneider einen neuen Rock anpassen lassen. Da erfuhren wir, just in dem Augenblick, als er fortgehen wollte, daß dieser am Nervenfieber erkrankt sei. Wir warnten ihn dringend, er möge sich nicht in Gefahr begeben und zu Hause bleiben. Zwar war er bis jetzt von der Seuche verschont geblieben, obgleich er während unserer Krankheit bei uns geblieben war. Darum lachte er nur leichtsinnig, denn er war so geartet, daß ihm alles gleichgültig war, wenn er nur einen neuen Rock oder ähnliches bekommen konnte. »Was schert mich das?« rief er lachend, und schon war er fort.

Der Schneider wohnte auf dem Bultkamp, eine Viertelstunde von uns entfernt. Es war kaum eine halbe Stunde vergangen, da hörte ich, wie die Deelentür heftig aufgestoßen wurde und jemand mit lautem Gepolter ins Haus sprang und in Hermdieders Stube lief. Als ich herbeieilte, sah ich Hanfried in Hermdieders ledernem Backensessel sitzen, kreidebleich und zitternd. »Um Gottes willen, was ist geschehen?« rief ich, aber er konnte sich nicht so schnell fassen. Ich half ihm, sich hinzulegen und holte ihm Milch zur Erfrischung. Schließlich konnte er sprechen.

Als er nichtsahnend in des Schneiders Stube gegangen war, hatte der im Bett gelegen. Im Augenblick aber, da er Hanfried sah, war er aufgesprungen, hatte das große Brotmesser vom Tisch an sich gerissen und sich auf Hanfried gestürzt, um ihn zu töten. Der hatte schleunigst die Flucht ergriffen, querfeldein, über Gräben und Hecken, der Schneider aber war wie rasend im Hemd hinter ihm hergelaufen, wie von einer anderen, dämonischen Kraft beseelt, jeden Augenblick bereit, ihm das Messer in den Nacken zu stoßen, bis ihn ein paar Vorübergehende mit Gewalt festgehalten hatten.

Von diesem Schreck konnte sich Hanfried lange Zeit nicht erholen. Das Nervenfieber brach auch bei ihm aus.

Tage- und nächtelang wachten wir bei ihm, Hermdieder las ihm aus Gottes Wort vor und betete laut für ihn. Sobald Hanfried jedoch dergleichen hörte, wollte er nichts davon wissen. Gleich zu Beginn der Krankheit, als er den Doktor holte, war Hermdieder auch zum Pfarrer gegangen. Aber dessen junge Frau hatte verängstigt und traurig gesagt, daß ihrem Manne gar nicht gut sei. Einige Tage darauf war auch er zu unserer großen Betrübnis von der schlimmen Krankheit erfaßt.

Wir konnten uns gar nicht dareinfinden, daß es mit Hanfried anders ging, als wir erwartet hatten. Als der Bruder krank wurde, hatte mich Hermdieder mit einem ganz kleinen Lächeln in den Augenwinkeln angesehen, darin eine frohe Erwartung stand. Er meinte, der Kranke würde nun genau denselben Weg geführt werden wie wir beide, zur Erkenntnis seiner Sünden kommen und sich zur Umkehr entschließen. Schon daß der Pfarrer erkrankt war und Hanfried nicht besuchen konnte, schien ihm fast ein wenig wie ein Strich durch seine Rechnung zu sein, den eigentlich die himmlische Vorsehung nicht hätte zulassen dürfen. Immerhin, Gott konnte auch ohne den Pfarrer Wunder tun.

So nahm sich Hermdieder mit größter Gewissenhaftigkeit dieser Sache an, saß in Geduld und Treue stundenlang beim Bruder, um einen klaren Augenblick abzuwarten. Aber er erreichte nur das Gegenteil von dem, was er wollte und erbetete. Sobald Hanfried auf der Besserung war, fing er weidlich an zu schimpfen. »Was soll das fromme Getue? Jagst mich noch aus dem Hause damit. Ich lasse mir keine Vorschriften machen und lebe weiter wie bisher.« Ja, er fügte sogar hinzu: »Nur gut, daß euer Pfarrer auch diese verteufelte Krankheit hat, hat anderen genug die Hölle heiß gemacht, jetzt kann er 's mal an sich selbst erfahren.«

Ich merkte, wie es in Hermdieder arbeitete. Warum erhörte Gott solche Gebete nicht, die ihm doch nur wohlgefällig sein konnten? Würde er auch sein heißes Flehen um des jungen Pfarrers Gesundung nicht erhören?

Aber eines Abends im März, da wir um die Dämmerung noch einmal in unseren Garten gingen, in dem die Tiljösken und Himmelsschlüssel schon blühten und die Buchen an der Laube einen rötlichen Schimmer trugen, während das Gras noch fahl war, sagte er, indem er über das weite Land hinsah: »Amrie, ich glaube, wir machen es verkehrt. Wir wollen Gott etwas vorschreiben. Dachten wir doch nicht anders, als daß Hanfried nun umkehren müsse, unser Gebet und unser Tun sollten es machen. Hast du's nicht auch so gemeint?« Ja, ich mußte ihm recht geben. »Aber Gott geht die Wege mit den Menschen«, fuhr er fort, »die er für gut und richtig hält, und er denkt anders darüber als wir kurzsichtigen Menschen, auch in geistlicher Hinsicht. Wir Menschen können noch nicht einmal eine Knospe zum Blühen bringen, alles das muß nach Gottes Ordnung werden und wachsen, sieh nur her«, und er fuhr behutsam über die rötlichen Buchenknospen.

»Aber es wird mir schwerfallen, das einzusehen und zu warten und alles Gott zu überlassen», fuhr er fort, »ich bin zu sehr Herr gewesen und kann nicht Knecht sein.«

Ja, das mochte richtig sein. Und wir haben es beide nur schwer gelernt – und vielleicht nie genug –, mit unseren eigenen Gedanken und Plänen Gott nicht immer wieder in die Quere zu kommen.

Es schien mit Hanfried, als er genesen war, schlimmer zu werden als bisher. Das machte sein Trotz gegen den frommen Bruder. Ein lockerer Vogel war er immer gewesen, aber nun trank und spielte er ohne Sinn und Verstand und nahm an wilden Tanzereien teil, die angesichts der großen Krankheitsnot in unserem Dorfe um so leichtfertiger und sündhafter waren, ja, Gott herauszufordern schienen.

Hermdieder machte ihm Vorwürfe. Er wollte ihm kein Geld mehr geben und bat ihn noch einmal herzandringlich, sein wildes Leben zu lassen. Aber Hanfried sagte nur gereizt: »Sei endlich davon still, der liebe Gott hat mich just so gern wie dich, sonst hätte er mich nicht am Leben gelassen, und ich habe nicht darum gebettelt wie du. Also laß mich in Ruh.« Das war stets der Weisheit Schluß.

Eines Tages jedoch kam er stolz und aufgeblasen, aber auch mit einem Anschein von trotziger Abwehr nach Haus.

Er setzte sich zu uns an den Tisch, da wir gerade Abendbrot aßen. Eine Zeitlang starrte er wie gleichmütig in seine buntbemalte Schüssel. Dann sagte er höhnisch: »Ihr wollt mich frechen Sünder ja doch nicht haben und mich gern los sein, darum will ich über kurz oder lang von euch fort. Es heißt ja zwar: ›Siehe, wie fein und lieblich ist's, wenn Brüder einträchtig beieinanderwohnen.‹ Und früher ging's ja auch gut, bis ihr jetzt immer die Bibel in der Hand habt, wo der Spruch drin steht. Aber nun bin ich die elenden Reibereien satt und gehe meines Weges.«

Erschrocken fragte Hermdieder, was er dann aber vorhabe.

Ja, was denn das den Bruder anginge, war die lässige Antwort, er bekümmere sich doch nur um sein Seelenheil, sonst könne er verderben und verrecken.

»Hanfried«, rief Hermdieder, »augenblicklich schweigst du, du weißt nicht mehr, was du sagst. Ich kann dir nicht weiter so große Summen für deine Gelage geben, du weißt doch selbst, wie schlecht es um das Geschäft in dieser Zeit steht. Und ich will es auch nicht.«

»Na, siehst du«, fuhr Hanfried da ganz gelassen fort, »übrigens« – mühsam verbarg er hinter seiner Gelassenheit einen stolzen Triumph –, »ich ziehe auf den Stoltenhof und heirate Stoltens Minna. Du kannst mich ja wohl in bar ausbezahlen.«

Hermdieder war es doch schwer, von dem jüngeren Bruder so vor die vollendete Tatsache gestellt zu werden, aber er bezwang sich und sagte herzlich, ihm die Hand reichend: »Na, dann gratuliere ich auch.«

Der Stoltenhof war der größte Meierhof weit und breit, und es war nur die eine Erbin da. Ja, Hanfried machte eine Partie, um die er beneidet werden würde, wenngleich Stoltens Minna ein unscheinbares Mädchen war, blaß und farblos, mit matten Augen und einer merkwürdig piepsenden Stimme. Aber sie schien wenigstens gutmütig und nicht boshaft zu sein.

Für Hanfrieds eitle Herrengelüste war es wohl so das richtige. Aber seiner Seele wurde der Reichtum zum Verderb. Nach einem halben Jahr wurde die Hochzeit auf dem etwas außerhalb gelegenen Stoltenhof in großer Pracht und Üppigkeit gefeiert, und Hanfried ging fortan – oder ritt meistens – seinen eigenen Weg, der sich nur selten noch mit dem seines Bruders kreuzte, zum großen Leidwesen Hermdieders.

»Gib dem, der dich bittet ...«

Die Not der Weber stieg von Jahr zu Jahr. Jedes Jahr war die Ernte schlecht, und wegen der schwierigen Verkehrsverhältnisse konnte kein Korn eingeführt werden. Die Weber waren nun alle Lohnweber geworden, aber ihr Lohn reichte nicht aus für das teure Korn und Mehl, und immer wieder mußte das Geld für den Lohn vorgeschossen werden. Nachdem die Leute einmal wußten, daß Hermdieder ein anderer geworden war und ein offenes Ohr für alle Not bekommen hatte, wurde unser Haus von Hilfesuchenden, die Geld leihen wollten, oder auch von Bettlern nicht leer.

Da Hanfried mit einer ansehnlichen Summe ausbezahlt worden war, der Leinenhandel so schlecht ging, daß wenig Geld einkam, und die Weber immer Vorschuß bekamen, war es keine ganz leichte Sache, allen Leuten zu helfen. Dennoch hielt sich Hermdieder streng an das Wort, das ihm bei unserem abendlichen Lesen des Matthäus-Evangeliums entgegengetreten war: »Gib dem, der dich bittet, und wende dich nicht von dem, der dir abborgen will.« Das Vertrauen der Leute zu deinem Großvater, Anne, wurde dadurch unbegrenzt. Mit allen Nöten Leibes und der Seele kamen sie später zu ihm, ja, wir hatten schon nach wenigen Jahren über hundert Patenkinder aus den Weberfamilien.

Aber noch einmal wurde die Not gelindert dadurch, daß viele Männer durch den Bau der Eisenbahn und eines Viaduktes, der in der Nähe unseres Dorfes errichtet wurde, Arbeit und Verdienst fanden.

Unser Pfarrer war lange Zeit krank und elend, bevor er

ganz genas. Damals fing Hermdieder an, die abendlichen Stunden der Frommen zu besuchen, die sich auf die Bibel als Gottes Wort gründeten. Frauen durften nicht mitkommen, und ich mußte schließlich einsehen, daß es gut so war, wenn ich persönlich auch viel dabei entbehrte. Hermdieder hatte es mir so erklärt, daß es sonst zu viel frommes Geschwätz gegeben hätte, vielleicht ein bloßes Gefühlschristentum, und die männliche und strenge Herbheit, die diesen Männern bei aller Innigkeit ihres Glaubenslebens doch zu eigen war, hätte gelitten. Die Frauen sollten daheim von den Männern gelehrt werden, so war es ja auch biblisch.

Hermdieder ließ mich an allem teilnehmen, was in den Stunden besprochen war, und legte mit Freuden seine geistlichen Gedanken vor mir dar. Die Predigten, die wir gemeinsam hörten, besprachen wir auch miteinander. Manche andere Frauen aber trotteten gleicherweise wie sonst im Alltag neben ihrem Manne her, nur mit ihm über die alltäglichste Arbeit redend. Der Mann holte sich Anregung und geistige Nahrung bei den anderen Brüdern, die Frau war auf die Sonntagspredigten angewiesen. So wuchsen die Männer oft über die Frauen hinaus, wurden reicher in der Erkenntnis, geformter in ihrem Charakter, während die Frauen manchmal nur nachsprachen und nacherlebten. So neigten sie oft zu frommen Redensarten, zu unselbständigem Urteil, zu einem Gefühlschristentum, das besonders in der Freude an weichen und süßlichen Liedern zum Ausdruck kam. Das war ein innerer Schaden. Ich habe selbst genug darunter gelitten, daß ich auch jetzt noch nicht zu einer wahren inneren Gemeinschaft mit den Frauen kam. Wir fuhren in jener Zeit, da unser Pfarrer krank war, häufig in meine Heimat zum Gottesdienst und hatten großen inneren Gewinn davon. Gleichzeitig besuchten wir unsere kleine Lisette auf Grotejohanns Meierhof. Das Kind gedieh so prächtig weiter, daß es eine Herzensfreude war, es anzusehen. Es glich nun ganz meinem Mann, schien aber nichts von seinem Wesen zu haben. Da es nicht zu bewegen war, mit uns zu kommen, ließen wir es erst einmal dort bei seiner guten Pflegemutter, zumal es nicht mehr lange dauerte, daß wir noch ein kleines Töchterchen bekamen, das wir Sophie nannten, und das sich von den beiden anderen Kindern durch besondere Lebhaftigkeit und Klugkeit und eine frühe geistige Entwicklung auszeichnete. Das Eigene an ihr waren ihre klaren und klugen, lebhaften grauen Augen, die jedem auffielen, der das Kind sah, so daß ich ganz stolz darauf ward.

Meine Seele erhebet den Herrn ...

Nach Jahresfrist aber hielt ich zum ersten Male wiederum ein Söhnchen im Arm. Wir konnten nicht anders, als es Wilhelm nennen, da es fast genauso aussah wie unser erstes heißgeliebtes Kind. Oh, wie glückselig war mir da zumute! Durch die Schlafkammerfenster sah ich die Knechte in blauen Kitteln und die Mägde mit buntem Mieder das Gemüseland bestellen. Es war im April, und der Frühling wollte nicht recht kommen. Man war mit der Landarbeit sehr zurück. Die Erde lag nach der guten Bearbeitung so locker und feinkörnig da, daß ich meinte, ihren herben und frischen Geruch zu verspüren. Ein kräftiges weißes Pferd zog mit einiger Mühe einen Pflug durch die weiche und zähe Erde, immer eifrig und gutmütig dabei nickend. Alles bereitete willig die Scholle für den Empfang der Saaten vor. Man konnte auch meinen, alles gliedere sich mit Lust und Freude ein in den fürsorglichen Willen Gottes, des Schöpfers und des Vaters.

Ja, ich hatte allen Grund, ihn zu preisen und zu loben. Einmal kam mir der Vergleich mit Hiob, der seine Söhne und Töchter, die er verloren, wiederbekommen hatte. Ein klein wenig erging es mir jetzt auch so. Und von da geriet ich weiter in die frevelhaften Gedanken, daß ich meinte, Gott habe nun unsere Buße und Umkehr angesehen und schenke uns dafür dieses Gnadengeschenk, den erwünschten und erflehten Sohn. Mir schien es, als sei ich nach all den Jahren, da ich stolz und hochmütig von Gott nichts wissen wollte, nun endlich infolge meiner Umkehr und

Demut, meines gottwohlgefälligen Wandels, von Gott gewürdigt worden, einen Sohn zu bekommen. Endlich schien Gott »ja« zu sagen zu dem Leben, das wir, Hermdieder und ich, miteinander führten.

So lag ich in frommen Gedanken da, die heilig sein sollten, aber unheilig waren. Mir kam der Lobgesang der Maria auf die Lippen, oder nein, doch nur in die Gedanken: »Meine Seele erhebet den Herrn, und mein Geist freuet sich Gottes, meines Heilandes, denn er hat die Niedrigkeit seiner Magd angesehen.«

Wir dachten nun, wir ständen auf den Höhen des irdischen sowohl wie des geistlichen Lebens. Aber in Wirklichkeit standen wir stolz vor Gott, unsere Bekehrung und unseren Wandel ihm vorzeigend.

Der Mai war kühl und naß, und auch im Juni gab es einige so kalte Tage, daß man meinte, noch im Winter zu sein. Das Kind hatte blaue Händchen und kalte Gliederchen, so daß ich ein dickes, schweres Bett nahm und es damit bedeckte. Hermdieder war am Abend in der Bibelstunde gewesen. Er kam etwas später als sonst nach Hause und erzählte mir, was besprochen worden war. Auch brachte er das neugegründete blaue Monatsblatt mit und las mir daraus vor. Darüber war es spät geworden, wohl gegen Mitternacht. Hermdieder, der es sich zur Gewohnheit gemacht hatte, jede Nacht um zwölf Uhr aufzustehen, auf den Knien zu Gott zu beten, mochte es noch so eisig kalt in der Kammer sein, kniete vor der großen bemalten Lade nieder und betete.

Ich war ein wenig eingedämmert, doch als er aufstand und zu Bette ging, tastete ich noch einmal, wie ich es regelmäßig tat, nach der Wiege des Kindes, ob das Bett richtig liege und alles in Ordnung sei. Dann fielen wir beide in einen tiefen, festen Schlaf.

Als ich aufwachte, war es ganz heller Morgen, und erschreckt, daß ich mich verschlafen hatte, setzte ich mich zurecht, um dem Kindlein zu trinken zu geben. Ach, wie hatte es gut geschlafen, sonst meldete es sich immer um diese Zeit. Ich wollte es nicht aus dem Schlaf nehmen und zog mich rasch an. Es war mir nun doch seltsam, daß das Kind noch immer nicht schrie. Als ich an die Wiege trat, sah ich zu meinem Entsetzen, daß das Köpfchen nicht zu sehen und ganz unter dem dicken, prallen Federkissen verborgen war. Ich schob es zurück und sah mein kleines, liebes Kind starr und tot in seiner behüteten Wiege liegen, von dem schweren Kissen erstickt. Noch jetzt zittern mir die Knie, Anne, dieweil ich dieses aufschreibe, und meine Finger versagen fast den Dienst. Wie gelähmt war ich an jenem Morgen vor übergroßem Schrecken. Wochenlang konnte ich vor Zittern und Beben keine Arbeit tun. Weinen konnte ich auch nicht. Bei jedem leisen Geräusch fuhr ich heftig zusammen.

Und wahrlich, hätte damals in jenen Tagen Hermdieders Glaube nicht ohne Wanken an Gott festgehalten, der uns liebt, wenn er uns züchtigt, ich hätte mich von ihm losgesagt, der mich so grausam, so entsetzlich hart schlug.

Die Gerechtigkeit der Muhme Karline

So aber klammerte ich mich mit Hermdieder fest an die Verheißung, daß denen, die Gott lieben, alle Dinge zum Besten dienen, und war von einer Kraft getragen und gestützt, wie ich sie nie bisher empfunden hatte. Ja, es schien mir, als schicke mir Gott jeden Tag einen sonderlichen Trost. – Ich denke dabei an einen Abend im Juli, da ich schnell noch am Feierabend zum Kirchhof ging, während Hermdieder in der Bibelstunde war. Den ganzen Tag über war es trübe gewesen, und das düstere Regenwetter hatte sich mir auf das Gemüt gelegt, so daß ich von einer großen Traurigkeit ganz eingehüllt war. Aber als ich nun auf dem Wege zum Kirchhof war, hatte sich der Himmel aufgehellt. So weich und gütig war der Abend und besänftigte lind mein geplagtes Herz. Von Brennesseln und frischem Gras stieg ein herber Geruch auf, der sich mit einem süßen kleinen Duft von Blumen mischte und wie eine sanfte Welle über den engen Heckenwegen lag.

Der Hügel, auf dessen Anhöhe der Friedhof liegt, schmiegte sich sanft in den hellen Himmel.

Ganz still war es auf dem Friedhof. Lange stand ich an den beiden kleinen Gräbern, an dem frischen mit den welken Blumenkränzen und an dem alten mit den vielen blühenden Rosen darauf. Nach der einen Seite lag vor mir das Dorf mit der Kirche, oben am anderen Ende stand eine Windmühle still und reglos im dämmernden Abend.

Gerade über den Gräbern sah ich im Himmelsblau zwei weiche, in sich ruhende Wolken, da kein Windhauch zu verspüren war, vom Abendrot matt beschienen. Und mir ward die Gewißheit, daß auch meine beiden kleinen Söhne in solchem stillen Frieden vereint und mir nahe waren.

Ein Rascheln schreckte mich auf, es klang so, als wenn jemand durch trockenes Gras geht. Und da sah ich schon die Muhme Karline hinter einem großen Grabstein hervorkommen. Mir war es nicht ganz recht, daß sie meinen Frieden störte, obgleich ich wußte, sie würde mir nicht wehe tun.

Sie sah einen Augenblick schweigend auf die Gräber hernieder, setzte einen Gelbveigeleintopf darauf und nahm mich an den Arm: »Komm, Amrie, wie setzen uns dort auf die Bank.« Und sie führte mich vorsorglich, wie man ein krankes Kind zur Ruhe bringt, zur nahegelegenen Bank, von wo aus man die Gräber sehen konnte.

»Ich mußte doch mal wieder nach den Kinderchen sehen«, meinte sie mütterlich, »und ihnen etwas aus meinem Garten bringen.« Sie sprach immer von allem Schweren und Traurigen so natürlich und ohne Umschweife, als wäre es das Alltäglichste von der Welt.

Und als ich nur traurig nickte, fuhr sie fort: »Du gute liebe Deern, daß du auch dieses Söhnlein hergeben mußtest! Was hätte ich wohl drum getan, daß dir dieses erspart bliebe!« Und sie nahm mich fest in die Arme. Da konnte ich zum ersten Male seit dem Tode des Kindes weinen, die Tränen rannen mir still und unaufhaltsam über das Gesicht und tropften auf meine Hände. Umständlich zog die Muhme aus der Tasche ihres weiten, faltigen

Rockes ihr großes rotes Taschentuch und putzte mir die Hände trocken und das Gesicht und die Augen. Währenddem schluchzte sie selbst eindringlich und selbstvergessen, nahm aber das Taschentuch erst zur Hilfe, als ich mit dem Weinen fertig war. Dann hängte sie es auf die Lehne der Friedhofsbank. »Ganz naß ist es geworden«, sagte sie lächelnd, »aber es trocknet schon wieder.«

Und ich lächelte unter Tränen und sagte: »Laßt nur, es ist mir diesmal nicht so schwer geworden wie das erstemal, wenn mir auch der Schreck noch in allen Gliedern sitzt und mich zittern macht. Aber ich weiß es jetzt so gewiß, daß es Gottes guter und gnädiger Wille ist.«

Die Muhme nickte: »Weißt du noch, wie ich dich in meinem Gärtlein immer trösten mußte, als der kleine Wilhelm gestorben war und du noch nicht fest an Gottes Liebe glauben konntest? Ja, jetzt tröstest du mich.«

Sie schwieg eine Weile, dann sagte sie ein wenig seufzend: »Es ist mir zumute, wie es mir manchmal in der Schule war. Da saß ich stolz auf meinem ersten Platz, und dann dachte ich an tausend andere Dinge und unversehens war ich »Pluck« geworden (»Letzter«, ursprünglich vom Mähen gebraucht, übertragen: in der Schule), und die anderen waren mir über. Früher, ja, da war ich euch über. Da hattet ihr euer Gebetsbuch im Schrank stehen und wolltet nicht allzuviel vom lieben Hergott wissen, nur höchstens im Sonntagsstaat zur Kirche gehen. Und nun seid ihr mir über. Ich komme mir mit meinem Christentum ganz arm und klein vor, euch frommen Leuten gegenüber.«

»Ach, Muhme, seid still«, wehrte ich ab, aber sie unterbrach mich: »Nein, du weißt es ja längst, wie ich darüber denke. Von eurem Pastor halte ich nicht viel. Allen Ernstes, es kommt mir immer so vor, als möchte er mein buntes und lustiges Gärtlein nicht leiden und predige dagegen. Er ist so gegen die Welt, und ich habe sie so gern. Muß man's nicht auch an einem solchen gesegneten Abend? Wo alles blüht und duftet und der Himmel so freundlich und sanft ist?«

»Ihr vergeßt«, sagte ich langsam, »die Gräber.« »Ach ja«, sagte sie leichthin. »Wir können nicht immer leben, wir müssen auch sterben. Blumen müssen auch verwelken. Das ist doch nur natürlich, aber traurig nicht so sehr.« »Oh«, sagte ich, »bei Kindern« – und fuhr dann bestimmt fort: »Nein, Euer Gärtlein meint der Pastor nicht. Glaubt Ihr, wir sollten uns nun nicht mehr an allem freuen? Die Welt, die er meint, ist doch die Welt ohne Gott, und ist es denn nicht so, daß da, wo Gott nicht regiert, die Sünde herrscht? Ich freue mich viel mehr an Gottes Schöpfung, seit ich weiß, daß der Fluch, der von der Sünde herrührte, gebrochen ist und ich selbst mit Gott versöhnt bin. Kinder freuen sich doch auch erst recht am Spielzeug, das ihnen die Eltern schenken, wenn sie wissen, daß alles zwischen ihnen in Ordnung ist, daß die Eltern sie lieb haben und sie ihnen gehorsam sein wollen. An vielen kleinen Dingen ging ich bisher achtlos vorüber, die mich jetzt mit einer herzlichen Freude erfüllen. Ich denke da an mein ganz kleines Tagewerk, an die Arbeit in meinem Garten, das Säen und Pflanzen und Ernten, aber auch an die Hausarbeit. Wenn ich zum Beispiel – nun werdet Ihr lachen – einen Rotkohlkopf durchschneide, muß ich mich an den feinen Linien und Windungen von Herzen freuen.«

»Ja, dann ist's richtig«, sagte die Muhme tief befriedigt.

Und weil sie merkte, daß mich das Gespräch von meinem Leid ablenkte, fuhr sie fort:

»Aber weißt du, so sündig, wie ihr euch immer vorkommt, kann ich mich einfach nicht fühlen. Und ich glaube, der Herrgott ist auch ganz zufrieden mit mir« – mit einem kurzen Seitenblick suchte sie zu erfahren, was für ein Gesicht ich bei dieser großen Ketzerei machte. »Er hat mein Leben doch reichlich gesegnet. Denk mal an meine stattlichen Söhne, der eine dient sogar bei der Garde in Potsdam, und der zweite, was für'n Kerl ist das! Hat schon mit zweiundzwanzig Jahren auf einen großen Sattelmeierhof geheiratet, von den andern will ich nichts sagen, sie sind gesund und gut ›wat die Porten in un utgeiht‹ (was die Tür herein- und herausgeht: durchschnittlich), wie mein Gottlieb, dein Ohm. Und die Töchter! Alle gut und glücklich verheiratet. Alle haben jedes Jahr ein Kindchen, und wenn's so weiter geht, bringe ich's sicher noch auf hundert Urenkel, die haben dann nicht mal Platz in meinem Gärtchen, oder sie müßten schon eng gepökelt aneinander sitzen, das wär ein lustiger Blumengarten.«

Ich mußte lachen, so traurig ich war. Aber dann sagte ich ernst: »Ihr seid mir wahrlich lieb wie eine Mutter, Muhme, und ich finde, daß Ihr besser seid als wir alle. Trotzdem, das muß ich Euch doch sagen: Euer Verdienst ist es nicht, daß Euch alles glückte, sondern Gottes Gnade ist es. Und es gibt einen Spruch, der heißt: ›Weißt du nicht, daß dich Gottes Güte zur Buße leitet?‹ Ich meine, das paßte für Euch.«

»Ja, das von Gottes Güte will ich wohl gelten lassen«, erwiderte sie, »aber ich weiß wirklich nicht, wofür ich in Sack und Asche Buße tun soll.«

»Muhme«, sagte ich nun, »wollt Ihr mir auch nicht böse sein, wenn ich Euch jetzt noch einmal einen Bibelspruch sage?«

»Immer her damit«, lachte sie, »du bekehrst mich doch nicht.«

Da sagte ich halb scherzhaft, halb ernst:

»Da ist nicht, der gerecht sei –, nur die Muhme Karline, da ist nicht, der verständig sei –, nur die Muhme Karline, da ist nicht, der nach Gott frage –, nur die –«

Nun hielt sie sich die Ohren zu und rief: »Hör auf, hör auf! Mir ist, als höre ich meine eigene Leichenpredigt. Aber nicht so, wie sie der neue Pastor hält –, denk mal an Kasper Hinnerk, o weh! – sondern wie der alte, der einen über Strich und Faden lobt, mag er noch so ein gemeiner Hund gewesen sein –, ist alles erstunken und gelogen.

Aber du hast mir schrecklich zugesetzt, Mädchen. Und ich will dir zum Trost nur sagen: Hermdieders Umkehr hat mir doch einen großen Eindruck gemacht. Du hattest es ja nicht nötig. Alle Achtung, daß er das fertigbringt, sich so von allen Freunden und allen seinen bisherigen Vergnügungen loszusagen. Trinkt und spielt er wirklich nicht mehr?«

Und als ich es ihr bestätigte, meinte sie: »Ich glaub's schon, was er sich vorgenommen hat, hat er bisher immer durchgeführt, und zwar mit großer Genauigkeit im Kleinen wie im Großen. Ich kann mir denken, so peinlich ordentlich er seine Kleider und Bücher hält, so wird er nun wohl auch sein neues Leben ordnen. Aber, Amrie, wenn ich einmal merke, daß du etwas tust und kannst, was ich nie tun könnte, was ich einfach nicht fertigbrächte, dann will ich es einsehen, daß wirklich eine andere Kraft in euch wirksam ist, und ich verspreche dir, so lange zu suchen und zu forschen, bis ich weiß, was es ist.«

»Aber weißt du was«, fügte sie ganz unvermittelt hinzu, »du könntest dir eigentlich dein Lisettchen jetzt wiederholen. Ich bin so gespannt auf sie.«

Die fromme Rieke

In den Tagen des Schreckens und der Trauer hatte ich gar nicht an das Kind gedacht. Jetzt war es mir wie ein Geschenk, daß es noch da war und mir gehörte und ich es nur zu holen brauchte. »Ja«, sagte ich, »morgen schon wollen wir fahren, dann kann ich auch gleich Jobsthenrich wiedersehen, der zu Hause beim Vater zu Besuch ist.«

Es war dunkel geworden über unseren Gesprächen, die Sterne leuchteten fern über dem Friedhof, wir standen noch einmal still an den Gräbern und gingen schweigend heim.

Zu Hause wartete Hermdieder auf mich, und ich war plötzlich so ungeduldig, die kleine Lisette wieder zu bekommen, daß wir schließlich beschlossen, sie am nächsten Tage zu holen.

Unterwegs machten wir an meinem Heimathof halt. Jobsthenrich ging just mit dem Vater durch den Grasgarten, die Obstbäume zu besehen. Ich merkte schon von weitem, daß er ein feiner Herr geworden war, ich hatte ihn ein paar Jahre nicht gesehen –, bei Kasper Hinnerks Beerdigung war er gerade im Examen. Jetzt war er Architekt und Baumeister in einer großen Industriestadt im Westen und hatte schon viel zu tun.

Ich fürchtete mich vor der Begegnung. Jobst hatte den

Wagen gehört und wandte sich um. Er erkannte mich sogleich. »Annemarie«, rief er nur und lief schnell auf mich zu, nahm mich in die Arme und küßte mich schallend auf beide Backen. Dann hielt er meine Hände lange fest und fragte sogleich nach dem Tod des kleinsten Jungen. Nein, er hatte nichts von seiner natürlichen Herzlichkeit und Freundlichkeit verloren, und seine Anteilnahme an meinem Ergehen und an dem meiner Kinder war nicht gemacht, sondern herzlich und echt. Das tat so ungemein gut. Frisch und rund war sein Gesicht, und hätten nicht einige harte Linien darin von seiner Willenskraft und Ausdauer gesprochen, man hätte gemeint, das frische Jungengesicht von früher vor sich zu sehen. So konnte keine Fremdheit aufkommen.

Als ich mit ihm allein in der Wohnstube war, während Hermdieder die Pferde versorgte, fragte er auch nach ihm, er hätte gehört, er wäre nun ganz solide geworden, so drückte er sich aus.

»Ja«, sagte ich ernst, »mit Gottes Hilfe«, und schwieg.

»Ist nur gut«, sagte Jobst weiter, »daß ihr nicht fromm geworden seid.«

»Aber das sind wir«, widersprach ich lebhaft.

»Na«, sagte er lachend, »das wirst du bald einsehen, daß du nicht fromm bist. Deine neue Schwägerin, Wilhelms Braut, wird's dir schon beibringen. Sie trieft geradezu von Frömmigkeit.«

»Sei still, du Spötter«, sagte ich. »Aber – Wilhelm hat sich verlobt?«

»Ja, in diesen Tagen, mit Berkenbrinks Friederike oben von der Höhe. Du kennst ja den Hof.«

»Und die ist so fromm?«

»Und ob –, du mußt Wilhelm übrigens noch gratulieren.« Ich fand ihn nach längerem Suchen an unserem Teich in der großen Wiese, wo er die Flachsröste beaufsichtigte.

Er ging mit mir nach Haus und erzählte mir, daß er sich nun auch zu den Frommen halte und sogar die Versammlungen besuche. Seine Braut habe ihn wohl dazu gebracht, fragte ich. »Ja, ein wenig wohl«, meinte der einfache und schlichte Mensch, »aber eigentlich doch Hermdieder. Man kennt ihn ja nicht wieder. Ich war ihm gram um deinetwillen, Amrie, aber nun ist ja alles gut.« Auch Kasper Hinnerks Sterben, von dem ich ihm erzählt hatte, hatte ihn damals tief erschüttert.

Am Nachmittag kam die Braut Friederike Berkenbrink mit ihrem kleinen, etwa zehnjährigen Bruder. Sie war kräftig, derb und klein, hatte hellbraunes Haar und einen außergewöhnlich kleinen, runden Mund, der von etwas dicken Lippen gebildet wurde.

Dennoch war sie frisch und lieblich anzusehen. In jedem Augenblick hielt man sie für etwas anderes, als sie war, das war das Eigentümliche an ihr. Zuerst konnte man glauben, sie sei etwas dumm und albern, während man sie im nächsten Augenblick für außergewöhnlich schlau, ja, klug halten mußte.

Als wir nach der Begrüßung in der kleinen Besuchsstube zusammensaßen, erzählte sie von ihrem Pfarrer, dem uns nun auch gut bekannten Pastor Wilkening. Sie war unter seinen ersten Konfirmandinnen gewesen. »Gerade kein Ruhm für ihn«, flüsterte mir der boshafte Jobst leise zu, der eine merkwürdige Abneigung gegen die neue Schwägerin hatte. Sie erzählte weiter von den vielen Erweckungen im Kirchdorf, sprach von ihren eigenen inneren Erlebnissen und wußte – übrigens immer zu Hermdieder gewandt –, sehr schön und geistlich zu sprechen.

Sie tat es mit gesenkten Augen, die sich je und je nur für einen Augenblick ganz zu öffnen schienen, und hatte eine etwas bedeckte Stimme. Es schien, als arbeiteten sich die schönen Worte alle mühsam aus ihrem Innern heraus. Dennoch floß ihre Rede lieblich und glatt dahin. Man hätte nicht sagen können, sprach sie gern oder nur mit Mühe und Widerwillen.

Hermdieder war voller Staunen und Bewunderung, und auch ich hörte gespannt zu. Willem kam hinzu und lauschte ebenfalls selbstvergessen ihrer lieblichen Rede. Zu ihm war sie von einer milden Wärme und Freundlichkeit, die dem Manne gut tat, und schmeichelte ihm je und je, so daß sich sein Selbstbewußtsein hob. Den kleinen Bruder hatte sie mit vielen frommen Ermahnungen sich selbst überlassen.

Jobst wurde es in der Stube ungemütlich, und er forderte mich auf, mit ihm nach draußen zu gehen. Der Vater war auf einem geschäftlichen Wege unterwegs.

Wir sahen den kleinen August, Riekes Bruder, in den Himbeeren hinter dem Hause, wo er tüchtig schmauste, obgleich ihm die Schwester streng verboten hatte, etwas abzupflücken. Dann wieder jaulte der Hund entsetzlich auf, er hatte ihn mit Steinen beworfen. Aber Jobst sagte nur:

»Wenn dei Junge den Rüen nich schmitt,
und dei Rüe den Jungen nich bitt,
denn döget sei ale beide nix.«

Die Hühner flohen kreischend vor ihm, es schien wirklich, als könne er nichts Lebendiges in Ruhe lassen.

Jobst aber sagte, er hätte das früher auch so gemacht.

Als wir uns jedoch der Bleiche näherten, wo die Leinenstücke weit ausgebreitet lagen, sah ich auf allem weißen Leinen dunkle handgroße Flecke. Es war klar, daß jemand mutwillig Lehmklumpen auf alle Stücke geworfen und sie danach noch zertreten hatte. Da sahen wir August gerade hinter einem Busch verschwinden und sich schleunigst davonmachen.

»Das ist ja ein gräßlicher Bengel«, meinte ich, während Jobst noch immer dabei blieb, so etwas machten alle Jungen. Nur mit dem Leinen, das gäbe er zu, das ließe auf einen geradezu boshaften und hinterhältigen Charakter schließen. – Das war die erste Begegnung, Anne, mit dem Menschen, der unserem Hause viel Leid zufügen sollte. Wie oft habe ich später daran gedacht!

Beim Kaffee war der Junge so sittsam und bescheiden, daß ich kaum glauben konnte, daß er so voll boshafter Streiche steckte. Natürlich sagten wir nichts davon, zumal Rieke ihren hübschen blonden Bruder über Strich und Faden lobte. »Was das für'n lieben Jungen ist, er folgt aufs Wort«, meinte sie, während der Junge mit unschuldigster Miene dabeisaß. Auch Rieke aß kaum etwas von dem schönen weißen Stuten. Als ich aber gleich darauf einmal unvermutet in die Wohnstube zurückkam, nachdem wir im Gärtlein gesessen, sah ich sie mit vollem Munde kauend am Kaffeetisch stehen.

Nachher gingen wir noch miteinander durch Haus und Garten. Sie befühlte den Stoff meines Kleides und meinte etwas neidisch, sie würde sich als Willems Frau so etwas Feines nicht leisten können. Ich könnte wohl lachen, daß ich einen so reichen Mann bekommen habe. »Darauf kommt's nicht an, Rieke«, sagte ich etwas kühl, »du weißt doch selbst, was das Wichtigste ist. Und ich meine, da machst du auch eine gute Partie«, worauf sie sogleich wieder »geistlich« wurde, um mir nach einem kurzen Übergang von all ihren reichen und vornehmen Verwandten etwas vorzuprahlen.

Erst am andern Tag, als wir auf der Fahrt zu unserer kleinen Lisette waren, sprachen wir miteinander über die neue Schwägerin. Hermdieder fand, daß sie trotz ihrer großen Jugend eine reife Christin sei, von der man viel lernen könne.

Ich schwieg, und da er meinte, ich könne es nicht vertragen, wenn er eine andere Frau so lobe, fügte er hinzu: »Wenngleich sie mir doch etwas viel von ihren eigenen Erlebnissen erzählt.« »Da hast du recht«, sagte ich, »sie scheint mir etwas schwärmerisch zu sein, aber sonst wohl ein gutes Mädchen und hoffentlich die rechte Frau für Willem.« Damit war der Gegenstand abgetan.

So ist Lisette

Als wir uns Grotejohanns Hofe näherten und das stattliche Gebäude von weitem innerhalb der Eichenbäume lieblich daliegen sahen, bemerkten wir auf einer Schafweide uns zur Rechten mitten zwischen den von einem Hirten bewachten Schafen ein kleines Mädchen, das wie ein lustiger roter Punkt im Grünen saß. Ein heuriges Tierchen hatte es im Arm und Blumen im Schoß, womit es das Schäflein wohl schmücken wollte. Es geriet ihr aber nicht recht. Jetzt kam auch ein größeres Kind aus einer kleinen Vertiefung hervor und half ihr dabei. Ich stieg schnell aus dem Wagen und lief auf die Kinder zu, in der frohen Hoffnung, unser Lisettchen zu finden. Und wirklich, sie war es, die da saß, wie eine liebliche, kleine bunte Blume, selbstvergessen und still an den Körper des kleinen Lämmchens geschmiegt.

Ich rief: »Lisette, sieh mal, wer hier kommt.« Sie drehte den Kopf zu mir und erkannte mich, stand aber nicht auf, mir entgegenzulaufen, sondern sagte nur strahlend: »Kuck mal, das Lämmchen gehört Settchen.« Erst die Aussicht, daß sie im Wagen mit uns fahren dürfe, verlockte sie, mit mir zu kommen.

Nun kam ein schwerer Tag, an dem ich erleben mußte, wie dieses Kind so ganz in seiner Umgebung zu Hause war, wie es keine andere Heimat kannte und von keiner anderen etwas wissen wollte als von diesem Haus, diesem Garten, diesen weiten Wiesen und Feldern, die Marie Ilsabein und ihrem Manne gehörten. Und noch schlimmer war es, daß sie an ihrer »Meumen«, wie sie sie mit den anderen Kindern nannte, in zärtlicher Liebe hing.

Nein, sie weinte und schrie, wenn es hieß, sie solle mit der Mama fahren, wie sie mich zum Unterschied von Marie Ilsabein nannte.

Plötzlich entdeckte sie meine Reisetasche, die bunt mit Blumen in Kreuzstich gestickt war und ein blankes Schildchen hatte.

Dann lief sie behende, so dick und rund sie auch war, zu ihr hin und bespiegelte sich in dem blanken Schild: »Da is Settchen drinne«, sagte sie lachend. Dann wieder tippte sie auf die bunten Blumen. »Schöne Blümelein mag Settchen gerne.« Mit dem Sprechen war sie im Vergleich zu meinen beiden anderen Kindern etwas zurück. Dafür blühte sie hell und frisch, wie keines von ihnen. – Die Reisetasche hat es dann gemacht, daß sie mit uns fuhr, wie ich es immer wieder erleben konnte, daß sie mit einer Liebe und Zähigkeit an Sachen und Dingen hängen konnte, die sich ihr kleines Herz erkoren hatte, wie kaum je an Menschen. Du hast es selbst oft schmerzlich an deiner lieben Mutter erfahren, Anne. Aber du darfst sie nicht darum tadeln. Es hatte auch sein Gutes.

Dennoch wurde das Einleben in unserem Hause für das arme kleine Kind sehr schwer. Sie konnte sich nicht in die Enge finden, da doch straßenlängs und gegenüber immer wieder Häuser standen, ja, gleich hinter unserem Hause der Kotten lag. Sie wußte nicht, wohin sie streifen sollte, und war doch das Streifen so recht gewöhnt und konnte es auch fernerhin nicht lassen. Außerdem sehnte sie sich nach der »Meumen«. Und mit den beiden andern Kindern, der dreijährigen stillen und langsamen Hanna und dem kleinen einjährigen, geweckten Sophiechen wußte sie bisher noch nichts anzufangen. Marie Ilsabeins Kinder waren ihre Geschwister gewesen.

Nur das Blumengärtchen war ihr lieb, darin konnte sie sich stundenlang aufhalten, von einer Blume zur andern laufen, sie betasten und bestaunen. Sie war geradezu eine kleine Blumennärrin, wie die Muhme Karline.

Als ich solches am zweiten oder dritten Tage merkte und mir das Kind in seinem Heimweh leid tat, nahm ich es an die Hand und führte es kurz entschlossen zur Muhme, die nun mit ihrem Mann und nur zwei erwachsenen Söhnen zusammenlebte. Und siehe da, das Gärtlein verband die beiden. Das Kind und die Muhme, sie gehörten zusammen, sie waren irgendwie einander verwandt, wenn auch wiederum ganz verschieden. Und die Muhme hat das Settchen liebgewonnen und verstand es wie keines meiner Kinder, ja, sie sagte einmal, wie keines ihrer Kinder, was ich ihr aber nicht glaube –, sie mag es sich eingebildet haben.

Jeden Tag nun lief Settchen morgens zur Muhme, oft kam sie zum Mittagessen heim, oft blieb sie da, je nachdem, was hier oder dort los war. Denn dem Lisettchen war eine besondere Art von Neugier eigen, weshalb sie auch manchmal recht gern bei uns zu Hause blieb. Wenn sie nicht mit Jette im Stall bei den Kühen oder draußen im Garten war, war sie bestimmt in der kleinen Schreibstube, wo Fremde mit dem Vater geschäftlich zu tun hatten. Dann stellte sie sich vor die Leute hin, sah sie neugierig an und fragte: »Du, wer bin du?« Jedes bunte Mützenband und jede silberne Uhrkette löste ein großes Wohlgefallen bei ihr aus, wie alles Bunte, Lustige und Bewegte.

Manchmal schien es mir, als sei sie so dem Augenblick und seiner mannigfachen Buntheit hingegeben, daß kein Gedanke und kein Wille daneben Platz hätte. Oft schien sie mir so ganz eins mit der Natur draußen zu sein, daß man sie nicht von ihr lösen könne und keine Unterscheidungen zwischen Gut und Böse von ihr erwarten dürfe, obwohl sie eben von Natur meist das Gute tat. Sie war darum kein schwieriges Kind, aber ein seltsames, das man anders beurteilen mußte als andere Kinder.

Dir, liebe Anne, schreibe ich dieses, damit du deine Mutter, die du oft nicht verstehst, besser und gerechter beurteilen lernst. Wir haben ja immer wieder davon gesprochen, aber es mag gut sein, wenn wir dem noch mehr nachdenken.

Manches Mal ist sie auch fortgelaufen. Einmal wollte sie zu ihrer Meumen heim. Angstvolle Stunden haben wir damit verbracht, den Johannisbach, in dem jedes Jahr mehrere Kinder ertranken, zu durchsuchen, meinten wir doch nichts anders, als daß sie hineingefallen sei, weil sie nirgends im Dorfe zu finden war. Später am Abend brachte sie schließlich ein uns bekannter Bauer heim. Er hatte sie stundenweit vom Dorfe ab am Straßenrain gefunden, wo sie mit roten Bäckchen friedlich schlief, verwelkte Blumen in den heißen Händchen. Sie hatte sich nicht gefürchtet – Furcht kannte sie überhaupt nie – und ließ sich abends ganz gelassen, als sei nichts geschehen, in ihr Bettchen bringen. Sie hat es dann nicht wieder versucht, weil sie einsah, daß sie doch nicht so weit laufen könne.

Und schließlich gewöhnte sie sich an uns und unser Haus, wenn sie auch allen Menschen, der Jette und den Knechten, den Fremden, die ins Haus kamen, und den Nachbarsleuten, die sie oft besuchte, geradeso zugetan zu sein schien wie mir, ihrer Mutter. Das war mir oftmals schwer. Alle Fremden hatten dieses unser Kind von allen immer am allerliebsten wegen seiner großen Gutheit und Offenheit, seiner Natürlichkeit und Zutraulichkeit, während die, die ihr nahestanden, oft unter ihr gelitten haben, auch dein lieber Vater, Anne, und du ja auch. Man durfte eigentlich nicht mehr von ihr erwarten, als sie geben konnte.

Einige Wochen darauf aber war Lisette noch einmal verschwunden. Es war im August, die Sonne schien seit Wochen brennend heiß, ohne Abwechslung, jeden Tag in derselben weißglühenden Helligkeit und Hitze. Die Erde war so ausgetrocknet, daß es einen jammerte, sie anzusehen. Ich mußte meinen Blick abwenden, sooft ich in mein Gärtlein ging. Die Blumen ließen schläfrig und müde und durstig die Köpfchen hängen, das Gras war braun versengt. Kühe und Ziegen lechzten nach frischer grüner Weide. Auf dünnen Halmen dörrten die mageren Getreideähren. Der Staub der Straßen war pulverig grau und legte sich auf die verdorrten Wegraine. Unser Brunnen war ausgetrocknet, ebenso wie die benachbarten. Wir aßen dicke Milch zum Stillen des Durstes, das Wasser mußte weit aus dem Johannisbach geholt werden, der aber ebenfalls am Austrocknen war.

Die Männer, die mit dem Bau der Eisenbahn beschäftigt waren, mußten Tag für Tag in der dürren Siedehitze schwerste körperliche Arbeit tun, sie standen halbnackt an den Bahndämmen, und der Schweiß rann ihnen in Strömen das Gesicht herunter. Die Aufseher waren streng und duldeten keine längeren Pausen. Vom Durst gequält liefen alle in der Mittagspause in die Wirtschaften, um durch den Branntwein neuen Arbeitsmut zu bekommen.

Da kamen eines Tages einige Arbeiter aus der Stadt, die auch an der Bahn Arbeit suchten und fanden. Bärtig waren sie und wild anzusehen, es mußten gewiß »Radikale« sein. Abends gaben sie viel Zechen aus, stets hörte man ein wildes Gejohle aus einer übel beleumdeten Wirtschaft erschallen, und mit ihnen war die rote Theribee wieder heimgekommen. Sie war wild und lustig unter all den Männern, so erzählte man sich, saß dem einen und dem andern auf dem Schoß und flüsterte ihnen aufreizende Reden zu.

Und so geschah es an einem Montag gegen Abend. Friedlich waren die früheren Spinner und Weber am Morgen wie immer zu ihrer Arbeit gegangen. Die Branntweinflasche hatte häufiger als sonst die Runde gemacht, drückender als je schien die Schwüle zu lasten. Blutigrot ging am Abend die Sonne unter.

Da war der Sturm losgebrochen. Die Leute waren unzufrieden und erzürnt über die harte Behandlung. Mit Beilen und Spitzhacken gingen sie auf die Arbeitsbuden los und zertrümmerten sie in sinnloser Wut. Den einen Aufseher griffen sie mit Messern und Dolchen an, der andere wurde fast zu Tode gesteinigt.

Gerade, als dieser blutüberstörmt zusammenbrach und sich stöhnend auf dem Boden wälzte, kam Hermdieder an der Arbeitsstelle an, voller Entsetzen die wilde Verwüstung wahrnehmend. Er war auf der Suche nach Lisettchen, und einem allgemeinen Lärm und Menschengedränge nachgehend, war er eiligst dorthin gelaufen. Er hob den schwerverletzten Mann auf und bettete ihn besser an einem Abhang, indem er einem neugierig gaffenden Jungen befahl, sofort den Doktor zu holen. Da sah er auch schon unser Kind, Lisettchen, an einem Abhang sitzen und, wie gänzlich an eine Sache hingegeben, voller Spannung in die Luft starren. In dem Augenblick bemerkte auch er hoch oben auf einem Gerüst des im Bau befindlichen Viaduktes einen Mann, den dritten Aufseher, frei in der Luft schweben, von zwei Männern über ein Geländer gehalten. Die Menge der Arbeiter sah nun wie gebannt hinauf: »Schmitt em rünner, dat Luder!« riefen sie in wilder Begeisterung, »lat em löß, den Schietkerl.«

Die Männer oben zählten langsam: »Een, twee –« In atemloser Spannung waren alle vor Rachlust oder auch Entsetzen einen Augenblick still und wie gelähmt.

Und in diese lautlose, gespannte Stille hinein erklang mit einem Male die helle Stimme unseres Kindes, das aufgesprungen war und nun mit ausgebreiteten Armen unter dem Gerüst stand: »Tomm, ich fang dich auf!« Da löste sich die furchtbare Spannung, alle lachten befreit auf wie Kinder, die aus einem schweren Traum erwachen und nun wissen, daß alles gar keine rechte Wirklichkeit war.

Einer rief laut: »Gevt em nen Tritt in nen Hintern und kullert em 'n Brink (Abhang) dahl.«

Die da oben sahen sofort die Stimmung umschlagen und taten sogleich, wie ihnen geheißen. Nein, sie wollten nicht die Mörder und einzigen Schuldigen sein.

Unter dem ausgelassenen Gelächter der Zuschauer rollte der Aufseher den steilen, hohen Hang herunter, kopfüber, kopfunter, bis er zerschlagen und verbeult unten ankam und sich, so gut er konnte, buchstäblich aus dem Staube machte.

Settchen aber stand da und klatschte in die Hände und lachte und lachte. Sie hatte einen großen Spaß erlebt. Hermdieder nahm sie auf den Arm, wo sie sogleich einschlief und trug sie heim –, es war schon dunkler Abend geworden.

So war Lisette –.

Die Empörung der Eisenbahnarbeiter aber war nur der Auftakt zu den schweren Notzeiten, die nun folgten. Am nächsten Tag war eine Kompanie Soldaten aus der nahen Stadt in unser sonst so friedliches Dorf einmarschiert, hatte die Arbeitsstelle umzingelt und die Rädelsführer, die an jenem Abend noch das Amtshaus erstürmt hatten, gefangen in die Stadt geführt, wo sie auf der Sparrenburg für ihre Untaten büßen mußten. Das hatte unseren Dorfbewohnern einen so großen Schrecken eingeflößt, daß sie wieder friedlich an ihre Arbeit gingen. Immerhin hatten sie das erreicht, daß sie höheren Lohn bekamen und bei der Arbeit nicht so gequält wurden.

Revolution im Dorfe

Das war schon viel, aber angesichts des nun folgenden Hungerjahres wenig genug. Das Getreide war im Sommer 1847 infolge anhaltenden Regens so schlecht geraten, daß ein Scheffel Korn vier bis fünf Taler kostete. Nur die

Wohlhabenden konnten sich einigermaßen satt an Brot essen. Für die anderen war trockenes Brot mit Kornkaffee ein Leckerbissen. Sie nährten sich von Rüben, die ohne Fett in Wasser gekocht wurden. Sie suchten sich Brennesseln und Kräuter und kochten Suppen daraus, ja, sie backten Brot aus Baumrinde.

Jeden Tag stand unser Hof voll von Leuten, die danach trachteten, bei uns mitzuessen. Ich machte möglich, was ich nie für möglich gehalten hätte. Täglich konnte ich fünfzig Menschen speisen. Unser kräftig und gut durcheinander gekochtes Mittagessen wurde jeden Mittag wieder und wieder verlängert, wir selbst begnügten uns mit dem allergeringsten Maß von Speise. Auch die Kinder wurden knapp und einfach gehalten. Hermdieder litt es nicht anders und wachte streng über jeder Brotschnitte. Wenn kein Mittagessen mehr da war, nahm ich die saure Milch, rahmte sie ab und streute geriebenes Brot darüber. Daran sättigte sich ein anderer Teil der Hungernden.

Jeden Tag ging ich mit banger Erwartung selbst in den Stall, um die Kühe zu melken. Die Mädchen molken sie mir nicht gründlich genug aus. Und ich erlebte es, daß die Kühe von Tag zu Tag mehr Milch gaben. Nie hatte ich bisher und habe ich später einen solchen Reichtum an Milch gehabt wie dieses Jahr. Ich nahm diesen Segen als ein Geschenk von meinem himmlischen Vater hin, der für uns elende Menschen auch im kleinsten sorgt, und war ihm dankbar und fröhlich wie ein Kind, das von seinen Eltern eine unverhoffte und unverdiente Gabe vor allen andern Kindern bekommen hat.

Wenn ich morgens solchermaßen die Armen gespeist, ging ich am Nachmittag in die Häuser der Weber und Spinner, die für uns gearbeitet hatten oder noch arbeiteten. Ach, was sahen meine Augen für Not und Herzeleid! Es saß da eine abgezehrte Spinnersfrau am Herd, die Hände im Schoß, rührte nichts mehr an, keine Arbeit und auch kein Essen. Die kleinen Kinder verkamen um sie herum. Der blasse Säugling lag in schmutzigen, stinkenden Kissen, halb verhungert. Die anderen Kinder krochen und liefen halbnackt in der schmutzigen Küche herum.

Der Vater sorgte für sie, so gut er konnte. Die Frau war zu nichts zu bewegen und zu brauchen.

Durch Wein, Milch und Eier versuchte ich ihr neue Lebenskraft einzuflößen, was mir auch schließlich mit Gottes Hilfe gelang. Die Kinder bekamen nun regelmäßig von uns Milch und Brot. Ja, es kam noch schlimmer. Hier erhängte sich ein Hausvater, dort ging einer in den Johannisbach. Die Säuglinge und kleinen Kinder starben nur so dahin. Die großen Kinder gingen nicht mehr in die Schule, sie waren viel zu schwach dazu, sie saßen an den Straßen und bettelten.

Auch die rote Theribee, die mit ihrem Jungen bei ihrer alten Mutter wohnte, litt bittere Not. So erzählte man uns. Und Hermdieder kam mit mir überein, daß wir ihr Brot und Milch, Kartoffeln und Rüben schickten, da sie nicht zu uns ins Haus zum Essen zu kommen wagte.

Einen großen, langen Tisch hatten wir stets längs auf der Deele stehen, der kaum jemals leer war. Die Leute brachten sich ihr Kümpchen und den Löffel mit. Aber was nützte schließlich alles gegenüber der entsetzlichen Hungersnot?

Wir konnten oft nicht fassen und begreifen, warum Gott die Menschen so leiden ließ und nicht eingriff. In der Bibelstunde beteten und flehten die Männer zu Gott, daß er dem Herzeleid ein Ende mache. Sie erkannten schließlich immer deutlicher, daß es ein Gericht Gottes über die sündige Menschheit sei. Sie wurden aber des inne, daß es zumal ihre eigenen Sünden seien, die Gott strafe, und daß ihnen nichts anderes gezieme, als ernstlich selbst Buße zu tun. In großem, heiligem Ernst haben sie sich nun geprüft und einander ihre Sünden bekannt.

Ja, sie straften sich gegenseitig, und einer sagte dem anderen in brüderlicher Liebe, aber in ganzer Wahrhaftigkeit, was ihm noch fehle. Nur ein Weber, ein bescheidener und treuer Mann, der uns viel Geld schuldete, hatte dabei geschwiegen, dennoch spürten alle, daß er noch etwas auf dem Herzen habe. Er wollte aber nichts sagen. Erst als die anderen Brüder meinten, er könne dann nicht mehr zu ihrer Gemeinschaft gehören, sagte er zaghaft und stockend, es scheine ihm so, er könne sich aber irren, als sei Hermdieder noch hoffärtig und dünke sich besser als die anderen. Hermdieder war von Herzen betrübt über diese Beschuldigung. Aber er antwortete nichts und ging still nach Hause. Das nächstemal aber sagte er zu dem Weber: »Du hast recht gehabt, die Summe, die du mir schuldig bist, steht mir oft vor Augen, wenn ich mit dir spreche. Aber was ist sie demgegenüber, was Gott mir an Schuld erließ? So streiche ich deine auch durch.« Der Weber wollte das zwar nicht gelten lassen, mußte sich aber fügen.

Nach langen Bittgesuchen kam dann endlich doch Hilfe von der Regierung, und Lebensmittel wurden herbeigeschafft. Unser Pfarrer richtete eine Volksspeisung ein, die soweit ausreichte, daß wenigstens keiner mehr zu verhungern brauchte.

Aber die Hungersnot hatte das Volk so mürbe gemacht, daß es revolutionären Gedanken zugänglich wurde. Dazu kam die Empörung gegen die Maschine, die den Spinnern ihren Erwerb nahm. Die Leinenkaufleute bekamen Briefe ohne Namensunterzeichnung, worin ihnen mit dem Tode gedroht wurde, falls sie Maschinengarn einführten und verweben ließen. Die mechanischen Webereien kamen erst später auf, außerdem wurde das handgewebte Leinen immer noch dem maschinengewebten vorgezogen. Das handgesponnene Garn aber konnte nicht mehr mit dem englischen maschinengesponnenen wetteifern.

Da Hermdieder das Garn auch ballenweise aus England bezog, im Hause die Ketten zum Weben scheren und das Einschlaggarn vorbereiten ließ, traf auch ihn der Haß der Spinner. Die Kötter aber, die durch die schlechten Ernten verarmt und in Not geraten waren, liehen allen Verhetzungen ein williges Ohr.

So geschah es, daß die Berliner Märzrevolution im Jahre 1848 auch in unserm kleinen Dorfe einen Widerhall fand. Als die Nachricht aus Berlin kam, daß der König gefangengesetzt, daß das Volk regiere und neue Rechte eingeführt seien, griff man auch bei uns zur Selbsthilfe. Aller Besitz sollte aufgeteilt werden. Reiche und Arme würde es nicht mehr geben.

Wieder waren es städtische Radikale, die die Scharen führten, während die eigentlichen Dorfbewohner nur mitmachten. Und wieder war es die rote Theribee, die die Männer anfeuerte und sie zu Taten anreizte, die ihnen eigentlich fernlagen.

Eines Tages – Hermdieder war gerade in der Stadt – sammelten sich die Aufständischen, um ein Faß Branntwein gelagert, auf unserer niederen Heide. Unheimlich erklang das wilde Johlen in den neblig kalten und nassen Märztag hinein. Dann zogen sie in einem wilden Zug von Bauernhof zu Bauernhof. Ein städtischer Anführer ritt auf einer Kuh, die Theribee führte, der Bande voran. Mit Sensen und Beilen, mit Messern und Dolchen folgten die anderen. Lange hörte ich nur ein wüstes Toben und Schreien, dann wieder war es still, wenn die Leute auf einem fernen Bauernhof beschäftigt waren. Aber als es dunkel geworden, kam eine Bande von etwa acht bis zehn Mann auch zu uns. Sie hatten sich geteilt, um schneller mit allen fertig zu werden.

Hermdieder war noch nicht wieder da. Schon von weitem hörte ich sie singen:

»Die Welt ist rund und muß sich drehn,
Oh, wie wird's Hermdieder gehn!«

Eine gellende Frauenstimme klang dazwischen.

Ich bat Gott von Herzen um Kraft und Weisheit. Für mich wollte ich ja nichts, aber für meine Kinder, die friedlich in ihren Betten schliefen, und das ungeborene, das in diesen Tagen zur Welt geboren werden sollte, flehte und schrie ich um Schutz und Hilfe.

An der Spitze der kleinen Rotte drang ein mir unbekannter bärtiger Mann ins Haus. Die anderen, die folgten, waren mir vom Hungerjahr her bekannt. Jeden Mittag hatten sie an unserem Tisch gegessen. Mit einem großen Messer bewaffnet, kam der Anführer auf mich zu, als ich still und ruhig aus der Wohnstube auf die Deele trat. »Wir suchen deinen Mann«, sie sagten zu allen Leuten du, »wo ist er? Her mit dem Leinenfritzen!« Ich erwiderte und wußte nicht, woher ich den Mut nahm, daß ich ganz allein mit meinen Kindern zu Hause sei, auch die Knechte wären fortgegangen.

»He«, rief der Anführer, »eine gute Gelegenheit! Jetzt wollen wir erst mal den Kerl suchen, denn im Hause steckt er sicher.« Ich sagte: »Seht selbst nach, alle Kammern sind offen. Nur seid etwas leise bei den Kindern.« Der Anführer ging nun in alle Kammern und stach mit dem scharfen Messer in die Betten hinein, so daß die Federn nur so flogen. Die anderen gingen blöd hinterdrein. Ich aber nahm ein reines Tischtuch, setzte die guten, goldgeschmückten Tassen und Teller darauf, holte Brot, Wurst, Schinken und Milch, innerlich unter Zittern und Zagen, äußerlich ruhig und gefaßt, und ließ sie unterdes allein suchen. Nur in unsere Schlafkammer begleitete ich sie, der Kinder wegen. Auch hier stach der Bärtige in die prallen Kissen und durchstöberte das Stroh. Die Kinder schliefen mit roten Bäckchen weiter, nur Lisettchen richtete sich plötzlich schlaftrunken auf und sagte, den wilden Gesellen anlächelnd: »Papa wieder da?« und schlief weiter.

Da verließ er, gezwungen und höhnisch auflachend, die Kammer und folgte mir in die Wohnstube.

»Wollt Ihr Euch nicht setzen«, sagte ich freundlich, »ich würde gern wissen, wie Ihr Euch später alles denkt und will Euch gleich unseren Besitz angeben.« Da sah mich der Bärtige forschend an, unsicher, ob ich ihn verspotte. Aber als ich den Blick festhielt und ihn mit freundlichem Ernst ermahnte, doch ja etwas zu essen, da sie hungrig sein müßten, wurde er plötzlich verlegen und setzte sich mit den Kameraden an den Tisch.

Sie sprachen dem Essen gut zu, und einer meinte lachend, das wäre doch etwas anderes als das Rübenessen auf unserer Deele im Hungerjahr.

»Aber hätt'st du's damals nicht gehabt, Johann«, sagte ich, »was wäre aus dir und den Kindern geworden?«

Da schwiegen alle beschämt und gedachten wohl ihres demütigen Bettelns in jener Zeit. Dennoch aber spielten sie sich nicht als Herren auf, wie ich es vermutet hatte, sondern saßen als höfliche und freundliche Gäste an meinem Tisch.

Selbst der wilde Fremde hörte ruhig auf das, was ich ihm diktierte, die Menge der Ländereien, Wiesen, Gärten, die beiden Kotten, die Garn- und Leinenbestände und das Barvermögen.

Als sie mit dem Essen fertig waren, verabschiedeten sie sich höflich, und einer, der ein wenig angetrunken war und stotterte, drückte einmal über das andere meine Hand und versicherte mir, er wolle schon dafür sorgen, daß es uns bei der Teilung nicht so schlecht gehen sollte.

»Halt's Maul, du Esel«, sagte der Bärtige im Herausgehen, »was verstehst du davon?« Ich aber sah am Gartenzaun die rote Theribee stehen, mit lüsternen, begierigen Augen. Nein, sie war nicht auf ihre Kosten gekommen. Ihre Rachegedanken hatten sich in keiner Weise verwirklicht. Die arme, friedlose Seele!

Kaum hatte ich die Tür hinter den Männern geschlossen, da sank ich in der Schlafkammer an der Kinder Bettchen nieder und dankte Gott, daß er uns so gnädig behütet hatte. Wie gut, daß Hermdieder nicht zu Hause war! Es wäre uns übel ergangen, hatten sie doch anderswo die Häuser demoliert, Korn und Lebensmittel erpreßt, ja, die sich zur Wehr setzten, tödlich verletzt.

Als Hermdieder spät abends in größter Sorge und Angst nach Hause kam – er hatte unterwegs gehört, daß die Bande auch bei uns gewesen sei –, fand er seine Frau und Kinder unversehrt, in friedlich-tiefem Schlafe liegen.

Der Vater

Das war geschehen einige Tage vor Karfreitag des Jahres 1848. Am Gründonnerstag gingen wir zur Beichte und fasteten, wie wir es jetzt gewohnt waren, von diesem Abend um sechs Uhr an vierundzwanzig Stunden lang bis zum Karfreitagabend. Nur ich aß dieses Jahr etwas trockenes Brot dazwischen, wegen des Kindleins, auf das ich wartete. Über dem braunen welligen Lande lag traurige Stille gebreitet, kein Vogelgesang war in der kühlen, feuchten Luft zu hören. Das Leben schien den Atem anzuhalten, nur gedämpfte Kinderstimmen klangen dann und wann von fern herüber. Selbst dem Wachsen der Saat schien göttlicher Zwang Einhalt geboten zu haben. Die Straßen des Dorfes waren wie ausgestorben. Es war nicht Sitte, am Karfreitag das Haus zu verlassen, es sei denn, daß man zur Kirche ging.

Nachdem wir am Morgen das Heilige Abendmahl gefeiert hatten, versammelten wir uns am Nachmittag mit der Gemeinde in der Kirche, wo wir in besonderer Weise der Todesstunde unseres Herrn Christus gedachten. Dicht gedrängt voll war das Gotteshaus, Männer und Frauen hatten ihre Trauertracht angelegt, die Kanzel war mit schwarzem Tuch beschlagen. Nur zwei Altarlichter brannten in der etwas dämmerigen Kirche. Der Pfarrer hatte das Evangelium vom Sterben Jesu am Kreuz verlesen. Wir sangen:

»Die Farbe deiner Wangen,
Der roten Lippen Pracht
Ist hin und ganz vergangen.
Des blassen Todes Macht
Hat alles hingenommen,
Hat alles hingerafft.«

Dann war es einige Minuten ganz still in der menschengefüllten Kirche, bis in die bange Stille hinein das kleine Glöckchen erklang. Es war drei Uhr nachmittags, die Sterbestunde des Heilands.

In großer Bewegung und innig des Leidens und Sterbens unseres geliebten Herrn gedenkend, gingen wir schweigend nach Haus. Das Fasten und die große Trauer unseres Herzens hatten uns müde gemacht, also daß wir früh zur Ruhe gingen.

Aus festem und tiefem Schlaf wurden wir durch ein lautes Klopfen geweckt. Eine mir gut bekannte Stimme rief: »Amrie, mach auf, ich bin's. Mach auf!« Ich dachte, mir hätte geträumt, der Vater wäre da, und legte mich auf die andere Seite. Aber da das Klopfen nicht aufhörte, wurde ich hellwach, stand schnell auf und öffnete in großer Angst und Erregung.

Was mochte geschehen sein?

Wahrhaftig, da stand mein alter Vater, erschöpft und müde, mit einem Reisesack in der Hand. »Vater«, rief ich entsetzt, »was macht Ihr so spät abends, wo kommt Ihr her?« Völlig erschöpft ließ er sich auf einen Stuhl fallen. »Gib mir zu essen und zu trinken«, sagte er kurz, »dann frag noch mal.«

Nachdem sich der Heißhungrige gesättigt hatte, fing er an zu erzählen.

»Ja«, begann er, »da staunst du, dein alter Vater ist von Haus und Hof gegangen, vertrieben, könnte man sagen«, er faßte seinen gedrehten Knotenstock wuchtig um, »vertrieben von Rieke, diesem Satansweib.« Wilhelm hatte inzwischen geheiratet.

»Vater, hört auf! Was ist denn passiert?«

»Ach«, sagte er, sich besinnend, »passiert eigentlich nichts. Schon seit langer Zeit konnte ich's kaum bei ihr aushalten. Das fromme Getue hing mir zum Halse heraus. Und dabei ist sie ein Geizkragen, pfui Deubel . . .

Heute aber ist der Krug übergelaufen. Die beiden fasteten, und ich sollte ihre fromme Sitte mitmachen. Ich, der Vater, dem alles gehört, von dessen Gnade sie abhängig sind, in meinem eigenen Hause durfte ich nichts essen. Sie lungerte hinter mir her, ich konnte nicht an den Brotschapp. Ich hab's aber doch getan«, listig schmunzelte er, »und schnitt mir ein großes Stück ab. Und wie sie mich da mit ihren gräsig falschen Augen von der Seite angluppte, da packte mich die Wut so doll, daß ich das Messer nahm –«

»Vater«, schrie ich auf.

»Sei still, ich tat ihr nichts, ich ging bloß damit auf sie zu. Na, dies Geschrei hättest du hören müssen. Willem kam und tröstete das süße Täubchen und wurde mir aufsässig, wahrhaftig, das erstemal in meinem Leben.

Da nahm ich mein Bündel, ging und will hierbleiben.«

Ich machte die Kammer der Leibzucht zurecht, in der Hermdieders Vater geschlafen hatte, und brachte den todmüden Alten wie ein Kind zu Bett.

»Danke«, sagte er, »danke«, und dann schlief er schon.

Am Ostersonntag zur Kirchzeit, da alle Glocken das Fest einläuteten und die Gemeinde in der Kirche sang: »Christ ist erstanden von der Marter alle, des woll'n wir alle froh sein, Christ soll unser Trost sein«, wurde mir zum Trost nach einer schweren Nacht ein liebes Kind geschenkt, wieder ein Mädchen. Und Hermdieder saß an meinem Bett und sagte: »Sieh, das ist nun dein Ostermorgen« und nahm die Bibel und las mir die Ostergeschichte vor: »– und sie kamen zum Grabe am ersten Tage der Woche sehr früh, da die Sonne aufging. Und sie sprachen untereinander: Wer wälzt uns den Stein von des Grabes Tür? Und sie sahen dahin und wurden gewahr, daß der Stein abgewälzt war, denn er war sehr groß.«

Dieses Kindlein aber war und blieb mir vor allen sonderlich ans Herz gewachsen, und wir gaben dieser unserer kleinen Osterblume, die in den Himmel hineinwachsen sollte, auf Hermdieders Geheiß meinen Namen Anna Marie.

Ich war das erste Mal seit der Geburt der kleinen Annemarie draußen in meinem Gärtlein. Es war am Sonnabend abend, den ganzen Tag hatte es geregnet, jetzt aber hatte sich der Himmel aufgehellt, war die Luft warm und feucht geworden und erfüllt von vielen kleinen Vogelstimmen. Das frische Gras und das helle Grün der Stachelbeer- und Himbeerbüsche, das beinahe sichtbar wuchs, duftete gut und würzig. Ganz windstill war es, und alle Dächer und Straßen blinkten wie blank geputzt für den Sonntag im Abendschein. Jenseits des Gartenzaunes am Rain des Weges weideten unsere Braunen, blank und prall, in behäbiger Freude dem Genuß des frischen, grünen Grases hingegeben. Der Vater, der den Tag über vor Langeweile im Hause herumgeknurrt hatte, bastelte nun am Gartenzaun herum. Draußen fand er immer Arbeit. Lisettchen sah ihm neugierig zu, während Hanna und Sophie mit Steinchen spielten.

Das Rollen eines Wagens, das die feierabendliche Stille unterbrach, ließ mich aufsehen. Und schon erkannte ich Willem und die Schwägerin, die eiligst vom Wagen sprangen.

Mit behenden, kleinen Schritten lief Rieke an den Zaun, streckte dem Vater die Hand entgegen und rief eifrig und freundlich: »Guten Tag auch, Vatter, wie geht's Euch denn?« Der aber wandte sich langsam ihr zu, sah sie von oben bis unten an, nahm seine Pfeife bedächtig aus dem Mund, spie wie zufällig aus, drehte sich um und ging ins Haus. Willem sah er gar nicht an.

Die Schwägerin machte ein recht einfältiges Gesicht, das aber allmählich geduldig und ergeben wurde.

»Ja, Amrie«, sagte sie, »wir wollen ihn wiederholen. Er kann doch nicht bei euch bleiben, was würden die Leute sagen? Die würden schließlich denken, ich hätte ihn aus dem Hause gejagt.«

So unrecht mögen sie nicht haben, dachte ich, sagte aber, daß wir ja versuchen könnten, ihn zu überreden, nach Hause zurückzukehren.

Ich lud sie zu einer Tasse Kaffee ein, und wir gingen ins Haus. Auch Hermdieder kam aus seiner Schreibstube zu uns. Der Vater sah zum Wohnstubenfenster hinaus und drehte sich nicht um.

Da machte die tapfere Rieke noch einmal einen Vorstoß. Sie ging mit freudig aufleuchtenden Augen auf ihn zu, hielt ihm wieder die Hand hin und sagte in feierlichem und herzlichem Ton: »Vatter, der Herr Jesus hat am Kreuz gesagt: Vater, vergib ihnen, denn sie wissen nicht, was sie tun, und als Petrus ihn fragte, wievielmal wir vergeben sollten, hat er gesagt: nicht siebenmal, sondern siebzigmal siebenmal, und wir beten: wie wir vergeben unsern Schuldigern, Vatter ...« Während ihrer sanften und frommen Rede hatte sich der Vater ein wenig ihr zugewandt, und in seinen Augen stand eine stille Bereitschaft. Ach, sie schien gar so demütig zu bitten, und es klang herzlich und echt. »Vatter«, so fuhr sie fort, »darum bin auch ich bereit, Euch zu vergeben, was Ihr mir tun wolltet und bitte Euch, wieder mit nach Hause zu kommen.«

Da lachte der Vater grimmig auf, ging einen Schritt auf sie zu, stand dicht vor ihr, sah sie aus seiner knochigen Höhe heraus beinahe gleichgültig an und sagte: »Fahr mit deinen schönen Reden zur Hölle, da wird sein Heulen und

Zähneklappen, und dann lad mich wieder ein, ob ich dann zu euch komme.«

In dem Augenblick trat Willem vor, bleich und entschlossen, wie ich ihn nie gesehen, stieß Rieke ein wenig beiseite und nahm des Vaters Hand »Vater«, sagte er, »vergebt Ihr uns, was wir Euch getan haben.«

Aber der Vater lachte noch höhnischer: »Du? – Du hast um nichts anderes um Vergebung zu bitten, als daß du diese Frau genommen hast, du dümmster aller Esel. Du warst und bist mein lieber und getreuer Sohn, wahrhaftig«, und er legte ihm die Hand auf die Schulter, »aber du weißt ja, es steht geschrieben: ›Die zwei werden ein Fleisch sein.‹ Darum – verstehst du mich, Willem? nur darum müssen wir geschiedene Leute sein.«

Damit ging der Alte zur Tür hinaus und riegelte sich in seiner Kammer ein.

Rieke aber fing an zu lamentieren: »Amrie, das hätte ich doch nie gedacht, als ich auf euren Hof heiratete, daß man mich mit dem Tode, ja, mit dem Tode, bedrohen könnte. Beinahe wäre dein Vater ein Mörder geworden. Und das sieht der Mensch nicht ein. Hast du schon solche Unbußfertigkeit erlebt?«

»Rieke«, sagte ich darauf ernst, »ich glaube, du bist unbußfertig. Es mag sein, der Schein der größeren Schuld mag bei meinem Vater liegen, er ist hart und finster und wortkarg, aber nicht schlecht. Du aber scheinst ihn mit tausend Kleinigkeiten gereizt zu haben. Und wie durftest du den alten Mann fasten lassen?«

Nun aber verteidigte sie sich in endlos langen Reden. Ach nein, der Vater habe alles verkehrt aufgefaßt, und sie müsse nach Gottes Gebot fragen, man müsse Gott mehr gehorchen als den Menschen, das würden wir doch zugeben.

Sie bewies es in geistlicher Rede, daß sie geistlich und nicht fleischlich gesinnt sei und sie darum auch recht habe.

Hermdieder hatte bisher kein Wort gesagt. Jetzt stand er auf, nahm Rieke an den Arm und führte sie vor den Spiegel, der an der Tür neben dem großen Paradehandtuch hing. »Sieh dich an im Spiegel«, sagte er mit unwiderstehlichem Ernst, »wie du gestaltet bist. So machst du es in geistlicher Beziehung. Du stellst dich auch da vor einen Spiegel, der dir das schöne und gottgefällige Bild deiner eigenen Seele zurückwirft. Du stellst dich vor einen Spiegel und vor dein eigenes Bild, aber du stehst nicht vor dem heiligen, majestätischen Gott und läßt dich nicht von ihm richten. Sonst könntest du nicht so sprechen.«

Willenlos hatte Rieke alles mit sich geschehen lassen. Nun brach sie demütig und bereit in Tränen aus: »So sag mir doch, Hermdieder, was soll ich tun?«

Und während sie nun im stillen erwartete, daß er mit ihr auf die Knie fallen und beten würde, sagte er nur kurz und hart: »Buße« und ging aus der Tür, ohne sie noch einmal anzusehen.

Eine Viertelstunde darauf rollte der Wagen wieder meiner Heimat zu, ohne den Vater. –

Nein, es war nicht zu erwarten, daß sich der Vater bei uns wohlfühlen würde. Ein alter Baum läßt sich nicht gut verpflanzen, und zumal nicht ein so knorriger und harter, der fest mit den zähen Wurzeln in seiner heimatlichen Erde verankert ist, dem aber nichts mehr an Blättern, Blüten und Früchten liegt. Und so kümmerte der alte Mann dahin, vom Heimweh verzehrt, nur vom Haß aufrechterhalten, denn sein Haß gegen die Schwiegertochter war stärker als das Heimweh.

Als die Zeit der Kirschblüte kam, ging er durch das Dorf und stand vor den blühenden Obstbäumen, ja, ich fand in den Taschen seiner Joppe eine Handvoll weißer Blütenblätter. Weh wurde mir dabei ums Herz. Ach, ich verstand ihn wie keiner. Wer die Freiheit und Einsamkeit, die lichte Höhe und Stille gewöhnt ist, kann sich nicht mit der engen Alltäglichkeit begnügen, die ihn einschnürt und beengt. Wie heimwehkrank war auch ich in diesem Hause gewesen, bis mein Tagwerk neu geworden.

Armer Vater! Dazu kam, daß es ihn wurmte, von seinem Schwiegersohn erhalten zu werden, er, der so stolz war, daß er am liebsten alle seine Kinder irgendwie von sich abhängig wußte. Aber da fand Hermdieder einen Ausweg.

Als der Vater den Gartenzaun fertig ausgebessert hatte, holte er mit listigem Zwinkern Hermdieder herbei und fragte ihn, was er sonst wohl für diese Arbeit bezahlen müsse. Ob sie wohl zwanzig Silbergroschen wert sei. Hermdieder prüfte alles umständlich und genau. »Nein«, sagte er, »das ist eine so gute Arbeit, zwei Taler würde sie mich gekostet haben.« »So«, fragte der Vater mißtrauisch, er meinte, Hermdieder wolle ihn verspotten, »ist das dein Ernst?« »Ja gewiß«, sagte der und faßte mit der Hand in die Tasche, als wolle er das Geld gleich bar bezahlen.

»Nein, nein«, wehrte der Vater ab, »dafür will ich nichts haben. Ich liege dir ja so schon genug auf der Tasche.«

»Ach, das ist nicht der Rede wert«, meinte Hermdieder, »deine Arbeit macht das mehr als wett. Wir können ja jede deiner Arbeiten abtaxieren, und du schreibst sie in dein Kontobuch. Dann wollen wir nachher mal sehen, was du uns geschenkt hast.«

So glücklich wie an jenem Tage war der Vater noch nicht bei uns gewesen. Ordentlich aufgeräumt wurde er und saß am Abend noch mit uns in der Stube, um zu klönen, während er sonst immer früh in seine Kammer ging.

Dabei sagte ihm Hermdieder, daß er noch so viel Arbeit für ihn habe, ein Schuppen müsse noch gebaut werden, zunächst aber sei der Kotten instand zu setzen. Die alten Brinkmanns waren kurz nacheinander gestorben, für die neuen Kötter, die noch nicht bestimmt waren, da die Brinkmanns Söhne auf andere Stätten geheiratet hatten, mußte das Wohnhaus ausgebessert, mußten Dielen erneuert und die Ställe nachgesehen werden.

Ich erinnerte mich an seine Freude am Schnitzen und bat ihn, auch an unsere Kinder zu denken und ihnen Tisch und Stühlchen zu schnitzen. Das waren unsere friedlichsten und schönsten Stunden in jener Zeit, wenn der mürrische Alte über dem Schnitzen des Spielwerks alle Kümmernisse vergaß und das Lichte in seiner Seele, sonst verborgen und verschüttet, zum Vorschein kam. Dann liebten die Kinder ihren Großvater, den sie sonst etwas fürchteten. Hanna saß still und aufmerksam mit ihrem Strickstrumpf stundenlang bei ihm, in ihrem weichen, blassen Gesichtchen lag eine große Aufgeschlossenheit, und ihre dunkle, warme Stimme klang zärtlich und scheu über die weite Deele hin, wie ein verschüchtertes Vöglein.

Lisettchen sah mit großer Neugier dem Hantieren des Großvaters zu, hatte aber nicht soviel Geduld, lange dabeizusitzen, und Sophie unterhielt den Alten mit den ergötzlichsten Fragen. Sie war ein aufgewecktes und kluges Kind und wurde allgemach der Liebling des Großvaters, dem sie im klugen Errechnen der Vorteile ähnlich wurde. Annemarie kam noch nicht in Betracht, sie gehörte noch mir allein.

Dennoch waren es immer nur Stunden, da ein solcher Friede im Hause herrschte. Sonst lastete des Vaters Wesen wieder schwer auf uns, weil er sich nicht in unser Hauswesen zu fügen vermochte. Seine Gleichgültigkeit dem christlichen Glauben gegenüber schien sich fast in Ablehnung verwandelt zu haben, das machte der Umgang mit der scheinheiligen Schwiegertochter. Ihm war alles »religiöse Getue«, wie er es nannte, in der Seele zuwider.

Hermdieder war es ein Herzensanliegen, bei den täglichen Hausandachten alle Hausgenossen versammelt zu sehen. Der Vater dagegen richtete es so ein, daß er möglichst nicht dabei zu sein brauchte, und nachdem Hermdieder eine harte Auseinandersetzung mit ihm deswegen gehabt hatte, die nichts gefruchtet, ließ er ihn gehn. Dennoch kam es manchmal vor, daß der Vater dabei war. Dann saß er, das Kinn auf seinen gedrehten Stock gestützt, gleichgültig dabei und sah angelegentlich zum Fenster hinaus.

Schlimmer war es mit der Sonntagsheiligung. Du weißt ja selbst, Anne, wie es bei uns Sitte war. Ein stiller, köstlicher Friede lag über dem wohl geputzten und geschmückten Haus. Alles glänzte nur so von Sauberkeit und Feiertäglichkeit, von den blank geputzten kupfernen Kesseln an bis zu den hellen Fliesen am Ende der Deele und dem mit weißem Sand bestreuten Boden der Wohnstuben. Es wurde nur das Allernötigste geschafft. Mittags gab es der Einfachheit halber nur eine mit Rindfleisch gekochte Graupensuppe. Gleich frühmorgens erschienen alle bis zur kleinsten Magd und zum jüngsten Knecht in ihren Sonntagskleidern, weil dann alle bis auf den Einhüter zur Kirche gingen.

Der Vater aber kam immer in seinem schlechtesten Alltagsanzug zum Imt auf die Deele oder in die Wohnstube, er zog sich auch zum Nachmittag nicht um, sondern tat seine Arbeit wie am gewöhnlichen Alltag, denn zur Kirche ging er ganz selten einmal, und nur zu dem alten Pfarrer.

Hermdieder bat ihn herzlich, doch seine Gewohnheit zu ändern. Wir bekamen am Sonntag viel Besuch, sei es, daß Kaufleute aus der Stadt kamen, sei es, daß Hermdieders Freunde aus der Bibelstunde da waren. Wir mußten uns des Vaters schämen. Er paßte nicht in unser Haus am Sonntag.

Der Vater aber blieb dabei, daß er nichts mit dem Sonntag anzufangen wisse und darum im Arbeitszeug arbeiten müsse.

Es war Hermdieder ein Dorn im Auge. Gerade dieses wurmte ihn, den sorgsamen, ordentlichen Mann, der alles gern nach seinen Ideen geordnet hätte. Ich redete ihm gütlich zu, aber auch ich mußte meinem Manne recht geben.

Eines Sonntagmorgens kam der Vater ganz freundlich zu mir und sagte: »Amrie, ich möchte wohl heute mein Sonntagszeug anziehen, da ihr ja soviel Besuch erwartet, aber sieh, hier ist ein großer Riß, den mußt du mir erst stopfen.«

Ratlos nahm ich die Hose in die Hand. Nein, ich würde dann nicht zur Kirche gehen können. Da kam auch Hermdieder hinzu, hörte, was der Alte verlangte, sah das heimtückische Blitzen in seinen Augen, riß mir die Hose aus der Hand und warf sie dem Alten zornig zu. »Hier wird nicht am Sonntag gearbeitet, merkt Euch das, Vater«, drohend sah er ihn an, »lieber lauft in Eurem dreckigen Alltagszeug herum, eine Schande meines Hauses, aber eine Sünde gegen das dritte Gebot begehen wir deswegen nicht. Und Amrie geht mit zur Kirche, Ihr werdet sie durch solche Mätzchen nicht davon abhalten.«

Der Vater kam den ganzen Tag nicht aus seiner Kammer heraus, lehnte auch alles Essen ab, knurrte und murrte bis zum nächsten Sonntag.

Schließlich aber kam ich, die ich meinen Vater so gut kannte, auf den Gedanken, ob er wohl aus Sparsamkeit sein gutes Zeug schonen wolle.

Da ließ ihm Hermdieder heimlich einen neuen guten Anzug machen, aus feinstem blauem Tuch mit silbernen Knöpfen daran, so wie er es gewohnt war. Eine silberne Meerschaumpfeife kaufte er auch noch dazu.

An einem Sonnabend erklärte er nun dem Alten, daß er so in seiner Schuld stehe, indem jener doch immer für ihn gearbeitet habe, daß es ihn zu sehr drücke, er möchte ihm als eine kleine Anzahlung den Anzug geben.

Zuerst wollte der Vater auffahren, als er aber die neue Pfeife dabei sah, lachte ihm das Herz im Leibe vor Freude. Er merkte daran, daß der Schwiegersohn es nicht seiner Armut wegen getan, sondern um ihm wegen seiner Arbeit eine kleine Belohnung zu geben. So dachte er wenigstens.

Wie gespannt waren wir am Sonntag darauf, wie der Vater erscheinen würde! Und richtig, er hatte seine Sonntagstracht an, nicht die neue, o nein, die habe ich in all den Jahren nur bei den Kindtaufen an ihm gesehen, aber weil noch eine neue zu seiner großen Beruhigung im Schranke hing, konnte er nun die andere mit gutem Gewissen aufgebrauchen.

Hermdieder hatte erreicht, was er wollte.

Manches Mal verlangte der Vater auch Karten zu spielen oder einen Kadamum zu trinken. Das schlug ihm Hermdieder rundweg ab.

Dann stand der Vater auf, sagte kein Wort, wandte sich und ging. Oft meinte ich, Hermdieder solle nicht so hart und gesetzlich sein. Ich verstand ja wohl, daß er es für sich sein müsse. Aber daß alle andern im Hause seinen Weg mitgehen müßten, konnte ich doch nicht gutheißen. Wir kamen oft aneinander meines Vaters wegen. Nicht so, daß eine Kluft zwischen uns aufgesprungen wäre, wie es früher so oft der Fall gewesen, aber daß wir die Dinge verschieden ansahen und daß ich seine strenge Haltung nicht billigen konnte.

Schließlich mußte ich mich jedesmal fügen, wollte ich nicht wirklichen ehelichen Unfrieden haben.

Es war eine schwere Zeit.

Einmal kam der Vater nach einer solchen Auseinandersetzung lange nicht heim. Da ging Hermdieder ihn suchen, und er fand ihn allein an einem Tisch in einer Wirschaft sitzen, wo er ein Glas Branntwein nach dem andern getrunken hatte. Nun war er nicht mehr sicher auf den Beinen. Hermdieder brachte ihn heim.

Noch nie war das dem Alten passiert, immer war er nüchtern geblieben. Sein Heimweh und alle seine Kümmernisse hatten ihn dazu gebracht. Jetzt fühlte er sich so gedemütigt, daß er Hermdieder zornig anschrie, er solle ihm nicht nachspionieren, in seinem Hause habe er ja doch nur die Hölle auf Erden, da solle er ihm auch etwas dafür gönnen. Aber Hermdieder sei auch ein falscher Heiliger, wie seine Schwiegertochter, die saubere Rieke.

Hermdieder dachte, des Alten Zorn würde sich mit dem ernüchternden Morgen legen. Aber am nächsten Tage gegen Mittag ging er fort, ohne am Abend wiederzukommen. Als wir in großer Besorgnis um ihn in der Nähe unseres Hofes angekommen waren – wir waren ihm nachgefahren, sahen wir ihn an einem Wegrain sitzen, den starren Blick auf sein Haus mit den dunklen Eichenbäumen und seine Wiesen und Felder gerichtet.

Als er uns merkte, schrak er auf.

Ich fragte ihn: »Vater, warum geht Ihr nicht heim? Ist es nicht möglich, daß Ihr Euch aussöhnt?«

Da stöhnte er auf: »Ich dachte es auch, aber eben sah ich sie aus der Haustür kommen und hörte sie die Hühner rufen – nein, Amrie es ist noch nicht an der Zeit, noch nicht. Ich gehe mit dir zurück.«

Und wankenden Schrittes ging der stolze, harte Mann an den Wagen und fuhr still und gedemütigt mit uns wieder heim.

Ich hatte gerade die kleine Annemarie an der Brust, als die Kleinmagd in die Stube kam und sagte: »Seht doch mal den seltsamen Zug! Da haben sie jemanden vor die Tür gesetzt.« Auf der Straße sah ich eine alte magere Frau, mit Bündeln bepackt, und ein jüngeres Frauenzimmer, in der ich bald die rote Theribee erkannte, mit einem Säugling auf dem Arm. Hinterdrein trabten zwei Buben, ihr Ältester im Alter von dreizehn bis vierzehn Jahren, den wir ja gut genug kannten, und ein jüngerer, der etwa acht Jahre alt sein mochte. Alle waren mit Gerätschaften, Säcken und dergleichen bepackt.

»Tine«, sagte ich eilig, »lauf und frag, was das bedeutet.« Es geschah nicht aus Neugier. Bald kam Tine zurück mit der Nachricht, daß der Bauer, bei dem Theribees Mutter wohnte, sie vor die Tür gesetzt habe, weil die Tochter bei der revolutionären Bande gewesen sei, die im März sein Haus bedroht hatte. Und nun fanden sie keine andere Wohnung. Denn niemand wollte das verrufene Frauenzimmer, das bei den Märzaufständen eine so häßliche Rolle gespielt hatte, aufnehmen. Zunächst würden sie ins Armenhaus ziehen, das aber gänzlich überfüllt sei, bis sie eine Wohnung gefunden hätten.

Am Abend erzählte ich es Hermdieder. Er schwieg nachdenklich. In der Nacht merkte ich, daß er unruhig schlief. Er betete länger als gewöhnlich. Ihn mußte irgendein absonderlicher Gedanke, irgendein neuer Plan bewegen.

Am nächsten Abend, als wir zu Bett gegangen waren, die Kinder ruhig und regelmäßig atmeten und nur hin und wieder ein fernes Hundegebell aufklang, unterbrach Hermdieder die anfängliche Stille und sagte nachdenklich und etwas mühsam: »Amrie, was meinst du dazu, wenn wir Theribee in unseren Kotten aufnähmen? Er steht leer, und sie findet nirgends etwas.«

»Nein», rief ich laut und heftig.

»Laß mich dir erklären«, unterbrach er mich ruhig. »Ich habe mich schwer an ihr versündigt, ich bin es gewesen, der sie auf diese Bahn gedrängt.«

»Und so und soviel andere auch«, warf ich ein.

»Das ändert nichts an der Sache«, fuhr er fort. »Stehen die anderen mit mir vor Gott, und beschützen und decken sie mich mit ihrer Sünde? Das wirst du nicht glauben. Ich stehe allein da mit meiner Sünde an ihr.«

»Aber sie ist dir doch vergeben«, sagte ich ungeduldig. »Es ist nicht recht, immer im Vergangenen zu wühlen. Das ist Kleinglaube und Mißtrauen gegen Gott, hat der Pfarrer neulich gesagt.«

»Es ist etwas anderes darum, Amrie, ob die Schuld vergeben ist, oder ob die Folgen der Schuld noch vorhanden sind. Es kann sein, daß eine Schuld von Gott ganz und gar vergeben ist, daß wir aber noch schwer unter ihren Folgen zu tragen haben. Nein, wir können mit einer guten Tat nicht die Schuld aus dem Wege räumen, das kann nur Gott in seiner barmherzigen Liebe. Aber für die Folgen müssen wir büßen, ja, oft freiwillig Buße auf uns nehmen. ›Ich bin's, ich sollte büßen, an Händen und an Füßen gebunden in der Höll'‹, büße ich so für meine Schuld?«

Er brach ab, da ich ihm plötzlich mein Gesicht zugewandt hatte. Ich weiß es, abwehrender Hohn stand darauf geschrieben. Und nun sagte ich in eisiger Bitterkeit langsam und kalt und scheinbar ruhig: »Also, ich soll büßen für deine Schuld? Dir ist es noch nicht genug, daß ich schwer unter dir zu tragen hatte, all die Zeit, da das passierte, daß das Frauenzimmer mich gehaßt und verachtet hat, daß sie immerfort das Kreuz meines Lebens war, du willst mir dieses Kreuz noch recht fest auf die Schultern drücken, denn ich habe mit ihr zu arbeiten, du aber nicht.«

Totenblaß war dein Großvater geworden, wie ich ihn nun ansah, dann sagte er leise: »Vergib« und ging zur Tür hinaus.

Ja, die alte Annemarie mit allem vergangenen Leid und allem vergangenen Stolz und aller vergangenen Schuld war aufgestanden und hatte sich so gebärdet, wie es ihr damals vielleicht zugekommen wäre, wie es aber in jener Zeit nicht hätte sein sollen.

Hermdieder sah mich an jenem Tage immer wieder scheu an, ob ich ihm noch zürne. Er mochte selbst erschreckt sein von der angesammelten Bitterkeit, die da bei mir zum Vorschein kam.

Ich aber grollte mit Lust und Wonne. Ja, es tat meinem alten Menschen wohl, wieder einmal in Bitterkeit und Groll zu schwelgen und einem anderen alle Schuld zu geben. Du wirst es auch noch erfahren, Anne, wie sehr der alte Mensch diesen Zustand liebt. Immer tiefer redete ich mich in den Zorn hinein.

Ja, als ich am Nachmittag, auf dem Brett unseres großen Spülteiches kniend, die Wäsche spülte, während rings die Blumen in den Frühwiesen lieblich dufteten und der Tau die Luft frisch und kühl machte, dachte ich voller Mitleid mit mir selbst, daß ich wahrlich lieber auf dem Grunde dieses Wassers liegen möchte, fern von aller Lieblichkeit der Welt, als die rote Theribee in den Kotten bei mir aufzunehmen.

So unerträglich erschien mir das Zusammenleben mit ihr. Tag für Tag würde ich sie sehen, mit ihr sprechen, sie würde auf unserer Deele das Garn mit spulen, sie würde mit mir das Leinen auf der Bleiche begießen. Ihre Kinder würden mit den meinen spielen, und der Älteste würde glauben, eigentlich der rechte Erbe zu sein. Und abgesehen von allem, sie war eine so schlampige Deern, wie konnten wir sie bei der Arbeit gebrauchen? Einen Knecht mußten wir dann auch noch besonders nehmen, da ja kein Mannsbild da war.

Nein, so etwas konnte nur Hermdieder sich ausdenken, der im Grunde seines Wesens weltfremde Mann mit seinen schönen Ideen und seinem – ja, ich mußte es zugeben – weltüberwindenden Glauben. Aber auf dem Boden der Wirklichkeit stand er oftmals nicht.

Abends versuchte ich, wie gewöhnlich, zu beten. Es gelang mir nicht. Ich war mir innerlich klar darüber, daß ich sofort meinen Groll aufgeben müsse, wollte ich wirklich vor Gott stehen. Das aber hatte ich ja gerade nicht im Sinn. Auch das Bibelwort klagte mich an. Ich hätte nie gedacht, daß es so viele Bibelstellen gegeben hätte, die nur gerade auf unseren Fall paßten. Ich fand den Ausweg, nur Worte zu beten und nur mit halbem Ohre bei der Hausandacht hinzuhören. Aber ich merkte, wie ich ruhelos und friedlos dabei wurde.

Abends betete ich nur die Worte des Vaterunser, die mir am besten von den Lippen glitten. Nach einiger Zeit aber, als ich versuchte, wirklich die einzelnen Bitten mitzubeten, merkte ich voller Schrecken, daß es mir nicht mehr gelang. Die Gedanken liefen mir gleichsam fort. Nun sehnte ich mich so von Herzen nach dem rechten Beten, aber es wollte mir nicht gelingen.

Eines Abends, da ich durch diesen inneren Mangel in mir zugänglicher geworden war, sagte Hermdieder vor dem Zubettgehen schlicht: »Amrie, wollen wir nicht einmal zusammen beten?« Ich nickte nur, da ich nichts hätte sagen können. Da nahm er meine Hände in seine großen, guten und betete langsam das Vaterunser mit mir, als hätte er meinen ganzen Kampf mitgekämpft, Bitte für Bitte.

Als wir nun an die Bitte kamen »Und vergib uns unsere Schuld«, da fiel es mir wie Schuppen von den Augen. Wir beide, Hermdieder und ich, standen zusammen vor Gott wie eine untrennbare Einheit, die wir ja auch waren. Warum beteten wir nicht »Und vergib *mir meine* Schuld«? Ich wußte allzu gut, warum. Wie ein heller Blitz fiel die Erkenntnis in mein Herz, daß seine Schuld genau und gerade so meine eigene Schuld sei und daß ich seine Schuld zu büßen hätte wie meine eigene. Es war da kein Unterschied.

In der Nacht schlief ich nicht, sondern grübelte an dem Geschehenen herum. Eine Erkenntnis folgte der anderen. War es schließlich so leicht für Hermdieder, Theribee aufzunehmen, von der alle Leute wußten, daß sie seine Liebste gewesen war? Was würden sie nun vermuten und denken?

Er war den übelsten Nachreden ausgesetzt, und alles Alte würde wieder aufgewühlt werden. Und auch er würde ihr viel begegnen, mit ihr zusammensein müssen, und jedesmal mußte ihn seine Schuld von neuem brennen.

Wie töricht war ich zu glauben, Hermdieder wolle mir die ganze Last auferlegen, wenn es sich auch nicht leugnen ließ, daß er wirklich zuwenig an mich gedacht hatte. Aber das schien ihm ja auch gleich darauf leid zu tun.

Ich war nun fest entschlossen, Theribee in den Kotten aufzunehmen, und nichts sollte meinen Entschluß mehr wankend machen.

Aber ich war innerlich wie gebannt und gelähmt. Ich konnte nicht davon anfangen. Es war geradezu quälend. Jeden Tag und fast jede Stunde nahm ich mir vor, etwas davon zu sagen. Aber jedesmal gingen Tag und Stunde ungenützt vorüber.

Bis Hermdieder eines Tages sagte: »Nächste Woche zieht nun der Webers-Karl in den Kotten ein.«

Da erschrak ich tief: »Der Webers-Karl? – und ich wollte doch die Theribee.«

»Ach«, sagte Hermdieder, ein klein wenig gutmütig spottend: »Du wolltest –?«

Ich wurde rot, und die Tränen traten mir in die Augen. »Ja«, erklärte ich, »ich habe erkannt, daß es so recht ist«, und setzte ihm auseinander, warum.

»Jetzt ist es zu spät, und vielleicht ist es gut so«, antwortete Hermdieder nachdenklich.

Nun konnte ich mich gar nicht damit abfinden. Ich hatte mir dieses Bußwerk schon so fest zugeschrieben, daß ich keinen Weg zurückfand.

»Du mußt das rückgängig machen. Schnell, jetzt ist's noch Zeit.«

Aber Hermdieder wollte natürlich nicht. Der Webers-Karl war jener Weber, der einmal gemeint hatte, Hermdieder wäre noch hochmutig. Wegen seines gemacht bescheidenen Wesens mochte ihn Hermdieder im Grunde seines Herzens nicht so gern, er schätzte ihn aber wegen seiner unbedingten Hingabe an Gott. Der Webers-Karl hatte viele Kinder und konnte gut einen solchen Kotten gebrauchen. Nein, man konnte auch ihm die Hoffnung nicht nehmen.

Ach, ich war so ratlos. Nun schien es mir, als hinge meine Seligkeit davon ab, daß die rote Theribee meine Nachbarin wurde. So sehr kann man sich auch in seine eigene religiöse Erkenntnis verlieben, Anne.

Ich ging also dahin, wo ich mir immer Rat zu holen pflegte, zur Muhme Karline. Wenn sie mich auch nie verstehen würde, vielleicht würde sie doch helfen können. Ich erzählte ihr alles ganz genau, auch meinen Groll verschwieg ich nicht. Und als ich sie nun dringend bat, zu helfen, und drängte, ob sie keinen Ausweg wisse, da stand sie vom deckengeschmückten Kanapee auf, stellte sich ein paar Schritte vor mich hin, sah mich von oben bis unten an und sagte nur: »Amrie, verrückt seid ihr, einfach verrückt, aber komm her«, und nun küßte sie mich schallend auf beide Backen und lachte, aber nur, um ihre Bewegung zu verbergen. »Weißt du, was ich dir damals auf dem Friedhof gesagt habe? Nun ist es so weit, nun gehe ich zu eurem jungen Pfarrer und will selbst sehen, was euch so – so«, sie stockte, »merkwürdig macht.«

»Muhme«, sagte ich dankbar und froh, »und wer hat das gemacht? Die rote Theribee! Und nun helft mir, daß sie in unseren Kotten kommt.«

Die Muhme aber hatte schon ihren Plan bereit, da sie einsah, daß hier für uns etwas auf dem Spiele stand, ohne zu wissen, was. Sie wußte von einem anderen Bauern, der einen Kotten frei hatte und der Theribee, die noch immer im Armenhaus war, aber bald auf die Straße gesetzt werden würde, auch niemals aufnehmen würde. Nachdem sie mir allerlei Ratschläge mitgegeben hatte, wie dieser Bauer am besten zu behandeln sei, machte ich mich auf den Weg zu ihm und erreichte nach endlos langem Hin und Her, daß er sich bereit erklärte, den Webers-Karl mit Familie aufzunehmen. Glücklich lief ich nach Hause, um Hermdieder mit dieser Botschaft zu überraschen.

»Selbsteigene Pein«

So hatte ich meinen Willen erreicht. Ob auch wirklich Gottes Willen? Später kam es mir vor, als habe ich mich selbst Gott aufgedrängt mit meiner Buße und mit meinem Opfer, das er ja eigentlich gar nicht verlangt hatte. Oder doch vielleicht zuerst? Nachher aber war es nur mein eigensinniger Wille, ein trotziges, eigenmächtiges Überwinden der Widerstände gewesen. Des Menschen Herz ist ein trotzig und verzagt Ding, Anne, wer kennt sich darin aus? Ich will nicht darüber nachgrübeln, ob es Gottes Wille war oder mein eigener, daß ich mir diese Last auferlegte. Viel Schweres ist mir daraus gekommen, ich halte aber daran fest, daß auch dieses einbegriffen ist in Gottes Heilsplan an uns sündigen Menschenkindern, so dunkel und verworren es für unser irdisches Auge auch aussieht.

Theribee zog dumpf und stumpf und gleichgültig bei uns ein. Nein, sie war nicht mehr frech und anmaßend, wie ich es gefürchtet hatte. Es ließ sich alles besser an, als ich gedacht, fast zu meinem Bedauern, da ich so leidensbereit war. Gott hat es mich in diesen Jahren gelehrt, daß er die »selbsteigene Pein« nicht gnädig ansieht.

Es stellte sich bald heraus, daß Theribee innerlich an einen Mann gebunden war, der nicht in unserem Dorfe wohnte. Sie arbeitete tagsüber tüchtig und fleißig, sie zeigte Kraft und Ausdauer, ja, auch ihr Häuschen hielt sie zu unserem großen Erstaunen ordentlich und sauber. Aber sie tat alles gleichsam abwesend. Um ihre Kinder kümmerte sie sich nicht. Auch ich war ihr plötzlich gleichgültig geworden, höchstens war es ihr um Hermdieders Anerkennung zu tun. Nächtelang war sie fort, ja, einmal trieb sie sich mehrere Tage lang herum.

Das war im Februar des nächsten Jahres 1849, als die Wahlen zur Nationalversammlung in der nahen Kreisstadt stattfanden. Hermdieder war mit einigen anderen konservativen Wahlmännern – auch unser Pfarrer und der Pfarrer meiner Heimat waren dabei –, schon am frühen Morgen fortgegangen. Vor dem Wahllokal hatten sich wüste Rotten der Gegner versammelt. Die tobten und sprangen über Tische und Bänke, schrien und halloten, sobald sich die Tür zum Wahllokal öffnete und die vorläufigen Ergebnisse bekannt wurden. Je mehr sich der Sieg auf die Seite der Unseren neigte, um so lauter und wilder wurden sie.

Durch die enge Rotte der aufgehetzten Gegner mußten

unsere Wahlmänner dem Ausgang zuschreiten. Mit Stökken hieb man auf sie ein, so daß sie zurückgedrängt wurden und durch das Saalfenster in den Garten springen mußten. Unser Pfarrer war zunächst in eine Ecke geschoben worden, wo er einige Zeit unbemerkt blieb. Aber auch im Garten waren alle Ausgänge besetzt.

Da hatte Hermdieder Theribee gesehen, am Arm eines der radikalsten Revolutionäre. Als sie ihn bemerkte, zog sie ihren Begleiter schnell fort, dem Ausgange des Gartens zu. Die anderen folgten dem Anführer und so konnten die Unseren ungehindert aus dem Garten entkommen, um ihren Pfarrer aus jener Ecke zu befreien. Schließlich gelang es ihnen, nachdem sie sich wacker durchgehauen hatten. Aber auch der Heimweg war mit gedungenen Burschen besetzt gewesen, so daß sie sich immer wieder gegen eine Übermacht zu wehren hatten.

Erst am nächsten Tage war Theribee heimgekommen. Hermdieder sprach ernst und eindringlich mit ihr, daß er sie sofort aus dem Kotten heraussetzen würde, wenn sie sich noch einmal an derlei Umtrieben beteilige.

Sie wollte aufbegehren und hatte gemeint, er könnte ihr doch keine Vorschriften machen, er, der sich an ihr verschuldet hätte. Wahrlich, sie suchte mit seinem christlichen Gewissen zu spielen.

Oh, wie war Hermdieder innerlich zornig geworden! Aber er blieb ruhig und kalt und sagte mit abwehrendem Ernst: »Du, siehe du zu, wie du dich vor Gott verantworten willst. Du weißt genau, wie du's getrieben, auch mit mir getrieben, vor dir bin ich nicht schuldig, aber vor meinem Gott. Das ist ein Unterschied, den du nicht verstehst, aber den du dir merken solltest.« Und hatte sich abgewandt und war gegangen.

Auch mir war Theribee gleichgültig geworden. Ich beachtete sie nicht weiter, dazu waren die kommenden Jahre von zu großer Angst und Sorge erfüllt. Die Kinder waren alle am Scharlachfieber erkrankt, monatelang war ich mit ihnen eingesperrt in der Kammer, die beiden älteren Kinder erholten sich schnell, aber Sophiens Augen, ihre lebhaften, klugen grauen Augen, auf die ich so stolz war, wollten nicht wieder besser werden. Sie blieben gerötet und verschwollen. Lange, lange Zeit mußte sie in der verdunkelten Kammer sitzen, das kleine, damals fünfjährige Ding. Aber noch viel trauriger war, daß die kleine Annemarie nicht wieder gesund werden wollte. Sie kränkelte und welkte dahin wie eine Blume, der Sonne und Regen fehlen, und hat ihr Bettchen nicht wieder verlassen können, dieses mein zärtlichst geliebtes, feines Kind.

Die weiße Christi Kreuzblume

Sie war so sanft und zart, daß man nicht wagte, laut mit ihr zu sprechen. Keines meiner Kinder war mir je wieder so zugetan wie sie. Und noch jetzt, während ich dieses schreibe, Anne, rinnen mir die Tränen über das Gesicht. Ich kann nur mit tiefer Rührung und Wehmut dieses meines zärtlichsten Kindes gedenken. Warum konnte es nicht hier auf Erden reifen und andern zur Freude und zum Segen sein?

Sie liebte alles Weiche und Helle so und konnte sich im Winter mit ein paar weißen Federn oder etwas weicher Wolle stundenlang vergnügen. Im Sommer dagegen mußten es Blumen sein. Mit müden Fingern, aber glücklichem Lächeln fuhr sie langsam über die Blütenblätter hin, unsere kleine weiße Christi Kreuzblume, wie ich sie im geheimen nannte.

Als sie älter wurde, mußte ich ihr immer und immer wieder vom Heiland erzählen. Besonders gern hörte sie die Geschichte vom verlorenen Schaf, das der Heiland auf der Schulter heimträgt.

Und wie glücklich war sie, als ihr der Vater eines Tages ein Schäfchen brachte, ein weißes, weiches, das sie streicheln und liebkosen konnte.

Sie verstand, so klein und unverständig sie war, was ihren älteren Geschwistern verschlossen blieb.

Als tägliches Abendgebet hatte sie sich den Vers ausgesucht:

»Ich lag in tiefer Todesnacht ...
du wurdest meine Sonne,
die Sonne, die mir zugebracht
Licht, Leben, Freud' und Wonne.«

Manchmal knieten dein Großvater und ich abends an dem Bett dieses Kindes und ließen uns von der kleinen Kinderstimme trösten: »O Sonne, die das werte Licht des Glaubens in mir zugericht't – Wie schön sind deine Strahlen!«

Ihre größte Freude aber war es später, das neue kleine Brüderchen, das inzwischen angekommen war, im Arm zu halten und sein Köpfchen zu streicheln.

In solchen Augenblicken vergaß ich die bittere Angst um das Leben meines Lieblings und war einen Augenblick lang trotz Not und Tod und Sorge glücklich.

Der Doktor ging täglich bei uns ein und aus. Wir hörten nicht auf zu hoffen. Die Älteste, Hanna, setzte sich manches Mal ans Krankenbett, um mit Annemarie zu spielen. Sie war gut und still und tat dem Kinde wohl. Aber Lisette kam nicht. In der unbewußten Selbstsucht der Gesunden und Lebensprühenden ging sie jeder Krankheit und Not aus dem Wege. In jener Zeit verlor ich das Kind fast aus den Augen. Sie war immer bei den Nachbarsleuten oder im Kotten. Und ich konnte es ihr nicht verbieten, sie wäre auf und davongelaufen und hätte alle Strafe lachend eingesteckt. Sie konnte bei uns nicht atmen.

Mein Vater wurde in jener Zeit noch wunderlicher und eigensinniger als vorher. Er tat immer gerade das, was nach Hermdieders christlicher Überzeugung unrecht war. Oftmals hörte ich sie hart miteinander streiten und konnte doch nicht helfen.

Nur eines hatte sich wie von selbst ergeben. Kamen Hermdieders christliche Freunde in unser Haus, so setzte sich der Alte zu ihnen und hörte den lebhaften Gesprächen zu. Heilsfragen und Fragen der Erkenntnis wurden erörtert, aber auch alle Zeitereignisse besprochen. In der Wohnstube hing jetzt das Bild des Hermannsburgers, Louis Harms, dessen Predigten dein Großvater besonders liebte.

Du kennst es, Anne, mit der Pfeife im Mund sitzt er im Lehnsessel, den schmalen Kopf mit der geraden Stirn und Nase ein wenig vorgebeugt, als höre er aufmerksam zu. Über seine Stellung zur Union, über Luthertum und Altluthertum wurde heftig hin und her gesprochen. Am Schluß wurde meistens eine Predigt von ihm oder auch von Hofacker vorgelesen.

Oftmals mußte ich denken: Was ist aus diesen ungelehrten und ungelenken, diesen stillen und einfachen Bauern geworden? Ich saß im Nebenzimmer bei den kranken Kindern und hörte bei offener Tür mit Freuden zu, und es fiel mir eine Zeit ein, da ich jung, o so jung, durch eine andere offene Tür lauschte auf das, was ein anderer über Körner und über Ernst Moritz Arndt sagte. Und draußen hatten blau die Veilchen und hatte weiß der Kirschenbaum geblüht. Wie ferne war jene Welt!

Jetzt saß ich tagaus, tagein allein bei den zwei kranken Kindern und dem Säugling, besorgte daneben das Hauswesen, hatte oftmals Käufer und Verkäufer abzufertigen, wenn Hermdieder nicht zu Hause war, beschwichtigte mit viel Mühe und Kunst den alten wunderlichen Vater und kam nie mehr hinaus in den frühlingsfrohen Morgen, es sei denn, daß ich am Sonntag zur Kirche ging.

Ich war alt geworden in dieser Zeit der übergroßen Sorge und überhäuften Arbeit und Verantwortung. Die schlaflosen Nächte zehrten an meiner Kraft.

Und doch! Ich hätte nicht mehr tauschen mögen mit jenem jungen glücklichen Mädchen oben auf der stillen Höhe unseres Hofes, das doch im Tiefsten unerfüllt geblieben war.

Trotz aller engen, lästigen Alltäglichkeit war mein Leben jetzt köstlich und reich und eines tiefen Friedens voll. Denn jeder anbrechende Tag schenkte mir neue innere Freude und Kraft, die von oben her ohne mein Zutun wie ein Wunder in mich hineinzuströmen schien, so schier unmöglich war sie eigentlich. Und wenn mein Tagewerk auch aus lauter unwichtigen Kleinigkeiten bestand –, Hermdieder ließ mich teilnehmen an seinem inneren Leben und Erleben, an seiner wachsenden Erkenntnis, an seinem trotzigen Glauben. Und es gibt wahrlich nichts Größeres auf Erden, als so das Leben eines anderen mitzuleben und das eigene in seinem Lichte zu sehen.

Dergestalt war ich wenigstens gerüstet für das Schwere, das nun unerwartet und plötzlich über unser Haus hereinbrach. Sonst hätte ich es nicht ertragen können. Ich kann das Einzelne nicht schildern und ausmalen, du würdest dich auch zu sehr entsetzen, Annekind, jung und lebensfroh, wie du bist.

Theribees ältester Sohn Gottlieb hing mir sonderlich an, seitdem ich ihm einmal über das Haar gestrichen, da er scheu und still in der Ecke gestanden hatte, um dem Spiel unserer Kinder zuzusehen. Seitdem las er mir meine Wünsche an den Augen ab. Er holte Holz und Wasser, schälte Kartoffeln und grub meinen Garten um, so zwar, daß es niemand merkte, wie er mir absichtlich diente, ja, daß es vielmehr wie zufällig erschien. Es war die Mutter, die er in mir verehrte, weil er selbst keine rechte Mutter kannte. Seitdem ich ihn öfter mit in die Wohnstube nahm, war er viel bei den kranken Kindern, ersann allerlei Spielzeug für sie, schaukelte die Wiege des Kleinsten und saß stundenlang an Annemaries Bett, der er alle ihre kleinen Lieblinge, glänzende Steine, Federn, Blumen und Strohhalme brachte. Es steckte ein guter Kern in dem Jungen – woher mochte er stammen? Nein, ich mußte ihm gut sein, aus diesem und jenem Grunde.

Eines Tages kam er ängstlich und hilfeflehend zu mir, der Mutter sei es gar nicht gut, ich möchte doch nach ihr sehen. Theribee hatte Fieber und Kopfschmerzen. Nach einigen Tagen war sie rotgefleckt, als hätte sie die Masern, das Fieber stieg und stieg, bald lag sie in völliger Bewußtlosigkeit, und plötzlich bemerkte ich wässerige und eitrige Bläschen an Stelle des Ausschlages. Ich wußte, es mußten die Blattern sein, die sie sich gewiß bei dem fremden Volk in der Stadt geholt hatte, wo sie sich oftmals herumtrieb. Auch Gottlieb schien schon von der Krankheit erfaßt zu sein, er fieberte und hatte starke Kopfschmerzen.

Hermdieder und ich beschlossen nun, die drei ältesten Kinder Marie Ilsabein zu bringen. Sie waren wenig mit den Kottenbewohnern und auch mit mir zusammengekommen und bedeuteten keine große Gefahr für andere. Der alte Vater sollte gleichzeitig in seine Heimat gebracht werden. Annemarie aber konnte die Wagenfahrt nicht aushalten, und der kleine Junge fühlte sich auch nicht ganz wohl.

So behielt ich die beiden Kleinsten bei mir.

Mein Vater sträubte sich zwar mitzufahren, aber Hermdieder befahl es ihm so streng, daß kein Widerstreben half. Ich stand weinend am Fenster, als der Wagen noch am Nachmittag desselben Tages in den regnerischen Oktobertag hinausfuhr.

Aber bald wurde ich ganz ruhig. Ich stellte meine Sorge in Gottes Vaterwillen hinein und sagte immerfort leise vor mich hin: »Es kann mir nichts geschehen, als was er hat ersehen, und was mir selig ist.« Ja, es konnte mir in der Tat nichts anderes geschehen, so schwer es auch vielleicht werden würde.

Und es wurde schwer, denn während die Leute im Kotten auf der Besserung waren, lagen meine beiden kleinen Lieblinge in hohem Fieber und wußten nichts mehr von sich. Nur einmal sahen mich Annemaries Augen aus dem entstellten Gesicht klar und freudig an: »Mutter, ich gehe mit dem Herrn Jesus in den Himmel, er trägt mich schon auf seiner Schulter, siehst du's? Komm, nimm die weißen Blumen, die kannst du hierbehalten.« Dabei reichte sie mir ihre matten, weißen Händchen.

Nach einer Woche gingen beide an einem Tage heim. Da eins des anderen Trost und Freude gewesen, mußten sie wohl im Tode zusammenbleiben. Mir aber war das Herz wie ausgebrannt und das Haus wie ausgestorben.

Die drei älteren Kinder kamen nach einiger Zeit zurück, gesund und froh. Jetzt erst kam mir zum Bewußtsein, wie sehr sie mir entfremdet waren in der Zeit der Sorge um die Kleinsten, und so herzlich ich Gott dafür dankte, daß ich diese Kinder behalten durfte, ich konnte mir nicht verhehlen, daß die innere Leere durch sie nicht ausgefüllt wurde.

Die schwere Zeit der Pflege und Sorge, unter der ich

früher oftmals geseufzt hatte, erschien mir nun wie eine Zeit reinsten Glückes, die zwei Kleinen waren so ganz mein eigen gewesen, alle sorgenden Gedanken, all die vielen Gänge hin und her, all die schlaflosen Nächte hatten ihnen gehört.

Und ihre warme Liebe und Zuneigung hatte wiederum mir allein gegolten.

Das innige Geplauder der kleinen Annemarie, ihr zärtliches und ganz besonderes Wesen – ich verzehrte mich in Sehnsucht danach. Und ich vernachlässigte die anderen, die Lebenden ein wenig darüber, nicht äußerlich, aber innerlich.

Trotz der großen Trauer aber war ich gefaßt und friederfüllt. Ich ging an meines Vaters Hand und klagte und murrte nicht. Ich konnte zwar nicht glauben – obgleich es alle sagten –, daß es eigentlich Gottes Wille sei, kleine, unfertige Kinder wie Pflanzen, die noch nicht Blüte und Frucht getragen, dem Tode verfallen zu lassen. Gottes eigentlicher guter und gnädiger Wille war gewiß ein anderer. Aber wenn es mir auch klar wurde, daß das Sterben der Kinder in besonderer Weise mit unserer Sünde, mit den dunklen Mächten, die gegen Gott sind, zusammenhängt, so konnte ich mich erst recht nicht dagegen auflehnen. Es geschah trotz allem Gottes gütiger, gnädiger Wille, so schwer es mir auch im Blick auf meine Kinder wurde.

Das Vaterunser

Das Vaterunser war es, das mich in dieser Zeit aufrichtete, mit neuem Leben erfüllte, fest bei Gott hielt, als sei ich ihm mit einem starken Band verbunden. Dieses Band war eben das Gebet des Herrn.

Seitdem ich es damals mit Hermdieder gebetet hatte, wurde es mein innerstes Herzensanliegen. Damals hatte es meinen Blick von mir selbst fort auf den anderen, meinen nächsten Menschen, gerichtet. Jetzt erlöste es mich von meinem persönlichen Leid, indem es mich freimachte für die Sache des Herrn.

»Geheiligt werden dein Name, dein Reich komme, dein Wille geschehe!«

Gerade diese drei Bitten wurden mir in jener Zeit das Allerwichtigste, und sie fanden, vereint mit den Bitten vieler Tausender im Ravensberger Land, wunderbare Erhörung.

Auch in unserem Dorf fand die Botschaft von Jesus Christus, dem Gekreuzigten, einen starken Widerhall, in ähnlicher Weise wie in meinem heimatlichen Kirchdorf. Noch ein anderer junger Pfarrer predigte nun das Evangelium lauter, klar und eindringlich von der Kanzel unserer Kirche, die Sonntag für Sonntag bis auf den letzten Platz gefüllt war. Meistens standen auch die Gänge dicht gedrängt voll. Der neue Pastor leitete auch die Bibelstunden, die in den Häusern hin und her abgehalten wurden.

Die Liebe untereinander war stark und ohne Falsch. Wirklich Notleidende gab es bei uns nicht mehr. Die Wirtshäuser wurden zusehends leerer. Tanz und Kartenspiel galten nun in vielen Kreisen als Sünde, und der Sonntag wurde als der Tag des Herrn, da keine Arbeit getan wird, gefeiert. Die Bibel lag nicht mehr verstaubt in den Ecken, sondern wurde in vielen Häusern täglich zur Hand genommen. Die üblen »Spinnstuben«, unter denen ich am Anfang unserer Ehe so geseufzt hatte, gab es nicht mehr. Saßen wir Frauen und Mädchen zusammen und spannen wir für unseren eigenen Bedarf, so sangen wir die Lieder aus der Missionsharfe, die der eifrige und weit bekannte Pfarrer meines Heimatdorfes herausgegeben hatte.

Ganz in unserer Nähe, auf der niederen Heide, war ein großes neues Haus errichtet, das verwahrlosten Jungen und Mädchen eine Heimat wurde, von dem ein großer Segen ausgegangen ist. Und hin und her im Lande entstanden ähnliche Häuser.

Es ging nicht anders, der Glaube mußte sich in der Liebe betätigen.

Das galt zumal von der Mission, für die große Summen

geopfert wurden. Uns lag besonders die Hermannsburger Mission am Herzen.

Hermdieder war mit all diesen Dingen bald so verwachsen, daß sie ihm wichtiger wurden als sein Geschäft und seine Geschäftsbeziehungen. Mit den Pfarrern besprach er persönlich als Presbyter die kirchlichen Angelegenheiten und alle wichtigen Gemeindefragen. Beide kamen oft in unser Haus, wie denn auch die Versammlungen häufig in unserem Hause waren, später regelmäßig in eurem, Anne, wie du ja weißt.

So rundete sich ein Jahr nach dem andern. In selbstverständlichem Einklang schafften wir unser Tagwerk miteinander, Hermdieder und ich, beide von derselben Liebe getragen, beide in demselben Gehorsam stehend.

Und Gott schenkte uns in seiner Güte neben all dem inneren Reichtum wieder neues Leben die Fülle, auch äußerlich in unserem Hause.

Die drei großen, nun fast erwachsenen Mädchen bekamen noch drei Geschwister, zwei Schwestern und einen Bruder, die wir alle drei behalten durften. Dafür priesen und lobten wir Gott. –

Theribee war mit ihren Kindern fortgezogen, nur den Ältesten hatten wir als Knecht auf einem großen Hof untergebracht. Friedlich und freundlich sind wir voneinander gegangen. Sie hatte sich nicht bekehrt. O nein, sie war wohl weit davon entfernt, und ob sie sich auch nur ein bißchen gebessert hatte, das mochte Gott wissen. Immerhin konnte man es hoffen. So stand sie denn das letztemal vor mir, pockennarbig und ausgemergelt nach der Krankheit, und wollte jenem Manne nachziehen, der schon lange ihr Schicksal geworden war. Nun wolle er sie heiraten, sagte das alte Mädchen stolz und ein wenig verschämt.

Und so gewiß man dem Manne nichts Besseres gönnen konnte, so sehr mußte ich mich doch noch wundern, daß er ein solches altes und häßliches Frauensbild heiraten wollte. Aber vielleicht war es gar nicht wahr, wer wurde aus solchen Leuten klug?

Theribee haßte mich nun keineswegs mehr. Das Vergangene war wie ausgelöscht, gebüßt und gesühnt, und wiederum zermürbt und gleichgültig gemacht im alltäglichen Verkehr und täglichen Zusammensein. Sie wußte ja wohl auch, daß nichts meinen tiefen Herzensfrieden stören konnte. Sie sagte beim Fortgehen aufrichtig, wenn auch scheu und etwas schnippisch vor lauter Verlegenheit: »Ich danke Euch auch, Frau.« Hermdieder aber hatte sie die letzten Jahre scheu aus der Ferne wie einen Heiligen verehrt, dem man aus dem Wege geht, dem man aber um so angelegentlicher dient und um dessen Anerkennung man sich bemüht. Das war aus ihrem einstigen Verhältnis zu ihm geworden, immerhin, glaube ich, konnten wir zufrieden sein.

Auch mein alter Vater war daheim auf seinem Hofe geblieben. Nur einmal noch kam er wieder, um dann für immer von hinnen zu ziehen. Das aber ging so zu.

Die »Schwedenbürger«

An einem Dezembertag des Jahres 1856, da es in Strömen regnete und der Tag kaum zu hellen begonnen hatte, als es schon wieder dämmrig wurde, klopfte es gegen Abend an die große Deelentür. Ich öffnete selbst, weil die Männer in unserer Wohnstube zur Bibelstunde versammelt waren. Vor mir stand zu meinem großen Erstaunen mein Vater. Er ging schweigend ins Haus und in seine Kammer. Hier sah ich, daß er ganz durchnäßt und erschöpft war, und ich brachte ihn ins Bett, nachdem ich den Wärmstein hineingelegt hatte.

Da schien er sich einen Augenblick ein wenig wohlig zu recken und sagte, jedoch fast harten und gleichgültigen Tones: »Amrie, bei dir ist's gut sein.« Mir traten bei diesen Worten die Tränen in die Augen, denn, Anne, so ein liebes Wort hatte ich mein Lebtag nicht von meinem Vater gehört. Es ist die erste und letzte Anerkennung gewesen, die er mir gegönnt hat.

Plötzlich knirschte er mit den Zähnen und ballte die

Faust: »Auf und davon ist sie, das verrückte Hurenweib, beim großen Ziegenbockshüter, jawohl –.« Er lachte grimmig. »Vater«, rief ich entsetzt, »wovon sprichst du?« meinte ich doch nicht anders, als er rede im Fieber. »Die saubere Rieke meine ich, meine fromme Schwiegertochter. Sie will ihr Kind partout bei ihrem Jesus, dem Gauner und Ehebrecher Heidgrebe kriegen.«

Da verstand ich allzu deutlich. In unserer nun so frommen und ernsten Dorfgemeinde war der Antichrist aufgestanden, so nannte ihn Hermdieder. Ein Mann mit Namen Heidgrebe, ein einfacher, armer Heuerling, gab sich für den Herrn Jesus aus und gewann eine Schar von Anhängern. Sie nannten sich »Schwedenbürger« (Svedenborgianer) und verwarfen die Ordnungen und Sakramente der Kirche, welche die unmittelbare Vereinigung mit Christus hinderten. Sie glaubten nicht an die Dreieinigkeit Gottes. Jesus Christus sei der einzige Gott, Gottvater und der Heilige Geist seien in seiner Person geeint, und dieser Jesus wäre wiederum Fleisch geworden in jenem Manne mit Namen Heidgrebe. Sie warteten auf das neue Jerusalem. Verwunderlich sollte es bei ihren Versammlungen zugehen, bei denen die, welche vom Heiligen Geist erfüllt waren, laut beteten. Sie tanzten auch und aßen und tranken zusammen. Alles hielten sie gemein. In Wahrheit verhielt es sich so, daß die Anhänger in unbedingtem Gehorsam ihrem Meister zugetan sein mußten, so daß sie willig hingaben, was er von ihnen forderte. So schenkten sie ihm Geld und Vieh, Land und Besitz. Eine Witwe hatte ihm ihren Hof vermacht, obgleich sie unmündige Kinder hatte. Die Anhänger hatten ihm ein Haus gebaut, dessen Fenster nur aus je einer Scheibe bestanden, die wie lauter forschende Augen auf den vorbeiführenden Pattweg hinaussahen. Auch die Frauen waren, so hieß es wenigstens, Gemeingut für alle. Jede menschliche Hilfe mußten die Gläubigen verschmähen, nur ihr Jesus durfte ihnen in ihrer Not beistehen. So kam es, daß die Frauen, die ein Kind erwarteten, zur Entbindung in das Haus des Heidgrebe gingen, der übrigens neben seiner Frau eine zweite bei sich hatte, »Zweiweibchen« genannt.

– Wir wußten wohl, daß unsere schwärmerische Schwägerin manchmal die Versammlungen der Schwedenbürger besuchte, sie scheute weder den weiten Weg noch geldliche Opfer. Wir hatten uns vorgenommen, einmal mit ihr darüber zu reden.

Nun war es dazu zu spät. Um ihr viertes Kind im Heidgrebeschen Hause zu erwarten, hatte sie Mann und Kinder verlassen und war im heftigsten Sturm und Regen den weiten Weg zu Fuß zu ihrem Meister und Betörer gewandert. So erzählte es der Vater. Wilhelm aber sei ganz verstört, die Mägde seien auf und davongegangen, die Kinder schrien nach der Mutter, und niemand versorge sie. Er sei gekommen, um mich zu bitten, sogleich nach dem Rechten zu sehen.

Damit schwieg der Vater erschöpft, um bald darauf einzuschlafen. Hermdieder aber machte sich eiligst auf den Weg zum Heidgrebeschen Hause. Er wollte Rieke mit allen Mitteln bewegen, zu uns zu kommen und war im Grunde seines Herzens überzeugt, daß es ihm gelingen werde. »Ich schaffe sie schon her«, meinte er zuversichtlich, nahm den gedrehten Stock und den großen niedrigen Hut und ging fort.

Finster lag das Haus, als Hermdieder dort ankam. Er klopfte an die Tür, er klopfte an die Scheiben. Die Ziegenböcke, die »Zweiweibchen« züchtete, wurden immer unruhiger. Aus dem Dunkel des Hauses heraus vernahm er deutlich von Zeit zu Zeit ein qualvolles Stöhnen. Aber niemand öffnete. Erst, als er immer wieder »Rieke« rief, »Rieke, mach auf«, wurde nach einem erregten Flüstern drinnen die eine Scheibe aufgemacht und der struppige Kopf einer Frau kam zum Vorschein. »Rieke«, rief er in die Dunkelheit hinein, »bist du hier?« Gleichzeitig drängte er seinen Kopf ins Fenster hinein, um zu sehen, was vor sich ginge. Aber er konnte nichts unterscheiden. Nur das Stöhnen hörte er und erkannte an der Stimme, daß es Rieke war. Nun bat er inständigst: »Rieke, komm heim, was machst du hier? Wofür sollen wir dich halten?« Da antwortete sie wie geistesabwesend: »Geh, was habe ich mit dir zu schaffen? Du hast nicht den heiligen Geist.«

»Rieke, denke an deine Kinder, wir wollen dich pflegen und für dich sorgen, Rieke, du sollst es wahrlich gut bei uns haben«, bat Hermdieder schmeichelnd weiter. »Geh«, rief sie da gellend, »hast du dich sonst um mich gekümmert, hast du mit mir gebetet? Ihr habt mich immer verachtet, ihr Heiligen. Hier ist meine Heimat, hier ist mein Vaterhaus, wo Jesus selbst mit mir betet und mir hilft. Geh, geh, mach das Fenster zu«, schrie sie nun gänzlich haltlos.

Nein, Hermdieder, der feine, tüchtige Mann, der er war, männlich schön und groß mit der kühnen Nase und dem feinen Mund – er hatte doch wohl ein wenig gedacht, er würde seine Schwägerin Rieke wie einst bezaubern, sie würde ihm folgen, wo er sie so herzlich und dringlich bäte, so schnöde er sie sonst auch behandelt hatte.

Es war nicht zu leugnen, die Sache ging ihm dann gegen seinen Stolz und seine Ehre. Er war zu siegesgewiß hingegangen.

Aber es dauerte nicht lange, da war er sich seiner Schuld, unserer Schuld gegen dieses arme, haltlose Menschenkind nur zu sehr bewußt. Hatten wir uns denn wirklich jemals ernstlich um sie gekümmert, hatten wir sie nicht verurteilt und lächerlich gemacht, ohne je zu versuchen, sie ernst zu nehmen, ihr zu helfen? Ja, Hermdieder war noch stolz auf seine Unnahbarkeit ihrer geilen Frömmigkeit gegenüber gewesen.

Am nächsten Tage gingen wir zu Wilhelm, der vollständig gebrochen war. Ich versuchte, ihn aufzurichten, versorgte die Kinder und das Vieh und schaffte vor allem die gewissenlosen Mägde wieder herbei.

Aber am dritten Tage wurde uns die Botschaft gesandt, wir möchten beide zum Vater kommen, der krank und elend daniederläge und nach uns verlange. Wir trafen ihn noch lebend und bei Bewußtsein an. Er reichte uns beiden die Hand, sagte aber nur dieses: »Das Testament und das Tagebuch liegen in der rechten oberen Trecke des Sekretärs. Hier ist der Schlüssel.« Dann drehte er sich um, sein Atem ging langsamer, ohne Kampf dämmerte sein leises Schlafen in den ewigen tiefen Schlaf hinüber, aus dem es hier kein Erwachen mehr gibt. An dem regnerischen Wintertag, da er zu Fuß den weiten Weg zu uns gegangen war, hatte er sich eine Lungenentzündung geholt.

Karg und einsam war sein Sterben, wie es sein Leben gewesen war. Einen Pfarrer wollte er nicht haben. Es hatte den Anschein gehabt, als wollte er zeit seines Lebens nichts mit Gott zu tun haben, als frage er hochmütig nichts nach ihm. So war unsere Seele betrübt und unruhig seinetwegen.

Nein, er war nicht »selig gestorben«.

Und doch wurden wir einige Tage später durch ein Wort von ihm seltsam getröstet. Zwar war es, gemessen an dem Wortreichtum unserer Tage, ein karges Wort, aber immerhin, wir, die wir den Vater gekannt haben, wissen, wie schwer es wiegt. Zwischen all den nüchternen Abrechnungen stand in seinem Tagebuch zu lesen: »Der Geiz ist eine Wurzel alles Übels. Denn Gott hat uns nicht in die Welt gesetzt, Paläste zu bauen, sondern das Himmelreich zu bauen. Und nun ist es umgekehrt. Wir bauen Paläste und kein Himmelreich, mithin: Gott sei mir Sünder gnädig.«

Das war die Verurteilung seines Lebens im Lichte der Ewigkeit.

Am Abend des Beerdigungstages kam Rieke völlig gebrochen zu uns. Sie konnte sich kaum schleppen. Ihr Glaube an den Heiland unseres Dorfes war schmählich in Scherben gegangen. Ihr Kind war tot, es hatte die Nabelschnur um den Hals gehabt und war jämmerlich erstickt. Niemand hatte recht helfen können. Da war die Mutter in ihr erwacht, und sie hatte ihre Anklage laut und fassungslos herausgeschrien. Inzwischen war noch etwas eingetreten.

Die Polizei war auf das Treiben in dem seltsamen Hause aufmerksam geworden. Sie war am Sonntag in das Haus eingedrungen und hatte in Rieke die beredteste Anklägerin gefunden. Heidgrebe wurde verhaftet.

Rieke lag wochenlang krank bei uns danieder, der Tod des Vaters hatte sie merkwürdig erschüttert. Sie fühlte sich daran mitschuldig.

Wir pflegten sie mit all dem guten Willen, den wir zu ihr hatten. Und dieser unserer ernsten Hingabe erschloß sie sich ganz. Sie stand als ein anderes Menschenkind von ihrem Krankenlager auf. Wohl hatte sie noch mit ihrem unechten und unwahrhaftigen Wesen weiter zu kämpfen, aber sie hatte es als solches erkannt.

Es war uns allen wie ein Wunder, daß sie von nun an eine rechte und zufriedene Ehe führen konnte. Wir aber blieben ihr weiterhin in herzlicher Liebe, trotz ihres etwas verlogenen Wesens, zugetan. Wir hatten erkannt, daß nur echte, ungeheuchelte Bruderliebe die wilden Triebe ihrer Frömmigkeit zurückzudrängen und zu überwinden vermochte.

Ein Fest und sein Ausklang

Im nächsten Jahr, im Juli des Jahres 1857, konnte ich Hermdieder zum ersten Male auf das große Missionsfest begleiten, zu dem er alljährlich mit Freunden und Bekannten fuhr und von dem er jedesmal so von Herzen froh heimgekehrt war. Immer waren bisher die Kinder krank gewesen, oder es war ein Kleines da, so daß ich in Enge und Alltag zu Hause blieb.

Nun aber schien die Morgensonne so stark und hell an jenem Sommertag, daß mein Herz jung und froh davon ward und ich in vollem Jubel in die hellen Lieder zum Lobe Gottes des Schöpfers einstimmte.

Ach, unser einfacher Leiterwagen war tausendmal schöner geschmückt als sonst ein Hochzeitswagen, mit Eichenlaub und Buchsbaum, Rittersporn und Fuchsschwänzen. Dicht gedrängt saßen wir auf den schmalen, unbequemen Holzbänken, und Hermdieder hatte den Arm um meine Schulter gelegt. Wo sollte er auch mit seinen langen Gliedern in dieser Enge bleiben? Nein, es brauchte keiner zu denken, daß er es aus noch einem anderen Grunde tat. Er mochte, wie ich, an jenen blaugoldenen Septembertag denken, da wir durch das reifende Land unserer neuen gemeinsamen Heimat zufuhren, unter Pistolenknallen und Jauchzen und Gesang. Die Loblieder, die wir heute sangen, waren uns lieblichere Musik als je ein Hochzeitslied mit Pauken und Trompeten.

An diesem gesegneten Tag schien aber auch alles mit besonderer Eindringlichkeit und Freudigkeit Gott den Schöpfer zu loben. Leuchteten die reifen Weizenfelder nicht wie pures Gold in der Sommersonne, während die fernen Bergzüge des Teutoburger Waldes dahinter silbrig aufglänzten?

Schienen nicht selbst die Kühe heute mit besonderer Behaglichkeit die saftiggrünen Wiesen abzuweiden vor einem Horizont, an dem in bunter Abwechslung Dorfkirchtürme und Windmühlen und rote, rote Dächer auftauchten?

Und die bunten Sommergärten der Bäuerinnen auf den großen Höfen, an denen wir vorüberfuhren, in denen Rosen und Nelken, Malven und Lilien und goldgelbe Ringelrosen in bunter Fülle blühten und dufteten! Grün überzogene Teiche lagen träumend zwischen Erlen und Pappeln mit ihren immer bewegten Blättern. So ging es hügelauf und hügelab durch das wellige, liebliche Ravensberger Land.

Mir gegenüber sahen meine drei Töchter mit erwartungsfrohen, jungen Augen ins weite, weite Land. Aber Gott mochte wissen, was sie bei all den frommen Liedern für Gedanken und Wünsche hatten! Sie trugen keine Tracht mehr und schienen in ihren hellen Kattunkleidern mit den bunten Kränzen im Haar eigens für diesen jungen Morgen geschaffen zu sein. Die dunkle Hanna hatte stille Augen in einem weichen, blassen Gesicht, über dem in jener Zeit ein eigenartig verschwommener Reiz lag. Lisettes klare Frische hob sich sonderlich davon ab. Das Lachen lag immer auf der Lauer in den Grübchen ihrer roten Backen, und immer lag es wie Sonnenglanz auf ihrem hellen Haar, das wie gelber, voller Weizen war und in zwei schweren Flechten herunterhing. Sie dachte gewiß schon daran, wie sie den Nachmittag vergnüglich mit anderen jungen Mädchen und Burschen zubringen wollte. Sophie aber hatte auch heute ein Buch mitgenommen und versuchte immer wieder, darin zu lesen, an diesem gottgeschenkten Sommertag. Sie las alle Bücher, die sie vom Pfarrer und Lehrer bekommen konnte. Weiß Gott, dieses Kind saß wohl schon voll grübelnder Abwehr hier auf dem buntgeschmückten Leiterwagen zwischen all den einfachen Bauern und Bäuerinnen. Wenigstens sahen ihre etwas geröteten, jedoch großen und lebhaften Augen ernst und ein wenig hochmütig aus. Sie war über ihre Jahre hinaus geistig entwickelt und war ihren Schwestern in den besonderen Stunden beim Kantor weit voraus.

Manchmal lächelte sie belustigt, das war, wenn Muhme Karlines bunte Mützenbänder im Rhythmus der Lieder gar zu lebhaft wippten. Nein, es sang keiner mit solcher Hingebung all die schönen Lobgesänge wie meine liebe Muhme, die auf der anderen Seite neben mir saß und uns ab und zu in den Pausen aus einem großen bunten Reisesack mit Butterbroten versorgte.

Mit der steigenden Sonne gesellte sich ein Leiterwagen zum andern. Nun fuhren wir schon in einer dichten, zusammenhängenden Kette. Ein Lied antwortete dem andern.

Und je näher wir der kleinen Landstadt kamen, die unser Ziel war, desto größer wurde die Schar der Fußgänger – Männer und Frauen, Alte und Junge. Die engen Straßen der Stadt mit den breiten Häusern und den schön geschnitzten Haustüren waren mit bunten Blumengirlanden geschmückt. In den Fenstern und vor den Türen standen die Bewohner in festlichen Kleidern. Auch sie würden ja gleich diesem herrlichen Klang der Glocken zur Kirche folgen.

Tausende versammelten sich auf dem Kirchplatz, Tausende in den beiden Kirchen der Stadt. Unter den alten Linden saßen wir unter blauem Himmel und dann wieder am Nachmittag in der kühlen Kirche, um stundenlang zu hören und immer wieder Gottes Wort zu hören. Wir wurden's nimmer müde. Wir opferten für die Heiden, was wir hatten, Geld, Schmuck oder bunte Tücher. Damals habe ich meine Bernsteinkorallen hingegeben, ich höre jetzt noch, wie sie hell und hart auf dem Teller klirrten.

In den sinkenden Abend hinein fuhren wir dann heim.

Schön leucht' die Sonne,
schöner leucht' der Monde
und die Sternlein allzumal.
Jesus leucht' schöner,
Jesus leucht' reiner
als all die Engel im Himmelssaal.

Gottes Welt lag da wie eine köstliche Gabe, den Menschen zur Freude geschenkt – –.

Wir warten aber . . .

Im roten Abendschein sah ich plötzlich Hannas Augen sehnsüchtig über Wiesen und Felder in die Ferne gehen, und ihr sonst so blasses Gesicht schien zu glühen, ob nur vom Abendrot – ich konnte es nicht unterscheiden. Als ich mich aber zur Seite wandte, sah ich, wie der junge Berkenbrink, Riekes Bruder, sie unverwandt und eindringlich ansah.

Der Mond stand voll am Himmel, da wir heimkamen. Und als die Töchter und Mägde zur Ruhe gegangen waren, ging ich noch einmal durch das ganze Haus, von der Schlafkammer in die Stube, von da über die Deele in alle Ställe. Ich hatte eine lange Reise hinter mir, einen ganzen Tag lang war ich fortgewesen von den Kindern, den Tieren und all meinen lieben Dingen. Und ich hatte Heimweh nach ihnen und freute mich so sehr auf mein Tagwerk am kommenden Tag.

Da standen die Geranien und Gelbveigelein in üppiger Blüte an den kleinen Wohnstubenfenstern. Mein Spinnrad in der Ecke, die prächtige Standuhr, der schwarzlederne Backensessel, die geschnitzte Holztäfelung – alles kam mir neu und fremd und doch so heimatlich vertraut vor. Auf den sauberen Fliesen am Ende der Deele spielten Licht und Schatten des Mondes, die Kupferkessel und Zinnteller glänzten wie verzaubert. Die übermütige Hausinschrift am Deelenbalken war im Laufe der Jahre so verblaßt, daß sie nicht mehr zu entziffern war. Guter, warmer Stallgeruch kam mir entgegen, als ich nun zu meinen Kühen kam, die wohlig am Kauen waren.

Da ich zur Deelentür hinaus noch einmal ums Haus gehen wollte, kam Hermdieder gerade aus seiner Schreibstube und ging mit mir durch den Grasgarten, in dem die Obstbäume reglos standen. Ganz windstill war der Abend. Der Himmel war mit Sternen wie übersät. Ab und an fiel eine Sternschnuppe, als wären wir schon im August.

»Du«, sagte Hermdieder, »Amrie, hast du dir etwas gewünscht? Früher, als wir noch Kinder waren, wollten wir uns immer so gern etwas wünschen. Aber jedesmal war's zu spät. Wenn wir gerade anfingen, war der Stern schon auf die Erde gepurzelt. – Mir ist es nach einem solchen erfüllten Tage, als könne ich nichts mehr wünschen, nur noch« – er zögerte – »auf etwas warten, und du?«

»Ach, ich« – meinte ich abwehrend, »aber worauf wartest du?«

»Nein, erst mußt du mir sagen, was du dir wünschen würdest.«

»Es ist mir so eigen zumute heute abend«, erwiderte ich, »vielleicht kommt es von der Reise. Ich bin seit Jahren nicht solange von Hause fort gewesen. Mir ist so, als sei mein eigenes Schicksal nun eigentlich vollendet und zum Ziel gekommen. Ich glaube, ich habe keine irdischen Wünsche mehr für mich. Denn ich bin gewiß, daß die innere Gemeinschaft zwischen dir und mir nicht ernstlich mehr gestört werden und uns beide nichts scheiden kann von der Liebe Gottes, die in Christus Jesus ist, unserm Herrn. Aber nun, seit heute abend –«

»Seit heute abend?« fragte Hermdieder erstaunt.

»Ja, seit eben sind neue, große, irdische Wünsche und Sorgen in mir wach geworden.«

Und ich erzählte ihm von Hanna und dem jungen Berkenbrink.

»Siehst du«, fuhr ich fort, »jetzt gilt nicht mehr mein eigenes Schicksal – ich komme mir plötzlich alt geworden vor. Die Kinder – sie gehören so zu uns, zu mir, ja, zu meinem Tagwerk – und nun werden sie sich lösen und ihre eigenen Wege gehen. Und mir ahnt, daß es nicht immer leicht sein wird.«

»Nein, weiß Gott«, antwortete Hermdieder und seufzte: »Der junge Berkenbrink, gerade der!« Seine Augen wanderten am Haus entlang und blickten nun lange nach dem Fenster der kleinen Kammer, in der Hanna friedlich schlafen mochte. Feste eiserne Stäbe sicherten es ab, noch von der Zeit her, da die Mägde hier geschlafen.

Eine Weile noch standen wir ganz still unter dem Sternenhimmel in sorgenden Gedanken. Hell leuchteten im Mondlicht die weißgetünchten Flächen zwischen dem dunklen Fachwerk unseres heimatlichen Hauses.

»Unser gemeinsames Tagwerk«, sagte Hermdieder, wie aus tiefen Gedanken heraus, »ist durch Gottes Gnade neu geworden. Leid und Sorgen aber, Tränen und Schmerzen werden bleiben, solange wir auf Erden sind, Amrie.« Ach, wie kannte er mein leidscheues Herze! »Und die Sünde«, fügte ich still hinzu.

»Darum müssen wir warten, Amrie. Wir warten aber eines neuen Himmels und einer neuen Erde, da das Alte vergangen, da alles neu geworden ist.«

Da wir nach diesem gesegneten Tage zur Ruhe gingen, war unsere Schlafkammer erfüllt vom süßen Duft der Lilien und Nelken, der aus meinem Garten aufstieg, der Mond schien hell hinein, und in seinem Licht sah ich meine drei kleinen Kinder mit roten Bäckchen friedlich schlafen.

Die harte Herrlichkeit

Draußen vor meinen Fenstern verlischt der müde Februartag leise und unmerklich wie ein Licht, das tagsüber mit zu starker Flamme gebrannt hat, und es tropft sachte von den Dächern und Bäumen. So vergeht allmählich mein altes und welkes Leben, und meine Tage gleiten unmerklich, Tropfen für Tropfen, in den großen Strom, der in die Ewigkeit einmündet. Und es gemahnt mich der fast überirdisch verklärte Glanz dieses frühlingshaften Tages, indem er nun in Schatten und Dunkelheit zerrinnt und verdämmert, daß ich endlich meine übergroße Scheu überwinden sollte und anheben, die Geschichte meiner Kinder zu erzählen.

Denn du hast nicht nachgelassen, Anne, mein liebstes Enkelkind, mich Sonntag für Sonntag, wenn du geduldig meinem Erzählen zugehört hattest, eindringlich darum zu bitten.

Und obgleich ich dir immer wieder vorhielt, daß du ja alles wüßtest und vieles selbst miterlebt hättest, batest du mich um so inständiger, doch auch der großen Schar meiner anderen Enkel zu gedenken, insonderheit aber für die noch größere meiner zukünftigen Urenkel zu schreiben. Dabei stand dein übermütiges Lachen hell im dämmrigen Raum meines Altenteilstübchens, fremd und jung und nicht eigentlich dahingehörig wie das erste Vogelzwitschern auf der Hecke vor meinen kleinen Fenstern an diesem goldenen Februartag.

Es ist aber leichter, die Geschichte seiner eigenen Fehler und Irrungen zu schreiben als die seiner Kinder, obgleich sie zugleich die eigene Schuld und Sühne deutlich offenbaren wird.

Und des bin ich froh. Denn Gott bewahre mich davor, daß ich je daran dächte, mir mit dieser Geschichte über meinen Tod hinaus ein Ehrenmal zu setzen. Ich halte aber dafür, daß es auch von mir heißen soll, wie von uns sterblichen und sündigen Menschen überhaupt: »Der Mensch blühet wie eine Blume auf dem Felde. Wenn der Wind darüber weht, so ist sie nimmer da, und ihre Stätte kennet sie nicht mehr.« Dennoch aber habe ich die starke und feste Hoffnung, daß Gott der Allmächtige die Wirrungen und Irrungen meines Lebens und des Lebens meiner Kinder schließlich doch so zu Ende bringen wird, wie es seinem Rat gefällt. Denn von ihm aus mag gut und geordnet aussehen, was für uns noch heillos verworren und voller Not und Jammer ist.

Der Kranz

Es war an einem Abend im März, als ich feiernd am Zaun unseres Gartens stand, obgleich die Betglocke noch nicht geläutet hatte und ich darum eigentlich kein Recht hatte, schon Feierabend zu machen. Ein leiser Wind ging über die märzbraune Erde und lief behutsam über das fette, frisch umgegrabene Land, das sich in weiten Wellen hinter dem Zaune öffnete, einer unsichtbaren Ferne zu. Dann wehten die weißen Kopftücher der auf den Feldern arbeitenden Frauen munter und froh, während gleich darauf, wenn der Wind sich verlor, nur noch ein harter, stiller Arbeitswille am Werke war.

Ich hatte eben die kleine Saat in die sorgfältig gezogenen Furchen gelegt. Es war mir feierlich dabei zumute gewesen, wie von jeher beim Säen, so daß ich nun ein wenig ruhen und stille sein mußte. Denn es erging mir über die Maßen seltsam, daß ich dabei immer sowohl an das Mahl des Herrn wie an meine meistgehegten kleinen Kinder denken mußte. Und es kam mich jetzt ein leiser Ärger an, der schlecht genug zu meiner Andacht paßte, als ich die Frauen auf dem Felde mit hastigen Gebärden, die von ihrer inneren Unruhe und Gleichgültigkeit sprachen, das Land umgraben sah.

Das Grau am fernen Himmel wurde lichtrosa, um sich

gerade über mir in ein heiteres Blau, das zwischen Wolkenfetzen hing, aufzulösen. Es ging mir durch den Sinn, wie ich die Arbeitenden auf dem Felde sah, die Männer mit so gefügigen Händen, die Frauen in ihrer leichten Unruhe, daß gleich die Betglocke läuten würde und der Segen der Arbeit sowie ihre ungeduldige Mühe, ihre Frucht und ihr Nichtgelingen in den Brunnen der barmherzigen Nacht versenkt würden, aus deren Stille uns allen, Frohen und Unfrohen, immer wieder neue Kraft zum Schaffen wird.

Im Gras vor der Hecke spielten meine drei kleinen Kinder, Annemarie, Dörthe und Dietrich, mit einem Mutterschaf und zwei kleinen, die angepflöckt am Raine weideten. Nein, das stille und frohe Genügen, das mein Herz an diesem Tage bis zum Rande füllte, kam nicht nur aus dem kräftigen, Neues schaffenden Märzentag, sondern vor allem auch aus dem Frühlingsspiel der Kinder. So lange hatten sie auf der winterdunklen Deele spielen müssen, wo Häcksel und Runkeln geschnitten wurden und es am Nachmittag schon dämmriger Abend war. Nun griffen sie hinein in das noch etwas fahle, aber weiche Gras, fütterten die Tiere damit und hüpften und sprangen, ungeschickt und übermütig wie sie.

Eben ging Hanna, unsere siebzehnjährige älteste Tochter, durch die hintere Tür des Hauses in den Baumgarten, um das auf der Bleiche ausgebreitete Leinen hereinzuholen. Der kleine Dietrich schnellte aus dem Gras empor und lief hinter ihr her. Und wie ich den beiden nachsah, fiel mein Blick auf eine kleine Linde, die Hermdieder vor einigen Jahren angepflanzt hatte. Die Zweige des kleinen Baumes streckten sich kahl, nackt und so unendlich hilflos in die Luft, daß es einen schier erbarmen konnte. Noch war keine einzige Knospe geöffnet, und der Baum sah rein nach gar nichts und eigentlich unnütz und recht armselig aus. Aber dennoch fühlte ich, wie der Saft in ihm stieg, durch den Stamm in die Zweige, von da in die Knospen, die sich nun ganz gewiß bald öffnen würden. Wie gehalten und verschlossen war alles an ihm und doch von drängender Kraft erfüllt.

Wie ich nun Hanna dahinschreiten sah, schlank und

eben, stolz, und doch etwas verschüchtert, fiel es mir wie Schuppen von den Augen, und mir wurde plötzlich die Erkenntnis, daß auch Hanna so war, herb und verschlossen, und so gar nichts darstellte, ja eher ein wenig langweilig zu sein schien, wofür die Schwestern sie auch hielten. Und dennoch sah ich ihr an, wie sie beschwingten Schrittes daherkam, daß auch ihr Schicksal sich bald erfüllen würde. Sie würde sich öffnen wie eine lange verschlossen gehaltene Knospe, aber nicht zuerst mir, der Mutter, das wußte ich in ahnungsvoller Sicherheit, sondern vielleicht irgendeinem Fremden, während ich davorstehen und mir alles kalt und verschlossen vorkommen würde, was schon drängendes Leben war.

War etwas in ihr erwacht, damals vor drei Jahren, als eines jungen Burschen heiße Augen sie auf einer abendlichen Heimfahrt nicht loslassen wollten?

Ich habe es nie vergessen, daß mir an diesem Märzabend ein plötzliches neues Wissen um mein ältestes Kind aufging, das mich von nun an behutsam und besorgt machte, jetzt, da es vielleicht schon zu spät war.

»Wir müssen acht auf Hanna haben«, sagte ich abends in der Kammer zu Hermdieder, »glaubst du wohl, daß ihr der Bursche, der August Berkenbrink, noch im Kopfe spukt?«

Aber Hermdieder hatte natürlich nichts gesehen, erfüllt von seinen mannigfachen Sorgen, wie er war, und meinte nur obenhin: »Ach, der ist ja so lange fortgewesen, während er bei den Husaren diente.« Er fand, ich solle mit meiner Sorge warten, bis es an der Zeit wäre, da doch ein jeglicher Tag seine eigene Plage habe.

Am Sonntag darauf saßen wir wie gewöhnlich nachmittags nach der Bibelstunde in der Wohnstube zusammen. Aus einem entfernter liegenden Dorfe war Hermdieders Freund Hermsmeier zu uns gekommen und hatte uns die Bibel ausgelegt. Nun rauchten die Männer ihre langen Pfeifen und sprachen hin und her über die Predigt am Morgen, die der junge Pastor Erbold gehalten hatte. Alle werktäglichen Geräusche waren zur Ruhe gegangen, während die geheimen und feinen Dinge, die vom Alltag unsanft verdrängt werden, immer mehr in den Vordergrund traten. Das Ticken der Standuhr, sonst überhört, klang laut und feierlich in das stille Gespräch der Männer, der frisch gestreute Sand auf dem Fußboden knirschte, und meine Geranien, Fuchsien und Balsaminen schienen eindringlicher als je an den andern Tagen zu leuchten.

Die Männer sprachen über die Rechtfertigung aus dem Glauben und die Heiligung, und während der eine, Altmann, meinte, Christus habe uns durch seinen Kreuzestod gerecht gemacht, wenn wir selbst auch nichts dabei empfänden und fühlten, glaubten die andern, man könne seines Heiles nur gewiß sein, wenn man sich durch seinen Glauben wirklich innerlich mit Jesus Christus verbunden fühlte.

Altmann, ein zartgebauter Mann mit kleinen, lebhaften Augen und einer klugen Stirn, stand auf und rief mit erhobener Stimme: »So bauet ihr auf euren Glauben, ich aber baue auf Christus, wie Paulus im Römerbrief Kapitel 9, Vers 16 sagt: ›So liegt es nun nicht an jemandes Wollen oder Laufen, sondern an Gottes Erbarmen‹«, worauf Hermdieder rief: »Und wir halten es auch mit Paulus und mit Luther dazu und sagen: ›So wir denn sind gerecht geworden durch den Glauben ...‹«, wobei ihm der junge Woltmeier lebhaft zustimmte. Hermsmeier aber, ein alter erfahrener Christ, bewies ihnen fein säuberlich, daß sie nur scheinbar verschiedener Meinung wären.

»Denn so«, sagte er am Schluß seiner langen Rede, »denn so sind wir ja einig. Die Hauptsache ist, daß wir unsern Herrn Christus und unsere Brüder von Herzen liebhaben.«

So saßen die Männer über der Bibel, während draußen der erste schöne warme Frühlingstag über das Land ging und die Schwarzdrosseln, Meisen und Finken im Garten zum Singen und Jubilieren aufrief.

Ich setzte mich auf die Bank vor dem Hause und sah die kleine Dorfstraße entlang. Die Stille und Schwermut des Sonntagnachmittags, aus der mir von jeher traurige Gedanken kamen, fiel wieder über mich her wie eine leise Krankheit, der man nicht entrinnen kann. Ich wartete auf meine drei großen Töchter, die heute so lange ausblieben, während die Christenlehre in der Kirche doch längst zu Ende sein mußte. Gern hätte ich die Gräber meiner Kinder, meiner drei kleinen Söhne und eines Töchterchens, besucht, wie ich es sonntags nach der Bibelstunde zu tun pflegte, aber ich wagte nicht fortzugehen, da auch die Mägde nicht zu Hause waren und ich die drei Kleinen nicht allein lassen konnte. So saß ich müßig und einsam auf der Bank, dachte an meine Toten und sann darüber nach, wie es sein würde, wenn ich einmal von all meinem lieben Leben Abschied nehmen müßte. Die feiertägliche Stille des Sonntags mit ihrer leisen Traurigkeit gemahnte mich stets an jenen großen Feiertag, da alle Arbeit, Mühe und Sorge zur ewigen Ruhe gekommen sein würden.

Als die Männer fortgegangen waren, trat Hermdieder zu mir und fragte nach den Töchtern. Ich meinte in leichter Unruhe, sie würden wohl noch mit ihren Freundinnen zusammen sein, worauf wir auch ein wenig durch die Felder gehen wollten. Wie wir uns nun der Landstraße näherten, da ein Teil unserer Äcker ganz am anderen Ende des Dorfes lag, und wir so langsam mit den Kindern dahingingen, wie man eben am Sonntag zu gehen pflegt, hörten wir die Dorfmädchen singen: »Es stand eine Lind' im tiefen Tal, war oben breit und unten schmal . . .« Sie hatten sich eingehakt und gingen den Hetweg auf und ab, sangen und waren sehr lustig, während die jungen Burschen immer in entgegengesetzter Richtung dahinzogen und derbe Antwort gaben, indem sie sangen:

»Gretken, mak dat Finsterken up, kiek en moal harut. Wütt moal'n biatken van Friggen küeren, du bis mine Brut.«

Dabei ging ein lustiges Necken hin und her. Lisette, unsere zweite Tochter, machte alles munter und guter Dinge in einem Trupp junger Mädchen mit, die mit ihr aus der Schule gekommen waren, wie man bei uns sagt. Sie war klein und rund, und ihr hübsches, frisches Gesicht strahlte in lauter Jugendlust und Freude. Sophie, die dritte, ging dagegen ein wenig gelangweilt und hochmütig, ohne recht dabei zu sein, mit einem anderen Trupp Mädchen. Da wir aber einen Nebenweg einschlugen, um zu unseren Äckern zu kommen, sahen wir Hanna an einer Wegecke stehen mit einem großen, stattlichen jungen Burschen, in dem wir bald August Berkenbrink, den Bruder unserer Schwägerin Rieke, erkannten. Er mußte vor kurzem von den Soldaten heimgekommen sein. Die Reservistenmütze, unter der ein lockiger, blonder Haarschopf hervorsah, saß ihm schief und keck hinten auf dem Kopf.

Hanna bemerkte uns nicht, denn sie sah hilflos und verlegen auf ihren einen Fuß, den sie im Staub der Straße unablässig hin und her schob, während der Bursche, einen Kopf größer als sie, eindringlich auf sie einsprach. Mir kam sogleich das Bild eines gefangenen Vogels. So beherrschend und sicher sah der Junge aus, und so verschüchtert das Kind, daß es mir schier leid tat, so ärgerlich ich im ersten Augenblick auch war. Gleichzeitig aber ahnte ich, daß hier – zusammen mit dem, was vor einigen Jahren auf dem Heimweg vom Missionsfest gewesen war, – schon etwas geschehen war, nämlich, daß sie schon leise in seine Macht hineingeglitten war und darin bleiben wollte, so sehr sie sich andererseits davor fürchtete. Was war es nur mit diesem Burschen, daß ich ihn nie hatte leiden können?

Ich dachte an meine erste Begegnung mit ihm, als er ein Junge von etwa zwölf Jahren war. Mein Bruder Willem, der den heimatlichen Hof erbte, hatte sich mit Rieke Berkenbrink verlobt, diesem schwärmerischen jungen Mädchen, deren Frömmigkeit zuerst so unecht und heuchlerisch gewesen war. Jetzt, da wir alle durch viel Leid hindurchgegangen, waren wir ihr von Herzen gut und halfen ihr in ihrem Kampf gegen ihr verkehrtes Wesen. Den kleinen Bruder hatte sie in jener Zeit immer sehr gelobt, während er hinter dem Rücken der Erwachsenen allerlei häßliche Streiche machte.

Dazumal war er ein kleiner Junge gewesen. Nein, man durfte nicht so kleinlich sein und dem erwachsenen Manne diese Dinge aus der Jugend nachtragen. Ich hatte den besten Willen, gerecht zu sein. Jetzt sah er auf und begrüßte uns höflich: »Guten Tag, Hermdieder«, sagte er freundlich,

»ich bin wieder zurück und wollte Euch besuchen. Da traf ich Eure Töchter unterwegs. Ich soll von der Schwester grüßen, und ihr möchtet alle am nächsten Sonntag zu ihr kommen.« Hermdieder, der von dem Burschen ebenso peinlich berührt war wie ich, sagte nur kurz: »Na, dann komm nur mit nach Haus.«

Lisette löste sich innerlich widerstrebend aus dem Trupp, und wie sie an der Burschenreihe vorbeilief, sang einer fürwitzig: »Lisettchen vom Lande, wie bist du so schön, so hab ich im Städtchen noch keine gesehn.«

Schwupps, nahm sie den einen ihrer dicken, langen blonden Zöpfe, die ihr zu beiden Seiten herunterhingen, und fuhr ihm durchs Gesicht, daß sie die Lacher auf ihrer Seite hatte. Auf Hermdieders Stirn aber stand steil eine Zornesfalte, sowohl Hannas wie Lisettens wegen, weshalb ich zum Heimgehen drängte. –

Wahrhaftig, da hatte Hanna zum Abendbrot meine allerfeinste dickste Cervelatwurst aufgeschnitten und den besten Teil des Schinkens. Sie saß dem Gast still gegenüber, ja, sagte den ganzen Abend kein Wort, während er nicht aufhörte, von seiner Militärzeit zu erzählen, bei der Andacht so kräftig mitsang, daß es mir nicht geheuer vorkam, sich als der gute Onkel der Kleinen aufspielte und sich mit Lisette neckte. Hermdieder, der sich nie recht wohl fühlte, wenn er nicht mit Christen zusammen war, mit denen er geistliche Gespräche führen konnte, war ebenfalls verstimmt, und ich selbst litt so unter der lauten, unebenen Stimmung, daß ich bald aufstand, um die Kleinen zu Bett zu bringen.

Die andern gingen noch schwatzend und lachend ums Haus. Und da die Sterne kamen und August sich auf den Heimweg machen wollte, baten Hanna und Lisette darum, ihn noch ein kleines Stück begleiten zu dürfen. Ich konnte aus Rücksicht auf die Verwandtschaft nichts dagegen einwenden und sah den dreien vom Kammerfenster aus nach, da ich gerade die Kleinen zu Bett brachte. Sie gingen einen schmalen Weg hügelan durch die Felder, und wie ich noch angespannt zu ihnen hinschaue, bemerke ich, daß Lisette in einen kleinen Nebenpfad abgebogen ist. Der Mond war inzwischen aufgegangen, und vor dem hellen Himmel heben sich deutlich die beiden schwarzen Gestalten ab, wie sie einmütig miteinander dahingehen. Sie schreiten gleichmäßig immer weiter, und dieses Gleichmaß der Schritte beunruhigt mich so, daß mir das Herz bis in den Hals zu klopfen beginnt. Nun stehen sie oben auf dem Hügel. Hanna wird jetzt Lebewohl sagen. Aber nach kurzem Zögern gehen sie jenseits miteinander den Hügel hinab, sie sehen aus wie unauflöslich einander verbunden. Lautlos gehen sie weiter, die stille, dunkle Nacht nimmt sie auf, als zöge sie ein unabwendbares, geheimnisvolles Schicksal hinein in seine Gewalt, das Schreiten scheint ein Gleiten zu werden, die Gestalten lösen sich auf, sie sind nicht mehr zu sehen, weit fort von mir sind sie, irgendwo in unerreichbarer Ferne. –

Und obgleich Hanna bald darauf zurückkommt, weicht dieser entsetzlich ahnungsvolle Druck nicht von mir. – –

Währenddessen saß Hermdieder in der Wohnstube über der Bibel, im kleinen Lichtkreis des eisernen Tranküsels, der an einer langen Stange über dem Tische hing. Ich trat aus dem Dunkel der Kammer zu ihm, um mit meinen seltsamen Gedanken nicht so allein zu sein. Er aber war ganz in seinen Text vertieft, hatte die Arme auf den Tisch gelegt und die Hände, diese schmalen, kräftigen Hände, die ich immer noch so liebhatte, gefaltet. Das blonde Haar hing ihm ein wenig in die hohe Stirn, und den Mund hatte er schmal eingekniffen vor angestrengtem Aufmerken. Ich wollte nach alter Gewohnheit mein Spinnrad vornehmen, denn das Leinen zur Aussteuer meiner Töchter spannen wir noch mit der Hand. Da fiel mir ein, daß es Feiertag war, und so stellte ich das Spinnrad wieder beiseite und setzte mich in den ledernen Backensessel am Fenster und wartete. Die Stille des Sonntagabends stand wie ein leises, fernes Rauschen um uns her, nur ab und an von dem Schrei eines Leichhuhns unterbrochen. Der irrte dann verloren klagend und fragend im mondhellen Nachtdunkel draußen umher, und man hätte meinen können, er käme irgendwoher aus einer ewigen Verlorenheit, so angefüllt mit Schmerz und fragender Pein schien er zu sein.

»Ich denke just darüber nach«, unterbrach Hermdieder die Stille, »was das heißt: ›Wir warten eines neuen Himmels und einer neuen Erde.‹ Ich meine jetzt, was es um die neue Erde ist. Wir wollen doch im Himmel gerade frei von der Erde sein. Und nun ist sie scheinbar doch noch da.«

Da ich ihm keine Antwort geben konnte, sagte ich, er solle einmal den Pastor danach fragen, wenn er zur nächsten Bibelstunde in unser Haus käme.

»Ja, das will ich tun«, sagte Hermdieder und erhob sich. Er stand mitten in der Stube. Seine hohe Gestalt im langen blauen Tuchrock reichte fast bis an die niedere Decke. Wahrlich, es sah aus, als wolle er im Aufstehen die Decke durchbrechen, um sogleich an den freien Gotteshimmel und seine Geheimnisse zu gelangen, ja womöglich in ihn hineinzustoßen. So wuchtig reckte er sich auf. Es war aber nur die Kraft seiner Hoffnung, die sich Raum verschaffen wollte.

»Ja«, fuhr er fort, »ich weiß es nicht. Aber könnte es nicht am Ende doch so sein, daß der Zusammenhang zwischen dem ewigen Leben und dem Leben hier auf Erden stärker ist, als wir denken? Ob nicht vielleicht alles in der Ewigkeit, alle menschlichen Beziehungen, alles Streben und Ringen irgendwie noch vorhanden sein werden, nur in Vollendung und ohne Sünde? Oder ist wirklich alles ganz anders?«

Und da er merkte, daß ich mit meinen Gedanken nicht so bei der Sache war, indem ich noch von meinen irdischen Sorgen ganz erfüllt war, ermahnte er mich lächelnd: »Amrie, wir beide, meine ich, wird das in der Ewigkeit aus sein? Und unsere Kinder? Und meine Freunde? Und unsere Weber? Nein, das glaube ich nicht«, und schmerzlich bewegt fuhr er fort: »Ach Amrie, wie leiden wir Menschen doch unter dem allen, unter den anderen Menschen zumeist, wie sehne ich mich nach dem Leben mit den Menschen ohne meine und ihre Sünde, eben in dieser Vollendung. Ich mußte jetzt lesen und beten«, fuhr er fast scherzend fort, »um den bösen Geist zu bannen.«

Als ich ihn fragend ansah, meinte er immer noch halb scherzend: »Ja, den, der hier noch in der Stube spukte, und den, der über mich gekommen war, indem ich dem August, den ich nie leiden konnte, mit Widerwillen begegnete. Ist es nur darum, weil er sein Auge auf meine Tochter geworfen hat? Nein, ich glaube es nicht. Ich will mich am nächsten Sonntag bei meinem Freunde Hermsmeier nach ihm erkundigen, der ist aus der Nachbarschaft. Und im übrigen«, meinte er weiter, »dürfen die Deerns nicht wieder im Dorfe auf der Straße herumbummeln, das paßt nicht zu unserem Haus, auf jeden Fall kommt Hanna am Sonntag nicht mit, ich will dieses Getue nicht noch einmal vor Augen haben.« –

Aber ich konnte meinem Manne nicht recht geben, weder in der einen noch in der anderen Beziehung. Darum bat ich ihn dringend und von Herzen, den Kindern ihr kleines Vergnügen, das doch wahrlich bescheiden genug war, zu lassen und Hanna am Sonntag mitzunehmen.

Da kam Hermdieder zu mir heran, setzte sich auf die Lehne des Sessels und legte seinen Arm um meine Schulter, wie es so seine Art war, wenn er ernst und eindringlich mit mir reden wollte.

»Amrie«, sagte er bittend, »hast du meine Jugend ganz vergessen? Weißt du nicht mehr, was für ein Ausbund ich war, denkst du gar nicht mehr an die Geschichte mit der roten Theribee, die dich immer so kränkte? Und wie die jungen Burschen sind, was sie denken, tun und treiben, und auch die Mädchen im Dorf, wer sollte es besser wissen als ich? Und da sollte ich meine Töchter nicht davor bewahren wollen? Sieh, ich fürchte oft, daß meine Kinder mein leichtsinniges Wesen geerbt haben, und da will ich wachen und es eindämmen, daß es nicht zum Wuchern kommt wie bei mir.«

Nein, ich hatte allzusehr darunter gelitten, daß Hermdieder sich, bevor wir uns verheirateten, an ein schlechtes Frauenzimmer gehängt hatte und auch in der Ehe sein etwas leichtes Wesen immer wieder durchgebrochen war, bis wir beide auf schwerem Krankenlager vom Herrn Jesus

Christus erfaßt und zu ihm hingekehrt wurden, um ihm nicht doch recht zu geben.

Der Sonntagmorgen brach still und etwas trübe an. Hanna war gleichsam ein wenig abwesend durch die Woche gegangen, hatte aber wie immer ihre tägliche Arbeit gewissenhaft verrichtet. Seitdem sie jedoch wußte, daß sie am Sonntag zu Hause bleiben sollte, um die drei Kleinen zu warten, lag ein eigenartig verschlossener und trotziger Zug um ihren Mund, den ich bisher nur selten an ihr wahrgenommen hatte. Sie hatte nur eigenwillig erwidert: »Sophie ist an der Reihe, zu Hause zu bleiben, nicht ich.« Und als ich antwortete, der Vater habe es so bestimmt, es täte mir leid für sie, aber es würde wohl gut so sein, da hatten sich ihre schon immer nach innen gerichteten, etwas tiefliegenden Augen gleichsam verkrochen, so daß es mir war, als sei plötzlich eine Tür zugeschlagen, die nicht mehr geöffnet werden konnte. Und so war es geblieben. Weder ein Wort noch ein Blick drang in ihr Wesen ein, es prallte gleichsam wie an einer festen Mauer ab.

Da ließ ich sie nach etlichen vergeblichen Versuchen gehen und wandte meine Gedanken und Sorgen absichtlich von ihr ab, um ihr Zeit zu lassen.

Wie nun Hermdieder die Pferde angeschirrt hatte und Lisette mir noch meinen mit Watte gefütterten Mantelkragen holte, weil es recht kalt war, hieß es plötzlich, wir sollten schon ein wenig vorfahren, da Sophie noch nicht ganz fertig wäre und gleich nachgelaufen käme. Sie hatte wirklich noch ihr blaugedrucktes Arbeitskleid an. Lisette saß schon mollig in ein Umschlagtuch eingepackt, frisch und rund neben Hermdieder, die Zügel in der Hand, die sie nun anzog, so daß sich die Pferde langsam in Bewegung setzten.

Nicht lange aber dauerte es, da hörten wir eilige Schritte hinter uns, wir hielten an und sahen zu unserem Schrekken, daß es nicht Sophie, sondern Hanna war, die sich wie selbstverständlich in den Wagen schwang.

Einen Augenblick waren wir wie erstarrt, aber schon zeigte sich auf Hermdieders Stirn die steile Zornesfalte, die mir so wohlbekannt war. Er griff nach der Peitsche und hätte das Kind geschlagen, hätte ich nicht schnell den Peitschenstiel gepackt und festgehalten.

»Vater«, rief Hanna wie verzweifelt, »laßt mich doch mit.« Aber der Vater wies sie mit unmißverständlicher Gebärde und so zornig hinaus, daß sie sich wie willenlos erhob und ausstieg.

»Auch Sophie bleibt zu Haus«, rief Hermdieder ihr nach. »Und beide geht ihr mir nicht vor die Tür.«

Damit riß er Lisette die Zügel aus der Hand, und wir jagten den Hügel hinab, der in einen Hohlweg führte, so daß es mir schwarz vor den Augen wurde.

Ich hielt mich krampfhaft fest, um nicht hinausgeschleudert zu werden, und zitterte noch lange nachher vor Angst und Schrecken. Hannas Gesicht stand mir immerdar vor Augen, wie sie fast willenlos eingestiegen war, als würde sie von irgendeiner fremden Gewalt getrieben. Was war es nur mit diesem stillen Kind, das so eigensinnig und starr an seinen Wünschen festhielt?

Mir fiel die Geschichte mit dem Kätzchen ein, die schon Jahre zurücklag. Hanna hatte als Kind ein junges Kätzchen über alle Maßen gern gehabt. Hermdieder aber hatte einem Weber eine kleine Katze versprochen und ihm das Tier geschenkt. Das Kind hatte nichts dazu gesagt, aber eines Tages war das Kätzchen wieder da. Hanna war in das Haus des Webers gegangen, da niemand zu Hause war, und hatte es einfach wieder mitgenommen.

Ihr wurde vorgehalten, daß sie es nun gestohlen habe und daß es ein Unrecht sei, und sie solle das Tier wieder hinbringen. Aber es machte ihr nichts aus, daß sie so gescholten wurde. Sie verbarg die Katze auf dem Boden und fütterte sie heimlich, bis der Weber eines Tages zu uns kam und sagte, sie möge sie nur ja behalten.

Warum bat sie nur nicht einfach darum? Wenn ich es mir überlegte: bitten konnte sie niemals recht, ihre Gefühle vermochte sie noch weniger zu zeigen, sie handelte, einerlei, ob es recht oder unrecht war.

Wir wollten an jenem Sonntagmorgen zuerst die Kirche meines Heimatdorfes besuchen, um nach langer Zeit wieder einmal eine Predigt des bekannten Pfarrers Wilkening zu hören. Obgleich wir noch stundenweit vom Dorfe entfernt waren, überholten wir immer wieder Fußgänger und Wagen, die auf dem Wege zur Kirche waren. Der Himmel hatte sich jetzt aufgehellt, die Luft wurde klar wie Glas, jeder Übergang fehlte, alles stand hart abgegrenzt gegeneinander in einem fast grellen Licht. Die Sonne stach.

Wie wir so dahinfuhren, hügelauf, hügelab, von irdischen Sorgen ganz und gar eingesponnen, erklangen die Kirchenglocken weit über das Land, hell und stark, vertraut und dennoch fremd, denn es waren die Glocken der neuen Kirche, die der Pfarrer unter viel Widerstand und Schwierigkeiten hatte bauen lassen, da ja die alte viel zu klein geworden war. Und sie läuteten mir die Sehnsucht ins Herz, noch einmal so nach Gottes Wort dürsten und hungern zu können, alles Irdische darüber vergessend, wie ich es früher oft getan hatte. Wie war mir nun alles in den langen Jahren zur Gewohnheit und selbstverständlich geworden. Und wie erfüllt war ich von meinen eigenen großen und kleinen Dingen!

Es wurde mir aber in dem Augenblick von neuem gewiß, daß ich nichts anderes tun könne, als Hannas Schicksal und die Sorge um unser tägliches Brot ganz in Gottes Hand zu stellen und mich selbst von allen sorgenden Gedanken wirklich so befreien zu lassen, daß ich geduldig und demütig auf Gottes Wirken wartete.

Da wir nach der Kirche in meinen heimatlichen Hof einbogen und zwischen den alten Eichen durchfuhren, sahen wir August Berkenbrink wartend und spähend am Zaune stehen. Er hatte die Soldatenmütze wieder schief auf den Kopf gesetzt und rauchte eine lange Reservistenpfeife, die mit bunten Porzellanbildern geziert war und auf die er sehr stolz zu sein schien. Nun, warum auch nicht? Denn hatten Hermdieder oder Willem etwa eine solche Pfeife? Er ging uns lässig entgegen, so als hätte er uns gerade erst bemerkt, während er doch unruhig wartend dagestanden hatte. Angesichts seiner Lässigkeit erfüllte es mich mit einem kleinen Triumph, ihm eine Enttäuschung bereiten zu können. Ja, so kleinlich und stolz ist man auch da noch gewesen.

Er half mir geschickt aus dem Wagen, um dann erstaunt loszupoltern: »Zum Donnerwetter, wo habt Ihr denn die beiden andern Lütens gelassen? Die kommen wohl zu Fuß nach?«

Und wie ich ihm sagte, sie hätten die Kinder warten müssen, meinte er gereizt und verärgert, das hätte Sophie auch allein tun können.

Hermdieder aber sagte kurz und bestimmt: »Nein, Hanna sollte nicht mit«, worauf der junge Mann vor Zorn und Ärger rot wurde und sich auf die Lippen biß, um nichts zu sagen. Dann aber bezwang er sich, machte anscheinend gute Miene zum bösen Spiel, faßte nach Lisettens weizengelben Zöpfen und sagte: »Dann muß ich mich also mit dir begnügen«, worauf Lisette sich ihm ruhig zuwandte, und indem sie ihm die Zunge wies, nur sagte: »Du Ape!« und wegrannte. Er aber lief ihr mit langen Beinen nach und rief: »Warte, du Krott, ich will dich schon Mores lehren. Das sollst du mir büßen.«

Währenddessen war meine Schwägerin Rieke, rund und dick, wie sie nun geworden war, mit ihren vier flachsblonden Sprößlingen auf den Hof gekommen. Auch sie konnte ihr Befremden nicht verhehlen. Denn ich spürte schließlich an allem, daß sie uns nur eingeladen hatten, um die Sache mit August und Hanna ins reine zu bringen. Rieke hatte ihre schönsten Hühner geschlachtet und Kalbfleisch gebraten und im übrigen aufgetischt wie zu einer Hochzeit. Nun aber sagte sie vorerst nichts über ihre Pläne, denn sie wollte, klug wie sie war, nicht zu sehr die Bittende sein.

Nach dem Mittagessen ging ich ein wenig ums Haus herum, da ich seit langer Zeit nicht in meiner Heimat gewesen war. Hermdieder und mein Bruder Willem saßen schon wieder in geistlichen Gesprächen in der Wohnstube vor der aufgeschlagenen Bibel. Die Männer verstanden einander gut.

Ich aber sah, wie mein Kirschbaum, der mit all meinen Jugenderinnerungen so verwachsen war, ganz in Knospen stand, die nahe daran waren, aufzubrechen. Es bedurfte nur noch eines Sonnentages, so würde er über und über in Blüte stehen.

Wie alt kam ich mir nun vor, da mir meine junge, wunderbar beglückende und zugleich schwerblütige Liebe zu dem Kandidaten in den Sinn kam, meiner Freundin Marie Ilsabeins Bruder! Alle die Stunden, da wir miteinander lasen und lernten, und jener Abend, da wir zum erstenmal miteinander tanzten, zogen an mir vorüber und wollten mich schier wehmütig stimmen. Aber dachte ich an meine Ehe mit Hermdieder und die Kinder, so konnten weder Trauer noch Wehmut aufkommen. Ja, mir war plötzlich ganz nüchtern und wohlbedacht zu Sinn.

Bisher hatte ich mich nämlich immer dankbar gefreut an allem, was ich in der Jugend durch den Kandidaten gelernt hatte, so daß ich mich nicht nur meiner Veranlagung, sondern auch meinem Wissen nach von den Frauen unseres Dorfes unterschied. Aber heute kam mir der Zweifel: War das wirklich gut? Alle die anderen Frauen lebten in schlichter, aber lebendiger Gemeinsamkeit dahin. Eine dachte, eine handelte wie die andere. Eine richtete sich nach der anderen. Alle verband die Dorfgemeinschaft. Es schien mir oft, als hätten sie kein eigenes Denken und Erleben.

Ich war ihnen innerlich fern und fremd geblieben, so gut wir uns äußerlich vertragen hatten. Ja, ich mußte mir eingestehen, daß sie mich ganz und gar nicht in ihre selbstverständliche Gemeinschaft einrechneten. Dazu kam, daß Hermdieder halb Bauer durch unsere Landwirtschaft, halb Städter durch seinen Beruf als Leinenverleger war. Auch unsere Töchter wußten eigentlich nicht so recht, wohin sie gehörten.

Bis jetzt hatte ich das alles nicht als Schaden geachtet, weil mein häusliches Leben trotz allen Leides, das ich erfahren, reich und friedevoll war. Aber mir wurde in diesem Augenblick bewußt, daß jede äußere Schwierigkeit für uns doppelt schwer werden würde.

Ich hatte bisher das Glück gehabt, keinen Anstoß zu erregen. Mein Haushalt wurde gut und ordentlich geführt, wir lebten streng der kirchlichen Sitte nach, nicht aus Gewohnheit, wie manche andere im Dorf, sondern aus innerster Notwendigkeit heraus. Die Dienstboten wurden gut gehalten. Was sollten sie groß über uns reden?

Aber »junge Lütens und widde Schörten kruiget lichte Pläcke«, und wenn auf eine meiner Töchter irgendeinmal ein Makel fallen sollte, so würden wir ganz allein dastehen, so würden sich alle meines vermeintlichen Hochmutes erinnern, und sie würden sich über unser Unglück freuen, soviel man ihnen selbst auch oft genug Gutes getan haben mochte.

Wie fern waren meine Gedanken nun von der klaren Entschlossenheit und inneren Freiheit meiner ersten Jugend, wie fern auch von der mutigen Entscheidung für Gott allein, die mich mit Hermdieder neu zusammengeführt hatte! Wahrlich, es war so mit mir, wie es der Pfarrer heute morgen in der Predigt geschildert hatte: Mein inneres Leben vor Gott glich einer welken und verdorrten Blume. Ich war träge zum Gebet geworden und flüchtete vor Gott in die kleinen Dinge und großen Sorgen meines irdischen Lebens. Ja, ich fürchtete mich mehr vor der Menschen Meinung als vor Gott. Mußte Gott immer wieder mit so harter Gewalt zu mir reden wie damals vor fünf Jahren, als das mit der zweiten kleinen Annemarie passierte, damit ich wieder all mein inneres und äußeres Leben ihm allein unterstellte und all mein Hoffen auf ihn setzte, damit meine Freude wieder eine Freude in Gott würde?

Ich kam mir alt und verbraucht vor, als wir uns danach gemeinsam auf meiner Schwägerin Riekes Bitte hin aufmachten, um den Berkenbrinkschen Hof zu besichtigen. Hermdieder ging in lebhaften Gesprächen mit Willem vorauf. Wie frisch und stark war sein Leben vor Gott geblieben, so daß er nichts Lieberes kannte, als von ihm und seiner Liebe in Christus zu zeugen.

Leider konnte man das von uns Frauen nicht sagen. Wir trotteten langsam hinter den Männern her und sprachen von Hemden und Strümpfen, vom Korn und vom Vieh, und schließlich von unseren Mägden und Kindern.

August versuchte zu meinem großen Ärger, mit Lisette anzubinden, als gäbe es keine Hanna, die zu Hause in großer Traurigkeit allein saß. Er machte auch ihr seine merkwürdig aufreizenden Augen, vor denen man sein etwas brutales, rotes Gesicht mit der niedrigen, breiten Stirn, der wohlgebildeten Nase und dem wollüstigen Munde fast vergaß. Die Mädchen waren alle hinter ihm her. Aber Lisette drehte sich zu meiner Freude flink auf dem Absatz herum und rannte weg, jegliche höfliche Sitte außer acht lassend. Sie fragte nie danach, was man wohl über sie denken würde.

Augusts Hof lag lieblich in einer Talsenke, einsam zwischen Wiesen und Feldern. Weit und breit war kein anderes Haus zu sehen. Ein kleines Wäldchen, das von allererstem Grün überhaucht war, verschloß den Blick nach der einen Seite, während er auf der anderen Seite zu den Bergen des Teutoburger Waldes ging, über denen es wie ein dunkler, grauer Schatten lag. Das Wohnhaus war frisch getüncht, die Scheunen schienen neu aufgebaut zu sein, das Strohdach war entfernt und durch leuchtend rote Ziegel ersetzt.

Ja, der August hatte schaffige Hände, das mochte wohl sein. Und zugreifen konnte er auch, wie ich jetzt feststellte, da er schnell noch ein paar Handreichungen im Hause tat. Und was würde Hanna zu diesem Garten sagen, der fast wie der an einem Gutshause war, groß und von alten Tannen umstanden, mit einem Haselnußgang, der lauschig und verschwiegen war? Wie gut, daß das Kind dieses nicht sah! Wiewohl – Hanna würde auch in das kleinste Kötterhaus eingezogen sein!

Unterdessen ging Hermdieder zu seinem Freunde Hermsmeier, um sich nach August zu erkundigen. Erst später hat er mir im einzelnen erzählt, was er da erfahren hatte. Jetzt kam er mit einem unguten und verschlossenen Gesicht wieder und drängte zur Abfahrt. Nicht einmal ein Abendbrot wollte er mehr annehmen. Auf meine Frage schüttelte er nur stumm den Kopf, und als wir auf der Landstraße noch einmal an dem Hof vorbeifuhren, zeigte er mit dem Peitschenstiel auf die stattlichen Gebäude, wobei er murmelte: »Führe uns nicht in Versuchung.«

Erst als wir zuletzt durch einen hohen Buchenwald fuhren, sagte er entschlossen: »Nein, es kann nicht sein, es kann niemals sein, glaube es mir.«

Und wie ich nun wider sein Erwarten – denn er dachte, ich hätte mich von dem Äußeren betören lassen – seufzend antwortete: »Nein, nein, ich glaube es auch nicht«, drückte er mir fest die Hand in stillem Einvernehmen. Der schwarze Wald stand eng um uns her, irgendwo knackte es im Gehölz, der Laut eines Tieres erstarb dumpf in der Luft, unermeßlich gleichgültig erklang das eintönige, nicht endenwollende Räderknarren unseres Wagens in der nächtlichen Stille, aber hoch über uns sah eine schmale Sternenstraße hernieder, die tröstend unseren dunklen Weg erhellte.

Beim Abschiednehmen hatte ich bemerkt, wie August Lisette ein kleines Päckchen zusteckte, und am nächsten Abend sah ich beim Spinnen Hannas Spinnrad mit einem neuen Wockenbande geschmückt, auf dem zwischen bunten Rosen und Vergißmeinnicht in goldenen Buchstaben stand: »Ich liebe dich und will dich ewig lieben.«

Hanna aber sah ich am nächsten Tage glücklichen und versonnenen Gesichts die Kühe melken, während sie sonst immer noch trotzige Abwehr gezeigt hatte.

Dann sprach Hermdieder eines Abends mit ihr, daß sie sich alle Gedanken an den Burschen aus dem Kopfe schlagen solle, da er nicht in unser Haus passe. Hanna hatte nur dazu geschwiegen. –

In dem stattlichen Hause neben der Windmühle oberhalb des Friedhofes, das dem reichen Müller, Landwirt und Leinenverleger Buschmüller gehörte, wohnte seit einigen Jahren ein junger Mann aus unserem Dorfe, der hier bei seinem Vormund und Paten Zuflucht gesucht hatte. Mit diesem Wilhelm Woltmeier verband Hermdieder seit einiger Zeit eine starke Freundschaft und Gemeinschaft. Denn jener hatte angefangen, die Bibelstunden zu besuchen, und es war ihm eine liebe Gewohnheit geworden, Hermdieder abends heimzubegleiten, wenn die Stunde nicht in unserem Hause abgehalten wurde. Ich hatte ihn bisher nicht eigentlich kennengelernt und konnte mir nicht recht denken, was Hermdieder an diesem so viel jüngeren Manne eigentlich fand. Denn äußerlich war nichts besonders Hervorragendes an ihm, nein, das konnte man ganz und gar nicht behaupten, obgleich er ein gutes Gesicht mit offenen Zügen und ernsten blauen Augen hatte, die ein wenig weit auseinanderstanden. Aber er war nicht gerade groß, und schmal gebaut, und man dachte, daß er nicht allzu widerstandsfähig sein würde. Aber Hermdieder hatte von ihm gesagt, er gehöre zu jenen Menschen – die sehr selten seien –, die wirklich zuzuhören verständen, die eines anderen persönliche äußere oder innere Nöte ganz in sich hineinnähmen, nicht durch eigene Gedanken, Einwände oder Erzählen von eigenen Sachen störten, dann sie innerlich verarbeiteten und mittrügen.

Und wie ich ihn eines Sonntagabends, da Hermdieder ihn auf meine Bitte mitbrachte, selbst kennenlernte, war auch ich schon nach kurzer Zeit davon überzeugt, daß wir es hier mit einem selten zuverlässigen Manne zu tun hatten, der sich durch Klugheit und Güte und durch eine besondere »Stäte«, wie es Hermdieder immer nannte, vor anderen auszeichnete. Hermdieder hatte viele Bekannte und Freunde, aber es war keiner unter ihnen, dessen Freundschaft ihm so lieb war wie gerade diese mit Wilhelm Woltmeier, der sich von dem viel älteren in jeder, besonders aber in geistlicher Hinsicht beraten ließ. Beide verband die Freude an biblischen Gesprächen noch ganz besonders. Angeregt und froh kam Hermdieder jedesmal heim, war er mit seinem jungen Freunde zusammen gewesen. Und ich gönnte ihm diese kleine Freude so von ganzem Herzen.

Es ergab sich nun von selbst, daß Wilhelm Woltmeier unser ständiger Sonntagsgast wurde, zumal er keine richtigen Eltern und Geschwister mehr besaß. Dann war es, als würde sein ernstes, frühreifes Wesen plötzlich von unseren lachenden kleinen Kindern aufgelockert, und sein eigentliches frohes Gemüt, das immer unterdrückt gewesen war, kam zum Vorschein und zu voller Entfaltung. Da wurden unsere Sonntage warm und hell von einer echten, herzlichen Fröhlichkeit, in der sich alle wohlfühlten, am meisten aber Hermdieder. Denn ihm war es nicht eigentlich gegeben, seinen Glauben in seinem Hause als fröhliche Befreiung auszuleben. Dazu war seine Entscheidung für Christus damals zu umwälzend gewesen, war seine Buße auch heute noch zu ernst, seine Hoffnung auf das Kommen Christi zu gewaltig und stark. Jede oberflächliche Freude war ihm ein Ärgernis. Aber diesem Menschen spürte er die echte Freude in Christus ab, die alle harmlosen irdischen kleinen Freuden vertieft und verklärt.

Hanna war still, wenn auch etwas aufgeschlossener als sonst, wenn Wilhelm Woltmeier da war. Lisette aber sehnte sich weiter danach, mit den Freundinnen draußen zu spielen und zu singen. Während Sophie sich gut mit ihm verstand und unterhielt. Sie achtete seine unaufdringliche und bescheidene Klugheit und erkannte seine innere Überlegenheit stillschweigend an. –

Eines Abends im Mai hatte Hermdieder länger als sonst in der Stadt zu tun gehabt, Lisette und Sophie besuchten ihre Freundinnen, nur Hanna und ich saßen zusammen in der Wohnstube, um zu spinnen. Mählich fing es an, in der Stube mit den kleinen Fenstern dämmrig zu werden, während draußen der Maiabend noch sanfte Helligkeit auf Garten und Felder breitete. Auf einem Pflaumenbaum zwischen den Fenstern und dem Zaun sang eine Amsel ihr Abendlied, ihr langer Schwanz wippte eifrig auf und ab, während der gelbe Schnabel sorgsam die Töne zu formen schien. Sie sang ein schmerzhaft süßes Lied und sang Hanna eine Sehnsucht ins Blut, die sie gleichsam erstarren machte. Denn stracks sanken ihre Hände vom Spinnrad in den Schoß, und ihr Blick ging abwesend und verloren durch die Fenster über das grune und braune Land, um in der Ferne suchend zu verharren. Eine kleine Falte stand steil auf ihrer feinen Stirn, so als suche sie etwas, könne sich aber nicht darauf besinnen, was es wäre. Auch mir erging es seltsam. Obgleich ich irdisches Frauenglück die Fülle besaß und mein Leben erfüllt war, ergriff mich ebenfalls ein schmerzliches Weh und Sehnen, gerade an diesem Abend, da die Amsel sang. Ich glaube aber, daß es von einer wesenstiefen Verbundenheit mit der Kreatur herrührte, wie wir sie selten einmal erleben und wie sie doch da ist, sonst verschüttet, verirrt und verwirrt. Der Sehnsuchtsschrei der Kreatur, der aus dem Vogel sprach und in meinem Herzen Widerhall fand, dringt dann jeweils durch alles Sichtbare und Zeitliche, durch allen äußeren Schein der Dinge in die Tiefe vor und ruft nach der Ewigkeit. So wenigstens war es mir zumute. Alle Schalen und Hüllen, alle Oberflächen fielen ab von jenem tiefen Wesensbestande aller Dinge, Tiere und Menschen, der noch mit der Ewigkeit verbunden zu sein scheint.

In jenem Augenblick klopfte es an die Tür. Und Hanna stand zitternd auf, wurde blaß wie ein Leintuch, streckte die Hände halb abwehrend, halb verlangend aus, so, als wüßte sie gewiß, hier begegne ihr nun ihr Schicksal.

Es war aber nur Wilhelm Woltmeier, der gekommen war, Hermdieder zu besuchen.

»Na, so fleißig am Spinnen«, fragte er, »ist Hermdieder nicht zu Hause?« – »Nein«, antwortete ich, »aber darum kannst du doch bleiben und uns die Zeit beim Spinnen vertreiben.«

»Ja, wenn Ihr meint«, sagte er, setzte sich in den Backensessel, den ich ihm zurechtgerückt hatte, und zündete sich die Pfeife an. Ich fragte Hanna, ob sie nicht lieber an diesem herrlichen Abend mit den Schwestern fortgehen wolle. »Nein«, sagte sie hart und dann noch einmal bestimmt, »nein!«

Wilhelm, dem die Härte ihrer Antwort auffiel, sagte scherzend: »Hanna, es ist heute Maikirmeß. Wenn ich nun noch wäre wie früher, so ein lockerer Vogel, weißt du, dann hätte ich dir ein rotes Kirmeßherz mitgebracht mit weißen Zuckerbuchstaben und dem feinen Spruch« – – etwas spöttisch deklamierte er –: »Ich liebe dich und will dich ewig lieben.«

Da stand Hanna schon zornrot vor ihm, denn sie dachte, er hätte ihr buntes Wockenband mit Augusts Spruch gesehen:

»Wenn du mich verspotten willst, so geh lieber nach Hause, du – du – Mucker!«

Aber Wilhelm sagte ruhig und freundlich, obgleich er vor Schrecken blaß geworden war: »Aber siehst du, Hanna, ich weiß ja, du schönes, großes Mädchen hättest es mir vor die Füße geworfen, diesem armen, kahlen Vogel, der ich bin.«

»Na«, sagte Hanna, ein wenig versöhnt, »du siehst nicht so arm und hilflos aus, wie du da behaglich rauchend im Armstuhl sitzt, – so schlimm wird das wohl nicht sein.«

»O doch«, sagte er ernsthaft, »ich meine, was ich sage, und weiß, wer ich bin.«

Um abzulenken, fragte ich ihn, wie es gekommen sei, daß er keine Kirmeß mehr besuche, ob er es für Sünde halte.

»Ja, für mich wäre es ein Unrecht, ganz gewiß. Und ich mag diese laute Lustigkeit einfach nicht mehr. Aber da müßte ich schon weit ausholen, um euch das zu erzählen.«

Da ich ihn nun dringlich darum bat, fing er an, uns aus seinem Leben zu erzählen.

Seine Mutter war gestorben, als er ein Vieteljahr alt war. Sie war eine fromme Frau gewesen und hatte selbst in ihrer Todeskrankheit nur kniend gebetet. Das war alles, was der Junge noch von ihr wußte. Auch der Vater war ein frommer Mann und lehrte das Kind nach Gottes Geboten wandeln. Er war auch nicht gesund, heiratete aber dennoch wieder, als Wilhelm vier Jahre alt war. Bald darauf starb er auch. Die Frau war grobschlächtig und böse und hatte des feinen Jungen nicht acht. Ja, sie quälte ihn über die Maßen. Kurz nach dem Tode des Mannes hatte sie ein kleines Mädchen geboren, das der Junge warten mußte. Er liebte sein Halbschwesterchen sehr, hatte aber viel seinetwegen auszustehen. Schrie es, während er die Wiege schaukelte, so wurde er geohrfeigt. Jede Unart des kleinen Mädchens hatte der Junge später auszubaden. Mit fünf Jahren mußte er spinnen lernen. Hatte er einen Fehler gemacht, so wurde ihm Garn dick um einen Finger gewickelt und dann angezündet. Ja einmal, als er eine Verwirrung beim Spinnen angerichtet hatte, legte ihm die Frau die Hand auf einen Block, nahm ein Beil und ängstete ihn, indem sie tat, als wolle sie ihm die Hand abhacken. Da schrie der verschüchterte Junge plötzlich wie ein wildes Tier auf und erhob die Hand wider die Mutter. Die aber schlug blindlings zu und hackte ihm einen Finger der linken Hand ab. Sein Leben war eine Qual. Immer zarter und blasser wurde der heranwachsende Knabe. Aber es sollte noch schlimmer kommen. Als Wilhelm zwölf Jahre alt war, heiratete die Stiefmutter wieder, und zwar einen elf Jahre jüngeren Mann, der nur acht Jahre älter war als der Sohn. Der Hof aber gehörte dem Jungen ganz allein, denn er stammte von seiner Mutter. Ein Kind nach dem andern wurde geboren. Wilhelm hatte außer der Halbschwester keine Blutsverwandten. Was gingen ihn der neue Vater und all die jungen Geschwister an, die keinen Tropfen Blut mit ihm gemeinsam hatten? Der Vater aber wurde immer erbitterter auf den Stiefsohn, je mehr er sich abrackern mußte. Wem würde der Hof gehören, etwa seinen Kindern? Dem Fremden. Sollte er für den so arbeiten? Immer wieder warf er es der Frau vor. Nur eine Hoffnung hielt Mann und Frau aufrecht: Der rechte Erbe möchte sterben. Nein, das war keine Wahnidee von ihm, Wilhelm. Er hatte selbst ein Gespräch der Eltern darüber mit angehört. Er bekam die dürftigste Kleidung, die man sich denken konnte, so daß er den Husten nicht los wurde. Er fieberte, er wurde ernstlich krank, niemand brachte ihm das Essen ans Bett. Er schlief in einer kleinen, dunklen Butze unter der Treppe. Einmal hatte er dem Vormund sein Leid geklagt. Als das die Eltern hörten, hatten sie ihn windelweich geschlagen. Schließlich aber sah der reiche Vormund nach dem Rechten, da der Knabe krank geworden war. Er fand ihn zum Gerippe abgemagert, elend und kalt, mit Striemen auf dem Rücken, in der kleinen Butze liegen und nahm ihn mit in sein Haus.

Der Stiefvater sagte, nun tue er die Arbeit nicht mehr, er wolle nicht seinen Schweiß in eine Erde stecken, die ihm nicht gehöre. Der Junge ließ sich schließlich bereden, sich mit einer Summe Geldes abfinden zu lassen, um ganz von den Stiefeltern loszukommen.

So saß er da, heimatlos, elternlos, rechtlos, um seinen Hof gebracht. »Ja«, scherzte er traurig, »Hanna, habe ich nicht recht gehabt? Bin ich nicht wirklich wie ein kahler, verlassener Vogel, der Nest und Federn verloren hat?«

Ein Laut drang aus der Ecke, wo Hanna saß, – still und fassungslos weinte sie in sich hinein. Weshalb weinte sie? Aus Mitleid mit diesem armen jungen Menschen, der ein so schweres Schicksal zu tragen hatte? Ja. Aber ganz gewiß auch aus Mitleid mit sich selbst, aus Kummer um ihren Herzallerliebsten. Ihr Leid, das bisher keine Tränen fand, löste sich plötzlich an diesem fremden Geschick.

Wilhelm aber verstand nur, daß dort ein junges Mädchen saß und um ihn weinte. Gerade schien der Mond ins Fenster, und in seinem Licht sah ich Wilhelms Gesicht, vorgeneigt, fragend, alle Muskeln angespannt, in seltsam glücklichem Zweifel. Ist hier ein Mensch, ein junges Weib, das meine Last mitträgt, Hanna, liebe Hanna, weinst du um mich? Und ich konnte ihm nichts erklären.

Ich fragte: »Und wie erging es dir im Hause des Vormunds?« – Gleichzeitig fiel mir ein, daß der Pate viele Töchter hatte und gewiß mit dem reichen Mündel als Schwiegersohn rechnete. Ich aber hatte schon immer leise in voreiligen Muttergedanken an Sophie gedacht.

»Gut ging es mir«, sagte er, sich zusammennehmend, während ein glücklicher Schein auf seinem Gesicht zurückblieb, »nur viel zu gut. Als ich älter wurde, machte ich fröhlich alles mit, was die Welt an Lustbarkeiten bietet, kaufte Kirmeßherzen« – ein flüchtiger Blick streifte Hanna, die wieder still zuhörte und nun lächelte, – »und tanzte, spielte Karten und trank. Ach, ich hatte das christliche Getue satt bis zum Überdruß, denn meine Stiefeltern waren vor der Welt fromm gewesen, und diese entsetzliche Heuchelei ließ mich vor allem Frommen zurückschrecken.«

»Aber man kann in diesem vermuckten Dorfe ja nicht ungeniert in weltlichen Freuden leben«, fuhr er fort, »wenn man ein einigermaßen anständiger und ehrlicher Kerl ist. Oder kann man es bei solchen Predigten, die einem das Herz um und um wenden und kein gutes Haar an einem lassen? Und zur Kirche ging ich natürlich, wie alle anderen auch, das Erbe von Vater und Mutter ließ mich nicht los. Und nach einer solchen Predigt des Pfarrers Holtermeier, in der er gerade mich gemeint und als elenden Sünder verdonnert hatte, wurde mir klar, daß ich nicht mehr so weiterleben könne, und suchte die Bibelstunden auf, um auf meine Fragen und Zweifel Antwort zu bekommen. Und da lief mir Hermdieder in den Weg, ich wollte sagen: Gott führte ihn mir zu, und ich sah, was ein Christ ist und vermag. So ist es gekommen.«

»Und jetzt«, fuhr er fort, »kann ich wieder mit ruhigem Gewissen an meinen Vater denken. Er wanderte schon damals acht Stunden weit zum Pfarrer Wilkening und nahm mich kleinen Jungen mit. Ich weiß noch, es war einmal zu Pfingsten.«

Wie ein heller Blitz fuhr es mir durch die Seele.

»Junge«, rief ich, »Wilhelm, – das Bürschchen, das warst du? Dann sollst du wissen, daß es dein Vater war, der mir den ersten Anstoß gegeben hat, nach der Wahrheit zu suchen, wenn ich auch noch lange Zeit weit davon entfernt blieb. Immer bin ich ihm dankbar dafür gewesen.«

»Oh, das ist schön«, meinte er fröhlich, »denn es wird mir schwer, Mutter Amrie, immer nur von Euch annehmen zu müssen.«

Hatte er wirklich »Mutter« gesagt? – Und nun erzählte ich ihm, wie es mir einmal einen Augenblick lang gewesen sei, damals auf der Pfingstwanderung, als sei er mein ältester, heimgegangener kleiner Junge Wilhelm, und daß auch er »Mutter« zu mir gesagt hätte.

Wilhelm aber meinte, er müsse irgendwo tief in seinem Innern noch eine Erinnerung daran bewahrt haben. –

Das Erlebnis dieses Abends schloß uns zusammen, obgleich keiner je wieder davon sprach.

Mein Herz wandte sich von nun an in starker mütterlicher Liebe diesem einsamen Menschen zu, der seinem Alter nach mein ältester Sohn hätte sein können. Gott ließ diese Liebe, die keimhaft an jenem Pfingstmorgen vor langen Jahren aufgesprungen war, wie eine köstliche Blume in mir festwurzeln und wachsen, so daß ich sie nachher nicht mehr von der Liebe zu meinen andern Kindern unterscheiden konnte. Es mochte auch daher kommen, daß der einsame junge Mann Verlangen danach trug und sie hervorrief, indem er sie beanspruchte.

Hanna aber, von jenem Abend her mit heißem Mitleid erfüllt und völlig frei in ihrem mädchenhaften Empfinden, tat ihm manche kleine Liebe an, als müsse sie gutmachen, was an ihm gesündigt worden. Das vergalt ihr Wilhelm wiederum mit einer zarten Rücksicht, wie man sie bei uns auf dem Lande sonst von Mann zu Frau selten oder niemals findet. Denn wenn mich auch Hermdieder zum Beispiel von Herzen liebhatte und mir alles Gute gönnte, ich blieb die Frau, die ihn zu bedienen hatte, und je älter er wurde, desto abhängiger wurde er in diesen äußeren Dingen von mir. Ja, er ließ sich am liebsten die Pfeife nachtragen und Butterschnitten von mir streichen, denn er war in solchen Dingen herzlich ungeschickt.

Wilhelm aber nahm Hanna die Arbeit gleichsam aus der Hand, trug ihr die Wassereimer und Milcheimer nach, rückte ihr das Spinnrad zurecht, sagte auch dann und wann: »Hanna, willst du dich denn gar nicht setzen und ausruhen?«, was das Mädchen in seinem Kummer als besonders wohltuend empfand. Wilhelm gegenüber löste sich ihr oft so verkrampftes und starres Gesicht, so daß es von einer hellen und warmen Heiterkeit wie durchsonnt erschien.

Leise und schüchtern stieg die Hoffnung in mir auf, daß Wilhelms Liebe, die an jenem Abend in ihm Wurzel gefaßt hatte, das Mädchen überwinden möchte, so daß sie von diesem übermütigen, dreisten Burschen lassen wurde.

Als ich Hermdieder davon sprach, nahm der meine Hand, drückte sie fest vor erwartungsvoller Freude und sagte: »Amrie, wenn dieser mein Sohn würde, ich würde nicht aufhören, Gott dafür zu danken. Und dann wären wir den vertrackten August los, der Hanna noch immer im Kopfe spukt.«

Aber ich meinte, so leicht würde sie nicht von ihm innerlich frei werden, und immerhin bliebe noch Sophie, die Wilhelm vielleicht heiraten könne, wenngleich er Hanna ins Herz geschlossen zu haben schien.

An einem Sonntagmorgen im Juni fuhr eine vollgepferchte Kutsche bei uns vor. Zuerst sprangen die vier Niedermeierschen Mädchen vom Wagen, alle mit vom Wasser steifen, abstehenden Flachszöpfen und Sammetärmeln, dann stieg mein Bruder Willem bedächtig und behutsam aus, um Rieke Platz zu machen. Mühsam und pustend kullerte sie buchstäblich hinter den Ihren her wie ein dicker

Federball, der zur Erde muß, ob er will oder nicht. August aber, der auf dem Bock kutschiert hatte, stand in aufdringlicher Männlichkeit da und knallte laut mit der Peitsche, als wolle er sich noch extra in der ganzen Nachbarschaft bemerkbar machen.

Hermdieder hatte ein abweisendes Gesicht aufgesetzt, denn so gern er seine Verwandten hatte, so wußte er nur zu gut, was dieser Besuch zu bedeuten hatte. Damit zwang er nun wiederum mich, gegen meinen Willen doppelt freundlich zu sein, freundlicher als gut war. Denn ich wollte seine steife Zurückhaltung den Gästen gegenüber gern wieder ausgleichen.

Nachdem wir gefrühstückt hatten, sagte Hermdieder, sein Gesangbuch und seinen flachen schwarzen Hut zur Hand nehmend, er ginge zur Kirche, wer denn mitwolle. Als wir Frauen dann abgemacht hatten, daß wir zu Hause bleiben wollten – denn ich mußte nach dem Rechten sehen, obgleich Hanna kochen sollte –, erklärte Willem freundlich und August sichtlich nur Hermdieder zu Gefallen, daß sie mitgehen würden.

So saßen wir beiden Frauen in der Wohnstube auf der langen, lehnenlosen Bank, die an der einen Fensterreihe herführte, und wußten beide, daß jetzt Entscheidendes geredet werden mußte. Rieke hatte ihre Abendmahlstracht, ihren dicksten Tuchrock, an und ihr feinstes seidenes Tuch angelegt, dazu allen Schmuck, den sie besaß. Nun zog sie aus ihrem Beutel eine dicke Plockwurst, die sie schweigend vor mich hinlegte.

Schließlich, da ich abwartend dasaß, meinte sie, das Wetter sei dieses Jahr gut für die Ernte. »Ja«, sagte ich, »der Roggen steht nicht schlecht.« – »Die Gerste auch nicht«, erwiderte sie und fuhr fort: »Was hast du für schöne Pätuonjen (Päonien) im Garten und die Längerlaiwerkes (Jelängerjelieber), kannst du mir Ableger davon geben?« Gewiß, das wollte ich gern tun. Die Wurst sei übrigens gut, es sei ihre beste, was ich dankend anerkannte.

In das Schweigen fiel hell und klingend der Schlag der Standuhr, als wolle er mahnen, daß es Zeit wäre, zur Sache zu kommen.

Aber Rieke kam erst noch auf die schwarze Katze, die durch unsern Garten lief, zu sprechen, dann auf ihre Hemden, und das Thema: »Es geht nichts über ein rumet (weites) Hemd, die engen sind nichts wert«, wurde nach allen Richtungen hin ausgiebig erörtert.

Schließlich wurde es mir zu bunt, mein Herz klopfte hörbar vor Spannung und Ungeduld, und ich brachte das Gespräch auf ihre Kinder. Darauf war sie bei Hanna angelangt und meinte, es würde nun auch bald Zeit für sie mit ihren achtzehn Jahren, und ob sie schon einen Freier hätte.

Nein, Rieke war nicht so dumm, mit der Türe ins Haus zu fallen.

Als ich ihre Frage verneinte, fragte sie, ob denn August nichts für sie wäre.

Worauf ich alsbald ungewöhnlich heftig sagte – deshalb, weil ich so lange auf die Frage gewartet hatte, – nein, daran wäre nicht zu denken.

In Riekes rundem Gesicht öffneten sich die Augen groß in kindlichem Staunen, und die Augenbrauen zogen sich beleidigt hoch. Wieso denn, ob August etwa keine Partie wäre, und sie zählte an den Fingern her, welche Mädchen ihn alle gern haben möchten, aber er habe sich nun mal auf Hanna versteift.

»Nein, Rieke«, sagte ich offen und ehrlich, »er hat einen schönen Besitz, und seine Familie« – ich lächelte sie freundlich an – »würde uns schon sehr passen, aber« – ich stockte – »er selbst gefällt uns nicht.«

»Nein, aber Amrie«, tat Rieke beleidigt, »was tut er denn groß Böses? Er ist doch gar keinen leijen Jungen, kann er denn was dafür, daß die Deerns hinter ihm her sind wie die Katzen hinter der Maus, er ist nun mal so ein stattliches und hübsches Mannsbild.«

O nein, das wollte ich nicht abstreiten. Immerhin gäbe er sich doch gar zu viel mit den Mädchen ab und wäre leichtsinnig beim Trinken und Kartenspielen, sagte ich darauf.

»Amrie«, sie setzte sich in Positur, so gut es ihre Rundlichkeit erlaubte, »du weißt: ›Oen ruwet Folen gift een glatt Piard!‹ August wird zahm und gut, wenn er Hanna hat.«

Aber ich war weit davon entfernt, das zu glauben.

Als sie merkte, daß sie auf diese Art nicht weiterkam, versuchte sie es anders.

»Nein, Amrie, schlecht ist er nicht, dafür ist er mein Bruder –« ach, Rieke, Rieke! – »Aber wenn er nun etwas leichtsinnig und prahlerisch ist und kein überzeugter Christ, wie wir es sind, ist ihm dann nicht eine fromme Frau aus solchem Hause geradezu nötig, damit er sich bessert?«

Und obgleich ich ihr heftig widersprach – denn ich glaubte nicht, daß ein Mädchen wie Hanna einen Mann ändern könnte –, wurde ich dennoch innerlich etwas unsicher, da Rieke plötzlich alle Verstecktheit aufgab und nur die Liebe zu ihrem Bruder blieb, um dessen Seelenheil sie ernstlich besorgt war.

Nun erst konnten wir offen von Frau zu Frau miteinander reden. Denn es rührte mich tief, wie aus allem ihre unbegrenzte Liebe zu Hermdieder und mir sprach und ihre wirklich ehrliche Sorge um des jungen Mannes Heil und Wohl.

Und ich versprach, mit Hermdieder die Sache noch einmal zu bereden.

Nach dem Mittagessen saßen wir alle auf der Bank vor der Haustür. Wie gewöhnlich kam auch Wilhelm Woltmeier dazu, da gleich die Stunde in unserm Hause beginnen sollte. Er setzte sich zu uns und fing ein ernstes Gespräch an, an dem sich auch Hanna zeitweise ein wenig mit beteiligte.

August aber, der den Ankömmling sofort mit größter Nichtachtung behandelt hatte, stand geärgert auf, nahm die Kinder der Reihe nach und stemmte sie hoch, gähnte herzhaft und gleichmütig dabei, kurz, stellte sein ganzes dreistes Kraftmeiertum so in den Vordergrund, daß jede Unterhaltung ganz und gar unmöglich wurde und Wilhelm zumal immer mehr verstummte.

In der Bibelstunde aber, an der auch wir Frauen dieses Mal still zuhörend teilnahmen, wußte August, der sich klug dem Brauche unseres Hauses fügte und dabei war, wieder so laut zu singen, daß alle andern Stimmen verloren und gleichsam klanglos in der Luft standen. Selbst vor Gott versucht er noch zu protzen, dachte ich ärgerlich und vielleicht ein wenig ungerecht. Denn er dachte sich gewiß nichts dabei, er war einmal so.

Da Wilhelm wieder seine feinsinnigen Bemerkungen zum Text machte, versuchte August, ihm zu widersprechen – ach, leider nicht der Sache, sondern Hannas wegen, die still in der Ecke saß und zuhörte. Es geriet ihm aber so wenig, daß alle verlegen darauf schwiegen und Hermdieder zu etwas anderem überging. –

Nachher sah ich August und Hanna am Brunnen stehn, als sie Wasser holen wollte. Ich sah ihn wieder mit jenen ihm eigenen selbstverständlichen und zugreifenden Gebärden gleichsam von ihr Besitz nehmen, so daß ihr nichts übrigblieb, als sich gefangen zu geben. Sie schaute an ihm vorbei in die Ferne, hilflos und ein wenig verlegen, und dennoch war ihr anzusehen, wie willig sie sich in seiner Macht und Gewalt befand. Sie konnte seinen aufreizenden Augen nicht widerstehen. Sie teilte ihm wohl mit, was ihr der Vater gesagt hatte, denn sie suchte ihn ein wenig von sich abzuwehren. Ihr Widerstreben aber war weder ernst noch echt, so daß er dringlich weiter auf sie einsprach. Da er sie jetzt aber an sich ziehen wollte und sie sich ihm zuneigte, rief ich sie schleunigst herein. In dem Augenblick bog auch Wilhelm um die Ecke, nahm Hannas Wassereimer und trug ihn ins Haus.

Rieke aber hatte unterdes mit Hermdieder in dem Sinne geredet, daß es Hannas Christenpflicht wäre, August zu heiraten und ihm auf diese Weise einen Halt zu geben. Einer solchen Wendung konnte sich Hermdieder freilich nicht ganz verschließen und bat sich Bedenkzeit aus.

Beim Abendbrot war die Spannung für mich fast unerträglich. Breit und sicher, laut und zudringlich stand die Frage des einen im Raume, durchkreuzt von einem flehenden und stillen Bitten des anderen. Hannas Augen aber leuchteten, ihr selbst unbewußt, den lebensvollen, stattlichen Burschen an, dessen heiße Blicke damals vor ein paar Jahren, als sie noch fast ein Kind war, einen süßen Zauber in ihr Blut gesenkt, von dem sie nun nicht loskam, mochte auch ihre Überlegung etwas anderes dazu sagen.

Hermdieder erlaubte Hanna und Lisette auf ihre Bitten, noch ein Stück mitzugehen – der Wagen war schon langsam vorgefahren –, während wir mit Wilhelm in der Stube saßen und den dreien nachsahen, wie sie, jung und froh und schön, dahinschritten, um dann von den blühenden Getreidefeldern aufgenommen zu werden.

Es war Hanna in all der nächsten Zeit anzumerken, daß sie Bescheid darüber erhalten hatte, wie es um ihre Sache stand, und daß sie nicht ganz und gar aussichtslos erschien. Ihr Gesicht wurde wieder lebhafter, ihr Gang beschwingt von froher Hoffnung, und sie diente uns angelegentlich, indem sie sich nicht genug Arbeit aufbürden konnte. Ja, sie neckte sich hier und da mit Wilhelm, der aber wenig darauf einging. Er schien sich wieder in seine Einsamkeit verkapselt zu haben und nur für Hermdieder offen zu sein. Diesem war es nun ein inneres Anliegen, zur Klarheit zu kommen. Er wartete auf eine Antwort von Gott, um die er gebetet hatte. Da ihm aber keine feste Gewißheit ward, beschloß er, seine Freunde Hermsmeier und Altmann nach der Bibelstunde zu befragen.

Als nun am nächsten Sonntag die andern gegangen waren, blieben die Freunde zurück, um Hermdieders persönliche Angelegenheit zu besprechen. Sie baten auch Wilhelm Woltmeier, zu bleiben. Der aber sagte: »Nein, ich kann nicht bleiben. Ich bin in dieser Sache befangen. Meine Gedanken, die auf Eigenes gerichtet sind, würden Gottes Wirken auf uns hemmen.« Da ließen sie ihn. Sie knieten aber einträchtig nieder und baten Gott von Herzen, ihnen zu zeigen, was sein Wille wäre. Da sie sich nun untereinander darüber besprachen, sagte Hermsmeier: »Es steht zwar geschrieben im ersten Korintherbrief im siebenten Kapitel, daß das gläubige Weib beim unbekehrten Manne ausharren solle, es steht aber nichts davon geschrieben, daß es um der Ehre Gottes und des Seelenheils des anderen willen einen Ungläubigen heiraten solle. Ich glaube nicht, daß Hanna dazu berufen ist, den jungen Menschen zu bekehren.« Dasselbe meinten Altmann und Hermdieder.

In dieser Einmütigkeit glaubten sie Gottes Weisung zu erkennen, ohne davon überzeugt zu sein, daß sie nun keineswegs irren könnten. Dazu fühlten sie sich zu sehr als Sünder, in denen Gottes Wille in äußeren Dingen sich oft nur gebrochen offenbaren kann.

Währenddessen saß ich mit meiner Muhme Karline, die nun schon die Siebzig überschritten hatte, aber wie ehedem behenden Geistes war, in der Hainbuchenlaube in meinem Garten, wo wir uns ganz ungestört der Muße des Sonntagnachmittags hingeben konnten. Vom Goldlack und den Reseden lag ein süßer Duft in der Luft, und die Muhme hatte ein paar Goldlackblüten abgebrochen und auf ihr blaues Samtgesangbuch mit den silbernen Spangen gelegt. Das sah festlich und schön aus.

Die Muhme hatte sich behäbig ein wenig auf der Bank zurückgelehnt und die Hände über dem runden Leib mit der schwarzseidenen Sonntagsschürze gefaltet. Da sie aber klein und rundlich war, reichten ihre Füße nicht auf den Erdboden und hingen zwischen Himmel und Erde in der Luft, hin und her pendelnd wie ein paar Kinderbeine. Wahrlich, es sah aus, als machten sie sich bloß lustig über all unsern wichtigen Ernst, so gleichsam abgelöst von menschlicher Klugheit und Überlegung, so spielend und frei und gleichmütig erschienen sie, daß ich seltsamerweise just davon innerlich viel ruhiger und gefaßter wurde. Was sind denn alle menschlichen Wichtigkeiten und Beratungen im Lichte der Ewigkeit? Sind sie nicht auch nur so ein Kinderspiel, das die Kinder allerdings ernst und wichtig nehmen müssen, dem sie aber niemals hörig werden dürfen? «Der Mensch blühet wie eine Blume auf dem Felde, wenn der Wind darüber wehet, so ist sie nimmer da, und ihre Stätte kennet sie nicht mehr.«

Angesichts des Blühens und Duftens im Garten begann die Muhme unser Gespräch wieder mit einer Betrachtung, wie man sie an ihr gewöhnt war. Wie gut es der Herrgott doch mit uns meine, daß er uns Blumen und Felder und Wiesen gegeben und den Sonnenschein und die Sterne. Das Leben auf der Erde scheine an einem solchen Sonntagmittag wahrlich so schön zu sein, daß es einem schier leid tun wolle um das Sterben. Aber dennoch wisse sie ja, wie ein Kind, das ferne seiner Heimat sei und es in der Fremde auch wunderschön habe, daß es in der Heimat dennoch am schönsten sei.

»Nur die goldenen Gassen, Amrie«, fuhr sie fort, »vor denen habe ich etwas Angst, ja, ich will es dir im Vertrauen gestehen, grüne wären mir lieber. Aber dafür kommt dann ja mein Leib in meine liebe Heimaterde und wird wieder zu Erde, Amrie, wie es uns verheißen ist. Zur guten Erde, auf der dann alles wieder grünen und blühen kann für unsere Kinder und Kindeskinder. Und mein Geist wird daheim sein bei meinem Herrn Jesus, nach dem ich mich von ganzem Herzen sehne. Dennoch möchte ich gern noch ein wenig leben und meine Freude an der Erde haben, wie sie mir täglich zuteil wird.« Sie seufzte: »Ja, Amrie, man weiß nicht, was man sich wünschen soll.«

Nach dieser Betrachtung aber setzte sie sich energisch in Positur und fragte begehrlich – denn neugierig war die gute Muhme von jeher gewesen –, was es denn da drinnen für Geheimnisse gebe.

»Ja«, sagte ich, »das wollte ich gerade mit Euch besprechen. Wir sind uns nicht klar darüber, wie wir es mit Hanna halten sollen. Sie hat einen Freier, ja eigentlich wohl zwei.«

»Was«, rief die Muhme entzückt, »gleich zwei? Ja, sie hat was Apartiges, das Mädchen, wenn sie auch etwas langweilig ist und Lisette mir in ihrer frischen Munterkeit besser gefällt. Aber wer ist's?«

»Langweilig?« sagte ich ein wenig gekränkt. »Nur still ist sie. Aber es steckt eine Kraft und Glut in ihr, wie ich es nie erwartet hätte und davor mir manchmal angst und bange wird.«

»Nanu, so weit ist das schon? Aber wer ist's?«

»August Berkenbrink«, begann ich.

Ei, fuhr die Muhme da lebhaft dazwischen! »Was, dieser abelige Junge?« sagte sie empört. »Nee, den mag ich nicht. Der kommt mir vor, als knalle er ständig vor unserm Herrgott mit der Peitsche und tue sich dicke. Aber so was mögen die Deerns natürlich gern, Gott aber nicht, das sage ich dir.«

»Ja, Hanna hat ihn gern«, sagte ich, »und weiß nicht von ihm loszukommen, so sehr sie sich vielleicht bemüht.«

»Trotzdem, Amrie, was ist da zu beraten? Sie kriegt ihn einfach nicht, und wenn der Hof noch so schön im Stande ist, wie du sagst, und noch soviel Geld da ist. Danach kann unsereins nicht fragen, wenn es auch alle andern tun.«

Aber ich erzählte ihr nun, daß Hermdieder durch Riekes Bitten ungewiß geworden sei, ob es nicht unsere Pflicht sei, ihn an unser christliches Haus durch die Heirat zu binden. Hanna würde ihn vielleicht zum Guten beeinflussen.

Die Muhme lachte laut. »Das glaubst du doch wohl selbst nicht, Amrie, daß das Gör das kann. Umgekehrt wird es wohl nicht gerade kommen, wie sonst schon so oft, daß er sie mit auf den bösen Weg bringt. Aber helfen tut sie ihm nicht, das sage ich dir. Und darum ist es Unsinn, Schluß! Verheiratet sie einfach mit dem anderen, wenn das was ist.«

Aber ich wollte ihr weder verraten, wer der andere wäre, – dazu war die Sache zu fein und zu zart –, noch konnte ich zugeben, daß man Hanna und ihre Meinung ganz übergehen solle.

»Dir hat man's doch auch so gemacht und mir ebenfalls – und sind wir nicht glückliche Frauen geworden? – Ach was, das mit dieser heißen Liebe zwischen jungen Burschen und Deerns, das ist alles Einbildung.«

Nein, gerade weil ich einfach verheiratet wurde und es mir damals war, als träte man mir auf dem Herzen herum, so daß ich meinen Vater fast zu hassen begann, sollten meine Töchter es anders haben.

»Du liebe Zeit«, fing nun die Muhme wieder an, »aber ich weiß dennoch nicht, wieso man den Heiligen Geist dazu braucht, um zu wissen, was man da tun soll.« Sie schlug sich auf den Mund. »Verzeih, Amrie, es war die alte, spottsüchtige Muhme Karline, die du von früher her gut kennst, die aus mir sprach. Aber sieh, mein gesunder Menschenverstand sagt mir zu deutlich: Es soll nicht sein, niemals, damit basta, und Gott spricht auch durch unsern Verstand zu uns. Nein, das Kind, die Hanna, täte mir zu leid bei diesem Schürzenjäger und Leeres-Stroh-Drescher, red's ihr aus.«

Seufzend meinte ich, daß das nicht so leicht wäre. Handele es sich um Lisette, dann wäre es freilich etwas anderes. Sie war viel fügsamer in allen großen Entscheidungen, wenn sie auch sonst ihre eigenen Wege ging.

Am selben Abend sprach Hermdieder noch einmal mit Hanna und sagte ihr, daß es endgültig beschlossen sei, es könne nichts aus der Sache werden. Er hatte erwartet, sie würde sich aufs Bitten und Flehen verlegen, aber nichts dergleichen geschah. Sie ging still zur Tür hinaus und in ihre Kammer, schob den Riegel vor und kam bis zum nächsten Morgen nicht zum Vorschein. Am folgenden Tag bekam auch Rieke den abschlägigen Bescheid von uns.

Es ist etwas Seltsames um die glättende Kraft der alltäglichen, gewohnheitsmäßigen Arbeit. Spuren verwischen, Furchen werden eben, Wogen wieder still und glatt. Aber es kann dabei geschehen, daß man in der Fülle dieser Arbeit des nächsten Menschen nicht mehr genügend achthat, indem man auch bei ihm die verwischende Wirkung des Alltags voraussetzt, denn sein Gesicht ist wieder glatt und eben geworden, die Hände schaffen fleißig wie sonst, und der Mund spricht Gleichgültiges und Alltägliches wie ehedem. So erging es mir mit Hanna, und ich muß mich anklagen, daß ich nicht sonderlich darauf achtgegeben habe im Gleichmaß der Arbeit, daß sie niemals mehr Lust zu frohem Umgang mit der Jugend hatte. Ich bildete mir sogar ein, sie sei innerlicher und reifer geworden durch dieses Erlebnis, da sie still zu Hause saß und sich jeglichen Dinges sorgfältig annahm. So sehr können Mütter an ihren Töchtern vorbeisehen und vorübergehen. –

Im Hochsommer wollte Hermdieder wieder wie jedesmal das große Ravensberger Missionsfest besuchen. Da Lisette angelegentlich darum bat, mitfahren zu dürfen, und ich Hanna gern eine Freude gönnte, ich selbst aber mit den Mägden beim Büken der großen Wäsche war, bat ich Hermdieder, die beiden Töchter mitzunehmen und ihrer achtzuhaben. Muhme Karline wollte auch mitfahren. So wußte ich die Kinder in guter Obhut. Sie schlossen sich einem anderen Leiterwagen an, da unsere Pferde von einer weiten

Fahrt zu müde waren. Hanna sträubte sich zwar zuerst, mitzufahren, denn sie fürchtete sich vor den vielen Menschen. Schließlich gab sie nach.

In aller Herrgottsfrühe fuhren sie an unserm Hause vorbei. Nach der Muhme Karline guckte ich mir zwar die Augen aus. Sie war nicht zu sehen, und später hörte ich, daß es ihr nicht gut gegangen und sie zu Hause geblieben war.

Den ganzen langen Tag von der ersten Frühe an bis zum späten Abend war ich mit dem Büken der Wäsche beschäftigt. Es war keine Kleinigkeit, das Leinen so in den großen Zuber zu legen, daß der Hahn auch richtig lief. Die Mägde machten es mir nie recht. Endlich war die Lauge nach mehrmaligem Kochen und Übergießen durch die Buchenasche braun geworden und die Wäsche dampfte. Ein Teil der großen Leinenstücke, die zur Aussteuer der Töchter gehörten, lag schon auf der Bleiche. Sie mußten sieben Tage und Nächte dort liegenbleiben, damit sie bei Tag die Sonne und bei Nacht Mond und Tau weiß bleiche.

Erst gegen Abend dachte ich wieder angelegentlich an Hermdieder und die Töchter, wie es ihnen wohl ergangen sein möchte und warum die Muhme Karline nicht mitgefahren wäre. Nachdem ich die Kinder zu Bett gebracht und mit den Mägden und Knechten gegessen hatte, setzte ich mich auf die Hausbank und wartete auf den Leiterwagen, indem ich den Mägden sagte, ich wolle heute nacht das Leinen bewachen.

Es war ein ganz besonders heiterer Sommerabend. Der Mond ging so fruh auf, daß er bald rötlich und hell am noch blauen Tageshimmel stand. Die Nachtigallen und Tagschläfer fingen an, in den Hecken zu singen.

Da hörte ich von fernher Gesang, der immer näher kam: »Wo bist du, Sonne, blieben, die Nacht hat dich vertrieben, die Nacht, des Tages Feind. Fahr hin, ein andre Sonne, mein Jesus, meine Wonne, gar hell in meinem Herzen scheint.« Ganz deutlich klang es zu mir herüber. Ich sang in innerer Freude leise mit. Nun würden die Meinen bald alle wieder daheim sein.

Der Leiterwagen kam näher und bog in die Straße ein,

die an unserem Hause vorbeiführt. Aber er machte keine Anstalten, zu halten, und wie ich hinlief, schnell und erwartungsvoll, sah ich weder Hermdieder noch die Töchter, nur Wilhelm Woltmeier, der mich aber gar nicht zu bemerken schien, eingekeilt zwischen den Menschen, wie er war.

»Wilhelm«, rief ich, »wo sind die andern?« – »Ich weiß nicht«, sagte er verlegen. »Hermdieder hatte seinen Freund aus dem Lippischen getroffen, wir haben lange mit dem Wagen auf ihn gewartet, ich habe ihn gesucht, aber es waren auch Tausende von Menschen da. Da verliert sich leicht eins. Er wird mit einem anderen Wagen nachkommen.« Etwas schnell und verlegen sprach er, als wolle er etwas verbergen.

»Und die Mädchen?« fragte ich.

»Die? Die habe ich schon am Morgen aus den Augen verloren«, war die Antwort. »Ich habe sie nicht mehr gesehen.«

Ich bat Wilhelm, noch ein wenig hereinzukommen, aber er sagte, er wäre müde, und hatte es augenscheinlich sehr eilig, heimzufahren.

Mir war es ein Trost, daß wenigstens alle drei noch nicht da waren, so würden sie gewiß zusammen sein.

Ich faßte mich also in Geduld und wartete. Einer mußte ja doch beim Leinen wachen, so hatte das Warten wenigstens einen Zweck. Da Sophie auch zur Ruhe gegangen, blieb es still und einsam um mich her, bis ein leises, zerriges Weinen der kleinen siebenjährigen Annemarie die Stille unterbrach. Ich fand sie tief eingegraben in dem dikken Federbett, heiß und naß geschwitzt, sich unruhig hin und her werfend. Da schlug ich das Kind in eine Decke und trug es eine Weile hinaus, setzte es auf meinen Schoß und sang es zur Ruhe. Die frische, aber warme Nachtluft tat ihm gut, und dankbar kuschelte es sich tief in meinen Arm hinein.

Ich hielt dieses arme, unglückliche Kind an meinem Herzen und war getröstet. Wie oft schon war es geschehen, daß gerade Annemarie mir Liebe erwies und Zuneigung und Wärme entgegenbrachte, wo ich nach der der anderen verlangte! Es war mir wahrlich ebenso lieb, wie es das gesunde gewesen war.

Diese zweite kleine Annemarie hatten wir nach der kleinen »Christi Kreuzblume«, einem verstorbenen, sehr geliebten Kinde so genannt, weil sie ihr innerlich glich, und nach mir, weil sie mir äußerlich wie aus dem Gesicht geschnitten war. Die Nachbarn sagten zwar, es sei nicht gut, dem Kinde den Namen des heimgegangenen Geschwisterchens zu geben. Aber ich setzte mich, wie so oft schon, selbstherrlich über diese Dorfbräuche hinweg. Nachher konnten sie freilich triumphieren.

Annemarie war ein sonderlich artiges und sinniges Kind gewesen, und ich hatte so von Herzen und in einem recht törichten Stolze gehofft, mich selbst in größerer Vollkommenheit in ihr wiederzufinden. So sehr ich wußte, daß nur Gottes Gnade in Jesus Christus uns vor Gott gerecht macht, so wenig konnte ich es lassen, an der Vollendung meines Menschentums zu bauen. Wenn mir auch alle Kinder gleich lieb waren, dieses Kind schien die reichsten Gaben zu haben und hatte die vollkommenste Gestalt des Leibes, das konnte ich mir nicht verhehlen. Sie schien in allem ein besonderer Liebling Gottes zu sein.

Auch die Menschen hatten sie gern. Selbst die Knechte, deren Gedanken in ihrer freien Zeit doch zumeist auf ihre Liebesgeschichten mit den Mägden gerichtet sind, beschäftigten sich viel mit ihr. Und so war es denn auch gekommen. Ein Knecht hatte das vierjährige Kind mit in den Kuhstall genommen. Da war ihr die schwere Futterraufe aufs Köpfchen gefallen. Von da an war sie ein wenig blöden Geistes.

Es wäre mir damals lange nicht so schwer gewesen, das Kind ganz zu verlieren, als es so zu behalten. Nun schien mich mein verzerrtes und verbogenes Ebenbild dauernd zu verhöhnen: »Siehst du, so ist der Mensch, das bist du – ohne Gott.« Und mein Stolz konnte sich schlecht dareinfinden, ein solches schwachsinniges Kind zu haben.

Bis ich erkannte, daß es ein Kreuz, von Gott mir auferlegt, war, das ich ihm nachtragen mußte. Von da an, da ich »ja« zu dem harten Geschick sagen konnte, wurde das

Schreckliche, das scheinbar Untragbare, verwandelt in einen köstlichen Wert. Nun konnte ich das Kind liebhaben wie des gesunde. Ja, es schien mir noch mehr als vorher als eine besondere Gabe Gottes anvertraut zu sein.

Und die dankbare Liebe und Anhänglichkeit des kleinen Geschöpfes rührten mich oft tief. Ich wußte, daß sie mir blieben, wenn alle anderen ihr eigenes Lebten lebten und es mir vielleicht kalt und verlassen ums Herz sein würde. Ich drückte das Kind, das nun friedlich schlief, als einen köstlichen Schatz an mein Herz. Ja, auch in dieser Stunde des Wartens, da es mir immer angstvoller zumute wurde – ich wußte selbst nicht recht, weshalb –, war es mein besonderer Trost. »Gott behüte dich und habe deiner acht, wenn ich nicht mehr bin, kleine, arme Annemarie, auch du bist eine ›Christi Kreuzblume‹«.

Lange nach Mitternacht hörte ich einsame Schritte. Hermdieder kam zu Fuß nach Haus und sagte gleich etwas bedrückt: »Ängstige dich nur nicht, Amrie, die Mädchen kommen morgen, sie sind mit Willem und Rieke gefahren, so sagte mir ein Mann, den sie mit dieser Botschaft beauftragt hatten. Ich hatte sie nämlich in dem Gewühl verloren. Mein Freund Frickenschmidt aus dem Lippischen war da, und ich hatte so viel mit ihm zu reden.« Nun war ich aber doch ärgerlich, daß er so schlecht auf die Töchter achtgegeben hatte. Nein, Kinder waren sie ja allerdings nicht mehr, aber daß sie nun gerade mit Rieke fuhren, war mir ganz und gar nicht recht. Wilhelm Woltmeier hatte das gewußt, so schien es mir, wollte aber nichts verraten.

Ich war nur froh, daß August nicht dabei war. Und morgen würden sie dann ja wiederkommen. Hermdieder war die erste Strecke Weges mit einem fremden Leiterwagen gefahren, hatte dann aber noch stundenlang zu Fuß gehen müssen.

Am nächsten Tag kam dann freilich Lisette wieder, bestellte uns aber, die Tante Rieke sei in der Nacht krank geworden und habe Hanna gebeten, dazubleiben, um zum Rechten zu sehen, wie sie es ja schon oft getan hatte.

»Dummes Lüt!« fuhr ich Lisette hart und erregt an, »konntest du denn nicht wenigstens bleiben, statt Hanna?«

»Warum?« fragte Lisette arglos und ahnungslos, da sie ja nichts von allem wußte. »Du weißt doch selbst, daß Hanna am Krankenbett besser zu gebrauchen ist als ich. Und ich hatte wirklich keine große Lust, dazubleiben und Tante Rieke zu kurieren«, setzte sie übermütig hinzu. Aber da hatte sie eine Ohrfeige weg, wie sie ihr noch nicht vorgekommen war. Sprachlos vor Staunen rieb sie sich die Backe, sagte halb weinend, halb verlegen: »Die saß!« und rannte weg.

Ich aber war jetzt außer mir. Hatte denn hier der Teufel seine Hand im Spiel? dachte ich entsetzt. Erst überrede ich selbst Hanna, mitzufahren, die Muhme Karline wird krank, die meine Töchter bestimmt glücklich wieder abgeliefert hätte. Dann sieht Hermdieder seinen liebsten Freund und achtet, in Gespräche versunken, auf nichts weiter. Rieke wird krank, und Lisette, das dumme Gör, ist natürlich zu nichts zu gebrauchen. Wie kriegen wir Hanna nun wieder her? Denn August wird ihr da bestimmt keine Ruhe lassen.

Ich hätte mich gleich am folgenden Morgen selbst auf den Weg gemacht, wenn nicht der Abliefertag der Weber gewesen wäre. So mußte ich zu Hause bleiben und das Leinen nachsehen, annehmen und die Löhne auszahlen. Das konnte niemand anders tun, und die Weber durften nicht vergebens kommen, wo sie schon sowieso auf ihr Geld warteten.

Sophie aber war ein Kind und unerfahren, sie würde nicht helfen können. Die Tante hatte wieder ihr Asthma, was gewiß noch einige Tage dauern würde. Ich wollte aber sobald wie möglich selbst nach dem Rechten sehen.

Den andern Tag jedoch konnte ich die Pferde nicht haben, und zu Fuß war es für mich unmöglich, an einem Tage hin- und zurückzukommen.

Erst tags darauf schickten wir einen Knecht fort, so nötig wir ihn jetzt zur Erntezeit hatten, um Hanna zu holen. Aber er kam unverrichteter Sache zurück. Die Meumen hätte noch im Bette gelegen und hätte arg den Dump gehabt, er habe ihr Keuchen draußen auf der Deele gehört und es gar mit der Angst gekriegt, die Deern aber habe jetzt in der Erntezeit nicht abkommen können, sie müsse für alle Leute, auch die Tagelöhner, kochen, die Kinder, das Haus und die Kranke versorgen. Sie sei sehr eilig gewesen und habe ihn sogleich wieder umgeschickt.

Ein heißer Ärger kochte in mir auf. Konnte man denn nicht mehr über seine eigenen Kinder bestimmen? Sollte keine Kötterfrau da sein, die Rieke helfen konnte? Ach, es würde noch allerlei anderes dahinterstecken.

Nun, morgen würde ich selbst hinkutschieren, einerlei ob die Pferde auf dem Felde gebraucht würden oder nicht. Ging denn nicht dieses eine Mal das Kind vor?

Ja, Hermdieder war wider Erwarten damit einverstanden, weil er sich des Missionsfestes wegen Vorwürfe machte.

Am nächsten Morgen fuhr ich los, ich kutschierte selbst, und die Braunen gehorchten mir willig. Hell und fruchtbar erstreckten sich die Äcker weithin bis zu den Bergen, und überall waren die Leute beschäftigt, das Korn zu schneiden, zu binden und aufzuladen. Segnend stand ein blauer Himmel über den goldenen Feldern, die sich geduldig der Sense fügten und sich dankbar für alle Sonne, die ihnen geschienen, für den Regen und den Anblick des gewölbten Himmels opferten.

Mir aber kochte noch immer der Ärger im Blute, und je näher ich meiner alten Heimat kam, desto schneller ließ ich die Braunen laufen. Schließlich nahmen sie die letzte Strecke der Landstraße im vollen Galopp, so daß sie mich bei der scharfen Wegbiegung fast umgeworfen hätten. Hart am Prellstein ging es vorbei.

Ich übergab einem Knecht die dampfenden Pferde und ging sogleich die lange Deele hindurch in das Ächterkiamsel und klopfte an Riekes Kammertür. Ja, da saß sie im breiten und kurzen Ehebett mit dem geschnitzten Himmel darüber und konnte wirklich kaum Luft kriegen. Der Schweiß lief ihr bei der Hitze und ihrer großen Anstrengung in Strömen das Gesicht hinab, sie lag aber auch unter einem riesigen dicken, rotkarierten Federbett.

Ach nein, man konnte vor ihrer Not nicht mehr so heftig zürnen, wenn auch der Ärger blieb. Dumpf und stickig war die Luft, und ich stieß gleich ein Fenster auf, um ihr das Atmen zu erleichtern.

»Es geht dir nicht gut, Rieke, wie ich sehe. Aber Hanna hättest du doch nicht gegen unseren Willen hierbehalten dürfen, du weißt doch, wie die Sachen stehen.«

Rieke jedoch war nicht so dumm, sie drehte sogleich den Spieß um und antwortete auf meine Anklage nicht, sondern griff einfach an.

»Und ihr?« keuchte sie mühsam und feindselig, »ihr treibt's mit Hanna zu hart und zu grausam. Das Kind dauert mich. Es kann nun mal von dem Jungen nicht lassen.«

Sie sagte das letztere stolz und auftrumpfend, trotz ihrer Not.

»Rieke«, sagte ich, »was abgetan ist, laß ruhen. Es wird nichts draus und soll nichts draus werden. Und darum hättest du sie nicht behalten dürfen und gar die Hand dazu bieten, daß die beiden hier zusammenkamen.«

Rieke aber konnte nun nichts mehr erwidern, da das Asthma infolge ihrer inneren Erregung nur noch heftiger wurde.

Ein dünnes Lächeln, das mich peinlich berührte, stand wie von ungefähr in ihrem hochroten Gesicht. Es war nicht echt, es sollte etwas verbergen, es stand da wie ein kalter Sonnenstrahl im Apriltag, trügerisch und gleißend, ohne daß man erkennen konnte, was es bedeutete.

Die äußere Schwüle, die dick gelagert in der Kammer lag, wurde unerträglich durch diese innere Schwüle, die da von Riekens Sinnen ausging und die sich wie eine Mauer vor mir erhob. Ich konnte nicht hinübersehen und sie nicht durchstoßen.

Zum erstenmal seit vielen Jahren empfand ich wieder Riekes ungutes inneres Versteckspiel, an dem ich mich früher oft genug geärgert hatte.

Jetzt aber war es schlimmer. Es ging mich zu sehr an. Ich hielt es nicht mehr aus vor diesem gefrorenen süßsauren Lächeln in der schwülen Krankenstube. Und ich ging zu Hanna, die fleißig am Herde wirtschaftete. Sie hatte es eilig, da sie viele Menschen zu versorgen hatte.

Glutrot war ihr Gesicht, als sie sich mir langsam zuwandte, ob von dem heißen Herd in der Sommerhitze, es mochte immerhin sein. Aber auch Hanna hatte etwas seltsam Verlegenes und Scheues an sich.

Ich sagte ihr, daß sie nun gleich nach Hause fahren solle.

Da begehrte sie auf, wer denn alles versorgen solle, die Küche und die Kinder, das Essen in der Erntezeit und die Kranke. Nein, die Tante hätte sie nötig wie das tägliche Brot, das müsse ich doch einsehen.

Sie war so beredt, wie ich es nie an ihr vernommen hatte, und stand so fest und starr gegen mich auf der Seite der Tante, daß ich nicht wenig verärgert war.

An ihrem Kleid sah ich eine feine goldene Brosche aus Riekens Schmuck. Die habe sie ihr geschenkt für ihre Hilfe, antwortete Hanna auf meine Frage.

Es war ein sehr bitteres Gefühl für mich, mein Kind so den Fremden zugeneigt und hilfreich, mir gegenüber aber versteckt und scheu zu sehen. Auch hier spürte ich das Verkehrte und Unechte. Was mochte es sein, das mich gleichzeitig mit Ärger und mit Angst erfüllte?

Hanna brachte mich in die Wohnstube, wo ich auf Willem, der auf dem Felde war, warten sollte. Ich hatte noch nicht gewagt, nach August zu fragen, ob er hier gewesen wäre. Nun saß ich erst einmal allein und dachte dem seltsam feindlichen Benehmen der beiden nach. Hanna war zugleich trotzig und störrisch, wie auch unsicher und verlegen gewesen. Abwechselnd war ihr Gesicht rot und blaß geworden. Sie würden doch nicht wieder miteinander angebunden haben, die beiden, hinter unserm Rücken? In alle diese Gedanken hinein lächelte August von der Wand als schneidiger Soldat mit unsäglich albernem Gesicht. Daneben hingen die Konfirmandenscheine von Willem und Rieke und »das ganze Leiden Christi in Rahmen«, wie es im Abrechnungsbuch meines Vaters, des alten Kasparhenrich Niedermeier, bezeichnet stand.

Ein Sofa hatte Rieke angeschafft, auf dem gehäkelte Deckchen lagen und auf das sich niemals jemand zu setzen wagte. Ich aber tat es mit ärgerlichem Schwung. Denn wie sollte es nun weitergehen, da Rieke doch wirklich recht krank war? Es blieb ja dann wahrhaftig nichts anderes übrig, als daß ich selbst hier zum Rechten sah und Hanna nach Hause schickte. Immerhin konnte man hoffen, daß sich Rieke bald bessern würde.

Ich sah mich noch einmal in der kleinen Wohnstube um, die mir früher viel besser gefallen hatte, da sie noch schlicht und einfach war und da mein Bruder Jobsthenrich und ich darin vom Kandidaten unterrichtet wurden. Jetzt war sie von Riekes Geist geprägt.

Ungeduldig stand ich von dem unbequemen gewölbten Sofa wieder auf, ging zu Hanna und sagte ihr, daß ich selber dableiben wolle, sie solle nach Hause fahren, anstatt meiner.

Über Hannas Gesicht lief ein deutliches Erschrecken, sie sagte nur: »Ihr könnt doch nicht zu Hause entbehrt werden.«

»Dafür bist du ja da, Hanna, und vertrittst mich so gut, wie du es hier getan hast«, antwortete ich freundlich. Bei Rieke stieß ich allerdings auf mehr Widerstand. Sie hätte Hanna gar zu gern behalten, aus diesem und jenem Grunde. Daß ich ihr in die Trecken gucken mußte, war ihr auch ganz und gar nicht recht. Als alles Widerstreben nicht half und ich darauf bestand, Hanna solle fahren, drehte sie den Kopf zur Wand, sagte kein Wort mehr und ließ mich stehen.

Willem war der einzige, der sich von Herzen freute, mich zu sehen. Und als Hanna abgefahren war, gab ich mich ganz der täglichen Arbeit hin, die ich mir noch von ihr hatte zeigen lassen.

Kaum aber war es Feierabend geworden, – die Fuder waren noch nicht eingefahren –, da stand plötzlich August auf der Deele, pfeifend und singend. Und da er aus dem hellen Sonnenlicht ins Dunkel kam, erkannte er mich nicht und lief, übermütig die Arme ausbreitend, auf mich zu. Als hätte er in eine Brennessel gefaßt, so zuckte er zurück, als er mich erkannte, und begab sich schleunigst in den Stall und machte sich dort etwas zu schaffen.

Ich aber, – nun – sollte ich noch nicht genug wissen?

In großer innerer Beunruhigung war ich nach Haus gefahren. Aber bald versickerten Sorge und Not wieder im alltäglichen Gleichmaß der Tage, die sich aneinanderreihten, eben und abgerundet wie Perlen an einer Schnur. Die Höhe des Sommers war schon überschritten, und im Baumgarten röteten sich die Äpfel, wurden die Birnen saftig, süß und weich, und alles ging seinen Gang, das Gesetz des Werdens, Reifens und Vergehens zu erfüllen.

Hanna schien sich nicht verändert zu haben, nur daß ihre sonst so stillen, in sich ruhenden Augen nach außen gerichtet waren, wach und spähend. Das gab auch ihren Bewegungen, die sich früher nach einem in ihr ruhenden Gesetz in sanftem Gleichmaß zu vollziehen schienen, etwas Unstetes und Hastiges. Ihr ovales, weiches Gesicht war jetzt meistens von einer leichten Röte umspielt.

Wegen des Geschehnisses mit Rieke entschuldigte sie sich weder, noch suchte sie sich zu verteidigen. Sie schien sich ganz in ihrem Rechte zu fühlen und darauf zu pochen.

Zu meinem großen Leidwesen ließ sich die Sache mit Wilhelm Woltmeier immer schlechter an. Hermdieder und ich setzten so sehr unsere Hoffnung darauf, daß die beiden einig werden würden. Aber danach sah es wahrlich nicht aus. Seitdem Hanna August wiedergetroffen hatte, war sie von abstoßender Kälte zu Wilhelm. Sie mied ihn schlechterdings.

Einmal war sie beim Reinigen des Milchgeschirrs, als Wilhelm zur Hintertür hereinkam und in die Melkekammer sah. Da fuhr Hanna ihn zornig an: »Was hast du mich anzusehen?« – »Nun«, antwortete Wilhelm freundlich, »ich darf dich doch noch angucken.« – »Ich dachte«, war die Antwort, »so ein Heiliger wie du sähe gar keine Deern an, erst recht nicht eine wie mich.« – »Was willst du damit sagen, Hanna?« sagte Wilhelm traurig.

Aber sie wandte sich ab und sagte: »Geh doch, geh doch zum Vater und zur Mutter und verhandelt da über mich.« Da ging Wilhelm still und betrübt fort.

Ich erschrak über die Bitterkeit, die sich da durch eine harte, trotzige Verschalung Bahn brach, und konnte mich nicht mehr darüber hinwegtäuschen, daß dieses Kind in heftigem, aber verborgenem und darum um so schlimmerem Aufruhr gegen seine Eltern war.

Da die blanke, aber dennoch etwas müde Schönheit des Septembers allmählich in trüben und nebligen Herbsttagen versank, kam Hanna eines späten Abends in die Wohnstube, als alle zur Ruhe gegangen waren, Hermdieder vor seiner Bibel und ich am Spinnrad saß. Sie stellte sich gerade wie ein Schulkind vor Hermdieder hin und sagte tonlos und leise, als habe sie es auswendig gelernt: »Vater, ich muß heiraten. Ihr könnt das Aufgebot bestellen!« – »Was ist das?« fuhr Hermdieder auf, »bist du ganz von Sinnen?«

»Vater, ich muß heiraten«, erklang es wieder mit dieser fernen, seelenlosen Stimme.

»Du mußt?« – fuhr Hermdieder auf und schlug mit der flachen Hand auf die Bibel. »Du mußt nur, was Gott dich heißt, das merke dir.«

Ich aber saß reglos vor Angst, mein Herz klopfte mir zum Zerspringen.

Hermdieder verstand Hanna gar nicht.

»Vater«, schrie ich auf, »verstehst du nicht? Er hat sie verführt.«

»Nein«, sagte Hanna da hart und unbewegt: »Wir wollten euch zwingen.« – –

In die Stille, die nun eintrat, klang der fremde und kalte Schlag der alten Standuhr. Es war neun Uhr abends. Und mir war, als sei mit dieser Stunde plötzlich alles um mich herum anders geworden, als seien alle vertrauten Gegenstände unheimlich verändert, alles liebe, heimliche Leben um uns ringsum wie erloschen, der Schlag der Uhr ein ferner Posaunenton, der zu unbarmherzigem Gericht ruft.

»Das tat der Teufel!« sagte Hermdieder hart und kurz, dann ging er, ohne die Tochter auch nur anzusehen, durch die Kammer in sein Schreibstübchen, wo er sich einriegelte.

Erst in diesem Augenblick schien Hanna erfaßt zu haben, was sie getan hatte. Bis dahin war all ihr Denken nur auf die Erreichung ihres Zieles gerichtet gewesen.

Aber zu mir fand sie auch jetzt noch nicht den Weg, sondern stand mit ganz verstörten Augen an der Tür, und als sie auch mich wie gelähmt dasitzen sah, ging sie langsam und mit ganz verschüchterten, demütigen Gebärden wie ein schuldbeladenes Kind zur Tür hinaus.

Hermdieder aber blieb die Nacht über in seinem Stübchen eingeriegelt und ging nicht zu Bett, während ich nebenan auf dem Rande des Bettes saß und mit der großen Not, in die wir geraten waren, nicht fertig werden konnte. Ich hörte, wie der einsame Mann in der Stube neben mir mit Gott redete, leise und laut, hadernd und fluchend, aber auch flehend und sich demütigend. Es war gewiß, daß er in einem Meer von Zweifeln hin und her geworfen wurde und darum rang, in diesem sinnlosen Geschehen einen Sinn von Gott her zu erforschen.

Um mich her erklang die Stille der Nacht wie ein fernes Rauschen, ohne Anfang, ohne Ende, ein Ring, ein Kreis, in dem man unerbittlich eingeschlossen war und blieb, gleich dem Schicksal, das uns widerfahren und aus dem es gleicherweise kein Entfliehen mehr gab.

In diese sanfte, unaufhörlich dahinrinnende Stille der Nacht aber erklang der harte Jammer des Mannes neben mir wie ein feindseliger Einbruch in einen eingefriedeten Garten, so, als wenn ein roher Mann über ein Kind gerät, denn über die Nacht da draußen schien Gottes Friede gebreitet zu sein, und über den Feldern stand er mit linden und barmherzigen Händen. –

Einmal ging ich in banger Unruhe um das Haus herum, weil ich eine Zeitlang nichts vernommen hatte. Da stand der große Mann gegen das Fenster gelehnt, als wolle er es zerbrechen. Ich sah im hellen Licht des Mondes, das alle Gegenstände scharf umriß, seine schmerzerfüllten Mienen, die mir das Herz mit Traurigkeit beschwerten. Auf der Stirn über den Augen waren zwei waagerechte Falten tief eingegraben, und sein Gesicht sah scharf und eckig aus. Dann löste sich die Spannung wiederum, und die Züge wurden alt und verfielen und wurden welk wie müde Blätter in Regen und Herbst.

Die Anfechtungen, fratzenhaft verzerrt, fielen über ihn her, wie vor Zeiten über den heiligen Antonius in der Wüste, davon ich ein Bild beim Pfarrer gesehen.

Alle vergangene Schuld stand noch einmal auf und gebärdete sich, als sei sie unvergeben. Warum sollte ihn Gott sonst so hart strafen, wenn es nicht als Vergeltung für seine Sünde wäre?

Und er fing an Gott zu lästern, indem er ihm vorwarf, Christus sei vergeblich gestorben, seine Sünde habe jeder selbst zu tragen und zu büßen.

Aber hatte er, Hermdieder, denn nicht längst alles selbst gebüßt? Wieviel Krankheit und Sterbensnot war in seiner Familie gewesen, drei Söhne und eine Tochter hatte er hingeben müssen, war es noch immer nicht genug? Dann hatte er das verworfene Frauenzimmer, die rote Theribee, um seine Schuld an ihr wieder gutzumachen, eigens in seinen Kotten aufgenommen, sie hatte ihm Krankheit und Tod ins Haus gebracht und schien sich wider alles Erwarten am Ende gebessert zu haben.

War das alles ein Pappenstiel?

Und wenn man es recht bedachte, – so groß war seine Sünde ja gar nicht, alle seine Freunde hatten solche Mädchen- und Weibergeschichten vor der Ehe gehabt, und der Unfriede seiner Ehe in der ersten Zeit – war das denn nur seine Schuld gewesen?

Nachdem er sich so in selbstgerechtem, gottwidrigem Hochmut entschuldigt zu haben meinte, fiel die Last seiner Sünden dennoch über ihn her wie ein Unwetter, dem man durch keine Flucht zu entrinnen vermag.

Dann standen alles gottferne Denken und Sinnen, alle halbe Wahrheit, aller ungewollte Hochmut, alle verteufelte, versteckte Selbstsucht wieder auf, gegen ihn zu zeugen. Denn prüfte er sich selbst, so lebte er auch jetzt noch angesichts der unendlichen Klarheit und Lauterkeit Gottes in unklaren Halbheiten und Lauheiten, in Trägheit und Lüge.

Also würde Gott ihn züchtigen wollen? – Nein, und abermals nein. Dadurch, daß er seine liebe, sanfte, kleine Deern verdarb? Das war der Teufel, das war nicht Gott! Zum Teufel, der Teufel war's!

Aber dieser Lump sollte sich verrechnet haben, er kriegt die Tochter nicht. Mag sie mit dem Kind sitzenbleiben – lieber die Schande auslöffeln und den Menschen zum Gespött werden, als sich zwingen zu lassen von dem feigen Schuft, dem August, mit dem das Mädchen doch nicht glücklich wird.

Dieser letzte Entschluß ist ihm klar, und er wird etwas ruhiger darüber, weil er handeln kann und seiner Rache nachgehen.

Obwohl – er trifft im tiefsten den ungetreuen Kujon und Schürzenjäger nicht, sondern er schneidet sich in das eigene geliebte Fleisch.

Ach, das ist alles so vertrackt und widersinnig, dennoch – Gott, das bleibt die Hauptsache. Was ist es mit Gott und Hermdieders eigener Schuld?

Hermdieders Zweifel und Anklagen stehen wie verkrampfte, zornige Hände gegen Gott gereckt im Raume und pochen an Türen, die sich nicht öffnen. Und bei alledem – und das ist das Schreckliche – bleibt er sich der Lächerlichkeit seines Tuns vor der Ewigkeit voll bewußt.

Er kommt sich vor wie ein zornig trampelndes Kind, über dem unbeugsam und schweigsam der Vaterwille steht.

Es war etwa gegen drei Uhr, da Hermdieder zu mir in die Kammer kam. Er wußte, daß er mich wach finden würde und daß ich Zeuge seiner inneren Kämpfe geworden. Aber wie wir miteinander standen, war es ihm gerade recht so.

»Amrie«, sagte er, »ich muß zum Pastor.«

»Doch nicht jetzt in der Nacht?«

»Ja, in der Nacht. Ich muß Gewißheit haben, ob all mein Leben bisher eine Lüge war und was es um Gott und Christus ist.«

Er nahm eine Laterne und ging.

Nach zwei Stunden kam er wieder, legte sich zur Ruhe und schlief friedlich wie ein Kind ein, während ich die ganze Nacht kein Auge zutat.

Am andern Abend, da alle zur Ruhe gegangen waren, erzählte mir Hermdieder von seinem Gespräch mit dem Pfarrer.

»Ich war nicht bei Gott«, so sagte er, »und stand auch nicht vor Gott, da ich mit ihm zu ringen glaubte wie Jakob am Jabbok. Ich war mit mir allein und meinen Gedanken und menschlichen Meinungen und Anklagen. Ich stritt mit mir und nicht mit Gott. Das waren bloß meine Gedanken, die sich anklagten und entschuldigten. Gott aber schwieg dazu, Gott war ferne, ganz fern, so als wäre er weggegangen in ein anderes Land und wüßte nichts von mir. So kam ich ans Lästern. Denn ich drehte mich im Kreise um mich selbst.

Wenn man das tut, Amrie, dann haben alle Gedanken über Gott keinen Sinn mehr, denn dann spricht unser Verstand, unser Oberflächenverstand und Denken, – weißt du, das in uns, was alles ergründen will. Man bleibt in der Ebene des Menschen, da wird in höchstem Maße sinnlos, was über Gott gehandelt wird.

Glaube es mir, Amrie, darum können soviele Menschen nicht an Gott glauben, weil sie diesem Oberflächendenken zu viel vertrauen.

Gott aber ist nicht da zu finden. Man muß aus seinem Horizont heraus, ihn durchstoßen und Gott allein reden lassen. Das haben wir vorige Nacht beim Pfarrer getan.

Gott redet anders zu uns, als wir törichten Menschen es uns auch nur träumen lassen. Nichts von Ursache und Wirkung, von Schuld und Strafe, nichts von Erziehung und Belehrung, nichts von all dem menschlichen Kram, den wir uns zurechtmachen.

Ich habe erst einmal alle diese klugen Dummheiten zum Teufel schicken müssen.

So wollte es der Pfarrer.

Und dann haben wir miteinander hingehorcht auf das, was Gott sagen will. Und siehe, es fiel alle Wichtigtuerei um meine eigene Person ab, und ich kam mir immer lächerlicher mit meinem Getue vor. Und Gott sprach aus einer Tiefe, – nein, Tiefe kann ich nicht sagen – aus einem Raum – auch das stimmt nicht, nun – jenseits meines Horizontes, – und war Gott. Nicht mein Gedankengott. Und er zeigte mir, daß er der Herr und Meister ist und unser Geschick ihm gehört und daß er der Majestätische ist, dessen Willen nicht zu widersprechen ist. Und daß er der Verborgene ist, dessen Wille nicht zu deuten ist.

Der Verborgene, Amrie, das ist's bei uns. Und dennoch

er, dennoch er, auf den wir warten, dessen Tag auch das Verborgene ans Licht bringen wird.«

Hermdieders vor kurzem noch altes und müdes Gesicht leuchtete von innen her in einem weltüberwindenden Glauben und wurde wieder angespannt und frisch wie eine von Tau benetzte Wiese, die der Sonne zu lange willenlos preisgegeben.

Als ich nach einer Weile die Rede auf das Aufgebot und die Hochzeit brachte, da ich der festen Überzeugung war, daß nun auch geheiratet werden müsse, sah mich Hermdieder nachdenklich und fast vorwurfsvoll an.

»Das wolltest du, Amrie? Sie diesem grünen Jungen und Betrüger geben, der uns so viel Leid zugefügt hat und ihr weiter zufügen wird?«

»Ja, Hermdieder«, antwortete ich fassungslos, »soll sie denn mit einem unehelichen Kinde dasitzen? Das ist doch unmöglich. Denk mal, was du ihr damit antust, was die Leute sagen werden, keiner achtet sie, niemals wird sie ein ordentlicher Mann heiraten, nein, wirklich, es ist unmöglich, und ich weiß nicht, wie du dir das denkst«, fügte ich ärgerlich hinzu.

»Ich glaube«, sagte er seelenruhig, »daß sie mit ihm und ihrer sogenannten Ehre unglücklicher werden wird als ledig mit dem Kind und mit der Schande. Nein, diesem rohen und ungetreuen Kujon gebe ich sie nicht.«

Keinen Augenblick war ich dagegen im Zweifel gewesen, daß Hanna nun heiraten müsse. Ich malte mir aus, was die Nachbarinnen und Kötterfrauen, die Freundinnen und unsere christlichen Freunde dazu sagen würden. Es ging einfach nicht.

Aber Hermdieder sagte streng, es käme nicht darauf an, was die Leute dazu sagten. Man müsse nur tun, was recht sei.

Nun, auf Rosen gebettet würde sie bei August nicht sein, und ich hätte meiner Tochter ein besseres Los gegönnt, immerhin, konnte sie nun nicht dankbar und zufrieden sein, wenn er sie überhaupt noch wollte? Ich wußte, waren sie verheiratet, würde kein Huhn und kein Hahn danach krähen.

Und nun stand da dieser weltfremde Mann, den man liebhaben mußte, ob man wollte oder nicht, so weh er einem tat, und forderte wahrhaftig, man solle sich und sein Kind der Schande preisgeben.

Ich versuchte, Hermdieder auf allerlei Weise umzustimmen, indem ich gewichtige und ungewichtige Gründe ins Feld führte. Das solle er doch glauben, daß Hanna mit dem Mann wohl unglücklich würde, aber ein volles und erfülltes Leben, wenn auch voll Pein und Schmerzen haben würde, daß sie zu Haus mit dem Kinde aber immerhin nichts als ein enges, verbittertes Mädchen bleiben würde, an dem das Leben mit Sturm und Sonne vorübergehen würde, das dastehen würde wie eine wohl erblühte, aber zu früh geknickte Blume, vor der Zeit welk, farblos geworden, ohne lebendige Lebenssäfte und -kräfte, unfruchtbar und hohl wie eine taube Nuß.

Doch Hermdieder sagte, ein Leben mit Gott sei immer voller Blüten und Früchte, so oder so.

Da ließ ich fürs erste von ihm ab, im stillen auf eine spätere günstigere Zeit hoffend. Abfinden konnte ich mich noch nicht mit dieser Entscheidung.

Auch Hanna sagten wir nichts davon, um ihr diese bittere Zeit nicht noch schwerer zu machen.

Sie ging durch den Alltag und ihre kleinen Pflichten gleichsam abwesend und von einem starken Erleben wie aufgesogen. Dabei blühte sie auf wie eine fremde und reizvolle Blume, so daß ich es nicht lassen konnte, sie immer wieder anzusehen. Ihre grauen Augen lagen unergründlich tief und gleichsam leer unter den schmalen Brauenbögen, als warteten sie beständig auf eine große Erfüllung. Sie tat alle Arbeit gut und gewissenhaft, jedoch waren ihre Gebärden von großer Behutsamkeit, ja von einer leichten Zärtlichkeit. Einmal fand ich sie, wie sie das neugeborene Kälbchen liebkoste, mit zwei Fingern liebevoll zwischen seinen Augen entlangfuhr, dann dem runden weißen Fleck auf seiner Stirne nachging, und ihre Hände zitterten ein wenig, als sie ihm zu trinken gab. Den kleinen Dietrich nahm sie öfter als sonst auf den Schoß und legte ihre Stirn in seinen wuscheligen Haarschopf.

Ich versuchte immer wieder, ihr innerlich näher zu kommen, aber wir waren es nicht gewöhnt, einander unsere Liebe zu zeigen. Zärtlichkeiten zwischen Eltern und Kindern kannten wir nicht, höchstens, daß man das ganz Kleine einmal streichelte. Als ich ihr dennoch einmal, da sie, die Hände untätig in den Schoß gesenkt, vor dem Spinnrad saß und unglücklich vor sich hinstarrte, leise über den Scheitel strich, bog sie hastig mit dem Kopfe aus und sagte ein wenig erstaunt und ein wenig gereizt: »Laßt doch!«

So ging es also nicht. Aber ich konnte auch sonst nichts aus ihr herausbringen. Einmal saßen wir zusammen allein beim Kartoffelschälen. Niemand war in der Nähe als der kleine Dietrich, der die geschälten Kartoffeln in den Wassereimer plumpste. Hanna gab sich ein wenig krampfhaft lustig mit ihm ab, ich merkte aber wohl, daß sie es nur tat, um keine Frage von mir aufkommen zu lassen.

Schließlich fragte ich nur: »Hat Rieke davon gewußt?«

Da nickte sie stumm und ging sogleich fort, um ihr Messer zu schärfen.

Am kommenden Sonntag verlangte es Hermdieder, zum Tisch des Herrn zu gehen. Jedesmal nahmen die Töchter wie selbstverständlich mit uns daran teil. Wir verloren auch an jenem Tage kein Wort darüber, obgleich es mir nicht klar war, wie wir es mit Hanna halten sollten. Am Sonnabend schlüpfte sie verschüchtert und fast unhörbar zur Tür herein. Hermdieder bereitete sich innerlich auf den Abendmahlsgang vor. »Darf ich denn auch mit, Vater?« fragte sie leise. Der Vater sah forschend auf, und obwohl ich ihr so gern ein gutes Wort gesagt hätte, blieb ich still und wartete voller Angst, was er sagen würde.

»Du?« sagte er hart, »nein! – du lerne erst, was Sünde ist. Wer nämlich unwürdig isset und trinket, der isset und trinket sich selbst zum Gericht, das weißt du.«

Hanna aber war schon an der Tür, die sie ebenso lautlos öffnete wie vordem, und ging, ohne uns gute Nacht zu sagen, ins Bett.

»Glaubst du nicht«, sagte ich zu Hermdieder, »daß sie

ihre Schuld bereut und darum gern zum heiligen Abendmahl gehen möchte?«

»Nein«, widersprach Hermdieder, »sie mag ein unbestimmtes Gefühl haben, daß sie nicht recht gehandelt hat. Innerlich aber steht sie noch zu sich selbst und ihrer Tat. Hätte sie erkannt, worin ihre Schuld besteht, sie müßte uns Eltern erst um Vergebung bitten. Mit Gott etwas ins reine bringen zu wollen, was noch verzerrt und unklar zwischen den Menschen liegt, ist ein Ding der Unmöglichkeit.«

Dennoch, wie tat mir das Kind leid, so recht Hermdieder ganz gewiß hatte. Ich sann die halbe Nacht daran, wie ich ihr eine Freude machen könnte. Als wir am nächsten Morgen im Begriff waren, zur Kirche zu gehen – den Imt hatten wir nicht gegessen, da wir das Mahl des Herrn nüchtern zu nehmen pflegten –, ging ich schnell noch einmal in die Küche und fragte Hanna: »Möchtest du heute die Tante Rieke besuchen? Wenn du mit August nicht zusammenkommen willst, erlaube ich's dir gern.«

Sie nickte stumm, mehrere Male. »Du kannst dich gleich fertigmachen«, fuhr ich fort.

Wie ich nun noch in meiner steifen, schwarzen Abendmahlstracht in den Garten gehen wollte, trat mir Hanna schon entgegen. Sie reichte mir ein paar blaue Herbstastern, die einzigen Blumen, die jetzt im vorgeschrittenen Herbst noch darin blühten, und sagte: »Da, Mutter, ein paar Blumen zur Kirche.« Das war ihr Dank.

Was ihr fehlte, war ja dieses, daß sie sich einmal mit einem Menschen rückhaltlos aussprach. Und wenn ich es nicht sein konnte, so wollte ich gern zurückstehen, selbst vor dieser Rieke, die nicht viel von allem verstand.

Wilhelm Woltmeier kam wie gewöhnlich auf seinem Kirchwege bei uns herein. Auch heute wollte er mit zum heiligen Abendmahl gehen. Er blieb am Gartenzaun stehen.

»Mach schnell, Hanna, es läutet schon.«

Sie pflückte aber gelassen die Petersilie weiter, ohne zu antworten.

Schließlich fragte er erstaunt: »Gehst du nicht mit?« – »Nein«, sagte sie abweisend. »Frag den Vater drum, der wird's dir noch früh genug sagen, warum nicht«, war die bittere Antwort. Damit ging sie ohne Gruß ins Haus, während auf Wilhelms offenem Gesicht eine ratlose Traurigkeit erschien, wie wenn sich über ein heiteres Gewässer plötzlich ein dunkler Wolkenschatten breitet und alles bunte Leben grau und farblos macht.

Der Pfarrer sprach an diesem Morgen über das Wort: »Wer mir will nachfolgen, der verleugne sich selbst und nehme sein Kreuz auf sich und folge mir nach.«

Am Nachmittag saß ich auf der Hausbank und hütete die drei Kleinen, während die Männer in der Wohnstube saßen, und dachte dem Schicksal meiner ältesten Tochter nach. Es kam mir keinen Augenblick aus dem Sinn, es ging mir nach, es verfolgte mich wie mein Schatten, so hart ich es von mir drängte, lautlos und unabweisbar blieb es mir verbunden. Ich legte mich damit nieder, ich stand damit auf. Nachts fuhr ich erschreckt aus dem Schlafe: Was quälte mich doch so? –

Über mir wölbte sich an diesem schönen Herbsttage ein blauer, gläserner Himmel, nach der Seite des Teutoburger Waldes zu mit weiß geballten, schweren, aber silbrig leuchtenden Wolken daran. So mühelos ruhten sie in sich selbst am weiten Himmel, daß sie ihrer eigenen dichten Schwere zu spotten schienen.

Jetzt formte sich die eine zu einem großen Tier, mit vorgestrecktem, mächtigem Haupt, das sich gewaltig wie nach einem verborgenen Ziel auszustrecken schien, in mächtigem und kraftvollem Verlangen. Dann aber sank der gereckte Kopf in sich zusammen, wurde harmlos und unbedeutend und glich nun dem Kopf einer zufriedenen, behaglich gesättigten Kuh, um sich darauf ganz ins Nichts aufzulösen.

Mir war es seltsam, daß sich dieses alles mit ungeheurer Schnelligkeit und scheinbar aus gar keiner Ursache abspielte und daß etwas, das dagewesen war, gleichsam in ein Nichts zerrinnen konnte. Es kam mir vor wie das Abbild meines Lebens: Hochgereckte Sehnsucht, Durst und Hunger nach Gott in meiner Jugend, und nun, da des Lebens Mitte überschritten war, Freude am behaglichen und ruhigen Leben, das möglichst nicht durch Ängste aufgeschreckt werden durfte und das doch bald wie jenes Wolkenbild in ein Nichts zerfallen würde. –

Dabei fiel mir die Predigt vom Morgen ein: Sich selbst verleugnen, ist es nicht das, was Jesus Christus letzten Endes immer wieder von uns fordert? Ich kannte viele Christen, die meinten, daß sie es darin schon recht weit gebracht hätten, wie ich es bisher auch von mir gedacht hatte. Man ist doch wahrlich nicht auf sein Vergnügen bedacht, sondern opfert, man sorgt für die Armen und gibt viel Geld für die Mission, die Bettler kommen an den Tisch und essen die Mahlzeiten mit, man besucht die Kranken und Alten, und es ist nicht immer eine reine Freude, etwa den alten, schmutzigen Hanchristoph zu waschen, wenn er krank ist, oder das offene Bein der Annekathrin zu verbinden. Man überwindet sich und tut es und meint, damit in der Nachfolge Christi zu stehen. Ja, man tut noch viel mehr: Man nimmt das Leid, das harte, schwere, willig auf sich, man beugt sich und läßt sich von Gott züchtigen und sagt wie ein überaus artiges Kind »ja« zu dieser Züchtigung.

Aber es stimmte etwas bei dieser Rechnung nicht, das wurde mir immer klarer. Nein, sich selbst verleugnen, das hieß – wie hatte der Pfarrer gesagt? – so tun, als sei man selbst gar nicht da, gleichsam über sich hinwegsehen, sich und sein eigenes Wesen ans Kreuz schlagen. Denn Christus war am Kreuz nicht eigentlich der, zu dem wir ihn gemacht haben, der leidende Held, den wir anbeten, so als sei er da noch etwas ganz besonders Großartiges. Christus am Kreuz war tot, er selbst, der Mensch, war nicht mehr da, vernichtet, weg, aufgelöst in ein Nichts, nachdem ihn der Haß der Menschen dahin getrieben. Er war am Kreuz eigentlich in den Augen der Menschen keinen Heller mehr wert, verachtet, verhöhnt, er hatte sich selbst hinweggeleugnet.

Meine Selbstverleugnung aber war im Grunde bisher immer noch Selbsterhöhung geblieben. Der Schmerz bei dem Tode der Kinder beugte mich tief und war furchtbar hart und voller Qual. Aber die Menschen bedauerten, bemitleideten, ja bewunderten mich. Es war ein Schmerz ohne den bitteren Stachel, der die Selbstachtung zerstört. Allmählich wurde er sogar linde und weich, denn es war ein Schaden, den das Gleichmaß der Zeit heilen konnte. Die guten Werke der Selbstverleugnung aber erhöhten mich noch mehr als das Leid, an dem ich trug. Denn sie machten mir die Menschen dankbar und ergeben und brachten mich in den Ruf einer milden und barmherzigen Frau.

Heute aber, jetzt, in dieser neuen Wendung des Geschehens, da mußte ich Selbstverleugnung üben. Dieser Schmerz über Hanna trug die bitterste, quälendste Pein in sich, denn er kehrte sich gegen allen Glauben an mich selbst, an meine Liebe, an meinen Glauben, an meine Weisheit. Hatte ich meine Tochter nicht schlecht genug geführt, daß sie so etwas tun konnte? Wir waren plötzlich die ehrbare, hochangesehene, untadelige christliche Familie nicht mehr, für die uns das ganze Dorf hielt, für die auch wir uns bisher gehalten.

Es wurde mir klar, daß das Selbstverleugnung hieß, willig, die Verachtung auch der Verachtetsten auf sich zu nehmen. Da konnte die alte Schwätzerin Mosbenken von Haus zu Haus gehen und unsere Schande breittreten, und Kötter- und Bauernfrauen würden in Eintracht beieinanderstehen, die spitzen Zeigefinger auf unser Haus gerichtet: Und sie wollte immer etwas Besonderes sein, die Amrie, die Fremde, die freilich mehr gelernt hat als wir und über die Maßen fromm tut, ihre Tochter aber nicht erziehen kann. Wir haben es ja immer gesagt: Hochmut kommt vor dem Fall.

Und die Frommen würden den Kopf schütteln und ein sehr bedenkliches Gesicht machen: Ja, wer immer noch ein wenig frömmer sein will als die andern, dem kommt der Satan über den Weg.

Ach, ich sah sie vor mir, Fromme und Gottlose, und es war mir, als stünde ich schon heute öffentlich am Pranger.

Ich wußte, daß hiermit für mich jede irdische Freude erlöschen mußte, denn ich konnte – menschlich gesprochen – nicht ohne meinen guten Ruf, nicht ohne die Achtung der Menschen leben. Alle meine weltliche Freude mußte für immer versenkt werden in den Brunnen dieses Leides, zu dem ich in wirklicher Selbstverleugnung nun ja sagen wollte. –

Nur für mein Kind konnte ich mich ganz und gar nicht damit abfinden. Es sollte nicht den Weg der Erniedrigung und Schande, den ich für mich auf mich nehmen wollte, mitgehen. Aber wie konnte ich das hindern? – –

Der kühle Oktobernachmittag ging leise und unmerklich in einen dämmrigen Abend über. Es wurde kalt draußen vor der Tür, die Luft war feucht und neblig geworden. Ein wenig verschleiert stand der frühe Mond am Himmel, fern und gnadenlos. Über die Stoppelfelder gingen zwei Gestalten, eine große, stattliche und eine kleinere, zarte, zwei Männer im schönen Gleichmaß der Schritte, langsam und bedächtig. Ich erkannte von weitem, daß es Hermdieder und Wilhelm waren, sie hatten wohl einen kleinen Weg gemacht und kamen nun wieder auf das Haus zu. Hermdieder sprach ein wenig geneigten Gesichts auf den Jüngeren neben ihm ein, der die Worte ebenfalls gesenkten Hauptes aufmerksam in sich aufzunehmen schien.

Der Jüngere hätte mein Sohn sein können, und so erschienen sie mir auch: Vater und Sohn, die ein ernstes Wort miteinander zu sprechen, eine gewichtige Sache zu verhandeln haben. Gottes große, dem irdischen Leben zugewandte Güte offenbarte sich mir immer da besonders, wo Vater und Sohn in herzlicher Gemeinsamkeit, einander vertrauend und beratend, ein Werk in Angriff nehmen, sei es in irdischer oder in geistlicher Hinsicht. Jetzt legte Hermdieder, da sie schon nahe am Haus waren, leicht den Arm um die Schulter des Jüngeren, der vor Scham und Freude über diese seltene Zärtlichkeit nicht aufzusehen und sich nicht zu rühren wagte, aber um so angestrengter nachzudenken schien.

Am nächsten Morgen machten wir uns auf, in die nahe Stadt zu fahren, da Hermdieder zum Leinenleggen und Leinenverkauf da sein mußte und ich Stoff für Winterkleider und allerlei Baktebeeren für den Haushalt zu besorgen hatte. Felder, Wiesen und Gärten waren noch weiß bereift, als Hermdieder die Pferde anspannte, frierend standen die letzten gelben Ringelrosen in meinem Garten, und die kleine Linde, Hannas Linde, wie ich sie bei mir nannte, ließ ihre Blätter müde und erfroren herabhängen. Kaum aber waren wir abgefahren, da durchbrach die Sonne den Nebel, der Reif verwandelte sich in funkelnden Tau, in dem sich die Gräser spiegelten.

Wir fuhren auf dem uns vertrauten Wege zur Stadt, auf die Kette des Teutoburger Waldes zu. Neben den Kirchtürmen tauchten bald einige Schornsteine auf, die vor Jahren noch nicht dagewesen waren und dem heimatlich vertrauten Stadtbild etwas Feindseliges gaben. Hermdieder sah jedesmal angelegentlich weg, wenn die Schornsteine auftauchten, denn es war ja erklärlich, daß er ebenso wie die Handspinner und Handweber die Maschinen und Fabriken nicht gerade liebte, die ihnen Brot und Verdienst wegnahmen. Gerade jetzt ging das Geschäft sehr schlecht, da eine mechanische Weberei in der Stadt gegründet war, die vorerst viel zu tun hatte.

Hermdieder war klug und tapfer genug, sich keiner Selbsttäuschung hinzugeben. Er wußte wohl, sollten auch jetzt noch allerlei Mängel am maschinengewebten Leinen sein, die Maschinen würden immer mehr vervollkommnet werden. Es war eine Frage der Zeit, wann wir alle unseren Verdienst verloren, wenn es sich vielleicht auch noch Jahre hinziehen konnte.

In der Stadt begab ich mich gleich in ein Tuchgeschäft an der Hauptstraße in der Nähe des Marktes, der großen Kirche mit dem grünen Turm gegenüber, wo ich bekannt war, da ich meine Stoffe immer dort kaufte. Der Kaufmann wies mir allerlei Tuche für die Winterkleider der Töchter, und nachdem ich gewählt hatte, brachte er einen schönen schwarzen seidenen Stoff und meinte, gewiß würde unsere Älteste bald so weit sein, um zu freien, ich solle mir jedenfalls den Stoff einmal ansehen, es sei etwas ganz Rares und Besonderes.

Mir schoß die Röte purpurn ins Gesicht, als wäre ich ein ganz junges Mädchen. Sollte der Kaufmann etwas erfahren haben? Aber nein, das war ja ganz unmöglich. Doch nun konnte ich nicht anders, als ein klein wenig groß tun, so unangebracht es war – es mochte auch die Verlegenheit mitspielen.

Ja, meinte ich, es könne sein, daß bald ... nun, der Kaufmann pries darauf den Stoff über alle Maßen, brachte auch noch einen Schleier hinzu, und nun schien es mir, als könne ich unmöglich mehr zurück. – Amrie, Amrie, gestern noch Selbstverleugnung und Bereitschaft zu Schmach und Schande, und heute – kaufst du den Hochzeitsstoff!

Als ich vor der Tür des Ladens in der hellen, klaren Herbstsonne stand, welche die Inschriften und den Zierat an den Häusern und alten Türen vergoldete, ein Bild der Freude und des Glücks, hätte ich vor Scham in die Erde sinken mögen. Freilich war ja das Geld nicht verloren, den Stoff konnte ich in die Truhe zu meinen anderen seidenen Kleidern legen und für eine der Töchter aufbewahren. Aber ich hatte noch groß getan vor dem Kaufmann, womit? Doch mit der Schande meiner Tochter. Was war das nur, daß einem oft gerade dann, wenn man sich so ganz wohlgeborgen und sicher in Gottes Willen wußte, als könne einem nach diesem großartigen Entschluß nichts und niemand mehr etwas anhaben, der Teufel ein Schnippchen schlug?

Und damit nicht genug! Eine Unklarheit und Lüge zieht immer die andere nach sich. Die Wirtsfrau in der kleinen Bäckerei und Kaffeewirtschaft, bei der ich meinen Kaffee zu trinken pflegte, wenn ich in der Stadt war, sah wieder wie jedesmal neugierig nach meinen Einkäufen aus. Und da ich ihr sonst alles bereitwillig gezeigt hatte, konnte ich es nicht hindern, daß sie einfach das Bündel aufschnürte und alles betastete, beguckte und bewunderte. Als sie über den Seidenstoff und den Schleier geriet, schlug sie die Hände zusammen: »Nein, Frau Heidekamp, Ihr seid aber eine Geheimniskrämerin. Da macht die Tochter Hochzeit und Ihr sagt kein Sterbenswort davon. Aber so seid Ihr, andere hätten längst damit geprahlt, denn sie macht doch sicher eine gute Partie.«

Als ich ihr beteuerte, ich hätte den Stoff nur so mitgenommen, er gefiele mir nun mal so ausnehmend, und wer weiß, vielleicht würde bald alles wieder teurer, da konnte sie nicht beleidigt genug tun, daß ich ihr nicht vertraue, sie sage doch nichts weiter.

Ich sah ja selbst ein, daß sie mir keinen Glauben schenken konnte, obgleich es sich ähnlich, wenn auch nicht ganz so verhielt, wie ich es gesagt hatte, und meinte dann zögernd, es könne wohl ein wohlhabender Bauernsohn aus dem Nachbardorfe sein. Aber es sei noch nicht soweit, beileibe nicht, sie möge es nur nicht glauben. Aber ich hatte kein Glück mit meinen Beteuerungen.

Still und einsilbig fuhr ich heim, unglücklich und ärgerlich über mich selbst. Hermdieder aber hatte sein Leinen gut verkauft und war ganz aufgeräumt. Schließlich erzählte ich ihm auf dem Heimweg alles, was mich drückte. Ich sagte ihm von meinem Entschluß, daß ich die Schmach und Schande auf mich nehmen wolle, lieber, als das Kind mit einem leichtsinnigen Menschen verheiraten, und daß ich nun gar nicht danach gehandelt hätte.

Er vertraute mir darauf an, daß er innerlich damit zu kämpfen habe, August Berkenbrink nicht zu hassen und ihm Hanna etwa aus Haß und Rache nicht zu geben. Denn das dürfe er nicht. Aber er glaube, daß er freier darin geworden sei und ihm das Mädchen auch so nicht geben könne, um seiner selbst willen. Freilich, der Pfarrer und auch Wilhelm, dem er davon in brüderlichem Vertrauen erzählt – gestern, als sie durch die Felder gingen –, wüßten noch nicht recht, ob er, Hermdieder, damit richtig handle. Er selbst sei seiner Sache aber ganz gewiß.

Mich nahm es wunder, daß Wilhelm Woltmeier die ganze nächste Woche nicht zu uns kam. Er fehlte uns allen, und jedermann begann nach ihm zu fragen, nicht zum mindesten die Kinder, deren treuer Spielgefährte er war.

Aber nach einer Woche etwa, an einem trüben Oktoberabend, da die Mägde noch draußen mit Hanna und Lisette beim Kartoffelaussuchen waren und ein Duft von Kartoffelfeuern mit einer feuchten, kalten Luft durch die offene Deelentür ins Haus zog, fand Wilhelm endlich wieder den Weg zu uns. Ich stand gerade am großen Herde auf der Deele, mit Pickertbacken beschäftigt – die Kinder aßen schon ein Stück vorweg –, und wies ihn in Hermdieders

Schreibstube, in der Sophie wie immer dem Vater bei den Büchern und sonstigen Arbeiten half.

Aber Wilhelm schüttelte den Kopf: »Nein«, sagte er, »ich wollte zu euch beiden.« Und nun sah ich, daß er seinen gutsitzenden blauen Sonntagsanzug anhatte und frisch rasiert war. Er schien blaß und ein wenig erregt zu sein. Ich hatte gerade einen Pickert fertig gebacken, ließ Hermdieder rufen, und wir gingen zusammen in die Wohnstube, in der es schon ein wenig dämmrig war.

Wilhelm stand vor uns und konnte zunächst vor Erregung kein Wort herausbringen. Ich putzte mir die Hände ein wenig an der Schürze ab, nur um etwas zu tun zu haben und Wilhelm zu helfen. Da hob er freimütig den Kopf und sagte schlicht und herzlich bittend: »Ich bin gekommen – gebt mir Hanna zur Frau.«

Ich sah ihn im ersten Augenblick ganz entsetzt an. Hermdieder aber wandte sich zum Fenster und sah hinaus in den unwirtlichen Abend, um seiner Bewegung Herr zu werden. Da er sich jedoch gefaßt hatte, ging er auf den Jungen zu, legte ihm, der viel kleiner war, beide Hände auf die Schulter, blickte ihm in die Augen und sagte bewegt: »Mein Sohn!«

Über dessen Gesicht ging ein glücklicher Schein: »So bin ich Euch willkommen?« Und Hermdieder antwortete: »Keiner mehr als du.«

Ich stand immer noch still abseits und konnte nun auch meine innere Bewegung kaum mehr meistern. Aber ich stand sogleich mit beiden Füßen wieder auf der Erde, und ich sah gänzlich unüberwindbare Hindernisse.

Darum ging ich auf Wilhelm zu, reichte ihm mit festem Druck die Hand, denn ich wagte nicht, ihn mütterlich ans Herz zu nehmen, wonach es mir zu Sinne war, und sagte: »Du weißt, wie es mit Hanna steht?« Und als er stumm nickte, fuhr ich fort: »Wie kannst du denn darüber hinweg? Das kann doch kein Mann.«

»So habe ich auch gedacht«, sagte er offen, »aber es wurde mir klar, daß es verkehrt ist, so zu denken. Ich habe mich gefragt: Wie groß ist Hannas Schuld? Und wenn ich mir da den brutalen Burschen, den August, besehe, ebenso die Tante Rieke und dann an das törichte Kind, die Hanna, denke, still und unschuldig und unwissend, wie sie war – gewiß, sie hat schuld, aber ich glaube nicht, daß sie aus Leichtsinn gehandelt hat, sondern schlecht beraten wurde. Und habe ich etwa weniger gesündigt als sie?« fuhr er fort.

Aber ich sagte ihm – ich mußte es ihm sagen, obgleich mir als Mutter das Wort bitterschwer über die Lippen ging –, er sei mir zu schade, ein solches Mädchen zu heiraten, worin mir Hermdieder nun auch zustimmte.

Wilhelm aber meinte, das käme gar nicht in Frage, aber eines wäre ihm peinlich, daß er den Eindruck erwecken könne, er wolle unsere und auch Hannas Notlage ausnutzen und auf diese Weise das Mädchen bekommen, das er so von ganzen Herzen liebhabe wie keinen Menschen auf der Welt.

»Glaubt mir«, sagte er, »ich werde sie lieben und achten trotz allem und ihr Kind als das meine ansehen.«

Ich aber zweifelte noch immer, ob das ein Mann wirklich fertigbrächte, wenn ich auch davon überzeugt war, daß er Hanna eine gar stete und treue Liebe entgegenbrachte.

Schließlich kamen wir überein, daß Hanna natürlich entscheiden müsse. Da sie aber nach unserer Meinung nur die Wahl hatte, entweder mit dem Kinde in Schande sitzenzubleiben oder Wilhelm zu heiraten, glaubten wir ihrer Entscheidung sicher zu sein. Schließlich hatte sie Wilhelm doch immer gern gehabt.

Dieser bat sich von uns aus, mit Hanna allein sprechen zu dürfen. Wir riefen sie darum in die Schreibstube, während wir in der Wohnstube blieben und ich derweilen nach dem Essen sah, aus Not und Verlegenheit, um innerlich ruhiger zu werden.

Nach einiger Zeit jedoch merkte ich, wie Hanna in ihre Kammer ging und sich einriegelte.

Wilhelm aber kam traurig und mit einem stillen Gesicht wieder zu uns und erzählte, wie die Sache vor sich gegangen war.

Hanna hatte gleich nein gesagt, nein, sie müsse ja August heiraten, ob er denn nicht wisse, wie es mit ihr stünde.

»Ja«, sagte Wilhelm, »ich weiß es wohl, dennoch möchte ich dich gern zur Frau, da deine Eltern dich August keineswegs geben wollen.«

Da hatte sie ihn mit großen und erschreckten Augen angesehen und klagend wie ein krankes Kind gesagt: »Aber ich kann doch nicht mehr anders. Seht ihr denn nicht ein, daß es gar nicht anders geht?«

Nun fragte Wilhelm vorsichtig und voller Rücksicht, ob sie August denn gar so liebhabe.

Mit schmerzlichem Ausdruck sah Hanna ihn an: »Ich dachte das, ja, ich dachte das, aber nun ist das aus. Er hat mich so roh genommen und am Sonntag schon nichts mehr nach mir gefragt, da ist eine andere, der er seine verführerischen Augen macht.«

Sie begann zu weinen, die Tränen liefen ihr das Gesicht herab, sie barg es in ihren Händen, und ihr ganzer Körper schütterte von Schluchzen.

Da legte Wilhelm den Arm um ihre Schulter, und sie barg den Kopf daran wie ein erschöpftes Kind, das sich nicht mehr zu helfen weiß.

»Hanna«, sagte er, »sieh, ich habe dich lieb und will dich nehmen wie du bist.«

Da hob sie frei den Kopf und sah ihn an: »Könnte ich ungeschehen machen, was geschehen ist, ich würde hier auf der Stelle ja zu dir sagen, Wilhelm, da ich heute weiß, wie du bist und wie er ist. Ich habe erkannt, – was gut und böse ist.«

Gequält und verwirrt sah sie ihn an: »Aber nun geht es nicht – verstehst du nicht, daß es nicht geht?«

Da er sie fragend ansah, fuhr sie fort: »Du bist mir zu schade« – und als er mit dem Kopfe schüttelte: »Und dann, – ich habe mich dem anderen gegeben, und ich habe damit die Ehe mit ihm begonnen. So gern ich's ungeschehen machen möchte, – darf ich die Ehe brechen? Heute er, morgen du, nein, –« ihre Stimme erstickte: »Und wäre August noch schlimmer, als er ist, ich halte ihm die Treue und nehme alle Folgen auf mich. Aber dir danke ich, Wilhelm«, fügte sie noch still und scheu hinzu. Dann war sie leise zur Tür hinausgegangen.

Wilhelm aber saß bei uns bis zum späten Abend und suchte uns davon zu überzeugen, daß Hanna August dennoch heiraten müsse, so schwer es für sie werden würde. Ihm war es klar geworden, daß sie ihrem inneren Wesen nach nicht anders handeln konnte, und er liebte und achtete sie um so mehr deshalb.

Die gleiche schwere Traurigkeit hielt uns drei umfangen, aus ihr aber stieg warm und beglückend eine neue innere Verbundenheit zwischen uns auf, und der starke Wille, Gott nichts abtrotzen zu wollen, sondern in allen Dingen seiner Führung zu vertrauen.

Der Regen klatschte, vom Sturm gepeitscht, an die Fensterscheiben, tiefe Nacht lag vor den kleinen Fenstern, das einsame Bellen eines Hundes durchbrach hart und laut das gleichmäßige Geräusch des Regens und blieb ohne Widerhall.

Da Wilhelm aufstand, drückte ihm Hermdieder die Hand und sagte nur: »Und dennoch mein Sohn!« Ich aber packte ihm den Pickert ein und steckte ihm das Päckchen in die Rocktasche, und der junge Mann merkte, daß wir beide nicht wußten, was wir ihm noch Liebes antun sollten. Da ging er trotz aller Trauer getrost nach Haus.

Am andern Morgen, da ich die Grütze zum Imt kochte und das Feuer des Herdes einen unsicheren Schein über die Deele warf, kam Lisette aus dem Stall, schloß vorsichtig und behutsam die Tür, damit sie nicht in den Angeln kreischte, und blieb dann ein wenig vertattert stehen, just, als wüßte sie nicht, was sie nun tun solle. Sie nahm vor Verlegenheit das eine Ende ihres Zopfes in den Mund und strich mit der anderen die weizenblonden Haare hinter das Ohr. Denn jetzt sah ich auch, daß sie eben aus dem Bett gekommen sein mußte, wirren Haares und barfuß, wie sie noch war, im blütenweißen, kurzärmeligen Hemd und dem bunten Miederrock, den die Mädchen unter ihren Kattunkleidern zu tragen pflegten.

Sie blieb wie angewurzelt stehen, immer noch ein wenig ratlos.

Dann gab sie sich krampfhaft einen lustigen Schwung und trällerte vor sich hin: »Schlaf, Kindchen, schlaf!« ...

Ich sah sie überrascht und fröhlich an, denn sowenig Lisette, kindlich, wie sie noch war, zu ernstem Tun zu gebrauchen war, so viel unverbrauchte Kraft und Frische gingen von ihr aus, sonderlich an diesem trüben Morgen, da sie gleichsam Sommersonne in die nüchterne Dämmerung trug. Sie war das einzige echte und rechte Bauernkind unter meinen Töchtern, das seine Freude aus dem reifenden Weizen und dem braunen, kühlen Märzlande nahm, das noch aus der feuchten Herbsterde beim Kartoffelhacken Kräfte ansog, von denen wir andern nicht mehr allzuviel wußten, die sie einfältig und stark dem Lande verbunden machten, das ihre Heimat war.

Sie tummelte sich in dem alltäglichen Leben bei uns, frisch und froh, wie ein Fisch im Wasser, es konnte ihr nicht besser gehen. Ihre Freuden wuchsen ihr zu wie dem Landmann das Korn, ohne Sorgen, ohne ihr Zutun, ohne den Ernst und die Schwere, die uns anderen anhafteten. Leichten Sinnes ging sie allem Traurigen aus dem Wege. Aber niemand wiederum nahm sich so sorgfältig der Blumen in Haus und Garten an, niemand ging so liebevoll mit den Tieren um wie gerade Lisette. Sie fühlte allen Pflanzen und lebenden Wesen in einer merkwürdigen triebhaften Verbundenheit ab, was ihnen gerade guttat, so daß sie eine glückliche Hand hatte und bei ihr alles geriet, blühte und gedieh.

Immer noch stand sie da auf der Deele, verlegen und wartend, und fing nun wieder mit ihrer kleinen, hellen Stimme an zu trällern: »Schlaf, Kindchen, schlaf ...«

»Aber Lisette«, sagte ich schließlich lachend und doch etwas ärgerlich, »laß doch den Unsinn, zieh dich schnell an.«

»Mutter«, sagte sie darauf, »denkt Euch, Hanna ist im Stall eingeschlafen.«

Da lief ich schnell hin und sah Hanna vor der kleinen Futterbank liegen, das Gesicht in den verschränkten Armen auf der Bank eingebettet, die Hände gefaltet, der Körper schien vor Übermüdung zum Schlaf hingesunken zu sein.

Weiß Gott, sie hatte vielleicht die halbe Nacht so gelegen, niemand hatte sie belauschen oder sehen sollen, darum hatte sie die Kammer, die sie mit Lisette teilte, stillschweigend verlassen und war in den warmen Stall gegangen.

Ich hob sie behutsam auf und brachte sie in ihr Bett, wo sie weiterschlief, ohne auch nur aufzuwachen. –

Wie schon einmal, so hatte der junge Mensch, Wilhelm Woltmeier, den Riegel fortgestoßen, der sie in Härte und Einsamkeit von uns andern absonderte. Seine Güte und Liebe zu ihr, die doch so ein schweres Unrecht getan, hatten sie in der Tiefe berührt und erschüttert, so daß sie sich selbst in diesem neuen Lichte sah und erkannte, worin ihre Schuld bestand.

Sie hatte dann das herzliche Verlangen gehabt, Gott ihre Schuld in aller Wahrhaftigkeit und Demut zu bekennen, und sich nicht getraut, in der Kammer, die von Lisettens Atemzügen, einer gesunden, nur dem Irdischen zugewandten Lebenskraft gänzlich erfüllt war, niederzuknien, um zu Gott zu sprechen und auf ihn zu hören. Es war nicht genug Stille dagewesen.

Gegen Mittag wurde sie wach, als ich gerade nach ihr sehen wollte. Sie war frisch und munter und wußte erst gar nicht, warum der helle Tag vor den Fenstern ausgebreitet lag, während sie noch geschlafen hatte.

Dann aber richtete sie sich mit einem Ruck im Bette auf: »Mutter, holt den Vater.«

Aber als wir beide geduldig und abwartend eine Weile dagestanden hatten, sagte sie mutlos: »Ach, ich kann es nicht.«

Hermdieder fragte: »Wolltest du uns etwas sagen?« Sie nickte kurz und heftig. »Warum kannst du es nicht«, fuhr er fast streng fort, »bist du zu stolz dazu?«

»Nein«, sie schüttelte den Kopf. »Hier drinnen«, sagte sie, »habe ich es tausendmal gesagt.«

Ich aber verstand sie wohl. Sie schämte sich der Feierlichkeit der Worte, die sie sagen wollte, so sehr, daß sie den Klang ihrer Stimme fürchtete.

Darum fragte ich: »Ist es dir leid, was du getan hast? Wolltest du um Verzeihung bitten?«

Da nickte sie und nahm unser beider Hände und sagte: »Es ist leichter, es Gott zu sagen, ... daß ich euch zwingen wollte zu meinem eigenen Weg, das ist meine Schuld.« –

Eine Zeitlang standen wir behutsam schweigend und in herber Scheu vor unserm ältesten Kinde, denn wir waren es gar nicht gewohnt, unserer Liebe und Zuneigung auch Ausdruck zu geben. Schließlich strich ihr der Vater mit unbeholfener Gebärde über den dunklen Scheitel, und ich nahm ihre Hand und drückte sie fest. Da sie uns aber noch fragend ansah, sagte Hermdieder: »Wenn Gott dir vergeben hat, Hanna, so ist es auch für uns, als wäre es nicht geschehen. ›So ist nun nichts Verdammliches an denen, die in Christus Jesus sind‹.« Da nickte sie.

Kurz darauf begann Hanna davon zu sprechen, daß sie ihre Ehe mit August nun als begonnen betrachte, daß sie sich diesem Wege, so schwer es ihr würde, nicht mehr entziehen könne. Nur wenn August sie nicht mehr haben wolle, dann wolle sie sich gern auch dem fügen, daß sie bei uns bliebe.

Da wir aber sahen, wie gelassen und innerlich befreit und sicher Hanna ihren Weg vor sich sah, wie er ihrem inneren Wesen entsprach und es ihr vor Gott nur noch klarer geworden war, was sie tun müsse, gaben auch wir unsere Zustimmung.

Immer wieder mußte ich später mit Staunen daran zurückdenken, daß dieses Kind einen Weg inneren und äußeren Leidens klar vor sich sah – wie er ihr auch zuteil geworden – und ihn ohne Leidensscheu bewußten Willens zu gehen entschlossen war.

Einmal sagte sie im Laufe der Tage: »Ich erwarte mir kein Glück mehr, ich will mein Kreuz tragen dem Herrn Christus nach. Mein Leben ist gestorben und verborgen mit Christus in Gott.« –

Wir ließen August Bescheid sagen, er möge kommen, weil wir etwas mit ihm zu besprechen hätten. Er fuhr am darauffolgenden Sonntagmorgen mit zwei wilden Pferden vor, die er laut und forsch kommandierte, so daß selbst die Nachbarschaft darauf aufmerksam wurde. Aber was schadete es? Konnte man sich mit einem solchen Schwiegersohn nicht sehen lassen, der eine neue dicke goldene Uhrkette auf der Weste trug, mit einem Elefantenzahn daran, wie er das elfenbeinerne Ding nannte? Der kleine Dietrich machte seine Sache gut. Er faßte nach der Uhrkette, jauchzte vor Vergnügen und ließ sich belehren, während Nachbarn und Kinder herumstanden, daß der Anhänger aus einem Elefantenzahn gemacht sei, man könne auch sagen, einer sei. Dietrich wurde aus Dankbarkeit für seine Bewunderung hoch in die Luft geworfen.

August ließ sich nun gnädig herbei, das Ding abzumachen und es im Kreise herumgehen zu lassen. Dann befestigte er es säuberlich und umständlich wieder an der Kette, zog die dicke goldene Uhr wie zufällig heraus, spielte mit der ledernen Geldkatze, die er in der Hosentasche trug, übergab dem Knecht die Pferde und kam erst dann ins Haus. Er konnte ja warten lassen.

Gemächlich schlenderte er über die Deele, sah durch das kleine Stubenfenster in die Wohnstube und ging hinein, als er Hermdieder drinnen sah. Ich folgte ihm in das Zimmer und sah ärgerlich, wie er breitbeinig und etwas lässig vor dem Älteren stand und ihn begrüßte.

»Na«, sagte er fast gönnerhaft, »nun ist ja alles in den Fissen. Ihr habt es uns wahrlich nicht leicht gemacht.« Dabei wollte er Hermdieder wohlmeined und versöhnlich auf die Schulter klopfen. Der aber wich einen Schritt zurück. – Augusts ganzes Wesen drückte die überlegene Sicherheit des Siegers aus, den Hochmut dessen, der eine Bitte zu gewähren hat. Waren wir denn nicht auch darauf angewiesen, ihn gleichsam demütig darum zu bitten, Hanna zur Frau zu nehmen, da sie sonst in Schmach und Schande sitzenbleiben würde? Nein, er war kein Schuft, kein Lump, er war ein ehrenhafter Kerl, der das Mädchen nicht sitzenließ, er hatte ein gutes, ein tadelloses Gewissen, was wir nun auch – zum Donnerwetter – anerkennen sollten.

Hermdieders Gesicht war streng und kalt geworden. Ganz schmal und hart sah es aus mit den ausgeprägten Zügen und der etwas scharfen, gebogenen Nase. Seine hellen Augen waren erstaunt und abweisend auf den Schwätzer gerichtet.

Der aber steckte vor lauter Übermut die beiden Hände in die Hosentaschen, klingelte mit der Geldkatze und lachte laut: »Na, Schwiegervater, machen wir uns doch nichts vor, Ihr habt mich herbitten lassen, doch wohl nicht, um mich wieder hinauszuwerfen, das hat nun ein Ende. Kommen wir zur Sache! Wie steht es mit der Mitgift?«

Hermdieder aber sagte schneidend kalt: »Hanna fühlt sich an dich gebunden. Uns wäre es lieber, du verzichtetest auf sie.«

August machte große Augen, spuckte aber gleichzeitig mit wegwerfender Gebärde aus, als glaubte er diesen Unsinn nicht.

»So, dann soll sie wohl allen zum Gespött werden?«

»Das hat sie nicht nötig, August, höre nur zu und lache nicht, es ist mein Ernst. Sie kann jederzeit einen anderen heiraten, dem sie lieb ist, so wie sie ist, und nachdem dieses geschehen. Du brauchst also nur nein zu sagen, dann ist Hanna frei.«

»Und Hanna?« – ein eitles Lächeln lief über sein rotes Gesicht – »die wollte den meckrigen Wilhelm nicht haben, das kann ich mir denken. Nein, für den ist Hanna auch zu schade.«

»Oder er für Hanna«, sagte Hermdieder scharf. »Nein, so wie du es dir denkst, stehen die Sachen absolut nicht. Ich sage dir: Hanna fühlt sich lediglich an dich gebunden durch das, was vorhergegangen – willst du nicht, nun gut«, – Hermdieder wandte sich gleichgültig ab, »dann hast du die Ehe gebrochen, dann will ich Hanna rufen, um es ihr zu sagen.«

Als August merkte, daß dem Vater wirklich nichts an ihm lag, sagte er sanft und vorwurfsvoll wie ein Kind, das zu unrecht gescholten ist: »Aber Hermdieder, warum seid Ihr so zu mir? Ich bin doch hier, um Hanna zu freien, ich hab sie doch gern. Können wir denn niemals vernünftig überlegen?«

»Na, setz dich«, lenkte auch Hermdieder ein wenig ein. »Wir können's kurz machen. Du hast unrecht gehandelt. Du hast dir Hanna erzwungen, nicht äußerlich bei uns, aber innerlich bei ihr. Denn das will ich dir sagen« – seine

Stimme erhob sich wie zu einer Drohung: »Lieber hätte ich sie sogar in Schanden sitzengelassen, als sie dir gegeben.«

August zuckte wie unter einem Peitschenhieb zusammen. Herrgott, war das ein unbequemer Schwiegervater! Tat man nicht doch besser, noch im letzten Augenblick die Flucht zu ergreifen? Und Mitgift würde er auch nicht mehr als nötig herausrücken. Sollte man ihm nicht den ganzen Dreck vor die Füße werfen? Lebewohl! Auf Wiedersehen! August wird noch eine andere finden, und was für eine, eine, gegen die Hanna ein kleines Bähschaf ist. Aber freilich, freuen würden sie sich noch darüber, und Hanna war dennoch ein feines, apartiges Ding! Und vermögend!

Und sie sollte er dem miesen Kerl, dem Wilhelm, gönnen?

Er mußte schon bei der Stange bleiben, aus mehr als einem Grunde.

Auf seinem einfachen, etwas groben Gesicht konnte man die miteinander kämpfenden Gedanken deutlich ablesen. Er sagte schließlich kleinlaut und unlustig: »Na, wie ist's? Schmeißt ihr mich nun raus, oder nicht?«

»Kannst bleiben«, war die Antwort, »aber du sollst nicht erwarten, daß wir dich mit offenen Armen aufnehmen oder dich gar wie einen Sohn liebhaben könnten. Das mußt du dir schon verdienen.«

»Was nicht ist, kann noch werden, Ihr habt recht«, antwortete er leichthin. »Ihr waret auch nicht immer so heilig, wie Ihr jetzt seid, hab' ich mir erzählen lassen, also wird auch bei mir Hopfen und Malz nicht verloren sein.«

Auf Hermdieders Stirn stand eine steile Zornesfalte, er beherrschte sich aber und ging verärgert aus dem Zimmer.

Nach kurzer Zeit war alles Geschäftliche geordnet. Hermdieder war gerecht und freigebig, was selbst August anerkennen mußte.

Am Nachmittag gingen die beiden Brautleute zum Pfarrer, um das Aufgebot zu bestellen. In vier Wochen sollte die Hochzeit sein.

Der Herbst wurde müde und alt und dämmerte in den Winter hinein. Die Blätter der Kastanien und Linden hingen nur noch vereinzelt, dürr und braun, lose an den Zweigen, der Rasen war jeden Morgen mit bunten Blättern wie übersät. Ja, Hannas kleine Linde stand nach einer stürmischen Nacht wieder kahl und scheinbar gänzlich ratlos da, als wüßte sie nichts mit sich anzufangen.

Wir hatten für die Aussteuer noch fleißig zu nähen, obgleich die Truhen der Töchter seit Jahren bis zum Rande gefüllt waren, aber Hanna war ein wenig abwesend und zerstreut bei diesen sonst so beglückenden Vorbereitungen, so als ginge sie das alles nichts so sehr an. Sie schien von der beseligenden inneren Bereitschaft ganz ausgefüllt zu sein, Gott an sich wirken zu lassen, wie die Ähren draußen im Felde sich willenlos vom warmen Juniwind, der Schöpfung zu Nutz und Frommen, bewegen lassen. Und so wurde sie dennoch ihres Tuns gewiß und froh, so daß Kraft und Freude von ihr ausströmten und sie aufblühte, wie nur je eine Braut vor der Hochzeit.

Sie war uns in kindlichem Gehorsam zugetan und nahm die Bibelworte und Predigten von Hofacker oder Ludwig Harms, die Hermdieder bei den Andachten vorlas, mit großem Verlangen und innerer Anteilnahme auf. Ihren Schwestern diente sie angelegentlich, immer in dem demütigen Bewußtsein, daß sie sündiger und schlechter sei als sie, wenngleich sie der Vergebung ihrer Sünden gewiß geworden war.

Selbst Lisette wagte nicht, ihren Mutwillen an ihr auszulassen, und Sophie hütete sich, ihren Vorteil zu sehr auszunutzen, wie sie es sonst leider manchmal tat, da sie allzu gut rechnen konnte.

Einige Male kam auch August und mußte die Aussteuer bewundern. Er war gut aufgelegt und trieb allerlei Unsinn. Er nahm einen von Hannas weißen Unterröcken und legte ihn sich als Mantille um die Schultern, setzte ihre Nachtmütze auf, stülpte Strümpfe über die Arme und band eine weiße Schürze um. Eine seiner hellen Locken legte er sich keck in die Stirne, setzte sich Hermdieders Brille gewichtig auf die Nase und nahm seinen gedrehten Stock zur Hand.

Dann ging er von Stube zu Stube, in den Stall, in die Milchkammer und in das Backhaus, wo just Brot gebacken wurde, und sang unter dem Jubel der Kinder und dem Gelächter von Knechten und Mägden – während Hanna still an ihrem Spinnrad sitzen blieb und gar nicht einmal hinhörte:

Gretken, mak dat Finsterken up,
Kiek ens moal harut.
Wütt moal'n biaten von Friggen küren
Du bis mine Brut.

Well mal jüst dat Ledderken hal'n,
Wat achtern Kohstall staiht.
Well mal teo di rupperkuom'n,
Teosaihn, wie't di gaiht.

Kam de Olske met'n Stocke an,
Sprang de Bub harut,
Bleif de Bücksen up'n Poale hang'n,
Dat seoch putzig ut.

Er war glücklich und übermütig, nun, da er sein Ziel erreicht hatte, und zu Hermdieder von einer gefügigen Freundlichkeit. Manchmal konnte er sogar frisch und nett sein, wenn ihm gerade der Sinn danach stand. Und wir konnten wohl hoffen, daß alles vielleicht besser ging, als wir gedacht hatten, nun, da Hanna so fest und froh in ihrem Glauben geworden war.

Das Hochzeitskleid lag fertig und bereit da. Ich hatte ein kleines Myrtenbäumchen, von dem ich Hanna einen Kranz dazu machen wollte, den sie am Hochzeitstage tragen sollte, wie es Sitte geworden war, seitdem das junge Volk keine Tracht mehr trug. Da wir der Stadt so nahe wohnten, richteten sich die jungen Leute immer mehr nach den Gewohnheiten und Gepflogenheiten in der Stadt, während die Alten noch zunächst an ihrer Tracht und ihren Gebräuchen festhielten.

Als ich Hanna eines Morgens von dem Myrtenkränzchen sprach – wir packten just das Leinen für die Aussteuer in einen großen eichenen Koffer mit hohem, gewölbtem Deckel und eisernem Zierat und ebensolchen Beschlägen –, da schüttelte sie heftig den Kopf und sagte: »Nein, ich trage keinen Kranz. Du weißt doch, Mutter«, fügte sie vorwurfsvoll hinzu.

Ja, wohl durften eigentlich nur unschuldige Mädchen den Kranz tragen, aber es hatte sich die Sitte herausgebildet, daß nur diejenigen ohne Kranz getraut wurden, die kurz vor der Niederkunft standen. Wußte noch niemand im Dorfe davon, dann kamen die Mädchen keck und sicher damit in die Kirche. Daß später darüber geredet, ja gelacht wurde, machte ihnen nichts aus. An ihrem Ehrentage wollten sie nun einmal alle Ehre haben, die sie irgendwie bekommen konnten.

Aber Hanna blieb dabei, das sei eine Lüge, sie täte das nun und nimmer. Die eigensinnige Falte stand wieder zwischen ihren dunklen Brauen, die ich gut an ihr kannte und immer ein wenig fürchtete.

»Oder hattet Ihr gedacht, Mutter, ich fürchte mich vor dem Gespött und dem Gerede? Hattet Ihr vielleicht doch im stillen gemeint, ich wolle August nur heiraten, um der Schande zu entgehen? Nein, ich will auf mich nehmen, was ich verschuldet habe. Sie mögen es alle wissen und mich verachten. Ich habe es nicht besser verdient, ja, sie sollen es wissen«, fügte sie trotzig hinzu.

»Kind«, sagte ich nachgiebig, »du kannst tun, was du für richtig hältst, ja, du hast sogar recht damit.«

Und obgleich mir der Gedanke heftig gegen das Blut lief, daß meiner ältesten Tochter dieser Makel anhaften sollte, daß unser frommes Haus zum Gespött der Gottlosen werden sollte, dachte ich an meinen Kampf um Selbstverleugnung und war, wenn auch schweren Herzens, bereit, die Verachtung der Menschen zu tragen und dieses Kreuz auf mich zu nehmen.

Auch Hermdieder fand es ganz und gar unmöglich, daß man so lügen könne, wie er sagte.

Nein, das Kind sollte keinen Kranz tragen, komme daraus, was wolle.

Als Pfarrer Erbold einige Tage vor der Hochzeit zur Bibelstunde in unserem Hause war, erzählte ich ihm von meiner Unterredung mit Hanna, den Kranz betreffend. In dem Augenblick kam sie zur Tür herein.

Da nahm der Pfarrer ihre Hand, drückte sie lange und fest und sagte: »Recht hast du, Hanna, Gott segne dich dafür.«

Aber es gab dennoch ein großes Hallo, als August feierlich, stattlich und stolz angefahren kam, die Braut zur Kirche abzuholen. Sie sollte sofort das dumme Ding, den Kranz, aufsetzen, sie solle ihn nicht so blamieren. Das hätten wir uns wohl ihm zum Tort ausgedacht. Das fehle noch just, daß er zum Gelächter der Leute würde. Er war wütend, er raste, er hatte die Peitsche noch in der Hand und knallte damit durchs Haus. Wären wir nicht dagewesen, wer weiß, was er mit Hanna gemacht hätte. Denn sein Gesicht war in rasender Wut verzerrt.

Jetzt war es so weit, jetzt wäre er am liebsten noch umgekehrt, wenn er seinen Willen nicht durchsetzen konnte. Hanna stand bleich und zitternd da, blieb aber bei ihrem Entschluß und sagte leise und scheu, aber dennoch fest: »Entweder so oder gar nicht.«

Immer wiederholte sie eintönig dieses eine Wort, so daß es fast wie eine merkwürdige alte Besprechungsformel klang.

August verlegte sich nun aufs Bitten, aufs Betteln, es half ihm nichts, schließlich fingen die Kirchenglocken an zu läuten, alle warteten, sie mußten abfahren.

Ach, diese Fahrt durch das Dorf!

Gleich als das Brautpaar einstieg, flüsterten einige Umherstehende und Hochzeitsgäste einander zu: »Wo hat sie denn ihren Kranz?« – Und August rief töricht und laut, als der Wagen schon abgefahren war: »Hanna, du hast deinen Kranz vergessen, aber jetzt ist's zu spät.«

»Nicht vergessen«, sagte sie mit rührender Anstrengung, gehört zu werden. Aber es gelang ihr nicht, sich in dem allgemeinen Lärm durchzusetzen.

Die Kinder riefen sich's auf der Straße zu, und die Frauen sagten's einander weiter: »Heidekamps Hannken hett keenen Kranz up.« Bald würde es das ganze Dorf wissen. In der Kirche ging das Geflüster wieder an. Mir kam es vor, als stände ich nun doch noch trotz der Hochzeit an einem Schandpfahl mitten im Dorfe und müsse mich von allen, groß und klein, verhöhnen lassen.

Aber nun war es still geworden, der Pfarrer begann zu sprechen. Und er sprach so, daß alle böse Feindseligkeit, die eben noch wie eine harte, feste Mauer das Brautpaar und uns umgeben hatte, zunichte wurde und zusammensackte wie die Mauer von Jericho vor dem Klang der Posaunen.

Wahrlich, geradeso mußte es all jenen vor der belagerten Stadt zumute gewesen sein, wie uns in der Kirche, da des Pfarrers Rede der Menschen harte und unbarmherzige Gedanken durchschlug.

Er hatte den Spruch gewählt: »Halte, was du hast, daß niemand deine Krone nehme.«

Die Braut trage heute eine Krone, so sagte der Pfarrer, die herrlicher, wichtiger, kostbarer sei als alle irdischen Brautkränze zusammengenommen, auch als der Kranz, den sie nach eigener Wahl heute nicht trage. Diese Krone, die Gott ihr verliehen, indem er durch seinen Geist den Glauben an Christus in ihr gewirkt habe, werde offenbar werden an seinem Tag, an dem alle Brautkränze der Erde verwelkt und vermodert sein würden. Und dann ermahnte er die Braut, auch in dem neuen Leben und den anderen Verhältnissen ihrem Glauben zu leben, damit ihnen beiden nicht verlorengehe, was Gott ihr für sie beide anvertraut habe.

Auch von der Schuld, von ihrer Schuld sprach er ernst und eindringlich, aber daß Gott sie vergeben in Christus und sie liebhabe und ihr Vater sei, nun, da die Braut das Vaterhaus verlasse.

Diese Predigt verfehlte ihre Wirkung nicht. Denn obgleich noch viel darüber gesprochen wurde und manche unserem Hause die Schande von Herzen gönnten, so stand hinter dem Gerede bei anderen wiederum eine Achtung, die sie kaum vor sich selbst wahrhaben wollten, deshalb, weil wir unsere Schuld nicht vertuschen wollten, sondern uns offen zu ihr bekannt hatten.

Die Hochzeit wurde auf unserer Deele ganz einfach mit

Kaffee und Kuchen gefeiert, uns war nicht nach üppigem Feiern zu Sinne.

Der Pfarrer hielt eine Ansprache, und Hermdieder las einen Abschnitt aus der Bibel vor.

Wie anders, mit Lärm und ausgelassener Freude war damals unsere eigene Hochzeit auf dieser Deele gefeiert worden! August kam darum nicht recht auf seine Kosten, aber auch das war gut so. Und als das Brautpaar dann in die neue Heimat fortfuhr, wurde uns der Abschied nicht ganz so schwer, wie wir erst gefürchtet hatten. So völlig waren wir der inneren Gemeinschaft mit Hanna gewiß, und es war uns, als hätten wir nun erst unser ältestes Kind ganz für uns zu eigen gewonnen, nun, da wir es hingeben mußten.

Hochsommer

Hatte es je einen solchen Sommer gegeben wie diesen im Jahre des Herrn 1863? Wie weit meine Erinnerung zurückreicht, wie sorgsam ich die gleichmäßige Reihe meiner Jahre durchforsche, ich kann mich nicht entsinnen, daß einer so froh und still, so gleichsam unirdisch heiter über unserer irdischen Unruhe stand wie dieser.

Ich machte mir viel in meinem Garten zu schaffen, da die Haustüre stille stand und weder viel Weber noch Käufer noch Gäste aus der Stadt zu uns kamen. Es war eine tote Stille, die im Hause herrschte, nicht feiertäglich wohltuend, sondern voller Not und hartherzigem Alleingelassensein. Die Sorge stand darin wie ein Pfahl, unfruchtbar und nackt, den freien Weg versperrend und jedermann offenbar.

Still war das Haus. Hermdieder fuhr Tag für Tag in die Stadt. Seine Lager waren gedrängt voll von feinstem Leinen und füllten sich immer mehr. Aber seit langer Zeit konnte er kaum etwas absetzen. Die Wäschefabrikanten in der Stadt versuchten es mit dem maschinengewebten Leinen, das die mechanische Weberei der Stadt herstellte. Von Amerika wurde immer mehr Baumwolle eingeführt, so daß der Bedarf an reinem Leinen Jahr für Jahr geringer wurde. Täglich kam Hermdieder gedrückter heim. Sollte er nun einfach aufhören, weben zu lassen? – Das wäre gewiß das gescheiteste gewesen, aber wir kamen überein, daß wir unsere Weber, denen wir seit Jahr und Tag verbunden waren, nicht plötzlich entlassen durften. So mußten wir Löhne auszahlen und Ware herstellen, während seit langer Zeit kein Pfennig mehr einkam.

Und draußen stand der frohe Sommer über dem Land. Still war es im Haus. Die Kühe waren auf der Weide, die so saftig und fett war, daß ich mehr Butter als je ein anderes Jahr aus der Milch gewann und manchen Taler heimlich in meine große Truhe in der Schlafkammer legen konnte. Wer wußte auch, welchen Zeiten wir entgegengingen?

Die Kinder spielten den ganzen Tag draußen auf der Bleiche, die Töchter, die Mägde und der Knecht waren auf den Feldern und Wiesen bei ihrer Arbeit.

So war ich oft in meinem Garten und jätete Unkraut und pflanzte und begoß. Dicht und fettglänzend wuchs der Buchsbaum die kleinen schmalen Wege entlang, Nelken, Reseda und Levkojen, Jasmin und Päonien strömten einen Duft in die weiche, etwas bewegte Luft, daß man schier betäubt davon wurde. Da aber die Rosen kamen, eine Knospe nach der andern aufbrach und sich willig und froh entfaltete und der Sonnenschein einem warm und wohlig ins Blut drang, da schien eine Welle von Glück über meinen Garten zu gehen, der auch mich schweren und ernsten Menschen einhüllte in Wärme und Fröhlichkeit.

Dann stand ich am Gartenzaun und sah über das weite Land hin, das hügelig vor mir gebreitet lag. Ein sanfter Wind wehte silberne Flächen und Streifen in die grauen Kornfelder, in denen Kornblumen und roter Mohn in bunter Fülle durcheinander wuchsen. Über mannshoch war schon der Roggen, und alle Halme standen in einem ernsten und schönen Stolz gerade aufgerichtet. Sie würden sich noch früh genug unter der Last ihrer Fruchtbarkeit beugen müssen. Die Wiesen waren weich wie Teppiche und bunt von gelbem Hahnenklee, weißen Margeriten und rotem Sürkenkraut. Der Saft stieg aus der Erde in das Wiesengras und machte es fett und glänzend, und die Sonne drang tief hinein in die weiche Fülle und umstrahlte mit starker Schöpferkraft jedes keimende und wachsende Leben.

Gelb lagen kleine Rapsfelder da und blau die Flachsfelder dazwischen, und unter dem klaren Himmel, der wie blaues Glas war und nur über dem Horizont dichte, von innen durchsonnte Wolken trug, lag die Erde, friedlich und heiter in einer Geborgenheit ihm angeschmiegt, die still und gelassen machte.

Was sind dieses Lebens Güter?
Eine Hand voller Sand,
Kummer der Gemüter.

War die Erde nicht fruchtbar? Trug sie nicht Brotkorn Jahr für Jahr, unsern Hunger zu stillen, und waren nicht die Kühe da, die jetzt so behaglich in dem dichten Gras lagen, nützlich und unbewegt, nur mit den Schwänzen die Fliegen abwehrend?

Sollten wir nicht zufrieden sein und uns genügen lassen an Gottes Nahrung, die uns die Erde gab, wenn wir auch keine Reichtümer dabei sammeln konnten? Nein, es war nicht gut, um dieses allzusehr zu sorgen, um Leinen und Kragen und Taschentücher, die man daraus machte, und amerikanische Baumwolle.

Die Sommersonne und Wärme bezwang meine irdischen Sorgen. Gott sprach in diesem Sommer durch Erde und Himmel eine so eindringliche Sprache zu mir, daß ich gefaßt allem Schweren gegenüberstand.

Aber Hermdieders unruhige Gedanken boten keinen Raum für diese liebliche Sommerpredigt. Ja, sie durchstießen und durchbrachen allen Sommerfrieden, daß er zerbröckelt ward und nüchtern wie ein toter Alltag.

Er hatte zu viel Ärger tagsüber in der staubigen, heißen Stadt, wenn er in den Kontoren der Kaufleute saß, ohne Aufträge zu bekommen, wenn er in der Nähe der Stadt in einem besonderen Lager das Leinen der vielen lippischen

Weber entgegennahm und alle bar bezahlen mußte, ohne daß er die Aussicht hatte, je noch etwas loszuwerden.

Wie sollte er aber seinen Betrieb umstellen? Völlige Hoffnungslosigkeit zermürbte ihn. Ihm war die Sommersonne in der Stadt zu heiß, die blühenden Gärten der reichen Kaufleute erschienen ihm üppig und verschwenderisch, das Maschinengesurre in den Fabriken aber zermürbte ihn vollends, die Arbeiter, die seinen Weg kreuzten, schienen ihm höhnisch ins Gesicht zu lachen.

Todmüde kam er abends heim. Dann bat ich ihn wohl, mit mir ein wenig den Stand der Felder anzusehen oder sich in das Gärtlein zu setzen. Ich sagte ihm, daß wir uns genügen lassen müßten an dem, was unser wäre, an Land und Haus und Wiesen und Vieh.

»Ach, das verstehst du nicht, du bist eine Frau«, sagte er abweisend, besann sich dann aber und fügte in einem müden Scherz, der mir ins Herz schnitt, hinzu: »Und was für eine!«

Nein, er habe eine Verantwortung für das Erbe, das er überkommen habe, und das Vermögen, das seinen Kindern gehöre, und wenn er auch nur Haushalter über das Irdische wäre, so habe er es doch auf das treueste zu verwalten.

Ich spürte ihm ab, wir ernst er es damit nahm. Nicht das machte ihm die größte Schwierigkeit, daß er selber sein Geld verlieren würde und keine Verdienstmöglichkeit mehr hätte, sondern daß er irgendeinem andern verpflichtet wäre, einen Ausweg zu finden, neue Bahnen zu suchen, zu handeln, anzufassen, sich zu neuem zu entschließen, etwa sich an einer Weberei zu beteiligen oder ähnliches.

Er kam aber nicht darüber zur Ruhe, selbst nicht im Gebet. Die Heiterkeit und der Friede dieser Sommertage machten sein Herz nur um so unruhiger und qualvoller bewegt und erregt. Seine Ratlosigkeit brach auch in meines Herzens Ruhe und Frieden unsanft ein, so daß ich selbst nicht mehr wußte, was recht war und wozu wir uns entschließen sollten. Die Mitgift der Töchter schwand mit dem dauernd fruchtlosen Lohnzahlen dahin. Konnten wir das verantworten?

Und draußen ging der Sommer seinen Weg. Immer saftiger und kräftiger wurde das blanke Gras, und Hermdieder vermeinte schon, wir sollten es jetzt mähen lassen, ehe ein Regen käme. Mir aber saß der Sommer im Blut, so daß ich zu spüren glaubte, wie es noch nicht an der Zeit wäre, wie vielmehr das Gras noch Wunderkräfte aus Erde und Sonne ziehen könnte, bis es vollkommen sei. Und es geschah auch so. Das Sonnenwetter hielt an. Das Gras wuchs und erstarkte und ward voll Sonnenkraft.

Da zog der Knecht vor Tau und Tag aus, es zu mähen, und Lisette ging mit den Mägden hin, es zu wenden, zu harken und dann später fein säuberlich aufzuladen.

Weiße Wolken hingen schwer und doch gleichsam leichtfertig am blauen Mittagshimmel, und die Wärme drang tief hinein in Gras und Erde. Unsere Braunen glänzten blank und prall in der Sommersonne. Lisette lud mit leichtem Schwung, kraftvoll und doch anmutig, das Heu auf den Wagen und ordnete es sorgfältig.

Ich hatte eine Freude daran, ihr zuzusehen, wie sie mit starken, ausgreifenden Bewegungen spielend schaffte, was anderen Mühe machte. Den Mägden rann der Schweiß von der Stirn, sie hatten weiße Tücher umgebunden, um sich vor der Sonne zu schützen. Lisette aber ließ ihre hellen Zöpfe von der Sonne noch heller bleichen, ihre sonst so weiße Haut war leicht gebräunt, aber zeigte keinerlei Spur von Erhitzung oder Erschlaffung.

Sie ließ sich von der köstlich erregten Luft in einen Rhythmus der Arbeit hineintragen, der geradezu alles mit sich riß, was ihr in den Weg kam. Ihr Blut wurde erwärmt und durchsonnt von diesem Sommertag, der wie lauter junges Glück über dem Lande lag. Sollte sie da nicht lachen und fröhlich sein, singen und jubeln, wie sie es an jenem Nachmittag tat?

Hanna, die gerade zu Besuch bei uns war, saß mit ihrem kleinen Säugling neben mir am Wiesenrain, an dem meine drei Kleinen und ihr zweijähriger ältester Junge einträchtiglich miteinander spielten. Annemarie legte sich der Länge nach ins Gras und ließ sich von den anderen Kindern mit Grashalmen streicheln und kitzeln, bis sie es vor Lachen nicht mehr aushalten konnte. Wie ich nun all die köstliche Jugend und Sommerfreude, die von dem hellen Tag und zumal von Lisette ausstrahlte, in mich hineintrank wie ein edles Getränk, das einem das Herz erfrischt, sah ich drüben an der andern Seite Wilhelm Woltmeier den Wiesenrain entlanggehen. Da Lisette dort gerade an der Arbeit war, blieb sie stehen, bot ihm ihre Harke und Heugabel an und rief: »He, Wilhelm, du kommst gerade recht, kannst mich mal ablösen, wollte mich just ein bißchen resten.«

»Das sollte dir passen«, antwortete er, »hab' selbst noch nicht Feierabend gemacht.«

»Du?« – erwiderte sie lachend und scheinbar sehr erstaunt – »du tust ja doch den ganzen Tag nichts. Na, schad't nichts«, fügte sie gutmütig hinzu, »so einen Schriftgelehrten wie dich können wir auch nicht gebrauchen.«

Da war Wilhelm in großen Sprüngen an ihrer Seite: »Meinst, ich könnt' nicht heuen, du dummes Lüt?«, und schon ergriff er eine Heugabel und fing an mit aufzuladen. Sie arbeiteten nun beide in einem heftigen, kämpferischen Rhythmus, Wilhelm zog sich den Rock aus, öffnete das Hemd am Halse, er war bald erhitzt und ermüdet, seine Bewegungen wurden hastig und krampfhaft, während Lisette neben ihm in ruhigem Gleichtakt doppelt soviel schaffte.

Nun lachte sie hell auf: »Ja, ja, du kannst es schon, aber wie! Na, wer kann das auch von dir verlangen? Bist eben doch ein Schriftgelehrter, setz dich auf den Heuhaufen und guck zu.«

Wilhelm aber wollte es durchaus zwingen. Da drehte sie sich flink und gewandt ihm zu, stemmte die Arme gegen ihn, schob ihn rückwärts und warf ihn auf einen Heuhaufen.

»So, da bleibst du liegen und rührst dich nicht.«

Über die Wiese hin klang helles Gelächter, und Wilhelm tat das Klügste, was er tun konnte, er lachte fröhlich mit. Er ließ es sich wohl sein nach der angestrengten Arbeit. Duftete das Heu nicht nach reifen, süßen Äpfeln, und stand die Luft nicht weich und lieblich um einen her wie eine helle und zärtliche Mädchenliebe? Lisette – da stand sie und arbeitete und schaute aus wie der Sommertag selbst. Er, Wilhelm, hatte sich nie groß mit ihr befaßt, die mit den Mädchen im Dorf durch dick und dünn ging in aller Harmlosigkeit und keine Vernunft anzunehmen schien. Mit Sophie dagegen verstand er sich gut, sie hatten viele ernste Gespräche miteinander geführt.

Aber hier war das Leben. Das Licht zitterte über den Roggenhalmen und den Weizenfeldern und machte ihn müde und schläfrig, wohlig streckte er sich aus, um ein wenig zu dämmern und zu träumen.

Da fühlte er es über seinem Körper, über seinem Gesicht: das Heu kam und hüllte ihn ein, immer tiefer, immer wohliger. Er dachte nichts mehr, er gab sich diesem Strom von duftendem, blutermüdendem und dennoch erregendem Leben hin, willenlos und ohne Widerstand. Es hatten aber Lisette und die Mägde sein Dämmern bemerkt und begruben ihn nun zur Strafe für sein Faulenzen im Heu.

Als er wieder zur Besinnung kam, rief er: »Warte, Settchen, nun hol mich auch wieder heraus, eher stehe ich nicht auf.«

»Da kannst du lange warten«, rief sie übermütig, zeigte ihm die Zunge, tanzte und lief lachend davon an die Arbeit.

»Soll sich was schämen«, fing sie an, vor sich hinzuschelten, »faulenzt und will noch nicht mal allein aufstehen. Meinetwegen kannst du die ganze Nacht hierbleiben und Mond und Sterne begucken.«

»'s wär gar nicht übel«, rief er zurück, »wenn du auch hierbliebst.«

»O pfui«, rief sie zurück, »du bist ja um kein Haar besser als die anderen Jungen.«

Ja, was war in ihn gefahren, daß er dieses sagte? Schon im selben Augenblick tat es ihm leid. Es ließ sich nicht leugnen, daß er früher einmal ein Ausbund gewesen war, wo ihm das Wort lose auf der Zunge saß und er immer gleich mit solchen Redensarten den Mädchen gegenüber an der Hand war. Ja, was war heute in ihn gefahren?

»Bin ich auch nicht«, rief er trotzig zurück. »Meinst du, ich wäre ein Heiliger? Nun komm, und erlöse mich.«

»Fällt mir gar nicht ein«, rief sie, »jetzt willst du mich nötig haben und sonst siehst du mich nicht an.«

In dem Augenblick sprang Hanna hinzu, die das Wortgeplänkel mit angehört hatte, da wir am Rain hinter einem Busche saßen.

»Wenn du mit mir vorlieb nimmst, statt ihrer, Wilhelm«, sagte sie still und freundlich scherzend, »dann brauchst du nicht die ganze Nacht hierzubleiben.« Damit faßte sie seine Hand und zog ihn empor, reinigte ihn sorgfältig von den Heuhalmen, während er verlegen vor ihr stand und sagte: »Du bist hier, Hanna? Das wußte ich noch gar nicht.«

»Ich muß morgen wieder fort«, antwortete sie, »August kommt heute abend und holt uns ab. Komm, sieh dir meine Kinder einmal an.« Damit zog sie ihn an der Hand zum Wiesenrain.

»Nun können wir noch ein wenig miteinander reden.« Sie nahm den Säugling und gab ihm die Brust, während Wilhelm sich neben sie setzte und ich mich nach meinen Kindern umsah.

»Hanna«, sagte er nach langem Schweigen, »du, dieser Sommertag und das Heu, der Duft und die weiche Luft, sie haben mich ganz toll gemacht, so daß ich dieses eben sagte, du weißt schon, was ich meine.«

»Ja, Wilhelm«, sagte Hanna freundlich, »das glaube ich wohl.«

»Spürst du es nicht auch, wie das mit einem Male ins Blut geht und alle Vorsätze und alles vernünftige Überlegen zuschande macht?

»Nein«, lächelte sie. »Ich bin wohl zu alt dafur. Ja, Wilhelm, ich bin alt im Vergleich zu dir, wenn ich auch an Jahren jünger bin. Ich spüre nur den wundervollen Frieden eines solchen Tages und danke Gott dafür.«

»Hast du ihn nicht zu Haus, Hanna?«

»Oh, sei still«, hastig sah sie auf, als ob sie noch etwas sagen wollte. Aber sie schwieg, und erst nach einer geraumen Weile sagte sie fest, und es war, als wenn sie einen Strich unter eine lange Gedankenreihe machte: »Er ist mein Mann, Wilhelm. – Aber du solltest voranmachen und dir eine Frau nehmen.«

»Ich glaub's auch«, meinte er, »gewiß, das sollte ich. Und da ich eurem Hause so verbunden bin, meine ich, es ist das Vernünftigste, ich nehme Sophie.«

»Nun«, lächelte sie ein wenig schelmisch, »beim Heiraten fragt man eigentlich nicht nach dem Vernünftigsten.«

»Weiß Gott, da hast du recht«, sagte er, unruhig geworden, stand auf und lief quer über die Wiese fort, einfach nach Haus, ohne Gruß.

Der Nachmittag verdämmerte in einem Abend, der weder Nacht noch Dunkelheit zu werden versprach, da der Himmel am Horizont hell blieb vom letzten Schein der Sonne, bis Mond und Sterne kamen und friedvolles Licht über das Land breiteten. Hanna und ich setzten uns auf die Bank im Garten, die an der Hauswand stand unter den Wohnstubenfenstern, während Hermdieder auf einem entfernter gelegenen Bauernhof eine Versammliung besuchte. Lisette zog mit einem Trupp junger Mädchen singend am Hause vorbei:

Sie hat die Treu versprochen,
Gab mir ein' Ring dabei,
Sie hat die Treu gebrochen,
Das Ringlein sprang entzwei.
– – Am liebsten möcht' ich sterben,
Dann wär's auf einmal still.

Müde verschwebte der Gesang über den unbewegten Bäumen.

Über die Deele aber sprang übermütig immer wieder Augusts kurzes, lustiges Auflachen, da er sich mit den Mägden, die das Geschirr abwuschen, neckte, und zerriß die weiche Stimmung des Abends. Die Mägde kreischten hell und laut auf, wie wir es in unserem Hause sonst nicht gewöhnt waren. Bald darauf stand er gähnend und sich reckend vor uns, er war noch kräftiger geworden und üppiger ins Kraut geschossen als je. Er schnupperte wie ein junger Hund: »Nein, was für ein Geruch das hier ist im Garten, fabelhaft! Aber nichts für unsereins, mehr etwas für euch Frauensleute.«

Nun ja, er war ein großer Junge, nichts weiter. Mit mir

verstand er sich nicht gut, ich war ihm ungemütlich. Nichts weiter war er als ein kräftiger, starker, junger Bauer – nein, mit Blumen und mit – Hanna konnte er wohl gar soviel nicht anfangen. Armes Kind!

Er setzte sich gar nicht erst zu uns. »Wo ist Lisette?« Und da sie im Dorfe war, meinte er schlecht gelaunt: »Ich gehe noch ein wenig ins Wirtshaus.« Meinen erstaunten Blick übersah er geflissentlich. Wäre Hermdieder hier gewesen, der das Wirtshauslaufen verabscheute, er hätte es gewiß nicht gewagt.

Hanna saß still und verschüchtert neben mir. Der tiefe Atem der Nacht wurde regelmäßiger und stiller und hüllte uns in einen traumhaften Frieden ein. Aus den Ställen klang dann und wann der Laut eines Tieres, oder eines der Kinder sprach in Traum und Schlaf. Hanna fuhr dann jedesmal erschreckt auf.

Sie sprach nie von ihrer Ehe und nur Gutes von ihrem Mann. Aber ich wußte doch genug, denn ich hatte sie ja oft besucht. Wohl konnte August tüchtig schaffen, wenn ihm der Sinn danach stand. Dann klangen seine Befehle scharf und herrisch über den Hof, dann wehe dem Knecht, der die Pferde nicht genug gestriegelt hatte, dann wehe der Magd, welche die Kühe nicht ausmolk! Er legte selbst mit Hand an, und in der Erntezeit war es ein eifriges und frohes Treiben auf dem Hof.

Dann fürchtete sich jeder vor ihm, auch die Mägde, die ihn sonst nicht gerade hoch achteten, weil er zu sehr Mann war und nicht Herr genug.

Zu anderen Zeiten jedoch konnte er tagelang im Wirtshaus sitzen, kümmerte er sich um nichts. Mißgestimmt kam er heim, und seine schlechte Laune lähmte alles frohe Schaffen. In meiner Gegenwart war er zu Hanna nicht gerade uneben, so daß ich nicht recht wußte, ob sie sehr unter ihrem Manne litt.

Die Stille umschloß uns beide immer mehr wie ein friedlicher Feiertag.

Da sagte Hanna in das Schweigen hinein, und ihre Augen sahen still über das Land hin: »Es ist wie in unserem Haselnußgang.«

Und da ich sie fragend ansah, fuhr sie fort: »Wie friedlich und abgeschlossen ist es hier! So steht die Nacht um einen her wie die dichten Zweige der Haselnußstauden in unserm Laubengang hinten im Garten. Ich bin oft da, Mutter, wenn es mir im Hause zu laut ist. Dann meine ich Gottes Atem zu hören, ja in ihm zu leben, von ihm getragen und erfüllt zu sein. Da ist Friede, da bin ich mit meinen Kindern allein und fern von den andern. Und die werden mir immer gehören, die Kinder«, fuhr sie fast leidenschaftlich fort.

»Gewiß, Hanna«, sagte ich beruhigend und ahnte in dem Augenblick nicht, wie sie allzusehr, mehr, als es gut war, damit recht behalten sollte. –

Ihr blasses Gesicht leuchtete hell im Schein des Mondes. Sie war wie eine jener Blumen, die sich nur des Nachts wirklich öffnen können, tagsüber aber geschlossen bleiben und alle ihre Schönheit lieber verbergen.

Schließlich sagte sie in das Schweigen der Nacht hinein: »Ich fand ein altes Lied, Mutter, das bete ich jeden Abend.«

Und sie sagte es mit fast kindlicher Stimme auf:

»Es leuchte dir der Himmelslichter Zier,
ich sei dein Sternlein, hier und dort zu funkeln.
Nun kehr ich ein, Herr, rede du allein
beim tiefsten Stillesein zu mir im Dunkeln.«

Wir schwiegen lange, in einem stillen Einverständnis. Und ich dachte daran, daß sie ein wenig anders war als wir in ihrer zarten und innigen Frömmigkeit, die aber ganz zu ihr gehörte und ihrem Wesen gemäß war.

Nachdem Hanna abgefahren war, bereiteten wir uns auf die Fahrt zum Missionsfest vor. Lisette war von einem frohen Eifer erfüllt, den man sonst nicht an ihr kannte, da sie gelassen jeden Tages kleine Freuden hinnahm, ohne sich jemals stark von einem Erleben erregen zu lassen. Aber Blumen hatte sie von jeher geliebt, wie sie sich überhaupt dem bunten, bewegten Strom des alltäglichen Lebens willig und offen hingab. Sie plünderte meinen Garten und trug Arme voll Rosen, Lilien, Ringelblumen und Nelken auf die Deele, wo sie mit den Mägden an dem langen, aufklappbaren Tisch Girlanden und Kränze wand. Sie lachten und sangen abwechselnd Choräle und Missionsharfenlieder. Gern hätten sie gewiß ihre Liebeslieder gesungen, aber da Hermdieder in seiner Schreibstube saß und ich in der nebenan liegenden Melkekammer die Milch abrahmte, wagten sie es nicht recht.

Wilhelm wollte etwas mit Hermdieder besprechen und kam zur großen Deelentür herein. Da er aber die Mädchen an der fröhlichen Arbeit sah, trat er näher, um zu sehen, was es gäbe. Lisette, die gerade einen großen, dicken Kranz aus lauter gelben Ringelblumen gemacht hatte, lief damit auf Wilhelm zu, rief lachend: »Kinder, seht mal, der ist für unser Pferd, den Hektor, will mal sehen, wie er ihm steht«, und warf ihn geschickt Wilhelm um den Hals.

Über die Deele erklang ein Gelächter, daß selbst Hermdieder und Sophie, die dem Vater geholfen hatte, aus der Schreibstube kamen.

Lächelnd stellte sich ihm Wilhelm in dem riesengroßen Kranze vor: »Hektor, genannt Wilhelm«, sagte er frohgelaunt.

Und er setzte sich zu den Mädchen, um das Kränzebinden zu erlernen, wie er sagte. Er begnügte sich dann aber damit, Lisette die Blumen anzureichen.

Sophie trat zu ihnen, die Nase mit dem ganz schmalen, feinen Rücken und den kleinen Sommersprossen darauf ein wenig hochmütig gehoben, wie es ihre Gewohnheit war. Sie war hoch gewachsen und stand in ihrer sehr geraden und aufrechten Schlankheit vor den beiden und sagte, zu Wilhelm gewandt und ihm ein Blatt hinhaltend: »Der ›Volksfreund‹ ist gekommen, hast du ihn schon gelesen?«

Sie meinte nicht anders, als daß sich Wilhelm nun gleich auf das Blatt stürzen würde und daß sie dann über allerlei miteinander sprechen würden, wie es ihre Gewohnheit geworden war.

Aber Wilhelm dachte dieses Mal nicht daran. »Nee du,

dazu habe ich just keine Zeit«, sagte er lachend, »du siehst, wie schwer ich arbeiten muß. Lesen kann ich später noch. Komm, hilf auch mit«, fügte er gutmütig hinzu, da er merkte, daß Sophie ihn befremdet und ein wenig von oben herab ansah.

Doch sie wandte sich, ohne ein Wort zu sagen, ab und setzte sich auf die Hausbank, um zu lesen. Freilich, sie war auch nicht sehr geschickt in solchen Dingen.

Als Wilhelm fortging, versuchte sie noch einmal, mit ihm zu sprechen.

Aber er hatte keine Lust dazu – was war nur in ihn gefahren? – er hatte einfach keine Lust. Dennoch bemühte er sich, freundlich auf ihre Fragen einzugehen, ohne jedoch innerlich dabei beteiligt zu sein, was ein jeder merken konnte.

Da ging Sophie aufrechten Ganges ins Haus und ließ ihn stehen, wo er war, so daß nun die Reihe an ihm war, sich zu verwundern. Hatte er sie denn verletzt? Er war sich keiner Schuld bewußt.

Als wir am Abend des Missionsfestes heimfahren wollten, war Lisette plötzlich nicht zu finden. Wir hatten sie in dem Menschengewühl verloren. Aber da sie ja den Weg gut auch zu Fuß machen konnte, fuhren wir ohne sie ab, in einer endlos langen Reihe von Wagen, der untergehenden Sonne entgegen, die alle die goldenen Ährenfelder nur noch goldener machte.

Da wir heimgekehrt waren und Mond und Sterne bereits am noch hellen Himmel standen, saßen wir beide, Hermdieder und ich, auf der Bank vor unserem Hause und warteten auf Lisette. Sophie, die von der Fahrt sehr ermüdet war, war schon zu Bett gegangen.

Hermdieders Herz war von der großen Freude dieses Tages so bis an den Rand gefüllt, daß alle alltägliche Sorge und alle irdische Unruhe darin unterging wie ein kleines Kinderweinen in einem mächtigen Lobgesang.

Lange schwieg Hermdieder, dann sagte er tief bewegt: »Amrie, wie wird's erst sein, wenn wir unserm Herrn Christus entgegengehen in der Ewigkeit? ›Dann werden wir sein wie die Träumenden, dann wird unser Mund voll Lachens und unsere Zunge voll Rühmens sein ...‹ Das wird noch ganz anders, als es heute war.«

Ein Schweigen war um uns her, ohne Anfang, ohne Ende, ein Schweigen aus der Ewigkeit Gottes. Und wir standen darin eingeschlossen und wußten uns in ihm geborgen, als sei es Gottes Hand selber, die uns unwiderstehlich umschlossen halte.

Eine Viertelstunde nach der andern verrann, und es währte nicht lange, da wurden wir uns wieder allzu deutlich bewußt, daß wir weiter auf Erden lebten und noch nicht teil hatten an einer ewigen und ungestörten Gemeinschaft mit Gott, wie wir sie uns so mächtig ersehnten. Denn Lisette, dieses unzuverlässige Mädchen, war immer noch nicht heimgekommen.

Allmählich zerbröckelte der innere Frieden, der uns zusammengeschlossen hatte, und die Freude verlor ihren Glanz, vor dem alles andere verblaßt war, denn der Ärger fraß sich hinein in den Frieden und zerstörte ihn.

Es ist aber der Ärger dem Frieden des Herzens oft gefährlicher als irgendein Kummer oder ein schweres Leid. Denn er zerbricht in Kleinlichkeit und Alltäglichkeit, was Großes und Erhebendes in uns war und uns über uns selbst hinaushob. Er macht alle leuchtenden Farben blind durch einen geringen und kaum wahrnehmbaren grauen Staub, der nach nichts aussieht und doch allen Glanz zerstören kann.

Hermdieder fing an, nach der Uhr zu sehen, immer wieder, und mit jeder Stunde, die verrann, ärgerte er sich mehr über das leichtfertige Mädchen, das anscheinend alle Vernunft verloren hatte.

Allmählich fing auch ich an, unruhig zu werden. Konnte ihr nicht in der Dunkelheit etwas zugestoßen sein?

Hermdieders Ärger jedoch ging immer mehr in einen Zorn über, der allzu deutlich einer inneren Angst entsprang. Er sah voller Sorge und Bitternis seine eigene jugendliche Leichtfertigkeit in seinen Kindern auferstehen. Über Sophie konnte er allerdings beruhigt sein, sie würde nie etwas Unüberlegtes tun.

Es war lange nach Mitternacht – und die Nacht hatte längst ihren heimlichen Zauber verloren und war nichts als eine dunkle, öde Wartezeit geworden –, da kam Lisette heim, und neben ihr, ja Hand in Hand mit ihr, ging Wilhelm Woltmeier.

Ein Stein fiel mir vom Herzen, wie ich sie so sah, unbefangen und kindlich, die Zöpfe herunterhängend, wie sie es gern hatte, und doch voll zitternder Angst vor dem Vater.

Dennoch ging sie geradewegs und mutig auf ihn zu und sagte offen: »Verzeiht, Vater, wir haben uns unterwegs noch aufgehalten. Gerade eben, kurz vor dem Dorfe, traf ich Wilhelm, der mich herbringen wollte.«

Aber Hermdieder war in einem jähen Zorn aufgestanden. Also richtig herumgetrieben hatte sie sich – so nannte er es allzu harten Sinnes bei sich –, wahrscheinlich doch mit jungen Burschen und Mädchen, herumgetrieben nachts auf der Landstraße. Ach, alle erhebende Freude des Tages war dahin. Er hob die Hand – –

Im hellen Schein des Mondes sah ich, wie Lisettens Gesicht ganz blaß geworden war und wie ihr Körper zitterte. Sie hatte von jeher eine große Angst vor Strafe gehabt, wie sie überhaupt allem Unangenehmen mit Fleiß aus dem Wege ging.

Auch heute war es so gewesen, wie sie mir später erzählte, daß sie erst gedankenlos allem Erregenden und Schönen nachgelaufen war. Dann war es spät geworden, und sie wußte, daß sie gestraft werden würde. Zu ihren Gefährten hatte sie übermütig gesagt, sie würde nun doch ihre Strafe bekommen, da käme es auf eine halbe Stunde nicht an.

Vor dem Dorfe hatte sie jedoch eine jähe Angst befallen. Und da sie Wilhelm traf, der mit einem Trupp junger Burschen auch zurückkehrte, bat sie ihn, doch mit ihr zu gehen, damit die Strafe nicht so hart ausfalle:

»Wenn du bei mir bist, Wilhelm, wird der Vater nicht so böse.«

Sie hatten dann den nächsten Weg, einen kleinen, dunklen Hohlweg, eingeschlagen, und Lisette hatte Wilhelms

Hand gefaßt, da sie sich in der Dunkelheit fürchtete und außerdem so müde war, daß sie taumelte.

Er aber hatte des Mädchens vertrauensvolle Hand genommen und sie sicher heimgebracht in einer Nacht, da der Sommer seine ganze berauschende Süße über das schlafende Land gelegt.

In demselben Augenblick aber, da der Vater die Hand zum Schlage erhob und das Mädchen zitternd vor ihm stand, geschah etwas ganz und gar Überraschendes. Denn Wilhelm sprang vor sie hin und fiel Hermdieder in den Arm und sagte laut und feierlich, ja fast beschwörend: »Rühr sie nicht an, denn sie soll meine Frau werden.«

Lisettens Augen aber öffneten sich in einem wunderbaren Staunen, als sähe sie zum ersten Male den Mann neben ihr, den sie noch immer an der Hand gefaßt hielt.

»Was?« rief sie, »ist das dein Ernst? Oder treibst du deinen Spott mit mir?« Und ihre kleinen Fäuste ballten sich.

»Wenn du mich willst«, antwortete Wilhelm ruhig, »dann ist es mein Ernst.«

Da schlang sie die Arme um seinen Hals und sagte: »Danke, danke«, und immer wieder nichts als das eine »danke!«

Aber ich konnte nicht recht unterscheiden, ob sie sich nur bedankte, weil sie auf diese Weise glücklich der Strafe entronnen war oder weil sie wirklich spürte, welch ein großes und gütiges Herz ihr dieser Mann, der das beste Mädchen auf Gottes Erdboden verdient hätte, zum Geschenke brachte.

Und so sehr ich mich nun über dieses Geschehnis mitten in der Nacht zwischen Tür und Angel freute, ich mußte Wilhelm doch bitten, die Nacht über einen endgültigen Entschluß hingehen zu lassen.

In der Nüchternheit des nächsten Tages solle er wiederkommen, so meinte auch Hermdieder, der völlig verdutzt und ein wenig lächerlich dastand, da er die Hand fallen gelassen. Denn man könne nicht wissen, so meinte er, nachdem er Lisette zu Bett geschickt hatte, ob Wilhelm nicht nur aus einer kleinen verliebten Berauschtheit oder gar einer zufälligen Ritterlichkeit heraus gehandelt hätte.

Wilhelm jedoch verneinte das alles und versprach, am nächsten Tage wiederzukommen. –

Es stellte sich dann aber heraus, daß Wilhelm alles genau überlegt hatte, wenn ihm auch der Gedanke an Lisette erst in diesen sommerseligen Tagen gekommen war. Denn er bat nicht nur feierlich um die Hand des Mädchens, sondern hatte noch einen anderen Plan bereit, der langsam in ihm gereift war.

Oft hatte Hermdieder ihm von seinen großen Sorgen erzählt, daß er das Geschäft nicht mehr halten könne und nicht wisse, wie er sich umstellen solle.

Wilhelm, der bisher im Geschäft seines Paten mitgearbeitet hatte, bat nun, als Teilhaber mit seinem Vermögen in unsern Betrieb mit eintreten zu dürfen.

Das war Hermdieder nun ganz und gar nicht recht, denn die Unsicherheit im Leinenhandel bedrückte ihn viel zu sehr, als daß er die Verantwortung für Wilhelms Vermögen hätte übernehmen können.

Er glaubte auch schließlich, Wilhelm tue dies alles ihm zuliebe, und fing an, in übertriebener Gerechtigkeit auch vor Lisette zu warnen, indem er alle ihre kleinen Fehler an den Fingern herzählte und schwärzer machte, als sie waren.

Da konnte ich denn doch nicht mehr schweigen und mußte auch ein wenig Liebenswertes und Gutes von ihr sagen, so wenig ich mich sonst je meiner Töchter rühmte.

Wilhelm aber lächelte fein und gut: »Ja«, sagte er, gleichsam im Zweifel, »wem soll ich nun glauben? Ich meine, Mutter, ich entscheide mich für Euch. Und damit ist es dann wohl erledigt. Ich bin euch von Herzen dankbar und werde nie aufhören zu danken, wenn ihr mir Lisette gebt.«

Schließlich gelang es ihm auch, Hermdieder zu überzeugen, wie man mit dem Gelde das Geschäft vergrößern und auf eine breitere Grundlage stellen könnte, so daß es nicht von Anfang an verloren zu sein brauchte. Es wurde auch gleich beschlossen, daß an unser Haus ein Anbau errichtet werden solle, in dem das junge Paar wohnen würde, bis alles so weit gesichert war, daß sie ein eigenes Haus bauen konnten.

Immerhin, Wilhelm hatte Mut, das gestanden wir uns beide ein, da wir allein waren. Wir merkten aber an dem allen seine große Liebe zu unserem Hause, die unwandelbar in festem Vertrauen zu uns stehen würde in guten und bösen Tagen, und freuten uns von ganzem Herzen über diese Wendung der Dinge.

Lisette war gewiß eine Braut, die es mit ihrem Brautstande wichtig nahm, allzu wichtig beinahe, wie es mir manchmal scheinen mochte.

Sie war stolz darauf, daß sie, so jung noch, verlobt war und daß sie einen solchen ernsten und guten Mann bekam, der überall schon jetzt viel galt und obendrein ein nicht unbeträchtliches Vermögen hatte. Das schien ihr in ihren Augen ein Recht zu geben, manche kleine Arbeit zu vernachlässigen, zum Beispiel, die Kinder von nun an immer Sophie zuzuschieben, als sei es unter ihrer Würde, noch darauf zu achten.

Je weniger sie gerade mit Wilhelm gerechnet hatte, desto glücklicher war sie nun. Ja, sie konnte sich nicht enthalten, in aller Gutmütigkeit auch einmal leise darauf anzuspielen, daß Sophiens ganze Gelehrsamkeit nicht ausgereicht habe, einen Mann an sich zu fesseln.

Sophie litt Qualen in ihrem maßlosen Stolz, und obgleich es mir nicht verborgen geblieben war, daß sie an Wilhelm Gefallen gefunden hatte, verleugnete sie jetzt ihre junge, verschmähte Liebe und setzte Wilhelm herab vor Lisette und nannte ihn, halb im Scherz und halb im Ernst, einen Schwächling und Mucker, was Lisette nicht wenig empörte.

Immerhin war es für Sophie eine gewisse Genugtuung, daß die Braut auf manches verzichten mußte, was ihr sonst Freude gemacht hatte, daß also Lisettens Brautstand nicht ohne Opfer verlief.

So saß sie zum Beispiel an Sonntagnachmittagen bei schönstem Sonnenschein stundenlang mit in der Stube und hörte gewissenhaft und still zu, was die Männer miteinander redeten. Wenn Wilhelm fortgegangen war, rannte sie allerdings wie befreit zu den halberwachsenen Nachbarskindern über die Straße, die Ball miteinander spielten, und tat fröhlich mit, bis ihr die Zöpfe, die dicht und rund um ihren Kopf lagen, herunterflogen. Und ich ließ sie lächelnd und ruhig gewähren.

Während Hanna sich nicht viel um ihre Aussteuer gekümmert hatte und ihr alles nebensächlich, ja gleichgültig gewesen war, nahm Lisette auch diese Dinge ungeheuer wichtig. Ja, es schien mir manchmal, daß sie ihr Herz in einer Weise an alle die neuen und schönen Sachen hängte, wie es eigentlich nicht hätte sein sollen.

Da noch allerlei Kleiderstoffe zur Aussteuer fehlten, fuhren Lisette und Wilhelm eines Tages mit der Muhme Karline, die für ihr Leben gern Einkäufe machte, zur nahen Stadt.

Nun, da waren die zwei Rechten zusammengekommen. Trotz ihres Alters war die Muhme von großer Unternehmungslust, und so hatten sie denn, während Wilhelm geschäftlich etwas zu tun hatte, Stoff für fünf Seidenkleider zur Aussteuer gekauft. Schön waren sie, das mußte selbst Sophie zugeben, aber immerhin etwas zu hell und bunt für eine Frau vom Lande, die aus einem so ernsten christlichen Hause kam. Auch sonst hatten sie sich nicht gescheut, Geld auszugeben. Was Lisette mit all den seidenen Tüchern und Schürzen, all den feinen Spitzen und Häubchen anfangen sollte, war mir gleichfalls ein Rätsel. Aber da ich schelten wollte, sagte Wilhelm, ich solle es gut sein lassen, sie sei nur einmal Braut. Er hatte die Ringe und eine schöne goldene Brosche für Lisette gekauft, für die sie ihm jubelnd gedankt hatte.

Nein, ich konnte nicht darüber klagen, daß sie gerade traurig aus der Stadt wiedergekommen wären. Im Gegenteil, sie hatten viel Lustiges erlebt, und Wilhelm hatte die beiden nach langem Suchen auf der Kirmeß wiedergefunden, wo sie alle Buden eingehend studierten und in bester Laune und völlig hingenommen vor dem Kasperletheater standen. Wilhelm, der einen solchen Trubel nicht liebte, hatte sie schnell zum Wagen führen wollen, aber immer wieder war etwas aufgetaucht, das ihre Neugierde fesselte, so daß sie erst spät am Abend nach Hause kamen.

Als der Anbau fertig war, wurde eine einfache und stille Hochzeit gefeiert. Lisette hatte sich zwar hinter die Muhme gesteckt, deren Liebling sie von jeher gewesen und die überhaupt ein großes Wohlgefallen an diesem Brautpaare hatte, bei dem ihr alles und jedes recht und gut erschien, – sie sollte ein gutes Wort einlegen, daß diese Hochzeit mit Pracht und Glanz begangen würde. Das ganze Dorf sollte zuschauen, alle Armen sollten sich freuen und mit Kaffee und Kuchen bewirtet werden. Es sollte ein stattlicher Zug von Wagen zur Kirche fahren, und die Kinder, die auf den Wegen standen, um zu »schatten«, sollten sich nicht über ihren Geiz zu beklagen haben.

Sie mußte sich damit abfinden, daß wir es mit ihrer Hochzeit genauso hielten wie mit Hannas, wofür ihr Wilhelm aber versprach, mit ihr eine kleine Hochzeitsreise im Wagen zu machen, was ihr sonderlich wohl gefiel. –

Froh und munter erzählten die beiden, als sie wieder zu Hause waren, daß die Wirtin des Gasthauses, wo sie am späten Abend des Hochzeitstages ankamen, zu Lisette gesagt hatte: »Lütken, bis du denn all ut der Schaule?« und verwundert immer wieder die Hände zusammengeschlagen habe, als sie hörte, daß sie ein Ehepaar vor sich hatte.

Hanna hatte in ernster Verantwortung die Sorge für Haus und Hof übernommen, da August als Soldat im dänischen Krieg mitkämpfen mußte, aber nicht in spielerischem Geschäftigsein, das straffe Arbeit nur vortäuscht, sondern in einem tüchtigen Ernst, der sich etwas zumuten muß und angesichts der ungewohnten Schwere der Aufgaben über sich selbst hinauswächst. Hannas Haltung wurde aufrechter und selbstsicherer in diesen Monaten, da August draußen vor dem Feind stand.

Es konnte mir nicht einmal leid tun, daß Hanna so hart anfassen und zugreifen mußte und schließlich doch auch allein und verlassen war. Denn ihr selbst kamen Friede und Freude aus diesem ihr aufgetragenen Werk – und ja, ich konnte es mir nicht verhehlen, auch aus dieser Einsamkeit. Mir aber ward aus der gegenwärtigen Entfaltung ihres Wesens die klare Erkenntnis, wie sehr sie sonst unter ihrem Manne zu leiden hatte, wovon sie nie ein Wort zu sagen pflegte.

Noch eine Wendung brachten die Zeitverhältnisse, zusammen mit Lisettens Hochzeit. Infolge des nordamerikanischen Krieges durfte von Amerika keine Baumwolle mehr ausgeführt werden, und das Maschinenleinen erwies sich für manche Wäsche als unbrauchbar. Auf diese Weise erlebten wir einen nie geahnten neuerlichen Aufschwung im Geschäft, bei dem uns die neue Kapitalanlage und die Arbeitskraft des Schwiegersohnes von größtem Nutzen waren.

Die Lager in der Stadt mußten vergrößert werden. Wilhelm aber war fast ständig unterwegs, um in weiteren Lagern das Leinen der auswärtigen Weber entgegenzunehmen.

In jener Zeit wurde auch der freundschaftliche Verkehr mit den städtischen Leinenkaufleuten wieder reger, da nun nach langer Zeit die Geschäftsverbindung wieder hergestellt war.

Sophie war überaus tätig und fleißig in dieser Zeit, da sie dem Vater immer mehr zur Hand ging und ihm vieles, das ihm fast über den Kopf wuchs, abnahm und ordnete. Es ließ sich nicht leugnen, daß sie in allen geschäftlichen Dingen sehr geschickt war und oft mehr, als es Hermdieder für gut hielt, auf unseren Vorteil bedacht war. Dabei hätte sie sich nie weder eine Unehrlichkeit noch Unwahrhaftigkeit zuschulden kommen lassen, nur war sie klüger im Rechnen und im Ein- und Verkaufen als der Vater und auch als Wilhelm, so daß sie beiden fast unentbehrlich wurde. Sie hatte eine besondere Vorliebe dafür, sich über religiöse Fragen zu unterhalten, wobei allerdings nichts von einer lebendigen inneren Anteilnahme zu spüren war. Sie war körperlich zart und feingliedrig, dabei groß und aufrechten Ganges. Ihre grauen Augen hatten einen lebhaften Blick, wenn sie auch ein wenig kalt und hochmütig dreinsahen. Nun ja, war sie nicht auch klüger und gebildeter als wir alle und eigentlich gar nicht wie ein Mädchen vom Lande, das in unsere bäuerlichen Verhältnisse paßte?

Ihre Augen waren zwar manchmal etwas gerötet – und die letzte Zeit mehr als je – von einem früheren Augenleiden her, das sie sich nach einer Kinderkrankheit zugezogen hatte. Aus dieser hatte sie auch ihre körperliche Schwäche behalten. Aber es sollte nur keiner denken, daß Sophie Wilhelm auch nur eine Träne nachweinte, dazu wäre sie auch vor sich selbst zu stolz gewesen. Sie schien sich in aller Harmlosigkeit ein klein wenig an Lisette zu rächen, indem sie sich bei Wilhelm unentbehrlich machte. Wenigstens geschah es oft, daß sie in einem lebhaften Gespräch mit Wilhelm entweder über geschäftliche oder religiöse Dinge begriffen war, wenn Lisette ins Zimmer gelaufen kam. Da aber Wilhelm dann jedesmal geduldig und freundlich Lisettens kleine Wünsche berücksichtigte und sie sofort geflissentlich in den Mittelpunkt stellte, ging diese stets hochbefriedigt und glücklich wieder fort.

Sophie aber trug trotz ihrer äußeren Ruhe das Herz voll von einer Bitternis, die schlimmer ist als alle Traurigkeit, da sie aus dem beleidigten und gekränkten stolzen Ich kommt und sowohl Trost wie jegliche Liebe verschmäht. Das Glück der jungen Leute, das Lisette für mein Empfinden vielleicht ein wenig zu sehr zur Schau trug, störte immer wieder das seelische Gleichgewicht des empfindsamen Mädchens.

Da ich allen Ernstes erwog, ob ich Sophie eine Zeitlang aus dem Hause geben sollte, bis die jungen Leute eine andere Wohnung gefunden hatten, kam wie von ungefähr eine Wendung, an die wir alle nicht gedacht hatten.

Eines Sonntags kehrten einige junge Kaufleute aus der nahen Stadt auf einer Landpartie bei uns ein. Sie tranken bei uns Kaffee, wie es schon ihre Eltern zu halten pflegten, wir sprachen hin und her, von der Politik und vom Geschäft.

Sophie war an diesem Sonntag sehr lebhaft gewesen und hatte sich gut unterhalten.

Am nächsten Sonntag kam einer der jungen Männer,

Ernst Hegemann, wieder und brachte seine Mutter mit, eine feine und liebe Frau, die uns schon früher oft mit ihrem Manne besucht hatte und mit der ich mich von jeher gut verstanden hatte. Nun, bald war es soweit, daß Ernst um Sophie anhielt und sie nach kurzem Bedenken ja sagte, wie ich es nicht anders von ihr erwartet hatte.

Denn ich wußte zu genau, wie leid ihr das Leben zu Hause war, da ein erstes zages Hoffen, wenn auch ohne die Schuld des andern, so früh enttäuscht worden war. So gab sie gewissermaßen aus lauter Bitterkeit und Stolz ihr Jawort, und es wäre mir recht bedenklich gewesen, wenn ich nicht genau gewußt hätte, daß Sophie sich noch nicht allzu tief verankert haben konnte. Denn sie war noch so jung und sachlich in ihrem Hunger nach Wissen und gedanklicher Erfassung allen Lebens. Und auch dann noch hätten wir unsere Bedenken gehabt, wenn es sich um einen anderen Freier und nicht gerade um diesen jungen Mann gehandelt hätte. Aber Ernst Hegemann hatte ein gutes und offenes Gesicht, war still und von einer schlichten Bescheidenheit, dabei durchaus zuverlässig und großen Vertrauens wert. Obgleich er sich nicht zu den Frommen hielt, ja nicht einmal gerade viel in die Kirche zu gehen schien, mußte man ihn achten und liebgewinnen. Darum waren Hermdieder und ich trotz allem von Herzen mit dieser Sache einverstanden.

Freilich, wir würden dieses Kind, das uns innerlich schon immer etwas ferner gerückt war, je länger je mehr verlieren, so fürchteten wir damals. Denn sie heiratete in gute, wohlhabende Verhältnisse in der Stadt, in ein großes Leinengeschäft. Sie würde in einem feinen, stattlichen Hause wohnen mit städtischen Möbeln und wohl gar weite Reisen machen können, mit der Eisenbahn und mit dem Schiff. Die Menschen, mit denen sie verkehren würde, würden niemals zu uns passen – und Gott behüte uns alle davor, so dachte ich damals, daß sie sich je ihrer bäuerlichen Eltern schämen würde.

Sie aber, Sophie, paßte gerade dahinein mit ihrem stolzen und klugen Wesen und ihrer aufrechten Gestalt. Ihre feine, gerade Nase mit den kleinen Sommersprossen darauf würde sie nun wohl noch etwas hochmütiger tragen, besonders Lisette gegenüber, die nie ihre Lieblingsschwester gewesen war. Sie hatte etwas »Apartiges« und, wie ihr Bräutigam sagte, Rassiges an sich, und ihr rotblondes Haar, das ihr etwas eigenwillig kraus um das helle Gesicht stand und das sie mit einer etwas scheuen Gebärde zurückzustreichen pflegte, verstärkte diesen Eindruck.

Nachdem Sophie noch ein halbes Jahr bei Verwandten ihres Bräutigams in der Stadt gewesen war, wo sie den städtischen Haushalt kennenlernen sollte, heiratete sie im Sommer des nächsten Jahres.

Obgleich uns damals nicht der Sinn danach stand, wurde die Hochzeit in der Stadt im Hause des Bräutigams mit großem Aufwand gefeiert, und wir mußten dann auch einsehen, daß es all der vornehmen Verwandten wegen nicht anders ging. Es war das erstemal, daß wir beide, Hermdieder und ich, auf Sophiens Bitte hin unsere Tracht ablegten und uns städtisch kleideten. Ich kam mir fremd und unsagbar geputzt in meinem schwarzen Seidenkleide vor, mit den feinen Spitzen und dem alten goldenen Schmuck meiner Mutter. Hermdieder aber mußte ich immer wieder von der Seite und heimlich ansehen, so verändert sah er aus im städtischen schwarzen Anzug. Und als gar eine alte schwerhörige Tante des Bräutigams an einem anderen Tische überlaut fragte: »Wer ist denn der schöne, stattliche Mann da oben, der neben dem Brautpaar sitzt?«, wurde ich ordentlich stolz auf ihn.

Aber wenn wir uns auch gut unterhalten konnten, da wir es ja gewohnt waren, mit städtischen Menschen umzugehen, so war mir die ganze Umgebung doch so fremd, daß ich mich von Herzen nach unserem einfachen Bauernhaus mit dem schwarzen Fachwerk und seinen niedrigen Stuben zu sehnen begann. Hermdieder aber ging es ebenso, wenn auch sein Verlangen mehr nach dem Austausch mit seinen ernsten Freunden stand. Ihm war alle etwas oberflächliche Unterhaltung so von Herzen zuwider.

Der Abschied am Abend wurde mir schwerer als bei Hanna damals, da Sophie uns nun ferner gerückt war, als wäre sie in ein viel entlegeneres Bauerndorf gezogen.

Hermdieder aber konnte nicht anders, er segnete seine Tochter feierlich und ernst, als sie, zur Hochzeitsreise bereit, Lebewohl sagte, obwohl auch Verwandte des Bräutigams dabeistanden. Sie schienen zwar im ersten Augenblick ein wenig peinlich von dieser Feierlichkeit berührt zu sein, und einer wollte gar zu lachen anfangen, als Hermdieder ihr die Hand auflegte und ernst sagte: »Gott segne deinen Eingang und Ausgang von nun an bis in Ewigkeit, meine Tochter.«

Da aber der Bräutigam ernst und ehrfürchtig sein Haupt neigte, hörten sie still und ergeben zu. Sophie jedoch ergriff schnell des Vaters Hand und küßte sie, wandte sich um und ging schluchzend hinaus. Mit Hermdieder hatte sie Tag für Tag alle die Jahre gearbeitet, und wenn auch keiner etwas Besonderes daraus gemacht hatte, so hatte des Vaters Wesen die Tochter so hineingezogen in seinen inneren Bereich, daß sie wohl niemals ganz davon loskommen konnte, so wenig Worte sie auch darum machte.

Bald darauf – es war zur Zeit der Heuernte, die dieses Jahr spät war, wurde Lisettens und Wilhelms erstes Kindchen geboren, ein kleines, zartes Mädchen. Wilhelm war überglücklich, nein, viel mehr noch, im Innersten ergriffen, da ihm die Wehmutter das Kindchen zum ersten Male auf den Arm legte. War er nicht sein Leben lang ein einsamer Mensch gewesen, ein Junge, der nicht recht wußte, was Kind sein heißt, ein Mann, der keine Heimat hatte? Und nun hatte ihm Gott eine Familie geschenkt, die zu ihm gehörte, für die er verantwortlich war und die er so von Herzen liebhatte. Nein, ich entsann mich nicht, daß sich Hermdieder je über ein Kind so gefreut hatte. Rein närrisch war der gute Junge, der Wilhelm! Und Lisette, da sie dieses sah und des Mannes Dankbarkeit ihr entgegenkam wie ein unverhofftes Glück, mit dem sie gar nicht gerechnet hatte, wurde nun auch selbst froh und stolz, nachdem sie sich vorher nichts daraus gemacht hatte, Mutter zu werden. Im Gegenteil, sie war ein wenig unlustig einhergegangen, seitdem sie wußte, was ihr bevorstand. Sie hatte auf meine Frage, ob sie sich denn gar nicht ein wenig freue, nur geantwortet: »Nein, nun bin ich gerade die Kinderwirtschaft bei uns zu Hause los, und nun soll ich gleich wieder mit dem allem anfangen.« Sie war wohl selbst noch in mancher Hinsicht ein zu spielerisches Kind, um auch nur zu ahnen, was es für sie bedeuten würde, Mutter zu sein. Sie fühlte sich in ihrer Freiheit und Ungebundenheit gehemmt und ärgerte sich ein wenig darüber. Sie war auch nicht klug genug, dieses vor Wilhelm zu verbergen, so daß er es in jener Zeit nicht gerade leicht hatte.

Aber nun war ja alles gut, nun war das kleine Geschöpf zur Freude seiner Eltern da, und von dem Augenblicke an, da Lisette das Kind in den Armen hielt, war aller Unmut dahin und eine große Liebe in ihr erwacht.

Es war an einem besonders strahlenden und erfüllten Sonntage am Anfang des August, da das Kind zur heiligen Taufe in die Kirche gebracht wurde. Mein Garten war leuchtend bunt von Georginen, Phlox und roten Fuchsschwänzen, die hoch und lustig aufgeschossen waren. Zwar war der zarte Sommerduft schon dahin, aber die mannigfaltige Farbenpracht und die üppige Fülle der Blumen, in der es von Bienen summte und surrte, ließen eine Reife und Erfüllung ahnen, die in dieser Vollendung nicht überschritten werden konnte. Wir standen auf der Höhe eines Sommers, der wunderbar beglückend gewesen war.

Auch ich war an jenem Tage über die Maßen glücklich, denn nachdem ich in den langen Jahren meiner Ehe kaum einen Tag ohne Sorge gewesen war – ja, es kam mir vor, als sei ich alle meine Wege mit großen oder kleinen Steinen in den Schuhen gegangen –, konnte ich heute alles abschütteln. Ich legte denn auch kuhnlich alles Sorgen beiseite, nein, nicht in Gottes Hand, wie ich es hätte tun müssen, sondern ich ließ es fallen, wie ein Reiter unnötigen Ballast von Pferde wirft. Ich wollte einmal frei und glücklich sein, und hatte ich nicht auch ein Recht dazu? Denn draußen ging der Hochsommertag über die Äcker, auf denen reif und schwer die gebundenen Garben standen. Und es kam mir deutlich zum Bewußtsein, daß dieser erfüllte, starke Augusttag meinem gegenwärtigen Leben sehr ähnlich sähe. Alle die Freude, die mir heute aus irdischen Erfüllungen kam, wollte mir fast die Brust zersprengen, und ich gab mich dem starken Glanz dieses Feiertages und seiner sommerseligen Melodie beinahe willenlos hin.

> Ach, denk ich, bist du hier so schön
> und läßt du's uns so lieblich gehn
> auf dieser armen Erden:
> was will doch wohl nach dieser Welt
> dort in dem reichen Himmelszelt
> und güldnen Schlosse werden!

Zwar dachte ich gerade heute nicht mit ganzer ungeteilter Freude an das schöne Himmelszelt, dazu war mir die Erde an diesem Tage zu lieb. Aber konnte ich nicht auch meinem Schöpfer dienen und ihn loben, wenn ich ihm dankbar und fröhlich war?

Da saß Wilhelm neben mir im Wagen und dachte gewiß daran, was seinem geliebten Kindchen in der heiligen Taufe geschenkt werden sollte. Sein Gesicht sah so andächtig und froh aus. Lisette war dem Brauche gemäß zu Hause geblieben. Aber Sophie war mit ihrem Manne gekommen und war lieb und gut, wie ich sie gar nicht bisher gekannt hatte. Es konnte auch jeder merken, daß ihr Mann sie auf den Händen trug und jegliches, Freude und Sorge, mit ihr teilte. Denn sie wußte schon jetzt über alle seine geschäftlichen Schwierigkeiten und Beziehungen so genau Bescheid, als wären sie schon jahrelang verheiratet. Sie war auch klug genug, ihm in jedem Augenblick leise und für Fremde unmerklich, aber dennoch eindringlich zu zeigen, daß sie im letzten Grunde nur für ihn da war und daß alles andere daneben gleichgültig und nebensächlich sei.

Welcher Mann konnte da widerstehen? Dieser aber mit seinem stillen und ernsten Gemüt schloß das junge Geschöpf, das zu ihm gehörte, so ausschließlich in sein Herz hinein, daß er sie vom ersten Tage ihrer Ehe an bis zur Stunde ihres Todes mit derselben zarten, zugleich fürsorgenden und bewundernden Liebe umgab und nicht ohne sie zu sein vermochte.

Dörthe und Dietrich, meine beiden Kleinsten, sahen aus wie Zwillinge, für die sie auch immer gehalten wurden. Man bemerkte noch nicht viel mehr an ihnen, als daß sie hell und rosig und ungemein lebhaft und wild waren und wie Kletten aneinander hingen. Die arme, kleine Annemarie stand immer sehr hinter ihnen zurück, aber da sie es nicht empfand, war es wohl nicht so schlimm, wenigstens saß sie heute fröhlich zwischen den beiden im Wagen und trällerte vergnügt zusammenhanglose Brocken eines Liedes vor sich hin.

Wie oft bedauerten mich die Nachbarinnen dieses Kindes wegen! Sie wünschten mir so von Herzen, daß es damals, als das Unglück mit ihm passierte, gestorben wäre. Aber ich selbst sah so viel Schönes und Liebes an dem Kinde, daß ich es nicht hätte missen mögen. War auch der Ausdruck seiner Augen blöde und stumpf, so war sein Gesichtchen wie Milch und Blut und der Körper glatt, kräftig und fest. Und ich konnte auch nicht anders, ich mußte in ihm immer noch das liebreizende Kind von ehedem sehen. Dann dachte ich oft, daß Gott es in seiner großen, barmherzigen Liebe ja ebenso mache wie ich mit dem Kinde. Auch er sieht in uns um Christi willen die Geschöpfe, wie er sie eigentlich hatte haben wollen, ohne die Verzerrungen, welche die Sünde in uns und an uns bewirkt.

Alles, was das Kind an Äußerungen hervorbrachte, war irgendwie verbogen, verwirrt und krank. Aber ich hielt unerschütterlich daran fest, daß es nur das verletzte und entzweigegangene Instrument in ihr, ihr kranker und verwirrter Geist war, der alles so verzerrte und mißtönig machte, daß ihre eigentliche Sprache, ihr eigentliches Denken ganz anders geartet waren, so wie auch wir Gesunden zu Gottes Ebenbildern geschaffen sind, und doch von der Krankheit zum Tode, der Sünde in uns, verdorben sind.

So nahm ich dieses Schicksal getrost auf mich, ja ich freute mich der überstarken Liebeskraft dieses kranken und elenden Kindes, die vor allem andern mir, der Mutter, galt.

An der Kirchtüre warteten wir auf Hanna, die mit ihrem Mann und ihren Kindern auch gerade mit dem Wagen angekommen war. Die Sonne ließ die bunten Farben der Kirchenfenster hell und stark aufleuchten, und in dieser bunten Sonnenstraße strömten die Kirchgänger zum Gotteshaus hinein, bis es dicht gedrängt besetzt war, ja auch die Gänge noch vollstanden. Nein, das geschah nicht zu Ehren dieses kleinen Täuflings, sondern so war es an jedem Sonntag. Mir aber war es eine besondere Freude, daß das Kind von heute ab zu dieser Gemeinde gehören sollte, die Gottes Wort immer noch mit so starkem Verlangen aufnahm.

Nach der Muhme Karline, welche die älteste Patin war, ward das Kind auf Lisettens Wunsch Karoline genannt, und eine würdigere Patin konnte man sich gewiß nicht denken. Stand sie doch in ihrer runden Behäbigkeit im allergrößten Staat, mit neuen, schwarzseidenen Bändern an der Mütze und in ihrer Abendmahlstracht, so wichtig und stolz in dem Halbkreis der vielen Paten am Altar, als hätte sie das größte Verdienst daran, daß dieses Kind zur Welt geboren sei, und als sei ihr Patenkind keineswegs zu vergleichen mit all den anderen Täuflingen – hervorragend, wie es nun einmal war –, obgleich es mörderisch schrie und selbst das Zuckertitje der Hebamme nicht verfangen wollte.

Ich aber sah die stattliche Zahl meiner Kinder, Schwiegerkinder und Enkel an, da wir diesesmal alle beieinander waren, und dachte an Jakob, der einsam auszog und als Herr zweier Heere in die Heimat zurückkam. Gleichzeitig aber gingen meine Gedanken zu meinen vier heimgegangenen Kindern, die draußen auf dem Gottesacker schliefen unter blühenden Blumen und Bäumen, die ihre Verwesung verdeckten. Aber mir war es, als seien sie dennoch in diesem Augenblicke alle bei mir in der Kirche. Die sichtbare und die unsichtbare Kirche Gottes schienen mir in diesem Augenblick zu einer großen, anbetenden Gemeinde vor Gott vereinigt zu sein.

Daheim hatte Lisette die Tische auf der Deele mit leuchtenden Blumen aus dem Garten geschmückt – sie liebte die bunten Georginensträuße so sehr –, und die Magd hatte ein feierliches Essen zubereitet. Alle Verwandten waren gekommen, denn es war ja die erste Taufe in unserem eigenen Hause. Aber auch meine liebe Freundin Marie Ilsabein mit ihrem Manne und ihrer jüngsten Tochter war da – die andern Töchter und Söhne waren alle verheiratet. Sie war rundlich und ein wenig schwerfällig geworden, aber ihre Haut war leuchtend weiß und rosig wie früher und ohne Runzeln und Falten. Sie strahlte eine so schlichte Güte aus, daß jeder wohltuend davon berührt wurde, der in ihre Nähe kam. Lisette, deren Nährmutter sie zwei Jahre lang gewesen war, hing noch immer so an ihr, daß sie sich ihr in allem blindlings unterordnete. Freilich verlangte sie auch nicht allzuviel von ihr, wie ich es vielleicht tat.

Sophie aber konnte zu meinem Leidwesen nicht lange bleiben, sie fuhr mit ihrem Manne bald wieder fort. Ein solcher Verwandtentag strengte sie schon früher immer über die Maßen seelisch und körperlich an, sie konnte ihm auch keinerlei Geschmack abgewinnen. Am ehesten konnte sie es aushalten, wenn sie mit den Männern über geistliche oder geschäftliche Dinge sprach. Aber eine Frauenunterhaltung, die breit und langsam dahinsickerte wie ein Bach im flachen Bett ohne Tiefe und die sich um Ableger von Blumen und das Wetter, um die Wäsche und das Leinen, um die Kinder und die Mägde behäbig langgezogen und in ewigen Wiederholungen herumschlängelte, von Seufzern und ein wenig Geklage unterbrochen, war ihr so unerträglich, daß sie geradezu krank davon wurde.

Wo aber Hermdieder und Wilhelm waren, da ging das Gespräch sogleich von allen unwesentlichen Zufälligkeiten und Äußerlichkeiten fort in die Tiefe, also daß man gespannt zuhören mußte, ob man wollte oder nicht. Auch heute hatte sich ein Kreis von Männern um den Pfarrer und die beiden gebildet, in dem allerlei Fragen besprochen wurden. Was ist die Taufe? Was gibt sie dem Menschen? Genügt sie zum Seligwerden? Ist sie nicht eigentlich überflüssig, da die Wiedergeburt durch die persönliche Bekehrung die Hauptsache ist?

Auch wir Frauen schwiegen von unsern Nichtigkeiten und hörten zu. Nur August langweilte sich. Er konnte bei uns weder trinken noch Karten spielen noch seine gewohnten Scherze mit den Mädchen treiben. Zwar versuchte er, Marie Ilsabeins Tochter Anna während der Stille, die eingetreten war, etwas Witziges ins Ohr zu flüstern, und diese, die ein munteres Mädchen war, fing auch an zu gnikkern und zu lachen. Aber Marie Ilsabein, die das gesehen hatte, rief sie zu sich her und schickte sie mit einem Auftrag hinaus. Nicht, daß sie etwas gegen die Fröhlichkeit ihrer Tochter einzuwenden gehabt hätte, aber ich sah deutlich, daß sie in Hannas Seele empfand und ihr jede kleinste Regung von Unmut über ihren Mann nachfühlte, zart und feinfühlend, wie sie nun einmal von jeher gewesen war.

Ja, sie tat noch ein übriges. Da sie nun sah, wie August sich gelangweilt auf seinem Stuhle schaukelte und sich lässig eine Zigarre ansteckte, glaubte sie, Hanna vor den andern eine kleine Genugtuung bereiten zu können. Denn warum sollte auch immer nur Lisettens Mann in einem solchen Ansehen stehen, so geschickt und gut reden können, so von allen anerkannt und bewundert werden, wie wenig er selbst es gewiß darauf anlegte? Aber Hanna saß so gedrückt und still in einer Ecke, daß man ihr schon eine kleine Freude gönnen konnte.

Nein, diesen August nun noch mit Gewalt in den Mittelpunkt zu ziehen und ihn zum Helden des Tages zu machen, auf diesen Gedanken wäre ich nie gekommen.

So fragte sie August laut und vernehmlich, da gerade eine Pause eingetreten war, weil der Pastor fortging, ob er nun nichts mehr von seiner Verwundung im Kriege spüre und wie es eigentlich dabei zugegangen sei. August lehnte sich gemacht gleichgültig im Stuhl zurück, strich die Zigarrenasche ab und sagte, zu der ganzen Gesellschaft gewandt, in einem lässigen Ton: »Na, ja, wie das war? Man spricht ja nicht gern davon, weil man's aus solcher sicheren Ecke, wie die hier in eurem Dorfe ist, nicht recht begreift. Aber der Marsch nach Jütland, der hatte es doch in sich. In stockfinsterer Nacht mußten wir aufbrechen, es goß in Strömen, die Straßen waren ein tiefer Morast, aber unaufhaltsam ging es weiter, Infanterie, Kavallerie, Wagen, Kanonen blieben im Schlamm stecken, bis an die Achse waren sie hineingesunken, wohl hundert Pferde waren nötig, eine einzige fortzuschleppen, und tausend Mann, um eine Kanone auf Walzen in die Batterie zu bringen ...«

»Na, na«, meinte Wilhelm ungläubig, »das scheint doch

etwas übertrieben zu sein.« Er hatte sich alle Berichte aus dem Kriege gut gemerkt und wußte Bescheid. Freilich, schlimm war es ja gewesen, aber die Zahlen stimmten nicht. August fuhr auf: »Bist du etwa dabei gewesen oder ich? Bist du verwundet gewesen oder ich? Es war, wie ich sagte, punktum. Freilich«, lachte er laut, »von solchen wie du einer bist, hätten wir fünftausend nötig gehabt, und die Kanonen säßen heute noch im Schlamm.«

Wilhelm, der sein Vaterland sehr liebte und dem es arg genug gewesen war, daß er seiner zarten Gesundheit wegen nicht dienen konnte, wurde rot und lächelte ein wenig hilflos. Aber er schwieg.

Nun war August recht in seinem Fahrwasser. Prahlerisch und wichtig wurden alle kleinen Kriegserlebnisse aufgebauscht und den mehr oder weniger geduldig Zuhörenden aufgedrängt. August stellte sich breit und sicher und rücksichtslos in aller Gedanken, in alle gutmütige Bereitschaft zu hören, hinein und vergaß jegliches Maß. Denn er hatte noch nie bei der Wahrheit bleiben können, er übertrieb, um sich selber wichtig zu machen, und verstand niemals, den Tatsachen gerecht zu werden. Während er so lässig großtuend sprach, kam mir der Gedanke, daß auch sein Handeln schon von dieser Großmannssucht gänzlich angesteckt war, indem er in der letzten Zeit ungeheuer große Anschaffungen gemacht hatte, die seinen Verhältnissen nicht entsprachen, sehr teure Maschinen, einen eleganten Kutschwagen gekauft und neue Scheunen gebaut hatte.

Aber es blieb bei diesen flüchtigen Gedanken, denn schon ereignete sich etwas, was Marie Ilsabein nicht voraussehen konnte, als sie, gutmütig, wie sie war, August so in den Mittelpunkt gestellt hatte. Dieser war dabei, den Gästen von seiner Verwundung ein langes und breites vorzudröhnen, so daß sie fast einschliefen vor Langeweile. Dann aber begann er über die Zustände in den Lazaretten zu schimpfen. Es sei nicht genug vorgesorgt worden, von den freiwilligen Spenden hätten sie nichts gesehen, sie hätten einen Scheißdreck zu essen bekommen.

Da war Wilhelm schon aufgesprungen und sagte: »Mäßige dich doch, solche Reden gehören nicht in unser Haus.«

»So«, antwortete August höhnisch, »du wirfst mich also hinaus?« Er lachte häßlich auf: »Du, du wirfst mich hier hinaus«, fuhr er langsam und betont fort, »du, der du mit der anderen Tochter, die du erst nicht wolltest, hast vorliebnehmen müssen?!«

»Mensch!« fuhr Wilhelm zornig auf, während zu gleicher Zeit ein entsetzter, aber schwacher Ruf vom unteren Tische herauf erklang: »August!«

Hermdieder aber legte dem bleichgewordenen Freund und Sohne den Arm um die Schulter und führte ihn in die Wohnstube, während August herrisch nach Frau und Kindern, Knechten und Mägden rief, er wolle anspannen und fahren.

Es war noch ein Glück, daß Lisette zu der Zeit gerade das Kindchen stillte und nichts von allem gemerkt hatte, sie, welche die Kränkung doch am tiefsten hätte treffen müssen.

So endete dieser wunderbar erfüllte Tag mit dem Bruch zwischen den beiden Schwiegersöhnen, die immer einander gram gewesen waren. Um Hannas willen war es mir schwer und schmerzlich.

Denn es trat das ein, was ich gleich befürchtet hatte: Hanna durfte weder allein noch mit ihren Kindern zu uns kommen. Natürlich war uns daran gelegen, den Streit aus der Welt zu schaffen, aber so oft wir mit Wilhelm davon sprachen, zeigte er sich abweisend und hart, es war das erste Mal, daß ich ihn so unversöhnlich sah. Später hat er uns gestanden, daß er sich schließlich wohl äußerlich hätte beugen können, daß aber ein geheimer Haß und eine unbesiegbare Abneigung seinem Schwager gegenüber so an ihm gezehrt hätten, in ihn sich gleichsam hineinbissen, ob er wollte oder nicht, daß er nicht dagegen ankämpfen konnte.

So oft er meinte, im Gebet vor Gott den Feind besiegt zu haben, nämlich seine eigene Unversöhnlichkeit, so oft stießen Gedanken des kleinlichen Neides und des Widerwillens, ja des Abscheus aus irgendeiner Tiefe, über die er keine Gewalt mehr hatte, durch die wohlerbauten Schutzdämme seiner Seele hindurch, wie ein unsichtbarer Feind, mit dem man nicht mehr rechnete, eine Burg, die man schon gewonnen glaubte, plötzlich wiedereinnimmt.

Schließlich gab Wilhelm den Kampf, der ihn schier verzehrte, auf und streckte die Waffen. Es schien für ihn keinen Weg zu dem andern zu geben, also mußte er ihn wohl laufen lassen. Ich selbst machte mich einige Male auf, um Hanna zu besuchen, die sich still dem Gebot ihres Mannes fügte, ohne Widerstand zu leisten. Obgleich sie es schwer mit ihm hatte, der öfter als je lässig prahlend in den Wirtshäusern herumsaß, war sie auf ihre Art mit den Kindern glücklich. Sie lebte ein verborgenes Leben des Herzens vor Gott, mit sanftem und stillem Geiste, und dieses ihr Leben war, wie es in der Schrift heißt, köstlich vor Gott. Ihre Kinder aber waren ihr mit so großer Liebe zugetan, daß sie daran ein irdisches Genüge fand. Die Sorge für Haus und Hof, die August nach seiner Heimkehr aus dem Felde noch immer nicht richtig wieder aufgenommen hatte, indem er sich nicht mehr an einen strengen und harten, gleichmäßigen Alltag gewöhnen konnte, nahm außerdem all ihr Denken und Sinnen in Anspruch. So schienen wir ihr auch nicht allzuviel zu fehlen. Ich kam mir ein wenig überflüssig vor, während ich bei ihr war, um nach dem Rechten zu sehen. Obgleich ich mich darüber hätte freuen sollen, daß Hanna nun so gut mit ihrem Leben fertig wurde, hätte ich es im Grunde doch gern gehabt, wenn sie mir etwas von ihren Sorgen anvertraut, ja aufgepackt hätte.

So überließ auch ich sie ein wenig sich selbst, hatte ich doch genug an meinem Eigenen daheim und all den vielen neuen Freuden und lieben Sorgen. In diesem Jahr lebte ich so recht aus einem reichen äußeren und inneren Glanz heraus, den ich sonst nicht gewöhnt war. Noch nie war der Leinenhandel in den letzten Jahrzehnten so gut gegangen wie gerade jetzt, und obgleich wir darum kein Stückchen Butter mehr verbrauchten als sonst und in keiner Weise von unseren einfachen Gewohnheiten abgingen, – die Zufriedenheit, ja, die gute Laune der Männer machte uns Frauen froh und dankbar.

An der kleinen Karoline aber hatten wir alle eine sonderliche Freude, da es ein liebreizendes Kind war, das die urwüchsige, frische Schönheit der Mutter mit dem Ernst und der Innigkeit des Vaters zu verbinden schien. Lisette war zwar keine geduldige Mutter, so lieb sie das Kind auf ihre Art hatte, aber Wilhelm konnte sich stundenlang am Feierabend oder am Sonntag mit ihm beschäftigen. Ja, er kannte keine größere Wonne als das Kind. Wir beide kamen uns noch näher in dieser besonderen Zuneigung zu dem kleinen Geschöpf, das des Vaters Liebe auf seine kindliche Weise erwiderte.

Auch Sophie bekam ein kleines Mädchen in diesem Jahr. Wir mußten wieder den feinen Hochzeitstaat anziehen und als städtisch vornehme Leute zur Taufe fahren. Es war alles schön und gut, nur daß Sophie ein wenig blaß und zart geworden war, sie war aber sehr glücklich über ihr Kind, ebenso wie ihr Mann. –

Dietrich besuchte nun seit einem Jahr das Gymnasium in der Stadt, da es Hermdieders größter Wunsch war, daß der begabte Junge Pastor werden sollte. Ob er später freilich den Wandel herausbekommen würde, das war mir schon jetzt eine Frage, wenn ich den lebhaften Knaben ansah, der dazu trotzig und ungebärdig sein konnte. In der Regel war er zwar von einer überaus großen Liebenswürdigkeit und Fügsamkeit, zumal mir, der Mutter gegenüber.

Seine Geschwister sagten, daß ich ihn zu sehr verwöhnte, ihm da den Willen ließe, wo ich ihn bei ihnen selbst längst gebrochen hätte.

Dörthe aber, des Vaters kleiner Liebling, ein Kind, das sonst eigentlich alle guten Eigenschaften der anderen in sich zu vereinen schien, tat es dem Jungen an Wildheit und Eigenwilligkeit nicht nach. Sie wuchsen schnell und hoch auf, wie junge Pappeln, ziemlich sich selbst überlassen, geborgen in der allzu sicheren Gewißheit unserer Liebe, während wir die älteren Kinder, da sie heranwuchsen, kaum einmal unsere Liebe hatten spüren lassen. Jetzt aber waren wir alt und milde geworden.

Die Tage reihten sich aneinander in jener Zeit und vergingen, wie eine Welle im Bach der anderen Platz macht, unmerklich, ohne Übergang, unheimlich schnell und einer dem andern gleich. Sie waren nicht zu fassen und entglitten einem, ja, wenn man darauf zurücksah, waren sie einem unter den Händen wie zerbröckelt, ohne daß man etwas Bleibendes davon mitnahm. Das machte aber, daß ich damals in den Tag hineinlebte, ohne große Sorgen, aber auch ohne tiefe Geborgenheit und Stille. Deshalb wurde die Zeit sinn- und inhaltlos, so gewissenhaft ich meinen Pflichten auch nachging, so regelmäßig ich morgens und abends zu Gott betete und in der Bibel las. Aber ich konnte mir nicht verhehlen, daß es manchmal nur eine Form war, eine fromme Gebärde, der die innere Haltung nicht immer entsprach. Ich lebte von meiner Erfahrung von ehedem, wie ein Soldat von der eisernen Ration, wenn er keine frische Nahrung bekommt. Ich war einmal bekehrt, und darauf baute ich, danach richtete ich mein äußeres und inneres Leben ein.

Zuerst ging alles seinen Gang so weiter, und ich spürte kaum, wie ich immer mehr bei allen frommen Äußerungen zu Worten griff, anstatt zu erfahrenen, jetzt gerade mir zuteil gewordenen Wirklichkeiten, wie ich nicht mehr mit Gott, dem Wirklichen und Heiligen, lebte, nicht mehr aus ihm quellfrische Kraft nahm, sondern nur meine Gebete verherrlichte, die darum um so matter und müder wurden. Ja, mein Sinn zerstreute sich beim Beten und war bei des Alltags Arbeit und bei meinen Kindern, meine Gedanken fuhren hierhin und dahin wie eine Herde Schafe, die von Hunden gehetzt wird und keine Stille mehr kennt.

Daraus aber kam Unsegen über den Tag. Obgleich ich die Werke der Barmherzigkeit, die ich aus echter, warmer Liebe zu den Armen angefangen hatte, noch weiter fortsetzte, so brachten auch sie mir keinen Frieden. Denn ich tat nun aus Pflicht weiter, was brennende Liebe begonnen, und wenn ich mit andern Menschen zusammen war, sprach ich gern davon, gleichsam um mich selbst als guten und frommen Menschen zu rechtfertigen, der ich eigentlich gar nicht mehr war. Das aber kränkelte auch alle meine guten Werke an.

Ja, ich betete noch für meine Kinder und Kindeskinder, aber eigentlich nur mit meinen Worten, im Grunde überließ ich sie doch sich selbst und meiner mütterlichen Verantwortung, mit der ich es ernst genug nahm.

So kam es auch, daß ich in diesen Jahren mehr als sonst im Irdischen wurzelte, da ich das Vorläufige nicht mehr wahrnahm, das allem hier auf Erden anhaftet, und nicht mehr brennenden Herzens auf Gott horchte und wartete.

Hermdieder aber war bei allem geschäftlichen Aufstieg, bei all der irdischen Freude an den Kindern und Enkeln wie ein Wanderer, der sich an jeglichem freut, was ihm Gutes begegnet, aber doch nicht darin zu Hause ist. Sein inneres Leben ging durch schwere Kämpfe, durch trotziges Sichauflehnen, durch Gott verfluchende Zweifel und Versuchungen hindurch, aber immer stand er vor Gott, dem Heiligen und Gegenwärtigen, bei ihm, vor ihm, unter ihm, ja – gegen ihn. Darum war da Kraft und Hoffnung, war da wuchtiges Verlangen nach dem Reiche Gottes, neues Leben nach inneren Niederlagen, wunderbarer Friede nach dem Kampf und ungefälschte Bruderliebe.

Er war in dieser Zeit äußeren Wohlergehens nicht nur mir, sondern auch Wilhelm Halt und Kraft, daß wir nicht noch mehr verflachten und unser eigenes schönes Leben dahinlebten, ohne von dem anderen Leben, dem Leben aus der Ewigkeit, aufgestört zu werden.

Denn Wilhelm war so erfüllt von seinem kleinen Töchterchen, dem ersten Menschen aus seinem Fleisch und Blut, den er bewußt erlebte, wie ich es nie an einem Vater gesehen hatte. Selbst Lisette mußte davor zurückstehen. Es machte ihm nichts aus, Abend für Abend daheim zu sitzen und das Kind zu warten, wenn Lisette etwa eine Nachbarin besuchen wollte, um ein Schwätzchen zu machen, was sie von Herzen gern tat.

Aber bei Wilhelm kam noch etwas anderes hinzu, das ihn dem Leben mit Gott ein wenig entfremdete. Die Sache mit August stand trennend zwischen ihm und Gott und fiel wie Staub auf alle seine Gebete, daß sie abgegriffen und abgenutzt waren. Er wußte zu genau, daß es vor Gott keine Unversöhnlichkeit geben konnte, wenn auch August ihn zuerst beleidigt hatte. Er konnte aber nicht über sein feindlich gesinntes Ich hinwegspringen.

Einmal, da er mit uns zum heiligen Abendmahl gehen wollte, kam er traurig am Abend vorher zu uns: »Ihr müßt schon allein gehen, denn es heißt in der Bergpredigt: ›Wenn du zum Altar gehst und wirst allda eingedenk, daß dein Bruder etwas wider dich habe, so gehe zuvor hin und versöhne dich mit deinem Bruder, alsdann komm und opfere deine Gabe!‹ Aber das kann ich doch nicht.«

Oftmals sprach Hermdieder mit ihm und konnte es von seiner Gemütsart her nicht verstehen, daß man nicht alles könne um Gottes willen und daß man nicht alles tue, was Gott einem gebietet.

Da wurden die beiden Mauern, die Wilhelm von Gott trennten, mit harter Gewalt von Gott selbst zerschlagen, und auch ich wurde aus dem sanften, wohligen Gleichmaß meiner Tage furchtbar aufgeschreckt, so daß ich mich von neuem inbrünstig nach Gott ausstreckte.

Wir hatten seit einiger Zeit einen Knecht, von dem es hieß, daß er ein »Spökenkieker« wäre und den darum keiner in den Dienst nehmen wollte. Er war ein stiller, frommer Mensch, der auch die Bibelstunden besuchte und den Hermdieder darum aus Mitleid in Dienst nahm, weil wir gerade einen Knecht nötig hatten. Dieser wurde nun eines Nachts schweißgebadet und zitternd vor Angst wach. Er stand auf und begann, noch immer bebend, sich anzuziehen, weckte dann den andern Knecht, der bei ihm in der Kammer schlief, und bat ihn händeringend, ihn nach draußen zu begleiten. Nein, der wollte natürlich nicht. Mitten in der Nacht aus dem warmen Bette aufzustehen und mit diesem unheimlich sich gebärdenden Menschen zu gehen, das fiel ihm gar nicht ein.

Der erste aber versprach ihm nun goldene Berge, sein neues Taschenmesser, einen Taler, schließlich einen ganzen Monatslohn.

»Mensch«, sagte der andere, »bist du verrückt geworden? Kriech ins Bett und schlaf weiter.«

Der aber zog sich vollends an und sagte kläglich: »Ich will ja nicht, aber ich muß.«

Da ließ der andere sich schließlich bereitfinden, teils aus Gewinnsucht, teils aus Neugier, mitzugehen.

Sie gingen nun mitten in der dunklen, regnerischen Sommernacht ein paar Schritte weit von unserem Hause entfernt, dorthin, wo der Weg zum Dorfe einbiegt. Hier blieben sie eine geraume Zeit stehen, bleich und voller Grauen.

Schließlich rief der erste: »Siehst du, da kommen sie!«

»Wer denn?« fragte der andere, dem es eiskalt den Rücken herunterlief, denn er sah nichts als lähmende, schwarze Finsternis.

»Wer denn?« fragte er noch einmal. Aber der erste war voller Grauen in das Schauen versunken.

»Aber wo kommen sie denn her?« rief er plötzlich, helles Entsetzen in den Augen, »aus unserem eigenen Hause ja. Wer mag das sein? Nein, da ist der Herr, der ist's nicht«, fuhr er murmelnd fort, »und auch nicht die beiden jungen Herren, und da ist die Frau, da sind die Töchter. Keiner fehlt, wer ist es denn?«

Schließlich, nach einer Weile, rief er fast erleichtert: »Ach, ein Kindersarg! Eins von den Kindern ist's!« Er zählte nun alle auf, die in dem Leichengefolge gingen, auch alle Nachbarn und Verwandten, die er kannte.

Dem andern wurde es immer unheimlicher, und er zerrte an dem Knecht herum, er möge mitkommen, aber erst nach geraumer Zeit, da er alles gesehen hatte, wandte der sich gelassen und beruhigt um, warf sich zu Hause angekleidet aufs Bett und schlief sofort ein.

Obgleich nun der Knecht dem andern befohlen hatte, nichts davon zu sagen, konnte der es nicht lassen, den Mägden unter dem Siegel der Verschwiegenheit alles zu berichten. Und diese sagten es mir wieder.

Ich erschrak zwar heftig, dachte zuerst an Dietrich und meine anderen Kinder, dann aber fiel mir auch die kleine Karoline ein, und ich verschloß das Gehörte sorgfältig in mir. Wer weiß, was an dieser Hellseherei war, obgleich viele Geschichten von solchem Vorhersehen im Lande erzählt wurden. Gott war immer noch größer als diese Spukereien.

Als nun acht Tage um waren und sich noch immer nichts ereignet hatte – ich beobachtete die Kinder ängstlich und mißtrauisch –, wurde ich wieder ganz ruhig. Da wurde eines Morgens die kleine zweijährige Karoline krank, im Laufe des Tages stieg das Fieber immer höher, und als Wilhelm am Abend von einer geschäftlichen Reise zurückkam, fand er sein Kind im letzten Todeskampfe.

Während Lisette laut und heftig um das Kind jammerte und sich nicht beruhigen konnte, blieb Wilhelm still und gefaßt, aber gleichsam in sich selbst erstarrt. Ja, in der nächsten Zeit wurde er beinahe schwermütig, er schloß sich tagelang ein, aß und trank kaum etwas und war auf keine Weise dem tätigen Leben zurückzugewinnen.

Wochen und Monate gingen so ins Land. Da aber riß ihn ein anderes Schicksal aus seiner Erstarrung. Wilhelm und Lisette saßen eines Abends im November, da draußen der Sturm an den Läden riß, still zusammen und hingen ihrem Schmerze nach. Plötzlich hörten sie durch das Brausen des Sturmwindes und das Knarren der Fensterläden hindurch ein deutlich vernehmbares Klopfen am Fenster. Wilhelm öffnete es und sah seine Schwägerin Hanna, vom Regen durchnäßt, die Haare vom Winde zerzaust, vor der Türe stehen. Wie aus einer besinnungraubenden Krankheit erwachend, lief er eifrig zur Tür und holte die Halberstarrte herein.

Während Lisette schnell noch einmal den Herd anmachte und Kaffee kochte, nahm er ihr den Mantel und das Kopftuch mit großer Sorgfalt ab, kniete nieder und zog ihr die Schuhe aus, was sie sich allerdings nicht gefallen lassen wollte, und bettete sie sorgfältig in den Lehnstuhl.

Ach, wie sah die Arme aus! Nicht nur blaß, verängstigt und halb erfroren war sie, sondern zerschunden im Gesicht, über das ein roter Striemen lief, von der rechten Seite der Stirn über das Auge bis zum Kinn.

Lange sagten alle drei nichts, denn Wilhelm und Lisette waren eifrig um den Gast bemüht, es ihm wohlig und warm zu machen.

Schließlich erzählte Hanna, was sie wolle und wie sie hergekommen sei.

Das war nun freilich eine schlimme Geschichte, und Hanna bereitete es eine tiefe, unnennbare Qual, überhaupt davon zu sprechen.

Sie, die alles Leid heimlich in sich verschloß, ja wie eine unsichtbare Krone willig und mit einem gewissen Stolz und in demütiger Würde trug, mußte nun ihre Schmach vor ihrer Schwester und ihrem Schwager bekennen, indem sie eingestehen mußte, daß ihr eigener Mann, dem sie einst ihre Liebe geschenkt hatte, keine Achtung mehr vor ihr zu haben schien.

August, der viel trank und Karten spielte, dazu unverhältnismäßig große Anschaffungen gemacht hatte, mußte am nächsten Tage einen Wechsel einlösen, für den ihm das Geld fehlte. Er befahl Hanna, ihm das Geld vom Vater zu erbitten.

Wider sein Erwarten lehnte sie es ihm aber beinahe schroff und hart ab. Nein, damit könne sie ihrem Vater nicht auch noch kommen, es sei genug, daß er sonst soviel an ihm, August, zu tragen habe, und außerdem habe er selbst ihr doch verboten, das elterliche Haus zu betreten.

Man mußte wissen, wie schwer es Hanna von jeher geworden war, um irgend etwas zu bitten. Sie brachte ihre Anliegen einfach nicht über die Lippen. Auch sie hatte ja, wie meine anderen Töchter, meinen leidigen Stolz geerbt. Sie bot ihm allen ihren Schmuck, Leinen und Seide an, was er aber ablehnte: »Nein, du gehst zum Vater!«

Es ging hart auf hart, und schließlich lief August wütend fort ins Wirtshaus, indem er noch einmal zurückrief: »Also, du gehst, ich will dich nicht mehr hier sehen, wenn ich wiederkomme.«

»Und so bin ich hier, Wilhelm«, fuhr Hanna fort, «und bitte dich, mir das Geld zu geben.« Es klang fast befehlend, so sehr schämte sie sich, gerade Wilhelm zu bitten.

Der aber sagte behutsam und scheinbar ein wenig gleichgültig, als wäre es eigentlich nichts Wichtiges: »Hanna, du sagst uns nicht alles. Sieh, ich habe auch ein großes Leid zu tragen, jedem von uns beiden schickte Gott eins, sollten wir da nicht offen miteinander sein?«

Da wich der erstarrte Ausdruck aus ihrem Gesicht. »Wilhelm«, sagte sie warm, »verzeih, ich dachte nur an mich. Du hast recht, Gott züchtigte uns beide.«

Und nun konnte sie alles erzählen.

Sie hatte, nachdem August fortgegangen war, äußerlich gleichgültig ihre Arbeit vollendet, innerlich von einem gefrorenen Trotz wie ausgehöhlt. Schließlich, da es später Abend geworden war, legte sie sich zu Bett und tat, als schliefe sie, als sie harte, schwankende Schritte vernahm.

Die Kammertür öffnete sich, sie hörte einen Schrei der Wut und fühlte gleichzeitig einen heißen, brennenden Schmerz im Gesicht. August hatte seine Reitpeitsche in der Hand. – – –

Und nun – wider alles Erwarten – glitt ein kleines, glückliches Lächeln über ihr Gesicht, das schüchtern war, aber doch so sieghaft befreiend, daß alle dunklen, dämonischen Mächte davon verdrängt und besiegt wurden.

»Ja, und denkt euch«, fuhr sie fast lebhaft fort, »die Jungen erwachten von dem Lärm, und da sie mein Weinen hörten und den Vater in der drohenden Haltung mit der Peitsche vor mir stehen sahen, sprangen sie einer nach dem andern aus den Betten, und zuerst begann der zweijährige mit beiden Fäusten des Vaters Beine zu bearbeiten, in zäher Wut, und dann die älteren, einer weckte den andern, und unser Ältester sprang mit seinen nackten Füßen aufs Bett und schlug ihn mitten ins Gesicht.

Es war, als käme eine Schar Bienen und stäche wütend darauf los, wohin sie eben gelangten.«

Nun lachte sie hell auf wie eine junge, frohe Mutter, der ein volles Glück zuteil geworden.

»Und August?« fragte Wilhelm schmunzelnd. Die Geschichte begann ihm zu gefallen.

»August fiel nun auch über die Jungen her, anstatt sich über seine wackeren Söhne zu freuen. Ich aber sprang behende auf und zog mich an, denn mein Trotz war vor diesem munteren Geschehen nun gebrochen, er schmolz direkt dahin, und ich lief, was ich laufen konnte durch die finstere Nacht fort, nachdem August ermattet in einen Stuhl gefallen war, wo er alsogleich einschlief.«

»Aber zum Vater kann ich nicht gehen, deswegen«, sagte sie beschämt und zeigte auf ihr Gesicht.

»Ich kann ihm auch nicht mit meinen Geldsorgen kommen, nein, das kann ich nicht, wo er denkt, daß es wenigstens in der Beziehung bei uns in Ordnung ist, und wo ich mir meinen Mann so ertrotzt habe. Bitte, sagt den Eltern nichts von diesem allen und auch sonst niemandem.« Und sie versprachen es feierlich.

Sie sagte nun nichts mehr von dem Gelde, aber Wilhelm meinte, er wolle es morgen sogleich holen, sie möge solange bleiben, dann könne sie es mitnehmen.

Die ganze Nacht saßen die drei nun zusammen. Nur Lisette nickte allmählich in ihrem Stuhle ein, nachdem sie vergebens immer wieder versucht hatte, ihren Kopf gerade und aufrecht zu halten. Hanna und Wilhelm aber sprachen lange miteinander und öffneten einander die Herzen und begannen sich zu fragen, was Gott ihnen mit diesem allem sagen wolle.

Und es geschah, daß Wilhelm aus seiner inneren Starre erwachte angesichts des starken Glaubens seiner Schwägerin. Er sah ein, daß sie ein viel schwereres Kreuz trug als er selbst und daß es sie reif und reich gemacht hatte. Und so war sie dem Leben gewachsen und nahm es tapfer in die Hand, und er erkannte, daß ihr diese Tapferkeit aus der innigen Verbindung mit ihrem Herrn Christus erwuchs.

Gegen morgen schlief auch sie ein wenig ein, und Wilhelm sah die beiden Schwestern in der fahlen Morgendämmerung dasitzen in seinem kleinen Stübchen, die eine, die ihm angetraut war, frisch und rosig, den kleinen, gesunden roten Mund ein wenig geöffnet wie ein unschuldiges, kleines Kind, das noch nicht allzuviel vom Leben erfahren hat, und die andere, vergrämt und alt geworden, obgleich sie noch immer jenen stillen, liebreizenden Zug im Gesicht hatte, um dessentwillen er sie einmal so sehr liebgehabt hatte.

Und indem er sie ansah, sank sein wohlaufgebauter und gepflegter Haß seinem Schwager gegenüber plötzlich in sich zusammen wie ein Häuflein Asche. Er verwandelte sich in Zorn und Empörung, daß Hanna dieses angetan worden war, und dann wiederum in Verachtung und zuletzt in Mitleid. Dieser haltlose Mensch, der ein Trinker und Verschwender geworden war, verdiente nicht einmal Haß und Zorn, vielmehr mußte man sich seiner annehmen, so gut man konnte, mußte man Hannas und dieser tapferen kleinen Bengel wegen zu retten versuchen, was noch zu retten war. Nun mußte er Hanna zur Seite stehen mit allen Kräften. Er wollte bald einmal mit August über das alles sprechen, da er ihm nun das Geld lieh, hatte er ja ein gewisses Recht dazu.

Lisette wachte guter Dinge und munter auf, da sie gut geschlafen hatte und sich freute, die Schwester bei sich zu haben. Am liebsten wäre sie freilich gleich zu uns gelaufen und hätte uns alles erzählt, da sie nicht leicht ein Geheimnis bei sich behalten konnte. Aber sie dachte an das Versprechen, das sie gegeben hatte.

Dennoch erfuhren wir gleich am nächsten Tage haarklein die ganze Geschichte.

Wilhelm hatte Hanna heimgebracht, um gleich mit August sprechen zu können und um überhaupt Verschiedenes zu ordnen. Da Lisette nun nicht gerade viel zu tun hatte und durch das Kind nicht mehr gebunden war, benutzte sie diesen Tag, um eine Freundin zu besuchen, die in der Nähe verheiratet war.

Es kamen noch einige Nachbarsfrauen hinzu, so daß die ganze niedrige Stube bald vollgepfercht von Menschen saß und die Frauen so richtig klönen konnten. Sie kamen vom Höcksken aufs Stöcksken, und schließlich begannen sie davon zu reden, wie fein Sophie, Lisettens Schwester, bei der Beerdigung der kleinen Karoline gekleidet gewesen sei. Von ihrem Federhut an bis zu den seidenen Handschuhen, den Schuhen mit den hohen Absätzen bis zur Schleppe am Kleide wurde alles genau noch einmal durchgenommen. Eine hübsche junge Frau seufzte: »Ach, wer es doch auch so gut haben könnte!« und sah dabei auf ihre rauh verarbeiteten und rissigen Hände. Und eine andere meinte ein wenig neidisch, nun, dann hätte sie sich andere Eltern aussuchen müssen, wie zum Beispiel die Heidekamps, die

Töchter hätten ja alle solche Partien gemacht. Nun wurde von Hanna gesprochen, und ihr Hof, ihr Mann, ihre Kinder, alles wurde nach Strich und Faden gelobt. Aber auch sie, Lisette, könne zufrieden sein, wenngleich man sie ja nicht mit den beiden anderen vergleichen könne.

Nein, das war Lisette denn doch zu bunt! Hatte nicht Hanna eben noch de- und wehmütig bei ihnen gesessen, mit einer zerschundenen Backe, und hatte um Geld gebeten, um viel Geld? Und mußte Wilhelm nicht helfen, und war er nicht, wie er ging und stand, ohne sich zu besinnen, nach dem Gelde gelaufen, war es ihm nicht eine Kleinigkeit, August aus der Patsche zu helfen, in der er tief genug steckte?

Ehe sie sich's überlegte, war es ihr schon herausgefahren. Und sie erzählte, was keiner wissen sollte, vor dieser ganzen Versammlung von Frauen, daß ihr Mann August tausend Taler geliehen hätte und daß ihre Schwester bei Nacht und Nebel, von ihrem Manne gewissermaßen mit der Reitpeitsche hergetrieben, gekommen wäre, darum zu bitten.

Das war freilich etwas anderes, wenn es so um die Berkenbrinks stand. Nein, Hanna war nicht zu beneiden, einen solchen Säufer zum Manne zu haben, pfui doch! – nein, dann lieber einen Kötter oder einen einfachen Weber, oder gar unverheiratet sein!

»Was sagst du, geschlagen? Hat er sie wirklich geschlagen, mit einer Reitpeitsche quer durchs Gesicht?« Die Frauen schienen sich gierig an Lisette und ihrem Bericht festzusaugen. Sie waren ein einziger Hauch von Verachtung, Neugier und grausamer Wollust, der dick und schwül im Zimmer lagerte und sich allmählich auflöste in pure Selbstzufriedenheit.

Nein, ihr Gottlieb und ihr Ernst und Hinnerk – – Fehler hatten sie wohl, aber sich an ihnen vergreifen, das tat keiner von ihnen. Sie gaben ihnen auch keine Veranlassung dazu. Nein, Gott sei Dank, das hatte man wahrlich denn doch nicht nötig, sich so etwas gefallen zu lassen. Und in Nacht und Nebel nach Geld zu laufen brauchte auch keine von ihnen, nein, wahrlich nicht.

Am nächsten Tage wußte es das ganze Dorf, und alles Vergangene und Vergessene lebte wieder auf, nämlich, daß auch kein Segen auf einer Ehe ruhen könne, wenn die Braut bei der Hochzeit keinen Kranz tragen durfte. Sie vergaßen, daß sie selbst zum größten Teil auch keinen hätten tragen dürfen, es aber getrost erst einmal gewagt hatten. Und siehe, es war ihnen gut ergangen.

Ich war gerade beim Kartoffelaussuchen auf der Deele, und der rauchige Geruch der Kartoffelfeuer, der mich immer ein wenig traurig machte, da der Sommer nun endgültig dahin war, drang unablässig zu mir herein, als meine beiden Jüngsten, Dörthe und Dietrich, außer sich zu mir hereinstürmten.

»Du müßtest wissen, Mutter«, rief der Junge empört, »was die alten Quatschliesen im Dorf über unsere Hanna sagen. Pfui Deibel, scheußlich! Einem Mädchen habe ich schon eine runtergelangt, sie solle ihr dreckiges Maul halten, – das Kamel mit seinem Elsternschnabel!«

»Dieter«, sagte ich, »höre auf, schämst du dich nicht?«

Aber der Schrecken fuhr mir zitternd in die Beine. Beide Kinder hingen sehr an ihrer ältesten Schwester, während sie Lisette nicht so gern mochten, der sie zu lange hatten gehorchen müssen und die noch immer zu sehr in ihrer Nähe war.

Indem kam schon eine Nachbarin an die Tür. »Sei nich to fliedig mak Fieroamd! Ja«, fuhr sie seufzend fort, »es kommt alles wieder herum. Nun muß es Hanna so gehen.« Und sie fragte mich, ob es mit August nun wohl bald aus sein würde und ob er Hanna wirklich mit der Peitsche blutig geschlagen habe. Nein, sie wußte sich nicht zu lassen vor Verwundern, daß mir das alles etwas Neues war.

Als ich Lisette danach fragte, fing sie an zu weinen und erzählte genau, wie alles gekommen sei, daß sie es ausgeplaudert habe, und berichtete nun eingehend von Hannas Besuch.

Tausend Taler, dachte ich. Nun ja, das ist nicht die Welt, damit war doch nicht alles verloren. August hatte Schulden gemacht, er war leichtsinnig und spielte, Hermdieder mußte einmal mit ihm reden.

Das Schlimmste war, daß Lisette den Mund nicht halten konnte. Es war mir früher schon oft so mit ihr ergangen. Sagte man ihr, sie solle es nicht weitererzählen, so schien sie der Haber zu stechen, bis es heraus war. Besser war es schon bei ihr, man befahl ihr nichts und vertraute dem Zufall, daß sie etwas nicht ausplauderte.

Was aber würde Wilhelm sagen? Er, der ein so feines Gewissen hatte und der sich für seine Frau mit verantwortlich fühlte?

Als er spät am Abend wiederkam, berichtete ich ihm gleich Lisettens Unvorsichtigkeit, denn er würde ja doch sonst alles von anderen erfahren. Ich fürchtete nun auch für Lisette. Wie würde Wilhelm dieses aufnehmen, und wie würde es ihr ergehen, nun, da sie in diesem Zustand war und schon den Schrecken mit der kleinen Karoline erleben mußte?

Ich hatte es mir nicht so schlimm vorgestellt, wie es nun kam. Wilhelm war zuerst empört, entsetzt, hellauf flammend vor Zorn und Ärger über seine Frau. Hanna hatte sie eigens so herzlich darum gebeten, zu schweigen. Er schlug die Hände vors Gesicht und stöhnte. Nun wäre es aus zwischen ihnen, Hanna einerseits, und ihm und Lisette andererseits, denn wie würde es Hanna je verwinden, daß man ihr dieses angetan hatte, ihre Schmach durch das ganze Dorf getragen, wo sie selbst in zitternder Scheu keine Bitte auszusprechen wagte und nicht einmal den Weg zu ihren Eltern fand? Hanna war so stolz und sehr empfindlich.

Und August? Gerade hatte Wilhelm ganz brüderlich mit ihm gesprochen, und er war zerknirscht gewesen und hatte ihm gedankt und goldene Berge versprochen. Ja, sie waren wie treue und gute Freunde und Brüder voneinander geschieden, im besten Einvernehmen, hätte man das für möglich gehalten? August würde nun wieder einen guten Grund haben, ihn, Wilhelm, zu hassen und zu verachten. Nein, nicht mit Recht? O doch, denn es war eine Niedertracht. – Und dann würde alles wieder so schlimm werden wie bisher.

Hermdieder hatte von allem noch nichts erfahren, da

er in einer geschäftlichen Angelegenheit unterwegs war. Darum versuchte ich, Wilhelm klarzumachen, wie Lisette dazu gekommen wäre. Denn obgleich ich das alles von meinem Wesen aus nicht verstehen konnte, wurde es mir nicht schwer, es von Lisette her zu begreifen.

»Du mußt einsehen«, sagte ich, »daß es kein schlechter Wille von ihr war. Sie wird zu Hause sitzen und ihre Schürze naß weinen.«

»Ja«, lachte er bitter auf, »und dann hängt sie sie über den Zaun, und wenn sie trocken ist, weiß sie nichts mehr von allem Schmerz und lacht und ißt und trinkt wie zuvor.«

Ach, ich wußte, daß er jetzt an Hanna dachte, der sich alles Leid und aller Schmerz in eine verstehende Güte und Wärme wandelte, so daß es einem wohl in ihrer Nähe wurde und man sich ihr in allem anvertrauen konnte. Nicht umsonst war er diese zwei Tage mit ihr zusammengewesen.

Aber das durfte doch nicht sein, nicht einmal in der verborgensten Tiefe seines Gemütes, über die der Mensch keine Macht mehr zu haben scheint.

Und darum begann ich von Lisettens kindlichem Wesen zu reden, in dem es keine Spur von Falschheit und Unlauterkeit gab, und sagte ihm, daß sie vor Gott besser wäre als wir alle, da sie ehrlicher und gerader war, als sonst die meisten Menschen zu sein vermöchten. Und ich versuchte, sie damit zu entschuldigen, daß man von einem Kinde nicht soviel verlangen könne wie von einem Erwachsenen, wie man auch einer Blume nicht abfordere, ins Wasser zu springen wie ein Fisch.

Wilhelm lächelte, ein wenig traurig und ein wenig bitter: »Von einer Frau müßte man das eigentlich haben können, daß sie alles wie ein verstehender Freund mit einem trägt. Aber ich weiß ja«, fuhr er fort, «daß sie trotz allem in ihrer Art gut ist, und . . . ja, viel besser als ich, und dann habe ich ja Euch, Mutter.«

»Nun, ich bin alt«, meinte ich, »aber das Kind, das nun kommen wird, das wird dein Freund sein, wie es die liebe kleine Karoline doch schon war.«

Mir lag in diesem Augenblicke an nichts so sehr, als ihn

mit dem kommenden Kinde zu trösten, und es gelang mir besser, als ich zu hoffen gewagt hatte. Denn ein heller Schein lief über sein Gesicht, und lebhafte Freude strahlte ihm aus den Augen. Vor allem Kummer um das liebe gestorbene Kind hatte er nicht viel an das neue gedacht, wahrlich, es war, als habe er es in seiner Erstarrung ganz vergessen. Jetzt, da er daraus aufgeschreckt war, erinnerte er sich wieder daran.

Und als Lisette ihm weinend entgegenstürzte und ihm ihre Unvorsichtigkeit gestand, sich auch keineswegs entschuldigte oder schonte, sagte er ernst: »Ja, du, das ist schlimm, schlimmer, als du es wohl je erfassen kannst, und ich bin traurig darüber, aber so etwas kann passieren, gräme dich nicht.«

Da stand sie auf und fiel ihm um den Hals und dankte ihm. Dann nahm sie ihre Bibel und las eine ganze halbe Stunde darin und kochte ihm, was er gern mochte, und zeigte ihm die Sachen für das Kind, alles, um ihm so recht angelegentlich zu dienen. Er aber wunderte sich, daß sie nun alle Verantwortung für das, was sie getan, einfach ihm zuschob und sich nun frei und ledig fühlte wie ein Kind, das seinen Eltern gebeichtet hat. Und es wurde ihm klar, daß wir Gott gegenüber zu gern alle Verantwortung für unser Tun festhalten möchten, selbst wenn unsere Sünde uns bereits vergeben wurde, und daß das ein Zeichen dafür ist, wie wenig wir Gott gegenüber wirklich Kinder sind, so wie er uns haben will.

Das aber stimmte ihn versöhnlich ihr gegenüber, zusammen mit dem, daß sie nun bald ein Kindchen haben würde.

Dennoch ließ es ihm keine Ruhe, bis er nicht zu Hanna gegangen war und ihr alles erzählt hatte. Denn wenn sie es von andern erfuhr – und das würde sie in den nächsten Tagen schon hören –, mußte ihr Vertrauen zu ihm ein für allemal dahin sein. Da auch ich gern mit Hanna gesprochen hätte nach allem, was geschehen war, fuhren wir beide zusammen zu ihr hin.

Auf einem Felde in der Nähe ihres Hofes sahen wir sie, wie sie mit den Knechten und Mägden zusammen Garben auflud. Sie trug ein weißes Kopftuch und ein blaugedrucktes Nesselkleid, gerade wie die Mägde, und sah nicht auf, als wir dicht bei ihr auf der Straße hielten. Sie gab rasche, kurze und ein wenig harte Befehle, die keineswegs zu ihrem Wesen zu passen schienen, die aber dennoch aus einer inneren Notwendigkeit kamen. Ihr Gesicht war gestrafft und ebenfalls ein wenig hart, der Schweiß lief ihr über das gebräunte, altgewordene Gesicht.

Wahrlich, wie sie jetzt aufsah und uns langsam entgegenschritt, kam mir in den Sinn, daß sie zehn Jahre älter aussah als Lisette, die nur ein Jahr jünger war und deren Gesicht wie Milch und Blut, glatt und frisch war und deren Haare es wie ein goldener Kranz krönten.

Aber im Augenblick, da sie vor uns stand, war alle Härte aus ihrem Gesicht gewichen, ein etwas verlegenes, stilles Lächeln lag darauf, das sie wieder trotz aller Härte und Runzeln jung und liebreizend sein ließ. Sie strich mit einer etwas unsicheren Gebärde ihr dunkles Haar aus der Stirn unter das Kopftuch und entschuldigte sich, daß sie uns so empfangen müsse. Gleichzeitig stand in ihrem Gesichte die Angst, was dieser Besuch wohl bedeuten und ihr an Unheil bringen würde.

Da nun Wilhelm gleich mit der Türe ins Haus fiel und von Lisettens Unvorsichtigkeit zu reden begann, lachte sie zu unserem Erstaunen befreit und gerührt auf: »Ach, darum bist du den weiten Weg gekommen, du guter Junge, du? – Gewiß ist es mir unangenehm, besonders euretwegen«, sie wandte sich lebhaft mir zu – »aber sonst mögen die Leute reden, was sie wollen! Wilhelm«, fuhr sie eindringlich fort, »habe ich euch allen nicht bewiesen, daß es mir nicht darauf ankommt, was sie von mir denken, damals, als ich ohne Kranz in die Kirche ging? Mögen sie heute weiterreden!«

Wilhelm war nun doch etwas befremdet darüber und fühlte sich ein wenig genarrt, wo er die Sache so überaus wichtig genommen hatte, daß sie es auf die leichte Achsel nahm. Er konnte nun nicht anders, er mußte sie daran erinnern, wie schwer ihr der Gang zu ihnen geworden wäre und ob das nicht auch Menschenfurcht gewesen sei.

Sie lachte, ein helles, sorgloses Lachen, das schwerlich

mit ihrem verarbeiteten Gesicht und ihrem ganzen, harten Schicksal in Einklang zu bringen war.

»Nein«, sagte sie, »keine Furcht, sondern Stolz. Mögen sie reden, wenn ich nur nicht von ihnen abhängig bin.«

»Nein, bitten konntest du nie, Hanna«, warf ich ein. »Und darum bist du wohl auch nicht zu uns gekommen, obgleich ich dachte, es würde für dich leichter sein, zu den Eltern zu gehen als zu den Geschwistern. Denk mal, wenn deine Kinder . . .« – »Oh, die würden schon zu mir kommen«, unterbrach sie mich schnell. »Sie haben keine Angst vor mir.«

»Aber du vor uns? sagte ich traurig. Da lachte sie gequält: »Nein, das ist es nicht. Aber ich habe mich früher zu sehr durchsetzen wollen, und es ist so schwer, einzugestehen, daß alles, aber auch alles, verkehrt war. Möchte man nicht doch gern ein wenig gerechtfertigt dastehen? Darum sollte Lisette auch nicht davon sprechen, nur euretwegen, die Leute machen mir nicht soviel aus.« Wilhelm, der nun doch wieder froh war, so leichten Kaufes und ohne Vorwürfe davonzukommen, fragte nun, wie es August wohl aufnehmen würde.

Der brauche nichts davon zu wissen, meinte Hanna rasch, und ich stimmte ihr zu.

Wilhelm aber wollte das in seiner großen Gewissenhaftigkeit nicht zulassen und mußte dann erleben, daß August, der aus dem Wirtshause geholt wurde, ganz und gar aus dem Häuschen geriet, ja meinte, den andern nun in einer Falle zu haben.

Es wurde in Zukunft etwa wie beim Mühlenspiel. August nutzte die Sache als Schwäche des Gegners und meinte ein Recht zu haben, von ihm zu verlangen, wieviel er wollte, wozu er doch gar keinen Grund hatte. Ja, er setzte sich aufs hohe Pferd und sprach von Vertrauensbruch und schändlicher Verleumdung, er steigerte sich künstlich in eine Wut hinein, die in gar keinem Zusammenhange mehr mit der Sache stand, um die es eigentlich ging, und die deutlich seine versteckte Feindschaft offenbarte.

Nein, Wilhelm war ihm keinesfalls gewachsen. Er hatte sich eine Blöße gegeben, indem er einen Fehler eingestand, die nie wieder gutzumachen war. Er hatte nicht daran gedacht, welcher Art sein Gegner war. Nie hätte dies alles zu sein brauchen, wäre Wilhelm nicht so lauter und vornehm gewesen, wie er war. Von da an aber fühlte er sich gleichsam verpflichtet, August immer wieder aus der Verlegenheit zu helfen, selbst, wenn Hermdieder ein Machtwort sprach und meinte, nun sei es genug, nun müsse man da drüben alles gehen lassen, wie es nun einmal gehe. Wilhelm sprach immer wieder zum Frieden und gab im Laufe der Jahre Tausende von Talern her, um Hannas Kindern ihr Erbe zu erhalten, – obgleich sich Hanna von da an nie mehr an ihn wandte, sondern an uns, ihre Eltern.

Als wir an dem Abend wieder zu Hause ankamen, hatte Lisette ihre ersten Wehen, und die Hebamme war bei ihr. Sie hatte wieder wie das vorige Mal viel und lange auszustehen. Aber endlich, am Abend des nächsten Tages, war das kleine Mädchen da, das dem heimgegangenen Schwesterchen glich, wie Wilhelm am ersten Tage zu seiner Freude feststellen konnte. Es wurde mein Patenkind und bekam in der Taufe meinen Namen, wurde aber Anne gerufen, Anne, mein liebstes Enkelkind vom ersten Augenblicke an bis zur Stunde meines Todes.

Aber Wilhelm war ein zu guter Vater für kleine Mädchen, als daß ihm dieses eine genügen konnte. Es folgten noch zwei andere kleine Deerns, die alle unübertrefflich waren, sowohl was Klugheit als auch was Schönheit anbetraf.

Und da es doch nun an Platz mangelte für die drei lieben, lustigen kleinen Mädchen, ließ Wilhelm meinen Bruder Jobst-Henrich, den tüchtigen Baumeister aus der großen Stadt am Rhein kommen, und siehe, der baute ein Haus, wie es bei uns noch keines gab, so schön und groß, so apartig und praktisch, daß es eine Freude war. Ja, ich hatte einen rechten Stolz darauf, sowohl meines Bruders wie meines Schwiegersohnes wegen.

In dem Keller war eine natürliche Quelle, die Tag und Nacht lief und von einem etwa zehn Meter tiefen Brunnen überbaut war, da konnte auf die kommodeste Weise das gekochte Garn gespült werden. Große Bassins dienten dazu, in die das eisigkalte, frische Quellwasser lief. Mehrere Mägde waren dort Tag für Tag an der Arbeit. Ein Teil des Hauses diente ganz dem geschäftlichen Betrieb. Da gab es eine riesengroße Scherstube, in deren Mitte ein Maschinenscherrahmen stand zum Kettenscheren für die Webstühle und ein Wandrahmen zum Spulen des Garnes, womit meistens alte Leute und Kinder beschäftigt wurden, da es die leichteste Arbeit war. Große Räume dienten zur Aufnahme des Garns und des fertigen Leinens, in einer Stube gaben die Weber das fertige Leinen ab, und in einer anderen kauften die Kaufleute aus der Stadt die Waren.

In diesem Teil des Hauses, in dem auch die Leutestube, die Küche und das Kontor lagen, befand sich auch die große ländliche Deele, an der oben eine Galerie entlanglief mit den Gästezimmern und Knechte- und Mägdekammern. Von der Deele führte eine breite Glastür zu dem eigentlichen Wohnhaus mit den geräumigen schönen Wohn- und Schlafräumen.

Das Haus lag in einem sehr großen Garten und wurde von der Westseite her von etwa fünfzig Tannen vor dem Winde geschützt. Ja, es war ein prächtiges Haus und ein geradezu wunderbarer Garten, verglich ich ihn mit meinem eigenen kleinen, bescheidenen Gärtlein bei uns daheim.

In diesem Hause, das ganz in unserer Nähe lag, konnten die drei Mädchen heranwachsen, daß es eine Lust war, sowohl für sie selbst als auch für den Vater, der immer mit irgendeiner Freude für sie bei der Hand war. Es war aber auch erstaunlich, worauf er alles verfiel und was er konnte, ja, seine drei kleinen Mädchen trauten ihm blindlings alles zu. Nicht nur, daß er Flöten machen konnte aus Erlenrinde, wobei er sang:

> Häppken, Häppken woß du af,
> süß slo ik di dat Köppken af,

oder auf Daumen und Zeigefinger Blätter knallte, auf einem Kamm die schönsten Lieder vorspielte und ähnliche kleine Dinge, die schließlich jeder Vater kann. Nein, er nahm die glatten Tannenrecks vom Boden, auf denen das

Garn getrocknet wurde, legte etwa fünf bis sechs nebeneinander auf die steile Bodentreppe und ließ die drei kleinen Mädchen in sausender Geschwindigkeit herunterrutschen, immer und immer wieder. Das ging so schnell, daß man nichts mehr rundherum sah, und es war wie auf der allerschönsten Schlittenbahn, besonders wenn im kalten Winter die Näschen rot gefroren waren. Oder er setzte sie in den Scherrahmen, der sausend schnell herumlief, so daß sie wie in einem Karussell saßen, das durch das aufgespulte Garn immer finsterer wurde, aber die Mädchen hatten keine Angst, sie jauchzten und fielen schließlich schwindelig dem Vater in die Arme, der lachend davorstand.

Oder er machte aus dem Bodenloch heraus eine Schaukel bis unten auf die Deele, die so hoch schwang, daß man meinte, man flöge in den Himmel hinein. Der Vater gab ihnen einen tüchtigen Schwung, während die Mutter händeringend dabeistand und jammernd rief: »O Wilhelm, Wilhelm, Wilhelm!«

Auch steckte er sie an warmen Sommertagen in das eiskalte Wasser der Bottiche im Keller, das so kalt war, daß ihnen das Blut beinahe gerann und sie voller Schrecken wieder hinausstrebten.

In die große Webstube wurden nun die allwöchentlichen Bibelstunden verlegt, die sonst oft in unserem Hause gewesen waren, ja selbst eine Sonntagsschule wurde neu gegründet und dort abgehalten. Später entwickelte sich daraus der Kindergottesdienst in der Kirche.

Fast immer waren Gäste in dem Hause, Pfarrer, Missionare, Prediger und Kollektanten. Lisette wurde nichts zuviel. Sie kochte regelmäßig mittags für mehrere Arme und Kranke, denen das Essen ins Haus gebracht wurde. An jedem ersten Feiertag lud sie alle Dorfarmen ein zu einem richtigen »Kindtaufsschmaus«, wie die Kinder später immer sagten. Weihnachten war die ganze Nachbarschaft bei ihnen versammelt, um den großen Tannenbaum zu bewundern, den man bei uns noch nicht so recht kannte, und von den großen Weihnachtskuchen mit zu essen.

Lisette war stolz und froh in dem Haus. Sie hatte große Lust, Gutes zu tun, und außerdem konnte sie sich so recht von Herzen der Pflege des Gartens widmen. Nun blühte ihr Garten vom Frühling bis zum Herbst über und über, sie hatte eine glückliche Hand, und es geriet ihr schier alles draußen. Jedes Kind, das am Gartenzaun vorbeikam, wurde reich beschenkt mit Blumen oder, je nachdem es die Zeit war, mit Kirschen, Pflaumen, Birnen und Äpfeln. Denn Lisette gab gar zu gern, zumal Kindern und armen Leuten, weshalb ihr auch wohl alles in so reichlichem Maße zuwuchs.

Freilich litt manchmal die Ordnung im Hause ein wenig darunter, und ich mußte oft nach dem Rechten sehen, nein, das lag ihr ganz und gar nicht, ein städtisches Haus zu führen, wie es eigentlich hätte sein müssen, bei dem vielen feinen Besuch aus der Stadt und all den andern Gästen.

Wilhelm ärgerte sich wohl darüber, aber es war seltsam, seine kleinen Mädchen, so jung und ungeschickt sie noch waren, spürten ihm jegliches ab, was er gern wollte, und ordneten mit ihren kleinen Händen das Nötigste und gaben den Mägden Bescheid, was zu tun war, und sprangen vor ihren Vater hin, ihm aus dem Wege zu räumen, was ihm Sorge machte. Dann nahm er sie in seine Arme und wußte schon jetzt in guter Zuversicht, was er später für treue Freunde an ihnen haben würde.

So wuchsen diese Kinder heran. Aber ich bin in meiner Freude, von ihnen erzählen zu dürfen, den Begebenheiten vorangeeilt und muß in die Zeit zurückgreifen, da die Kinder noch ganz klein waren und noch nicht viel davon verstanden, was um sie her vorging.

Die bleibende Stadt

Es war an einem Septembermorgen, da der Frühnebel noch auf den Wiesen lag, als wir durch eine böse Nachricht von August aufgeschreckt wurden. Einer seiner Knechte kam atemlos zu uns gelaufen, blaß und schweißbedeckt, und berichtete, daß sein ganzer Hof abgebrannt sei, Wohnhaus und Scheunen und Ställe, und nur wenig Vieh gerettet sei. Ein Menschenleben aber sei nicht zu beklagen.

Hermdieder spannte sogleich an, und wir fuhren bekümmert und traurig durch den späten Sommertag in der ängstlichen Erwartung, wie wir alles finden würden. Hanna war mit den Kindern in einem ärmlichen Nachbarhause untergebracht. Als wir dorthin kamen, teilte sie ihnen gerade etwas trockenes Brot aus, sorgsam, als wäre es ein kostbares Geschenk, dieses tun zu dürfen. Die Kinder waren entgegen ihrer sonstigen Art still und verschüchtert. Der Schrecken der Nacht saß ihnen noch in den Gliedern, denn sie waren vom hellen Feuerschein aufgewacht und dann aus der schon ganz mit Rauch angefüllten Kammer getragen worden. Hanna weinte still in sich hinein, als sie uns sah, und umarmte uns und sagte nichts, als daß sie glücklich und sehr dankbar wäre, weil alle Kinder gerettet seien.

Nein, von dem Verlust des Hofes und des Viehs kein Wort! Es kam ihr wohl noch nicht so recht zum Bewußtsein, was sie verloren hatte, vor dem einen, daß ihnen allen das Leben erhalten blieb. August leugnete nicht, daß er die Schuld an diesem Geschehen habe, denn er besann sich ganz genau, daß er sich die Pfeife angezündet und das glimmende Streichholz weggeworfen hatte, irgendwo ins Heu, ja, ihm war hinterher noch schattenhaft der Gedanke gekommen, er müsse noch einmal nachsehen, aber die Trunkenheit – er war an dem Abend betrunken nach Hause gekommen – hatte ihn so gelähmt, daß er wie willenlos liegengeblieben war.

Da keine Spritzen zur Hand gewesen waren, waren alle Gebäude bis auf den Grund niedergebrannt, und die verkohlten Balken ragten nackt und frierend in die Luft und sahen wie ausgezogen aus und als schämten sie sich, der Wände entkleidet zu sein und das geheime Leben der Kammern aller Welt offenbaren zu müssen. Aber August schien sich auch daraus nicht allzuviel zu machen, da er froh war, die hohe Versicherungssumme zu bekommen. An dem Hof und an dem Haus hing er nicht mehr allzusehr, seitdem er beides verleugnet hatte, dadurch daß er ihnen seine Kraft und Arbeit versagt hatte.

Wir nahmen Hanna mit ihren Kindern zu uns nach

Haus, bis sich übersehen ließ, was nun werden sollte, während August auf einem Nachbarhofe unterkam.

Es war etwa acht Tage später, da er mit einem fix und fertigen Plane herausrückte. Er besaß noch viele Grundstücke, unter anderem eines, das in einer Spitze zwischen zwei Landstraßen, also an einem Kreuzweg, lag. Dieses erschien ihm so überaus günstig, daß er beschlossen hatte, dort ein neues Haus zu bauen und eine Wirtschaft anzufangen.

Gleichmütig und lässig trug er das alles vor.

Hermdieder hörte ruhig und scheinbar gelassen zu. Als August aber geendet hatte, sah er ihm mit offenem Hohn ins Gesicht, wie ich es noch nie an ihm gesehen hatte. So war ihm die Galle ins Blut gegangen.

»Eine Wirtschaft, sagst du, hm – eine Wirtschaft!« – Er ging erregt im Zimmer auf und ab.

»Hanna, das wäre gerade etwas für dich. Und für uns, Amrie, die wir noch keinen Tropfen Branntwein wieder im Hause hatten, seitdem wir beschlossen, ein neues Leben zu beginnen!«

Er faßte sich an den Kopf und ging weiter in der Stube umher, ab und an sich trocken räuspernd:

»Also, das hat der feine Herr Schwiegersohn ausgeklügelt. Aber daraus wird nichts!« Hart schlug er mit der geballten Faust auf den Tisch.

»Warum sollte daraus nichts werden?« fuhr August beleidigt auf. »Traut Ihr mir so etwas nicht zu, oder soll ich Eurer dummen Marotte wegen, weil Ihr so gegen den Branntwein seid, an den Bettelstab kommen?«

»Nenn du es nur Marotte, mein Junge«, sagte Hermdieder ernst, »aber ich will dir sagen, daß dich deine Marotte hier ins Elend und dort in die Hölle bringen wird, dein Branntweintrinken nämlich. Nein, es wird nichts daraus, verlaß dich drauf!«

Nun stand auch Hanna auf und wollte auf August zugehen, aber ihre Knie zitterten und ihre Gestalt fiel kraftlos in sich zusammen, so daß sie auf den Stuhl zurücksank. Sie sagte mit rührend flehender Miene: »Ach, laß doch das, August, tue es nicht«, gerade wie sie still und demütig ihre Jungen ermahnte, von dieser oder jener kleinen Dummheit zu lassen, was ihnen im übrigen niemals einfiel.

Da aber August sah, wie sich seine Frau auf unsre Seite stellte, lächelte er kalt und überlegen, aber in höhnischer Abwehr. Er antwortete nicht mehr und tat, als ginge ihn das nichts mehr an, ja als wäre er selbst gar nicht mehr da. Es war nichts weiter mit ihm zu machen, und so mußten wir ihn gehen lassen.

Jetzt, da ihr dieses fremde Geschick bevorstand, erkannte auch Hanna, was sie verloren hatte. Einmal saß sie traurig und versonnen da und antwortete auf meine Frage, daß ihr plötzlich der Haselnußgang in dem schönen großen Garten in den Sinn gekommen sei, der nun unwiederbringlich verloren wäre. Sie würde nie anders als mit Heimweh daran denken können, das sei ihr gewiß.

Sie ging durch das wechselnde Spiel von Schatten und Licht auf unserer Deele und sah in die Ställe und atmete den ländlichen Duft unseres Hauses, da sich der Geruch des Garns und Leinens mischte mit dem nach Heu und Häcksel und dem warmen Geruch der Kühe, und sie saß an einem milden Herbsttag müßig in der Buchenlaube und sah in die bunte Pracht der Astern in meinem Garten und ließ ihre Gedanken eindämmern von dem Summen später Bienen. Sie pflückte etwas von dem glänzenden, fetten Buchsbaum und zerrieb ihn zwischen ihren Fingern. Und sie ließ ihren Blick still über das weite Land gehen, über das jetzt eine herbstliche Kühle hereinbrach, so daß sie fröstelnd ihr wollenes Umschlagtuch dichter um die Schultern schlug.

Im Winter stand sie am großen eisernen Ofen mit den Bildern aus der Josefgeschichte und ließ über ihre kalten, verarbeiteten Hände die helle Wärme des Feuers gleiten und lehnte sich mit dem Rücken daran, als wolle sie soviel Wärme mitnehmen, wie es nur möglich war, dorthin, wo es wohl kalt und unwohnlich sein würde.

Sie half mir bei alledem fleißig, ließ ihre Jungen herumlaufen, wie sie wollten, ohne sich groß um sie zu kümmern. Einmal sagte sie, als wir davon sprachen, wann wohl der neue Bau fertig sein würde: »Ach, Mutter, bei euch zu Haus ist's gut sein.«

Da sie Sophie seit der Beerdigung der kleinen Karoline nicht mehr gesehen hatte, redete ich ihr zu, sie einmal in der Stadt zu besuchen. Aber sie kam enttäuscht und sehr traurig wieder. Sophie kränkelte seit der Geburt des zweiten Kindes ein wenig, wie sie von jeher zart gewesen war. Und wie Hanna hingekommen war, hatte sie der Schwager gerade fortgebracht, weit weg in den Süden, wo sie von der Krankheit genesen sollte. Hanna hatte lange mit dem Schwager gesprochen, der sehr traurig war, aber nun große Hoffnungen auf die Reise setzte.

»Mutter«, fügte Hanna nachdenklich hinzu, »sie hat einen sehr guten Mann.«

Ich war so bestürzt über diese Nachricht, daß ich nichts sagen konnte und schnell in die Kammer ging, um meine Angst und Sorge zu verbergen. Ich wußte wohl, daß Sophie nicht frisch war, hatte aber nie an etwas Ernstliches gedacht. Wie war es doch gewesen vor nun beinahe vierzig Jahren? Der Kandidat, meine junge, erste Liebe, auch so zartgliedrig und schlank, mit heller, durchsichtiger Haut, mit dem etwas rötlichen Haar und den Sommersprossen auf der Nase, gerade so in der Art wie Sophie, war in den Süden abgereist und war nicht wiedergekommen. Behüte uns Gott, sollte es so mit Sophie gehen! Ich rang die Hände und betete inbrünstig zu Gott, daß er dieses nicht zulassen möge.

Nach einigen Tagen fuhr ich selbst in die Stadt, um mit dem Schwiegersohn zu sprechen. Und er sagte, Sophie habe geschrieben, daß sie es in den Bergen nicht aushalten könne, so allein und fremd, und daß sie das Heimweh verzehre. Da kamen wir beide überein, daß wir noch einige Briefe abwarten wollten. Sollte es aber dann nicht besser werden, so wollte Ernst sie wieder abholen. Ihm war es schließlich auch das liebste, denn er hatte sie so von Herzen lieb, daß auch an ihm das Heimweh schier übermächtig zehrte.

Und so kam es dann wirklich. Nach einigen Wochen kehrte Sophie zurück. Der Arzt hatte selbst geschrieben, sie könne in der Fremde nicht gesunden, der Mann solle sie holen.

Manchmal schien es ihr besser zu gehen. Einmal fuhr sie mit ihrem Manne sogar zu uns heraus, und auch sie ging nun so still und abwesend durch unser Haus und unsern Garten, an der Bleiche vorbei und durch den Obstgarten, und ihre blassen Hände glitten über das weiße Leinen, das da lag, und befühlten die rissigen Stämme der alten Apfelbäume. Im Schreibstübchen war sie lange mit Hermdieder allein.

Ihr scheinbarer Hochmut und ihre Kälte waren wie weggewischt. Daß sie nur ein abwehrender Schutz für ihr überaus zartes und stolzes Empfinden gewesen waren, das hatten wir erkannt, seitdem ihres Mannes ritterliche Liebe sie zu einer glücklichen und frohen Frau gemacht hatte.

Am Abend dieses Tages sagte Hermdieder zu mir: »Amrie, über Sophie können wir ganz beruhigt sein.« Und wie ich froh aufhorchte, indem ich glaubte, ihre Krankheit habe eine Wendung zum Besseren genommen, sagte er fest und ruhig: »Sie wird selig sterben.«

Ach, ich hörte nichts als das Wort sterben und weinte. »Muß sie wirklich sterben, Hermdieder, sah sie nicht heute ganz frisch aus? Und kann Gott das zulassen«, fuhr ich fast heftig fort, »wo ihr Mann und ihre beiden Kinder sie so nötig brauchen?«

»Danach fragt der Tod nicht, Amrie, und Gott bleibt uns verborgen in diesem Geschehen, wie in so manchem anderen, das uns bisher betroffen hat, aber können wir nicht dankbar dafür sein«, fuhr er lebhaft fort, »daß auch sie nun unserm Herrn Christus ganz zugehört? Sie meinte, daß sie deswegen diese Krankheit wohl gern auf sich nehmen würde, trotz allem Schweren, da sie nun froher sei als je zuvor, so glücklich sie doch immerhin schon gewesen wäre.«

Hermdieder lebte so stark in der Hoffnung auf die Vollendung in der Ewigkeit, daß er alles zeitliche Geschehen wie einen Übergang ansah, dem der eigentliche Sinn mangelt und vor dem alles irdische Geschehen, ob Freud ob Leid, nicht so wichtig ist. Es ging vorüber und hinterließ nicht allzuviel Spuren. Nur was unverweslich gesäet war, so glaubte er, das drücke seine Furchen tief hinein in das Ewige, daß es nimmermehr verging und ewig wertvoll war.

Ich aber sah zu sehr, wie Zeit und Ewigkeit zusammenhängen, wie das Samenkorn mit Blüte und Frucht, und ich konnte nicht das eine vom andern ablösen, und ich konnte nicht mit meiner Seele, die auf Ewiges gerichtet war, loben und danken, wo mein Gemüt, auf Irdisches gesonnen, weinen mußte.

Mit mir, der Mutter, sprach Sophie nie von solchen ernsten Dinge. Sie konnte die natürliche Scheu der Tochter vor der Mutter nicht überwinden, und es war gut so. Denn die Mutter soll so etwas ohne Worte verstehen.

Als sie von uns fortging, umarmte sie mich heftig und sagte mit zuckenden Lippen: »Ich danke dir auch, Mutter, für alles.«

Ich vermochte jedoch vor übergroßem Leid und Schmerz kein Wort hervorzubringen, wo ich ihr doch so viel hätte sagen müssen.

Dann setzte ich mich in die stille Kammer und war wie ein Brunnen, dem die Wasser des Leides über den Rand laufen, da er übervoll ist von Kummer und Herzeleid.

Jedesmal, wenn ich sie dann besuchte, als sie bettlägerig geworden war, saß ihr Mann oder dessen Mutter an ihrem Bett, und ich merkte, wie sie trotz ihrer Schwachheit noch alle Fäden des Geschäftes sowohl wie die des Haushaltes in den Händen behalten hatte. Alles wurde an ihrem Bett beraten und ihrem Urteil anheimgestellt, sowohl was die Kinder anging, die sich gar nicht von der Mutter trennen wollten, als was das Geschäft betraf. Der Pfarrer in der Stadt besuchte sie jeden zweiten Tag.

Von ihrer Krankheit durfte jedoch nicht die Rede sein. Nicht etwa aus Furcht, sondern weil es ihr nicht so wichtig war, wollte sie niemals gefragt sein, wie es ihr ginge. Sie lebte ihr Leben bis auf die letzte Neige voll und ganz, ohne Halbheit und anscheinend ohne Schwachheit, wach und ihrer selbst bewußt. Dabei sprach sie ruhig von ihrem Tode, aber ganz sachlich, als dächte sie nie an sich selbst dabei, sondern nur an die andern, die zurückblieben. Sie war wie eine Kerze, die langsam und stetig, aber hell niederbrennt und bei der niemand an das Verzehren denkt, da sie nur leuchtet und alles ringsum hell macht, aus einem Gesetz ihres Wesens heraus, das sich nicht umbiegen ließ.

Es war an einem Morgen im Januar, als ich vor das Haus trat, um nach dem Leinen zu sehen. Über die Gärten, Felder und Häuser war ein dichter weißer Nebel gebreitet. Aus den Dächern stieg ein feiner Rauch auf und schien sich gegen den Nebel mit aller Kraft, deren er fähig war, behaupten zu wollen. Aber er wurde in der stillen Weiße und Lautlosigkeit einfach verschlungen, und ich dachte an mein nächtliches Ringen mit Gott um Sophie, und mir schien es wie jener Rauch zu sein, ein vergebliches Unterfangen einem großen, unausweichlichen Schicksal gegenüber. Die Stille ringsum in dem Nebel war so hoffnungslos, daß mir das Krähen eines Hahnes in der Ferne wie ein seltsam unerreichbares Glück vorkam, deshalb, weil es sorglosen Alltag bedeutete, an dem die weiße Stille, dieses Schicksal, in das man eingeschlossen war, keinen Anteil mehr hatte.

Gott – so ist dein Wille – groß und unausweichlich, und es gibt keine Möglichkeit, ihm zu entfliehen.

Und in dieses mein Sinnen herein, da ich noch stand, in Gedanken verloren, brach unbarmherzig die Nachricht, daß es nun so weit war, daß das Schicksal sich erfüllt hatte: Sophie war heimgegangen. –

Auf dem großen städtischen Friedhof, der so anders war mit seinen Zypressen und Marmorkreuzen, den gepflegten Wegen und den dunklen, abgezirkelten Erbbegräbnissen, als unser Friedhof daheim mit Rosenduft und Nachtigallengesang im Sommer, standen wir Verwandten vom Lande inmitten all der vornehmen, feinen Trauergäste ein wenig abseits und wie verweht. Wir schienen nicht allzusehr hierher zu passen. Als aber der Pfarrer am Grabe zu sprechen begann, da war alle Fremdheit dahin, wenn auch Hermdieder zuerst ein wenig die Stirn runzelte, da er Sophie allzusehr, wie er dachte, zu loben begann, denn so etwas gab es nicht bei unserm Pfarrer daheim. Aber plötzlich war der Unmut wie weggewischt, und ein helles Blinken stand in seinen Augen, als der Pfarrer nämlich fortfuhr, daß dieses alles vor der Ewigkeit nicht allzuviel wert sei, so schön es hier auf Erden gewesen sei. Das Beste aber, das ihr zu eigen gewesen, habe sie aus ihrem frommen Elternhause mitgebracht in die Stadt, und sie habe es ihrem Manne und den Kindern weitergegeben, also, daß es wieder neues Leben erzeugt habe. Und dieses sei ihr Glaube an Christus gewesen.

Als er geendet hatte, trat der Pfarrer sogleich mit dem Schwiegersohn auf Hermdieder zu und drückte ihm fest die Hand, und der Sohn umarmte den Vater in seinem großen, unfaßlichen Schmerz, so wie man Halt sucht bei einem guten Freunde. Hermdieder aber löste sich sanft und sah ihm in die Augen und sagte mit fester Stimme:

Was wir bergen in den Särgen,
ist der Erde Kleid,
was wir lieben, ist geblieben,
bleibt in Ewigkeit.

Ich machte mir oftmals Vorwürfe, daß ich Sophiens Krankheit vorher nicht genug beachtet hätte, und immer wieder kam mir der Gedanke, ich hätte das Unglück hindern und ihm wehren, zumindest es aufhalten können. Ich dachte darüber nach, ob das Kind wohl die Stadt mit ihrer staubigen Luft nicht vertragen konnte, ob sie wohl bei uns in der Heimat wieder genesen wäre und ob sie wohl überhaupt Heimweh nach dem Lande gehabt hätte. Ich hatte mich vorher gar nicht darum gekümmert.

Als ich Ernst danach fragte, sagte er, daß Sophie, solange sie gesund gewesen wäre, wohl besonders gern durch die weiten Kornfelder vor der Stadt gegangen sei und den Kindern manches Mal von ihrer Kinderzeit auf dem Lande erzählt habe, daß sie aber nicht eigentlich darunter gelitten habe. Aber als sie krank war und sich nach ihrem Manne und den Kindern sehnte, da hatte sie, wie er erzählte, immer in einer besonders schmerzlichen Sehnsucht an einen bestimmten Weg daheim denken müssen, der durch Wiesen und Felder gerade auf unsern Garten zu führte. An diesem Weg standen Vogelbeerbäume, und wenn sie daran dachte, daß die Beeren rund und rot waren und die Sonne über den schon abgemähten Feldern stand und hinter unserm Gartenzaun in bunter Fülle Georginen und Astern blühten, dann spürte sie körperlich, wie ihr Herz sich in Bitterkeit und Süße zusammenzog, daß es schmerzte, und wie sie sich des Heimwehs nicht mehr erwehren konnte.

Ja, nun entsann ich mich, wie lange sie mit Hanna am Gartenzaun gestanden hatte, damals, als sie das letzte Mal bei uns war und verloren in die Weite geschaut hatte. Nun war sie in eine andere Heimat eingegangen.

Augusts neues Haus, das Wirtshaus, war nun fertig geworden, und da es Hanna in der letzten Zeit nicht gut gegangen war, hatte sich Lisette erboten, es ein wenig instand zu setzen und Ordnung darin zu schaffen. Sie würde sich auch einigermaßen mit August vertragen können, da die beiden sich noch am besten verstanden. Hermdieder spannte an, und wir fuhren nach einigen Tagen mit einem großen Leiterwagen Hanna und die Kinder und ihr weniges Hab und Gut, das gerettet worden war, in die neue Heimat.

Das Haus stand hoch und ein wenig protzig da an der Kreuzung des Weges, und mir schien es fast, als hätte es einige Ähnlichkeit mit seinem Besitzer, so wurzellos und unecht sah es aus und so plump und roh, da es noch nicht beworfen war und die roten Backsteine nackt und kahl in der hellen Mittagssonne glänzten. Nein, da war kein Trost und kein Ausruhen. Und ich dachte an die häßlichen Vorstadtstraßen, durch die wir fahren mußten, wenn wir Sophie besuchen wollten. Dahinein hätte das Haus gepaßt mit seiner Seelenlosigkeit und Unechtheit, es stand da und schien zu sagen: Hier bin ich, was ist das andere, das Land und der Acker, der Segen der Felder und der Friede des Abends gegen mich? Da konnte man lieber schon gleich in eine solche städtische Straße ziehen. Lisette hatte es sich nicht nehmen lassen, eine dicke Girlande aus bunten Sommerblumen zu binden. Die hing über der Tür und nahm sich ein wenig lächerlich aus inmitten der neuen Reklameschilder, die August in seinem Eifer schon angenagelt hatte. In Hannas Augen kam ein heller Schein, da sie die bunte kleine Sommerpracht sah, denn es war ihr nun nicht ganz so schwer, zum ersten Male durch diese enge Tür zu schreiten, in einen kahlen, nüchternen Flur hinein, mit vielen Türen und einer großen, steilen Treppe, – wo sie es gewohnt war, gelassenen Schrittes durch eine große, breite Deelentür zu gehen und den weiten Deelenraum vor sich zu haben, auf dem es sich so gut schaffen wie feiern ließ.

August zeigte stolz alle die großen Räume mit den hohen Fenstern, die Gaststuben und die Wohn- und Schlafstuben mit den kärglichen neuen Möbeln. Als Hanna aber den Rundgang beendet hatte, ließ sie sich müde auf das neue Sofa fallen und sah sich im Wohnzimmer um und sagte: »Mutter, wie ist es hier so traurig und leer! Die Wände sind fremd und kennen mich nicht und tun, als wollten sie nicht viel von mir wissen, und die hohe Decke ist ohne Erbarmen. Was soll ich nur hier, Mutter?« Und die ganze Angst und Fremdheit eines neuen Heimes und eines fremden Wohnortes fielen über sie her.

Ich ließ sie sich ausweinen, bis Lisette kam und Hanna aufrüttelte und ihr triumphierend ein liebes kleines Gärtchen hinter dem Hause zeigte, das sie in diesen Tagen für die Schwester angelegt hatte. Es waren schmale Wege da und einige rechteckige und runde Beete, ganz mit Blumen bepflanzt. Viel war es nicht, aber Hanna war doch sehr glücklich darüber und reichte der Schwester die Hand: »Du hast recht, Lisette, Blumen gibt es auch hier und – das weite freie Land. Es ist dennoch etwas wie eine Heimat.«

Das Haus lag ziemlich hoch, und man hatte einen weiten Blick bis hin zu den Bergen, wobei es freilich schwer für Hanna war, daß sie auch genau die Trümmer ihres Hofes erkennen konnte. Sie sah scheu darüber hinweg, und dann sagte sie zu mir gewandt, gewissermaßen mit einem neuen Anlauf: »Mutter, sollte es Gott nicht ein kleines sein, auch diese kahlen Räume mit seiner Gegenwart zu füllen, so kann auch dieses Haus meine Heimat werden.«

Die Jungen liefen die Treppe auf und ab, immer wieder, da es ihnen etwas Neues war, und Dietrich, mein jüngster

Sohn, der auch mitgekommen war, ging lustig von Stube zu Stube und um das Haus herum und rief lachend: »Hanna, was hast du hier für eine feine Klitsche, da möchte ich mit dir tauschen. Immer die Schulbänke drücken in der elenden Stadt, – so ein Wirt hat doch ein Leben.« . . . –

»Red nicht von Dingen, die du nicht verstehst«, wies ich ihn etwas hart zurecht.

»Na, was nicht ist, kann noch werden«, meinte er leichthin und verschwand in der Wirtsstube, wo der neue Wirt schon eifrig mit dem Bedienen der Gäste, die aus Neugier gekommen waren, beschäftigt war.

August war gut gelaunt und schien jetzt seines Lebens Sinn und Ziel erkannt zu haben und seine Wünsche befriedigt zu sehen.

Aber Hanna kannte die Schwachheit des menschlichen Herzens und ihres Mannes zumal viel zu gut, als daß sie daran glauben konnte, er würde den vielen Versuchungen zum Trinken und Spielen widerstehen können.

Als ich auch einmal nach vorne in die Wirtsstube ging, sah ich zu meinem Befremden, daß mein Sohn Dietrich, der Schüler, an einem Tisch mitten zwischen allerlei lustigen Gästen saß und trank. Er sah mich noch nicht, und ich mußte mit Bitterkeit erkennen, daß er gewiß nicht zum erstenmal so trinkend und lachend und dummes Zeug schwätzend im Wirtshaus saß.

Da ich auf dem Heimwege danach fragte, gab er mir obenhin zur Antwort, sie hätten doch einen Schülerverein, und da könne es doch gar nicht ausbleiben, daß sie auch einmal etwas tränken. Ich sagte aber Hermdieder nichts davon und bat Dietrich herzandringlich, sich nicht mit solchen Dingen abzugeben. Aber es war mir plötzlich, als hätte sich eine Mauer aufgerichtet zwischen uns und dem Jungen, über die ich nicht mehr hinwegsehen konnte. Und eine unbestimmte Angst erfaßte mich.

Die Jahre gingen dahin, in dem Maße schneller und gleichmäßiger, je mehr unser Leben hinabglitt in Altern und Vergehen. Sie kamen und gingen wie Wellen, eine der andern gleich, und hoben uns hinein in Freude und Frieden und tauchten uns unter in Leid und Trübsal. Aber seit wir siegreich den großen Krieg bestanden hatten und ein reiches Volk geworden waren, seitdem haftete den Jahren und der Zeit, die über uns erging, eine eigentümliche Fremdheit an, die wir nicht meistern konnten, wir mochten uns noch so sehr darum bemühen. Wir standen nun ein wenig abseits, Hermdieder und ich, und schüttelten oft unsere Köpfe über das, was wir sahen und hörten, und sehnten uns nach der Zeit, da alles so anders gewesen war.

Die Mädchen trugen am Sonntag stolz und keck ihre Hüte mit den bunten Blumen oder gar Federn und hatten städtische Kleider an, die lang über den Schmutz der kleinen Wege schleppten, und die Jungen standen, Zigarren rauchend, mit langen Hosen an den Straßenecken und lärmten und prahlten und konnten den Mund nicht voll genug nehmen.

Fabriken schossen wie Pilze aus der Erde, und wenn man nun auf die Stadt herniedersah, konnte man vor den vielen Schornsteinen kaum die Kirchtürme mehr finden, und Häuser wurden gebaut, große Kästen mit viel Schmuck und Beiwerk und mancherlei billigem Zierat, alles möglichst aufdringlich und protzenhaft.

Auch die Gottlosigkeit wurde immer größer. Und wenn auch bei uns die Kirchen weiter gut besucht waren und viele darum rangen, Gott ganz gehorsam zu sein in ihrem Leben und Wandel, so drang doch der neue Geist der Oberflächlichkeit und des Leichtsinns auch in unsere Gemeinde und suchte die Jugend von dem abzubringen, was sie von den Vätern geerbt hatten.

Inzwischen war auch unsere jüngste Tochter Dörthe herangewachsen. Wenn man sie ansah, mußte man an klares Wasser oder an eine frische Brise vom Meere her oder an kräftiges, frisch gepflügtes Land denken. Klar und sauber war alles an ihr, ihr Gesicht und Wesen waren von großer Anmut und Lieblichkeit, wenn ihr auch ein kräftiger, herber Ton beigemischt war. Das kam von ihrem Trotz und Stolz her, die immer auf der Lauer zu liegen schienen, wenngleich sie selten genug zum Vorschein kamen. In allen kleinen Dingen des Alltags war sie gerade wie Dietrich und im Unterschied zu meinen älteren Töchtern immer fügsam, anschmiegsam und gehorsam. Dabei war sie klug und tüchtig im Haushalt trotz ihrer jungen Jahre und um den Vater besorgt, wie kein anderes Kind je gewesen war, weshalb sie auch sein ausgesprochener Liebling war.

Sie war mit dem Gedanken aufgewachsen, daß sie als die jüngste Tochter unsere Besitzung einmal erben werde, da Dietrich als der eigentliche Erbe Pfarrer werden sollte. Uns allen war dies ganz selbstverständlich, und Dörthe hing darum mit um so zäherer Liebe an dem, was uns gehörte an Wiesen und Feldern und Vieh, an dem Garten, dem Hause und den Stuben, die darin waren. Ja, sie hielt es nicht aus, einen Tag von daheim fort zu sein. Wie oft hatten wir den Versuch gemacht, der immer gescheitert war, wo sie auch zu Besuch weilen mochte.

Uns war es sehr erwünscht, daß ihr ein junger Bauernsohn aus gutem Hause zugetan war, dessen Eltern einen großen Hof in unserer Nähe besaßen. Er selbst, Friedrich Hartmann, war der zweite Sohn und darum darauf angewiesen, in einen Besitz hineinzuheiraten. So war auch Dörthe als Schwiegertochter sehr willkommen.

Es war wahrlich erquicklich, die beiden Menschen zusammen zu sehen, da sie einander in einer frohen und selbstverständlichen Liebe zugetan waren. Friedrich war so dunkel, wie Dörthe hell, er hatte ein etwas breites, offenes und ungemein gewinnendes Gesicht. In dem hellen Grau seiner Augen stand ein schmaler, brauner Ring, der die Schärfe und Wachheit der klugen Augen abmilderte zu einem treuherzigen und guten, ernsten Ausdruck. Er war stämmig und stark.

Es war an einem Sonntag vor Weihnachten gewesen, da diese Sache angefangen hatte. Der neugefallene Schnee ließ alles Laute zu einer tiefen, toten Stille ersterben, so daß man sich an das Leben im eigenen Hause anklammerte, da man von der sanften Fremdheit und Reglosigkeit des Wintersonntags ein wenig bedrückt wurde.

So saßen wir alle gemütlich am großen eisernen Ofen,

Hermdieders Freunde und Wilhelm und Lisette waren da, und Dörthe deckte gerade den Kaffeetisch. Da tat sich die Tür um ein klein weniges auf, und die schönsten Winteräpfel kullerten herein. Ein Zettel lag dabei, auf dem stand: »Für Dörthe, das beste aller Mädchen.«

Dörthes Gesicht flammte hellauf, und wir andern lachten und hörten nicht auf, sie mit ihrem geheimnisvollen Liebhaber zu necken. Bald darauf fand sie in ihrer Ohrenmütze nach einem Spinnabend gedörrte Pflaumen, ein anderes Mal Apfelschnitzel. Als sie ihr Spinnrad einmal einen Augenblick auf dem Gange hatte stehenlassen, fand sie ein neues Wockenblatt daran mit der Aufschrift. »Gib mir dein Herz, dafür nimm du das meine!«

Wir neckten sie nun weidlich und baten sie, doch zu verraten, von wem dies alles komme. Aber sie sagte hartnäckig, sie wisse es nicht, bis sie eines Abends in tiefster Beschämung, und wie es in der Stube dunkel geworden war, sagte: »Friedrich Hartmann ist mir gut.«

»Und du?« fragte Hermdieder.

»Ich ihm auch«, sagte sie einfach ohne Umschweife. Und wir meinten dann, daß wir nichts dagegen hätten, wenn seine Eltern es ebenso wünschten. Das hatte ihr Friedrich versichert.

Nun kam er auch zu uns, und Hermdieder war nach seinem ersten Besuch so von ihm angetan, daß er sagte: »Der hätte Pastor werden müssen und nicht unser Dietrich.« Er meinte aber sowohl sein ungemein gutes und gewinnendes Wesen wie seine wohlklingende Stimme, der man gern zuhörte, mochte er sagen, was er wollte.

Im Februar sah ich die beiden an jenen hellen, rötlich goldenen Vorfrühlingstagen, die so voll einer zarten Verheißung sind, über das braune, frische Land schreiten und mußte ihnen nachsehen, solange noch ein Stückchen von ihnen zu sehen war. Denn sie gingen so beschwingten Ganges und in so völligem Gleichmaß der Schritte, daß selbst ein Fremder es merken mußte, wie diese beiden innerlich zusammengehörten und füreinander wie geschaffen waren.

Im Sommer wiederum hörte ich ihnen oft zu, wenn sie

auf der Bank im Garten oder vor der Haustür saßen. Er spielte die Mund- oder Ziehharmonika, und sie sang die einfachen Volkslieder dazu. Sie hatte zwar eine etwas harte und spröde Stimme, wie auch beim Sprechen. Aber sie legte ihre ganze Seele hinein.

Im Herbst kletterten sie miteinander auf die Birn- und Äpfelbäume, da Dörthe es ihm an Geschicklichkeit und Wildheit mindestens gleichtat, und machten Kartoffelfeuer und waren wie die Kinder, ausgelassen und froh.

Was uns aber ausnehmend wohlgefiel, war, daß er immer zur großen Deelentür hinein ins Haus kam und nie an ihrem Kammerfenster stand, nicht einmal zum Plaudern.

Einmal erzählte mir Dörthe im Dämmern eines Wintertages, daß ihre Liebe eigentlich schon uralt sei. Im ersten Schuljahr hatte sie einmal weinend auf dem Schulhof gestanden, ihr Zopfende im Mund, weil die andern sie ausgelacht hatten. Da war ein größerer Junge gekommen, eben Friedrich, und hatte ihr eine Handvoll Haselnüsse geschenkt und ihr die Tränen mit der Schürze abgeputzt. Als sie später einmal von uns in die Kirche mitgenommen worden sei – sie war damals wohl zehn Jahre alt –, war Friedrich mit seinen Eltern vor uns hergegangen, und sie hatte die ganze Zeit denken müssen: »Den möchtest du einmal zum Manne haben.« Und wie sie fast gleichzeitig durch das Portal der Kirche gingen, sie mit kleinen trippelnden Kinderschritten, hatte es ihr plötzlich vor der Seele gestanden, wie sie mit Friedrich würdigen Schrittes durch eben diese Tur zum Altar schritt. –

In dieser Zeit machte uns nur Dietrich große Sorgen. Ostern war er zum ersten Male nicht versetzt worden. Dennoch gab Hermdieder seinen törichten Bitten nicht nach, ihn von der Schule zu nehmen. Aber als noch ein Jahr vergangen war, wurde uns ernstlich von den Lehrern geraten, ihn etwas anderes lernen zu lassen. Er sei begabt, aber unbegreiflich faul und lässig, so würde er die Reifeprüfung nicht bestehen. Außerdem sei er allzuoft in Schülerkneipen zu finden. Nach einer ernsten Unterredung mit dem Direktor, nach der es Hermdieder klar wurde, daß

Dietrich vorsätzlich so handelte, um die Schule loszuwerden, und er sich überzeugt hatte, daß weder mit Ernst noch mit Güte etwas bei ihm zu erreichen war, mußte er es zugeben, daß Dietrich kurz vor Erreichung des Zieles aufhörte und nach Hause kam.

Es stellte sich später heraus, daß er von allerlei Nachbarn und Leuten aus unserm Dorf aufgehetzt worden war. Er hatte keine Lust zu der Schularbeit, da lieh er diesen Verhetzungen ein williges Ohr. Man sagte ihm nämlich immer wieder, daß er es doch gar nicht nötig hätte, zu arbeiten und sich abzuplagen, da ihm doch eigentlich als dem einzigen Sohn die ganze Besitzung gehöre.

Ostern sollte Dietrich nach Hause kommen. Ich machte mir Vorwürfe, daß ich diesem Jungen immer zu sehr freie Hand gelassen hatte. Er war in einer Zeit aufgewachsen, da ich in all den vielen irdischen Sorgen und Freuden meines Lebens aufging und nicht jeden Tag neu aus Gottes Hand nahm, damit er ihn gestaltete und segnete.

Ich hatte ihn immer ein wenig laufen lassen, ebenso wie Dörthe. Beide waren viel ihre eigenen Wege gegangen, ich hatte mich nicht allzusehr um sie gekümmert, kaum daß ich abends Zeit hatte, mit ihnen zu beten. Jetzt sah ich ein, wie nötig ihnen eine harte Zucht gewesen wäre. Auf mir lag die Verantwortung, denn Hermdieder wurde in jener Zeit zu sehr von seinen geschäftlichen Sorgen in Anspruch genommen.

Dietrich kam heim, wie er es sich gewünscht hatte. Er könne in der Stadt nicht atmen, sagte er, er müsse Freiheit und Weite um sich haben. Und schließlich, meinte er trotzig, komme ihm doch das Erbe rechtmäßig zu.

Ja, wir hätten uns damit abfinden können, unseren gelehrten Sohn als einfachen Landmann zu Hause zu haben und alle ehrgeizigen Pläne zu begraben. Wahrlich, das fiel uns nicht allzu schwer. Aber einige andere Dinge, die damit zusammenhingen, waren schlimmer.

Mit unserem Geschäft ging es nun dauernd bergab. In unserem kleinen Dorfe war eine mechanische Weberei errichtet worden, jetzt, in den reichen und betriebsamen Jahren nach dem großen Kriege, und ebenso in einem

Nachbardorfe. Allmählich verloren wir unsere besten Weber an die Fabrik, nur die minderwertigen blieben bei uns, die Maschinen waren vervollkommnet, so daß handgewebtes Leinen überflüssig wurde. Da die Webereien die Waren so billig herstellten, sahen wir dem endgültigen geschäftlichen Niedergang, der vorher noch einmal aufgehalten worden war, über kurz oder lang entgegen. Was blieb dann für unsern Sohn? Eine mittlere Landwirtschaft, weiter nichts.

Und was würde aus Dörthe und Friedrich, der als der zweite Sohn eines Hofes mit sehr vielen Kindern nichts gelernt hatte und einfach darauf angewiesen war, in einen Besitz hineinzuheiraten? Nacht für Nacht lagen Hermdieder und ich in Sorgen um diese unsere geliebten Kinder wach. Wir hatten es uns so schön gedacht, einmal im Altenteil zu wohnen, von Dörthe und Friedrich umsorgt zu sein. Und Annemarie konnte auch viel besser bei ihrer Schwester sein, die sehr liebevoll zu ihr war, als bei einer Schwägerin.

Wir sagten Dörthe noch nichts und rechneten hin und her. Schließlich machte sich Hermdieder auf zu Friedrichs Vater, um zu erfahren, was jener beisteuern könne. Da sah es aber weniger gut aus, als wir gedacht hatten.

Traurig kam Hermdieder wieder. Denn wenn Dörthes Mitgift vielleicht dazu gereicht hätte, ein kleines Häuschen mit einem bißchen Land zu kaufen, wovon sollten sie dann leben?

Als Dörthe von allem hörte, wurde sie vor Schrecken ganz blaß, wollte aber Armut und jegliche Arbeit auf sich nehmen.

Auch Friedrich war gleich bereit, diesen Weg zu gehen und sich irgendeine Arbeit zu verschaffen. Wäre unser Geschäft noch besser gewesen, hätte er gut darin mithelfen können.

Aber Friedrichs Eltern waren nun gegen die Verbindung. Friedrich wollte sich zwar nicht fügen, wurde aber schließlich im alltäglichen Kampf ein wenig müde und wie zermürbt, und obgleich er noch an Dörthe festhielt und es auch weiterhin wollte, fühlte sie sein Ermatten und Erlahmen, denn er war ganz und gar keine Kampfesnatur, und er war täglich und stündlich dem Hetzen der Eltern, Geschwister und Verwandten ausgesetzt. Außerdem war er noch nicht mündig und konnte ohne den Willen der Eltern nichts tun. Wir aber konnten uns auch nicht, sicher und fest auf unser Recht pochend, auf die Seite der jungen Leute stellen, denn einmal dünkte auch uns der Weg, den sie gehen wollten, über alle Maßen beschwerlich, andererseits aber wollten wir nichts durchsetzen ohne den Willen seiner Eltern. Außerdem trugen ja auch letztlich wir die Schuld an allem.

Dörthe aber, zu stolz, um etwas zu erzwingen, was nicht mehr, wie sie in ihrem feinen Empfinden meinte, von ganzem Herzen und mit vollem frohem Willen gegeben wurde, löste nun selbst das Verlöbnis auf, wogegen Friedrich allerdings immer wieder Einwände erhob.

Da er nun aber seine Zeit als Soldat abdienen mußte, hörte alles wie von selbst auf. Er war von dem Ungewissen, Neuen und Schweren, das auf ihm lastete, so bedrückt, daß er nicht zum Schreiben kam, wie es manchen etwas schwerfälligen Menschen geht, die unter einem schweren Drucke stehen. Dörthe aber faßte dieses als eine endgültige Absage auf.

Nie hat mir eines meiner Kinder so leid getan wie dieses, selbst Hanna nicht, die es doch schwer genug hatte. Sie ging blaß und aufrechten Ganges ihrer Arbeit treu und pflichtgemäß nach, aber sie war wie eine leere Kammer, aus der ein froher Mensch ausgezogen ist, mit fremden Wänden und unheimlich klingendem Widerhall. Ihre Stimme war wie zerbrochenes Glas.

Sie wandte sich in Bitterkeit und Trotz von uns allen ab, innerlich, während sie äußerlich ruhig und gefaßt zu sein schien. Aber der beinahe lächelnde Ausdruck ihres Gesichtes war wie gefroren, man mußte an eine stehengebliebene Uhr denken, in der etwas zerbrochen ist, so daß sie nie mehr richtig gehen kann.

Ich hoffte, sie durch andere Eindrücke aus ihrer Starrheit zu erwecken, und gab sie Hanna zur Hilfe, die gerade einen kleinen Jungen bekommen hatte. Dort hatte sie soviel Arbeit und die Kinder und sah in Leid und Kummer, kurz, sah in ein volles, schweres Leben hinein. –

Es war kaum ein halbes Jahr vergangen, da kam sie heim und sagte ruhig, aber immer noch mit dieser Stimme, die brüchig war und kalt und an zerbrochenes Glas erinnerte: »Vater und Mutter, ich will mich verloben, ich denke, ihr habt nichts dagegen.«

Am nächsten Sonntag kam der Bräutigam, den sie bei August und Hanna kennengelernt hatte. Er war Mehl- und Getreidehändler in der Stadt und besuchte seine Kundschaft ringsumher auf dem Lande. So kam er oft zu August, mit dem er gut Freund war.

Als er am Abend fortgegangen war und Dörthe ihn noch ein Stück begleitete, sahen wir beide, Hermdieder und ich, uns fassungslos an. Hermdieder begann zu schelten und zu murren, ich aber war ganz still. Dieser Mann sollte unsere Dörthe heiraten? Sein Beruf schien sehr auf ihn abgefärbt zu haben, denn sein Gesicht war weiß und aufgedunsen und wie mit Mehl überstäubt und von Mehl aufgeschwemmt.

Mir kam doch noch ein Lächeln in allem Schmerz: »Sieht er nicht aus wie ein ›Müffken‹, eine weiße Reihensemmel, in Milch gestippt?«

»Mag sein«, sagte Hermdieder ärgerlich, »aber hast du seine Augen gesehen? Die sehen nicht aus, als ließe er etwas an meiner Tochter, was ihr noch gehört. Ihnen wird sie folgen müssen, sie sind kalt und herrisch, aber von gleisnerischer Freundlichkeit überdeckt. August ist ein leichtsinniger, grober und prahlerischer Patron, aber man weiß, wie man mit ihm dran ist. Dieser aber ist nach außen gut und freundlich, aber inwendig ist er voll Totengebeinen und allen Unflats, wie es in der Schrift von den Pharisäern heißt, – weißt du, ein ›übertünchtes Grab‹«, ja, er wiederholte es mit Nachdruck: »Ein übertünchtes Grab! Nein, sie soll ihn nicht haben.«

Aber Dörthe bestand darauf. Ob es nur Trotz und Stolz war, daß sie den ersten besten nahm, der sie begehrte, oder unbewußt eine Art Rache an uns, daß sie diesen wollte, oder ob wirklich diesen unheimlichen Augen eine gewisse

Gewalt zu eigen war, die sie in seinen Bann zog, wer konnte es damals sagen?

Hermdieder sprach mit ihr und beschwor sie, von dem Manne zu lassen, aber sie blieb hart.

Schließlich glaubten wir nachgeben zu müssen, um Schlimmeres zu verhüten. Würde sie uns, eigensinnig, wie sie war, nicht vielleicht auch zwingen wollen, wie es Hanna einmal getan hatte, und würde ihr verpfuschtes Leben uns nicht ewig anklagen? So überlegten wir. Aber menschliches Rechnen ist immer Torheit vor Gott. Wenn unser Rechnen und Dörthes maßloser Stolz, der ihre Augen blendete und verhielt, nicht gewesen wären, hätte später noch alles gut werden können.

Weder Dörthe noch wir konnten warten, in Demut und Geduld nichts tun als abwarten, was Gott mit uns vorhatte.

Denn Friedrich heiratete nicht, er blieb als Knecht auf dem Hofe seines Bruders, und als dieser nach einigen Jahren kinderlos starb, erbte er den großen Besitz. Er blieb aber unverheiratet bis an sein Ende, von einer seiner Schwestern umsorgt und gepflegt.

Bloß daß wir, die wir so bemüht waren, Gottes Willen zu tun, in Eigenwillen und aus Angst und Kleinglauben nicht gewagt hatten, auf Gottes Weisung zu warten, das hatte alles so schief und verkehrt gemacht.

Bei Dörthes Hochzeit ging es etwas krampfhaft lustig zu, so krampfhaft, wie ja das ganze Geschehen überhaupt war. Ich hätte am liebsten die Augen geschlossen, um nicht sehen zu müssen, was vor sich ging.

Als das Brautpaar am Abend fortfuhr, sahen wir beide, Hermdieder und ich, ihnen durch das Fenster nach. Und Hermdieder ging in gequälter Unruhe hin und her und rang die Hände und sagte immer wieder eintönig nur das eine Wort vor sich hin: »Sie hat's gewollt, sie hat's gewollt«, und schob damit der Tochter alle Schuld zu.

Wir hatten in jener Zeit einen treuen Schäferhund, der sonderlich an Dörthe hing. In der Zeit vor ihrer Hochzeit, da sie sich allen fremd und hart verschloß, war ihr des

Tieres Liebe und Zärtlichkeit wohl ein kleiner Trost gewesen. Denn ich hörte, wie sie manches Mal zu ihm sprach mit einer Stimme, die sanft und gelockert war und alle harte Sprödigkeit verloren hatte.

Von da ab kannte des Hundes Liebe weder Maß noch Ziel. Er saß morgens in aller Hergottsfrühe unter ihrem Kammerfenster oder, wenn es regnete, vor ihrer Tür auf der Deele, und er wartete geduldig auf den Augenblick, da sie aufgestanden war und zu ihm herauskam. Dann stürzte er sich mit einer Gewalt auf sie, als wolle er sie umwerfen, während sie ihn mit jener eindringlichen Stimme, auf die von jeher unsere Tiere gelauscht hatten, beruhigte und umschmeichelte. Auf allen Wegen begleitete er sie, und wenn der feine Bräutigam kam, knurrte er ihn an oder hatte seine traurigen Augen, ja einmal biß er ihn tückisch ins Bein, was er noch nie einem getan hatte. Und während der Mann in hellem Schrecken aufschrie und in wichtiger Empörung schalt und drohte, von einem Fuß auf den andern trat und seine Wade untersuchte, fing Dörthe hell und ein wenig zu laut an zu lachen, wie es mich dünkte, und drückte des Hundes Kopf zärtlich an sich, anstatt ihren künftigen Ehegemahl zu trösten.

Als Dörthe nun für immer fortgegangen war, trauerte ihr das Tier so nach, daß es einen schier erbarmen mußte. Er verweigerte sein Futter und heulte des Nachts gottserbärmlich.

Am dritten Tag befreite ihn Hermdieder von der Kette und nahm ihn mit sich in die Stadt. Als er fortging, sagte er nur: »Mutter, glaubst du nicht, daß sie ihn nötig haben wird in ihrem Heimweh?«

Ich nickte heftig und freute mich, daß der Vater nach ihr sehen würde und ihr dieses Stück Heimat bringen wollte.

Sie wohnte nun in einem jener neuen, nüchternen Vorstadthäuser, die einen gnadenlos und erbarmungslos aus ihren Fenstern ohne Seele ansehen und gänzlich stumm sind, von denen man nur das eine weiß, daß sie keine Heimat in sich bergen.

Dörthe saß in der Küche, von der man auf hohe graue Mauern sah, und schälte Kartoffeln, als Hermdieder kam.

Sie, die die Weite und Freiheit des Landes liebte wie keins meiner Kinder, Lisette vielleicht ausgenommen, war nun eingeengt und wie gefangen und mußte ihre jungen starken Glieder mühsam in Enge und Dumpfheit bändigen.

Hermdieder schnitt der trostlose Ausdruck ihres Gesichtes ins Herz, der aber sogleich wieder erstarrte, da sie ihn kommen sah. Darum begann er verlegen: »Dörthe, ich bringe dir den Tell, es ist nicht mehr auszuhalten mit ihm« – er hätte es nie zugegeben, daß er hauptsächlich ihretwegen hier war –, aber sie spürte es aus seiner Stimme und seiner Haltung, und es ging ihr durch und durch. Und wie sich der Hund nun mit einem Freudengebell auf sie stürzte und die ganze kleine Küche fast mit umgerissen hätte, da begann sie zum ersten Male zu weinen. Heimweh und Kummer, Bitterkeit und die Scham über eine Ehe ohne Liebe hatten sich allzusehr in ihr aufgestaut. Der Hund warf alles über den Haufen, daß ihr zäher und eigensinniger Widerstand zerbrach. Hermdieder aber, jäh überrascht von dieser Wendung, nahm ihre Hand und sagte unbeholfen: »Mein lütte Deern, mein lütte Deern ...«

Unter Lachen und Weinen sprach sie auf den Hund ein, der sofort dem Zauber ihrer Stimme erlag und sich still ihr zu Füßen legte. Und als der Vater ging, steif und ein wenig ungelenk, da er diesem nicht gewachsen war, aber doch so unendlich guten Willens zu ihr, daß sie es wie eine helle Wärme empfand, sagte sie bittend: »Kommt bald wieder, Vater,«

Aber als ich sie eine Woche später besuchte, war alles wieder so trostlos wie zuvor, saß sie wieder eingekapselt in ihrer Einsamkeit. Ich fragte sogleich nach Tell, was er denn mache.

Sie sagte scheinbar gleichgültig, um ihre Bitterkeit zu verbergen: »Er hat ihn erschossen«, und fügte unwirsch hinzu: »Hier in der Stadtwohnung ist auch kein Raum für ein solches großes Tier«, als wolle sie ihren Mann, der ihr doch ein wirkliches Herzeleid damit zugefügt hatte, noch entschuldigen.

Denn später hörte ich es von Lisette: Es war ganz und gar nicht mit ihrer Einwilligung geschehen. Als der Mann den Hund in der Wohnung angetroffen hatte und seine Treue und Anhänglichkeit sah, kannte seine Wut keine Grenzen. Er trat ihn und zerrte ihn, daß es nicht mit anzusehen war. Enige Tage später nahm er ihn stillschweigend und heimlich mit und kam nicht wieder mit ihm zurück. Die Maske der Freundlichkeit hatte er gleich in den ersten Tagen ihrer Ehe abgelegt.

Da war die Tür, die sich ein klein wenig geöffnet hatte, wieder hart ins Schloß gefallen, und wer wußte, ob sie sich je wieder öffnen würde? Denn so wie der Mann den Hund umgebracht hatte, an dem Dörthe hing und der ihr eigen war, tötete er allmählich jegliches in ihr, das anders war, als er es haben wollte, so daß ihr nichts verblieb als das leere Gehäuse ihres Körpers. Und auch dieses war noch in seiner Macht und Gewalt.

Die Jahre gingen dahin, nicht rund und anmutig, daß man ihnen nachsieht: sie kamen doch eben erst, wie sind sie so schnell entglitten? Sondern sie waren wie Bleigewichte, an denen man zu schleppen hat, daß sie einem langsam dahingehen wie Qual und Krankheit. Denn dieses Leid, das wir um unsere jüngste Tochter trugen, war nicht so beschaffen, daß es die Zeit heilte und glättete oder gar von Gott in Segen gewandelt wurde. Es wurde schwerer und bitterer von Jahr zu Jahr, je länger wir ihre innere und äußere Not mit ansehen mußten, ohne helfen zu können. Denn entfernte sie sich nicht mit jedem Jahr weiter von uns und, durch ihre Verstocktheit, die nichts von Gott wissen wollte, auch von diesem?

Wilhelm und Lisette waren die einzigen, die noch einigen Einfluß auf sie hatten. Denn sie hatten damals, als die Sache mit Friedrich zu Ende ging, alles daran gesetzt, die Heirat dennoch zu ermöglichen, indem sie auf Lisettens Erbe frei und frank verzichteten und Geld zum Bau des Hauses vorstrecken wollten. Das vergaß ihnen Dörthe nie und blieb ihnen dankbar.

Sie war von der unverfälschten Liebe dieser Geschwister überzeugt.

Lisette besuchte die Schwester treu und brachte ihren Kindern Körbe voll Kirschen, Äpfeln und Birnen mit, wie es gerade die Zeit war, auch mit Kuchen und Spielzeug sparte sie nicht. Und wenn Dörthe auch der Schwester gegenüber von dem Kummer ihres Lebens schwieg, nämlich davon, daß des Mannes Wesen roh und kalt und gewalttätig war, – so war doch an einem solchen Nachmittag gut mit ihr umzugehen, und die Liebe der Schwester, die ihr so ganz natürlich und absichtslos entgegengebracht wurde, tat ihr ungemein wohl.

Eines Tages stürzte Anne, Lisettens Älteste, verstört und aufgeregt zu mir herein. Sie kam geradewegs aus der Stadt von ihrer Tante Dörthe, die ihre Vorliebe für Lisette auch auf deren Tochter übertragen hatte. Dörthe hatte sie begleitet, fast bis nach Hause. Und als sie unterwegs, da es schon dämmrig war, durch einen kleinen Wald kamen, auf dem das Dunkel und die Stille schwer und traurig lasteten, war Dörthe plötzlich stehengeblieben, hatte das junge Mädchen umarmt und fast unheimlich fest umklammert und mit beschwörender, seltsam fremder Stimme gesagt: »Anne, denke daran, wenn du einmal heiratest. Wenn ich hier im dunklen, dichten Walde stände, an dieser Stelle, nur mit einem Hemde bekleidet, und nichts wäre sonst mein eigen, und ich hätte nicht Vater und Mutter und niemanden auf der Welt und keine Heimat, und – ich wäre noch ein Mädchen wie du, ich würde Lob- und Danklieder singen und jauchzen und nicht wissen, was ich vor Freude tun sollte. Ja, Anne, denk daran, wenn du einmal heiraten willst.«

Dann hatte sie das Kind geküßt und mitten im dunklen Walde allein gelassen und war wieder zurückgelaufen, scheu und wie auf der Flucht.

Dieses war das erstemal, daß ich davon hörte, wie schwer sie an ihrer Ehe trug. Und mich befiel eine hilflose Traurigkeit, die mich umschloß wie ein solcher schwarzer und regloser Wald, in dem dieses geschah, so daß ich keinen Ausweg mehr sah. Wollte sie Anne nur warnen oder hatte sie das Bedürfnis, einmal einem einzigen Menschen von ihrer Not zu sagen, und da die Scham sie dabei erstickte, so mußte es ein Kind sein und mußte es im dunklen Wald am Abend geschehen?

Anne jedenfalls hatte es keinesfalls verstanden, warum die Tante so seltsam war, wie sie sagte. –

Aus dem frischen Mädchen, dieser gesunden Dörthe, wurde im Laufe der Jahre eine abgezehrte Frau. Jedes Jahr bekam sie ein Kind, die alle die fremde Art des Mannes hatten und durch die Mutter hindurchgegangen zu sein schienen wie durch eine fremde Hülle, die sie wieder abstreiften, während sie ihre körperliche Kraft und Gesundheit mit sich nahmen.

Sie mußte alle Arbeit selber tun, das verlangte der Mann, der aus irgendeinem Grunde keine Fremden im Hause dulden wollte, obgleich die Mittel dazu dagewesen wären, so wie er auch allen Besuch haßte. Ich fürchtete oft, daß es auch Dörthe eines Tages so gehen würde wie ihrer Schwester Sophie, die allzufrüh von dieser Erde heimgerufen wurde.

An einem eiskalten Sonntage im Januar, da der Schnee unter den Füßen knirschte und die kleinen Fensterscheiben nicht auftauen wollten, saß Hermdieder mit einigen seiner Freunde in unserer Wohnstube, um sich mit ihnen über allerlei Fragen auszutauschen. Die Holzbank, die sich an der Wand entlangzog, war heute leer, da ein eisiger Wind durch die Fugen der Fenster strich. Alle hatten ihre Stühle an den Ofen gerückt und saßen nun in einer so dichten Wolke von Tabakrauch, daß man die einzelnen Gesichter kaum unterscheiden konnte.

Nachdem sie eine Zeitlang bedächtig in großen Zügen geraucht und sich genügend geräuspert und geseufzt hatten, begann der alte Weber-Karl ein wenig jammernd zu erzählen, daß sein Sohn, überall nur als der Weber-Hinnerk bekannt, nun auch zu den politisch »Radikalen« gehöre. Denn seitdem wir die mechanische Weberei in unserem Dorfe hatten und die Löhne nach den ersten guten Jahren immer niedriger wurden, waren die »Radikalen« aus der Stadt auch zu uns aufs Land gezogen und hatten versucht, Anhänger zu gewinnen. Viel Erfolg hatten sie freilich noch nicht, weil die Arbeiter meistens fromme und kirchliche Leute waren, die aller Wühlarbeit von dieser

Seite mit großem Mißtrauen begegeten. Um so schärfer wurde gerade unser Dorf aufs Korn genommen.

»Dein Sohn?« meinte Altmann gemessen und ein wenig vorwurfsvoll, »dein Sohn – ein Radikaler? Das hättest du nicht leiden dürfen, Karl.«

»Ja, da mach mal einer was«, meinte der Weber-Karl weinerlich. »Hinnerk ist mündig, ist verheiratet, hat Frau und Kind. Und er ist nun mal ein arger Pechvogel. Seine Frau ist immer krank, aller Lohn wandert zum Doktor und zum Apotheker. Und für ihren Vater, der schwach und gebrechlich ist, muß er ganz mit aufkommen. Vom Lohn wird immer wieder etwas abgezogen. Es ist das graue Elend bei uns.« Er seufzte.

Wilhelm sagte, ja, das könne er gut verstehen, wie man dann darauf komme, sich denen anzuschließen, die einem goldene Berge versprächen.

»Aber nichts halten werden«, vollendete ein junger Mann, der erst seit kurzem die Bibelstunde besuchte und sehr eifrig in seiner Frömmigkeit war. »Was kommt es denn auf das Leben hier auf Erden an?! Die Hauptsache ist doch, daß wir selig werden. Droben, im Himmel, wird uns alles vergolten werden, was wir hier erlitten haben. ›Selig sind die Armen, denn das Himmelreich ist ihrer.‹«

»Ja, das habe ich auch immer gesagt«, fiel der Weber-Karl ein, »es ist ein großer Gewinn, wer gottselig ist und lässet sich genügen.«

»Laß dir an meiner Gnade genügen«, meinte nun auch Altmann, »das ist und bleibt wohl das wichtigste. Aber dennoch« – er sann nach – »da stimmt irgend etwas nicht. Ich könnte das wohl mir selbst, aber nicht einem armen Schlucker predigen, der tief in Not und Elend sitzt.«

Hermdieder, der ein wenig abseits gesessen hatte, rückte seinen Stuhl nun mehr in die Mitte und sagte, die Hand auf Altmanns Arm legend: »Du hast recht, irgend etwas stimmt nicht dabei. Ich habe schon lange darüber nachgedacht. Solchen Leuten wie Weber-Hinnerk muß geholfen werden. Nicht mit ein paar Talern, die wir ihm gutmütig zustecken, nein, ich meine, durch neue Gesetze und Rechte. Denn es schreit zum Himmel, wie es jetzt bei uns ist.«

»Na, na«, wehrte Altmann etwas ab.

»Doch«, beharrte Hermdieder. »Ich sinne schon lange daran herum. Wie war es bisher? Ich war gewissermaßen – verzeiht, dieses soll nicht stolz klingen – der Fabrikant, ihr –« er zeigte im Kreise herum – »wart meine Arbeiter. Wir arbeiteten Tag für Tag zusammen und saßen am Sonntag zusammen als Freunde und beredeten uns. Wir hatten Vertrauen zueinander, ja, wir haben uns lieb.« Sie nickten alle, indem sie etwas beschämt zu Boden sahen. »Die Kinder der Weber sind unsere Patenkinder. Wie gut kennen wir uns! Und wenn einer mal das Garn nicht bezahlen kann –.« –»Dann wird's angeschrieben«, sagte Altmann. »Und da bleibt's stehen bis in alle Ewigkeit«, fuhr ein anderer fort, und alle lachten.

»Und wenn die Frau krank ist oder alte Leute sind da, die sich nicht helfen können, brauchten wir da eine Kasse oder eine Versicherung?« fragte Hermdieder weiter.

»Nein«, sagte Altmann wieder, »wir hatten ja Amrie.« Und alle lachten.

»Aber auch Lisette«, ergänzte ein anderer, jüngerer, wozu sie fröhlich nickten, denn sie hatten sie von Herzen gern, während ich in meiner Ecke vor Scham fast in den Boden gesunken wäre und dankbar war, daß mich der Rauch vor den Blicken der Männer verbarg.

»Und sind unsere Häuser nicht etwa die gleichen und essen wir nicht dasselbe Brot und morgens Grütze und mittags Blindhuhn und abends Milchsuppe mit Schwarzbrot, gerade so wie ihr?«

»Ach«, sagte er nun mit erhobener Stimme, »ihr könnt euch nicht denken, wie mir zumute war, als ich Tag für Tag in der Stadt war und die Prachthäuser der Fabrikanten aus dem Boden schießen sah, gerade wie die Schornsteine der Fabriken ringsum. Und ich sah die Häuser an, wo die Arbeiter wohnten, drinnen in der Stadt, große Kasernen, grau in grau, ohne Hof und Garten, eng und klein und dunkel. Das konnte nicht gut gehen. Und die Frauen und Kinder sah ich an den Maschinen stehen, elend und bleich, während die Frauen und Töchter der Reichen, elegant gekleidet, im Wagen an ihnen vorbeifuhren.

Nein, ich will keinen Stein auf sie werfen. Die Zeit war so, und die Entwicklung ging dahin, und der einzelne trägt vielleicht kaum Schuld daran. Aber das kann nicht so weitergehen, es muß anders werden.«

Der fromme junge Mann meinte darauf, Arme und Reiche habe es aber immer gegeben, und das sei so eingerichtet nach Gottes Ordnung, der man sich auch fügen müsse. Und er halte nach wie vor dafür, daß man alles Leiden dieser Zeit auf sich nehmen solle um der zukünftigen Herrlichkeit willen.

»Mensch«, rief Hermdieder laut, »so tu's für dich. Aber den andern stelle keinen Wechsel auf den Himmel aus, während sie auf Erden verhungern müssen.«

Weber-Karl aber sah Hermdieder mit offenem Munde an und stotterte vor Erregung: »So, – so, – so findst du's richtig, daß Hinnerk ein »Radikaler« wurde?«

»Nein, und wiederum nein. Nun und nimmer«, erwiderte Hermdieder ruhig. »Die Radikalen hassen die Kirche und Christus, sie beten den gesunden Menschenverstand an. Sie glauben nur, wie sie sagen, daß es von fünf Pfund Fleisch eine bessere Suppe gibt als von dreien. Was haben wir mit ihnen gemeinsam, die wir an Gott und Christus glauben? Keiner von uns gehört in ihre Reihen.«

Als aber Weber-Karl meinte, sie hätten seinem Sohn auf seine Frage versichert, Religion sei Privatsache, erwiderte Hermdieder grimmig: »Was heißt das überhaupt: Religion? Was wissen sie davon? Meinen sie deine und meine Frömmigkeit? Was ist schon daran gelegen? Ich habe keine Religion, sondern ich glaube an den lebendigen Gott, der geoffenbart ist in Jesus Christus. Gott, der Allmächtige und Lebendige ist da, wirklich, wahrhaftig, herrscht, regiert. Ihm ist's gleich, ob uns Religion ›Privatsache‹ oder was anderes ist. Für ihn gibt's keine Privatsache, wo er herrscht oder nicht herrscht, denn alles ist ihm untertan und alles sein eigen und sein Herrschergebiet, ob wir dummen, kleinen Menschen das wollen oder nicht. Gott bleibt auf dem Thron, ob wir ihn in eine Ecke, in eine ›Privatsache‹ stecken möchten oder nicht.«

»Dann ist's also nichts mit der neuen Ordnung und den

neuen Gesetzen«, sagte Weber-Karl enttäuscht, »dann bleibt also alles beim alten.« –

»Und wir müssen uns doch mit dem Himmel trösten«, fuhr ein anderer fort.

Aber Wilhelm sagte ernst: »Damit kann ich mich niemals abfinden. Denn wenn wir unsere Brüder liebhaben, so müssen wir uns hier auf Erden um sie bekümmern. Die Liebe Christi dringet uns also. Wir können gar nicht anders als für sie sorgen und auch auf ihr irdisches Wohl bedacht sein. Und die Not hat heute so überhand genommen, daß es nicht mit ein paar Talern getan ist. Da müssen schon neue Gesetze und Ordnungen kommen.«

»Dein Wille geschehe auf Erden wie im Himmel«, schloß Hermdieder. »Auch auf Erden soll Gottes guter, gnädiger Wille zur Durchführung kommen, seine große Liebe zu den Menschenkindern sichtbar werden.«

Einige Tage später kam Hermdieder froh erregt mit der Zeitung zu mir in die Melkekammer. »Amrie«, rief er, »nun hör!« Und er las mir vor von jenem Berliner Pfarrer, der eigentlich ein Hofprediger war, aber, wie Hermdieder sagte, sicher mehr mit Höfen als mit dem Hofe zu tun hatte, wie er im Eiskeller in Berlin eine Versammlung abgehalten hatte und mutig und tapfer für die Arbeiter eingetreten war, noch entschlossener aber den Geist der Gottesleugnung bekämpft hatte, ohne zu wanken und zu weichen, in Furchtlosigkeit und Kraft. Er wollte eine neue soziale Partei gründen.

»Amrie«, rief Hermdieder und war begeistert wie ein Junger, »das ist mein Mann. Hier lies nur: ›Es gibt einen Gott, der die Welt geschaffen hat und die Menschen selig macht. Und wer nur will, der kann es auch mit Augen sehen ... Wenn Sie in Ihren Blättern wieder die schnöde Rede von Pfaffen lesen, die das Volk nicht liebhaben, dann glauben Sie der Lüge nicht! Ich meine es treu, ehrlich und gut mit dem Arbeiterstande.‹«

Diese Berliner Rede wurde in der nächsten Zusammenkunft von Pastor Erbold vorgelesen, viele Ravensberger Pfarrer stellten sich einmütig dahinter, und während der mutige Hofprediger im ganzen Lande und am Hofe, in allen Parteien und allen Schichten zahllose Feinde hatte, traten die Ravensberger wie ein Mann für ihn ein. Ja, sie stellten ihn in ihrem Wahlkreis bei den kommenden Landtagswahlen als Kandidaten auf.

Und ich entsinne mich noch gut, wie er das erstemal bei uns durchkam. Hermdieder ging am Abend des Wahltages in innerer Spannung von der Deele in die Schreibstube, von da wieder in die Küche, ohne recht etwas anzupacken. Da kam sein Freund Altmann, so alt und zittrig er sonst war, zur Tür hereingestürmt: »Wi hebbt em dür, wi hebbt em dür«, rief er jubelnd, und die beiden alten, treuen Freunde lagen sich weinend in den Armen.

Die christlichen Männer begannen nun unter Führung eines hessischen Pfarrers, der auch ihre neue Zeitung leitete, Versammlungen in der nahen größeren Stadt zu besuchen, die meistens just so stürmisch und ganz ähnlich verliefen wie die Berliner Eiskeller-Versammlung.

Als Hermdieder das erstemal aus einer solchen Versammlung nach Hause kam, war er gänzlich verstört und bleich wie ein Leintuch. Zwar hatte er, wie Wilhelm uns nachher erzählte, die Rede eines Parteiführers, die in höhnischer Weise den Bibelglauben angriff, noch in völliger Frische und tapferer Kampfeslust unterbrochen, und seine Worte waren wuchtig wie Hammerschläge in die leichten und beredten des anderen gefahren: »Irret euch nicht, Gott läßt sich nicht spotten, denn was der Mensch säet, das wird er ernten. Wer auf das Fleisch säet«, – da hatte ihn die Masse niedergebrüllt und der Pfarrer ihn beschwichtigt und auf seinen Stuhl niedergezogen. Ingrimmig aber hatte er die Fäuste geballt und sein hartes Kinn vorgestoßen, als wolle er es mit allen aufnehmen.

Dann aber war er plötzlich zusammengesackt und hatte erschreckt und ganz verstört in eine Richtung gestarrt. Und Wilhelm erzählte, wie er selbst zu Tode erschrocken gewesen sei, als er am Vorstandstisch seinen Schwager, Dörthes Mann, gesehen hatte.

Als Wilhelm jemanden nach ihm fragte, ward ihm zur Antwort, daß dieser ein führender »Radikaler« und Atheist wäre, der unter dem Deckmantel eines Getreidehändlers umherreiste. In Wirklichkeit bearbeitete er in den Schenken, Wirtschaften und Versammlungen auf den Dörfern die Arbeiter und suchte sie für seine Richtung zu gewinnen. Da sein Wirkungsfeld in einer uns ganz fremden Gegend lag, hatten wir nichts durch andere davon gehört.

Auch Hanna wußte nichts davon, als wir sie fragten. Aber das mochte an ihrer Weltfremdheit liegen, da sie nie in die Wirtschaft kam und nur ihrem Haushalte und den Kindern lebte. Wahrscheinlich hatte er schon in jener Zeit, da er Dörthe kennenlernte, sein unheimliches Handwerk getrieben.

Vieles an Dörthe wurde uns nun nachträglich klar. Wir verstanden jetzt, warum der Schwiegersohn nie zu uns kam und Dörthe immer unserm Hause fernzuhalten bestrebt war, warum ich mich nicht um die Kinder bekümmern durfte und er keine Dienstboten im Hause haben wollte. Über Dörthes Lippen war nie ein Wort gekommen, das ihn hätte verraten können. Sollte man daraus schließen, daß sie in dieser Beziehung mit ihm eins war, wenn sie sonst auch mit ihm wer weiß wie unglücklich war, was deutlich aus ihrem seltsamen Gespräch mit Anne hervorgegangen war?

Wir sprachen in jener Nacht lange darüber, Hermdieder und ich. Denn wir schliefen beide nicht. Mir war es immer rätselhaft gewesen, daß Dörthe so lange verstockt, verbittert und hart blieb und all unserer Liebe völlig unzugänglich. So war sie als Kind nicht gewesen, wenn sie auch eigensinnig genug sein konnte. Dieses alles ließ sich nur dann verstehen, wenn sie aus Verbitterung den Glauben ihres Mannes zu ihrem Glauben gemacht hatte oder vielmehr seinen Unglauben mit ihm teilte.

»Ein übertünchtes Grab«, murmelte Hermdieder vor sich hin. »Ich habe es immer gesagt, daß da etwas nicht in Ordnung ist.«

Schließlich, gegen Morgen, sagte er erleichtert: »Ich hole sie nach Haus, Amrie, mit ihren Kindern. Ich weiß wohl«, fuhr er fort, da ich Einwände machen wollte, »daß eine Frau bei ihrem Manne aushalten soll, und wenn er sie auch schlecht behandelt, die Ehe ist dennoch vor Gott geschlossen und steht über allen menschlichen Wünschen, – aber – wenn er ihre Seele verdirbt in die Hölle, so kann ich das nicht mit ansehen, und so ist das wichtiger als alle Gebote über die Heiligkeit der Ehe.«

Als ich immer noch zweifelte, ob das richtig wäre, da ich fest von der Unlösbarkeit jeder Ehe überzeugt war, sagte er: »Ich kann sie doch nicht bei lebendigem Leibe dem Satan überliefern, und der Mann hat uns betrogen. Hätten wir dieses damals gewußt, wir hätten es nicht geduldet. Ein solcher Betrug hebt die Ehe auf.«

Er war nun auch nicht mehr zu halten. Die innere Erregung trieb und stieß ihn auf den Weg, den er sich vorgenommen hatte. Aber es ist niemals geraten, aus menschlicher, sei es trauriger, sei es freudiger Aufwallung heraus etwas Wichtiges zu unternehmen, und so mißglückte denn auch dieses vollständig.

Es war ein naßkalter Märztag, da sich Hermdieder am dämmernden Morgen zu Fuß auf den Weg in die Stadt machte. Ich ging ein Stück Weges mit und suchte ihn noch einmal zu bereden, daß er nichts tun solle, was er nie und nimmer verantworten könne.

»Nein, Amrie«, sagte er darauf, »ich will sie nicht mit Gewalt holen, sondern nur ihn, diesen elenden Betrüger, zur Rechenschaft ziehen.«

Zwar konnte ich nicht einsehen, warum das so in aller Eile geschehen müsse, aber ich mußte ihn nun gehen lassen, daran war nichts mehr zu ändern. Als wir uns auf der Höhe getrennt hatten, sah ich ihm lange nach, wie er, den dicken, schweren Regenschirm unter den Arm geklemmt, mit lang ausholenden Schritten in den nebeligen Tag hineinschritt, ohne sich noch einmal umzusehen. Der Schirm sah kühn und kampfeslustig aus, so fuhr es mir durch den Sinn, aber ebenso wie er, bunt und dick, eine völlig lächerliche und aussichtslose Waffe in einem ernsten Kampf sein würde, so kam mir auch Hermdieders wagemutiges Schreiten und Kämpfen gegen einen übermächtigen und sehr ernsten Feind ganz vergeblich und hoffnungslos vor. –

Der Schwiegersohn war gerade aufgestanden und ging

in Hemdsärmeln gähnend in der Küche umher, als Hermdieder die Türe öffnete und drohend Auge in Auge mit ihm verharrte. Dörthe, die elend und abgezehrt auf einer Fußbank in der Ecke am Herde saß und gerade ein Kind anzog, stieß einen Schreckenslaut aus, blieb aber wie gebannt sitzen.

Schließlich begann Hermdieder: »Also so einer bist du, ein Betrüger und ein Gottesleugner ...«

Der Schwiegersohn unterbrach ihn schnell:

»Wenn du mich hier beschimpfen willst in meiner eigenen Wohnung, lasse ich dich sogleich hinausbefördern, warte ...« und er versuchte, aus der Tür zu entkommen, um seinen gleichgesinnten Nachbarn Bescheid zu sagen.

Hermdieder aber hatte sogleich gesehen, wie sich der andere innerlich geduckt hatte und unsicher und voller Angst war. Er breitete die Arme aus und stellte sich hochgereckt vor die Türe, so daß der Schwiegersohn nicht hindurch konnte und sich wie in einem Gefängnis befand.

Der bebte vor Wut, wagte aber vor den ernsten, durchdringenden Augen nicht, ihm etwas anzuhaben.

»Gott wird dein Richter sein«, sagte Hermdieder, und jedes Wort fiel wie ein Hammerschlag in die Angst des anderen. »Und sein Tag wird kommen, und alle deine Bosheit wird offenbar werden. Ich aber will dich nicht richten, nur – du hast uns die Tochter abgewendet.«

Der andere, der scheinbar gleichgültig bei Hermdieders Worten an den Küchenschrank getreten war und dort tat, als suche er etwas, drehte sich schnell um, seine Augen stachen, als er kalt und ruhig sagte: »Nimm sie nur wieder mit, wenn du das willst, sie ist ja durch und durch krank und kann sowieso bald nichts mehr leisten.«

Die arme blasse Gestalt am Herde schrak zusammen und duckte sich wie unter einem Hieb bei diesen erbarmungslosen Worten.

Als aber Hermdieder zu ihr trat, ihre Hand nehmen wollte und sagte: »Nun, dann komm nur mit mir, mein Kind, sieh, er heißt dich selbst von sich weggehen«, da streckte sie abwehrend die Hände aus und rief: »Nein, nein, nicht nach Haus, nicht nach Haus!«

Der Mann lachte grell und höhnisch auf. »Da siehst du, wie lieb sie mich hat.«

Hermdieder aber wandte sich erschüttert um und ging ohne ein Grußwort davon.

Für Hermdieder war es unfaßlich, daß Dörthe bei ihrem Manne bleiben wollte. Ich verstand sie dagegen nur allzugut. War sie zu Hause bei uns, würde ihr Gewissen sie unaufhörlich anklagen durch alles, was bei uns war, und sie würde in ihrer selbst erbauten Festung in Trotz, Stolz und Gottesferne nicht verharren können. So wie sie jetzt lebte, so wie sie jetzt innerlich beschaffen war, voller Unfriede und Bitterkeit, konnte sie nur in dieser ihr fremden, häßlichen Wohnung, wo sie auch äußerlich alles verkommen ließ, und bei diesem ungeliebten Manne bleiben. –

Von jetzt ab kannte Hermdieders Kampf gegen die Radikalen keine Milde und Schonung mehr. Er haßte sie wie seinen persönlichen Feind, wenn auch nie die einzelnen Menschen, die er vielmehr bemitleidete. Aber er sah in seiner eigenen Familie, wie die Gottlosigkeit, die dort auf den Schild gehoben wurde, die Menschen verdarb und zugrunde richtete.

Oft sagte er: »Ich sehe es kommen, Amrie, unser Dorf, das jetzt weit und breit bekannt ist als eine Hochburg lebendigen Christenglaubens, wird einmal in einen gewaltigen Kampf geraten, wo die Gotteskräfte mit den Mächten der Finsternis streiten werden. Und ich weiß nicht, wer siegen wird. Darum müssen wir so auf dem Posten sein.«

Aber innerlich nagte es an ihm, daß er in dem Kampf um seine Tochter unterlegen war, und aller wuchtige Kampfesmut kam mir dennoch oft vor wie ein letztes Aufflackern einer Flamme, die bald in sich zusammensinken würde. Und so war es auch.

Er trug den Kopf nicht mehr hoch aufgerichtet, wie er als junger Mann in Stolz und Hochmut getan, aber auch nicht mehr kühn gereckt in ganzer Kraft und Entschlossenheit, als wolle er dem Himmelreiche Gewalt antun, – wie er es Jahr für Jahr getan, seitdem er dem Herrn Christus Gehorsam gelobt hatte. Er ging demütig geneigten Hauptes und etwas müden Ganges durch die grünen Heckenwege, wenn er allmorgendlich in das nicht weit von uns entfernt gelegene Haus Wilhelms ging, um mit ihm die geschäftlichen Angelegenheiten zu besprechen. Oft sah ich ihm nach, nun, da ich ja Zeit und Muße genug hatte, weil unser Haus leer und von Einsamkeit und Stille umlagert war, da nur Annemarie und Dietrich bei uns waren. Ich sorgte mich um Hermdieder, da seine Kräfte zusehends verfielen und sein Herz allzuwenig mehr nach irdischen Dingen fragte.

Er seufzte wohl morgens, wenn er zu dem Schwiegersohn kam, weil das Geschäft gar nicht mehr ging und wir weder Aufträge noch Arbeiter hatten, da zwei mechanische Webereien in der Nähe beinahe Tag und Nacht arbeiteten.

Wilhelms großer Betrieb stand still, er kostete viel Geld und brachte nichts ein.

Hermdieder klagte dann ein wenig über die schlechten Zeiten, aber im Grunde meinte er es nicht mehr so ernst damit. Als er auf der Höhe seines Lebens war und die Zukunft der Kinder ungesichert vor ihm lag, da hatte ihm dieses alles einmal große Not gemacht, nun aber war das belanglos geworden vor anderen größeren Anliegen. Dann versuchte er Wilhelm zu trösten und mahnte ihn, nicht zu sehr am Irdischen zu hängen, eine Mahnung, die dieser jedoch auch nicht allzu nötig hatte.

Denn Wilhelm ließ sowieso den Kopf nicht hängen, mochte die Zukunft noch so dunkel sein. Er sagte einmal, als wir darüber sprachen: »Hiob hat sein Hab und Gut und alle seine Söhne und Töchter verloren. Ich verliere wahrscheinlich auch all mein Geld und Gut, aber sieh dir Lisette und die drei Mädchen an, bin ich nicht doch ein Schoßkind des Glücks?«

Ja, die Mädchen waren auch mir so lieb, daß ich es wohl verstand, wie er dennoch dankbar war. Aber welcher Mann hätte so gedacht wie er?

Hermdieder jedoch wuchs mir bedenklich in den Himmel hinein. Auch um Hanna sorgte er sich nicht, obgleich es schwierig genug bei ihr war und ich all meinen Mut zusammennehmen mußte, um mich nicht in ohnmächtiger

Sorge zu verzehren. Denn wenn Wilhelm und Hermdieder nicht immer wieder geholfen hätten, wären sie schon längst an den Bettelstab gekommen, da August immer mehr verkam und ein wüstes und liederliches Leben führte. Aber wenn ich Hermdieder von meiner Sorge sprach, so antwortete er nur: »Hanna ist ein Gotteskind, laß dir das genügen.«

O ja, man konnte schon seine Freude an ihr haben. Als Anne eines Tages bei mir saß und eine Geschichte las, unterbrach sie sich plötzlich und fragte: »Hier steht etwas von einer Heiligen. Eine Heilige, ist die so, wie Tante Hanna ist?«

Und ich erklärte ihr, daß diese wohl nicht heilig sei, so wie es in dem Buche gemeint sei, wohl aber durch und durch geheiligt durch Gottes Gnade und ihre innige Lebensgemeinschaft mit Christus, worauf Anne entschlossen sagte: »Dann will ich auch einmal so werden, wenn ich groß bin.«

Nein, um Hanna konnte er sich nicht sorgen, wie ich es tat und tun mußte, aber um Dörthe. Um ihretwillen war seine Gestalt gebeugt und verfallen, sein Gang müde geworden, als lohne es sich nicht mehr recht. Ihr Schicksal lag ihm zentnerschwer auf der Seele. Oft sah ich ihn morgens in die Stadt gehen oder fahren, die Bibel unter dem Arm. Aber immer kam er müde und traurig zurück. Seine Augen waren dann wie erloschen.

Er litt unter der Mangelhaftigkeit und dem Fluch, der allem Irdischen anhaftet, so sehr, daß er sich gewaltig nach seines Leibes Erlösung zu sehnen begann. Dann hörte ich, wie er vor sich hinmurmelte: »Ich habe Lust, abzuscheiden und bei Christus zu sein.« ... »Dieser Zeit Leiden ist nicht wert der Herrlichkeit, die an uns soll geoffenbaret werden ...«, oder: »Wenn der Herr die Gefangenen Zions erlösen wird, so werden wir sein wie die Träumenden.«

Ach, mir schnitt es ins Herz, daß er so fern von uns war mit seiner Hoffnung, daß er so gewaltig an die Türen der Ewigkeit pochte, die jedoch nur dann geöffnet werden, wenn es nach dem Willen des Ewigen und Allmächtigen an der Zeit ist. Das sagte ich ihm auch eines Tages. Da meinte er: »Ja, ich werde wohl noch warten müssen, obgleich ich mich oft matt und müde fühle, aber sieh: ›Selig sind die Knechte, die der Herr, so er kommt, wachend findet‹. Darum muß ich wach und auf dem Posten sein.«

»Und Dörthe!« fuhr er fort, »ich muß ja noch leben, ach Amrie, soll dieses Kind ewig verlorengehen, verstockt und verbittert, wie es ist?«

Aus seinen Gebeten hörte ich es immer wieder, wie er rang und schrie um sie, die sein Liebling gewesen war und sich von ihm und Gott abgewandt hatte. Dörthe, Dörthe! Wie ein herzzerreißender Schrei klang es durch die Stille der Nacht, die stumm und reglos uns umgab, ohne Erbarmen und Gnade.

Während Hermdieder so mit einem unsichtbaren, aber übermächtigen Feinde rang und seiner nicht Herr zu werden vermochte, ging mein kleines und alltägliches Leben seinen Gang weiter wie bisher. Immer hatte ich gedacht, es würde einmal die Zeit kommen, wo mich die Kinder und das Hauswesen nicht mehr brauchten und ich am Spinnrade sitzen könnte, in aller Beschaulichkeit und Behaglichkeit. Wie ich freilich ein solches untätiges Leben auf die Dauer aushalten würde, war mir selbst ein Rätsel, so sehr ich mich wiederum darauf freute, zum gemächlichen Sinnen und Nachdenken ein wenig mehr Zeit zu haben.

Nun aber war ich mehr als je die Bäuerin auf dem Hofe. Denn da das Geschäft so gut wie still lag, hatte ich nichts mehr damit zu tun, und da meine Töchter bis auf Annemarie verheiratet waren, lag wieder alle Verantwortung auf mir allein.

Dietrich hatte von jeher keinen Sinn für das Geschäft gehabt. Wir hatten ihn eine Zeitlang zu Wilhelm ins Haus gegeben, damit er den Betrieb recht erlernte, aber sein Sinn stand auf die Landwirtschaft, und so übernahm er selbständig den Hof, kaufte Land hinzu und schaffte mehr Vieh an. Daß er trotzdem kein großer Bauer wurde, focht ihn nicht weiter an, er hatte kein starkes Selbstgefühl und wußte, daß er dennoch blieb, wer er war, nämlich ein Mann, der aus bloßer Liebe zur Scholle, und sei sie auch noch so klein, mit allem Vorbedacht auf einen anderen Beruf verzichtet hatte. Daß er damals auch leichtsinnig und faul gewesen war, daran dachte er weniger.

Denn sobald er in seine Arbeit hineingewachsen war und sich in den ruhigen Kreislauf von Wachsen, Reifen und Vergehen, von Pflügen, Säen und Ernten selbstverständlich eingegliedert hatte, fand er sein volles Genüge in der Arbeit, so daß ihm alle Lust aufs Wirtshauslaufen und auf leichtsinnigen Verkehr mit den Kameraden verging. Auf ihn paßte das Sprichwort: »Oen ruwet Folen gifft een glatt Piard.« Denn so wild und ungebärdig er als Junge gewesen war, so bedächtig und zuverlässig wurde nun all sein Tun und Handeln, so daß die Leute Vertrauen zu ihm faßten und ihn, so jung er noch war, zum Vorsteher machten.

Er glich Hermdieder mit seinen hellen Farben und dem blonden Haar, war aber etwas kleiner als jener und stämmigeren Wuchses, und sein Blut floß ruhiger und bedächtiger als das starke und heftige des Vaters.

Wenn er auch sonntäglich zur Kirche ging, so hielt er sich sonst von allem kirchlichen Leben fern, und es war nie mehr die Rede davon, daß er es etwa anders machen sollte. An Wintertagen und -abenden las er viel und hatte gute Freunde aus allen Kreisen, mit denen er sich verständig über allerlei Fragen besprach und die ihn alle in gewissem Sinne als maßgebend anerkannten.

Ein selbstverständliches, natürliches Vertrauen und menschliche Hochachtung voreinander verbanden Vater und Sohn, so daß ich meine Freude an den beiden hatte. Ja, Dietrich behandelte den Vater mit großer Ehrfurcht und nahm alle erdenkliche Rücksicht auf ihn, während Hermdieder den Sohn, da er seinen Fleiß und seine zähe Treue sah, nun von ganzem Herzen achtete. Wir sprachen nicht viel über ihn, nur einmal sagte Hermdieder: »Dietrich muß man nur seinen Weg gehen lassen, da ist alles Reden und jeder Versuch, etwas machen zu wollen, vom Übel.« Diese Erkenntnis hate ihm der Sohn durch seinen Wandel abgerungen.

Mich aber verband mit dem Sohne in aller Selbstverständlichkeit der schlichte Zusammenklang gemeinsamer Arbeit. Er war der Bauer und ich die Bäuerin, und er tat nichts Gewichtiges und schaffte nichts Neues an, ohne mich um Rat zu fragen. Ja, selbst alle kleinen und unbedeutenden Dinge, Acker und Vieh betreffend, besprach er angelegentlich mit mir. Wir waren von gleichem Blut und der Erde in gleicher starker Weise verbunden und verpflichtet. Kam er zur Haustür herein und sah er mich nicht auf der Deele hantieren, rief er sogleich: »Ist Mutter drin?« Und war ich einmal fort, um meine Töchter zu besuchen, meinte er nur, ich sei aber arg lange weggeblieben. Und wenn ich müde oder gar krank war, war er um mich so besorgt und aufmerksam wie eine liebevolle Tochter, wie wir es auf dem Lande gar nicht gewohnt waren.

Das alles zeigte mir, wie tief sein Herz mir zugeneigt geblieben war, obgleich keiner je ein Wort darüber verlor.

Als wir einmal an einem müden Frühlingsabend durch den Baumgarten gingen, um die in Blüte stehenden Obstbäume zu besehen, sagte Dietrich plötzlich: »Der Doktor sollte einmal kommen, Mutter, ich werde Karl Bescheid sagen.«

Ich merkte sogleich, was er meinte, da der Vater heute gar so müden Schrittes über die Straße fortgegangen war und wir ihm beide nachgesehen hatten, ohne ein Wort zu sagen.

»Ja, du hast recht«, antwortete ich, »aber obgleich Karl dein Freund ist und ich gutes Zutrauen zu ihm habe, wir wollen doch bei dem alten Doktor, seinem Vater, bleiben, der uns so gut kennt und die ganzen Jahre hindurch viel Leid mit uns getragen hat.«

»Wie du willst, Mutter«, antwortete er, »nur muß etwas geschehen.«

Aber Hermdieder wollte durchaus nichts davon wissen, daß der Doktor geholt werden sollte. So mußten wir ihn geradezu überlisten.

Als Hermdieder und ich kurz darauf nach Feierabend noch ein wenig in unserm Garten waren, kam der Doktor am Zaun vorbei, wie von ungefähr. Und da er arg schnaufte und stöhnte, weil er recht beleibt geworden war, und am Zaune stehenblieb, forderte ihn Hermdieder auf, sich doch ein wenig auszuruhen, was sich der Doktor nicht zweimal sagen ließ.

Er setzte sich neben Hermdieder auf die Bank, putzte umständlich seine goldene Brille, prustete laut und vernehmlich, bis er schließlich begann: »Ja, Heidekamp, man ist ein altes Wrack geworden, da muß ich schnaufen wie eine Lokomotive, der das Wasser ausgegangen ist, geht es Euch auch so mit der Puste?«

»Nein«, sagte Hermdieder, und ein schalkhaftes Lächeln spielte um seine schmalen Lippen: »Nein, so schlimm ist das nicht, aber mein Herz hat auch nicht soviel zu tun, mich einen kleinen Brink heraufzubringen, wie Eures.«

»Ja«, lachte der Doktor und maß Hermdieders hohe, immer noch ganz schlanke und sehnige Gestalt. »Da habt Ihr recht. In mich gingt Ihr zweimal hinein. Das Bier, Heidekamp, das fehlt Euch.« Aber in dem Punkte verstand Hermdieder keinen Spaß, und so fing der Doktor weiter an zu klagen und zu jammern. Oft fühle er sich so sehr müde und habe Schwindelanfälle – ja, – hm, hm, die seien ganz besonders schlimm, – und Stiche habe er in der Brust – und ein Reißen in den Gliedern – und Kopfweh – hm- hm – nach jedem der genannten Leiden machte er eine kleine Pause.

Jetzt sah er Hermdieder aus seinen kleinen, fröhlichen Augen mit listiger Erwartung an. Der durchschaute ihn zwar, denn vor einigen Tagen schon hatte ihn der Doktor gefragt, ob ihm nichts fehle, worauf Hermdieder kurz geantwortet hatte, es ginge ihm ganz gut, und trotz allen Fragens war nichts weiter aus ihm herauszubekommen gewesen.

Nun aber rührte ihn des treuen, alten Doktors unbeholfenes Mühen um sein Wohl, und er wollte ihm die Freude an seiner gelungenen List lassen.

»Apropos«, sagte er darum, »ja Schwindelanfälle, Kopfweh und Müdigkeit habe ich auch oft, ja, man wird alt.«

Und nun bestand der Doktor darauf, er wolle ihn untersuchen, was sich Hermdieder nach langem Sträuben gefallen ließ.

Nach einiger Zeit kamen die beiden wieder aus dem Haus, der Doktor war sehr ernst geworden und befahl Hermdieder größte Ruhe und empfahl ihm angelegentlich, ein berühmtes Bad zur Stärkung seines geschwächten Herzens zu besuchen.

»Ich bin doch kein bleichsüchtiges Mädchen, daß ich in ein Bad muß«, sagte Hermdieder. »Daraus wird nun und nimmer nichts.« Und wie sehr wir ihm zuredeten, er blieb dabei, daß er niemals auf seine alten Tage verreisen werde.

Der Arzt aber sagte mir später, und auch mit Dietrich sprach er darüber, daß es schlimm mit dem Vater stehe und daß er unbedingt in ein Bad fahren müsse.

Ich zerbrach mir den Kopf, wie ich Hermdieder dazu überreden könnte.

Da kam der Doktor eines Tages wieder am Hause vorbei und fragte, ob sich Hermdieder nun besonnen habe.

Ehe dieser noch antwortete, unterbrach er sich aber und rief: »Aber Frau Heidekamp, seid Ihr krank? Ihr seht ja erbärmlich aus. Wie Weißbier mit Spucke. Da ist was nicht in Ordnung. Na«, er seufzte, »bei euch hier kann ich ja am Untersuchen bleiben.«

Hermdieder sah erschreckt auf, schuldbewußt, daß er nichts davon gesehen hatte, und drang nun selbst auf eine Untersuchung.

Wiederum kam der Doktor ernst und gewichtig zum Vorschein und rief: »Aber Heidekamp, Eure Frau ist ja viel schlimmer dran als Ihr, die macht's so nicht mehr lange.«

Mir blinzelte er vergnügt dabei zu, aber so, daß es Hermdieder in der Dämmerung nicht sehen konnte.

Hermdieder war aufs tiefste erschrocken. »Was sagt Ihr?« rief er aufsehend, »was soll sie denn dagegen tun, Doktor? Saget nur schnell, alles soll geschehen.«

Nein, der Gedanke war ihm noch nicht gekommen, daß ich, die ich Tag für Tag rüstig schaffte, krank sein und vielleicht vor ihm sterben würde.

Die hellen Schweißtropfen standen ihm auf der Stirn.

»Sie muß ins Bad«, sagte er dann selbst ganz erleichtert, den richtigen Ausweg gefunden zu haben.

»Ich hab's nicht nötig, aber sie, Amrie, pack deine Sachen, Dietrich spannt morgen an.«

»Du willst mich ja schnell los sein«, scherzte ich, aber er sagte noch einmal bittend: »Doktor, das Bad hilft, nicht wahr?«

»Gewiß«, sagte der Doktor, »es hilft bestimmt. Ihr solltet zwar mitfahren, aber wenn das absolut nicht geht, muß sie eben allein hin.«

Damit war der leise Verdacht, der Hermdieder am Anfange aufgestiegen war, daß man ihn selbst auf diese Weise fortschicken wolle, beseitigt.

Wenn ich sogar allein fahren sollte!

Am Abend aber sagte ich ihm, ich ginge nie und nimmer ohne ihn in die Fremde, ich würde sterben vor Heimweh und elendiglich verkommen vor Kummer um mein Leben und meine Lieben daheim.

Und wir nahmen uns vor, die Sache noch einmal zu beschlafen.

Da ich aber weiter darauf bestand, nicht ohne ihn zu fahren, willigte Hermdieder schließlich ein, mich zu begleiten.

Wir warteten noch ein paar Wochen, bis es richtig Sommer geworden war, dann spannte Dietrich an einem Sonntagmorgen – am Alltag hatte er die Pferde nicht übrig – die beiden Braunen vor den Kutschwagen, und wir beiden Alten machten unsere erste richtige Reise zusammen, er für mich und ich für ihn. Keiner von uns hätte für sich selbst eine solche große und auffallende Sache unternommen. Lisette, Wilhelm und Annemarie standen am Wagen und winkten, als wir abfuhren, und die drei kleinen Mädchen durften noch ein kleines Stück mitfahren.

Feucht und kühl lag der Tau auf den Wiesen, bis die Sonne immer strahlender wurde und ein prächtiger Junitag heraufzog. Feierlich ruhte das Land an diesem Sonntag, eingebettet in den Segen seiner Fruchtbarkeit. An vielen Stellen war das Gras schon gemäht, die Heuhaufen standen in langen Reihen auf den Wiesen und brachten einen kräftigen und süßen Geruch zu uns heran.

Dietrich sah angelegentlich nach dem Stand des Roggens, des Weizens und der Gerste, während in uns beiden Alten die große Melodie des Sommertages widerklang wie ein feierlicher und doch froher Choral, Gott zur Ehre gesungen.

Es tat so gut, einmal zusammen auszuruhen. Und Hermdieder sagte: »Weißt du noch, wie wir miteinander zur Hochzeit fuhren, mit Pauken und Trompeten ins Leben hinein? Mir ist's fast zumute, als führen wir nun sachte und leise zum Leben hinaus und in das wahrhaftige Leben hinein.«

»Also eine Himmelfahrt?« sagte ich lächelnd, worauf er eifrig nickte: »Mir kommt's beinahe so vor.«

Nach einigen Stunden, kurz vor der lippischen Grenze, wo auf der einen Seite des Grenzsteines der preußische Adler, auf der andern die lippische Rose zu sehen war, kamen wir an einer Kirche vorbei, die unmittelbar an der Landstraße lag. Die Glocken begannen gerade zu läuten, die Kirchgänger strömten von allen Seiten herbei, und Hermdieder befahl dem Sohn, ein wenig auf den Kirchplatz, an die Seite zu fahren und dort zu halten. Er wußte, daß hier in diesem Dorfe ein Sohn eines seiner vielen Freunde aus dem Ravensberger Lande als Pastor stand. Wir warteten eine Weile, und wie jetzt der junge Pfarrer über den Friedhof durch ein kleines Pförtchen auf den Kirchplatz kam, sprang Hermdieder behende aus dem Wagen und ging auf ihn zu, der verwundert näher gekommen war. Er begrüßte ihn würdig und achtungsvoll als den Sohn seines Freundes Sieckmeier, den er von vielen Missionsfesten her kannte und der Kaufmann in einem etwas entfernter gelegenen Dorfe war. Dieser Mann hatte mit einigen anderen Freunden in seiner Heimat ein großes Rettungshaus für verwahrloste Kinder gegründet, das Hermdieder auch schon besucht hatte.

Kurz und knapp erzählte Hermdieder davon und bat dann in aller Eile darum, der Pfarrer möge ihm den Text seiner Predigt und die Lieder, welche die Gemeinde singen würde, sagen, da er der mangelnden Zeit wegen nicht an dem Gottesdienste teilnehmen könne.

So standen wir im Schatten der Kirche auf dem mit

hohem, dichtem Gras bewachsenen Kirchplatz direkt an der niedrigen Friedhofsmauer, über welche die Kreuze zu uns herübersahen.

Die Orgel begann zu spielen, und in dem Augenblick, da die Gemeinde anfing zu singen, stimmte Hermdieder kräftig mit ein:

Die güldne Sonne voll Freud und Wonne
bringt unsern Grenzen mit ihrem Glänzen
ein herzerquickendes, liebliches Licht.
Mein Haupt und Glieder, die lagen darnieder,
aber nun steh ich, bin munter und fröhlich,
schaue den Himmel mit meinem Gesicht.

Ich sang leise mit, und Dietrich, der etwas beschämt mit gesenktem Kopf auf dem Kutschbock saß und vielleicht gern mitgesungen hätte, aber sich vor seiner eigenen Stimme hier an diesem ungewohnten Ort ein wenig zu fürchten schien, konnte bei der zweiten Strophe der sieghaften Kraft dieses wunderbaren Sonntagmorgens und dieses noch wunderbareren Liedes nicht mehr widerstehen. Und er stimmte in den hellen Lobpreis mit ein:

Mein Auge schauet, was Gott gebauet
zu seinen Ehren und uns zu lehren,
wie sein Vermögen sei mächtig und groß,
und wo die Frommen dann sollen hinkommen,
wann sie mit Frieden von hinnen geschieden
aus dieser Erden vergänglichem Schoß.

Danach zog Hermdieder sein Neues Testament aus der Tasche, das er immer bei sich trug, und las die Epistel dieses Sonntags vor, die kurz war und folgendermaßen lautete:

»Wir haben hier keine bleibende Stadt, sondern die zukünftige suchen wir.« Hebr. 13, 14.

Hermdieder horchte nach der Kirche hin. Ganz still war es drinnen geworden, und so begann er schlicht und einfach, als wenn es sich um das Alltäglichste von der Welt handelte, über dieses Wort also zu sprechen:

»Wir haben unsere ›Stadt‹ heute morgen erst verlassen,

und schon ist es uns zumute, als wären wir wer weiß wie lange fort, und schon denken wir daran, daß wir es in der Ferne niemals aushalten können, und es bedrückt uns das Neue, Ungewohnte und Fremde. So hängen wir an unserem Zuhause, an unserer irdischen Stätte.

Aber wie wir jetzt nur für einige Zeit davon Abschied nehmen, so müssen wir bald, da wir beide alt und gebrechlich geworden sind, für immer von hinnen gehn. Denn wir haben hier keine bleibende Stadt.

Und so ist es gut, wenn wir uns an den Gedanken gewöhnen, daß wir alles Liebe und Gute und Schöne hier auf Erden, das uns Gott trotz allem Schwerem in Gnaden geschenkt hat, bald nicht mehr haben werden und durch das finstere Todestal in ein anderes Land gehen müssen.

Wie eindringlich hat uns Gott immer wieder gezeigt, Amrie, daß wir uns noch viel mehr lösen müssen von unserer irdischen Stätte, denn unseren Kindern ist es nicht einmal auf Erden vergönnt gewesen, eine bleibende Stadt zu haben, und das ist unser Leid, Amrie.

Denn wenn auch du, Dietrich, deine irdische Heimat behalten hast und sie wohl behalten wirst, Hanna wohnt in einem Hause, in dem sie niemals Wurzel fassen, wo ihr Herz nie daheim sein kann. Sophie hat sich in der großen Stadt mit den vielen Mauern und Häusern, da sie krank wurde, nach der Heimat gesehnt, und nur Gott selbst konnte sie von ihrem irdischen Heimweh erlösen, indem er ihr himmlisches erfüllte.

Wilhelm hat jetzt schon sein Geschäft in die Stadt verlegt, und es wird nicht lange dauern, daß sie von uns fortziehen müssen, und wie Lisette das ertragen wird, weiß ich nicht.

Dörthe aber ist uns so fern, als wohnte sie auf einem andern Stern, jenseits unserer Erde und unseres Himmels. Und das ist unser Leid, Amrie.«

Da ich die Tränen nicht mehr zurückzuhalten vermochte, ergriff er meine Hand und sagte feierlich:

»Aber die andern Kinder sind schon in der zukünftigen Stadt und bei unserm Herrn Christus, nach dem auch wir ein solches Verlangen tragen, darum wollen wir uns ausstrecken danach, mehr als je zuvor, Amrie. Da wird kein Leid, kein Geschrei, kein Schmerz mehr sein. Und Gott wird abwischen alle Tränen von unseren Augen.«

Wir sahen noch einmal zu den von einer strahlenden Sonne beschienenen Gräbern zurück, zu dem Pfarrhaus, das breit und niedrig wie ein Landhaus zwischen alten Bäumen lag, und nahmen bewegten Herzens Abschied von diesem Stücklein Erde im Schatten des Gotteshauses.

Dietrich ergriff die Zügel mit festen Händen, nachdem er sich umständlich die Nase geschneuzt hatte, und die Braunen, die sich an dem frischen Gras satt gefressen hatten und wohl ausgeruht waren, zogen kräftig an und fielen auf der Landstraße in einen schnellen Trab, als wollten sie die verlorene Zeit wieder einholen.

Allmählich, wie die Sonne höher stieg, kamen wir immer näher an den Teutoburger Wald heran und waren erstaunt über die hohen, dichtbewachsenen Berge, die ernst das liebliche Land zu ihren Füßen beschatteten. So hoch und mächtig waren sie nicht in unserer Gegend daheim. Und Dietrich, der dieses alles längst kannte, nannte uns stolz die verschiedenen Berge, die er mit der Peitsche bezeichnete, zeigte uns einen Fluß, den man in der Ferne aufblitzen sah, Türme und Gehöfte, auf denen Bekannte von Hermdieder wohnten. Auch an einem alten, breitgestreckten Gasthaus mit Spiegelscheiben, im Schatten uralter Linden gelegen, kamen wir vorbei. Dort stiegen wir aus, und Hermdieder zeigte mir den Raum, in dem Wilhelm früher jede Woche einmal das Leinen der lippischen Weber in Empfang genommen hatte. Die freundliche Wirtin aber ließ es sich angelegen sein, uns aufs trefflichste zu bewirten.

Ich hatte eine große Freude daran, dieses alles einmal zu sehen und an den vielen kleinen Stätten vorbeizufahren, in denen die Menschen wohnten, die bisher für uns gearbeitet hatten. Nun gingen sie in die Fabrik und kamen wohl erst spät am Abend müde, vom Staub der Stadt beschmutzt und verdrossen vom Pflastertreten, endlich nach Hause.

Unmerklich aber wurde uns alles viel fremder, die Tracht

der Leute, die Sprache, die Häuser, Dörfer und Städte. Das war, als wir die lippische Grenze überschritten hatten.

Als wir aber gegen Abend an unserem Ziel angekommen waren und in das Städtchen einfuhren, in dem wir nun für einige Zeit Wohnung nehmen sollten, fiel die Fremde immer bedrückender über uns her, und das blieb auch so in den ersten Tagen.

Allmählich aber gewöhnten wir uns ein. Oft saßen wir nun am Nachmittag in dem herrlichen Kurgarten, nicht vornean auf den Bänken vor dem Musikplatz, wo die feinen Damen und Herren saßen, sondern still und bescheiden im Hintergrund auf einer verborgenen Bank an einem Weiher.

Noch nie in meinem Leben hatte ich solche Musik gehört, weich und einschmeichelnd, reich an Melodien. Wir kannten nur das ernste Spiel unserer Posaunen und der Orgel in der Kirche und schließlich das häßliche Gedudel der Orgeldreher an Kirmeßtagen.

Zuerst betörte mich die fremde Schönheit dieser Welt derartig, daß ich traurig auf mein in Alltag und Enge dahingeflossenes Leben zurückschaute. Wo waren die Schönheit und der Farbenreichtum, die Weite und das Große in meinem Leben, wonach ich mich immer gesehnt, die mir aber nie zuteil geworden waren?

Und es bedrückten mich die Enge und Schwere, die Alltäglichkeit und Nüchternheit meines Lebens angesichts dieser freien und leichten, gleichsam dahinschwebenden Musik, die jene Sommertage seltsam verklärte.

Aber allmählich wurde sie mir lieber und vertrauter, und der Gegensatz schwand, je länger, je mehr. Erinnerungen kamen und gingen, Töne lebten wieder auf, die längst verklungen, Bilder zogen an mir vorbei, die für immer vergessen zu sein schienen.

In den Weihern des Parks spiegelten sich die silbergrünen Blätter der Trauerweiden, die sich tief bis in das Wasser zu den weißen Seerosen neigten. Und Blutbuchen standen auf den weiten Rasenflächen, deren Blätter sich dunkel und ein wenig traurig vom blassen Himmel abhoben. Es war, als wenn sie leise verhallenden Melodien und immer matter werdenden Farben nachtrauerten, dennoch einem sanften Frieden geduldig und reglos hingegeben.

Ich dachte an die Zeit, da wir im Frieden des Dinkelohschen Hauses auf der Bank im Grasgarten die stillen und feinen Bücher lasen, die der Kandidat so liebte. An Marie Ilsabeins und meine Tränen dachte ich, als wir uns in Werthers Leiden versenkten und den Tasso und die Iphigenie lasen.

Ich hatte das meiste davon vergessen in der schweren Arbeit daheim, aber der Klang und Ton wurden mir von neuem lebendig, und ich fand ihn wieder in der schwebenden Musik dieser Sommertage.

Aber auch meine Liebe zu den Kindern und ihr hartes Sterben, ihre ersten Schritte und ihre letzten Seufzer, mein Garten und mein Land, meine nüchterne Arbeit und meine stillen Feiertage und nicht zuletzt das, was mich mit Hermdieder verband bis hin zu diesen Tagen unseres Alters, – alles lebte und klang darin. Und ich erkannte, wie meine Enge und mein Alltag dennoch sehr köstlich und reich waren.

Oft gingen wir auch zu einem Platz, da man nach zwei Richtungen durch endlose lange Alleen von alten Ulmen ins freie Land hineinblickte. Und am Ende dieser einen immer enger werdenden langen Baumreihe sah man wie ein fein ausgeschnittenes kleines Bild ein goldenes Ährenfeld mit dem blauen Himmel darüber, und am Ende der anderen eine Wiese mit behäbigen Kühen darauf, ebenfalls unter diesem mattblauen Sommerhimmel mit den weißen, kleinen Wolken daran.

Und dieses war sehr tröstlich.

Eines Tages aber begab es sich, daß unsere Bank am Weiher schon besetzt war, und wir erkannten gleich, daß es ebenfalls Bauersleute waren wie wir, die dort saßen. Bald kamen wir ins Gespräch, und nachdem man sich ausgetauscht hatte über woher und warum und einander von Hof, Vieh, Wiesen und Feldern erzählt hatte, dazu auch von Kindern und Mägden, kam wie von ungefähr die Rede auf den vor einigen Jahren heimgegangenen Pfarrer Wilkening. Denn der uns schnell bekannt gewordene Bauersmann, mit Namen Haselhorst, stammte aus dem Dorf, in dem dieser die letzte Zeit seines Lebens bei seinem Sohne verbracht hatte und wo er auch begraben lag.

Wir konnten nun nicht genug davon hören, wie der alte Pfarrer trotz seines Leidens noch in diesem Dorfe und stundenweit entfernt gelegenen Dörfern gepredigt hatte, in Treue die Kranken besuchte, Unterricht erteilte und seinen Sohn vertrat, soviel er nur konnte. Auch Haselhorst war mit seiner Frau durch die Predigt des alten Wilkening innerlich ergriffen worden.

Das alles erzählten sie uns. Wir dagegen konnten ihnen davon berichten, wie die frühere Gemeinde in Hillenbeck ihren geliebten Pfarrer und Seelsorger nicht gehen lassen wollte, als er beschlossen hatte, in den Ruhestand zu treten. Nachdem sie vergeblich alles Mögliche versucht hatte, ihn zu halten, zog die ganze Gemeinde an einem Sonnabendmorgen früh um sechs Uhr vor das Pfarrhaus, um ihn eindringlich zu bitten, doch zu bleiben.

Wilkening, von den Geräuschen wach geworden, zog sich schnell an und trat auf die Haustreppe. Da sah er Kopf an Kopf dicht gedrängt alle Gemeindeglieder vor ihm stehen, Männer und Frauen, Greise und Kinder. Still und vertrauend standen sie da, ehrfürchtig und bittend. Er wollte zu ihnen sprechen. Aber kein Wort kam über seine Lippen. So griff ihm diese treue Liebe seiner Gemeinde ans Herz.

Erst nach einer ganzen Weile konnte er ihnen dann bewegten Herzens für ihre unverdiente Treue, wie er sagte, danken.

Aber sein Entschluß war nun nicht mehr zu ändern. Er fühlte, daß er diese große Gemeinde jüngeren Händen übergeben müsse.

Haselhorst meinte darauf, daß er dieses gut verstehen könne, denn er sei ja bei Wilkenings Beerdigung zugegen gewesen, an der fast ganz Hillenbeck teilgenommen habe.

Seine alten Presbyter hatten den Sarg auf ihre Schultern gehoben, denn Wilkening wollte nicht an den Sarggriffen, sondern hoch auf der Bahre wie im Triumph zu Grabe getragen werden. Der Posaunenchor von Hillenbeck, zusammen mit denen aus den umliegenden Dörfern, eröffnete den endlos langen Leichenzug.

Nach des Verstorbenen Wunsch wurde »nichts gerühmt, wenig geredet und viel gesungen«. Dennoch kam die Liebe der Leidtragenden in ergreifender Weise zum Ausdruck. Alle die vielen Pfarrer traten einzeln an die Gruft und riefen ihm ein Bibelwort nach. Wilkenings ältester Enkel aber sagte nichts als die schlichten Worte: »Dank – Dank – Dank!«, worauf alle eine Zeitlang bewegten Herzens schwiegen, denn sie sagten es aus tiefstem Herzen mit.

Und wie sie noch still dastanden, trat aus der Reihe der Wartenden ein alter Bauer, der trotz großer Gebrechlichkeit viele Stunden weit gegangen war, um dem geliebten Pfarrer das letzte Geleit zu geben. Er trat an das Grab und sagte mit von Tränen erstickter Stimme, dennoch aber laut und vernehmlich: »Vör vörtig Johren hett he min Harte packt.« –

Unter diesen Gesprächen verging uns der Nachmittag schnell, und als wir aufstanden, war es uns, als hätten wir uns seit Jahren gekannt. Hermdieder war an diesem Abend froh erregt und aufgeräumt, und jegliches Heimverlangen hatte aufgehört, da er nun einen Freund hatte, mit dem er durch die Sache des Reiches Gottes verbunden war.

Als wir uns am anderen Nachmittag wieder auf jener Bank trafen, stellte es sich im Laufe des Gesprächs heraus, daß Hermdieders alter Freund Hermsmeier auch Haselhorst gut bekannt gewesen war. Und schließlich beschlossen sie, da jener noch mehr Freunde und Bekannte an diesem Orte hatte, es ebenso zu machen wie ihr alter Freund, nämlich täglich an dem hoch im Walde gelegenen Luisenstein zusammenzukommen und dort Gottes Wort miteinander zu hören.

Einen Raum hatten wir ja nicht. So geschah es, daß ein kleines Trüpplein Bauersleute jeden Nachmittag in den Wald hinauspilgerte, wo Hermdieder ihnen als der Älteste aus dem Worte Gottes vorlas und es ihnen schlicht und einfach auslegte.

Oft kamen Gäste aus dem Badeorte des Weges daher, standen verwundert still und gingen kopfschüttelnd weiter.

Geschniegelte junge Herren versuchten einmal zu witzeln und zu spötteln, und einer sagte verächtlich: »Fromme Bauern!«

Haselhorst aber, der gerade dastand, wandte sich um und sagte laut: »Lieber als Bauer fromm, denn als Städter gottlos«, worauf ein alter Herr, der mit Exzellenz angeredet wurde, spontan in die Hände klatschte und laut »Bravo« rief.

Manche andere jedoch blieben stehen und hörten bis zum Ende zu. Und einige wenige waren da, die kamen Nachmittag für Nachmittag wieder, und es wurde mir gesagt, daß Gräfinnen und hohe Herrschaften dabei waren. Das aber erzählte ich Hermdieder nicht. Und andere kamen ab und zu einmal, und wieder andere gingen aus Neugier hin, so daß oft eine ganze große Versammlung da war und Hermdieder bald überall bekannt war, ja, man sah uns nach im Konzert oder wo er auch war, so daß ich mich erst schwer daran gewöhnen konnte, nachdem wir so unbeachtet unseres Weges gegangen waren. Hermdieder aber bemerkte es nicht einmal, wenn man ihm achtungsvoll auswich, sondern erwiderte jeden freundlichen Gruß würdig und wie selbstverständlich.

Er fühlte sich froh und glücklich in der Gemeinschaft seiner Freunde, und schließlich wurde ihm der Abschied noch recht schwer, da das Ende unserer Erholungszeit herannahte.

An einem nebligen Morgen traten wir unsere Heimfahrt an, und als wir aus dem Städtchen in die freien Felder kamen, sahen wir an einem Kreuzweg unsere Freunde stehen, eine stattliche Schar, die uns noch einmal Lebewohl sagen wollte.

Herzlich schüttelten wir einander immer wieder die Hände, und Hermdieder sagte, während ihm die Tränen über das gefurchte Gesicht liefen: »Auf Wiedersehen dort oben!« Dann sangen sie, während sich der Wagen in Bewegung setzte:

Zieht in Frieden eure Pfade.
Mit euch des großen Gottes Gnade
und seiner heiligen Engel Wacht!
Wenn euch Jesu Hände schirmen,
geht's unter Sonnenschein und Stürmen
getrost und froh bei Tag und Nacht.
Lebt wohl, lebt wohl im Herrn!
Er sei euch nimmer fern
spät und frühe!
Vergeßt uns nicht
in seinem Licht,
und wenn ihr sucht sein Angesicht.

Sie winkten, bis der Wagen um eine Wegbiegung verschwunden war.

Allmählich begann der Nebel herabzusinken und sich in einen feinen Sprühregen zu verwandeln, der das Land bis an die Berge mit einem grauen Schleier überzog. Dietrich machte das Verdeck des Kutschwagens hoch und ließ die Scheiben herunter, so daß wir sicher und geborgen dasaßen und uns trotz allen Abschiedsschmerzes über die Maßen auf das Heimkommen zu freuen begannen. Es war uns, als wären wir ein ganzes Jahr lang fortgewesen.

Daheim standen Wilhelm und Lisette mit ihren Töchtern wartend vor der Tür. Lisette hatte eine dicke, bunte Girlande um die breite Deelentür gewunden und den Tisch in der Wohnstube mit den feinsten, mit Gold geschmückten Tassen gedeckt.

Ach, wie war es gut, heimzukommen! Anne wich nicht von meiner Seite und drängte sich ganz nah auf der Bank an mich heran und sagte: »Großmutter, wie war es leer bei uns, das kannst du gar nicht glauben!« Nein, wie war es gut, heimzukommen!

Wilhelm kam gleich an nächsten Morgen wieder und besprach mit Hermdieder den Stand der Geschäfte. Da sah es freilich trostlos aus. Man mußte es einfach drangeben. Wilhelm war auch schon als Teilhaber in eine städtische Leinenfirma eingetreten. Es wurde ihm schwer, sich dort einzuarbeiten, jeden Tag zu bestimmten Stunden in der

Stadt zu sein und sich so gänzlich umzustellen. Aber er würde nun doch, obgleich er viel Geld verloren hatte, sein Auskommen haben. Er war auch in der Zeit, da wir verreist waren, in Schlesien gewesen und war nahe daran gewesen, dort eine Weberei zu kaufen. Aber es hatte sich wieder zerschlagen.

Davon sprachen die Männer, und Hermdieder wurde gleich wieder fest auf die harte Erde gestellt.

Ich aber, die ich mich auf meine alltägliche Arbeit so gefreut hatte, daß ich es nicht mehr erwarten konnte, daran zu kommen, mußte in diesen Tagen die meiste Zeit in der Wohnstube sitzen und alle die Frauen meiner Freundschaft mit Kaffee und Kuchen traktieren.

Am nächsten Tage bereits machte sich Hermdieder auf den Weg zur Stadt, den Regenschirm unter dem einen, die Bibel unter dem andern Arm. Er hatte mit Wilhelm allerlei wegen der Aufgabe des Geschäftes zu ordnen. Es war ihm aber insonderheit um etwas anderes zu tun. Als er gegen Mittag wiederkam, sagte er fröhlich, Dörthe sei nicht ganz so unfreundlich gewesen wie sonst. Der Schwiegersohn war nicht dagewesen, und sie hatte ihm Kaffee gekocht, freilich, blaß und elend sähe sie aus, und auch sonst habe sich nichts verändert, aber es könne ihn, Hermdieder, nichts so freuen wie dieses, daß Dörthe seine regelmäßigen Besuche in diesen Wochen wirklich sehr entbehrt hätte. Das sah aus wie eine kleine schüchterne Hoffnung. Am Nachmittag begab er sich in sein Stübchen, um die Geschäftsbücher durchzusehen und zu ordnen.

Als abends mein Besuch fortgegangen war, rief er mich zu sich herein und zeigte sie mir.

»Hier, Amrie, sieh, und hier ...«, und da sah ich zu meinem Erschrecken, daß uns eine ganze Menge Weber, die jetzt schon in die Fabrik gingen, noch viel Geld schuldeten.

»Du hättest sie eher mahnen müssen«, meinte ich, »jetzt leben sie von den paar Pfennigen, die sie in der Fabrik kriegen. Jetzt ist es schwer.«

»Und hier?« fuhr ich fort und war aufs höchste verwundert, denn ich sah, daß selbst unser alter Freund Altmann uns eine sehr große Summe schuldete, ja bei weitem die größte.

»Wie ist es nur möglich?« rief ich entrüstet, »warum hat er dich nie bezahlt?«

Aber Hermdieder erwiderte gelassen, ich kenne doch Altmann, der sei mehr im Himmel daheim als auf der Erde. Er, Altmann selbst, habe gar keine Ahnung davon, daß er dieses schulde.

Von einem Male zum andern hätte er vergessen, daß noch ein Rest gestanden habe.

Ich aber meinte als ordentliche und gerechte Frau, so eine Unordnung dürfe bei einem Christen nicht vorkommen.

Hermdieder aber schmunzelte: »Halte ihm diesen einen Fehler zu gut, Amrie, oder hast du je einen anderen an ihm gesehen?«

Nein, so sehr ich mich bemühte, da war keiner aufzufinden. Hermdieder verband mit ihm eine solche starke und vertrauensvolle Freundschaft, wie ich sie nie zwischen zwei alten Männern gesehen hatte.

»Und nun?« fragte ich.

Hermdieder nahm einen Bleistift und strich das Konto durch. »Strich drunter!« sagte er, »oder soll unsere Freundschaft dadurch auch nur ein bißchen getrübt werden? Nein, das soll sie nicht. Sie ist mir mehr wert als dieses Geld.«

Ich dachte zwar daran, daß wir gerade jetzt, da kein bares Geld mehr einkommen würde und wir doch eigentlich arm geworden waren, eine Summe baren Geldes gut gebrauchen könnten. Aber ich sah auch ein, daß es nicht anders sein konnte.

Und schließlich mußte ich mich angesichts der Notlage der Arbeiter auch dazu bequemen, zu den vielen andern Strichen im Buche ja und amen zu sagen.

»Wenn wir nur keine Schulden mehr haben«, sagte ich plötzlich, ängstlich geworden.

Aber da konnte mich Hermdieder beruhigen, und so war die Sache abgetan.

Seitdem Hermdieder sich zur Ruhe gesetzt hatte, fing seine eigentliche Arbeit erst an. Ich war glücklich darüber, daß das Bad Wunder gewirkt zu haben schien. So meinten auch der alte Doktor und sein Sohn, Dietrichs Schulkamerad und Freund. Denn Hermdieder wurde nun immer häufiger zu Kranken oder Sterbenden gerufen, denen er Trost spenden, zu Armen, denen er helfen sollte. Die Pfarrer kamen und baten ihn, diese und jene Familie zu betreuen und regelmäßig zu besuchen.

So ging ein Jahr dahin. Im Herbst des Jahres 1883 erkrankten in unserm Dorf viele an der Grippe, und obgleich sie nicht gefährlich auftrat, so war sie doch bei den meisten recht langwierig, so daß Hermdieder nicht wußte, wie er alle die Kranken, die nach ihm verlangten, besuchen sollte.

Ich bat ihn, vorsichtig zu sein, obgleich ich von vornherein davon überzeugt war, daß das in den Wind geredet war. Nachdem beinahe alle Kranken wieder genesen waren und die Krankheit am Erlöschen war, mußte sich Hermdieder legen, und es wurde bei ihm schlimmer, als es bei irgendeinem andern gewesen war, da eine Lungenentzündung hinzukam.

Drei Tage waren wir in großer Angst um sein Leben, während er selbst meistens bewußtlos dalag. Dann aber trat unerwartet eine Wendung zum Besseren ein, und der Doktor teilte mir frohen Herzens mit, daß er gerettet sei.

Aber er war so schwach, daß er oft ganz teilnahmslos dalag und irr durcheinanderredete. Wenn er wiederum einmal dazwischen klaren Bewußtseins war, saß ich an seinem Bett und hielt seine Hand und sprach ihm Gesangbuchverse vor, die er manchmal leise mitsagte. Denn es war oft eine große Angst über ihm.

Allmählich schien es ein wenig besser zu werden, wenn auch das Herz so geschwächt blieb, daß wir keine große Hoffnung mehr haben konnten. Und nun kamen seine Freunde zu ihm und wollten von ihm, der ihnen immer Halt und Kraft gewesen war, ein letztes Wort des Trostes und der Gewißheit, ein letztes, sieghaftes Zeugnis des Glaubens und der Heilsgewißheit mit auf den Weg nehmen, so wie sie es oft genug von den frommen Männern im Ravensberger Lande hatten erzählen hören, die noch sterbend anderen zum großen Segen geworden waren.

Aber Hermdieder schwieg, wenn sie kamen. Er lag ganz still und sah sie nur mit den blauen, durchdringenden Augen in dem eingefallenen, kantigen Gesicht ernst und doch liebevoll an.

Und einer und der andere begann ihn zu fragen, da es sie allzu seltsam dünkte, daß er ihnen zum Abschied nichts zu sagen vermöchte.

Aber die Fragen waren nicht echt und gingen irgendwie ins Leere.

»Ach«, sagte der eine und seufzte tief, »nun sollt Ihr von hinnen gehn und seid doch noch so nötig im Reiche Gottes.«

Aber Hermdieder gab seltsame und kurze Antworten:

»Es geschieht immer das Notwendige, mein Freund«, sagte er nur, »Gott ist so.«

Und ein anderer fragte ihn, ob er sich nun freue, bald in die Herrlichkeit einzugehen.

»Wenn der Tod nicht so bitter wäre, könnte die Seligkeit nicht so über alle Maßen herrlich sein. Aber erst kommt das Bittere«, war die Antwort.

Wiederum an einem anderen Tage sagte jemand: »Dein Glaube ist doch fest geblieben in der Todesnot, Hermdieder, daß du getrost von hinnen gehen kannst?«

Und Hermdieder antwortete: »Mein Glaube ist ein schwankendes Schiff auf dem Meere. Aber der Herr Christus ist hineingetreten und steht fest darin und hat es verankert.«

Als jemand recht fromm und erbaulich über die Heilsgewißheit zu sprechen begann, fragte Hermdieder: »Mein Freund, hast du Unheilsgewißheit?«, und da ihn die Freunde fragend ansahen und einer sich genötigt fühlte zu erklären: »Er meint gewiß Heilsungewißheit«, sagte er fast störrisch: »Nicht, nicht, ich meine Unheilsgewißheit. Denn nur durch Unheilsgewißheit – nur – nur – kommt man zur Heilsgewißheit, ja, das sind sogar zwei Seiten derselben Sache.«

Da sie aber schwiegen, neigte ich mich schnell und beruhigend über ihn: »Ja«, sagte ich, »du hast recht. Du, als Mensch, allein gelassen, bist deines Unheils gewiß, sobald aber Christus bei dir und in dir ist, ist die Heilsgewißheit da. Eines jedoch bedinget das andere.« Da lächelte er still und dankbar.

Als ich ihm einmal vorstellte, er sei im Grunde doch völlig getrost und freudig und seinem Herrn Christus trotz der dunklen Todesfurcht so stark verbunden, warum er denn nicht davon Zeugnis ablege, sagte er ernst: »Amrie, ich bin kein Schaustück, an dem man sich erbaut. Sag ihnen das.«

Und ich ließ ihnen durch Wilhelm sagen, daß sie still sein möchten, wenn sie ihn besuchten, und nichts erwarten sollten.

Tags darauf kam Altmann und ging an sein Bett, umfaßte Hermdieders Kopf mit seinen Händen und sagte mit herzlich bewegter Stimme:

»Lieber, nein, du bist kein Schaustück. Soll ich dir sagen, was du bist?«

Und Hermdieder nickte.

»Ein Knecht, der in Geduld und Gehorsam wacht und wartet auf seinen Herrn, nichts weiter«, sagte Altmann, worauf der Kranke mit dankbaren Augen sagte: »Ja, wachen, warten, nichts weiter, nichts sein, nichts können, nichts müssen. Ihm alles überlassen, den bitteren Tod, Sünde, Gericht, Gerechtigkeit und Seligkeit. Er macht es recht mit seinem Knecht.«

Die Pfarrer kamen beide und lasen ihm aus der Schrift vor, und Hermdieder sprach mit ihnen über allerlei Fragen der Gemeinde, als wäre er gar nicht krank und könne am nächsten Tage seinen Dienst wieder antreten, und sie meinten gewiß, er werde bald genesen.

Ich aber wußte es in ahnungsvoller Sicherheit anders.

Einmal sagte er zu mir, da wir allein waren: »Ich sehne mich so danach, abzuscheiden und bei Christus zu sein, und doch kann ich eigentlich noch gar nicht sterben, Dörthes wegen. Was soll ich vor Gottes Richterstuhl antworten, wenn er mich fragt: ›Wo sind die, die ich dir gegeben habe?‹«

Und ein andermal meinte er: »Wahrlich, Amrie, ich glaube, ich könnte meine eigene Seligkeit darangeben, wenn Dörthe sie dafür erlangte. Wie Paulus sagt: Röm. 9, 3: ›Ich habe gewünscht verbannt zu sein von Christo für meine Brüder!‹«

Ich aber dachte in meinem Herzen, daß er ruhig darauf verzichten könne, denn das Reich Gottes war inwendig in ihm und würde ihn nicht loslassen, selbst nicht, wenn er sich freiwillig in die Hölle begäbe.

Und manchmal stand eine kleine, geheimnisvolle Hoffnung in seinen Augen, als wüßte er etwas ganz gewiß, wovon ich schlechterdings nichts ahnen könnte. –

Nach dunklen, stürmischen Herbsttagen und -nächten, da der Regen an die kleinen Fenster klatschte und es in der Kammer immer etwas dämmrig war, gingen nun die späten stillen Sonnentage über das Land, um über die kommende Öde und Dunkelheit einen letzten bunten und betörenden Schein zu breiten.

Hermdieders Bett stand den Fenstern gegenüber, denn wir beide liebten es, beim Aufwachen sogleich in das Licht und über die etwas ansteigenden Felder hinblicken zu können. Oft gingen seine Augen nun ein wenig verloren durch die Fenster in die Ferne, als segneten sie zum letzten Male dankbar das früchtetragende Land.

Und es brach der Tag an, da Hermdieder siebzig Jahre alt wurde. Wohl hatte er einige Tage vorher noch davon gesprochen, seit kurzem aber schien er es völlig vergessen zu haben.

Ganz früh in der ersten Morgendämmerung, die zögernd und matt vor den Fenstern aufstieg, fuhr Hermdieder aus unruhigem Halbschlaf auf, die Augen weit geöffnet in namenloser Seligkeit, wie ich es nie bei ihm gesehen hatte. Denn von draußen her klang es zu uns herein:

Christus, der ist mein Leben,
Sterben ist mein Gewinn,
dem tu ich mich ergeben,
mit Fried fahr ich dahin.

Hermdieder saß aufrecht im Bett, und ich setzte mich gegen seinen Rücken, um ihn zu stützen, während er langsam die Worte mitsprach:

Mit Freud fahr ich von dannen
zu Christ, dem Bruder mein,
auf daß ich zu ihm komme
und ewig bei ihm sei.

Allmählich war es ihm wohl klar geworden, daß draußen im Garten der Posaunenchor spielte und daß er doch noch nicht im Himmel angelangt sei, wie er es im ersten Augenblick, aus einem dämmernden Träumen gerissen, geglaubt hatte. Dennoch aber war er über alle Maßen glücklich und zufrieden.

Ich hab nun überwunden
Kreuz, Leiden, Angst und Not,
durch seine heilgen Wunden
bin ich versöhnt mit Gott.

So sprach er noch leise vor sich hin, da die Posaunen schon aufgehört hatten zu spielen. Als Altmann, der den Posaunenchor leitete, jetzt in das Zimmer kam, konnte er kein Wort des Dankes sagen. Aber er nahm seine beiden Hände und hielt sie lange fest.

Es wurde ein unruhiger Tag, da alle zu ihm wollten, Freunde und Verwandte, die früheren Weber und die vielen Patenkinder, Nachbarn und Nachbarinnen, aber wir ließen nur einige zu ihm, denen er noch etwas sagen wollte.

Denn es war merkwürdig, seitdem er nichts sein wollte und nichts zu sein brauchte als einer, der wartet, also eigentlich gar nichts für sich und von sich aus ist, gingen eine große Kraft und ein starker Friede von ihm aus, den die Menschen mit sich nahmen, also daß es ihnen war, als gingen sie beschenkt davon.

So war es auch heute wie in all diesen Tagen.

Aber am Abend merkte ich eine immer mehr sich steigernde Unruhe an ihm, und jedesmal, wenn ein Besuch zur Tür hereinkam, sah er erwartungsvoll und gespannt dahin, um gleich darauf ein wenig enttäuscht und müde in die Kissen zurückzufallen.

Schließlich merkte ich, daß er auf Dörthe wartete. Sollte nicht seine eigene Tochter zum siebzigsten Geburtstag zu ihm kommen, wo alle da waren? Und ich merkte wohl, daß das seine heimliche, kleine Hoffnung in diesen letzten Tagen gewesen war.

Ich sprach davon mit Dietrich und den andern, die in der Stube versammelt waren. Da stand Anne plötzlich im Mantel vor mir: »Ich gehe und hol' sie und krieg' sie her.«

Aber nach zwei Stunden kam sie allein und enttäuscht wieder. Dörthe hatte sehr elend und krank im Bett gelegen, aber sie hatte den Vater grüßen lassen, es wäre ihr leid, daß sie nicht kommen könnte.

Diesen Gruß überbrachte ich ihm nun, und der Kranke war traurig, aber immerhin ein wenig beruhigt, daß es nicht an ihrem Willen lag, wenn sie nicht kam. Sie würde es gewiß bald nachholen.

Einige Tage später wurde die Schwachheit so groß, daß es uns nicht mehr verborgen bleiben konnte, daß das Ende bevorstände.

Es war am Morgen des siebzehnten Oktober. Dietrich war in die Stadt zu Dörthe gefahren, um sie zu holen, aber bevor wir noch Botschaft zu Hanna geschickt hatten, wurde uns durch einen Nachbarn ein Brief von ihr gebracht, was so selten vorkam, daß ich sehr erschreckt war und schnell öffnete.

Ja, nun war es geschehen, was sich langsam alle die Jahre hindurch vorbereitet hatte. August hatte sie und die Kinder verlassen und war auf und davon gegangen. Wahrscheinlich befand er sich auf der Fahrt nach Amerika, nachdem er vorher das Haus, die Betten, die Möbel, die Kleider, alles, alles verkauft hatte. Das Geld hatte er mitgenommen.

Ich gab Wilhelm den Brief, der eilends anspannte, um zu ihr zu fahren.

»Ich will sehen, was ich ihr zurückkaufen kann«, sagte er, »aber herbringen will ich sie und die Kinder erst, wenn« – – er sah nach der Türe, wohinter der Vater lag.

»Ja«, sagte ich, »keiner wird dem Vater etwas davon sagen.«

Und während mein Herz bis zum Rande gefüllt war mit Trauer um das verlöschende Leben dort in der Kammer, ordnete ich in Gedanken die Stuben um, stellte ich Betten auf und suchte für Hanna und ihre fünf Kinder Raum zu schaffen. –

Es gibt Tage, die sind so voll von schwerem Erleben, daß man später nicht mehr weiß, wie man sie ertragen konnte. Auf eine lange Spanne Zeit verteilt, wäre es immer noch ein vollgerüttelt und geschüttelt Maß gewesen. Aber man brach nicht darunter zusammen, weil jeweilig ein Leid dem andern den Stachel nahm und eine Trauer der andern zur Hilfe kam, so daß das Leid schwer von Segen wurde und als reiche Garbe auf den Erntetag warten konnte.

Während das Leben des Kranken leise zu verdämmern schien, saß ich in unruhigem Warten an seinem Bett, in innerster Anspannung bald nach der einen, bald nach der andern Richtung hinhorchend, ob kein Wagen herannahe. Schließlich mußte ich ihn doch überhört haben. Denn nun tat sich plötzlich die Türe auf und Dörthe kam herein. Blaß und elend, wie sie von der kaum überstandenen Krankheit war, trat sie an des Vaters Bett und sah starr und erschrocken in sein vom Tode gezeichnetes, verfallenes Gesicht.

So hatte sie es sich gewiß nicht vorgestellt. Und als käme es ihr jetzt erst eigentlich zum Bewußtsein, was dieses bedeute, nahm sie des Vaters magere Hand ein wenig von der Bettdecke und legte ihre Stirne auf den knochigen Handrücken.

So blieb sie eine Weile bei ihm stehen, bis sie leise zu sprechen anfing: »Vater«, sagte sie, »Vater, hört Ihr mich? Ich bin hier, Dörthe.«

Da schlug der Kranke allmählich die Augen auf, und er zog sich an dem Bettquast ein wenig hoch, aber es dauerte eine kleine Weile, bis er sie erkannte. Ich stützte ihn und sagte dann auch: »Hermdieder, Dörthe ist da.«

Und nun geschah es, daß er voll und klar die Augen aufschlug und zu sprechen anhub: »Dörthe, mein Kind, komm her, setz dich ganz nahe zu mir, ich habe dir etwas zu sagen.«

Dann sagte er langsam und mühsam, aber sehr deutlich, und die Worte gingen flehend und voll beschwörender

Innigkeit zu diesem Kinde, das ihm immer noch so fern zu sein schien:

»Dörthe, ich habe gesündigt in dem Himmel und vor dir. Denn mein Glaube war klein und schwach und fürchtete sich, und meine Liebe zu dir war weichmütig und ohne Kraft und Härte, und darum ließ ich dich diesem Manne. Ich hätte es aber nicht leiden und dich niemals gehen lassen sollen, denn du warest ein trotziges Kind und noch nicht einmal mündig. Und alles ist nun meine Schuld! Kannst du mir dieses vergeben, mein Kind, so schwer du es auch hattest, um meinetwillen?«

»Vater«, rief sie gemartert, und ihr Gesicht sank tiefer über ihn hin auf seine Hand, und die Tränen rannen über ihr elendes Gesicht, unaufhaltsam: »Ich Euch? Ich Euch?«

Sie mochte alles erwartet haben: Bitten, Ermahnungen, Vorwürfe und fromme Sprüche und hatte sich hart genug dagegen gepanzert.

Aber dieser Demut war sie nicht gewachsen und dieser Liebe hilflos preisgegeben.

Ich aber stand leise auf und ging hinaus, um die beiden allein zu lassen und das Wirken des Gottesgeistes nicht zu hindern. –

Als mich Dörthe nach einer geraumen Weile wieder hereinrief, war ihr Angesicht gelinde und weich geworden, und ihre Tränen rannen unaufhaltsam und es war, als wäre ein lange in Trotz und Härte erbauter Damm eingerissen, hinter dem sich alles Leid und aller Kummer ihres Lebens gestaut hatten. Das Gefängnis zerbrach, und ihr Leid verströmte in den unendlichen Raum einer alles umfassenden und bergenden ewigen Liebe.

Und die Lieblichkeit des jungen Mädchens von ehemals verschönte einen Augenblick ihr alt gewordenes, verhärmtes und krankes Gesicht.

Ein quälender Husten durchschnitt jäh den stillen Frieden der Kammer, und Dietrich trat schnell hinzu und stützte den Vater, um ihm das Atmen zu erleichtern.

Als er ein wenig Ruhe gefunden hatte, sagte er zu Dietrich: »Du bist der Erbe, Dietrich, vergiß es nicht« – er sah Dörthe an –, »es ist teuer erkauft.«

Da sah ihm der Sohn fest und offen in die Augen: »Das wollte ich nicht, Vater, das, was daraus gekommen ist, auch du weißt es, Dörthe, dein äußeres und inneres Erbe aber halte ich heilig, verlaß dich darauf.«

Da nickte Hermdieder mehrere Male, und seine Augen gingen zu mir hin in einem stillen Einverständnis, und dennoch mit einer leisen Mahnung: »Laß ihn gewähren, diesen Sohn.«

Währenddessen hatten die drei Enkeltöchter, Anne und ihre beiden Schwestern, in der nebenanliegenden Wohnstube angefangen zu singen, leise sangen sie dreistimmig mit ihren schönen, klaren Stimmen:

Unter Lilien jener Freuden
sollst du weiden,
Seele, ringe dich zu Gott empor,
wie ein Adler flieg behende,
Jesu Hände
öffnen schon das Perlentor.

Aber Hermdieder, der zuerst erstaunt aufgehorcht hatte, schüttelte heftig und heftiger mit dem Kopf. Ich sagte: »Anne ist es.« Aber er wehrte weiter ab, und schließlich sagte er mühsam, von Husten unterbrochen: »Nicht, nicht, diese nicht, das andere: ›Jesus nimmt die Sünder an.‹«

Und wie nun die Mädchen sangen, stimmte ich leise mit ein, und bei der zweiten Strophe sangen auch Dörthe und Dietrich mit, und wir sangen uns einander und jeder sich selbst die großte und kräftigste und allerbeseligendste Verheißung ins Herz, die es auf Erden geben kann:

Keiner Gnade sind wir wert;
doch hat er in seinem Worte
eidlich sich dazu erklärt.
Sehet nur, die Gnadenpforte
ist hier völlig aufgetan:
Jesus nimmt die Sünder an.

Als wir geendet hatten, sagte Hermdieder leise, fast unhörbar vor sich hin:

»Vergebung der Sünden, Auferstehung des Fleisches und ein ewiges Leben, Amen.«

Noch einige Male flog die Bitterkeit des Todes über sein Angesicht, als wenn alle Angst und Not seines Lebens sich zur über alle Maßen großen Angst vor dem Weg durch das Todestal verdichtet hätte und aller Frieden ausgelöscht wäre. Sie wurde aber bald darauf verwandelt in eine unbeschreiblich selige Verklärung, die über dem kantigen Gesicht ausgebreitet lag wie die letzte milde und verklärte Oktobersonne über den aufgebrochenen Äckern draußen vor unseren kleinen Fenstern. Gott hatte seinen Knecht gerufen, da die Stunde reif dazu war. –

Am selben Abend kam Hanna mit ihren fünf Kindern heim ins Vaterhaus, von dem der Vater gerade für immer Abschied genommen hatte. Und sie standen um das Totenbett, Hanna, umgeben von dem Schweigen eines allzuschweren Schicksals, in dem selbst die Tränen keinen Raum mehr haben und alle Menschengebärde ohnmächtig erscheint, die Kinder aber, vom ältesten, nun fast erwachsenen Sohne an, trotz aller Trauer mit der leisen Neugierde junger Menschen, die durch das Tor eines bisher unbekannten Hauses gehen, allen neuen Ereignissen staunend und neugierig geöffnet.

Und während es mir zumute war, als vertropfe mein Herzblut langsam Tropfen für Tropfen nach innen, daß mein Blut schwer davon wurde und meine Hände wie erstarrt, half ich den Kindern, ihre neue Heimat zu bereiten.

Als ich mich jedoch in all der kleinen Geschäftigkeit wieder einmal nach Dörthe umsah, bemerkte ich, daß sie zitternd am warmen Ofen saß. Ihre Zähne schlugen in heftigem Schüttelfrost aufeinander.

Ich packte sie schnell ins Bett in ihre alte Mädchenkammer, die ich künftig bewohnen wollte, und setzte mich zu ihr und ließ von da an Hanna für alles Äußere sorgen.

Man merkte es Dörthe an, wie wohl ihr nun zumute war, da sie still im Bett liegen konnte in der Kammer, deren Wände ein vertrautes Leben bargen und in der Sprache ihrer Kindheit mit ihr redeten.

Sie sagte nicht viel in dieser Nacht, da ich wachend an

ihrem Bette saß, sondern rief mich nur ab und zu, nicht um irgend etwas zu verlangen, sondern um sich zu vergewissern, ob ich auch noch da wäre. Und man konnte meinen, alles schwere Erleben, das zwischen ihrer Mädchenzeit und dem Heute lag, sei ausgelöscht und dann fortgetragen, wie man ein erstorbenes Häuflein Asche fortträgt, an dem einem nichts mehr gelegen ist.

Sie war mein Kind wie ehedem, ja mehr als je zuvor. Einmal bat sie darum, daß ich die Geschichte vom verlorenen Sohn vorläse, und ich fügte am Schluß hinzu: »Also wird auch Freude im Himmel sein über einen Sünder, der Buße tut, vor neunundneunzig Gerechten, die der Buße nicht bedürfen« (Luk. 15, 7), worauf sie lebhaft und froh fragte, als hätte sie diese Stelle noch nie gehört: »Ja, Mutter, ist das wahr?«

Ihr Atem ging mühsam und röchelnd, und sie hustete auf eine unheimliche Weise, daß es mich jedesmal heftig durchfuhr und ich es nur unter Qualen anhören konnte.

Am andern Morgen, in der frühen Dämmerung, ehe der Arzt dagewesen war, bekam sie einen Blutsturz und starb.

Sie wurden an einem Tage beerdigt, Hermdieder und diese seine Tochter Dörthe. Auf der ganz mit schwarzen Tüchern ausgeschlagenen Deele standen die beiden Särge nebeneinander, und zu der großen Menge der Menschen, die bis draußen auf die Straße hin standen, sprach der Pfarrer über Hermdieders Sarg das Wort: Luk. 12, 37 »Selig sind die Knechte, die der Herr, so er kommt, wachend findet« und über Dörthes: Jes. 42, 3 »Das zerstoßene Rohr wird er nicht zerbrechen, und den glimmenden Docht wird er nicht auslöschen.«

Einmal kam mir der Gedanke, daß ich bisher immer Seite an Seite mit Hermdieder gegangen war und daß ich eigentlich ein Anrecht an diesen andern Sarg an seiner Seite gehabt hätte. Wie gern wäre ich mit ihm gegangen, nachdem mein irdisches Leben mit seinem Tode seinen Kreis vollendet hatte!

Aber als sie nun beide von mir gingen und die Särge durch die große Deelentüre getragen wurden, da sah ich greifbar und deutlich klar, als geschähe es just in diesem Augenblick, wie Hermdieder mit Dörthe, diesem kleinen, klugen, lebhaften Mädchen, das sein Liebling war, über die Schwelle schritt, wie er es so oft zu tun pflegte, damals, als er noch gesund und kräftig war und aufrechten Ganges seinen Weg dahinging. Das Kind hatte er dann an der Hand gefaßt und zog es ein wenig mit sich, da es sich im Gehen nach allen möglichen Dingen umsah. Immer war ich dann beruhigt ins Haus zurückgegangen. Das Kind war gut aufhoben.

Und so schien es mir, als habe der Vater nun auch auf dieser großen, dunklen Reise sein Kind an die Hand genommen und seine warme Hand umfaßte die ihre, daß sie nicht mehr einsam war, wie sie solange gewesen, und er bringe sie sicher heim ins Vaterhaus.

Dieses Bild aber wurde mir zum Trost in meinem großen Leid, obgleich es nur ein kleiner menschlicher Trost war und ich mich im Grunde doch ganz allein auf Christus verließ, der auch für Dörthe gestorben war. –

Es gefiel Gott in seiner Weisheit, mir keine Zeit zur Besinnung auf meinen Schmerz zu lassen, denn ich war in diesen Tagen nahe daran, mein Leben darin zu verströmen und mich ganz daran hinzugeben. Er aber wollte noch mein letztes bißchen Kraft, das Regen meiner welken Hände und das Fürsorgen meines alten Herzens. Es war noch nicht an der Zeit, daß ich mich an mein eigenes Leben sinnend verlieren durfte.

Und so stand ich denn wieder in der Mitte meines Hauses, und junge Hände verlangten nach mir von allen Seiten, und Hannas sorgende Muttergedanken und Dietrichs Zukunftspläne wurden mir zugetragen in meine einsame Altenteilkammer, und Anne kam alltags und den ganzen langen Sonntagvormittag und erfüllte sie mit ihrer Jugend, so daß ich davon in mein Herz und Leben aufnahm, was ich nur aufnehmen konnte. Und all das junge Leben der Enkel rings um mich her lebte ich mit, daß ich selbst wieder jung wurde und froh teilnahm an jeglichem, was ringsum geschah. Nur Dörthes Kinder blieben mir fremd. So oft ich es auch versuchte, sie an mich heranzuziehen, so oft entzog sie mir der Vater mit Willen und mit Gewalt.

Und dennoch war es mir bewußt, daß es im Gegensatz zu meinem früheren ein irgendwie fremdes Leben war, das ich lebte, und daß ich im letzten Grunde hier auf Erden ganz einsam war, seitdem Hermdieder von mir gegangen.

Denn mein eigentliches, mir zugehöriges irdisches Leben war mit ihm vollendet. Ich war wie ein Baum, der Blüten und Früchte trug und seinen irdischen Sinn erfüllt hat, nachdem sein Lebenssaft erstarb, und der nun dahinwelkt und verdorrt und abgehauen werden sollte, da er nicht mehr dem Gesetz des Werdens, Reifens und Sterbens, das auf Erden gilt, unterstellt ist.

Oft dachte ich auch mit leiser Wehmut dem zerronnenen Glück meines Frauenlebens nach, das Altern und Welken leicht gemacht hatte und allem Kummer und aller Not ihren bitteren Stachel nahm.

Aber ich war nicht traurig darüber, sondern auch dieses Gedenken verwandelte sich in Kraft für mein neues Leben mit Kindern und Enkeln, das dem alten und verdorrten eingepfropft war. –

Die Jahre gingen dahin, und ihre Schale war bitter und hart, da ich schwer an allem zu tragen hatte, an Hannas Schicksal, an Dörthes Tod und ihrer Kinder innerer Verlassenheit und an unserer eigenen allmählichen Verarmung. Annemarie aber war nur noch wie ein zerbrechliches Gefäß, und ich konnte nur das eine wünschen, daß sie vor mir erlöst werden möchte.

Die Jahre gingen dahin, und ihre Schale war bitter und hart, aber ihr Kern war dennoch gut und kräftig und voller Frieden. Denn Dietrich fand sein frohes Genügen in seiner Arbeit, und Hanna hatte Freude an ihren Kindern, die immer noch wie eine Mauer um sie herstanden, wenn irgend etwas sie bedrohte, und die alle gut und tüchtig waren.

Und Wilhelm und Anne suchten mit tapferem Sinn und fleißigen Händen das zerstörte Gebäude unseres äußeren Lebens wieder neu zu errichten. Wir alle aber waren in Liebe einander zugetan und standen im Gehorsam desselben Herrn.

Draußen vor meinen kleinen Fenstern ist die Hecke wieder grün geworden und das Gras frisch und hell aus dem Boden aufgeschossen. Was noch vor kurzem winterlich tot und erbarmungslos hart und kalt erschien, steht von Knospen übersät da. Und so bin ich noch einmal nach einer langen Krankheit im Winter aufgestanden und atme die gute frische Luft ein, die in das Fenster hineinströmt. Obgleich ich schon seit längerer Zeit wieder genesen bin, sitze ich sorgsam verpackt wie ein kleines Kind im Lehnsessel am Fenster. Denn ich bin müde und friere leicht, und das Schreiben strengt mich an, so daß ich nicht mehr viel von allem erzählen kann, nur daß Hannas einzige Tochter nach qualvoller Krankheit starb und Dietrich bald heiraten will. Hanna und ihre Kinder werden in die Stadt ziehen müssen, um ihm Platz zu machen. Eine fremde junge Frau aber wird hier im Hause schalten und walten, so fremd, wie ich einst vor vielen, vielen Jahren hier war.

Allerlei Menschen kommen täglich zu mir und tragen mir viel Leid und Kummer, auch Sünde und Anfechtung zu und senken es in mich hinein wie in den tiefen, dunklen Schacht eines Brunnens, und es ist mir manchmal, als gingen sie ein wenig befreiter von dannen, weil es gut dort aufgehoben ist. Weiter kann ich nichts mehr tun, und es ist wenig genug.

Anne sagte mir, ich wüchse immer mehr in die Erde hinein und würde jeden Tag weniger, und sie weinte.

Da antwortete ich ihr – es war am gestrigen Tage, und ich war matt und elend von den Gesprächen der Menschen:

»Glaub mir, Anne, so muß es sein, und nicht nur körperlich.« Und mir kam wieder das Bild von dem Brunnen: »Nichts mehr sein, leer vom Eigenen, Anne, wie ein tiefer Schacht, nur Raum, Raum, ausgehöhlt von Kummer, Leid und Schuld, der wartet, aufgefüllt zu werden mit Christi Kraft.«

»Nein«, widersprach Anne, »nicht leer, sondern bis zum Rande gefüllt mit lebendigem Wasser, von dem wir andern alle nehmen.«

»Ich sehe nur die Leere und die Armut«, sagte ich abwehrend und traurig.

»Nein«, beharrte Anne und war sehr stolz auf ihre Weisheit. »Es ist so: ›Ich lebe aber; doch nun nicht ich, Christus lebet in mir‹. Du siehst es nur anders. Es ist dennoch so, wie ich es sage.«

Als ich am späten Abend, da Mond und Sterne ihre ewige Bahn zogen, noch einmal diesem Gespräch nachdachte, war es mir, als hörte ich aus der unaufhörlichen Stille, die mich einschloß wie ein Grab, Hermdieders Stimme zu mir sprechen, fern und fremd und doch so nahe und vertraut, daß ich erbebte vor Glück.

Und es war mir, als sähe er mich an und prüfe streng und ernst, ob Anne recht habe. Dann sagte er, und seine Stimme klang froh und jung, und ich merkte, daß er uns beide meinte:

»Das tat Gottes harte Herrlichkeit, Amrie, welche geschiehet an seinen Knechten.«

Inhaltsverzeichnis

Neu ward mein Tagwerk

Die harte Herrlichkeit